ELENA SANTIAGO

Das Sturmhaus

Elena Santiago

Das Sturmhaus

Roman

blanvalet

Besuchen Sie uns auch auf www.facebook.com/blanvalet und
www.twitter.com/BlanvaletVerlag.

MIX
Papier aus verantwortungsvollen Quellen
FSC® C014496
FSC
www.fsc.org

Verlagsgruppe Random House FSC® N001967
Das FSC®-zertifizierte Papier *Holmen Book Cream*
für dieses Buch liefert Holmen Paper, Hallstavik, Schweden.

2. Auflage
Deutsche Originalausgabe Mai 2015 bei Blanvalet, einem
Unternehmen der Verlagsgruppe Random House GmbH, München

Umschlaggestaltung: © Johannes Wiebel | punchdesign, unter
Verwendung von Motiven von Shutterstock.com
Redaktion: Rainer Schöttle
ED · Herstellung: sam
Satz: Buch-Werkstatt GmbH, Bad Aibling
Druck und Bindung: GGP Media GmbH, Pößneck
Printed in Germany
ISBN: 978-3-7341-0067-3

www.blanvalet.de

Erster Teil

1

Der Besucher saß mit übergeschlagenen Beinen in Lincolns Büro. Er hatte die Arme vor der Brust verschränkt, als wäre ihm langweilig. Elaine sah ihn vom Gang aus durch die Glastür und registrierte alle wichtigen Attribute seiner Erscheinung mit professionellem Blick. Ein Dutzend Jahre vor und hinter der Kamera hatten sie gelehrt, binnen Sekunden das Wesentliche zu erfassen. Bei diesem Mann war das nicht weiter schwer. Breitschultriger, groß gewachsener Quarterback-Typ mit deutlich karibischem Einschlag. Ende dreißig. Glatt rasiert, kakaobraune Haut, schwarze, raspelkurze Haare, ungewöhnlich bernsteinfarbene Augen unter schweren Lidern. Und ein Gesichtsausdruck, als würde er es bedauern, je einen Fuß in dieses Gebäude gesetzt zu haben.

Als Elaine ins Zimmer trat, erhob er sich mit einer geschmeidigen Bewegung, und ihr stockte für einen kurzen Moment der Atem. Sie stellte zweierlei fest: Er war wirklich sehr groß und sehr attraktiv. Und sie hatte wohl schon zu lange kein richtiges Date mehr gehabt, denn normalerweise wurde sie beim Anblick eines gut aussehenden Mannes nicht gleich kurzatmig.

»Das ist Russell Swift«, stellte Lincoln den Besucher vor. »Er kommt aus Jamaika und ist ein Kumpel von Harper, noch aus Collegezeiten. Russell, das ist Elaine Harrison.«

»Hi, Miss Harrison. Freut mich, Sie kennenzulernen.« Russell Swift reichte Elaine die Hand. Seine Stimme war tief und klang wie rauer Samt, mit einem Hauch von karibischem Patois.

Elaine erwiderte seinen Händedruck und zuckte unmerklich zusammen. Es kam ihr vor, als hätte sie einen schwachen Stromschlag verspürt. Für einen Sekundenbruchteil war die Luft wie aufgeladen, und sie musste durchatmen, um diesen verwirrenden Eindruck zu neutralisieren. Russell Swift zog die Brauen zusammen, als hätte auch er es gespürt.

»Elaine ist die Beste in ganz Miami. Unsere Starreporterin.« Lincoln lachte, als hätte er einen guten Witz gemacht, was er vermutlich auch selbst dachte, denn er fügte mit einem Unterton gespielter Verzweiflung hinzu: »Seit ein paar Wochen ist sie streng genommen unsere einzige Reporterin, denn Harper hat es gefallen, ein paar Einsparungen vorzunehmen. Eigentlich wundere ich mich, dass ich überhaupt noch einen Schreibtisch habe.« Er lachte erneut, und diesmal klang es fast hysterisch.

»Vielleicht hätte ich nicht nach Miami kommen sollen«, sagte Russell Swift.

»Unsinn«, widersprach Lincoln fröhlich. Sein feistes Gesicht legte sich in ein von Speckröllchen eingerahmtes Grinsen. »Sie sind hier genau richtig, sonst hätte Harper Sie ja nicht zu mir geschickt. Noch produzieren wir, und was wir produzieren, ist erste Sahne. Das Projekt klingt toll. Wir rocken das. Sie kriegen Ihre Doku. Ich bin Ihr Producer, Elaine Ihre Reporterin. Und Harper muss alles bezahlen, denn er ist der Boss. Ich schlage vor, darauf trinken wir was.« Er stemmte seine zweihundert Pfund aus dem Drehsessel hinter seinem Schreibtisch und holte eine Bourbonflasche aus einem Sideboard schräg hinter ihm, wo er auch die Gläser und die zahlreichen Süßigkeiten aufbewahrte, mit denen er sich eines Tages noch ins Zuckerkoma futtern würde. Er schenkte drei großzügige Doppelte ein und schob Elaine und Russell je einen davon hin. Russell nahm sein Glas und trank einen Schluck, doch Elaine sah, dass er nur nippte.

Sie selbst ließ ihren Drink stehen, denn sie trank nie vor acht Uhr abends. Es war zwar schon fast sieben, aber sie musste noch fahren. Eigentlich hätte sie längst auf dem Heimweg sein sollen. Sie hatte Becky gesagt, sie wäre um halb acht da und würde ein paar Steaks auf den Grill legen. Wenn sie nicht rechtzeitig käme, wäre es Becky aber auch egal. Ihr war in letzter Zeit alles egal. Statt mit Elaine auf der Veranda zu sitzen und Steaks zu essen, würde sie einfach stundenlang mit irgendwem telefonieren oder auf ihrem Handy herumtippen, und wenn Elaine dann irgendwann am Abend heimkäme, würde sie nicht mal aufblicken. Elaine seufzte unhörbar. *Ihr* war es nicht egal. Sie wollte so bald wie möglich los und mit ihrer Tochter Steaks essen.

»Worum genau geht es?«, erkundigte sie sich mit unverbindlicher Freundlichkeit.

»Das erklärt dir Russell jetzt alles.« Lincoln ließ seinen massigen Körper wieder in den Chefsessel plumpsen. Die Fettwülste unter seinem Kinn wackelten unternehmungslustig, als er auf die beiden Besucherstühle wies. »Aber bitte im Sitzen.«

Russell nahm wieder auf dem Stuhl Platz, auf dem er vorher bereits gesessen hatte, und Elaine setzte sich auf den anderen und schlug die Beine übereinander. Wieder war sie sich seiner Nähe überdeutlich bewusst. Es war fast, als säße ein Magnet neben ihr, dessen Sogwirkung sie bis in die letzte Nervenfaser spürte. Stirnrunzelnd versuchte sie, darüber hinwegzugehen. Das musste die lange Entbehrung sein. Sie war – rasch überschlug sie die Zeit – seit gut einem Jahr mit niemandem mehr aus gewesen. Das konnte nicht gesund sein. Mit einer Geste der Verlegenheit griff sie doch nach dem Whiskyglas und führte es zum Mund, aber sie merkte noch rechtzeitig, was sie tat, und befeuchtete sich nur die Lippen. Dumme Gans, schalt sie sich selbstironisch.

Russell hatte sie beobachtet, aber ihm war nicht anzusehen, was er dachte.

»Ich besitze auf Jamaika eine Plantage«, begann er. »Sie liegt in der Nähe von Montego Bay und befindet sich schon sehr lange in Familienbesitz – seit über zweihundert Jahren. Wir führen dort eine Musterplantage, das heißt, wir bauen noch Zuckerrohr im alten Stil an und ernten und verarbeiten alles per Hand.«

»So wie früher während der Sklavenwirtschaft?«

»Ganz genau so. Aber ich bezahle meine Mitarbeiter natürlich.« Russell grinste, was ihn völlig veränderte. Hatte er vorher schon mit seiner ernsten Miene gut ausgesehen, war er lächelnd schlichtweg umwerfend. Elaine ignorierte das schwache Flattern in ihrer Magengegend und konzentrierte sich auf ihre nächste Frage.

»Ist eine solche altmodisch bewirtschaftete Plantage denn rentabel?«

»Ja, aber nur als Teil eines Gesamtprojekts. Auf der Insel werden häufig historische Führungen veranstaltet. Es sind ständig irgendwelche Touristen- oder Schülergruppen da. Wir sind auch Event-Location für Filme, Hochzeiten, Jubiläen und all das.«

»Verstehe.«

»Erlebnistage im Zuckerrohrfeld, umgeben von Mandingo-Sklaven mit Macheten«, warf Lincoln ein.

Russell überhörte die flapsige Bemerkung. »Für die Plantage habe ich jetzt noch einige weitere Pläne, beispielsweise die Einrichtung eines exklusiven Luxusresorts.«

»In dem alten Herrenhaus«, warf Lincoln ein. »Eine wirklich antike Hütte. Great Swift Hall.«

»Swift Great House«, korrigierte Russell.

»Oh, sicher, ich werf's immer durcheinander. Jedenfalls ist es ein *wirklich* altes Haus«, wandte Lincoln sich an Elaine. »Ich hab mir die Bilder im Internet angesehen – historisch bis ins Detail. Das soll das Alleinstellungsmerkmal sein. Die Leute, die da Urlaub machen, sollen ein Gefühl kriegen wie vor zweihundert Jahren. So, als wäre die Zeit stehen geblieben. Natürlich mit allem Komfort. Richtig, Russell?«

»So ungefähr«, meinte Russell.

»Er will aber auch noch eine Art Erlebnispark für kranke und behinderte Kinder einrichten. Mit Ponystall.« Lincoln ließ Elaine diese Information mit so stolzer Miene zuteilwerden, als hätte er selbst diesen karitativen Entschluss gefasst.

»Interessant«, sagte Elaine. »Ich wusste nicht, dass man damit Geld verdienen kann.«

»Kann man auch nicht«, gab Russell zurück. »Die Urlauber-Lodge soll das Kinderhaus querfinanzieren. Und ich will natürlich Mittel dafür einwerben, aus Stiftungen und von anderen wohltätigen Gesellschaften.«

»Und zwar mithilfe der Reportage, die wir produzieren«, ergänzte Lincoln. »Von der Trauminsel Jamaika. Wo man traumhaften Urlaub machen und gleichzeitig ein paar unterprivilegierten Kids helfen kann.«

»Das bringt es ungefähr auf den Punkt«, stimmte Russell zu. »Ich stelle mir eine knapp einstündige Reportage über die Insel und über Swift Great House vor. Wie lange würde es dauern, um genug Material für eine solche Produktion aufzunehmen?«

»Zwei Wochen etwa«, meinte Elaine.

»Waren Sie schon mal auf Jamaika, Miss Harrison?«

»Elaine, bitte. Nein, ich kenne die Insel nur aus dem Fernsehen. Ich weiß, eigentlich ist es ein Katzensprung, nur ein kurzer Flug über Kuba. Aber es hat sich bisher noch nicht ergeben.«

»Dann würde ich dafür sorgen, dass Sie für die Dreharbeiten einen ortskundigen Führer bekommen.«

»Oh, wirklich?«, sagte Elaine, während sie angestrengt überlegte, wie sie aus dieser Nummer wieder herauskam. Sie konnte keine zwei Wochen von Miami weg. Becky würde mehr Unfug anstellen, als ein Mensch sich ausmalen konnte.

»Die Insel wird Ihnen sicher gefallen.«

Elaine nickte höflich. »Wie man so hört, finden die meisten Leute es sehr schön da.«

»Und dabei hat sie echte Vorfahren auf Jamaika«, sagte Lincoln mit vergnügtem Zwinkern. »Kommt nicht deine Großmutter von da? Du hast doch mal so was erwähnt.« Er schenkte sich ein großzügig bemessenes Quantum Whisky nach und kippte es mit zwei Schlucken runter. Elaine sah es mit Sorge. Er war ein guter Producer und in den Jahren, die sie schon mit ihm arbeitete, beinahe zu einem Freund geworden, aber seine Laster würden ihn frühzeitig ins Grab bringen, wenn er nicht auf sich achtgab.

»Wirklich?«, fragte Russell. »Sie haben familiäre Bezüge zu der Insel?«

»Das ist maßlos übertrieben«, wehrte Elaine ab. »Es war auch nicht meine Großmutter, sondern meine Ururgroßmutter. Wenn das überhaupt reicht, denn es muss wirklich fast zweihundert Jahre her sein. Meine Mutter hatte irgendwann mal uralte Briefe von ihrer Großmutter ausgegraben, und die wiederum hatte sie wohl von ihrer Großmutter geerbt. Es gab anscheinend in unserer Familie vor ewigen Zeiten mal eine Mulattin, die Louisa hieß und als Sklavin auf Jamaika lebte. Deren Tochter Carol soll dann nach dem Ende der Sklaverei von Jamaika in die USA gekommen sein.«

»Und das war deine Großmutter«, setzte Lincoln hinzu.

»Blödsinn, ich sag doch, man muss noch ein paar *Urs* dranhängen. Es ist viel zu lange her.«

»Jedenfalls ist sie deine Ahnin. Mit anderen Worten, du stammst von Sklaven ab.«

Elaine unterdrückte ein Kichern. »Das ist wohl nicht zu übersehen. Aber das liegt bestimmt nicht an dieser Louisa, sondern an meinem Grandpa.«

»Der aber nicht zufällig von Jamaika stammt, oder?«, fragte Russell.

Elaine betrachtete ihn unter gesenkten Lidern. Hatte er da gerade wirklich einen Scherz gemacht? Bis jetzt war es ihr so vorgekommen, als wäre sein Sinn für Humor eher unterentwickelt.

»Er kommt aus Mississippi und war ziemlich schwarz«, informierte sie ihn. »Genau wie sein Dad und dessen Dad und dessen Dad. Mit meinen karibischen Wurzeln hat das aber nichts zu tun, die stammen von der Seite meiner Mom. Besagte Louisa war *ihre* Vorfahrin.«

»Elaines Grandpa väterlicherseits war ein hochdekorierter Soldat der US-Flotte«, meinte Lincoln. »Er hat Elaines Grandma – das war aber *wirklich* deine Grandma, oder? – auf Hawaii kennengelernt. Sie hatte eine Blumenkette um den Hals und hat fantastisch ausgesehen. Hast du das Foto von deiner hawaiianischen Großmutter noch, Elaine?« Anscheinend war heute sein redseliger Tag. Oder es kam vom Whisky. Und bestimmt war er ausgesprochen erleichtert wegen des neuen Auftrags, denn Harper hatte schon mehrfach durchblicken lassen, dass die Zahlen nicht mehr stimmten und die Produktionsfirma Defizite einfuhr. Dieses neue Projekt, das Harper anscheinend persönlich an Land gezogen hatte, würde vielleicht einen Teil der Misere beheben. Sofern ihm überhaupt daran lag. Düster überlegte Elaine, ob Harper vielleicht bloß einen letzten Grund brauchte, um

Subview dichtzumachen. Er hatte die Produktionsfirma von seinem Vater geerbt und wollte im Grunde gar nichts damit zu tun haben. Sein einziges Problem bestand darin, dass die Firma Teil einer Aktiengesellschaft war und die Aktionäre der Schließung zustimmen mussten. Folglich strengte er sich nicht besonders an, sie in der Gewinnzone zu halten.

»Ich glaube nicht, dass Mr. Swift sich für meine Familiengeschichte interessiert.«

»Russell«, verbesserte er. »Und Ihre Familiengeschichte interessiert mich sehr.«

»Dann sollte ich jetzt vielleicht erwähnen, dass ich eine Tochter habe, die zu Hause auf mich wartet und der ich versprochen habe, heute eigenhändig zu kochen.«

»Und wer passt so lange auf die Kleine auf, während Sie arbeiten?«

»Leider niemand. Aber das Haus wird noch stehen, wenn ich heimkomme. Hoffentlich.« Elaine grinste ein bisschen schräg. »Becky ist sechzehn. Nein, stimmt nicht, seit letzter Woche schon siebzehn.«

»Und ein verflixt vorlautes Ding«, führte Lincoln aus. »Du lässt ihr zu viel durchgehen, Elaine.«

»Sie können keine siebzehnjährige Tochter haben. Sie sind doch höchstens achtundzwanzig.«

Russells ungläubige Miene und das Kompliment lösten ein weiteres Nervenflattern bei ihr aus. »Vierunddreißig. Ich war damals noch auf dem College.«

»Und verliebt und unerfahren und leichtsinnig«, assistierte Lincoln.

Sie warf ihm einen entnervten Blick zu und stand auf. »Ich muss jetzt wirklich los. Können wir den Rest einfach morgen besprechen?«

»Natürlich. Rufen Sie mich an, wenn Sie Fragen haben.« Russell erhob sich ebenfalls und drückte ihr seine Visitenkarte in die Hand. »Das sollte ohnehin nur ein kurzes Vorgespräch werden. Zuerst wollte ich einfach bloß abklären, ob Sie mitmachen wollen. Eine einstündige Reportage über die Insel und Swift Great House. Es geht doch klar, oder?«

»Wann wäre das denn?« Leicht beunruhigt fragte Elaine sich, wieso sie nicht schon längst gesagt hatte, dass es nicht ging. Der Himmel allein wusste, was Becky innerhalb von zwei Wochen alles anstellen konnte. Nein, es war wirklich keine gute Idee. Warum teilte sie das Russell nicht einfach mit?

»Am liebsten sofort«, antwortete er.

»Sofort?« Verblüfft sah sie ihn an. »Sie meinen … *sofort?*«

»Na ja, wohl eher nächste Woche. Ich müsste noch ein paar Vorbereitungen treffen. Aber dafür brauche ich höchstens drei Tage. Wann können Sie kommen?«

»Oh, ich weiß nicht … meine Tochter …«

»Du nimmst Becky mit«, mischte Lincoln sich ein. Er schnappte sich einen Schokoriegel und riss das Papier ab, ehe er hineinbiss und mit vollen Backen weiterredete. »Nächste Woche fangen die Sommerferien an. Sie kann einen Tapetenwechsel gebrauchen. Genau wie du. Vielleicht ist so eine Reise exakt das, was ihr beide braucht bei eurem ganzen verfahrenen Mutter-und-Tochter-Ding.«

Das trug ihm einen weiteren bösen Blick von ihr ein. Sie hasste es, wenn er vor anderen Leuten ihre Probleme thematisierte, vor allem vor Fremden.

»Übers Wochenende kannst du dich einarbeiten«, sagte Lincoln ungerührt und schob sich den Rest des Schokoriegels in den Mund. »Ich maile dir das Material nachher noch.«

»Sie können Ihre Tochter gern mitbringen, Elaine. Auf Swift Great House haben wir genug Platz. Und David wird sich bestimmt über nette weibliche Gesellschaft freuen.«

»Wer ist David?«

»Mein Sohn. Er ist ebenfalls siebzehn.« Russell verzog das Gesicht. »Und hat auch so seine Probleme mit dem Erwachsenwerden.«

»Dann ist es abgemacht.« Lincoln beäugte die Whiskyflasche, als könnte er sich nicht entscheiden, ob ein weiterer Drink zu viel des Guten wäre. Er rülpste hinter dezent erhobener Hand und wandte sich an Elaine. »Ich sage dem Rest vom Team Bescheid und lasse Mildred die Flüge buchen. Sagen wir Montag?« Er sah Russell an. »Was meinen Sie, passt das?«

»Montag ist gut«, befand Russell. »Ich hole Sie und Becky in Montego Bay vom Flughafen ab, Elaine.«

Elaine setzte zu einem Widerspruch an, denn das ging ihr alles entschieden zu schnell. Aber der Protest erstarb ihr auf den Lippen. Den Grund dafür kannte sie selbst nicht. Später, auf der Heimfahrt, würde sie sich einreden, dass es eigentlich eine passable Idee war, ein paar Wochen auf Jamaika zu verbringen, denn erst neulich hatte Becky gesagt, wie öde sie Coconut Grove fand und dass sie unbedingt mal woanders Urlaub machen wollte als immer bloß am Strand vor der eigenen Haustür.

Aber in diesem Moment in Lincolns Büro, in diesem großen, etwas schäbigen, von Bourbongeruch erfüllten Raum mit Blick auf den Highway hatte ihr Schweigen andere Gründe. Und die hingen damit zusammen, wie Russell sie ansah – auf eine Art, die etwas in ihr aufflackern ließ. Ein seltsames, unerklärliches Verlangen danach, dorthin zu gehen, wo auch er war. Das Gefühl verflüchtigte sich sofort wieder, so schnell, dass sie fast sicher war, es sich nur eingebildet zu haben. Aber auch nur fast. Denn es war noch genug davon da, um sie daran zu hindern, diesen Job einfach auszuschlagen. Sie erkannte, dass sie sich inkonsequent verhielt, doch sie hatte keine Lust, genauer darüber nachzudenken. Stattdessen machte sie sich auf den Heimweg. Höchste Zeit für die Steaks.

»Bis dann.« Sie nickte Lincoln zum Abschied zu.

»Bis dann, schöne Frau.«

Aus seinem Mund hörte sie solche Komplimente gern. Er war stockschwul und machte keinen Hehl daraus.

»Bis Montag«, sagte Russell, und seine tiefe Stimme klang wie ein Versprechen.

Darauf erwiderte sie nichts mehr, doch während des gesamten Wegs bis zum Aufzug spürte sie noch das Prickeln von seinem Händedruck an ihren Fingerspitzen.

Russell sah Elaine durch die Glastür nach, bis sie um die Ecke des Gangs verschwunden war. Von Weitem hörte er das dünne *Pling* der Aufzugtüren. Es war fast, als könnte er spüren, wann die dicken Metalltüren sich hinter ihr schlossen und sie von ihm abschirmten. Himmel noch mal, was war los mit ihm? Wieso ging ihm der Anblick der Frau so unter die Haut? Sie war schön, keine Frage. Er hatte diesen Typ Frau immer gemocht – eine Haut wie Toffee, kurzes lockiges Haar, knabenhafte, aber an den richtigen Stellen gut gerundete Figur und ein Mund, bei dem ein Mann sich vergessen konnte. Vor allem hatte sie wunderschöne Mandelaugen, topasbraun und leicht schräg geschnitten. Vermutlich ihr hawaiianisches Erbe. Aber es war nicht allein ihr sensationelles Äußeres. Sie hatte ihn zusätzlich auf einer anderen Ebene angesprochen, die über das Körperliche hinausging.

Grübelnd blickte er auf seine Hände. Als er sie berührt hatte … Sie hatte es auch gespürt, davon war er überzeugt. Er war so in Gedanken versunken, dass er zusammenzuckte, als Lincoln ihm Whisky nachschenkte, obwohl er von seinem ersten Drink kaum ein paar Schlucke genommen hatte.

»Na, das war ja eben wohl so eine Art *coup de foudre,* wie?«, meinte Lincoln launig. »Das erlebt man selten, schon gar nicht direkt aus nächster Nähe. Man konnte richtig die Funken sprühen sehen.« Er faltete die Hände über seinem gewaltigen Schwabbelbauch. »Irgendwie gut, dass ich sie so überrumpelt habe. Ich meine, gut für *Sie.* Aber auch gut für Elaine. Zeit, dass sie mal auf andere Gedanken kommt.«

Russell unternahm nicht den Versuch, sich dumm zu stellen. »Sie sind ziemlich direkt.«

»Immer schon gewesen. Ist eine Devise von mir.«

»Hat sie jemanden?«

Lincoln schüttelte den Kopf. »In dem Fall hätte ich sie von Ihnen ferngehalten. Manchmal kann es zwar ganz spannend sein, auf mehreren Hochzeiten zu tanzen, aber das wäre nicht Elaines Stil. Sie würde jemandem wehtun müssen, und das hasst sie zutiefst.« Er musterte Russell neugierig. »Und was ist mit Ihnen? Oh, warten Sie – niemand, oder? Denn Ihr Stil wäre es auch nicht.«

»Nein«, sagte Russell geistesabwesend. Er kam sich immer noch vor, als hätte ihn eine Welle überrollt. Aus dem Hinterhalt, plötzlich und ohne jede Vorwarnung. Vorhin, bevor sie hereingekommen war, hatte er sich eigentlich schon wieder verdrücken wollen. Lincolns aufgekratzte Art hatte ihn ermüdet, er war hungrig, weil er seit dem Frühstück nichts gegessen hatte, und der ganze Laden kam ihm nicht gerade wie die ultimative Produktionsfirma vor, als die Harper sie ihm beschrieben hatte. Eine halbe Etage in einem ungepflegten Bürohaus, in dem der Putz von den Wänden bröckelte und Müll in der Eingangshalle herumlag. Keine festen Angestellten außer Elaine Harrison sowie der Sekretärin Mildred, die aber schon Feierabend hatte, als Russell eingetroffen war. Alle anderen waren als freie Mitarbeiter beschäftigt, wie Lincoln ihm mit einem Hauch Verachtung in der Stimme erzählt hatte – Verachtung, die Harper galt. Und er hatte recht. Harper würde diesen Laden nicht mehr lange am Laufen halten. Ihm fehlte das, was man als Unternehmer – neben Kapital – für den Betrieb eines Geschäfts am dringendsten benötigte: Verantwortungsgefühl. Lincolns Verzweiflung über das nahe Ende von *Subview* hatte Russell aus jeder Ecke des unordentlichen, aber mit großer Freude an diesem Job ausstaffierten Büros förmlich angesprungen. Die Poster von TV-Dokumentationen an den Wänden, die Trophäen im Regal – vermutlich irgendwelche Auszeichnungen für hochwertige Produktionen –, sogar das Sideboard mit dem Barfach und den Süßigkeiten – alles wirkte wie ein trotziges Bollwerk gegen den unausweichlichen Niedergang. Ob Elaine Harrison sich ähnliche Sorgen um ihre Zukunft machte?

»Macht Harper Ihnen einen Sonderpreis?«, erkundigte Lincoln sich.

»Harper?« Russell lachte. »Der doch nicht. Ich fand den Preis ziemlich happig, aber ich dachte, ich sehe mir den Laden mal an, denn woanders ist es auch nicht günstiger.«

»Sie wollten aber eigentlich schon wieder gehen, stimmt's? *Subview* war nicht wirklich Ihr Fall.«

»Sie haben einen scharfen Blick.«

»Sag ich doch. War also clever von mir, Elaine ins Spiel zu bringen.« Lincoln grinste und trank von seinem Whisky. Dann wurde er ernst. »Sie ist was Besonderes, wissen Sie?«

»Wenn sie nur halb so besonders ist, wie sie aussieht, wäre das schon sehr besonders.«

Falls Lincoln das Wortspiel amüsant fand, ließ er es sich nicht anmerken. »Es klingt vielleicht ein bisschen verrückt, aber als Sie heute Nachmittag hier reinkamen und mir von Ihrem Great Swift Hall erzählten …«

»Swift Great House.«

»Jaja,«, meinte Lincoln. »Ich lern's schon noch. Jedenfalls, als Sie mir von Ihrer Plantage erzählten und über dieses

Haus … Ich weiß nicht, es ist irgendwie … abgefahren, aber ich musste Elaine einfach rufen und sie beide miteinander bekannt machen. Normalerweise wäre sie um die Zeit schon auf dem Absprung nach Hause gewesen. Sie legt Wert darauf, möglichst viel Regelmäßigkeit in ihr gemeinsames Leben mit ihrer Tochter zu bringen. Kratzbürstiges kleines Biest, diese Becky, das kann ich Ihnen jetzt schon mal sagen.«

Russell runzelte die Stirn, denn Lincolns Art, sprunghaft vom Thema abzuschweifen, war ziemlich gewöhnungsbedürftig. Aber Lincoln nahm von allein den Faden wieder auf.

»Es war wie ein Zwang. Als würde mir eine Stimme sagen: Ruf sie her. Jetzt.« Er lachte sein fettes, breites Lachen, aber es schwang ein Hauch von Unsicherheit mit. »Irre, oder?«

»Na ja, wir hatten gerade darüber gesprochen, welcher Reporter sich für diesen Job am besten eignet, und da meinten Sie, dafür käme nur eine Person infrage, und zwar Elaine Harrison.«

»Oh, war das wirklich so?« Lincoln blickte leicht irritiert in sein Whiskyglas, dann trank er es kurz entschlossen leer. »Na schön. Wahrscheinlich hatte ich zu viele Drinks.«

Davon war Russell überzeugt. Die Flasche war schon halb leer gewesen, als er gekommen war, und die abgerissene Banderole auf dem Sideboard bewies, dass sie heute erst geöffnet worden war.

»Ich sollte nicht so viel reden«, meinte Lincoln. »Aber manchmal geht es mit mir durch. Bei Ihnen zum Beispiel. Es kommt mir vor, als würde ich Sie schon lange kennen. Und dabei haben wir höchstens … Wie oft haben wir geredet?«

»Viermal«, sagte Russell.

»Okay. Vier Telefonate. Wieso hab ich bloß das Gefühl, Sie von früher zu kennen?«

»So geht es einem bei manchen Menschen.« Beispielsweise bei Elaine, fügte Russell stumm hinzu, die Augen auf seine Hände gesenkt.

»Vielleicht lass ich mich mal auf Jamaika blicken, wenn Elaine da für Sie dreht«, meinte Lincoln versonnen.

»Wieso nicht? Schließlich sind Sie der Producer.«

»Ich bin im Prinzip bloß das Backoffice. Die Logistik. Oh, und den Endschnitt mache ich auch. Obwohl das immer ein echter Kampf mit Elaine ist. Sie mag es nicht, wenn in ihren Sachen rumgeschnitten wird. Aber am Ende sieht sie dann doch jedes Mal ein, dass man auch Gutes immer noch besser machen kann.« Lincolns Handy piepte, und er warf einen Blick darauf. »Ah, Zeit für mein Kardiotraining.« Er zog eine Schublade an seinem Schreibtisch auf und holte einen kleinen, unten spitz zulaufenden Plastikkorb heraus, aus dem man mittels einer Schnappfeder einen Ball in die Luft schießen und ihn anschließend mit dem Korb wieder auffangen konnte. »Der Arzt sagt, ich soll jeden Tag zu festgesetzten Zeiten ein bisschen Sport machen«, sagte er zu Russell, der das Kinderspielzeug amüsiert betrachtete.

»Wir haben ja eigentlich auch alles besprochen«, gab Russell zurück. Er hätte zwar gern noch mehr über Elaine Harrison erfahren, aber was er noch nicht wusste, konnte er auch selbst herausfinden. Das machte das Ganze irgendwie spannender. Bei dem Gedanken, sie schon in wenigen Tagen wiederzusehen, fühlte er sich aufgeregt wie ein Teenager vor dem Schulball.

Irre, wiederholte er leicht belustigt in Gedanken Lincolns Ausdruck.

»Bis dann«, sagte er zu dem dicken Produzenten, der wild fuchtelnd mit dem kleinen Plastikkorb nach dem Ball haschte.

»Guten Heimflug!«, rief Lincoln, krebsrot im Gesicht von

der Anstrengung, obwohl er sich keinen Zoll von seinem Drehsessel erhoben hatte. »Und, Russell …«

Russell blieb bei der Glastür stehen. »Ja?«

»Seien Sie vorsichtig.«

»Bei was?«

»Bei Elaine. Und überhaupt. Ich hab da so ein Scheißgefühl.«

»Wie darf ich das denn jetzt verstehen?«

»Es ist so eine Art üble Vorahnung.«

»Elaine und mich betreffend?« Russell betrachtete Lincoln skeptisch.

»Ganz genau.«

»Wieso haben Sie mir Elaine denn dann vorgestellt?«

»Das habe ich Ihnen doch erklärt. Es war wie eine Art innerer Zwang.«

»Der stärker war als das Scheißgefühl?«, erkundigte Russell sich ein wenig ironisch.

»Das hatte ich da noch nicht. Das kam eben erst.«

Russell lachte. »Was ist los mit Ihnen? Haben Sie das verdammte zweite Gesicht oder was?«

»Jep. Das wird es sein.« Lincoln schnippte den Ball fast bis zur Decke. »Wahrscheinlich kommt es vom Whisky oder vom Bluthochdruck oder den miesen Shrimps, die ich heute Mittag hatte.« Der Ball fiel auf den Boden und rollte unter den Schreibtisch, und Lincoln bückte sich schimpfend, um ihn aufzuheben. »Lassen Sie sich nicht aufhalten!«, rief er ächzend, den Kopf unter dem Schreibtisch. »Ich ruf Sie an!«

Russell sagte ein letztes Mal goodbye und empfahl sich. Er dachte an Antoinette. Seine alte Haushälterin hätte an Lincoln vermutlich ihren Spaß gehabt. Sie hätte ihm ihr *gris-gris* vor der Nase herumgeschwenkt und ihren monotonen Kreolensingsang angestimmt, einfach bloß, um ihm Angst einzujagen. Auf solche Dinge verstand sie sich. Ganz abgesehen davon, dass sie wirklich das zweite Gesicht hatte. Aber darüber sprach man nicht, denn schon darüber nachzudenken konnte einen vernünftigen Menschen verrückt machen.

Auf dem Weg zum Aufzug hatte Russell ganz kurz das Gefühl, als würde ihn ein kalter Hauch im Nacken streifen. Ein Hauch von etwas, über das er nicht nachdenken wollte, weil er schon vor langer Zeit beschlossen hatte, solche Gedanken nicht mehr zuzulassen.

2

Überall herrschte Feierabendtrubel, als Elaine über den West Dixie Highway nach Coconut Grove fuhr. Wenn in Downtown die Büros zumachten, ging nebenan in Little Havanna um diese Tageszeit das Leben erst richtig los, mit lärmender hispanischer Musik und Sommerabendstimmung. Elaine wollte jedoch nur noch nach Hause. Sie war hungrig, verschwitzt und müde. Die Klimaanlage ihres alten Lexus gab nur spuckende Töne von sich, statt zu funktionieren, obwohl sie letzten Monat für die Reparatur über zweihundert Dollar bezahlt hatte. Während der Fahrt rieb sie sich über die Nasenwurzel und dachte an Russell Swift und daran, was Becky wohl davon halten würde, dass sie am Montag mit ihr nach Jamaika fliegen sollte. Wahrscheinlich würde sie schon aus Prinzip dagegen sein.

Sie parkte den Wagen vorm Haus und winkte Miss Archer zu, die nebenan ihre Glyzinien wässerte und immer so tat, als müsste sie die Welt retten oder sie zumindest vor bestimmten Missständen bewahren.

»Ihre Tochter hat die Musik wieder ziemlich laut aufgedreht, Elaine. Es gibt hier in der Nachbarschaft ältere Leute, die sehr geräuschempfindlich sind.«

Ja, zum Beispiel dich, du alte Scharteke, dachte Elaine respektlos, während sie Miss Archer ein freundliches Lächeln schenkte. »Ich kümmere mich gleich darum. Sie wissen schon – Teenager.«

»Natürlich. Wir waren ja auch mal jung.«

»Vor siebzig Jahren« murmelte Elaine, während sie die Haustür aufschloss.

»Was?«

»Gleich wird's leiser!«, rief Elaine. »Schönen Abend noch, Miss Archer!«

Sie warf ihre Handtasche auf den kleinen Dielentisch und eilte in den offenen Wohnraum, wo die Anlage auf vollen Touren lief und nicht nur den Garten, sondern die halbe Nachbarschaft beschallte. Elaine schaltete die Musik ab.

Becky lag in der Hängematte, die zwischen zwei Verandapfosten aufgespannt war. Sie schaute missmutig über die Schulter. »Wieso machst du das?«

»Weil es zu laut war. Man versteht ja sein eigenes Wort nicht. Außerdem hat Miss Archer sich beschwert. Und wieso nimmst du nicht deine Ohrstöpsel?«

»Sie sind kaputt. Du wolltest mir neue mitbringen, schon vergessen?«

Mist. Elaine entsann sich. Becky hatte es ihr vor ein paar Tagen gesagt. Andererseits …

»Du hättest auch selbst mit dem Bus in die Stadt fahren können. Und bis du neue Ohrstöpsel hast, kannst Du doch auch die Kopfhörer vom Fernseher benutzen.«

Sie fragte sich, warum sich das wie eine Entschuldigung anhörte. Und wieso sie ein schlechtes Gewissen hatte. Was hatte Becky denn den ganzen Tag zu tun außer Musik zu hören oder mit ihren Freundinnen zu chatten? Sie machte ja nicht mal ihr Zimmer sauber. Auch so ein Punkt, über den sie schon lange mal hätten reden müssen. Wenn es nur nicht immer so verflucht schwierig gewesen wäre …

Becky pellte sich aus der Hängematte, schwang ihre langen braunen Beine auf den Holzboden der Veranda und streckte sich. Elaine war wie immer gebannt von Beckys Schönheit.

Manchmal konnte sie nicht glauben, dass sie dieses Kind geboren hatte – es glaubte sowieso kaum jemand, ganz unabhängig davon, dass sie schon so früh Mutter geworden war. Becky hatte wunderschönes lockiges Haar – nicht kurz gelockt wie Elaine, sondern eine wellige Mähne von der Farbe tiefdunklen Waldhonigs. Den Mund hatte sie von Dale, diesen großen, lachenden Mund, und genauso die perfekten Zähne, das gesunde Ebenmaß der Glieder und diesen betörenden Schmelz jugendlicher Anziehungskraft. Dass ihr Großvater mütterlicherseits schwarz war, sah man nur an der zimtfarbenen Haut; ansonsten hatten die väterlichen Gene voll bei ihr durchgeschlagen. Je älter Becky wurde, desto mehr erinnerte sie Elaine an Dale Cranston, denn damals war er nur anderthalb Jahre älter gewesen als Becky jetzt, und seit jener Zeit hatte sie ihn nicht mehr gesehen. Was er wohl zu Becky gesagt hätte, wenn er sie jetzt hätte sehen können? Ob er oder seine Eltern sich je hätten träumen lassen, welches Wunder aus dieser Beziehung erwachsen war? Ob es ihnen wohl auch so den Atem verschlagen hätte wie ihr gerade eben?

Elaine war froh, dass Becky ungefähr zehn Zentimeter kleiner war als sie, sonst wäre sie vermutlich schon längst nach Paris oder London oder New York abgehauen, um da mit zahllosen anderen blutjungen Models über Catwalks zu laufen und für Hochglanzmagazine zu posen. Natürlich hätte Elaine versucht, es zu verhindern, aber bei Becky bestand nun mal leider das Problem, dass sie sich nichts verbieten ließ. In keiner Hinsicht. Sie hatte einen solchen Dickkopf, dass es kaum zum Aushalten war.

Elaine fragte sich oft, ob sie irgendwas falsch gemacht hatte, denn sie hörte häufig von ihren Freunden und Kollegen – heute auch wieder von Lincoln, dieser Quatschtüte –, dass sie Becky einfach zu viel durchgehen ließ. Wenn sie sich nicht noch ziemlich genau daran erinnert hätte, dass sie selbst in dem Alter keinen Deut besser gewesen war, hätte sie es vielleicht sogar geglaubt. Die Wahrheit war wohl, dass Becky in dem Punkt einfach ein bisschen mehr von ihr geerbt hatte, als ihr guttat. Aber wenigstens bestand die berechtigte Hoffnung, dass sich die renitente, eigensinnige Art bei Becky irgendwann genauso auswachsen würde wie bei ihr selbst.

Ohne ein Wort stolzierte Becky an Elaine vorbei durch den Wohnraum und bog in ihr Zimmer ab. Anscheinend war sie sauer. Ob wegen der Ohrhörer oder wegen der Verspätung, war schwer zu sagen. Vielleicht auch wegen was ganz anderem. Oder überhaupt nicht? Elaine seufzte. Bleib cool, befahl sie sich. Schimpfen war völlig zwecklos und Vorwürfe ebenso. Becky würde dasselbe tun, was Elaine früher immer gemacht hatte, wenn ihre Mutter mit irgendwelchen Vorhaltungen über sie hergefallen war – einfach kein Wort sagen und sie mit diesem Schweigen abstrafen, und das stundenlang. Oder Tage, wenn es sein musste. Besser, sie regte sich ab und machte sich deswegen nicht verrückt.

Doch als sie wenig später mit vorgebundener Schürze vor dem Grill stand und die Steaks für das Abendessen wendete, gerieten ihre guten Vorsätze ins Wanken, denn Becky kam mit voller Kriegsbemalung und ultrakurzem Röckchen aus ihrem Zimmer und rief quer durch den Wohnraum, sie wäre dann mal weg. Bevor Elaine protestieren konnte, hatte Becky schon die Haustür hinter sich zugeknallt. Elaine lief ihr nach und riss die Tür auf. »Was soll das? Ich mache gerade das Abendessen für uns beide!«

»Hab keinen Hunger mehr.« Becky holte ihr Rad aus dem Schuppen neben dem Haus. »Du bist ja nicht gekommen, da hab ich mir ein Sandwich gemacht.«

Das saß. Elaine schluckte. »Setz wenigstens den Helm auf!«

Aber Becky war schon an der nächsten Straßenecke. Miss

Archer, die nebenan gerade ihren fetten Mops für den abendlichen Spaziergang anleinte, blickte mitleidig auf. »Vielleicht muss sie mal von einem Bus erwischt werden. Dann merkt sie, dass sie besser auf ihre Mom hören sollte.«

Elaine zog es vor, das nicht zu kommentieren. Frustriert ging sie zurück auf die Veranda. Die Steaks waren so gut wie fertig, aber sie selbst hatte jetzt auch keinen Hunger mehr, obwohl sie eben noch das Gefühl gehabt hatte, einen Ochsen verdrücken zu können. Sie schnitt sich von einem der Rumpsteaks ein Stück ab und aß es im Stehen mit ein paar Bissen Brot. Den Salat, den sie eigentlich noch hatte zubereiten wollen, stellte sie unberührt zurück auf die Anrichte, die den Wohnraum von der offenen Küche abteilte. Sie schenkte sich ein Glas Pinot Grigio ein und machte es sich in ihrem alten Rattansessel auf der Veranda gemütlich. Den Sessel hatte sie genau wie das Haus von ihren Großeltern geerbt, die damals nach Grandpas Abschied von der Army nach Florida übergesiedelt waren, so wie viele Pensionäre. Nach Grandmas Tod war ihr Großvater in ein Seniorenheim gezogen und hatte Elaine das Haus überlassen. Inzwischen war er auch schon lange tot, aber sie war in Miami hängen geblieben.

Die Stadt gefiel ihr, vor allem aber Coconut Grove mit seinem malerischen Village, den stilvollen alten Straßenlaternen und den vielen originellen kleinen Läden. Das Haus, ein gemütlicher Holzbungalow mit einer pfostengestützten Veranda, war ihr als die ideale Umgebung erschienen, um ein Kind großzuziehen. Es gab keinen Pool, aber dafür einen schön eingewachsenen kleinen Garten und jede Menge Bougainvilleen auf dem Verandadach. Damals, als sie hergezogen waren, war Becky fünf gewesen und sie selbst gerade mit der Uni fertig. Sie hatten hier eine wirklich gute und fröhliche Zeit verlebt. Bis … tja, bis Becky in die Pubertät gekommen war. Das hatte sie von einem niedlichen Sonnenschein in eine echte Kratzbürste verwandelt. Es war nur noch schwer an sie ranzukommen, und manchmal hatte Elaine Angst, dass sich das bis zum College nicht mehr ändern würde. Eines Tages wäre ihre Tochter dann weg und die schönen Zeiten endgültig beim Teufel.

Elaine nippte von dem kühlen Weißwein und betrachtete die hohe, dicht gewachsene Hecke, die den schmalen Garten vom nächsten Grundstück trennte. Die Äste wucherten heraus, ein Schnitt war längst überfällig. Und der Rasen musste auch gemäht werden. Aber was das anging, würde sie wohl Prioritäten setzen müssen. Sie streckte seufzend die Beine aus und legte die Füße auf das Geländer der Veranda. Wenn sie schon in vier Tagen nach Jamaika fliegen und zwei Wochen dortbleiben wollte, musste sie bald mit ein paar Vorbereitungen anfangen. Zum Beispiel ihren Posteingang checken, ob Lincoln schon die Infos über die Plantage geschickt hatte. Außerdem Wäsche waschen, Koffer entstauben, Bernice anrufen und sie fragen, ob sie so lange das Haus hüten konnte. Bernice studierte Kunstgeschichte an der University of Miami und kam normalerweise einmal die Woche zum Saubermachen her. Sie bewohnte ein chaotisches Zimmer in einer lauten Studenten-WG und wäre sicher sehr angetan von ein paar Wochen Stille.

Elaine legte den Kopf zurück und rieb die glatte Wölbung des Weinglases über ihre Wange. Für die lange To-do-Liste war später noch Zeit. Sie war erledigt und musste ein bisschen ausspannen, ob in Beckys Gesellschaft oder allein. Sie hatte den ganzen Tag Material für eine Öko-Reportage in den Everglades gesichtet, mit Naturschützern und Alligatorenjägern und anderen Sumpf-Experten telefoniert und sich zwischendurch Lincolns Sorgen angehört. Er hatte den Verdacht, dass sein Freund fremdging, womit er vermutlich richtiglag.

Im Haus brummte ihr Handy, und Elaine stand widerwillig auf, um in die kleine Diele zu gehen, wo ihre Tasche lag. Die Nummer im Display kannte sie nicht. »Ja, Elaine Harrison hier.«

»Russell Swift.«

Seine dunkle, raue Stimme fuhr ihr direkt in den Magen. Sie hätte fast das Weinglas fallen lassen und fluchte stumm, weil sie beim Versuch, es festzuhalten, die Hälfte von dem Pinot Grigio verschüttete, der noch im Glas gewesen war.

»Lincoln hat mir Ihre Nummer gegeben. Ich hoffe, ich störe nicht.«

»Oh nein! Ich ... hatte nur nicht mit Ihrem Anruf gerechnet. Ich dachte, Sie wären schon wieder nach Jamaika geflogen.«

»Nein, ich bin immer noch im Interconti in Downtown. Die Maschine hatte einen Motorschaden, der Flug wurde gecancelt. Der nächste geht erst morgen. Ich dachte, wenn ich jetzt noch eine Nacht länger bleiben muss, kann ich den angebrochenen Abend auch sinnvoller verbringen als damit, vor dem Hotelfernseher zu sitzen oder allein in der Bar zu hocken, bis Schlafenszeit ist.«

»Was wäre denn in Ihren Augen sinnvoller?« Sie merkte, wie ihre Stimme vibrierte. Es war keine Absicht, sie hatte es nicht unter Kontrolle. Am liebsten hätte sie sofort aufgelegt, damit er nicht mitkriegte, wie ihr Herz schlug. In ihren Ohren klang es wie Donner. So, als müsste jeder in meilenweitem Umkreis es hören können.

»Ein Arbeitsgespräch über Swift Great House«, meinte er. »Hat Lincoln Ihnen schon die Unterlagen gemailt? Er meinte, er würde es machen, bevor er nach Hause geht. Wir könnten schon einige offene Fragen klären, bevor Sie am Montag ankommen.«

»Ich hab noch nicht nachgesehen. Es waren noch ein paar andere Dinge zu tun.«

»Oh. Ich hoffe, ich hab Sie nicht in Ihrem wohlverdienten Feierabend gestört.« Es klang besorgt. »Am besten vergessen wir das. Sie wollen sich bestimmt um Ihre Tochter kümmern. Oder in Ruhe die Füße hochlegen und ein Glas Wein trinken.«

»Können Sie hellsehen?« Sie lachte kurz. »Genau damit hatte ich gerade eben angefangen. Aber Becky braucht keinen Babysitter. Und anscheinend hat sie nicht mal Bedarf an einem Abendessen. Sie ist gerade noch mal weg, wahrscheinlich, um mit ein paar Freunden um die Häuser zu ziehen.«

»Machen Sie sich Sorgen um sie?«

»Verdammt, ja«, entfuhr es ihr. Etwas gemäßigter fuhr sie fort: »Sie wissen ja, wie das so ist mit einem Teenager zu Hause. Die haben ihren Dickkopf.«

»Und zum Glück ein Handy«, ergänzte er. »Damit ist der Dickkopf wenigstens erreichbar.«

Sie musste lachen. »Ja, Gott sei Dank. Was wären wir ohne die moderne Technik. Zur Not kann man ihnen eine SMS schicken, dass sie endlich heimkommen sollen.«

»Aber eine Antwort sollte man nicht erwarten«, flachste er.

»Es sei denn, man würde schreiben, dass was Schlimmes passiert ist.«

»Aber mindestens ein Herzinfarkt«, stimmte er zu. »Oder eine Explosion, bei der das Haus in die Luft geflogen ist.«

Sie lachte erneut. Das Geplänkel mit Russell machte ihr Spaß.

»Wie sieht es aus?«, fragte er. »Hätten Sie Lust auf einen gemeinsamen Drink?«

»Ich weiß nicht, ob ich die Unterlagen so schnell checken kann.« *Und ich bin noch nicht unter der Dusche gewesen.*

»Vergessen Sie die Unterlagen. Lassen Sie uns einfach was trinken gehen. Haben Sie schon gegessen?«

»Nicht wirklich.«

»Ich auch nicht. Kennen Sie ein gutes Restaurant, wo wir uns treffen können?«

»Klar. Bleiben Sie einfach, wo Sie sind. Wir treffen uns in der Hotellobby. Ich reserviere uns einen Tisch und bin in einer guten Stunde da.«

»Sehr gut. Ich freu mich schon.«

Seine Stimme kam durch den Hörer wie eine Berührung. Rauer Samt auf erhitzter Haut. Sie hätte fast wieder das Glas fallen lassen, das sie immer noch in der Hand hielt, fast so, als könnte es ihr Halt bieten. Sie merkte, wie die Aussicht auf ein Treffen mit Russell ihr den Boden unter den Füßen wegzog. Eine leise warnende Stimme in ihrem Inneren flüsterte ihr zu, dass das zu schnell ging und daraus nichts Gutes erwachsen konnte.

Doch ihr Herzschlag war lauter und übertönte die Stimme. Sie stellte das Weinglas ab und sah zu, dass sie unter die Dusche kam.

3

Das Interconti in Downtown war ein Luxushotel in Strandnähe. Von seinem Zimmer aus hatte Russell einen fantastischen Blick auf die Biscayne Bay und das in der Abendsonne funkelnde Meer. Es war immer noch taghell, aber am Horizont färbte der Himmel sich schon rosa. Russell hatte jedoch keinen Blick für das Panorama, denn er konnte nur daran denken, dass er gleich Elaine Harrison wiedersehen würde. Als er sich vor dem Spiegel im Bad rasierte, machte er sich zum ersten Mal seit vielen Jahren Gedanken über sein Aussehen. Er hatte ein frisches Hemd und saubere Jeans angezogen und fragte sich, ob das für den Abend angemessen war. Und ob er vielleicht besser ein Sakko dazu tragen sollte. Er zog es an – und sofort wieder aus, weil er sich damit dämlich und overdressed vorkam. Ohne sah er jünger aus. Oder wenigstens nicht so alt, wie er sich gerade fühlte. Verdammt, er war schon zu lange nicht mehr auf der Piste gewesen. Die Zeiten, in denen er auf die Jagd gegangen war, lagen ewig zurück. In diesem Spiel war er vielleicht früher mal gut gewesen, jetzt nicht mehr. Und er hatte nicht erwartet, dass er noch einmal damit anfangen würde, aber genau das schien gerade zu passieren.

Natürlich war er daran gewöhnt, dass Frauen ihm nachschauten. Oder Männer. Doch normalerweise achtete er nicht besonders darauf, meist registrierte er es kaum. Es war ihm völlig gleichgültig, ob irgendwer ihn für attraktiv hielt.

Sport trieb er nur, um sich fit zu halten. Er duschte und rasierte sich regelmäßig und putzte sich nach dem Essen die Zähne, aber das musste auch reichen. Deo und ein paar Spritzer Rasierwasser – alles andere war übertrieben.

Doch wenig später bezweifelte er, dass das wirklich genug gewesen war, denn als er unten in der Lobby saß und sie hereinkommen sah, versetzte es ihm einen Schlag. Langbeinig und in ein schmales helles Etwas von Sommerkleid gehüllt, schritt sie durch die mit spiegelndem Marmor ausgelegte Halle auf ihn zu. Sie merkte gar nicht, wie die Leute innehielten und starrten, als sie vorbeikam. Das war ihm von Anfang an bei ihr aufgefallen – sie ging ähnlich unprätentiös mit ihrem Aussehen um, wie er es bei sich selbst tat. Sie brauchte keine hohen Absätze, ihre Beine waren auch mit den schlichten Ballerinas endlos lang. Das ärmellose Kleid war schlicht geschnitten und ließ viel nackte Haut sehen, aber es sah kein bisschen billig aus, sondern elegant und glamourös wie bei einem Filmstar auf dem Set. Sie würde auch in Shorts und abgewetztem Top noch wie ein Weltklasse-Model aussehen.

»Elaine.« Er stand auf. »Sie sehen großartig aus.« Es klang wie eine Plattitüde, und der Frosch in seinem Hals machte es auch nicht besser. Doch sie schien es nicht als unangenehm zu empfinden, denn er konnte sehen, dass ihre Nasenflügel sich bewegten und eine kleine Ader an ihrem makellosen Hals zu klopfen begann. Als hätte sie eine aufregende Witterung aufgenommen. Ihm erging es nicht anders. Ihr Duft stieg ihm in die Nase – nach frisch gewaschenem Haar und sauberer Baumwolle. Sie trug kein Make-up. Die Glanzlichter in ihren kurzen dunklen Locken kamen von der Sonne. Jeder Zentimeter von ihr war Natur, und es hob ihn fast aus den Schuhen.

»Hi.« Sie lächelte ihn an. »Ich bin ein bisschen zu spät. Der Verkehr war mörderisch. Ich hab extra ein Taxi genommen, aber das war auch nicht viel schneller als mein Wagen. Es wartet draußen. Wollen wir?«

Sie fuhren zu einem Restaurant namens *Perricone's Marketplace*, das nur ein paar Blocks entfernt lag und laut Elaine einer der absoluten Gourmet-Tipps in Downtown war. Russell hatte sich nach vorn auf die Beifahrerseite gesetzt. Zu dicht neben ihr hätte er vielleicht einen Schweißausbruch bekommen. Bis sie vor dem Lokal ankamen, würde er es sicher schaffen, sich zusammenzunehmen.

Sie fuhren über eine Brücke und dann die Brickell Avenue in Richtung Simpson Park, jedenfalls wurde es so auf dem Navi des Taxis eingeblendet. Der Fahrer schien sich nicht viel besser auszukennen als Russell, doch heutzutage brauchte man nichts weiter als guten GPS-Empfang, um sich in einer Großstadt zurechtzufinden. Inzwischen wurde es dunkel. Die Bucht war von glitzernden Lichtern gesäumt, die Straße von Laternenlicht geflutet.

Das *Perricone's* lag inmitten eines dschungelartigen kleinen Parks. Mit seiner offenen Bauweise schien es mit der tropischen Umgebung förmlich verwachsen. Ein malerischer Springbrunnen, große, kreisende Deckenventilatoren und eine historisch-rustikale Ausstattung sorgten für angenehmes Ambiente. Sie hatten einen Tisch mit Blick in den urwüchsigen Park. Russell rückte Elaine den Stuhl zurück und berührte dabei ihren schlanken, milchkaffeebraunen Arm. Es fühlte sich genauso elektrisierend an wie der Händedruck in Lincolns Büro.

Sie studierten die Speisekarte, lauter italienische Gerichte, bei denen Russell schon vom Lesen Hunger bekam.

»Das Essen ist wirklich fabelhaft hier«, meinte Elaine. »Sie mögen doch Italienisch? Oder wäre Ihnen was Regionaltypisches lieber gewesen?«

»Sie meinen so was wie frittierte Alligatorhappen mit

scharfer Soße?« Russell lächelte. »Das habe ich heute Mittag schon ausprobiert. Italienisch ist mir lieber.«

»Das sehe ich genauso. Auch wenn mich ein paar hart gesottene Einheimische dafür bestimmt hassen würden.«

»Sie sind nicht von hier, oder?«

Sie schüttelte den Kopf. »Ich bin in Omaha geboren und aufgewachsen. Meine Mutter stammt von da.«

»Leben Ihre Eltern noch?«

»Nein, leider beide tot. Meine Mom starb bei einem Autounfall, als ich fünfzehn war. Ich bin dann für die restliche Schulzeit zu meinen Großeltern nach Mississippi gezogen. Mein Dad war schon gestorben, als ich noch klein war, den hab ich überhaupt nicht gekannt.«

»Und was hat Sie dann nach Miami verschlagen?«

»Das hat sich einfach irgendwie so ergeben. Meine Großeltern wollten hier ihren Lebensabend verbringen und haben sich ein Haus gekauft. Ich war damals noch in New York auf dem College. Kurz nach meinem Abschluss wurde Becky geboren, und ich hatte ein paar Jobs. Zuerst bei einer Zeitung, dann bei einem Tagessender, dann bei einem Nachrichtenmagazin. Aber das Leben da war … kompliziert. Ein ständiges Hin und Her mit Tagesmüttern, unmöglichen Arbeitszeiten und mörderischer Konkurrenz. Meine Großeltern fragten mich dauernd, ob ich nicht zu ihnen nach Miami kommen wollte. Sie vermissten mich sehr und hätten auch Becky gern um sich gehabt. Aber irgendwie ergab es sich nicht. Als dann Grandma starb und Grandpa in ein Seniorenheim zog, kam die Frage auf, was mit dem Haus passieren sollte. Gleichzeitig war ich gerade mal wieder einen Job los. Da habe ich dann Nägel mit Köpfen gemacht und bin hergezogen.«

»Und haben es nicht bereut«, schloss er.

»Wo denken Sie hin.« Sie lachte und zeigte zwei Reihen

perlweißer Zähne. »Ich hab's schon ungefähr eine Million mal bereut. Ich meine … New York! Das war meine Stadt!«

»Aber Sie sind immer noch in Miami.«

»Das Leben ist hier ziemlich angenehm. Ich zahle keine Miete und muss niemals wegen streikender Taxifahrer im Winter durch einen Schneesturm zehn Blocks bis zur nächsten U-Bahn-Station laufen. Außerdem kann ich nicht mehr zurück, denn Becky würde auf keinen Fall mitkommen. Sie hat hier ihre Clique und ihre Hobbys und mag ihre Schule. Folglich stellt sich die Frage nach einem Ortswechsel gar nicht erst. Jedenfalls nicht, bis sie aufs College geht.«

»Was hat sie denn dazu gesagt, dass sie einen Teil ihrer Sommerferien auf Jamaika verbringen soll?«

Sie verzog das Gesicht. »Das hab ich ihr noch gar nicht erzählt. Wir hatten wieder mal einen kleinen … Disput.«

»Die Rebellion der Jugend?«

»So ungefähr.«

»Was meinen Sie – ob sie mit will?«

»Ich hoffe es.«

»Aber wenn nicht, kommen Sie trotzdem, oder?« Er merkte, dass seine Stimme drängend klang, und schwächte die Bemerkung sofort mit einem scherzhaften Zusatz ab. »Ihnen würde ein sagenhafter Arbeitsurlaub mit Kost und Logis in einem der schönsten Herrenhäuser der Karibik entgehen.«

»Ich will auf jeden Fall kommen.«

Wieder sah er an ihrem Hals die kleine Ader klopfen. Der Ober erschien und nahm ihre Bestellungen auf. Sie sprach erst weiter, als er wieder weg war.

»Es wäre kein Problem, wenn Becky lieber zu Hause bleiben will. Eine Bekannte kommt für die Zeit, in der ich weg bin, zum House-Sitting. Das hab ich vorhin, bevor ich Sie abgeholt habe, schon mit ihr geklärt. Bei ihr wäre Becky in guten Händen.«

»Hat sie eigentlich auch einen Dad?«, fragte er. Sofort verfluchte er sich, weil er so direkt damit herausgeplatzt war. Plumper ging es kaum noch. Er wusste ja bereits, dass sie nicht verheiratet war und keinen Freund hatte. Das Thema hätte er im Prinzip also auch ganz aussparen können. Aber sein Problem bestand darin, dass er alles über sie wissen wollte. Und zwar am liebsten vorgestern.

Doch Elaine schien die Frage nicht krummzunehmen.

»Natürlich hat sie einen Dad.« Sie lachte unfroh. »Allerdings hatte er nie was mit ihr zu tun. Abgesehen natürlich von der einen Sache, die nötig ist, um überhaupt Vater zu werden.«

»Er hat Ihnen wehgetan«, stellte er fest, beinahe verwundert, weil er das auf einmal so sicher wusste, als hätte es ihm jemand erzählt.

»Und wie.«

Der Ober kam mit den Getränken – Bier für Russell und Rosé für Elaine. Sie trank einen Schluck, bevor sie fortfuhr. »Er war Captain der Footballmannschaft. Ein großer blonder Gott mit strahlenden Augen. Ich war siebzehn und schwer verliebt.«

»Der Klassiker«, meinte Russell.

»Nicht wirklich. Ich war bloß ein Name auf seiner Liste. Eine Trophäe.«

»Das ist nicht wahr.«

»Er hatte mit seinen Kumpels eine Wette laufen, von der ich natürlich erst später erfuhr. Immerhin, ich war vier Saisonkarten für die Yankees wert, das war schon mehr als die meisten anderen Mädchen, die er im Laufe der Jahre flachgelegt hat. Er hat die vier Karten gewonnen, aber dass ich sofort beim ersten Mal schwanger wurde, hat ihn ziemlich alt aussehen lassen.«

»Hört sich nach einem echten Mistkerl an. Und er hat nicht mal verhütet!«

»Doch.« Sie lachte erneut, und diesmal klang es amüsiert. »Der Klassiker, aber diesmal wirklich.«

»Geplatztes Kondom?«

Sie nickte. »Als ich ihm sagte, dass ich schwanger bin, wollte er es vor seinen Eltern und dem Rest der Welt geheim halten und hat mich angefleht, es *zu regeln*. Aber dann kam es doch raus, und damit war seine fröhliche Collegezeit vorbei. Seine Eltern zwangen ihn, nach London zu gehen, auf irgendeine stinkteure Elite-Uni. Da kam er nicht klar und schmiss zwei Jahre später ohne Abschluss hin. Danach ging er nach Italien, mit einem Mädchen, das er beim Studium kennengelernt hatte. Die hat er geheiratet, das war damals das Letzte, was ich über ihn hörte. Irgendwann dann, vor drei Jahren oder so, kam mal eine Freundschaftsanfrage aus Rom. Er hatte mich über Facebook gefunden und schrieb mir. Fragte, ob ich ihm noch böse wäre.«

Russell stellte entgeistert sein Bierglas ab. »Das glaube ich jetzt nicht.«

»War aber so.«

»Kein Wort über Becky?«

»Kein Wort.«

»Was haben Sie gemacht?«

»Nicht reagiert«, sagte sie ruhig.

»Weiß Becky davon?«

»Um Gottes willen, nein. Sie sind der Erste, dem ich das erzähle. Ich meine, außer Lincoln und meiner besten Freundin. Sie dürfen das in Beckys Gegenwart nie erwähnen.« Sie runzelte die Stirn. »Ich weiß auch gar nicht, warum ich mit Ihnen über all diese Dinge rede. Wir kennen uns doch kaum.«

»Manchmal trifft man in seinem Leben Menschen, bei denen das keine Rolle spielt. Sie wissen, was ich meine, Elaine. Oder?«

Sie senkte die Lider, und er sah, was für unglaublich lange

und gebogene Wimpern sie hatte. Ihr herzförmiger Mund hatte sich besorgt geschürzt, und er verspürte einen so heftigen Drang, sich einfach über den Tisch zu beugen und sie zu küssen, dass er sein Bierglas vors Gesicht heben musste, weil er fürchtete, seine Miene könnte ihn verraten. Es war wohl wirklich besser, zum ursprünglichen Thema zurückzukehren.

»Was war mit den Eltern von diesem Arschloch? Hätten die sich denn nicht um Sie kümmern können?«

»Taten sie ja. Irgendwie. Sie drückten mir zehntausend Dollar in die Hand. Und einen Zettel mit der Anschrift einer erstklassigen Abtreibungsklinik.«

»Sie wollten, dass ihr *Enkelkind* stirbt?« Russell konnte es kaum fassen.

Elaine zuckte die Achseln. »Sie übersehen was, Russell. Ich war nicht einfach nur ein nettes Mädchen, das mit Dale gemeinsam aufs College ging und zufällig von ihm entjungfert wurde. Wäre ich beispielsweise Lizzie Hampton gewesen oder Curly Sue Patterson, hätten sie sofort dafür gesorgt, dass Dale sich wie ein Ehrenmann benimmt und mich heiratet.«

»Hatten Lizzie und Curly mehr Geld oder was?«

»Nein. Sie waren blond und blauäugig und hatten eine Haut wie helle Sahne. Ich dagegen war … ein Niggermädchen.«

Russell blieb die Spucke weg. »Sie meinen, das waren *Rassisten?* Mitten in New York?«

»Nein. Sie waren Rassisten in Alabama. Ganz alter, sehr betuchter Süden. Dale hatten sie nur zum Studieren nach New York geschickt, damit der Junge mal rauskommt und die weite Welt kennenlernt. Später hörte ich, dass Dales Vater ein großes Tier in einer Organisation ist, die ähnliche Thesen vertritt wie der Ku-Klux-Klan, nur ohne brennende Kreuze und Kutten. Es war völlig ausgeschlossen, dass sein Sohn ein schwarzes Kind hatte.«

»Was für ein Idiot! Er sollte mal nach Jamaika kommen. Da sind die meisten Leute schwarz.« Russell schüttelte angewidert den Kopf. »Hatten Sie danach noch Kontakt mit denen?«

»Niemals. Und das ist auch gut so.« Elaines Stimme klang selbstsicher. Sie war mit dieser Sache durch, das sah man ihr an, aber ganz tief drinnen war etwas zurückgeblieben. Eine Verletzung, die ab und zu noch wehtat. »Ich blieb einfach am College und machte meinen Abschluss. Hochschwanger, aber es klappte gut. Alle hielten zu mir und waren ziemlich nett.«

»Und Sie haben nie überlegt …« Er konnte es nicht aussprechen.

Sie starrte ihn an. »Becky nicht zu kriegen?«

Er nickte stumm.

Sie schluckte schwer. »Anfangs schon. Aber bitte, das weiß niemand! Sie dürfen niemals …«

»Ich werde mit keinem Menschen darüber reden, Elaine«, sagte er fest.

»Ich war panisch damals. Das ganze Debakel mit Dale war noch so frisch. Gleich nachdem er von mir gekriegt hatte, was er wollte, haben seine sauberen Football-Kumpel mir gesteckt, warum sie ihm vier Stadionkarten besorgen mussten. Ich war völlig mit den Nerven runter, als ich merkte, dass ich schwanger war. Aber das dauerte höchstens eine Woche oder so, dann war für mich klar, dass die Lösung, die Dale mir vorschlug, für mich nicht infrage kam. Und als Dales Eltern dann mit dem Geld anrückten, dachte ich nur: Hey, super, das ist jetzt genau das, was ich für die nächsten neun Monate brauche.«

»Das haben Sie denen aber nicht verraten, oder?«

»Mit keiner Silbe. Und das Geld war wirklich gut angelegt. Die beste Investition meines Lebens.« Sie lächelte verschmitzt. »Möchten Sie mal ein Foto von Becky sehen?«

»Ich wollte gerade danach fragen.«

Sie holte ihr Smartphone aus ihrer Handtasche und zeigte ihm ein wunderschönes Mädchen mit dunkelblonden Haaren. Die feinen Gesichtszüge hatte sie von Elaine. Das runde Kinn und den schmalen, langen Hals auch. Der Rest war völlig anders. Lockige Mähne, seegrüne Augen, lachender breiter Mund.

»Sie ist entzückend.«

»Danke, das freut mich. Und jetzt Sie. Ich hoffe, Sie haben ein Foto von David.«

»Sie haben sich den Namen gemerkt!«

Sie war überrascht. »Sollte ich das nicht? Sie haben ihn doch erst vor ein paar Stunden erwähnt.«

Er zog sein Handy hervor und suchte ein neueres Bild aus. »Das ist er.« Er versuchte David mit Elaines Augen zu sehen und fand seinen Vaterstolz in ihrer Miene gespiegelt, denn was sie sah, gefiel ihr sichtlich.

»Er ist Ihnen wie aus dem Gesicht geschnitten.«

»Das sagen alle. Aber die Augen hat er von seiner Mutter.« Verdammt, warum hatte er das gesagt? Über Janice zu sprechen war das Letzte, was er jetzt wollte. Es machte ihn krank, nur an sie zu denken. Das war jedes Mal so, als würden kalte, harte Hände aus dem Nichts kommen und nach ihm greifen.

Er riss sich zusammen. Rasch fuhr er fort: »Schade, dass mein Sohn seine Mutter nie richtig kennenlernen konnte. Sie hat uns verlassen, als er zwei war.«

Betroffen blickte sie auf. »Das tut mir leid.«

»Ist lange her.«

Damit geriet die Unterhaltung ins Stocken. Die beschwingte Leichtigkeit, die er so lange nicht erlebt und an diesem Abend entsprechend genossen hatte, war dahin. Zu seiner Erleichterung erschien der Ober mit den Vorspeisen,

Carpaccio für ihn und Ziegenkäsesalat mit Trüffelvinaigrette für Elaine.

Eine Zeit lang aßen sie schweigend. Als Hauptgang hatten beide Hähnchen milanese. Das Essen war ausgezeichnet, und mit der Zeit ließ Russells Anspannung wieder nach. Sie sprachen über alle möglichen Belanglosigkeiten, aber das Private sparten sie aus. Es war fast, als hätten sie ihr heutiges Kontingent dafür aufgebraucht. Immerhin schaffte er es noch, ihr mit einer beiläufig klingenden Bemerkung das *Du* vorzuschlagen. Sie hatte keine Einwände – es kam ihm sogar so vor, als sei sie vollkommen damit einverstanden.

Zum Dessert empfahl sie ihm den hausgemachten Schokoladenkuchen, der tatsächlich ein Gedicht war. Dazu tranken sie Espresso und Likör. Nachdem der Ober die letzten Gedecke abgeräumt hatte, fühlte Russell sich auf träge, satte Art entspannt.

»Das war ein wunderbares Essen«, sagte er. »Ich danke dir, dass du mitgekommen bist.«

»Ich habe *dir* zu danken. Zu Hause hätte ich nur Frust geschoben.«

Er hätte noch ewig mit ihr am Tisch sitzen bleiben können, doch irgendwann sah sie auf die Uhr.

»Es wird spät«, meinte sie bedauernd. »Es kann nicht mehr lange dauern, bis Becky nach Hause kommt, und dann wird sie sich wundern, dass ich nicht da bin.«

»Wäre doch eine nette Retourkutsche, wenn sie ausnahmsweise mal *dir* eine SMS schicken muss. *Wo bist du, Mom?*«

Das entlockte ihr ein leises Kichern. »Ja, eigentlich ist es dämlich, deswegen heimzufahren. Warum sollen wir nicht noch auf einen Absacker irgendwo hingehen? Ich schreibe ihr einfach eine Nachricht, dass ich später komme.«

Das war ganz in seinem Sinne. Er kümmerte sich um die Rechnung, dann verließen sie das *Perricone's* und suchten sich nach einem kurzen Bummel durch die laue Sommernacht eine Bar in der Nähe, wo sie eiskalte Mojitos bestellten, die sie an einem Stehtisch im Freien schlürften. Sie betrachteten die Leute, die in Scharen vorbeischlenderten, ein buntes Gemisch aus Touristen, amüsierwilligen Geschäftsleuten, hippen jungen Latinos sowie Anwohnern, die ihre Einkäufe nach Hause trugen.

Russell stand dicht bei Elaine. Ihre rätselhaften Mandelaugen, die schimmernde Haut, der Duft ihres Körpers – er fühlte sich seinem Verlangen auf beschämende Weise ausgeliefert. Er stand kurz davor, sie zu fragen, ob sie noch mit ins Hotel kam. Was natürlich völlig ausgeschlossen war. Sie war ganz bestimmt nicht der Typ Frau, die schon beim ersten Date zur Sache kam, und er würde den Teufel tun, auf diese Weise alles zu ruinieren, bevor es sich überhaupt entwickeln konnte. Schließlich würden sie dafür noch wochenlang Zeit haben. Trotzdem war es irgendwie verrückt, dass er bereits jetzt dem nächsten Wiedersehen entgegenfieberte wie ein Süchtiger dem fehlenden Stoff.

Nicht zum ersten Mal fragte er sich, was an ihr verdammt noch mal so anders war. Sie war schön, klar. Aber er kannte jede Menge andere Frauen, die auch toll aussahen. Wieso befand er sich in einem solchen Ausnahmezustand? Er hatte die letzten Jahre wahrhaftig nicht wie ein Mönch gelebt. Nicht, dass er viel davon hielt, durch die Bars zu ziehen und One-Night-Stands klarzumachen, und noch weniger war er an käuflichem Sex interessiert. Es hatte jedoch immer wieder Frauen gegeben, mit denen er lockere Beziehungen unterhalten hatte, manchmal sogar parallel. Eine Stewardess aus Paris, die ihrem Mann dessen Seitensprünge heimzahlen wollte. Eine Lehrerin aus Falmouth, die mit wechselnden Schulklassen nach Swift Great House kam und nach ihrer dritten Scheidung keinerlei Interesse an einer festen Bindung hatte. Zuletzt eine Plantagenbesitzerin in Mandeville, die er von früher kannte und die ab und zu jemanden fürs Bett und zum Reden brauchte, aber ansonsten ihr ungestörtes Single-Leben vorzog. Es waren reine Zweckgemeinschaften gewesen, von gegenseitiger Sympathie und vielleicht sogar ein bisschen Freundschaft geprägt. Der Sex hatte gestimmt, aber keine dieser Frauen hatte ihn auch nur ansatzweise so in Unruhe versetzt wie Elaine Harrison. Nein, das traf es nicht – noch *nie* hatte irgendeine Frau in seinem Leben eine derartige Wirkung auf ihn gehabt. Keine einzige.

Er spürte sein Blut pulsieren und kam dabei zu dem Schluss, dass Elaine etwas wirklich Besonderes war. Antoinette hätte vermutlich geschworen, jemand müsse ihm einen Liebestrank eingeflößt haben. Unvermittelt schoss ihm durch den Kopf, was Lincoln heute zu ihm gesagt hatte. *Es war wie ein Zwang. Als würde mir eine Stimme sagen: Ruf sie her.* Ja, dachte er, es hat was mit Zwang zu tun. Er selber verhielt sich ebenfalls zwanghaft. Um das zu wissen, hätte er auch nicht den Therapeuten gebraucht, den er damals nach Dorothys Tod aufgesucht hatte, weil alle es von ihm erwartet hatten, nachdem ja auch schon vor ihr Janice auf so grausame Weise gestorben war. Der Typ hatte ihm bescheinigt, dass er zu zwanghaftem Verhalten neigte, und seitdem hatte Russell zumindest ein Wort für das, was ihn umtrieb. Damals hatte es ihn nicht sehr gestört, er war einfach nicht mehr dort hingegangen, doch heute erinnerte er sich wieder daran. So wie an vieles andere, das er eigentlich nicht mehr an sich heranlassen wollte.

»Woran denkst du?«, fragte Elaine mitten in seine grüblerischen Gedanken hinein.

»Daran, wie es dir wohl auf Jamaika gefallen wird«, improvisierte er.

»Bestimmt werde ich's toll finden. Ich stehe auf Florida,

also werde ich auch Jamaika mögen. Das karibische Klima liegt mir. Und die Insel ist sicher sehr schön. Ich werde dieses Wochenende alles lesen, was ich darüber in die Finger kriege.« Sie lächelte. »Auch über dich. Ich warne dich, ich bin ein Weltmeister im Googeln.« Sie nahm einen Schluck von ihrem Mojito und fuhr sich mit der Zunge über die Lippen.

Gebannt blickte er auf ihren Mund. Er fühlte sich davon angezogen wie ein Falter von der Kerzenflamme. Wenn er nicht aufpasste, würde er ihr zu nahe kommen und verglühen.

Was hatte Lincoln noch zu ihm gesagt? *Seien Sie vorsichtig.*

Verdammt. Vielleicht war das ein wirklich guter Rat gewesen. Die schwersten Fehler seines Lebens hatte er im Zusammenhang mit Frauen begangen.

Sie stellte ihr leeres Glas ab. »Russell, ich glaube, ich mache mich besser jetzt auf den Weg.«

Etwas in ihm wollte aufbegehren, aber zugleich war er auf unerklärliche Weise erleichtert.

»Okay. Dann schauen wir mal, ob wir ein Taxi für dich finden.«

4

Als sie vor dem Haus aus dem Taxi stieg, kam ihr über die Auffahrt ein Typ mit Basecap und Muscleshirt entgegen. Sein Gesicht war unter dem Mützenschirm nicht richtig zu erkennen, bis auf ein kleines Ziegenbärtchen. Seine Oberarme waren tätowiert, und ein paar der bunten Muster sahen nicht jugendfrei aus. Er roch nach Marihuana.

»Hi, Miss Robinson«, meinte er. »Oh, wollte sagen Harrison.«

Er lachte albern. Anscheinend fand er sich witzig. Bevor sie irgendwas sagen konnte, schwang er sich auf sein Rad, das am Laternenpfahl stand, und sauste davon.

Elaine ging ins Haus. Im Wohnzimmer lief der Fernseher. Becky lümmelte auf dem Sofa und zappte sich durch die Programme.

»Wer war der Typ?«, wollte Elaine wissen. Als keine Antwort kam, wiederholte sie die Frage lauter: »Was war das für ein Junge, der da eben aus dem Haus kam?«

»Ach, den kennst du nicht.«

»Deswegen frage ich ja«, sagte Elaine mit unbeabsichtigter Schärfe. »Habt ihr was geraucht?«

»Mom, du nervst.« Becky schaltete einen anderen Sender ein und stellte die Lautstärke höher. Elaine hatte die Nase voll. Sie ging zu ihr, nahm ihr die Fernbedienung weg und machte die Glotze aus. »Ich will jetzt wissen, wer das war.«

»Robin«, sagte Becky.

»Und wer ist Robin? Jemand aus der Schule?«

»Genau. Und kann ich jetzt bitte die Fernbedienung wiederhaben?« Becky blickte wütend zu ihr hoch. Dann verengten sich ihre Augen. »Wo warst du?«

»Ich hab dir doch eine SMS geschrieben, dass ich noch was trinken gehe.«

»Mit wem denn? Jemand von der Firma?«

»Nein, ein Kunde.« Vor dem Wort *Kunde* hatte sie einen winzigen Moment gezögert. Becky musterte sie, und ihre Blicke glitten an den nackten langen Beinen ihrer Mutter hoch, von den schmalen Fesseln bis zu den Ansätzen der glatten Oberschenkel.

»Ist das Kleid neu? Hab ich noch nie an dir gesehen.«

»Hab's schon eine Weile, hatte bloß noch keine Gelegenheit, es anzuziehen. Übrigens – ich fliege Montag für etwa vierzehn Tage zu Dreharbeiten nach Jamaika. Bernice ist so lange hier und passt auf das Haus auf.«

»Was hast du da vor? Ich meine, außer Drehen.«

»Nichts«, sagte Elaine neutral, aber irgendwas an ihrem Ton schien Becky aufhorchen zu lassen.

»Ist der Kunde, mit dem du vorhin was trinken warst, auch auf Jamaika?«

»Ja, wieso?«

Becky starrte sie argwöhnisch an. »Ich find's ziemlich mies, dass du wochenlang auf einer tollen Urlaubsinsel bist, während ich hier mit Bernice rumhängen soll.«

»Ich fliege zum *Arbeiten* da hin.«

»Ja, schon klar. Aber du hast auch letztens erst gesagt, wir wollen mehr zusammen machen, vor allem in den Ferien. Und jetzt bist du die halben Ferien gar nicht da.«

Elaine frohlockte innerlich, aber sie zwang sich zu einem zweifelnden Gesichtsausdruck. »Du würdest doch nicht ernsthaft dahin mitkommen wollen, oder?«

»Woher willst du das wissen?«, fragte Becky patzig. »Du hast mich ja gar nicht gefragt.«

Elaine schlug sich innerlich auf die Schulter. Dass es sich als so einfach erweisen würde, hätte sie nie gedacht – im Gegenteil. Sie hatte sich schon vollständig darauf eingestellt, dass Becky hierbleiben würde. »Ich könnte ja versuchen, noch einen Flug für dich zu kriegen, wenn du unbedingt mitwillst.«

»Mach das. Wenn es mir da nicht gefällt, kann ich ja wieder abhauen. Und jetzt lass mich endlich fernsehen, okay?« Becky beugte sich vor und nahm Elaine die Fernbedienung aus der Hand.

»Aber nicht mehr so laut. Nimm die Kopfhörer. Ich bin müde und will ins Bett.«

»Ja doch«, sagte Becky ungeduldig, griff aber erst zu den Kopfhörern, als Elaine sich ostentativ zwischen sie und den Fernseher stellte und wartete, bis Becky den Ton wegdrückte.

Elaine sagte ihr Gute Nacht, doch darauf kam schon keine Antwort mehr. Sie ging in ihr Zimmer und streifte ihre Kleidung ab. Das Licht ließ sie aus, denn ihr Zimmer lag zur Straße. Die Läden waren noch nicht vorgelegt, und das Insektengitter bot keinen Sichtschutz.

Ihr Handy summte. Nackt bis auf den Slip, verharrte sie im dämmerigen Halbdunkel des Zimmers. Die Laterne warf von draußen einen matten goldenen Schein herein, der ihren Körper in dem schmalen Drehspiegel neben ihrem Bett wie eine in dunklen Marmor gemeißelte Statue aussehen ließ. Angenommen, er könnte sie jetzt so sehen …

Mit stockendem Atem nahm sie das Handy aus ihrer Tasche, doch es war nicht Russell, sondern Lincoln. Er wollte wissen, ob es okay sei, dass er Russell ihre Nummer gegeben hatte.

»Kein Problem«, sagte sie. »Ich hätte sie ihm ja sowieso geben müssen, wenn ich demnächst für ihn arbeite und in seinem Haus wohne.«

»Hat er dich angerufen? Warst du mit ihm aus?« Seine Stimme klang seltsam besorgt.

»Ja«, meinte sie. »Ein nettes Arbeitsessen. Alles in Ordnung. Bin gerade heimgekommen. Übrigens, Becky will mit nach Jamaika.«

»Echt?« Lincoln ließ sich wie gewünscht vom ursprünglichen Thema ablenken. »Super, dann müssen wir ja wenigstens den Flug für sie nicht wieder canceln. Eure Tickets findest du in deiner Mailbox. Sitzplätze kannst du dir vor dem Abflug selbst reservieren. Ihr trefft euch mit Jerry und Curd dann Montag früh am Gate, Mildred hat sie auf denselben Flieger gebucht.«

»Danke für die Info.«

»Dann will ich dich mal nicht länger stören. Nacht, Ellie.«

Den väterlichen Kosenamen kramte er nur selten raus. Ein Gefühl von Wärme und Dankbarkeit durchströmte sie. Lincoln hatte viel für sie getan. Ganz egal, was für Probleme sie in den letzten Jahren gehabt hatte – sie hatte jederzeit damit zu ihm kommen können. Er hatte immer ein offenes Ohr und gute Ratschläge für sie parat gehabt, ob es nun um eine dämliche erbsenzählerische Lehrerin von Becky ging oder um irgendwelche Typen, die sie privat oder bei der Arbeit nervten. Auf Lincoln war Verlass.

»Nacht, Lincoln«, sagte sie sanft. »Und … danke.«

Sie kroch ins Bett und deckte sich mit dem dünnen Laken zu. Eigentlich war es nicht ihre Art, Lincoln zu belügen. *Alles in Ordnung,* hatte sie gesagt. Doch das stimmte nicht. Russell Swift hatte es irgendwie geschafft, dass die Erde stillstand und sich dann in entgegengesetzter Richtung weiterdrehte. Viel schneller als vorher und in einer völlig unberechenbaren Bahn.

Trotz ihrer Erschöpfung war sie aufgekratzt und lag die halbe Nacht wach. Ihr war heiß, und ihr Körper vibrierte vor sexueller Erregung. Irgendwann hielt sie es nicht mehr aus. Ihre Hand stahl sich zwischen ihre Schenkel, während sie an Russell dachte. Viel musste sie nicht tun, sie kam fast von allein. Draußen aus der Hecke tönte das klickende Summen der Zikaden.

5

»Wow«, sagte Jerry, während er sich beeindruckt vor dem Flughafenausgang umsah. »Es ist ja hier doch noch mal ein paar Grad heißer als in Miami. Hätte ich jetzt wirklich nicht gedacht.«

Es war kurz nach halb zwölf, und sie waren vor einer halben Stunde am Sangster Airport in Montego Bay gelandet. Vom wolkenlos blauen Himmel strahlte eine gnadenlos heiße Sonne herab.

Curds untersetzte, etwas zu füllige Gestalt tauchte hinter Jerry auf. »Wir sind hier auch einige Breitengrade weiter südlich. Nämlich auf dem siebzehnten. Miami liegt auf dem fünfundzwanzigsten.«

»Sprach Mister Klugscheißer, der alle Breitengrade genau im Kopf hat.« Jerry fuhr sich durch das Haar, bis es in wirren roten Stacheln nach allen Seiten abstand. Elaine, die hinter ihm ging, rechnete damit, dass er weitere Witzchen darüber reißen würde, doch stattdessen deutete er auf eine Schar wildmähniger, kaffeebrauner Jamaikaner, die unter ein paar Palmen in der Nähe der Busse herumlümmelten. »Seht euch diese Rastafari an! Ich dachte eigentlich, die wären nur so eine Art Urban Legend. Aber die gibt es ja hier wirklich zuhauf!«

»Wenn es im Reiseführer steht, kann man wohl auch damit rechnen«, meinte Curd verdrossen. »Und da stand eine Menge über die Rastafari drin. Unter anderem, dass sie hier am Flughafen warten und den Touristen die Koffer tragen wollen.«

»Siehst du hier vielleicht jemanden, der dir die Koffer tragen will? Soll ich einen von denen rufen oder schaffst du es noch allein?« Jerrys sommersprossiges Gesicht verzog sich zu einem vergnügten Grinsen.

Curd gab keine Antwort, aber das war auch nicht nötig. Er sah aus, als hätte er in eine Zitrone gebissen. So wirkte er oft, denn richtig gute Laune hatte er nur selten. Curd war dreißig und damit nur drei Jahre älter als Jerry, aber in seiner pedantischen Art kam er Elaine eher doppelt so alt vor. Jerry war locker und schlagfertig, während Curd meist missmutig wirkte. Er fand fast immer das sprichwörtliche Haar in der Suppe, und wenn es nur darin bestand, dass er sich über Jerry ärgerte.

Curd schob den Kofferwagen vor sich her, auf dem sie alle ihr Gepäck abgeladen hatten, inklusive der Film- und Tonausrüstung. Sein sauber gebügeltes weißes Hemd wies nicht die kleinste Falte auf – er hatte sich vor dem Verlassen der Ankunftshalle rasch auf der Flughafentoilette umgezogen. Er hasste es, verschwitzt und unrasiert irgendwo einzutreffen. Elaine, die schon häufig mit ihm gearbeitet hatte und ihn gut kannte, überging wie üblich seine miese Stimmung und versuchte, freundlich zu bleiben, aber Jerry machte sich in seiner unbekümmerten Art gern über Curd lustig und foppte ihn bei jeder Gelegenheit. Das führte hin und wieder zu Reibereien, an denen Curd jedoch auch seinen Anteil hatte, denn er neigte dazu, seine Stellung als Kameramann herauszukehren, die er für viel wichtiger hielt als Jerrys Tontechnikerjob.

»Hey, jetzt kommen sie doch noch rüber«, sagte Becky. Und im nächsten Moment waren sie auch schon von sechs jungen Jamaikanern in schreiend bunten T-Shirts umringt.

Mit breitem Grinsen und noch breiterem Patois begrüßten sie die Neuankömmlinge und boten ihre Dienste an. Gleichzeitig wollten sie alles Mögliche wissen.

»I-jah-aits! Ah we ye come from?« An Becky klebten sofort zwei der Jungs, an Elaine ebenso. »I-rie«, sagte einer bewundernd zu Elaine. »Cris! Very, very pretty, you understand?«

Auch Becky heimste Komplimente ein. »Mom, ich glaube, der hier will mein Bodyguard sein«, meinte sie kichernd.

»Pass auf deine Handtasche auf. Der Reißverschluss ist offen.«

»Mom, du musst doch nicht immer das Schlimmste von den Leuten annehmen!«

»Tu ich nicht. Aber es ist ja auch nicht mein Handy, das da oben rausguckt.«

Becky machte ein entnervtes Gesicht, zog aber trotzdem den Reißverschluss an ihrer Tasche zu. Elaine wich ein wenig zur Seite und schüttelte lächelnd den Kopf, als einer der Jungs ihre Handtasche tragen wollte. »Danke, nein.«

Das hatte zur Folge, dass sie nun versuchten, die Koffer vom Wagen zu nehmen, was Curd mit energischen Klapsen auf die munter grapschenden braunen Hände unterband. »No«, sagte er immer wieder. »No, no!«

»Ya man«, sagte einer der Burschen begeistert, während er Jerrys Rucksack schulterte, den dieser ihm freiwillig überlassen hatte. Jerry drückte ihm einen Dollar in die Hand, was seinen Beliebtheitsgrad abermals steigerte.

Inmitten der fröhlich palavernden Einheimischen kämpften sie sich zu den Parkplätzen vor. Dort kam ihnen ein Mann entgegen, der Elaine fragend ansah. »Sie sind Miss Harrison, oder?«

Sie nickte. »Und Sie müssen Jason Halliwell sein.«

Russell hatte ihr kurz vor dem Abflug gesimst, dass sein Verwalter sie vom Flughafen abholen würde, weil er selbst in einem wichtigen Termin feststeckte. Sie war nicht unglücklich darüber, denn das verschaffte ihr noch eine kleine Verschnaufpause, bevor sie ihn wiedersah. In den letzten Tagen hatte sie einfach zu oft an ihn denken müssen.

Jason Halliwell war ein schlanker, drahtiger Mann in ihrem Alter, braun wie Rohrzucker und mit Augen in der Farbe von altem Whisky. Er sah gut aus, auch wenn er für Elaines Geschmack ein bisschen zu geschniegelt angezogen war. Er trug eng geschnittene Designerjeans und dazu ein teuer aussehendes Hemd. Sie stellte ihm Becky und ihr Team vor und sah zu, wie das Gepäck in den großen Van geladen wurde, mit dem Halliwell gekommen war, ein chromblitzender Chrysler mit perfekt funktionierender Klimaanlage – als die Heckklappe geöffnet wurde, strömte ihr angenehm kühle Luft entgegen. Halliwell scheuchte die jungen Einheimischen weg und sparte dabei nicht mit groben Bemerkungen. Mit gekränkten Mienen zogen sie von dannen. Elaine drückte dem einen, der ihr angeboten hatte, ihre Tasche zu tragen, noch rasch einen Fünfdollarschein in die Hand, was ihr ein anerkennendes Lächeln eintrug.

»Man muss denen nichts geben«, meinte Halliwell, nachdem sie zu den anderen in den Wagen gestiegen war. Der Chrysler verfügte über sieben Sitze, von denen zwei der hinteren für das Gepäck umgeklappt worden waren. Sie setzte sich nach vorn neben Halliwell. Er startete den Wagen und warf ihr einen Blick von der Seite zu, während sie sich anschnallte. »Sie nehmen es einem nicht übel, wenn man ihnen einfach sagt, dass man kein Geld hat. Sie haben ja selbst meist keins.«

»Viele Menschen auf Jamaika sind arm«, dozierte Curd. »Die Familien sind sehr kinderreich. Der Prozentsatz an alleinerziehenden Müttern ist extrem hoch. Die meisten sind nicht mal verheiratet.«

»Dann hast du ja hier die freie Auswahl«, meinte Jerry gut gelaunt. »Ich werde die Augen für dich offen halten. He, wie wäre es mit der da?«

Sie waren vom Flughafen auf eine Landstraße abgebogen. Auf dem parallel zur Straße verlaufenden Trampelpfad spazierte ein ungewöhnliches Gespann – eine tiefschwarze Frau mit einem roten Wickelturban führte einen Esel am Halfter neben sich her. Das winzige Tier verschwand fast unter dem gewaltigen, randvollen Bananenkorb auf seinem Rücken. Die Frau, in grellbunte künstliche Seide gehüllt, hatte den gewaltigsten Steiß, den Elaine je gesehen hatte. Ihr Hintern wackelte hin und her wie ein schleudernder Pick-up und war ähnlich ausladend.

»Wahnsinn«, meinte Jerry ehrfürchtig. »Was für eine Frau. Soll ich ein gutes Wort für dich einlegen, Curd? He, Jason, am besten halten Sie mal kurz an.«

Sie lachten alle, nur Curd fand es kein bisschen lustig.

Die Fahrt führte nach Osten, weg vom Flughafen und in Richtung Falmouth. Elaine hatte das ganze Wochenende alles über Jamaika studiert, was sie in der Kürze der Zeit hatte beschaffen können, angefangen von dem Material über Russells Plantage, das Lincoln ihr geschickt hatte, über einen Inselrundflug mit Google Earth bis hin zu einem ausführlichen und wunderbar bebilderten Artikel im *National Geographic*. Sie hatte im Internet virtuelle Rundgänge zu allen möglichen Sehenswürdigkeiten unternommen und sich zusätzlich am Flughafen noch einen Reiseführer gekauft, um unterwegs was zum Blättern zu haben.

Und obendrein hatte sie sogar die uralten, stockfleckigen Briefe rausgesucht, die ihre Mutter ihr hinterlassen hatte. Die Briefe, ein halbes Dutzend an der Zahl, stammten aus der Zeit zwischen 1860 und 1865. Sie waren nur noch mühsam zu entziffern, weil die Tinte im Laufe von über hundertfünfzig Jahren ziemlich verblasst war. Elaines Vorfahrin – ihr Name war Carol – beschrieb darin, wie sie sich von Jamaika nach Florida eingeschifft und dort im Haushalt einer reichen weißen Familie als Dienstmädchen eine Anstellung gefunden hatte. Alles ziemlich langweilig, seitenweise Beschreibungen von dem Anwesen, auf dem sie arbeitete, vom Essen, vom Mobiliar und von der gütigen Hausherrin. Interessanter war, an wen sich die Briefe richteten – Empfänger war nämlich die Mutter der Briefeschreiberin, die auf Jamaika zurückgeblieben war. Sie wurde in der Anrede immer nur *My dearest Mommy* genannt. Den Briefen nach war sie in ihren jungen Jahren Sklavin auf einer großen Plantage gewesen, bevor nach den Befreiungskämpfen schließlich die Sklaverei gesetzlich verboten worden war.

Am traurigsten war das Ende der einseitigen Korrespondenz: ein mit amtlich aussehender Schrift verfasster Brief aus dem Jahr 1865, in dem Carol mitgeteilt wurde, dass ihre in Falmouth auf Jamaika wohnhafte Mutter Louisa Wilmington leider verstorben sei und man daher hiermit die im Nachlass aufgefundenen Briefe an die Verfasserin und einzige Anverwandte zurücksende. Auf diese Weise hatte Carol ihre eigenen Briefe an ihre Mutter zurückbekommen. Und hatte sie an ihre Nachfahren weitervererbt, bis sie am Ende bei Elaines Mutter und dann bei ihr gelandet waren. Briefe von Louisa an ihre Tochter Carol gab es keine – sie waren anscheinend im Laufe der Jahre und Jahrzehnte verloren gegangen.

Die Straße, die vom Flughafen nach Osten führte, war in recht gutem Zustand, doch als Halliwell nach ein paar Meilen in eine von grünem Dickicht gesäumte Abzweigung einbog, ging es über eine Holperstrecke weiter. Halliwell umfuhr die größeren Schlaglöcher so elegant wie möglich. Elaine hielt sich am Seitengriff der Tür fest, und als Halliwell das sah, lächelte er bedauernd. »Das ist Jamaika. Unser Land ist rückständig. Die meisten Straßen taugen nichts. Es muss Ihnen ziemlich primitiv vorkommen.«

»Aber nein«, meinte Elaine freundlich. Sie wollte nicht, dass ein falscher Eindruck aufkam. Etwa der von Touristen, die zu viel erwarteten und denen man es nicht recht machen konnte. »Es gefällt mir sehr gut hier.«

Tatsächlich war die Gegend von malerischem Reiz. Sie kamen an mehreren kleinen Ansiedlungen vorbei, die hauptsächlich aus würfelförmigen, pastellbunt gestrichenen Häuschen mit angebauten Schuppen bestanden. Ab und zu sah man am Straßenrand ein paar Hühner picken. Einmal trieb ein Junge eine kleine Herde von Ziegen über die Straße, sodass Halliwell anhalten musste, bis der meckernde Zug den Weg freigab. Vor einem Haus sahen sie eine qualmende Tonne, die von einem Mann mit verfilzten Haaren bewacht wurde.

»Jerk food«, sagte Curd von der Rückbank. »So grillen die hier ihr Fleisch. Auf einem Rost in alten Öltonnen. Obwohl man ja nie weiß, was in diesen Fässern noch an Rückständen ist.«

»Ich hätte gute Lust auf dieses *jerk food*«, meinte Jerry.

»Es schmeckt hervorragend«, erklärte Halliwell, während er eine weitere Abzweigung nahm. Er zwinkerte Becky zu, die hinter Elaine saß. »Kein bisschen ölig.«

»Ich werd's auf alle Fälle essen«, verkündete Becky. Und dann meinte sie: »Wow.«

Sie fuhren über eine gewundene Zufahrt auf ein Anwesen zu, das aussah wie eine Filmkulisse aus *Vom Winde verweht*. Ein Herrenhaus wie aus einem alten Karibikmärchen, mit einer Fassade in spanischem Stil, die zu beiden Seiten von zwei kleinen Türmen gekrönt war. Die beeindruckende doppelstöckige Loggia wurde von hohen weißen Säulen getragen, und die Fenster waren mit Giebelschnitzwerk verziert. Mächtige alte Mahagonibäume rahmten das breite Gebäude ein wie ein kostbares Gemälde. Ein *altes* Gemälde. Russell hatte ihr erzählt, dass das Haus dem Zahn der Zeit mit ungewöhnlicher Beharrlichkeit getrotzt hatte. Von all den unzähligen karibischen Stürmen, die im Laufe von zweihundert Jahren über die Insel hinweggefegt waren, war es verschont geblieben. In früheren Zeiten hatte es angeblich Gerüchte gegeben, nach denen die Swifts einen Pakt mit dem Teufel geschlossen hatten, weil sie nie Sturmschäden zu beklagen hatten, während andere Herrensitze reihum von Orkanen zertrümmert worden waren. Manche Leute nannten Swift Great House deshalb auch heute noch *Das Sturmhaus.*

Elaine starrte das Haus an. Der erste Anblick des Gebäudes hatte eine Wirkung auf sie, mit der sie nicht gerechnet hatte. Sie bewunderte die Schönheit und die zeitlose Eleganz dieses historischen Herrenhauses, aber etwas daran wirkte beklemmend auf sie. Sie konnte unmöglich sagen, was es war, aber sie spürte es. Allerdings blieb ihr keine Zeit, groß darüber nachzudenken. Der Chrysler hielt vor dem Haus an, und Jason Halliwell stieg aus und öffnete die Heckklappe. An der offen stehenden Haustür wurden sie von einer weißhaarigen alten Frau in Empfang genommen, deren Gesicht einer schwarzen, verschrumpelten Backpflaume ähnelte. Sie wollte Elaines Rollkoffer übernehmen, doch Elaine hielt den Griff fest.

»Nicht doch«, sagte sie peinlich berührt. »Den kann ich selbst hineinbringen.«

»Antoinette ist stärker, als sie aussieht«, meinte Jason. »Sie ist übrigens die Haushälterin auf Swift Great House. Schon seit ungefähr … Wie lange genau bist du schon hier, Toinette?«

»Dreiundsechzig Jahre«, sagte die alte Frau mit einer seltsam singenden Stimme und einem deutlichen französischen Akzent.

»Ursprünglich kommt sie aus New Orleans«, erklärte Jason, während er Elaine und die anderen ins Haus begleitete.

Sie hörte nicht richtig hin, denn sie war vollauf damit beschäftigt, sich umzusehen. Auch die Eingangshalle von Swift Great House hätte sich gut als Filmkulisse geeignet. Die edle alte Holztäfelung, die geschwungene Treppe, die Galerie im Obergeschoss – alles war perfekt restauriert und im Original erhalten, bis hin zu den würdevoll aussehenden Ölgemälden an den Wänden, die ebenfalls aussahen, als wären sie schon ein paar Hundert Jahre alt. Nur der große, vergoldete Ventilator, der sich träge an der Decke drehte, war etwas neuer, aber auch er stammte noch aus der Kolonialzeit.

»Gefällt es Ihnen?«

Elaine wandte sich zu Jason um. »Sehr. Vielen Dank noch für Ihren netten Shuttleservice, Mr. Halliwell.«

»Oh, nicht doch. Lassen Sie um Himmels willen den Mister weg, und nennen Sie mich Jason.« Er grinste mit blitzenden weißen Zähnen. »Wir werden uns ab sofort ständig über den Weg laufen, denn ich werde ja sozusagen Ihr Mädchen für alles sein, solange Sie hier drehen.«

»Dann müssen Sie aber auch Elaine zu mir sagen. Russell meinte schon, dass Sie ein hervorragender Location Scout sind.«

Jason lachte. »Wenn er das sagt, muss es stimmen, denn er hat immer recht.«

»Wer behauptet das?« Russell trat von hinten an Elaine heran.

Kleine heiße Finger schienen über ihre Wirbelsäule zu streichen. Langsam drehte sie sich zu ihm um. Er hatte definitiv etwas an sich, das ihr den Boden unter den Füßen wegzog. Und dafür brauchte er nichts weiter zu tun als bloß aufzutauchen.

Sie ließ langsam den angehaltenen Atem entweichen.

»Hi, Russell. So schnell sieht man sich wieder.«

»Elaine.« Er lächelte sie an. »Ich hoffe, du hattest einen guten Flug. Herzlich willkommen in Swift Great House.«

»Danke, Russell. Es ist traumhaft.«

»Warte, bis du alles gesehen hast.« Er wandte sich an Becky. »Hi. Du musst Becky sein. Freut mich sehr, dass du hier bist.«

»Hi.« Becky musterte ihn mit verengten Augen. Als Nächstes wanderte ihr forschender Blick zu Elaine, doch die war damit beschäftigt, Curd und Jerry vorzustellen.

»Das ist mein Kamerateam von *Subview.* Curd Chesterton und Jerry Macintosh.«

»Klingt schottisch, ist aber irisch«, erläuterte Jerry, während er Russell die Hand schüttelte.

»Wir stehen allen Nationalitäten aufgeschlossen gegenüber«, versetzte Russell trocken.

»Genau wie ich. Bloß Curd ist manchmal ein bisschen rassistisch.«

Curd erdolchte Jerry mit Blicken, doch der achtete gar nicht darauf. »Schicke Hütte haben Sie hier, Mr. Swift.«

»Russell bitte, und das gilt für Sie alle. Auch für dich, Becky.«

Becky zuckte nur die Schultern, und Elaine seufzte unhörbar. Sie und Russell wechselten einen kurzen Blick, und sie las das Verständnis in seinen Augen.

»Antoinette zeigt Ihnen allen erst mal Ihre Zimmer, damit Sie in Ruhe auspacken und sich frisch machen können. Wollen wir uns dann gleich zu einem kleinen Snack und einem Begrüßungsdrink draußen auf der Veranda treffen? So in einer Stunde?«

Damit waren alle einverstanden. Antoinette führte sie

über die Treppe nach oben, wo von einer mit alten Teppichen ausgelegten Galerie ein Gang in einen Seitenflügel mit Schlafräumen führte.

Elaine und Becky erhielten ein Doppelzimmer, Jerry und Curd ebenfalls.

»Hammer«, sagte Becky. Die Stirnseite des großen Raums öffnete sich zu einer Loggia, von der aus man einen grandiosen Ausblick auf die nahe Bucht hatte. Sie ließ ihren Koffer stehen und ging durch die offene Fenstertür hinaus. Elaine folgte ihr und genoss die Aussicht. Swift Great House lag auf einem Hügel oberhalb des Strands. Das Meer erstreckte sich in strahlender Bläue bis zum Horizont, ein einziges Postkartenidyll.

»Die haben ja hier wirklich feudal gelebt«, meinte Becky. »Und in den Feldern hinterm Haus haben die Sklaven geschuftet. Auf der Homepage stand, dass die Plantage noch betrieben wird. Bin gespannt, ob dieser Russell da immer noch Leute ausbeutet.«

Elaine enthielt sich eines Kommentars, denn die Bemerkung hatte sich herausfordernd angehört, als wäre Becky auf Krawall gebürstet. Sie ging zurück ins Zimmer, um ihre Sachen auszupacken.

Der Raum war nostalgisch eingerichtet, mit einem überbreiten Pfostenbett, über dem ein gerüschter Betthimmel schwebte, geblümten Tapeten und Möbeln in Antikweiß mit goldenen Applikationen. Das Bad war brandneu, mit allem, was dazugehörte. Elaine stieg umgehend unter die Dusche und zog sich anschließend frische Sachen an. Von Becky war nichts zu sehen; sie hatte anscheinend keine Lust gehabt, auf sie zu warten.

Unten traf sie auf Antoinette, die mit einem großen Besen den Boden kehrte.

»Kommen immer wieder mal Skorpione und anderes

Krabbelzeug hier rein«, sagte die Alte mit ihrer knarzigen Stimme. In ihrem dunklen Kleid, das sich kaum von ihrer schwarzen Haut abhob, kam sie Elaine ein wenig unheimlich vor, fast wie ein Geist aus einer früheren Zeit.

Elaine nickte ihr höflich zu. »Wo finde ich die Terrasse?«

Antoinette deutete stumm auf einen Bogengang am Ende der Halle. Leise Musik tönte von dort herüber, ein altmodischer Roots-Reggae im typischen Karibiksound. Als Elaine den Klängen folgte, erkannte sie den Song: *Baby, We've Got a Date* von Bob Marley.

Die Veranda befand sich unter einem tiefgezogenen Vordach und war mit weißen Rattanmöbeln ausgestattet, die schon bessere Zeiten gesehen hatten. Auch am Holz des Geländers hatte der Zahn der Zeit genagt. Anscheinend waren manche Teile des Hauses bereits saniert, andere noch nicht. Russell hatte davon gesprochen, dass er für die geplante Urlaubslodge einen Extraflügel anbauen lassen wollte. Es fehlten noch ein paar Investoren, die er durch den Werbefilm gewinnen wollte.

Von der Veranda aus gab es einen direkten Zugang zum Strand: Flankiert von Farnbäumen und ausladenden Bromelien führte ein Kiesweg seitlich vom Haus weg zu einer Treppe, die sich in steilen Kehren zum Sandstrand hinabwand.

Im Garten neben dem Weg arbeitete ein junger Schwarzer mit Dreadlocks, der dort die Büsche stutzte. Als er Elaine sah, winkte er mit der Heckenschere. »Hail«, rief er, was vermutlich so viel hieß wie *Hi*.

Elaine winkte freundlich zurück.

»Das ist Wayne. Eigentlich einer von unseren Feldarbeitern. Aber er macht nebenher auch den Garten.«

Elaine war beim Klang von Russells Stimme herumgefahren. »Ich hab dich gar nicht gehört.«

»Sorry. Ich wollte dich nicht erschrecken. Einen Drink?«

Er hatte ein Tablett mit hohen, eisbeschlagenen Gläsern auf dem Tisch abgestellt. Die Flüssigkeit darin schimmerte goldfarben, und der Glasrand war mit braunem Zucker und ein paar bunten tropischen Früchten verziert.

»Gern.« Elaine nahm ein Glas und probierte.

»Kreation des Hauses«, sagte Russell. »Nennt sich *Brown Sugar Swift*. Cachaça, Grand Marnier, Karamellsirup und natürlich Zucker aus eigenem Anbau.«

»Schmeckt gut.«

»Freut mich. Cheers.« Er prostete ihr zu, dann setzten sie sich. Antoinette brachte eine Platte mit Fingerfood – Hähnchenspieße, Obststücke, Brot, appetitlich auf Salat angerichtete Hummerstücke und dazu ein paar Dips. Eine junge Frau stellte einen eisbeschlagenen Krug mit Limonade auf den Tisch.

»Das ist Hazel. Sie geht Antoinette im Haus und in der Küche zur Hand.«

»Hi«, sagte Elaine.

»I rie«, gab Hazel mit breitem Lächeln zurück. Sie war höchstens zwanzig und hatte niedliche tiefe Grübchen. Ihr glänzendes dunkles Haar war in kleinen Zöpfen zurückgeflochten, und sie war so drall, wie Antoinette mager war. Ihre tiefbraunen Füße steckten in bunten Flipflops, und ihr geblümter Flatterrock schwang im Takt ihrer Schritte um ihre nackten Beine. »Soll ich noch was bringen?«, fragte sie Russell in breitem Patois.

»Im Moment nicht, danke.«

Sie ging ins Haus zurück und hüpfte dabei eher, als dass sie ging. Dazu summte sie das Lied mit, das gerade gespielt wurde – ein weiterer Bob-Marley-Song.

Elaine aß ein paar von den köstlichen Hummerhäppchen, dann nippte sie an ihrem Drink und beobachtete Russell verstohlen unter gesenkten Lidern. Ihr war heiß, und das hatte nichts mit der sommerlichen Wärme zu tun. Wie bei ihrem letzten Treffen war er leger gekleidet, er trug Jeans und dazu ein Button-down-Hemd mit hochgekrempelten Ärmeln. Sie sah die schwarzen, gekräuselten Härchen auf seinen kräftigen Unterarmen und stellte sich unwillkürlich vor, wie es sich wohl anfühlte, wenn sie mit beiden Händen darüberfuhr. Ganz langsam vor und zurück, während er …

»Alicia«, sagte Russell, der einen Punkt hinter Elaine fixierte. »Ich wusste gar nicht, dass du da bist. Darf ich dich mit Elaine bekannt machen? Sie leitet das Filmteam, das heute angekommen ist.«

»Was für ein Filmteam? Du hast mir nichts von einem Filmteam erzählt. Was soll sie denn filmen?«

Elaine hatte sich zu der Frau umgedreht. Hochgewachsen, schlank und auffallend gut aussehend in ihren cremefarbenen Bermudas und dem dazu passenden Seidentop, kam sie an den Tisch. Ihre Züge glichen denen von Russell auf beinahe unheimliche Weise. Ihr welliges dunkles Haar war im Nacken zusammengebunden, was die Ähnlichkeit noch verstärkte. Nur der Ausdruck in ihrem schönen, hochmütigen Gesicht war unverhohlen feindselig.

»Elaine, das ist meine Zwillingsschwester Alicia.«

»Freut mich«, sagte Elaine lahm.

Alicia starrte sie an, und Elaine hatte das Gefühl, etwas sagen zu müssen.

»Wir filmen die Plantage und das Herrenhaus und ein paar bekannte Locations auf der Insel. Eine PR-Doku für die Projekte Ihres Bruders.«

Alicia nahm sich einen Drink und setzte sich. Sie besaß dieselbe katzenhafte Geschmeidigkeit und die elegante Kopfhaltung wie Russell.

Eine unangenehme Gesprächspause entstand, die zu Elaines Erleichterung jedoch gleich darauf unterbrochen wurde, als Curd und Jerry auf die Veranda traten, gefolgt von Jason Halliwell. Die drei Männer setzten sich zu ihnen an den Tisch.

»Wo warst du?«, wollte Alicia von Jason Halliwell wissen, während der neben ihr Platz nahm. Es klang wütend.

»Die Gäste vom Flughafen abholen.«

»Ich hab dich angerufen. Wieso bist du nicht drangegangen?«

»Hatte das Handy auf lautlos.«

»Und wenn es was Wichtiges gewesen wäre?«

»Dann hättest du auch *mich* anrufen können«, mischte Russell sich ein.

»Ach ja?« Ihre Stimme hatte einen gehässigen Unterton. »Seit wann bist du während der Arbeitszeit für mich zu sprechen? Oh, und übrigens – ich hab's versucht. Es ging nur die Mailbox dran.«

»Ich war in Gesprächen.« Russell wirkte peinlich berührt. Es war ihm sichtlich unangenehm, dass seine Schwester vor Fremden derartig herumzickte. Außerdem war der Grund für Alicias ausfallende Art unschwer zu erraten – sie hatte schon vor diesem Cocktail was getrunken. Ihre Stimme klang leicht verwaschen, und in den Duft ihres teuren Parfüms mischte sich ein deutlicher Hauch von Rum.

»Was war denn los?«, wollte Jason Halliwell wissen. »Weshalb wolltest du mich sprechen?« Ein eigentümlicher Ausdruck stand auf seinem Gesicht, eine Mischung aus Sehnsucht und Ablehnung. Und, ja, Begierde. Ihm war anzumerken, dass er eigentlich nicht auf Alicias lange Beine schauen wollte, aber seine Blicke machten sich immer wieder selbstständig.

»Ich erzähl's dir später«, sagte Alicia knapp.

Das restliche Gespräch verlief in normalen Bahnen. Sie sprachen über das Filmprojekt und das Exposé, das Elaine nach Lincolns Ideen entworfen hatte, und Jason machte eifrig Vorschläge für einzelne Inseltouren. Russell bot an, sie später noch über die Plantage zu führen, worauf Alicia eine spöttisch klingende Bemerkung in so starkem jamaikanischen Dialekt fallenließ, dass Elaine sie nicht verstand. Nach Russells Blicken zu urteilen, war das aber wohl auch besser so.

Ansonsten sprachen Russell, Alicia und Jason untereinander in einem weichen, verschliffenen Patois, das recht gut zu verstehen war, auch wenn manche Ausdrücke in Elaines Ohren ungewohnt klangen. Die kreolischen Sprachwurzeln klangen stark durch, aber die englischen Anteile überwogen, sodass man sich nicht allzu sehr konzentrieren musste, um der Unterhaltung zu folgen. Sobald sie mit den Gästen sprachen, wechselten alle drei mühelos in reines, nahezu akzentfreies Englisch. Russell hatte Elaine während ihres gemeinsamen Abends in Miami erzählt, dass er in Boston studiert hatte. Von einer Schwester hatte er allerdings nichts gesagt. Doch sie selbst hatte ihm ja auch nicht alles erzählt. Beispielsweise von ihrer alkoholkranken Mutter, die mit drei Promille im Blut gegen einen Baum gefahren war. Oder von dem Bruder ihrer Mutter, der noch am Tag der Beerdigung versucht hatte, sie zu betatschen, nachdem ihm und seiner Frau nur ein paar Stunden zuvor vom Jugendamt Elaines Betreuung übertragen worden war. Oder davon, dass sie anschließend per Anhalter nach Mississippi zu Grandpa und Grandma gefahren war, weil sie den Kerl sonst hätte umbringen müssen. Sie hatte nie mit jemandem darüber geredet, und sie hatte auch nie wieder was von ihrem Onkel gehört. Grandpa hatte sich um alle Formalitäten gekümmert, und sie war einfach bei den beiden geblieben, bis sie zum Studium nach New York gezogen war.

Über manche Dinge sprach man eben nicht gern, weil sie

belastend oder peinlich oder traurig waren. Vielleicht galt das auch für Alicia. Sie trank zu viel und war zickig, so viel stand schon nach ein paar Minuten fest. Und sie schien auch kein besonderes Interesse an den Gästen zu haben, denn kaum hatte sie ihren Drink runtergekippt, stand sie auf und stolzierte durch den blühenden Garten zu der Treppe, die zum Strand hinunterführte. Sie eilte die Stufen hinab, als könnte sie gar nicht schnell genug verschwinden. Elaine war erleichtert, dass sie weg war, aber auch auf unerklärliche Weise besorgt. Sie spürte eine ähnliche Beklemmung wie beim ersten Anblick von Swift Great House.

Als die Gläser mit den Begrüßungsdrinks leer und die Snacks aufgegessen waren, fühlte sie sich ausgelaugt und müde. Sie hätte jetzt dringend eine Mütze Schlaf brauchen können. Becky und sie waren früh aufgestanden, um rechtzeitig am Flughafen zu sein. Außerdem war in dem Cocktail zu viel Rum gewesen; sie hätte nicht alles austrinken sollen.

»Ich würde sagen, wir machen den Rundgang etwas später«, meinte Russell, der anscheinend ihre Gedanken erraten hatte. »Sobald du dich ein wenig ausgeruht hast.«

»Gute Idee«, sagte sie dankbar.

Er streckte hastig die Hand aus und umfasste Elaines Ellbogen, während sie sich ein wenig taumelig aus dem Sessel erhob. Elaine erschauerte unter seiner Berührung, als er einen Schritt näher an sie herantrat, sodass seine Hüfte die ihre streifte.

»Ist alles in Ordnung?«, wollte er wissen. »Ist dir schwindlig?«

»Ein bisschen.« Sie sah direkt in seine Augen. Durchsichtiger, sonnenglitzernder Bernstein. Tigeraugen, die sie in gefährliche Tiefen zogen. In ein Meer der Gefühle, in dem sie unrettbar verloren war. Sie wusste selbst nicht, welche innere Instanz ihr diese Bilder eingab, aber sie waren da. »Muss der

Cocktail sein.« Sie lachte ein wenig mühsam. »Ich vertrage so früh am Tag nicht viel.«

»Dann gibt es erst heute Abend wieder was.«

Diesmal war ihr Lachen echt. »Dann ist ja gut.«

»Ich geh noch mit dir rauf. Muss sowieso nach oben.«

Sie spürte die bohrenden Blicke von Curd und Jerry in ihrem Rücken, als sie ins Haus gingen.

Auf der Treppe hielt sie sich am Geländer fest. Das warme, kunstvoll gedrechselte Holz fühlte sich unter ihrer flachen Hand fast lebendig an. Sie ließ es hastig los, mit der Folge, dass sie erneut aus dem Gleichgewicht kam. Der Alkohol war ihr eindeutig zu Kopf gestiegen. Wieso hatte sie das Glas überhaupt leer getrunken? Ein paar Schlucke aus Höflichkeit hätten auch gereicht. Und wo zum Teufel steckte Becky? Was dachte sie sich, einfach allein loszuziehen, ohne sich wenigstens kurz abzumelden?

All diese Gedanken wurden mit einem Schlag vollkommen unwichtig, als Russell erneut nach ihrem Arm griff, um sie zu stützen. »Dir ist immer noch schwindlig«, sagte er.

Sie schnappte nach Luft, denn seine Hand schien glühende Wellen durch ihre Haut zu senden, die direkt den Weg zu ihrer Körpermitte fanden. Oben auf der Galerie kam ihnen Hazel entgegen. Russell sagte etwas zu ihr, das Elaine nicht verstand, weil ihr das Blut in den Ohren rauschte. Hazel lächelte mit tiefen Grübchen. »Alles klar, Boss«, sagte sie, was als Antwort auf so ziemlich alles passte. In ihrem hüpfenden Gang verschwand sie in Richtung Treppe, während Russell Elaine zu ihrem Zimmer begleitete.

»Bist du zufrieden mit eurer Unterkunft?«, fragte er.

»Ja, sehr«, gab sie mit gepresster Stimme zurück.

Er öffnete ihr die Tür. »Falls du dich fragst, wo Becky steckt – sie ist runter zum Strand.«

»Okay.« Sie trat ins Zimmer und blieb nach zwei Schritten

stehen. Er folgte ihr hinein und schloss die Tür hinter sich ab. Dann legte er von hinten beide Hände auf ihre Schultern und drehte sie zu sich um.

»Elaine«, murmelte er.

Allein schon seine dunkle Stimme klang wie eine Liebkosung. In ihrem Nacken stellten sich winzige Härchen auf. Ihr Herz fing an zu trommeln. Als er sie in die Arme nahm, dachte sie keinen einzigen Augenblick daran zurückzuweichen. Im Gegenteil. Sie kam seinem Kuss mit so einem Hunger entgegen, dass sie fast Angst vor sich selbst hatte. Sein Mund presste sich auf ihre Lippen und teilte sie, und als sie einen Sekundenbruchteil später seine heiße Zunge spürte, brach etwas in ihr auf und ließ eine lodernde Flamme hochschießen, die sie zu verbrennen drohte. Es war, als wüsste ihr Körper viel besser als sie selbst, was sie die ganze Zeit gewollt und herbeigesehnt hatte. Hemmungslos erwiderte sie seinen Kuss, und sie zuckte auch nicht zurück, als seine Hände fieberhaft über ihren Rücken glitten, ihre Hinterbacken umfassten und ihren Körper gegen seinen pressten, bis sie die harte Wölbung seines Glieds an ihrem Bauch spürte. Kehlig stöhnte sie in seinen Mund und fuhr ihrerseits mit beiden Händen über seinen Körper, seine festen Rückenmuskeln, das angespannte Gesäß, die Rippenbögen. Er drängte sie gegen die Wand, hob ihr rechtes Bein an und legte es sich um die Hüfte. Seine Erektion rieb sich direkt an ihrem nassen Höschen. Sie schrie unterdrückt auf. Noch nie hatte sie sich mit derartiger Bedingungslosigkeit danach verzehrt, von einem Mann genommen zu werden. Sie zerrte an seinem Hemd, weil sie seine nackte Haut spüren wollte. Er schob zwei Finger in ihren Slip, und sie konnte gerade noch einen lustvollen Aufschrei unterdrücken. Sein Keuchen war mindestens ebenso laut wie ihres, deshalb hörten sie das Geräusch vom Gang her erst, als der Türknauf sich bewegte.

Russells Reflexe waren besser als ihre. Während sie mit fliegendem Atem und zitternden Gliedern an die Wand gelehnt stehen blieb und sich fühlte wie heißes Wachs, das unweigerlich nach unten sinken wollte, war er mit wenigen Sätzen bei der offenen Fenstertür.

Der Türknauf drehte sich erneut.

»Elaine?« Das war Curd. Seine nörgelnde Stimme war nicht zu verwechseln.

Sie rang nach Luft und legte sich die Hand gegen die wild pochende Kehle. »Was ist?«, fragte sie mühsam beherrscht. Es klang trotzdem zittrig. Ihre Wangen brannten, und ihr wackelten immer noch die Knie. »Was willst du?«

»Mein Stativ ist weg. Das große. Ich bin sicher, dass es vor der Fahrt in den Chrysler geladen wurde, und dieser Halliwell meint, er hätte es reingetragen und in der Halle abgestellt. Aber jetzt ist es nicht mehr da.«

»Es ist sicher nicht weggekommen. Am besten fragst du mal die alte Haushälterin. Vielleicht hat die es gesehen. Oder Hazel. Kann sein, dass es einfach im falschen Zimmer gelandet ist.«

»Bei den beiden war ich schon. Die behaupten, sie wüssten von nichts. Bei dir ist es nicht zufällig, oder?«

»Nein.«

»Ganz sicher?«

Allmählich kam Elaine sich albern vor. »Ganz sicher. Ich hab vorhin alles ausgepackt, da wäre es mir bestimmt aufgefallen. Es ist ja nicht gerade klein.«

»Weiß du, wo Russell Swift ist? Vielleicht hat er es gesehen.«

»Keine Ahnung«, meinte Elaine.

»Aber er ist doch mit dir raufgegangen. Hat er nicht gesagt, wo er hinwill?«

»Nein. Vielleicht in sein Zimmer?«

»Da ist er nicht. Hab's gerade versucht.«

»Woher wusstest du, wo sein Zimmer ist?«

»Das hat die Alte mir gesagt. Schräg gegenüber von deinem.« Curd wurde ungeduldig. »Hast du schon unter deinem Bett nachgesehen?«

Elaine verdrehte die Augen. Langsam wurde das Ganze absurd. Russell, der in der offenen Fenstertür stand, kämpfte sichtlich gegen ein Lachen an.

Vor der Zimmertür bekam Curd Gesellschaft.

»Miss Harrison?« Das war Hazels fröhliche Stimme. »Bringe bisschen Obst.«

Russell machte eine bedauernde Geste, dann zog er sich auf die Loggia zurück. Diese führte um das Haus herum, er konnte also durch eine beliebige offene Fenstertür wieder ins Haus zurück. Elaine lehnte immer noch an der Wand, aufgeputscht vor unerfüllter Begierde und gleichzeitig so nervös, dass sie ein paarmal tief durchatmen musste, ehe sie sich traute, die Zimmertür aufzuschließen.

»Ich hatte mich gerade hingelegt«, sagte sie.

Curd warf einen Blick auf das unberührte Bett. Sie widerstand dem Drang, sich für die Flunkerei zu rechtfertigen. Es ging ihn überhaupt nichts an, was sie in ihrem Zimmer tat. Verärgert sah sie zu, wie er sich vor dem Bett hinkniete und darunterschaute, während Hazel summend einen liebevoll mit Blütenzweigen dekorierten Obstkorb auf das zierliche Tischchen vor dem Spiegel stellte.

»Es kann doch nicht einfach so verschwunden sein«, klagte Curd, nachdem er auch im Bad nachgesehen hatte.

»Was denn?«, fragte Hazel arglos.

Er starrte sie entrüstet an. »Mein Stativ, Himmel noch mal!«

»Was ist ein Stativ?«

Curd warf Elaine einen leidenden Blick zu. »Siehst du,

was ich meine?«, fragte er. »Diese Eingeborenen sind einfach nur …«

»Sag's nicht«, fiel sie ihm ins Wort.

Er klappte den Mund zu, doch seine verkniffene Miene beim Verlassen des Zimmers sprach Bände. Elaine wartete höflich, bis auch Hazel gegangen war, dann machte sie die Tür zu und schloss wieder ab. Als sie anschließend auf die Loggia hinaustrat, war Russell verschwunden.

6

Becky schnorchelte über den sandigen Meeresboden, bis sie das kleine Riff erreicht hatte, das sich in etwa dreißig Fuß Entfernung parallel zum Strand durch die Bucht zog. Die Korallen waren Unterschlupf für zahlreiche bunte Papageienfische, die in einem schimmernden Gewimmel in alle Richtungen flitzten, als Becky näher heranschwamm. Sie hätte gern richtig getaucht, um sich alles länger und genauer ansehen zu können, doch dazu würde sie sich eine Ausrüstung besorgen müssen. Und natürlich würde sie jemanden brauchen, der ihr den Umgang damit erklärte und mit ihr zusammen tauchte, sonst würde daraus nichts werden. Das wiederum würde vermutlich ziemlich ins Geld gehen, woran das Ganze dann auch schon scheiterte. Sie konnte Mom nicht um Geld bitten, das war völlig unmöglich. Nicht, dass sie keins von ihr bekommen hätte – im Gegenteil. Mom würde sich eher das letzte Hemd ausziehen und es verkaufen, bevor der Eindruck aufkam, sie würde ihrer Tochter nicht alles geben, was nur irgendwie möglich und im Rahmen war. Das war ja auch genau der Grund, warum es nicht infrage kam, sie darum zu bitten. Es würde bloß dazu führen, dass Mom sich besser und sie selbst sich schlechter fühlte.

Am Rand des Riffs sah sie einen kleinen Barrakuda auftauchen. Wenn Mom hörte, dass es in der Bucht Raubfische gab, und seien sie auch winzig, würde es mit dem Tauchen sowieso nichts werden. Besser, sie vergaß es gleich wieder.

Becky beobachtete den hellgrauen Räuber eine Weile beim Jagen. Er stieß in einen Schwarm flüchtender silbriger Fische vor und schnappte sich einen, der nicht schnell genug war. Sofort kamen weitere Barrakudas aus dem Riff geschossen, anscheinend angelockt von der Blutwolke, die dem erfolgreichen Jäger aus dem gezähnten Maul floss.

Becky zog es vor, zum Strand zurückzuschwimmen, bevor ein paar von den Biestern auf die Idee kamen, sie als Beute anzupeilen. Als sie aus dem Wasser watete und sich dabei Taucherbrille und Schnorchel vom Gesicht pflückte, sah sie den Typen im Sand hocken, den sie vorhin schon hinterm Haus bemerkt hatte. Er sah diesem Russell dermaßen ähnlich, dass er nur sein Sohn sein konnte. Mom hatte ihr von ihm erzählt. Er hieß David, war siebzehn und im Abschlussjahr an der Highschool, genau wie sie.

Als Becky vor ihm aus dem Wasser stieg, wurde er rot, was sie mit einer gewissen Zufriedenheit registrierte. Sie wusste, dass sie in dem Bikini gut aussah, auch wenn er vom letzten Jahr stammte und etwas zu knapp saß, vor allem oben herum, wo sie seither zugelegt hatte. Wäre es nach Mom gegangen, hätte sie das Teil nicht mehr tragen dürfen, aber Mom hätte sie ja sowieso am liebsten in einen Käfig gesteckt und den Schlüssel irgendwo hingetan, wo ihn keiner fand.

»Hi«, sagte sie. »Ich bin Becky.«

Die Röte in Davids Gesicht vertiefte sich noch. »Ich bin David. Wir haben uns vorhin schon oben am Haus gesehen.«

»Ich weiß.«

Das schien ihn erst richtig in Verlegenheit zu stürzen. »Du bist mit deiner Mom hier, oder?«

»Mit meiner Mom und dem Filmteam. Sie wollen hier so eine Art Reportage drehen, aber das hast du bestimmt schon gehört.«

»Ja, Dad hat's erzählt. Er sagte, dass du Ferien hast und

dich hier vielleicht ein bisschen umschauen willst. Und dass ich dir die Gegend zeigen kann, falls dir langweilig wird.« Das Angebot klang ein wenig kurzatmig, als hätte er allen Mut zusammennehmen müssen, um den Satz herauszubringen.

»Guter Plan.« Sie streifte die Flossen ab und warf sie zusammen mit dem Schnorchel und der Tauchmaske in den Sand. Dann zog sie sich das Haarband heraus, mit dem sie ihre lange Mähne im Nacken zusammengehalten hatte. Mit beiden Händen drückte sie das Wasser aus den triefenden Locken und kämmte sie grob mit den Fingern durch.

David bemühte sich sichtlich, nicht hinzusehen, aber sie merkte, dass er ihr aus den Augenwinkeln Blicke zuwarf. Als sie sich kurzerhand neben ihn in den Sand hockte, zuckte er zusammen und atmete scharf ein. Sie spürte eine Aufwallung von Mitleid. Er schien völlig unerfahren zu sein. Wahrscheinlich hatte es ihn eine Menge Überwindung gekostet, sich hier hinzusetzen und darauf zu warten, dass sie aus dem Wasser kam.

Er umfasste seine Knie und tat so, als wäre alles bestens, aber sie sah die Anspannung in seiner Haltung. Sein Körper war mager und schlaksig, aber die Muskeln an seinen Waden und die breiten Schultern ließen jetzt schon ahnen, dass er mit ein bisschen Training in ein oder zwei Jahren dieselbe Statur kriegen würde wie sein Dad.

Ein kleiner verschorfter Schnitt an seiner Wange ließ vermuten, dass er sich rasiert hatte, obwohl es sicher noch nicht viel Bart zu entfernen gab. Sein Haar war kurz geschnitten und etwas heller als bei seinem Vater, fast braun, und als er den Kopf hob und ihr sein Gesicht zuwandte, war zu sehen, dass er graue Augen hatte, wie durchscheinender Rauchquarz, mit einem feinen silbernen Ring um die Iris. Beckys Herz machte einen kleinen Satz, als sie diese ungewöhnlichen Augen sah. Plötzlich wirkte er ganz anders – geheimnisvoll, tiefgründig und anziehend. Okay, anziehend hatte er schon vorher auf sie gewirkt, denn sie hatte immer schon auf die etwas dunkleren Typen gestanden. Außerdem sah er definitiv besser aus als neunzig Prozent aller Jungs an ihrer Schule. Aber eben auch wie ein Junge. Der Eindruck verschwand jedoch, wenn er ihr direkt in die Augen blickte. Dann war er auf einmal erwachsen. Auf die übliche Art, in der erwachsene Männer eine Frau anschauten.

Gleich darauf senkte er die Lider und war wieder ein verlegener siebzehnjähriger Junge.

»Du musst es bloß sagen, wenn ich dir hier irgendwas zeigen soll«, meinte er.

»Ich würd gern tauchen gehen.«

Er betrachtete sie verdutzt. »Tauchen?«

»Ja, unter Wasser.« Sie grinste. »So wie ich es eben gemacht habe. Bloß mit richtigem Atemgerät.«

»Verstehe.« Er räusperte sich. »In der Nähe gibt es einen Laden. In dem gibt's viel Wassersportkram. Da kann man auch Surfboards und Tauchgeräte ausleihen.«

»Das ist bestimmt teuer, oder?«

»Dad hat da Sonderkonditionen, er kennt den Besitzer. Ich hab mir dort ab und zu schon mal was zum Testen geholt und musste nichts zahlen. Zum Beispiel neulich ein Jetboot.«

»Cool. Mit so einem Ding bin ich in Miami auch schon auf dem Wasser gewesen. Ein Mädchen aus meiner Schule hat eins. Hat Spaß gemacht.«

»Ich kann uns eins besorgen, wenn du willst.«

»Das wäre super.«

Ein kurzes Schweigen entstand, ehe David mit dem nächsten Vorschlag herausplatzte. »Wir könnten auch mal segeln. Ich habe ein eigenes Boot.«

Sie war überrascht und erfreut. »Wirklich?«

»Na ja, es gehört eigentlich meinem Dad, aber außer mir benutzt es im Prinzip niemand mehr. Früher bin ich oft mit Dad rausgefahren, aber in den letzten Jahren hat er einfach zu viel zu tun. Wegen der Arbeit kommt er praktisch zu nichts anderem mehr.«

Das kam Becky auf unangenehme Weise bekannt vor, doch sie sagte nichts dazu, weil es ihr nur die Laune verdorben hätte, jetzt in dieselbe Kerbe zu hauen.

»Ich würde gerne mal mit dir raussegeln«, sagte sie.

»Jederzeit. Wie wär's, wenn ich die *Esmeralda* gleich morgen klarmache?«

»Heißt das Boot so?«

»Falls du den Namen blöd findest – ich hab ihn nicht ausgesucht.«

»Nein, er klingt cool. Wie in einem alten Film. Passt auch gut zu dem Herrenhaus.«

»Wir haben in den letzten Jahren viel modernisiert.« Es klang fast wie eine Rechtfertigung, und sie merkte, dass er sie missverstanden hatte.

»Ich wollte das nicht schlechtmachen oder so. Im Gegenteil. Ich find's toll. Es hat Flair.« *Flair* war ein Wort, das ihr schon immer gut gefallen hatte. Bernice benutzte es oft. Man brauchte ihr nur zwei Minuten beim Reden zuzuhören und wusste, dass sie irgendwas mit Kunst zu tun hatte.

»Meinetwegen können wir morgen gerne mit der *Esmeralda* rausfahren«, fuhr sie fort.

Er lächelte vor Freude und sah dabei seinem Vater noch ähnlicher. Becky spürte ein winziges Flattern ihrer Magennerven. Mit einem Mal hatte sie eine ungefähre Vorstellung davon, was ihre Mutter an diesem Russell finden musste. Dass Mom auf ihn abfuhr, merkte ein Blinder. Becky wusste allerdings nicht recht, ob ihr das gefiel. Mom hatte kein besonders gutes Händchen für Typen. Das einzig Positive, was man über ihre Männerbekanntschaften sagen konnte: Es waren nicht allzu viele. Becky konnte sich an drei Typen erinnern, die Mom im Laufe der Jahre angeschleppt hatte und die über Nacht geblieben waren. Einen Barry, einen Vernon und einen Rick. Nach ein paar Monaten waren sie dann weggeblieben, alle drei. Becky hatte keinen von ihnen vermisst. Sie hatten alle so eine Art draufgehabt, über sie hinwegzusehen, als wäre sie gar nicht da. Irgendwann war es wohl auch Mom aufgefallen. Sie war jedes Mal diejenige gewesen, die Schluss gemacht hatte. Immerhin. Und dieser Russell Swift – wahrscheinlich hatte er sowieso eine Freundin. Er sah nicht aus wie ein Mann, der als Single durchs Leben ging. Obwohl … Mom sah auch nicht so aus. Im Gegenteil. Sogar die Jungs aus der Schule fanden Mom heiß, es war schon fast ekelhaft.

»Hat dein Dad eigentlich eine Freundin?«, fragte sie impulsiv.

David musterte sie verwirrt. »Dad? Hm … du meinst, eine *feste* Freundin?«

»Fest oder locker, ganz egal. Hat er eine?«

»Na ja, ab und zu trifft er sich mit jemandem«, meinte David überrumpelt. »Aber das ist eher so was Inoffizielles.« Er blickte sich verstohlen um, als könnte jemand mithören. »Es ist Moira Whistler von der Bibliothek.«

»Du meinst, sie haben was laufen?«

»Ich glaube schon.« Er scharrte verlegen mit den Fußspitzen im Sand herum. »Einmal hörte ich Tante Alicia mit Jason drüber reden. Jason fragte sie, ob Dad es wohl ernst mit Moira meint, und da lachte Tante Alicia und meinte, in hundert Jahren nicht. Sie sagte, Dad wäre sein Junggesellenleben heilig, er wäre für alle Zeiten von festen Bindungen kuriert.«

Becky fand das einigermaßen beruhigend. »Du hast eine Tante?«

»Ja, sie ist Dads Zwillingsschwester und wohnt auch in Swift Great House. Eigentlich müsstest du sie gesehen haben, sie war vorhin hier unten am Strand.«

»So eine große Schwarzhaarige mit Zigarette? Oh, ja. Die hat mich angegiftet. Sie sagte, das hier sei Privatgelände.«

David wirkte betreten. »Das tut mir leid. Sie ist manchmal ein bisschen ... unfreundlich. In ihrem Leben ist viel Mist passiert. Damit ist sie nicht richtig fertiggeworden. Aber sie meint es nicht so.«

»Ist schon okay. So was perlt an mir ab.« Becky kicherte. »Als sie anfing zu meckern, bin ich einfach untergetaucht.«

»Ich rede mit ihr, wenn ich sie das nächste Mal sehe.«

Becky deutete den Strand entlang. »Da hinten kommt sie gerade. Zigarettenpause zu Ende, hm?« Sie stemmte sich hoch. »Ich geh lieber noch mal ins Wasser. Kommst du mit?«

Er streifte bereits sein T-Shirt ab. Sein Oberkörper war noch jungenhaft, aber Brust und Schultern waren kräftig und sehnig. Er sah wirklich richtig gut aus. Aber das allein versetzte Becky noch nicht in Unruhe. Es waren eher diese achatgrauen Augen, bei denen sie das Gefühl hatte, er könnte damit hinter die Dinge blicken. Dinge, die ihn nichts angingen und über die sie mit keinem Menschen reden wollte. Wieder spürte Becky dieses ungewöhnliche kleine Herzklopfen.

Sie lächelte hastig, um ihre plötzliche Verwirrung zu überdecken. »Wer als Erster drüben beim Riff ist!« Und schon war sie losgerannt und stürzte sich ins Wasser. Er war dicht neben ihr und warf sich in die Wellen. Gemeinsam kraulten sie los, mit zügigen, geübten Schwimmstößen. Er war deutlich schneller und hatte sie nach ein paar Metern überholt, aber als er merkte, dass er sie abhängte, wurde er langsamer und trat Wasser. Über die Schulter blickte er zurück und sah sie an, die dichten Wimpern wie Strahlenkränze um seine leuchtenden, ausdrucksstarken Augen. Er lachte sie an, und sie konnte nicht anders, als dieses wundervolle, offene Lachen zu erwidern. Aber tief in ihrem Inneren schmerzte etwas. Es war wie der kurze, scharfe Stich einer Erinnerung an etwas, das irgendwo in ihr verborgen lag. So tief drinnen, dass jeder Versuch, es zu finden, vergebens sein würde.

7

Jason sprang die beiden letzten Stufen der Treppe hinunter und trat Alicia in den Weg. Sie prallte zurück und funkelte ihn zornig an. »Verdammt, musst du mich so erschrecken?«

»Tut mir leid. Ich dachte, du hättest mich gesehen.«

»Hab ich nicht.« Sie deutete aufs Wasser hinaus. »Ich hab nach David geschaut. Er schwimmt da mit so einem Mädchen. Die hat sich vorhin schon hier rumgetrieben.«

Er folgte ihrer Blickrichtung und beschattete die Augen mit der Hand. »Oh, das ist Becky. Anscheinend haben die beiden sich bereits bekannt gemacht.«

»Wer zum Teufel ist Becky?« Ihre Stimme klang gereizt, und Jason seufzte unhörbar. Sie war mies drauf, das war nicht zu übersehen. Ein wenig beklommen fragte er sich, wie er sie wohl dazu bringen sollte, ihm ein wenig freundlicher gegenüberzutreten. In der letzten Zeit wurde es zunehmend schwieriger mit ihr. Sie trank einfach zu viel.

»Becky ist die Tochter von Elaine Harrison.«

»Von dieser arschwackelnden Filmtussi?«, fragte Alicia.

Es hörte sich grob und billig an. Jason hasste es, wenn sie so redete. Früher, als sie noch kaum getrunken hatte und auch sonst ein dem Leben zugewandter Mensch gewesen war, hatte sie sich manchmal einen Spaß daraus gemacht, im primitivsten, breitesten Patois zu schimpfen. Da hatte es sich noch witzig angehört, er hatte oft sogar schallend darüber lachen können und sie dadurch erst zu solchen Scherzen animiert. Aber irgendwann hatte es nur noch böse und gehässig geklungen.

»Lassen wir die beiden in Ruhe da schwimmen. Ist doch nett, wenn David mal ein Mädchen kennenlernt. So schüchtern, wie der Junge sonst immer ist.« Er nahm ihren Arm. »Komm, wir gehen ein Stück.«

Sie entzog sich ihm, um sich eine frische Zigarette anzustecken, folgte ihm aber, als er langsam den Strand entlangschlenderte.

»Du bist wegen irgendwas sauer«, stellte er fest, während er auf eine Gruppe windzerzauster Palmen zuhielt. »Hat es mit dem zu tun, über das du mit mir sprechen wolltest?«

»Wer sagt, dass ich mit dir sprechen wollte?«, gab sie schlecht gelaunt zurück.

»Du selber. Vorhin, als wir oben zusammensaßen. Du hast mich angeblafft, als ich wissen wollte, was los ist. Und du hast gesagt, du erzählst es mir später.«

Sie stieß eine Rauchwolke aus. »Hab ich das? Oh, ja, kann sein.« Sie starrte auf die von funkelnden Sonnenreflexen übersäte Wasseroberfläche hinaus. »Toinette hat gesagt, Russell holt uns das Unglück ins Haus.«

»Ach, Toinette sagt viel, wenn der Tag lang ist.« Doch Jason konnte ein schwaches Unbehagen nicht unterdrücken. Die alte Haushälterin war ihm unheimlich. Sie praktizierte ständig irgendwelche obskuren magischen Rituale. Er glaubte nicht wirklich an diesen Mist, aber aus seiner Kindheit war ihm eine gewisse abergläubische Furcht davor geblieben. Alicia ging es genauso, aber bei ihr war es noch ein gutes Stück ausgeprägter – sie ließ sich davon deutlich mehr beeindrucken als er.

Sie waren beide damit aufgewachsen. Antoinette Dutroux mit ihrem faltigen, pechschwarzen Gesicht und den langen spitzen Fingern war ihm früher schon immer wie die sprichwörtliche böse Hexe vorgekommen. Ihr heiseres Kichern, das sie ganz unvermutet ausstoßen konnte, ging einem durch und durch. Genau wie der Blick aus den kohlefarbenen Augen, mit denen sie durch einen hindurchsah und trotzdem alles mitkriegte, was man dachte.

Alicias und Russells Dad hatte nichts auf die Alte kommen lassen, im Gegenteil – er hatte sich von ihr die Karten legen und aus der Hand lesen lassen. Inzwischen war sie längst nutzlos und konnte nicht mehr viel arbeiten, aber Russell fütterte sie immer noch mit durch, sie gehörte quasi zur Familie. Jason kämpfte gegen ein unbestimmtes Gefühl von Ärger an. Alicia war sowieso schon emotional restlos durch den Wind. Es fehlte noch, dass sie wegen Toinettes Unkereien noch tiefer ins Elend geriet.

»Du solltest nicht immer für bare Münze nehmen, was Toinette sagt.«

»Sie hat aber bis jetzt immer recht gehabt. Denk an Janice und Dorothy. Toinette hat es vorher gewusst.«

Sein Unbehagen vertiefte sich. »Einen Scheiß hat sie gewusst.«

»Hat sie wohl. Sie sagte, dass was Schlimmes passieren wird. Und so ist es auch gekommen. Beide Male.«

»Herrgott, sie sagt doch dauernd, dass was Schlimmes passiert. Sie ist nichts weiter als eine dumme alte Hexe.« Er riss sich zusammen. Es hatte keinen Zweck, Alicia gegen die Alte einzunehmen, denn aus unerfindlichen Gründen hing sie an Toinette, genau wie Russell. Das kam wohl davon, wenn man zu lange gemeinsam in einem Haus lebte. Irgendwann war die Macht der Gewohnheit stärker als die Vernunft. »Was genau hat sie denn gesagt?«, fragte er beherrscht. »Ich meine, welches Unglück hat sie diesmal vorausgesehen?«

»Es hängt mit dieser Elaine Harrison zusammen. Toinette sagte schon letzte Woche, dass er besser nicht nach Florida fliegen soll, weil er damit das Schicksal herausfordert.«

Jason stöhnte entnervt. »Hat sie deshalb vorige Woche überall ihr *gris-gris* fallen lassen?«

»Wenn du nicht dran glaubst, sollten wir uns wohl besser nicht darüber unterhalten«, fuhr sie ihn an.

Er gab sofort nach. »Ich sag ja nur, dass man nicht alles auf die Goldwaage legen sollte, was sie erzählt.«

Sie ging nicht darauf ein, sondern sprach abrupt weiter. »Als Russell aus Miami zurückkam, hat sie gewusst, dass es zu spät ist.«

»Was meinst du mit *zu spät?*«

Alicia zog heftig an ihrer Zigarette. »Toinette sagte zu ihm: Du bist ihr begegnet, Russell. Du hast sie gesehen und bist in ihrem Bann. Sie wird kommen und für mächtigen Ärger sorgen. Du hast uns das Unglück ins Haus geholt.«

Jason war gegen seinen Willen beeindruckt. »Das hat sie wirklich gesagt?«

»Hörst du schlecht oder was?«, fragte sie unwirsch zurück. Sie warf die fertig gerauchte Zigarette vor sich in den Sand, und Jason trat sie automatisch aus. Sie ließ brennende Zigaretten fallen und vergaß sie einfach. Toinette hatte schon düster verkündet, eines Tages werde sie noch das Haus abfackeln, wobei es für diese Befürchtung wohl kaum spezieller Wahrsagekünste bedurft hätte. Alicia rieb sich über die nackten Oberarme, als fröre sie.

»Was hat Russell daraufhin gesagt?«, erkundigte Jason sich neugierig.

Alicia zuckte die glatten braunen Schultern. »Ich hab's nicht richtig gehört. Aber dann hat er gelacht. Nur ein bisschen, aber trotzdem. Du kennst ihn doch.« Zornig fuhr sie fort: »Er glaubt nicht dran. Tat er damals schon nicht. Das war sein Fehler. Und denselben Fehler macht er jetzt auch wieder. Toinette hat gesagt, das Böse wird seine schlimme Fratze zeigen, und daran ist nur die Frau schuld.«

»Gott, Alicia, jetzt mach aber mal halblang!« Jason legte die Hand in ihren Rücken und führte Alicia in den Schatten zwischen den Palmen. Die Bäume bildeten einen Halbkreis um eine verwitterte Felsformation, die von blühenden Büschen überwuchert war. Dazwischen gab es einen schmalen, versteckten Spalt, wo sie sich schon als Kinder häufig verkrochen hatten, sei es, um einem Donnerwetter des alten Mr. Swift zu entgehen, sei es, um ungestört von der Außenwelt spielen zu können. In späteren Jahren waren sie abermals dorthin gegangen, allerdings mit weniger unschuldigen Absichten. Dort hatten sie einander auf andere, wesentlich intimere Weise kennengelernt. Jason bekam immer noch heiße Ohren, wenn er nur daran dachte. Sie waren beide die Ersten füreinander gewesen. Das vergaß man niemals. Es brannte sich einem für den Rest des Lebens ins Gedächtnis.

»Alicia«, sagte er, unvermittelt von einer Woge von Gefühlen erfasst. Der Teufel sollte ihn holen, aber er kam einfach nicht von ihr los. Er hatte es weiß Gott versucht, ernsthaft und über Jahre. Aber die Zeiten, in denen er sich selbst und ihr was vormachen konnte, waren vorbei. Er hielt sie sacht am Ellbogen und führte sie in den Felsspalt, bis sie ringsumher von zerklüftetem Gestein umgeben waren. Über ihnen hingen Blütenzweige herab, schäumendes, duftendes Pink. Sie bildeten rosige Schatten auf Alicias makelloser Haut, der weder Zigaretten noch Alkohol noch die vielen Tabletten etwas hatten anhaben können – jedenfalls bisher nicht. Und Jason war wild entschlossen, dafür zu sorgen, dass es dabei blieb. Sie musste mit all dem aufhören, was ihr schadete. Wenn er ihr half, konnte sie wie früher werden. Sie *beide* konnten wie früher werden.

»Alicia«, wiederholte er mit bittender Stimme. Er legte die Arme um sie und zog sie an sich. »Du hast mir so gefehlt.«

Sie stieß ihn von sich, aber er sah das Funkeln in ihren Augen und umfasste sie erneut.

»Lass das«, sagte sie wütend, doch diesmal fiel ihre Gegenwehr weniger heftig aus. Als er sie küsste, wandte sie den Kopf ab, doch gleichzeitig duldete sie, dass er sie an sich presste und erneut ihre Lippen suchte. Sein Mund eroberte den ihren, bis sie stöhnend nachgab, und als seine Hand unter ihr dünnes Top zu ihren nackten Brüsten glitt, keuchte sie vor Begierde. Dieses Spiel hatte immer schon perfekt zwischen ihnen beiden funktioniert, jetzt genauso wie vor dreiundzwanzig Jahren, als sie sich hier an dieser verborgenen Stelle zum ersten Mal geliebt hatten.

Eng umschlungen sanken sie auf den sandigen, mit Muschelkalk übersäten Boden nieder.

»Verdammt«, stieß sie hervor, halb murmelnd, halb keuchend. »Wir sollten das nicht tun. Nicht schon wieder.«

»Ich brauche dich, Alicia. Und du brauchst mich.« Er küsste sie erneut, diesmal mit fast brutaler Leidenschaft. Auch sein Griff war hart und fordernd, als er ihr die Shorts herabriss. Sie stöhnte schmerzerfüllt, eine Mischung aus Protest und Zustimmung, doch die Zustimmung überwog. Er schob sich über sie und nahm sie ohne jede Einleitung, doch sie war so feucht, dass er mühelos in sie eindringen konnte. Mit einem unterdrückten Aufschrei kam sie seinen Stößen entgegen.

Er hatte recht gehabt. Es war wie früher. Sie gehörte zu ihm. Nichts würde sie mehr trennen können. Nicht der Alkohol und auch keine anderen Männer. Er musste diesmal nur alles richtig machen, darauf achten, dass sie ihm nicht entglitt und zurückfiel in diesen Sumpf aus Sucht und Depression. Nur er konnte sie da rausholen. Indem er ihr zeigte, dass er immer für sie da war.

Das war sein letzter bewusster Gedanke, bevor die Lust ihn völlig ausfüllte und seinen Geist leer fegte. Er schrie ihren Namen, als er kam, doch auch das nahm er nur wie aus weiter Ferne wahr. Sie waren endlich wieder zusammen, alles andere war unwichtig.

8

Elaine erwachte schweißgebadet aus wirren Träumen, die ein diffuses Gefühl von Bedrohung bei ihr hinterließen. Irgendwer hatte sie verfolgt, und jedes Mal, wenn sie glaubte, sie hätte sich in Sicherheit gebracht, hatte der Verfolger erneut ihre Fährte aufgenommen. Als sie aus dem Albtraum hochschreckte, blieb sie eine ganze Weile orientierungslos und mit hämmerndem Puls im Bett sitzen, bis sie endlich erkannte, wo sie war. Die tief stehende Sonne schien durch die offene Fenstertür ins Zimmer. Die rötlichen Strahlen fingen sich im feinen Geflecht des Insektengitters, das sie zugeklappt hatte, bevor sie sich hingelegt hatte. Immer noch hallte das schwache Gefühl von Angst in ihr nach. Der Traum war schrecklich gewesen, aber sie konnte sich an nichts erinnern, nur an den gesichtslosen, gestaltlosen Verfolger. Sie war erfüllt von einem bedrückenden Déjà-vu-Gefühl, ähnlich jenem, das sie beim ersten Anblick des Hauses überkommen hatte.

Sie strich sich das verklebte Haar aus der Stirn und stand auf. Becky war nicht da. Vorhin, im Halbschlaf, hatte Elaine sie hereinkommen und im Bad duschen hören, doch anscheinend hatte ihre Unternehmungslust sie schnell wieder aus dem Zimmer getrieben.

Elaine schloss die Fenstertür und warf die Klimaanlage an, bevor sie rasch duschte. Als sie ins Zimmer zurückkam, war die schwüle Wärme von der kühlen Luft der Klimaanlage verdrängt worden, sodass Elaine fast fror. Außerdem war sie hungrig. Die Snacks von heute Mittag waren höchstens Appetithäppchen gewesen.

Die anderen hatten sich schon zum Abendessen versammelt, als sie nach unten kam. Der Dinnerraum war mit altehrwürdigen dunklen Möbeln eingerichtet – ein schweres, geschnitztes Büfett, hochlehnige Stühle und ein Tisch von gigantischen Ausmaßen, der mindestens zwanzig Leuten Platz bot. Becky, Curd und Jerry saßen locker verteilt an einer Längsseite und beugten sich über ihre Teller.

»Warum hast du mich nicht geweckt?« Elaine setzte sich neben Becky.

Becky zuckte die Achseln und schob sich eine Gabel voll Gemüse in den Mund, sodass sie nicht antworten musste. Sie trug ein helles, ärmelloses Baumwollkleidchen, das sie für ein paar Dollar im Supermarkt gekauft hatte, aber sie sah darin so zauberhaft aus, das Elaine durchatmen musste vor lauter mütterlichem Stolz. Sie musste aufpassen, dass Becky es nicht mitbekam, denn nach deren Ansicht gab es nichts Peinlicheres als eine Mutter, die bei jeder Gelegenheit heraushängen ließ, wie hübsch sie ihre Tochter fand.

»Sieht lecker aus«, meinte sie mit Blick auf Beckys Teller. Es gab gegrillten Fisch, mehrere ebenfalls gegrillte Gemüsesorten und dazu kross gebackenes Brot.

»Schmeckt auch gut«, sagte Jerry mit vollen Backen. Er musste den Nachmittag über draußen gewesen sein, denn auf seiner Nasenspitze blühte unter den zahlreichen Sommersprossen ein Sonnenbrand.

»Das Bier ist zu warm«, sagte Curd. Sein Teller war schon leer gegessen. Besonders zufrieden wirkte er nicht, aber das gab es bei ihm sowieso nur selten.

»Ist dein Stativ wieder aufgetaucht?«, fragte Elaine.

Er schüttelte missmutig den Kopf. Anscheinend war heute nicht sein Tag. An seinem Polohemd fehlte ein Knopf, und vorn auf dem Hemd prangte ein frischer Fettfleck vom Essen. Außerdem hatte er sich beim Rasieren geschnitten. Auf seiner linken Wange klebte ein Pflaster, unter dem geronnenes Blut hervorschaute.

Elaine zuckte zusammen, als plötzlich wie aus dem Nichts die alte schwarze Haushälterin auftauchte.

»Ich bring Ihnen Ihr Essen, Miss Harrison«, sagte sie in ihrem eigenartig singenden Tonfall. Sie stellte einen Teller vor Elaine auf den Tisch und legte frisches Besteck daneben. Elaine bedankte sich höflich und schob sich den Teller ein wenig zurecht – und riss sofort die Hand zurück, weil sie sich fast die Finger verbrannt hätte.

»Kommt aus dem Ofen«, sagte Antoinette.

Elaine lachte leicht gezwungen. »Ja, ist ziemlich heiß. Dass Sie das einfach so anfassen können …«

Die Haushälterin blickte sie ausdruckslos an, ehe sie sich abrupt abwandte und aus dem Zimmer ging.

»Komische Alte«, sagte Curd. »Wenn ihr mich fragt, hat sie nicht mehr alle Tassen im Schrank.«

»Sie macht Voodoo«, erklärte Becky. »Und zwar richtig. So mit Tieropfern und seltsamen Talismanen und Beschwörungen bei Vollmond.«

»Unsinn«, meinte Elaine sofort.

Becky verzog ärgerlich den Mund. »Klar, du weißt es natürlich besser als ich. Wie immer.«

»Wie kommst du darauf, dass sie solche Dinge tut?«

Becky gab einfach keine Antwort, und Elaine unterdrückte ein Seufzen. Wieso hatte sie schon wieder das Gefühl, es vermasselt zu haben?

»Wahrscheinlich hat der Junge es ihr erzählt.« Jerry grinste und tat so, als müsste er sich vor dem wütenden Blick wegducken, den Becky ihm zuwarf. »Sie war den ganzen Nachmittag mit ihm unterwegs.«

»Meinst du David? Russells Sohn?« Elaine wandte sich fragend an Becky. »Hast du ihn schon kennengelernt?«

»Sie waren schwimmen«, meinte Jerry, als könnte Becky nicht selber antworten. Wozu sie jedoch tatsächlich keine Lust zu haben schien, denn sie schob sich den letzten Bissen von ihrem Essen in den Mund, warf die Gabel auf den Teller und stand auf. Sie verließ den Tisch, ohne sich zu entschuldigen.

»Deine Tochter benimmt sich manchmal wie die Axt im Walde«, meinte Curd, als Becky draußen war.

»Solche blöden Bemerkungen kannst du dir sparen«, erklärte Jerry.

Elaine hatte schweigend angefangen zu essen und sah keine Notwendigkeit, irgendwas zu dem Thema zu sagen. Warum auch? Es war von beschämender Offensichtlichkeit, wie aufsässig und unhöflich Becky sich gerade aufgeführt hatte.

»Weißt du, was komisch ist?«, meinte Jerry nach einer Weile angestrengten Schweigens.

»Nein«, gab Elaine wortkarg zurück.

Er spießte ein paar Fischstücke mit der Gabel auf und betrachtete sie nachdenklich. »Beckys Benehmen. Eigentlich ist sie bloß so ruppig, wenn du dabei bist. Bevor du reingekommen bist, war sie ganz anders. Lustig und freundlich und nett. Sie hat Curd sogar ein frisches Bier aus der Küche geholt, weil ihm das erste nicht kalt genug war und weil sie nicht wollte, dass die arme Alte deswegen zweimal laufen muss.«

Elaine ließ die Gabel sinken. »Was willst du damit zum Ausdruck bringen?«

Er zuckte mit den Schultern. »Nichts Besonderes. Ich wollt's einfach nur mal sagen. Kann ja sein, dass du es gar nicht wusstest.«

Elaine schluckte. Halb verletzt, halb argwöhnisch forschte sie in Jerrys sommersprossigem Gesicht nach Anzeichen dafür, dass er sie hochnehmen wollte, doch er sah sie einfach nur offen und ein bisschen besorgt an.

»Du hast es wirklich nicht gewusst«, stellte er fest.

»Bei so was steckt man gerne mal den Kopf in den Sand«, meldete sich Curd. »Will ja auch keiner gern wahrhaben, wenn er bei der Erziehung seiner Kids versagt.«

»Halt die Klappe, du Arschloch«, sagte Jerry grob.

»Na, hör mal! Man wird doch noch seine Meinung sagen dürfen! Außerdem warst *du* doch derjenige, der Elaine unbedingt unter die Nase reiben musste, dass ihre Tochter sich bloß in ihrem Beisein ätzend aufführt!«

Elaine senkte den Blick und beugte sich wieder über ihren Teller. Während der restlichen Mahlzeit sagte sie kein einziges Wort.

Als nach einer Weile Antoinette zurückkehrte und fragte, ob jemand einen Nachschlag wollte, lehnte Elaine dankend ab. Hazel erschien und räumte zusammen mit Antoinette den Tisch ab. Als Elaine anbot, ihnen zu helfen, wehrte die alte Haushälterin sofort ab.

»Das machen wir allein.«

Es klang ziemlich abweisend, aber Elaine hatte damit kein Problem, denn sie brauchte frische Luft. Im Erdgeschoss schien es keine Klimaanlage zu geben, nur die großen Deckenventilatoren, die sich träge über ihnen drehten und die Luft eher durcheinanderwirbelten als abkühlten.

Sie ging auf die Veranda hinaus und wollte es sich gerade in einem der Rattansessel bequem machen, als Russell auftauchte. Ihr Herz schlug einen unvernünftigen Trommelwirbel, als er sich nach allen Seiten umsah und dann dicht neben sie trat. Mit den Fingerspitzen berührte er ihr Handgelenk und fuhr langsam von dort ihren Arm hinauf und dann über die Schulter in ihren Nacken. Ein Schauer überrieselte Elaine. Ihr Atem beschleunigte sich, und sie biss sich auf die Lippe, um ihre Nervosität unter Kontrolle zu bringen.

Curd und Jerry kamen aus dem Haus. Russell trat sofort einen Schritt zur Seite und tat so, als wollte er Elaine den Stuhl zurechtrücken. Sie ließ sich mit zitternden Knien hineinsinken und versuchte, möglichst geschäftsmäßig auszusehen, als er sich neben sie setzte und höflich fragte, ob sie gleich nach einem kleinen Drink Lust auf den versprochenen Plantagenrundgang hätten. Seine samtig-raue Stimme brachte Elaine erneut zum Erschauern.

»Ja, ich bin schon sehr gespannt«, sagte sie atemlos.

»Ich auch«, verkündete Jerry. »Vor allem auf die Sklavenhütten.«

»Was für Sklavenhütten?«, wollte Curd wissen.

»Wieso fragst du?«, erkundigte Jerry sich süffisant. »Ich dachte, du hättest schon alles im Internet gelesen.«

»Da stand nichts von Hütten«, sagte Curd griesgrämig. »Bloß von einer alten Zuckermühle.«

»Die Hütten sehen zwar alt aus, sind aber noch ziemlich neu«, erklärte Russell. »Wir haben sie erst vor zwei Monaten aufgestellt. Es sind originalgetreue Nachbauten.«

Elaine musterte ihn zweifelnd. »Da wohnt aber keiner drin, oder?«

Er grinste flüchtig, und erneut machte ihr Herz einen kleinen Satz.

»Nicht wirklich. Es sind bloß Kulissen. Außerdem sind es nur vier Hütten. Früher, zu Zeiten der Sklavenhaltung gab es mehrere Dutzend.«

»Und wie viele Sklaven?«, fragte Curd.

»Um die hundert waren es wohl.«

»Und Ihr Opa hat damals noch persönlich die Peitsche geschwungen, oder was?«, erkundigte sich Jerry.

Elaine warf ihm einen pikierten Blick zu, doch Russell

nahm die freche Bemerkung anscheinend nicht krumm, denn er hob nur gelassen die Schultern. »Es war eher mein Ururgroßvater. Der letzte Sklavenhalter hier war ein gewisser Gerald Swift, der auch das Herrenhaus erbaut hat. Er führte die Plantage damals, um die Zeit der letzten großen Aufstände herum, also in den 1830er-Jahren.«

»War damals nicht die Sklaverei schon längst verboten?«, fragte Jerry.

»England erließ tatsächlich schon im Jahr 1807 ein Gesetz zur Abschaffung des Sklavenhandels. Aber die Sklavenhaltung auf Jamaika wurde trotzdem fortgesetzt.«

Curd nahm sofort die Gelegenheit wahr, seine Kenntnisse an den Mann zu bringen. »Erst 1834 wurde das Halten von Sklaven endgültig verboten. Aber die Plantagenbesitzer hörten trotzdem nicht damit auf. Erst 1838 waren alle Sklaven auf Jamaika frei.«

»Ja, genau so war es.« Russell schlug entspannt die Beine übereinander. Unter dem ausgebleichten Stoff seiner Jeans bewegten sich die kräftigen Muskeln seiner Oberschenkel. Elaine schaute rasch weg, denn sie war davon überzeugt, dass jeder Blick zu viel sie verraten würde. Jerry hatte schon auf dem Flug ein paar komische Bemerkungen gemacht, die in die Richtung zielten, dass sie ja vielleicht auf Jamaika auch mal auf andere Gedanken kommen und dabei ihren Spaß haben könnte. Vor dem Abflug hatte er noch mit Lincoln telefoniert, der möglicherweise ein paar überflüssige Andeutungen fallen gelassen hatte.

Sie gab sich betont neutral. »Klingt nach interessanten historischen Hintergründen.«

»Wir haben sogar noch alte Unterlagen aus der damaligen Zeit«, meinte Russell. »Darunter auch einige Freilassungsurkunden. Wenn du willst, kann ich dir die Papiere gern einmal zeigen.«

»Warum nicht«, sagte Elaine. Sie hatte einen Blick von ihm aufgefangen, der nicht misszuverstehen war. Ihr wurde heiß.

Er schien ihre Verlegenheit zu bemerken, denn er schlug sofort einen unverfänglichen Ton an. »Ach, was ich noch fragen wollte – habt ihr drei schon Drehpläne für morgen?«

»Jason will morgen früh mit uns nach Montego Bay fahren. Nachmittags machen wir hier ein paar Aufnahmen von der Plantage. Übermorgen steht eine Fahrt nach Ocho Rios an, zu den berühmten Dunn's River Falls.«

»Die gehören dazu, wenn man auf Jamaika ist«, stimmte Russell zu. »Es gibt in der Gegend auch ein paar schöne Parks, ein Abstecher dorthin lohnt sich ebenfalls.«

Elaine nickte. »Jason sprach schon davon, dass er uns einige sehenswerte Ecken zeigen will.«

Die belanglose Unterhaltung kam ihr zäh und mühsam vor. Die unterschwellige Erotik in Russells Stimme und der Ausdruck in seinen Augen konnten Curd und Jerry unmöglich entgehen. Doch anscheinend kamen die feinen Untertöne bei ihnen weniger deutlich an als bei Elaine, denn sie beteiligten sich an dem Gespräch, als wäre alles ganz normal.

Hazel brachte ein Tablett mit Brown Sugar Swifts. Elaine zauderte kurz, nahm dann aber eines der eiskalten, beschlagenen Gläser. Es war schon fast acht. Der Drink vom Mittag war längst abgebaut. Sie prostete Curd und Jerry zu und wagte es sogar, Russell in die Augen zu sehen. Mit verheerenden Konsequenzen. Ohne dass sie es in irgendeiner Weise kontrollieren konnte, fühlte sie sich von einer Welle des Begehrens überflutet. Sie merkte, dass sie feucht wurde. Ihre Schenkel zitterten leicht, und sie schlug in einer instinktiven Reaktion hastig die Beine übereinander. Doch Russell bekam es mit, davon war sie überzeugt. Sein Blick war dunkel geworden und heiß wie geschmolzene Schokolade. Er hatte beide Hände um sein Glas gelegt und hielt es auf dem Schoß, als hätte er dort etwas zu verbergen. Im nächsten Augenblick begriff sie, dass sie damit richtiglag – er hatte eine Erektion. Was zum Teufel war hier los?

Mühsam holte sie Luft und meinte so lässig wie nur irgend möglich: »Curd, was meinst du? Das Licht ist noch sehr gut. Wir könnten direkt noch ein paar Takes vom Haus machen und hinterher welche vom Sonnenuntergang.«

»Soll mir recht sein.«

»Jerry?«

»Okay.« Jerry stemmte sich aus dem Korbsessel hoch. »Ich hol rasch das Equipment.«

»Meins hole ich lieber selber.« Curd stand ebenfalls auf und folgte Jerry ins Haus. Die beiden waren kaum weg, als Russell herübergriff und Elaines Hand nahm.

»Hör zu«, sagte er ernst. »Ich muss eine Sache klarstellen. Nur für den Fall, dass du denkst, ich wäre immer so drauf wie gerade eben. Oder wie heute Mittag oben in deinem Zimmer. Aber so bin ich nicht.« Er lachte unsicher. »Jedenfalls normalerweise nicht. Ich bin kein Weiberheld oder so was. Und das in deinem Zimmer … das war in keiner Weise geplant. Es muss dir wie ein Überfall vorgekommen sein. Elaine, ich schwöre dir, das ist nicht meine …«

»Schon gut«, fiel sie ihm ins Wort. »Ich weiß, was du sagen willst.«

»Wirklich?«

»Ja, wirklich. Denn eigentlich wollte ich genau dasselbe auch zu dir sagen.« Sie zwang sich ein leicht verunglücktes Lachen ab. »Bloß, dass ich nicht *Weiberheld* gesagt hätte.«

Er grinste kläglich. »Ist wohl ein ziemlich altmodisches Wort, was?«

Diesmal lachte sie richtig. »Jep. Hört sich fast nett an. Im Gegensatz zu *Schlampe.*«

Sein Gesicht wurde ernst. »Sag so was nicht.«

»Ich tu's ja nicht. Aber trotzdem ändert das nichts daran, dass es mir genauso geht wie dir. Dass es nicht meine Art ist, so schnell ...« Sie suchte nach Worten. »Dass ich mir nicht gleich beim ersten Date an die Wäsche gehen lasse«, schloss sie unverblümt.

Sein Mundwinkel zuckte kurz. »Es war nicht das erste Date, sondern das zweite.«

»Okay. Aber ich lasse normalerweise auch beim zweiten Date keinen an mein Höschen. Und auch nicht beim dritten. Ich habe da nämlich eine Regel.«

»Oh.« Er betrachtete sie neugierig. »Welche denn?«

»Die *Erst-beim-vierten-Date*-Regel.«

»Und die hat immer funktioniert?«

»Die drei Male, die ich sie angewandt habe – ja«, versetzte sie trocken.

»Du hattest nur drei Beziehungen?« Er hob die Brauen. »Findest du es sehr unhöflich, wenn ich das nicht glaube?«

Sie kicherte. »Nein, nicht wirklich. Außerdem hab ich das nicht behauptet. Es waren schon ein paar mehr. Aber meist kannte ich die Typen, mit denen ich liiert war, schon vorher. Es gab dann irgendeine Feier, man trank was zusammen, kam sich näher, und schon hatte man so was wie eine Beziehung.«

»Eine *ernste* Beziehung?«

»Na ja, anfangs hab ich immer versucht, dran zu glauben, aber es hielt nie lange. Vier Monate war mein Rekord.«

Er pfiff durch die Zähne. »Das ist nicht viel.«

»Was sollte ich machen? Es passte einfach nicht.«

»Woran hat's gelegen?«

Sie spielte voller Unbehagen mit ihrem Glas und trank ein paar Schlucke, um Zeit für die Antwort zu gewinnen. »Meist lag's an Becky. Sie mochte die Typen nicht. Egal was ich anstellte, sie wurde nicht warm mit denen. Am Ende war es jedes Mal so ungemütlich, dass ich mich nicht mehr traute, meinen jeweiligen Freund nach Hause einzuladen.«

»Sie hat sie alle vergrault?«

»Mehr oder weniger. Aber im Grunde war's nicht so schlimm. Meist war ich selber ganz froh, wenn sie wieder aus meinem Leben verschwanden.«

»Warst du diejenige, die Schluss gemacht hat?«

Sie nickte und betrachtete ihn nachdenklich. »Und du? Hattest du viele Beziehungen?«

»Keine, die ich zum Übernachten nach Swift Great House eingeladen hätte.«

Das entlockte ihr erneut ein Kichern. »Dann ist das mit mir ja praktisch eine Premiere.« In der plötzlichen Sorge, er könnte den Scherz nicht richtig verstehen, setzte sie hastig hinzu: »Davon abgesehen, bin ich ja nur geschäftlich hier.«

»Wirklich, Elaine?« Sein Blick hakte sich in ihren. Der Griff seiner Hand, die sich locker um ihre geschlungen hatte, wurde plötzlich fest. Sein Daumen fuhr in kreisenden Bewegungen über die Innenfläche ihrer Hand. Die Liebkosung schien einen glühenden Strahl durch ihren Arm und von dort direkt in ihren Unterleib zu senden.

»Ich weiß nicht, was du meinst«, sagte Elaine mit unsicherer Stimme.

»Da bist du nicht allein. Ich weiß es ehrlich gesagt selbst nicht. Aber eins weiß ich auf jeden Fall – heute Nacht will ich mit dir schlafen. Und ich möchte, dass du in mein Zimmer kommst, wenn alle im Bett sind. Egal um welche Uhrzeit. Ich warte auf dich.« Seine Stimme klang, als könnte er selbst kaum glauben, was er da sagte, doch seine Miene drückte Entschlossenheit aus. »Ich habe keine Ahnung, was mit mir los ist, aber ich war in meinem ganzen Leben noch nie so verrückt nach einer Frau. Wenn ich dich sehe, ist es der pure Flash. Wenn ich dich anfasse, werde ich hart. Es ist fast, als hätte ich irgendeine Droge geschluckt.« Er lachte ein wenig misstönend. »Einen von Toinettes Liebeszaubern. Daran musste ich schon in Miami denken.« Sein Blick wurde drängend. »Kommst du heute Nacht zu mir, Elaine?«

Ihr Herz raste wie unter einem Adrenalinschock, sie kam sich vor wie auf einer verrückten Achterbahn. Wahrscheinlich hätte sie trotzdem irgendwie ein *Ja* hervorgebracht, doch in diesem Moment kamen Jerry und Curd zurück auf die Veranda, voll bepackt mit ihrer Ausrüstung. Russell hatte ihre Hand losgelassen. Er stand geschmeidig auf. »Dann kann's ja jetzt losgehen«, sagte er leichthin.

Sie erhob sich ebenfalls, doch sie konnte nicht verhindern, dass ihre Knie zitterten. Es fühlte sich so an, als sei sie in letzter Sekunde von einem schwankenden, schnell sinkenden Schiff gesprungen.

9

Russell ging während des Rundgangs über die Plantage die meiste Zeit neben ihr, doch manchmal fiel er auch ein paar Schritte zurück, einfach so, um den sanften Schwung ihres Nackens genauer betrachten zu können. Oder ihren bemerkenswert runden und straffen Hintern und die unglaublich langen Beine. Dabei musste er achtgeben, dass er ihr nicht zu nahe kam, denn sobald ihm der Duft ihres Körpers in die Nase stieg, erwischte ihre erotische Ausstrahlung ihn mit solcher Macht, dass er für das, was er während der Besichtigung erzählte, nicht mehr die Hand ins Feuer legen konnte. Mit anderen Worten, er fing an, irgendwelchen Blödsinn zu faseln und Zahlen, Daten und andere Fakten durcheinanderzuwerfen. Curd, der von Hause aus ein nörglerischer Besserwisser war, stach sofort in jede sich ihm bietende Wissenslücke wie ein lästiger Moskito.

»Wie jetzt?«, meinte er. »Ich dachte, die Zuckermühle stammt aus dem Jahr 1835. Jetzt sagen Sie, man hat das Ding erst hundert Jahre später hier aufgestellt? Gab's da nicht schon elektrische Mahlwerke?«

»Sorry, mein Fehler«, sagte Russell, um gleichmütige Liebenswürdigkeit bemüht. »Es war wirklich 1835. Es gab noch eine andere, die in den 1930er-Jahren in Betrieb genommen wurde und die tatsächlich mit Strom lief, aber die ging irgendwann kaputt und wurde ausrangiert. Diese alte hier hat dagegen bis heute überdauert und funktioniert immer noch.

Der junge Mann hier ist übrigens Wayne, einer unserer Arbeiter. Elaine hat ihn bereits kennengelernt. Er führt uns jetzt die Mühle vor.«

»Hi«, sagte Wayne.

»Hi, Wayne«, gaben Jerry und Elaine gleichzeitig zurück. Curd hielt es anscheinend nicht für nötig, den jungen Arbeiter zu begrüßen.

Russell gab Wayne einen Wink, worauf dieser dem Esel, der vor dem Göpel des Mahlwerks eingespannt war, einen Hieb auf die Kruppe versetzte. Der Esel ließ ein protestierendes *I-ah* hören, trottete dann aber widerwillig los. Die lange Drehstange setzte sich in Bewegung, und Wayne nahm einen Armvoll fertig zugeschnittenes Zuckerrohr aus einem bereitstehenden Korb. Er stopfte die Stücke in das Mahlwerk und sah zu, wie sie von den knirschenden, sich gegeneinanderdrehenden Metallzähnen erfasst und ins Innere der Presse gezogen wurden. Auch der Rest funktionierte wie am Schnürchen. Der aus dem Rohr gepresste Saft lief aus der Mühle über eine Rinne hinüber ins benachbarte, etwas tiefer gelegene Sudhaus und landete dort in einem großen Kupferkessel, unter dem ein Feuer brannte. Wayne ging hinüber, griff sich einen Stab und fing an zu rühren. Die Menge reichte nicht, um ausreichend Melasse für ein paar Zuckerhüte zu kochen, das würden sie erst wieder bei der nächsten größeren Führung machen, wenn genug Arbeiter da waren. Aber für eine kleine Extra-Demonstration zur Erläuterung des Prinzips reichte es voll und ganz.

Elaine wirkte gebührend beeindruckt. Sie inspizierte das Mahlwerk und forderte Curd auf, den Esel dabei zu filmen, wie er im Kreis herumtrottete, während Jerry mit dem Mikro herumlief und an den Skalen seines Aufnahmegeräts drehte.

»Ton läuft«, sagte er.

»Kamera läuft«, meinte Curd.

»Dann wollen wir mal«, sagte Elaine. Sie tätschelte den Esel. »Schön weiterziehen, okay?«

Zu Russells Erstaunen drehte sie sich ohne weitere Einleitung zur Kamera und fing aus dem Stegreif an, etwas über die Zuckermühle zu erzählen. Sie musste die Einträge auf der Homepage der Plantage gelesen haben, aber zusätzlich auch noch einiges mehr. Der Himmel wusste, wo sie das gefunden hatte. Auf jeden Fall war sie bestens vorbereitet, ihre Recherche war erstaunlich gründlich. Es klang, als hätte sie stundenlang für diese schwungvoll vorgetragene kleine Rede geübt.

»Beim Anblick dieser alten, noch voll funktionsfähigen Zuckermühle scheinen längst vergangene Zeiten wieder lebendig zu werden. Zugtiere wie dieser Esel hier wurden für den Betrieb des Mahlwerks eingesetzt, das Tag und Nacht lief, um den Nachschub des weißen Goldes aus der Karibik nie abreißen zu lassen. Auch die Sklaven schufteten rund um die Uhr in dieser Mühle. Nicht selten kam es vor, dass einer beim Einfüllen des Zuckerrohrs unvorsichtig war und eine Hand oder einen Arm verlor. Eine alte Geschichte besagt, dass sich der Tee der Engländer, die massenhaft karibischen Zucker verbrauchten, manchmal beim Einrühren des Zuckers in die Tasse rot färbte.« Sie lächelte beruhigend. »Aber das ist natürlich nur eine Geschichte und nicht belegt.« Sie ging langsam aus der nach zwei Seiten hin offenen Mühle über den kurzen Weg hinab zum Sudhaus, das ebenfalls nur aus zwei Wänden und einem pfostengestützten Dach bestand. »Hier sehen wir, wie der aus dem Zuckerrohr gepresste Saft weiterverarbeitet wird. Durch diese Rinne läuft er hinab zum sogenannten Sudhaus, wo er in Kupferkesseln aufgefangen wird.« Sie deutete auf die Rinne und dann auf den Kessel, wo immer noch Wayne stand und mit dem Holzstab die Melasse umrührte. »Und dort drüben in den Regalen sehen wir die kegelförmigen Behälter, in denen die abgeschäumte und karamellisierte Melasse getrocknet wird, bis sie die typische Form erreicht hat, die wir heute noch kennen: den Zuckerhut.« Sie ging zu dem Regal und nahm einen der Behälter heraus, um ihn genauer zu betrachten.

Curd zeichnete jede ihrer Bewegungen mit der Kamera auf, er folgte ihr mit traumwandlerischer Sicherheit und zeigte dabei ein beachtliches Geschick. So miesepetrig er sich auch ständig aufführte, so versiert war er im Umgang mit seiner Filmausrüstung. Er und Elaine waren ein perfekt eingespieltes Team. Jerry hielt sich im Hintergrund und streckte das an einer Stange befestigte Mikro in Elaines Richtung. Er sah ziemlich gelangweilt aus, während Curd hoch konzentriert bei der Sache war.

Wayne grinste albern und winkte in die Kamera. Elaine bekam es mit.

»*Cut*«, sagte sie. Dann wandte sie sich an Wayne. »Das mit dem Winken schneiden wir raus, es würde die Zuschauer zu sehr ablenken. Tut mir leid, ich hätte es Ihnen sagen sollen. Mein Fehler.«

Wayne machte ein beleidigtes Gesicht. Russell hatte den Eindruck, dass der Junge eine patzige Erwiderung loswerden wollte. Es war Waynes Glück, dass er den Mund hielt. Er war schon ein paarmal unangenehm aufgefallen, seit er hier angefangen hatte. Jason hatte ihn einmal beim Rauchen erwischt – eine tödliche Gefahr im Zuckerrohrfeld. Und einmal hatte Russell ihn selbst dabei ertappt, wie er Alicia auf den Hintern glotzte. Es wäre nicht weiter tragisch gewesen, denn Alicia sah nun einmal trotz ihrer achtunddreißig umwerfend aus, aber Wayne hatte nicht nur gestarrt, sondern sich dabei auch den Schritt gerieben. Russell war drauf und dran gewesen, den Burschen rauszuwerfen. Er hatte es nur deshalb nicht getan, weil Wayne – wie viele junge Männer auf der Insel – dringend auf den Job angewiesen war. Mit seinen knapp zwanzig Jahren war er der einzige Geldverdiener der Familie. Er hatte sieben oder acht jüngere Geschwister, und seine Mutter hing mit ständig wechselnden Kerlen herum.

»Wir fangen einfach an der Stelle mit dem Kessel noch mal an«, sagte Elaine sachlich. An Wayne gewandt, fügte sie freundlich hinzu: »Wenn Sie wollen, können Sie weiter im Kessel rühren, das sah gerade sehr gut und authentisch aus.«

»Aber nicht lachen und nicht winken«, rief Curd hinter seiner Kamera hervor.

Wayne verdrehte die Augen, rührte dann aber fleißig die Melasse im Kessel um. Ein intensiver Duft nach Karamell begann sich auszubreiten.

»Kamera läuft«, meinte Curd. »Jerry, ich brauche Licht.«

»Ton läuft«, sagte Jerry. »Licht kommt sofort.«

Ein Scheinwerfer flammte auf, doch Elaine schien es gar nicht zu merken. Ungerührt fuhr sie mit ihren Erklärungen fort. Russell hatte schon vorher nicht daran gezweifelt, dass sie gut in ihrem Job war. Er hatte sich bereits im Online-Archiv von *Subview* Sendungen von ihr angeschaut, in denen sie absolut professionell gewirkt hatte. Lincoln hatte ebenfalls ein Loblied auf sie gesungen, sogar mit mehreren Strophen, und auch der Blödmann Harper hatte Russell versichert, dass sie ein echtes Goldstück sei. Durch sein wieherndes Lachen und den zweideutigen Zusatz: *Und das nicht nur vor der Kamera, sondern auch in kurzen Röcken,* hatte er diese Aussage zwar mehr oder weniger ruiniert, aber anscheinend hatte sogar er begriffen, dass Elaine deutlich mehr für seine Firma tat, als es umgekehrt der Fall war.

Russell fragte sich mit schwachem Unbehagen, ob sie und Harper wohl … Nein. Harper sah gut aus, aber er war ein Arschloch, und Elaine hatte durchblicken lassen, dass sie genau derselben Meinung war. Harper war ihr Chef, aber besondere Achtung brachte sie ihm nicht entgegen. Außerdem war er im Begriff, die Firma zu verkaufen, das wussten alle, obwohl er versuchte, es unter der Decke zu halten. Dabei war es sowieso höchst fraglich, ob er Investoren für *Subview* finden würde. Am Ende würden womöglich alle dort auf der Straße stehen. Was Elaine wohl täte, wenn *Subview* zumachte?

Russell beobachtete ihr ausdrucksstarkes Lächeln. Es wirkte professionell, aber trotzdem herzlich, genau wie die Kommentare, die sie da aus dem Stand aus dem Ärmel schüttelte. Nichts daran kam ihm gekünstelt vor. Sie hatte es einfach drauf.

Er war so darin vertieft, sie anzusehen, dass er verwirrt zusammenschrak, als sie ihm zuwinkte. »Kommst du?«

Mechanisch ging er auf sie zu. Sie streckte die Hand aus und zog ihn an ihre Seite, sodass er mit dem Gesicht zur Kamera neben ihr stand. »Du hast doch nichts dagegen, ein bisschen mitzumachen, oder?«, fragte sie.

»Nein, natürlich nicht.« Er räusperte sich. »Soll ich was Bestimmtes sagen?«

»Ich stelle dir ein paar Fragen. Es soll eine Art Kurzinterview werden. Ich schau es mir hinterher an und entscheide, was ich davon brauchen kann. Und keine Sorge, du kriegst alles noch mal zu Gesicht, wenn es fertig geschnitten ist. Ich verwerte nichts, was du nicht freigegeben hast.« Sie lächelte ihn aufmunternd an. »Sei einfach ganz locker und sag das, was dir in den Sinn kommt.«

Verdammt schwer, in deiner Gegenwart locker zu bleiben, dachte er.

Elaine sprach in Richtung Kamera. »Hier haben wir Russell Swift, Plantagenbesitzer in der mittlerweile zehnten Generation. Einer seiner Ahnherren baute vor knapp zweihundert Jahren das prächtige Herrenhaus, das wir vorhin schon ausgiebig bewundern konnten. Auch die Zuckermühle wurde von besagtem Ahnherrn errichtet, und wie wir sehen können, funktioniert sie immer noch.«

Russell verbarg den Anflug von Verwirrung, der ihn erfasste. Dies hier war der erste Dreh auf der Plantage – woher sollte der Zuschauer von dem Herrenhaus wissen? Doch dann kapierte er das Prinzip: Gedreht wurde alles, was gerade passend erschien, auch wenn es bunt durcheinander war. Erst beim Schneiden und Ordnen des Materials würde sich die richtige Reihenfolge ergeben.

»Russell. Beantworten Sie mir ein paar Fragen zu Ihren Vorfahren?« Elaine wandte ihren Blick von der Kamera zu ihm. Sie bedachte ihn mit einem Lächeln, das ein Kribbeln in ihm hochsteigen ließ. Er musste sich zusammenreißen, um nicht einfach nur stumm dazustehen und sie dämlich anzustarren.

»Sicher«, sagte er mit gewollter Lässigkeit. Er erwiderte ihr Lächeln und bemerkte mit schwacher Genugtuung, dass sie genauso auf ihn reagierte wie er auf sie. Wie schon in Miami sah er den winzigen Puls an ihrer Kehle klopfen, und einen Moment lang musste er gegen den verrückten Impuls ankämpfen, sich vorzubeugen und seinen Mund auf die pochende Stelle zu drücken.

»Dieser Gerald Swift, der das Haus und die Zuckermühle erbaute, war der letzte Sklavenhalter auf der Plantage. Was weiß man heute noch über ihn?«

»Man sagt, er war ein harter, aber gerechter Herr.« Russells Antwort kam in verbindlichem und routiniertem Ton. Die Frage war ihm nicht zum ersten Mal gestellt worden. Sie kam bei jeder zweiten Führung auf. Viele Besucher wollten wissen, wo genau die Sklaven angekettet und ausgepeitscht worden waren. Oder ob es stimmte, dass man den Sklaven ihre Kinder weggenommen hatte, um sie gewinnbringend zu verkaufen. Lauter unangenehme Fragen, auf die es nur unangenehme und traurige Antworten gab. Immerhin hatte er in den alten Unterlagen, die er noch aus den Zeiten des Aufstands besaß, keine Hinweise darauf gefunden, dass sein Urahn Gerald Swift Kinder verkauft hatte. Es gab einige Belege über Verkäufe, doch nach den darin enthaltenen Eintragungen war keiner der Betroffenen jünger als siebzehn gewesen. Schlimm genug. Russell hatte sich die alten, tintenfleckigen Unterlagen angesehen und dabei an David denken müssen, der auch siebzehn war.

Elaine riss ihn aus seinen Gedanken. »Was ist aus Gerald Swift geworden? Wie ist er mit der Umstellung fertiggeworden, als damals alle Sklaven vor dem Gesetz zu freien Menschen wurden?«

»Das ist nicht überliefert.« Russell lächelte zurückhaltend in die Kamera. Diese Frage war ihm von den Besuchergruppen bisher nicht gestellt worden. »Er wird es vermutlich irgendwie hinbekommen haben, so wie alle Plantagenbesitzer auf Jamaika. Das Leben ging weiter. Seinerzeit kamen sehr viele Arbeiter aus Indien, die als Ersatz für die *Maroons* auf die Felder gingen.«

»Maroons – so nannte man die geflohenen und freigelassenen Sklaven, die in den Blue Mountains in versteckten Unterschlüpfen lebten, nicht wahr?«

»Ganz recht.«

»Ist bekannt, ob es auch hier auf dieser Plantage Aufstände gab? Kam vielleicht sogar Sam Sharpe von hier, jener Rebell, von dem wir unseren Zuschauern schon eingangs während unseres Abstechers nach Montego Bay berichtet haben?«

Wieder war Russell kurz irritiert, denn der Abstecher nach Montego Bay sollte ja erst am nächsten Tag stattfinden, aber er fing sich sofort und antwortete genauso routiniert wie zuvor.

»Nein, Sam Sharpe stammte nicht von dieser Plantage. Aber offenbar einige andere Aufständische. Eine Frau von hier soll kurz vor den blutigen Auseinandersetzungen in die Berge geflohen sein und an der Seite der Rebellen gekämpft haben. Es gibt einen alten Brief, in dem davon die Rede ist.«

Elaine sah ihn gebannt an. Diese Information war ihr neu, und er freute sich unsinnigerweise wie ein Kind, dass er sie damit überrascht hatte.

»Diesen Brief würde ich mir gern später noch ansehen«, sagte sie. »Sicher ist das auch für unsere Zuschauer sehr interessant.«

»Natürlich«, versetzte Russell. Er lächelte bereitwillig, weil er wusste, dass das von ihm erwartet wurde.

»Cut.« Sie zog sich den Finger über die Kehle, und Curd ließ die Kamera sinken. Anscheinend waren die Dreharbeiten fürs Erste beendet.

»Das war super«, meinte Elaine gut gelaunt. Zu Wayne sagte sie: »Sie waren toll. Das werden sicher schöne Aufnahmen.«

Wayne warf sich in die Brust und grinste, als hätte er persönlich Regie geführt.

»Was kommt jetzt bei der Führung als Nächstes?«, wollte Jerry wissen.

»Das Zuckerrohrfeld«, erwiderte Russell.

»Reicht das Licht noch für einen Außendreh?«, wollte Elaine wissen.

Curd blickte durch das Objektiv der Kamera. »Müsste gehen.«

Russell ging über den gewundenen, festgetrampelten Lehmpfad voraus zu den Feldern. Die hohen grünen Halme wiegten sich raschelnd im Wind.

»Wir legen gleich los«, sagte Elaine. Sie bezog Stellung am

Feldrand und deutete mit ausgestrecktem Arm auf die sattgrüne, gut drei Meter hohe Wand.

»Was Sie hier sehen, ist Zuckerrohr«, sagte sie mit ihrer sanften, melodischen Stimme, die in Russell den Wunsch weckte, sie flüstern und seufzen und stöhnen zu hören. Möglichst von ganz nah.

»Christoph Kolumbus hat diese Pflanze einst mit in die Karibik gebracht, wo sie rasch Verbreitung fand.« Sie hielt einen kurzweiligen Monolog über die Geschichte der Kultivierung des Zuckerrohrs auf den Antillen, um anschließend unweigerlich wieder beim Thema der Sklavenhaltung zu landen. »Nur durch die gnadenlose Ausbeutung der Sklaven, die in großer Zahl aus Afrika in die Karibik verschleppt wurden, war der Anbau von Zuckerrohr in flächendeckendem Ausmaß möglich.« Unvermittelt sah sie sich um, dann fuhr sie sich wieder mit dem Finger über die Kehle, für Curd das Zeichen zum Aufhören. »Da war jemand. Es klang, als würde einer durchs Feld laufen und näher kommen.«

»Ich hab nichts gehört«, sagte Russell.

»Ich aber.«

»Vielleicht ein Kaninchen«, meinte Russell.

Elaine machte nicht den Eindruck, als hätte sie ein Kaninchen gehört. Ihre Augen hatten sich zu Schlitzen verengt. Etwas hatte ihre Routine ins Wanken gebracht, doch sie sagte nichts mehr. Dafür meldete sich Curd.

»Ist sowieso zu dunkel jetzt«, sagte er.

»Außerdem fehlt was«, meldete sich Jerry. »Ich meine, das Zuckerrohrfeld hier hat keinen Wert, wenn keine Sklaven durchs Bild laufen.« Er wandte sich an Russell. »War nicht die Rede davon, dass es hier Originalambiente mit echten Sklaven gibt? Wo sind die alle?«

»Die Arbeiter leben in den Dörfern der Umgebung, ein paar auch in MoBay. Sie kommen nur zu den Vorführungen und auf Anfrage, etwa wenn die Ernte ansteht.« Er blickte Elaine an. »Ich kann die Männer bestellen. Du musst nur sagen, wann.«

»Morgen sind wir in Montego Bay, übermorgen in Ocho Rios. Ich würde sagen, am Donnerstag. Passt das?«

»Kein Problem.«

Sie sahen sich noch die Hütten an, die versteckt hinter dem Feld lagen.

»Warum liegen sie so weit weg vom Herrenhaus?«, wollte Jerry wissen.

Russell bekannte freimütig, dass seine Vorfahren sich damals wohl nicht die schöne Aussicht verderben wollten, indem sie auf primitive und ärmliche Negerhütten blickten. Er wählte mit Bedacht den politisch unkorrekten Ausdruck, was Elaine dazu brachte, ihn forschend zu mustern, doch sie sprach ihn nicht darauf an.

Er spulte ein paar Fakten zur Historie der Hütten ab, oder genauer: zu den Originalen, die hier nachgebaut worden waren. Viel gab es dazu nicht zu erzählen – es waren einfach nur billige Bretterbuden ohne jeden Komfort. Einige hatten Fenster, andere nur zwei Türen, die einander gegenüberlagen, damit man, wenn beide offen standen, für ein wenig Durchzug sorgen konnte. Im Grunde waren die Hütten deprimierend. Man stand davor und konnte nicht fassen, dass darin Menschen gewohnt hatten, und zwar viel mehr als auf den ersten Blick in diese primitiven Behausungen hineinpassten. Russell schämte sich jedes Mal ein bisschen, wenn er die Hütten betrachtete, obwohl er nicht dafür verantwortlich war, was seine Vorfahren einst den Sklaven angetan hatten. Wobei das wirklich Absurde daran war, dass jene Sklaven ebenfalls zu seinen Vorfahren gehörten.

Fast hätte er gelacht, als er überlegte, was sein längst zu Staub zerfallener Urahn wohl gedacht hätte, wenn er ihn,

Russell Swift und Nachkomme aus vielen Generationen, hier auf seiner Plantage hätte stehen sehen können. Das Land war in Familienbesitz geblieben, sogar der Name hatte sich über all die Jahre hinweg in der männlichen Linie gehalten, es hatte immer Söhne gegeben, die das Erbe fortgeführt hatten. Aber das, worauf Männer wie Gerald Swift ganz besonderen Wert gelegt hatten, war unwiederbringlich verloren gegangen: der hochherrschaftliche Rassendünkel einer weißen Oberschicht.

Russell war immer noch deutlich heller als die meisten Jamaikaner, so wie fast alle begüterten Grundbesitzer auf der Insel. David war noch eine Nuance hellhäutiger als er, denn Janice war gebürtige Engländerin gewesen. Aber trotzdem hatte es seit den Zeiten der letzten großen Sklavenaufstände immer wieder Generationen gegeben, in denen sich afrikanisches oder anderes dunkles Blut in die Familienlinie der Swifts gemischt hatte – hier eine Quarteronin, da eine Mulattin, dort eine Halbinderin. Allerdings waren die so entstandenen Nachkömmlinge allesamt durch Heirat legitimiert gewesen, sonst hätte sich der Name nicht so lange halten können.

Sie gingen den Weg, der das Feld vor den Hütten teilte, zurück in Richtung Herrenhaus. Über dem Meer ging gerade die Sonne unter und tauchte den Horizont in ein verschwenderisch leuchtendes Farbenspiel. Curd brauchte keine besondere Aufforderung. Er schulterte die Kamera und ging am Haus und der zur Seeseite gelegenen Veranda vorbei, um am oberen Ende der zum Strand hinabführenden Treppe stehen zu bleiben und von dort aus den spektakulären Sonnenuntergang zu filmen. Jerry folgte ihm und versuchte mit dem Mikro das Rauschen der Wellen und das sanfte Geräusch des Windes einzufangen.

Russell war mit Elaine bei der Veranda stehen geblieben.

Plötzlich schämte er sich für den eindeutigen Vorschlag, den er ihr gemacht hatte, und es überkam ihn ein schon fast verzweifeltes Bedürfnis, sich dafür zu rechtfertigen. Aber ehe er dazu ansetzen konnte, wandte sie sich ihm zu und sah ihn an. In ihren Augen lag eine dunkle Glut, ein stummes Einverständnis, das jede Erklärung überflüssig machte.

10

Elaine tat seit einer Stunde so, als ob sie schliefe, während Becky auf ihrer Bettseite im Schein der Nachttischleuchte auf dem Handy herumtippte und dabei über ihre Ohrstöpsel Musik hörte. Zwischendurch stand sie auf, rumorte ein wenig herum und ging dann auf die Loggia hinaus. Elaine hörte das Ratschen eines Feuerzeugs und roch gleich darauf Zigarettenrauch. Es kostete sie Mühe, sich weiterhin schlafend zu stellen. Becky hatte versprochen, mit der Qualmerei aufzuhören, aber anscheinend kriegte sie es nicht hin.

Ein paar Minuten später kam sie wieder ins Zimmer und zog die Klapptür mit dem Insektengitter zu, ehe sie sich ins Bett legte und unter die Decke schlüpfte. Die Fenstertür hatte sie offen gelassen. Ein sachter Windstoß trug einen letzten Hauch Zigarettenrauch herein. Nach kurzer Zeit war an Beckys ruhigen, tiefen Atemzügen zu erkennen, dass sie schlief. Elaine hätte auf die Sekunde genau sagen können, wann sie eingeschlafen war. Sie hatte Beckys Schlaf oft stundenlang bewacht, als diese ein Baby gewesen war – anfangs, weil sie von einer schrecklichen Sache namens *plötzlicher Kindstod* gelesen hatte, später bei Erkältungen und Fieberschüben, und manchmal auch einfach nur so, weil die Liebe zu einem schlafenden Kind so kostbar und herzbewegend war. Eigentlich war es albern und peinlich, aber Elaine stand immer noch gelegentlich mitten in der Nacht auf und schlich sich heimlich in Beckys Zimmer, um ihre schlafende Tochter im Mondlicht zu betrachten und ihren Atemzügen zu lauschen.

Doch in dieser Nacht hatte sie keinen Sinn dafür. Der Lärm der Zikaden und das Rauschen des Windes in den Farnbäumen hinterm Haus vereinten sich mit dem ungewöhnlich lauten Pochen ihres Herzens zu einer fremdartigen, betörenden Melodie, die alle anderen Geräusche an den Rand drängte und überdeckte. Sie wartete noch eine Weile, bis sie sicher sein konnte, dass Becky nichts mitkriegen würde, dann stand sie auf und bewegte sich lautlos zur Zimmertür.

Der Türknauf fühlte sich kalt unter ihren Fingern an, und unvermittelt empfand sie wieder eine Spur jener Beklemmung, die sie beim ersten Anblick des Hauses überkommen hatte. Eine dunkle Erregung hatte sich ihrer bemächtigt, sie kam sich fast vor wie eine Getriebene. Als hätte eine fremde Macht von ihr Besitz ergriffen, die stärker war als sie selbst. Doch das Verlangen danach, in Russells Armen zu liegen und seine heißen Lippen auf ihrem Mund und ihrem Körper zu spüren, überlagerte alles andere, bis davon nichts mehr zu spüren war außer einem vagen Unbehagen, das sie mit Leichtigkeit ignorieren konnte. Geräuschlos zog sie die Tür hinter sich ins Schloss und huschte quer über den Gang.

Er wartete bereits auf sie. Die Tür zu seinem Zimmer war nur angelehnt, und als sie die Hand ausstreckte, um sie aufzustoßen, schwang sie wie von Zauberhand von allein auf, und er stand ihr gegenüber, die große Gestalt umrissen von dem matten Licht einer Kerze, die irgendwo hinter ihm im Zimmer brannte. Er war nackt bis auf leichte Shorts. Sein männlicher Duft stieg ihr augenblicklich in die Nase und jagte ihren Pulsschlag in die Höhe. Russell fasste nach ihrer Hand und zog sie zu sich heran. Sie tat einen stolpernden Schritt vorwärts und sank in seine Arme.

Ihr blieb nicht viel Zeit, sich zu orientieren, sie erhaschte nur einen kurzen Blick auf das breite Bett und die daneben brennende Kerze. Im Zimmer roch es schwach nach Zedernholz und Bay Rum. Und nach Russell. Er presste sie an sich und senkte seinen Mund auf ihren. Sie kam ihm mit hungriger Bereitschaft entgegen. Ihre Zungen fanden sich in einem wilden Tanz, sie stießen und suchten und saugten aneinander, bis es zu viel und immer noch nicht genug war. Elaine wandte den Kopf ab.

»Das ist Wahnsinn«, brachte sie keuchend hervor. »Es ist total verrückt, was wir hier tun.«

»Ich weiß«, erwiderte er ebenso keuchend. »Aber ich kann nicht aufhören.« Und das tat er auch nicht. Seine Hände glitten mit fieberhafter Rastlosigkeit über ihre Taille und schoben das dünne Hemdchen hoch, das sie zum Schlafen angezogen hatte. Darunter trug sie nur einen winzigen Slip. Russells Hände legten sich auf ihre Brüste, umfassten und kneteten sie und rieben über ihre Brustwarzen, bis Elaine sich vor Verlangen wand. Ihr Kopf fiel in den Nacken, und Russell beugte sich vor und fuhr mit seinem heißen, geöffneten Mund über ihre pochende Kehle hinab zu ihren Brüsten. Saugend umschlossen seine Lippen die aufgerichteten Knospen, eine nach der anderen, während Elaine nichts weiter tun konnte, als wimmernd vor Lust seinen Kopf zu umfassen und die süße Qual zu erdulden.

Seine Liebkosungen wurden drängender, sein Griff unnachgiebig. Sie selbst hielt es kaum noch aus. Ihre Hände fuhren über seine behaarte Brust und dann über die harten Muskeln an seinen Oberarmen zu seinem Rücken, der sich unter ihren tastenden Fingerspitzen anspannte. Sie umfasste seine festen Hinterbacken und massierte sie, bevor sie die Hände nach vorn in seinen Hosenbund gleiten ließ. Sein Glied drängte sich zuckend und hart in ihre offene Handfläche. Sie umschloss es und rieb sacht die pochende Spitze, von der sich ein winziger Tropfen Feuchtigkeit löste. Russell keuchte und drückte sie gegen die Wand. Er packte ihre Hände und zog sie hinauf über ihren Kopf, presste sie dort gegen die hölzerne Täfelung und rieb gleichzeitig seinen Unterleib an ihrem, bis ihr Verlangen überkochte. Sie wollte ihre Hände befreien, doch er hielt sie fest und suchte erneut ihre Lippen zu einem wilden und zügellosen Kuss.

Dann ließ er sie endlich wieder los, aber nur um sie zum Bett hinüberzuziehen. Sie fielen eng umschlungen auf die zurückgeschlagene Decke. Russell zog ihr Höschen herab. Seine Hand glitt zwischen ihre geöffneten Schenkel, mit einem Finger tauchte er in ihre heiße Nässe ein und rieb mit dem Daumen über ihre geschwollene Klitoris, während Elaine den Rücken wölbte und die Zähne zusammenbiss, weil sie sonst laut aufgeschrien hätte. Sein Mund hatte sich wieder ihrer Brüste bemächtigt, seine Zunge umspielte die Knospen und verwandelte sie in harte feuchte Perlen.

Irgendwie schafften sie es, sich die wenigen Kleidungsstücke vom Körper zu zerren, ohne sie zu zerreißen, und Russell brachte es sogar fertig, ein Kondom aus der Nachttischschublade zu holen und es sich mit zitternden Händen überzustreifen, bevor er Elaine in die Kissen drückte und sich mit der Urgewalt eines Hurrikans zwischen ihre weit geöffneten Schenkel drängte. Groß und hart presste sich sein Glied in sie hinein, Zentimeter für Zentimeter, bis sie fast den Verstand verlor. Sie kam im selben Moment, als er in voller Länge in sie eingedrungen war und sein Becken gegen ihres presste. Der Druck, die glitschige Hitze, das Pochen in ihrer Scheide – tief in ihr ballten sich alle Empfindungen zusammen und zerbarsten in einem Orgasmus, wie sie ihn noch nie erlebt hatte. Als er sich ein Stück weit zurückzog, um dann richtig zuzustoßen, ging ihr Höhepunkt weiter. In

Wellen durchfuhr es ihren Körper, sie zuckte unter Russells mächtigen Stößen, mit denen er ihre Lust ins Unermessliche trieb. Er glitt unermüdlich hinein und heraus, bis sie erneut einen schwindelnden Gipfel erreichte, an dessen Scheitelpunkt sie vor Ekstase zu sterben glaubte. Diesmal kam er mit ihr, sie spürte das Pochen seiner Erlösung tief in sich.

Danach blieben sie betäubt liegen. Es dauerte einige Augenblicke, bis Russell die Kraft aufbrachte, sich von Elaine herabzurollen. Sie fühlte sich nackt und schutzlos und seiner Wärme beraubt, doch er zog sie sofort in seine Arme und drückte sie fest an sich. Sein Atem ging schwer, genau wie ihrer. Sie war noch völlig benommen. Im Kerzenlicht sah sie die Wölbung seiner Schulter und die zerwühlte Bettdecke hinter seinem Kopf, doch alles verschwamm vor ihren Augen. Sie hätte gern gewusst, ob es immer so war mit ihm. Und vor allem – warum. Wieso hatte es sie derartig weggefegt? Mit ihm war es wie ein Tanz auf einem Vulkan. Surfen auf einem Tsunami. Kopfstand auf einem Achttausender.

»Was zum Teufel war das eben?«, hörte sie ihn murmeln. »Ist es mit dir immer so?«

Sie war so schwach, dass ihr die Kraft zum Lachen fehlte. Aber immerhin, sie war nicht allein.

Es dauerte eine Weile, bis sie wieder normal atmen konnten. Sie unterhielten sich leise, über alles Mögliche. Ihre Familien, Jugend, Freunde, Hobbys. Nur die Verletzungen sparten sie aus, sie redeten nur über nette Dinge, wie aus einer unausgesprochenen Übereinkunft heraus, die sanfte Friedlichkeit dieser Stimmung nicht zu beeinträchtigen. Elaine hatte ihren Kopf auf seine Brust gelegt. Sein Murmeln war wohltuend und ausgleichend. Sie hätte ewig so liegen bleiben können, doch sie musste an Becky denken. Irgendwann ging sie wieder zurück in ihr Zimmer. Becky lag auf dem Rücken und hatte die Decke weggestrampelt, so wie sie es schon als Kind immer getan hatte. Sie atmete tief und seufzte im Schlaf, als Elaine sie sacht zudeckte.

Elaine ging ins Bad, benutzte Toilette und Bidet und verkroch sich anschließend im Bett, erschöpft wie nach einem langen Lauf. Gewisse Stellen ihres Körpers schmerzten von der ungewohnten Beanspruchung, und sie war müde bis in die Knochen. Sie dämmerte gerade weg, als ein Windstoß die Gardine nach innen blähte. Sie wollte aufstehen und das Fenster schließen, doch sie war auf eigentümliche Weise zwischen Schlafen und Wachsein gefangen, ein lähmender Schwebezustand, bei dem man nicht wusste, ob man schon in einen Traum hineinglitt oder die Umgebung noch in bewusstem Zustand wahrnahm. Irgendwo hörte sie Menschen sprechen, doch vielleicht war das schon Teil eines Traums. Das leise Weinen einer Frau war zu hören, sie schien jemanden mit tränenerstickter Stimme anzuflehen. Elaine wusste, dass sie genauer hinhören musste, denn es kam ihr auf unerfindliche Weise wichtig vor, was die Frau sagte, aber die Worte waren nicht zu verstehen und verklangen schließlich im Wind.

Zweiter Teil

11

1831

Louisa«, sagte Gerald leise. Es klang hilflos und bittend. »Ich kann Judith nicht fortschicken, die Plantage ist doch ihr Zuhause! Und für mich kommt es nicht infrage, diesen Ort zu verlassen. Er ist alles, was ich habe. Ich habe das Haus mit meinen eigenen Händen gebaut und mein ganzes Herzblut in die Plantage gesteckt. Ich bin hier geboren und aufgewachsen, genau wie du. Du weißt, dass ich keine Möglichkeit habe, die Dinge zu ändern. Vielleicht eines Tages, wenn Thomas vom Studium und der *grand tour* zurückkommt und hier die Leitung übernimmt. Aber er ist ja gerade erst fort! Was soll ich denn tun?«

Louisa wandte sich schluchzend von Gerald ab und schlang die Arme um ihren Oberkörper, als könnte sie sich selbst damit den Schutz geben, den er ihr versagte. Sie hatte geglaubt, nach Kalinda keine weiteren Kinder mehr bekommen zu können. All die Jahre war nichts passiert! Kalinda war fast sechzehn! Wie hätte sie damit rechnen können, wieder schwanger zu werden?

Gerald hatte geglaubt, es liege an ihm, aber sie beide hatten Kalinda gezeugt, und außerdem gab es aus seiner ersten Ehe Thomas. Mit seiner zweiten Frau Judith hatte er keine Kinder bekommen, aber das lag natürlich daran, dass er seit vielen Jahren nicht mehr mit ihr schlief. Folglich war Louisa davon überzeugt gewesen, nach Kalindas Geburt unfruchtbar geworden zu sein. Als vor vier Monaten zum ersten Mal ihre Blutung ausgeblieben war, hatte sie sogar gedacht, ihre Wechseljahre hätten begonnen. Bekanntlich ging es bei manchen Frauen viel früher los als bei anderen. Sie war erst dreißig, aber dafür war sie ja auch schon früh Mutter geworden. Als Gerald sie zur Frau gemacht hatte, war sie gerade vierzehn gewesen.

»Was soll das denn für ein Leben sein?«, fragte sie weinend. »Soll ich mit einem dicken Bauch das Essen bei Tisch auftragen, während deine Frau neben dir sitzt? Oder dachtest du es dir so, dass ich still und heimlich hier in der Hütte bleibe und mich nie wieder im Herrenhaus blicken lasse? Wer braucht denn schon eine Haussklavin, die einen Bastard am Hals hat! Oder hast du am Ende gar vor, das Kind zu verkaufen, damit die Schande deiner Verfehlung nicht vor aller Augen herumlaufen kann?«

»Gott im Himmel, Louisa, rede nicht so!«, entfuhr es Gerald. Er trat hinter Louisa und umarmte sie. Seufzend vergrub er das Gesicht in ihren Haaren. »Du weißt, dass ich dich und Kalinda über alles liebe! Und genauso werde ich dieses Kind lieben, das du unter dem Herzen trägst. Es soll ihm an nichts fehlen!«

Er küsste ihren Nacken. »Du bist meine einzige Liebe. Das musst du nach all den Jahren doch wissen!«

Louisa wollte seine Worte nicht hören. Sie entwand sich seiner Umarmung und rannte aus der Hütte. Das kleine Holzhäuschen stand abseits der Sklavenhütten hinter den Feldern. Früher hatte hier der Aufseher gewohnt, deshalb war es größer und komfortabler als die anderen Behausungen. Es besaß zwei ordentliche Kammern mit richtigen Fenstern. Kalinda hatte ihr eigenes Zimmer und Louisa ebenfalls. In gewisser Weise hatte Gerald recht – es fehlte ihnen an nichts. Er gab ihnen alles, was er konnte, doch es war nicht genug, denn auch mit allen Wohltaten konnte er nicht ausgleichen, dass sie nicht seine richtige Familie waren. Sie waren nur Bastarde, eine Mulattin und eine Terzeronin. Es gab Namen für jede Abstufung von Schwarz, die alle eins gemeinsam hatten – sie waren das Gegenteil von Weiß.

Louisa lief über den schmalen Weg, der zwischen den Feldern hindurch landeinwärts führte, in Richtung Wald. Tränenblind stolperte sie über Wurzeln und totes Unterholz. Einmal fiel sie hin, rappelte sich aber wieder hoch und rannte weiter und weiter. Sie wäre vor Scham gestorben, wenn jemand sie jetzt gesehen hätte. Alle hätten sofort gewusst, was los war, und manch einer hätte sich heimlich ins Fäustchen gelacht. Unter den Feldsklaven gab es einige, die den Haussklaven ihr besseres Leben neideten. Louisa und Kalinda hatten schon oft im Zentrum missgünstiger Blicke und Tuscheleien gestanden, ganz besonders Kalinda als Bastard des Herrn von Swift Great House. Kalinda hatte von einem Hauslehrer Schulunterricht erhalten, weil sie nicht mit den weißen Kindern zur Schule gehen durfte. Ein Musiklehrer hatte sie das Geigenspiel gelehrt und eine Nonne aus Falmouth richtiges, reines Englisch und jede Menge Bibelsprüche. Sie trug Schuhe und kleine Strohhüte mit Blumen, während die schwarzen Kinder aus den zugigen Bretterbuden an der anderen Seite der Felder barfuß laufen mussten. Der Hausherr brachte Kalinda ständig Süßigkeiten und hübsch eingebundene Bücher oder bunte Seidenschleifen für ihr Haar mit, während es für die Feldsklaven nur zu Weihnachten Geschenke gab. Und wenn sie einmal krank wurde, kam sogar der Arzt, der sonst immer nur die Weißen behandelte.

Ja, Louisa und Kalinda führten ein bevorzugtes Leben, doch Louisa hasste es, denn es war ein Leben in Sünde und Schande. Geralds dauernde Versprechungen, dass er Kalinda, sobald sie alt genug wäre, mit einem ordentlichen jungen

Mann – einem weißen Mann natürlich – verheiraten wolle, erfüllten sie eher mit Angst als mit Zuversicht. Es mochte noch angehen, dass ein geachteter weißer Mann eine bildschöne Terzeronin als Ehefrau wählte, vor allem, wenn sie eine so helle Haut hatte wie Kalinda. Aber eine eher dunkel geratene Mulattin wie Louisa würde er ganz sicher nicht als Schwiegermutter in seine Familie aufnehmen.

Ihr Schluchzen wollte nicht verebben, auch nicht, nachdem sie schon ein ganzes Stück in den Dschungel marschiert war. Sie ging einfach immer weiter, ohne darauf zu achten, dass Zweige ihr Gesicht streiften und ihr Haar ständig an vorstehenden Ästen hängen blieb. Zu Füßen eines gewaltigen Stelzbaums hockte sie sich hin und umschlang beide Knie mit den Armen. Ihr schönes gelbes Kleid, das Gerald ihr erst in der vergangenen Woche geschenkt hatte, war an mehreren Stellen verdreckt, und nun tränkte sie den Stoff auch noch mit ihren Tränen. Sie schluchzte ungehemmt hinein und wäre am liebsten gestorben vor Kummer. Gerald freute sich allen Ernstes auf das Kind, sein ganzes Gesicht hatte aufgeleuchtet, als sie ihm vorhin eröffnet hatte, dass sie schwanger war. Doch als sie von ihm verlangt hatte, sich von seiner Frau scheiden zu lassen, war die Freude aus seinem Blick verschwunden.

Louisa merkte, wie sich Wut in ihr Leid mischte. Sie packte einen morschen Ast, der neben ihr im Moos lag, und schleuderte ihn voller Zorn, so weit sie konnte. »Verdammt sollst du sein, Gerald Swift! Der Teufel soll dich holen!«

»Willst du das wirklich? Dann solltest du nicht bloß davon reden, sondern mithelfen, dass es wahr wird.«

Erschrocken fuhr sie herum. Der Mann, der zu ihr gesprochen hatte, trat hinter dem Stelzbaum hervor. Louisa sprang auf und wich ein paar Schritte vor dem Furcht einflößenden Fremdling zurück. Seine Haut war tiefschwarz, das Haar kurz und wollig und an manchen Stellen von blutigem Schorf durchsetzt. Auch über seine Wange zog sich ein schlecht verheilter, blutverkrusteter Schnitt. Seine Kleidung war zerlumpt, die Hose an den Knien abgerissen und die Stiefel zerbeult und verdreckt. Über der Brust trug er zwei gekreuzte Waffengurte, die dicht mit Patronen bestückt waren, und am Gürtel hatte er eine große, gefährlich aussehende Pistole sowie einen gewaltigen Dolch stecken.

»Lass mich in Ruhe«, sagte Louisa mit wild klopfendem Herzen.

»Ich tu dir doch gar nichts.«

»Du bist ein Maroon.«

»Na und?«

Darauf wusste sie nichts zu sagen und beobachtete ihn stumm, bereit, bei der kleinsten bedrohlichen Bewegung loszurennen. Sie blieb nur stehen, weil sie Angst hatte, dass er sie hinterrücks erschoss, sobald sie sich umdrehte und weglief.

»Ich hab dich hier schon öfters gesehen«, sagte der Schwarze. »Du gehst gern in den Wald, oder?«

Jetzt bekam sie es richtig mit der Angst, denn ihr wurde klar, dass er vielleicht ganz andere Dinge mit ihr vorhatte, als sie zu erschießen. Sie starrte ihn wie gelähmt an und schätzte ihre Chancen ab. Er war viel größer und ohne Frage auch viel schneller als sie. Wahrscheinlich würde sie keine zehn Schritte weit kommen, ehe er sie einfing und über sie herfiel. Sie könnte um Hilfe schreien, aber die Hütten und die Felder waren zu weit weg. Niemand würde sie hören.

»Du bist eine schöne Frau«, sagte er. »Wie heißt du?«

Das Beste war, sie weckte gar nicht erst seinen Zorn. »Louisa«, brachte sie mühsam heraus.

»Ein schöner Name. Du bist Sklavin auf Swifts Plantage, stimmt's?«

Sie nickte wortlos.

»Als Mulattin hast du es bestimmt leichter als die Feldsklaven, oder? Du trägst ein hübsches Kleid und richtige Schuhe.«

Auf diese Frage zuckte sie nur die Achseln. Welchen Sinn hätte es gehabt, das Offensichtliche zu bestätigen?

»Einmal habe ich dich mit einem jungen Mädchen hier im Dschungel gesehen. Sie sieht dir sehr ähnlich. Ist wohl deine Tochter, oder? Genauso schön wie du, nur jünger. Und heller, fast weiß. Ist Gerald Swift der Vater?«

»Das geht dich nichts an«, platzte sie heraus – und biss sich sogleich vor Furcht auf die Lippe. Sie hatte ihn doch nicht verärgern wollen!

Doch ihre patzige Antwort schien ihn nicht aus der Ruhe zu bringen. »Ist er auch *dein* Vater?«, wollte er wissen. »Und gleichzeitig der deiner Tochter?«

Als sie begriff, was er damit meinte, erstarrte sie. Zornig funkelte sie ihn an. »Nein, er ist *nicht* mein Vater!«

»Dann kannst du von Glück sagen«, meinte der Fremde sachlich. »Denn sicher weißt du, dass das gar nicht selten vorkommt.«

Das konnte sie schlecht abstreiten, denn es wurde genug über solche schlimmen Fälle gemunkelt.

»Bei mir ist es jedenfalls nicht so«, erklärte sie ablehnend.

»Dann freut es mich für dich. Wie bist du auf die Plantage gekommen?«

»Ich bin dort geboren.« Bevor er wieder auf falsche Gedanken kommen konnte, fügte sie hastig hinzu: »Mein Herr hatte meine Mutter gekauft. Sie war von einem anderen Plantagenbesitzer schwanger.«

»Dann warst du nie woanders, oder?«

Sie schüttelte stumm den Kopf.

»Dein Leben auf Swifts Plantage scheint dir nicht mehr zu gefallen. Du hast geweint.«

»Das ist allein meine Sache.«

Sie zuckte zusammen, als der Fremde an seinen Gürtel griff, aber er zog nur einen Streifen Kautabak aus einem Beutel und biss davon ab, ehe er ihr das restliche Stück hinhielt.

»Willst du auch?«

»Nein, danke.« Zu ihrem eigenen Erstaunen war ihre Angst verflogen. Wenn er ihr ein Leid hätte zufügen wollen, hätte er es längst tun können. Mittlerweile hatte sie bemerkt, dass er keine Angriffslust an den Tag legte und offenbar auch nicht darauf aus war, sie zu schänden. Eigentlich sah er nicht wie ein Bösewicht aus. Er war ungefähr in ihrem Alter und hatte ein freundliches, offenes Lächeln.

»Wo kommst du her?«, fragte sie in spontaner Neugier.

»Aus den Bergen.«

Natürlich. Fast alle Maroons lebten in den Bergen. Sie ließen sich nur sehr selten an den Küsten blicken. Louisa hatte bisher nur wenige von ihnen gesehen, meist auf dem Weg nach Falmouth, wo sie manchmal auf den Wochenmarkt ging.

»Ich heiße übrigens Rudd.«

»Bist … du weggelaufen?«, fragte sie zögernd.

»Du meinst, einem Herrn?« Rudd zwinkerte vergnügt und schüttelte den Kopf. »Ich bin seit fünf Jahren frei. Mein Herr starb und hatte keine Erben.« Er spuckte einen Strahl Tabaksaft in die Büsche und kaute kräftig weiter. »Einen Tag später kam ein Kerl aus Kingston, der uns kaufen wollte, aber dann gab es einen anderen Kerl aus Falmouth, der einen Anwalt anschleppte. Der stellte klar, dass die Plantage mit allem, was darauf war, an die englische Krone gefallen war, und weil die Krone den Sklavenhandel verboten hat, wären jetzt alle Schwarzen auf der Plantage freie Leute. Ich hab ganz schnell mein Bündel gepackt und bin in die Blue Mountains abgehauen, bevor es sich jemand wieder anders überlegen konnte. Der alte Mistkerl, der vorher mein Herr war, hatte uns alle halb totgeschlagen. Das hat mir gereicht.« Er musterte sie nachdenklich. »Hast du Gerald Swift schon mal gefragt, ob er dich und deine Tochter freilässt?«

»Nein, natürlich nicht.«

»Warum nicht?«

Sie runzelte die Stirn und dachte nach. »Ich wüsste nicht, wohin ich gehen sollte.«

»Du könntest einfach dortbleiben.«

Überrascht erwiderte sie seinen Blick. »Als freie Frau?«

»Ja, natürlich. Das ist rechtlich möglich und kommt auf Jamaika immer häufiger vor. Herren lassen ihre Sklaven frei und behalten sie als bezahlte Arbeiter. So kann jeder, der die Nase voll hat, weiterziehen und dort hingehen, wo es ihm besser gefällt. Natürlich machen es nicht viele Sklavenhalter auf Jamaika so, aber einige folgen ihrem Gewissen und dem Gedanken des Gesetzes. Die Krone hat den Sklavenhandel verboten, also kann auch der Besitz von Sklaven nicht mehr rechtens sein. Auch du könntest daher frei sein, wenn dein Herr dies so bestimmt.«

Diesen Gedanken musste sie erst verdauen. Darauf wäre sie von allein nie gekommen. Man hörte nicht viel von dem Leben außerhalb der Plantage. Hin und wieder fuhr sie mit der Köchin nach Falmouth auf den Markt, um Vorräte zu kaufen, meist Dinge, die sie für die Küche oder im Haus brauchten und nicht selbst erzeugten, etwa Tee, Wein, Stoffe, Nähsachen, Lampenöl und dergleichen. Dort fand sich manchmal ein bisschen Zeit zum Klatschen, aber allzu viel schnappte man dabei nicht auf. Kalinda konnte lesen, deshalb nahm Louisa ab und zu eine alte Zeitung aus dem Herrenhaus mit in die Hütte, damit ihre Tochter ihr daraus vorlesen konnte, doch meist war das nur irgendwelcher langweiliger Kram über Zuckerpreise oder Ereignisse am anderen Ende der Welt, wo sie sowieso niemals hinkommen würde.

»Warum hast du geweint?«, wollte Rudd wissen.

Wieder wollte sie ihn anfahren, dass ihn das nichts anging, doch sie hatte auf einmal das Gefühl, dass er es nicht verdiente, so unfreundlich behandelt zu werden.

»Ich hatte Streit.«

»Mit Gerald Swift?«

Auf diese Frage wollte sie nicht antworten.

»Woher kennst du überhaupt seinen Namen?«, fragte sie mit plötzlich erwachendem Argwohn.

»Ich war schon mal bei euch auf der Plantage«, sagte Rudd. »Mein Herr hatte ein paar von uns an deinen Herrn ausgeborgt, weil er Ausfälle durch die Ruhr hatte. Hab für ein paar Wochen bei euch auf den Feldern ausgeholfen und sah dich ab und zu mit deiner Tochter vorbeigehen. Damals war sie noch klein.«

»Ach so«, sagte sie betreten. »Ich hab dich nicht gesehen. Tut mir leid.«

»Macht nichts. War ja nur ein armer Feldnigger, sieht einer wie der andere aus.«

Das wollte sie nicht auf sich sitzen lassen. Sie war immer freundlich zu den Feldarbeitern gewesen und hatte sich bei Gerald schon öfter beschwert, wenn der Aufseher die Schwarzen zu hart schlug oder in Eisen legte, nur weil sie sich irgendwelche Kleinigkeiten hatten zuschulden kommen lassen, etwa weil sie bei der Arbeit lachten oder zu lange zum Pinkeln wegblieben. Doch als sie sich gegen Rudds unausgesprochenen Vorwurf verteidigen wollte, fielen ihr nicht die richtigen Worte ein. Denn es stimmte ja, was er gesagt hatte – sie hatte wirklich so gut wie nie auf die Feldsklaven geachtet und hielt sich meist von ihnen fern. Es missfiel ihr, dass Kalinda so oft zu den Hütten der Schwarzen auf der anderen Seite des Felds ging. Als kleines Mädchen hatte sie mit den Sklavenkindern gespielt, weil es keine anderen Kinder auf der Plantage gab, aber mit der Zeit waren sie allesamt erwachsen geworden, und Louisa widerstrebte der Gedanke, dass Kalinda sich immer noch mit ihnen traf. Auch Gerald war dagegen, er hatte es schon häufiger gesagt. Es würde noch der Tag kommen, an dem er es Kalinda ausdrücklich verbot, und davor fürchtete Louisa sich, denn Kalinda war viel zu dickköpfig und temperamentvoll, um sich unterzuordnen. Sie tat, was ihr gefiel.

»Warum bist du eigentlich hier, wenn du doch in den Bergen lebst?«, fragte Louisa unvermittelt.

»Ach, ich will Verwandtschaft in Falmouth besuchen.«

Seine Antwort klang ausweichend, sie hatte den Eindruck, dass ihn ganz andere Pläne in die Gegend geführt hatten, doch das war ja nicht ihre Angelegenheit.

»Ich muss wieder zurück«, sagte sie. Es war sicher schon nach sechs. Bis zur Essenszeit musste sie im Haus sein, um beim Anrichten und Auftragen der Mahlzeit zu helfen. Wenn sie nicht da war, würden die Köchin und das kleine schwarze Küchenmädchen alles allein machen müssen. Vor lauter Angst würden sie garantiert irgendwas fallen lassen, und das würde die Missus zum Anlass nehmen, die Kleine zu kneifen oder an den Haaren zu ziehen. Natürlich nicht, solange Gerald dabei war, aber hinterher auf jeden Fall. Ihre Bestrafungen ähnelten dem, was ein Kind einem anderen antat. Kneifen, an den Zöpfen reißen, mit beiden Händen die Haut des Unterarms in entgegengesetzte Richtungen zwiebeln, schubsen. Sie tat es meist ganz schnell im Vorübergehen, ein Anfall jäher Wut, eine kurze Attacke, und schon ging sie weiter, als wäre nichts geschehen. Die Köchin hatte im Laufe der Jahre gelernt, es auszuhalten, aber die Kleine war erst zwölf und heulte schon, wenn sie die Herrin bloß sah.

Louisa wusste, dass diese Übergriffe von Geralds Frau nur einen einzigen Zweck verfolgten – sie lud ihren Zorn bei anderen ab, weil sie ihn nicht gegen Louisa wenden durfte. Ein einziges Mal hatte die Herrin es gewagt, Louisa zu schlagen, damals, als sie mit Kalinda schwanger gewesen war. Gerald hatte seine Frau daraufhin drei Tage bei Wasser und Brot in ihrer Kammer eingesperrt, ohne den Nachttopf leeren zu lassen. Für den Fall, dass sie noch einmal die Hand gegen Louisa erhöbe, so hatte er ihr mit kalter Miene versichert, werde er sie mit dem nächsten Schiff nach Amerika bringen, wo sie dann den Rest ihres Lebens bei ihrer alten Tante in Atlanta verbringen dürfe.

Danach hatte Geralds Frau nie wieder gewagt, Louisa anzurühren. Und natürlich hatte sie auch Kalinda in Ruhe gelassen, denn Gerald vergötterte seine Tochter. Er liebte sie sogar mehr als seinen Sohn, denn Kalinda war lebenslustig, klug und wunderschön, während Thomas ein dicklicher, zu Pickeln neigender Phlegmatiker war und damit laut Gerald ganz nach seiner Mutter schlug, die bei seiner Geburt gestorben war. Gerald und sie hatten eine Vernunftehe geführt, die sein Vater arrangiert hatte. Auch Judith hatte er auf Drängen seines Vaters geheiratet, kaum ein Jahr nach dem Tod seiner ersten Frau. Damals war Gerald ein junger Mann von einundzwanzig Jahren gewesen. Louisa konnte sich noch an die Hochzeit erinnern. Sie hatte den quäkenden kleinen Thomas gehalten, als das Brautpaar von der Kirche zurückgekommen war. Gerald hatte blass und gequält ausgesehen, und seine ganz in Weiß gekleidete junge Frau hatte albern mit dem Fächer herumgewedelt und unter mädchenhaftem Gekicher das neu gebaute Herrenhaus bewundert, das erst im Jahr davor fertig geworden war.

Es kam Louisa oft vor, als sei es erst gestern gewesen. Die Zeit war viel zu schnell verflogen. Jetzt war Gerald vierzig und sie selbst beinahe einunddreißig. Sie waren beide zu alt, um noch ein Kind großzuziehen. Was würde geschehen, wenn Gerald oder ihr etwas zustieß? Louisa merkte, wie ihr erneut die Tränen kamen.

»Was ist los?«, fragte Rudd. »So schlimm?«

Louisa blinzelte verwirrt. Sie hatte gar nicht bemerkt, dass sie immer noch vor ihm stand. Wenn sie nur nicht so durcheinander gewesen wäre!

Entschlossen wischte sie sich mit dem Handrücken über die Augen. »Ich geh dann mal. Leb wohl, Rudd.«

»Ich komm noch etwas mit. Liegt ja auf meinem Weg.«

Sie gingen ein Stück gemeinsam, doch viel sprachen sie nicht mehr miteinander. Louisa war in bedrückende Gedanken versunken und nicht zum Reden aufgelegt, obwohl Rudd ein umgänglicher Bursche war und unterhaltsam plauderte. Als sie den befestigten Weg erreichten, der zu den Hütten und Zuckerrohrfeldern führte, blieben sie kurz stehen, um sich zu verabschieden.

Louisa wollte sich nach einem weiteren Lebewohl abwenden und weitergehen, doch Rudd hielt sie an der Schulter fest. Er ließ sie jedoch sofort wieder los, als sie zusammenzuckte.

»Tut mir leid, ich wollte dich nicht erschrecken. Du sollst nur noch eins wissen, bevor du wieder auf die Plantage zurückgehst. Falls du jemals wegwillst, weil du es nicht mehr aushältst, dann komm einfach nach Osten und in die Berge. Frag ein bisschen rum und sag den Leuten, du willst zu Rudd mit dem Messer.« Er grinste ein wenig schräg und legte die Hand auf den Griff seines Dolchs. »So nennen mich da oben viele. Dabei benutze ich es gar nicht, wenn einer auf mich losgeht. Ich erledige das lieber mit den Fäusten.«

»Siehst du deswegen so zerschnitten aus?« Sie deutete auf seine lädierte Wange.

»Na ja, das passiert halt mal. Ich sag ja nicht, dass die anderen kein Messer benutzen.« Er zuckte leicht verlegen mit den Schultern. »Also, wie gesagt – wenn du nicht weißt, wohin, dann komm zu mir. Ich hab 'ne anständige Hütte und einen kleinen Gemüseacker und ein paar Ziegen und Hühner. Und auch ein freies Eckchen zum Schlafen.«

»Rudd, das ist ein sehr freundliches Angebot, aber …«

»Warte.« Er hob die Hand. »Ich weiß, was du denkst, aber das mein ich gar nicht. Wir brauchen Leute da oben, die mithelfen.«

»Wobei mithelfen?«

»Was aufzubauen. Ein … Gemeinwesen.« Er hatte kurz nachdenken müssen bei dem Wort *Gemeinwesen*, woraus Louisa schloss, dass es nicht von ihm stammte. »Wir wollen uns da ein Leben schaffen, das uns frei und unabhängig macht«, fuhr er fort. »Niemand soll uns mehr wegnehmen dürfen, was wir dort haben, und deshalb müssen wir viele sein. Es können gar nicht genug zu uns in die Berge kommen. Wir sind alle frei, und je mehr wir sind, desto besser können wir unsere Freiheit verteidigen und für ein menschenwürdiges Dasein kämpfen.« Auch das waren Worte, die er von jemand anderem hatte. Sie klangen seltsam rebellisch, aber es wohnte ihnen auch ein Hauch von Trost inne.

»Danke, Rudd«, sagte sie, und es kam wirklich von Herzen. »Ist immer gut zu wissen, dass man irgendwohin kann, wenn es nötig sein sollte. Ich bin froh, dass ich dich getroffen habe. Leb wohl, Rudd.« Sie hob die Hand zu einem letzten kurzen Abschiedsgruß und lief dann rasch los, um sich nicht noch mehr zu verspäten.

Kalinda hockte auf dem Baumstumpf ein wenig abseits von der Zuckermühle und beobachtete Jack, der im Schweiße seines Angesichts Bündel um Bündel von dem geernteten Rohr zur Presse schleppte und zwischen die alles zermalmenden, knirschenden Metallwalzen schob. Der Zugochse drehte mit gesenktem Kopf seine Runden, immer angetrieben von dem alten Mann, der zu schwach fürs Feld geworden war, aber trotzdem noch den ganzen Tag von Sonnenaufgang bis Sonnenuntergang auf den Beinen war. Rhygin sorgte schon dafür, dass er bis zum Umfallen schuftete, genauso wie die jüngeren Männer. Pa hatte dem Aufseher befohlen, die Älteren nicht mehr so hart ranzunehmen, und Rhygin hatte zustimmend genickt, doch kaum hatte Pa ihm den Rücken gekehrt, trieb Rhygin die Leute wieder an, bis sie kaum noch gehen konnten.

Er war ein Schinder, und die Peitsche saß ihm locker, auch wenn er darauf achtete, den Sklaven keine ernsthaften Verletzungen zuzufügen. Nichts, was die Haut mehr als an einer oder zwei Stellen aufplatzen ließ, denn dann bestand die Gefahr von Entzündungen und Ausfällen. Weil er die Sklaven sowieso schon bis zum Letzten antrieb, würde sich jeder Ausfall sofort bemerkbar machen. Das wiederum würde Pa auf den Plan rufen, womit Rhygin in Erklärungsnot käme. Also hütete er sich, den Bogen allzu sehr zu überspannen. Trotzdem war er ein übler Mistkerl. Kalinda hasste ihn wie die Pest. Allein die Art, wie seine gierigen Blicke sie taxierten und heimlich auszogen – sie hätte ihm am liebsten jedes Mal ins Gesicht gespuckt, wenn sie an ihm vorüberging. Und das kam häufig vor, weil sie oft bei den Schwarzen war. Sie wusste, dass Mom und vor allem Pa dagegen waren, denn beide schienen zu glauben, dass sie etwas Besseres sei als die Feldarbeiter. Nur weil ihre Haut heller war und weil sie lesen und schreiben und Geige spielen konnte. Diese Narren. Als gäbe es ein Naturgesetz, das die einen Menschen über die anderen erhob, weil sie zufällig weiße Eltern hatten.

Wenn es jemanden gab, auf den das nicht zutraf, so war es Jack. Kalinda kannte niemanden, der klüger, wissbegieriger und scharfsinniger war als er. Er hatte innerhalb weniger Wochen Lesen gelernt und rechnete dreimal so schnell wie sie. Sie hatte ihm ein Buch mit mathematischen Formeln mitgebracht, von denen sie nicht mal ein Viertel begriffen hatte, doch er hatte alles im Nu verstanden und nach weiteren Büchern verlangt. Am Ende war er derjenige gewesen, der ihr die Rechengänge erklärt hatte, weil er es besser konnte als der Hauslehrer. Es war, als besäße sein Geist ein unerschöpfliches Fassungsvermögen, begierig darauf, sich mit Wissen zu füllen.

Pa freute sich, dass sie sich so viele Bücher wünschte, obwohl er wegen der Themen Bedenken hatte. Mathematik, Physik und Astronomie waren nicht gerade Fächer für Mädchen. Einmal hatte er besorgt gefragt, ob sie etwa ein Blaustrumpf werden und alle Männer damit abschrecken wolle. Damit er keinen Verdacht schöpfte, hatte sie sich beim nächsten Mal ein Modemagazin und einen Gedichtband gewünscht.

Niemand wusste, wer Jacks Eltern waren. Er war vor acht Jahren als Kind auf die Plantage gekommen; Pa hatte ihn einem Bananenpflanzer abgekauft, weil er zusätzliche Arbeiter brauchte. Damals war Jack etwas kleiner und dünner gewesen als Kalinda, aber im Laufe der folgenden Jahre war er rapide in die Höhe geschossen. Jetzt war er einen Kopf größer als sie, hatte breite, feste Schultern und einen muskulösen Rücken. Er wusste nicht, wie alt er war, aber sie schätzte, dass er etwa achtzehn sein musste. Er hatte tiefschwarze, in der Sonne schimmernde Haut und ein klares, ebenmäßiges Gesicht. Kalinda konnte ihn immerzu nur ansehen und bei sich denken, wie schön und vollkommen er war.

Sie hatte sich schon zu ihm hingezogen gefühlt, als sie beide noch Kinder gewesen waren. An den Sonntagen, den einzigen Tagen, an denen auch die Sklaven frei hatten, waren sie stundenlang zusammen durch den Wald gestromert. Sie hatten kleine schillernde Echsen beobachtet und versucht, die winzigen Kolibris zu fangen, die über den offenen Blüten schwirrten. Einmal hatten sie sich bei Regen in einer Höhle versteckt und sich vorgestellt, ein Prinz und eine Prinzessin aus einem fremden, sagenumwobenen Land zu sein, in das der Dschungel sich verwandelt hätte, sobald der Regen aufhörte und sie wieder herauskrochen.

Die Höhle war fortan zu ihrem geheimen Versteck geworden. Der Eingang lag tief zwischen Baumwurzeln und Felsen, verborgen von herabhängendem Spanischen Moos. Kalinda brachte ihre Bücher mit dorthin und alle Leckereien, die Pa ihr spendierte. Es wäre ihr wie ein Sakrileg vorgekommen, sie allein zu essen. Ihr glühender Wunsch war es, Jack öfter zu sehen, weshalb sie seit dem Ende ihres Unterrichts im vergangenen Jahr angefangen hatte, sich in der Nähe der Felder und der Zuckermühle herumzutreiben, wenn er bei der Arbeit war. Sie tat einfach so, als würde sie lesen oder einen Strumpf stricken oder ein paar Blumen zeichnen, aber in Wahrheit ruhten ihre Augen so oft es ging auf Jack.

Rhygin hatte es bereits gemerkt und warf ihr immer wieder scheele Blicke zu, doch was wollte er machen? Er wusste genau, dass ein falsches Wort ihn die Stelle kosten konnte. Ihr Pa hatte schon zwei Aufseher entlassen, weil Mom sich über sie beschwert hatte, und wenn erst Kalinda Klagen über einen Aufseher führte, würde es zweifellos noch schneller gehen. Vor allem, wenn sie Pa erzählte, dass Rhygin ihr auf besondere Art hinterherstarrte. Es gab nur einen einzigen Grund, der sie davon abhielt, genau das zu tun – Rhygin hätte Pa verraten, dass sie ständig hier herumsaß und Jack im Auge behielt. Wahrscheinlich wusste er auch, dass sie und Jack sich sonntags trafen, und behielt es nur deshalb für sich, weil er Sorge hatte, dass sie über seine schlüpfrigen, gierigen Blicke mit Pa reden würde. Und vor allem darüber, dass er es mit der Herrin trieb. Es war eine Art unausgesprochene Waffenruhe. Wenn du nichts sagst, sag ich auch nichts.

Teil der Vereinbarung war natürlich auch, dass er Jack nicht schlug. In dem Augenblick, in dem Rhygin gegen Jack die Hand erhoben hätte, wäre Kalinda dazwischengegangen, hätte ihm die Peitsche entrissen und sie ihm über das verhasste Gesicht gezogen. Und dann wäre sie zu Pa marschiert und hätte ihm alles erzählt. Das wusste Rhygin ganz genau, also hielt er an sich. Davon abgesehen, war Jack sowieso der tüchtigste und schnellste Arbeiter auf der Plantage. Er sah die Dinge, die zu tun waren, schon bevor Rhygin überhaupt auf die Idee kam, sie ihm zu befehlen. Wenn er auf dem Feld arbeitete, fiel die Ernte immer deutlich besser aus als an den Tagen, an denen er in der Mühle half, die angehäuften Vorräte in die Presse zu stecken.

Die Glocke zum Abendbrot wurde geläutet. Die Schwarzen legten die Arbeit nieder, der Ochse wurde aus dem Geschirr genommen und zur Tränke geführt. Hinter den Feldern sank schon die Sonne herab. Jack ging zu einer der Wassertonnen und verschwand mit dem gesamten Oberkörper darin. Als er wieder zum Vorschein kam, leuchtete seine schwarze Haut im Schein der tief stehenden Sonne wie dunkles Kupfer. Kalinda war bereits von ihrem Baumstumpf aufgesprungen und in Richtung Wald gelaufen. Mom war im Herrenhaus und bediente Pa und die Herrin; sie würde sicher nicht vor acht zurückkommen. Kalinda blieb also etwa eine Stunde mit Jack. Er teilte sich mit sieben anderen eine Hütte, doch von denen kümmerte sich keiner darum, was die Übrigen nach Feierabend taten. Ob sie in ihren Hängematten lagen oder noch zum Schwimmen oder Fischen zum Meer hinuntergingen – jeder tat das, worauf er gerade Lust hatte. Einige der Schwarzen bewirtschafteten ihre eigenen Äcker, auf denen sie Gemüse und Früchte zogen, andere hatten Reusen im Meer liegen, um damit Fische zu fangen. Manche setzten sich zum Kartenspiel zusammen oder trafen sich beim Lagerfeuer zum Singen und Tanzen, und viele waren ganz einfach nur froh, allein zu sein und sich der Länge nach ausstrecken zu können.

Jack war der einzige unter den Sklaven, der abends und sonntags in den Wald ging. Von den anderen zog es keinen dorthin, denn da gab es Schlangen und giftige Sträucher, und im Unterholz kratzte man sich nur die Beine auf. Dabei musste man nur den richtigen Weg suchen, dann war es völlig sicher. Früher hatte es auf der Plantage einen alten Schwarzen gegeben, der im Dschungel Fallen stellte. Vor dem hatten sie sich ein paarmal verstecken müssen, doch inzwischen war er gestorben, sodass Kalinda und Jack ungestört ihr Beisammensein genießen konnten.

Zuweilen fürchtete Kalinda, dass Mom sie eines Tages erwischte, denn auch sie ging manchmal in den Dschungel. Allerdings kam das nur selten vor, bloß dann, wenn sie schlimmen Kummer hatte. So wie heute. Kalinda hatte keine Ahnung, was los war, aber sie hatte Mom heulend fortlaufen sehen, und wenig später war Pa aus der Hütte gekommen und hatte blass und verzweifelt ausgesehen. Sie hatte kurz davorgestanden, hinter Mom herzulaufen und sie zu fragen, was um Himmels willen denn geschehen sei, aber dann hatte sie es lieber gelassen. Mom redete nicht über die Dinge, die sie bedrückten, und davon gab es einige.

Sie wartete vor der Höhle, bis Jack auftauchte, und als er zwischen den Büschen zum Vorschein kam, sprang sie auf und warf sich in seine Arme. Sie küssten sich voller Verlangen und hielten einander umklammert. Sie hörte seinen Herzschlag und spürte seine Erregung. Sein Haar war noch nass vom Waschen, und die Haut seines Rückens fühlte sich unter ihren Fingern an wie feuchter, warmer Samt. Ihr Wunsch, ihm ganz zu gehören, wuchs mit jedem Treffen, doch noch wagten sie es nicht, einander auf diese Weise in Besitz zu nehmen. Was sie taten, war riskant genug. Und wenn Pa es herauskriegte, würde er in seinem Zorn sicher schlimme Dinge tun. Er hatte sich in den Gedanken verrannt, ihr einen respektablen weißen Gatten zu suchen, und es war klar, dass es nur noch eine Frage der Zeit war, bis es ihm gelang. Sein Reichtum würde schon dafür sorgen, dass Fragen nach ihrer Herkunft gar nicht erst aufkamen. Terzeroninnen waren mittlerweile in der Gesellschaft halbwegs geduldet, zumindest konnten sie ein ehrbares Leben in weißen Kreisen führen. Andere Mädchen hätten sich bestimmt nach einer solchen Möglichkeit verzehrt, doch für Kalinda war es die reinste Schreckensvision. Sie würde lieber sterben, als Jack aufzugeben. Seit Mom ihr gesagt hatte, was Pa für sie plante, lebte sie in der beständigen Angst, dass er eines Tages jemanden anschleppte und ihr erklärte, dass dies ihr künftiger Ehemann sei.

Sie setzten sich gemeinsam vor den Eingang der Höhle. Jack legte den Arm um ihre Schultern, und sie schmiegte ihren Kopf an seinen.

»Geht es dir gut?«, fragte sie besorgt. An seinem rechten Unterschenkel war die Haut aufgerissen. Im Feld schnitten die Arbeiter sich ständig an den gesplitterten Kanten des Zuckerrohrs und an den messerscharfen Blättern.

»Ach, das ist nichts.«

Sie fuhr sacht mit dem Finger darüber. »Ich bringe dir später noch Kräutertinktur.«

Er küsste ihre Schläfe und streichelte ihr Haar. Sie drängte sich gegen ihn und verging fast vor Sehnsucht. Es konnte nicht so weitergehen!

Um sie herum waren die Geräusche des Dschungels: ein paar kreischende Affen in der Nähe, ein krächzender Vogel, das Rascheln von kleinen Kriechtieren im Gehölz, das leichte Säuseln des Windes in den oberen Ästen der gewaltigen Bäume, deren Kronen sich zu einem dichten grünen Dach vereinten. Das hindurchsickernde Licht erzeugte einen geheimnisvollen, grünlichen Schein, der sich mit der einsetzenden Abenddämmerung vermischte. Kalinda erkannte, dass sie weniger Zeit hatten als gedacht. Sie hatte vergessen, dass in der zweiten Jahreshälfte die Tage kürzer wurden statt länger. Zwei Wochen war es her, dass sie sich das letzte Mal getroffen hatten, das machte sich bemerkbar. Letzten Sonntag war Mom krank gewesen, den ganzen Tag hatte sie sich übergeben, und folglich hatte Kalinda sich um sie kümmern müssen. Den Sonntag davor hatte sie Mom geholfen, im Herrenhaus aufzutragen, weil die Herrin ihren vierzigsten Geburtstag gefeiert hatte, ganz groß und mit allen möglichen vornehmen Gästen von den umliegenden Plantagen. Sie hatte es sichtlich genossen, Mom herumzuscheuchen, und sie hatte es so eingerichtet, dass alle Gäste es mitkriegten. Seht her, hatten ihre Blicke gesagt, das ist die kleine Negerschlampe von Gerald, die nichts weiter ist als eine Haussklavin wie alle anderen auch, mit denen sich die Besitzer großer Plantagen gern vergnügen. Auch Kalinda hatte, angetan mit einem weißen Schürzchen, den Gästen vorlegen müssen. Ihr selbst wäre es völlig gleichgültig gewesen, aber sie wusste, wie sehr Mom unter der Situation litt. Wenn Pa da gewesen wäre, hätte er ein Donnerwetter auf die Herrin niederfahren lassen, so viel stand fest. Aber er hatte an dem Tag wichtige Geschäfte in Kingston gehabt und war daher schon drei Tage vor dem Fest verschwunden. Kalinda war davon überzeugt, dass er diese Verpflichtungen nur vorgeschützt hatte, um nicht mit seiner Frau den vermaledeiten Geburtstag feiern zu müssen.

Nun stand wieder ein Sonntag vor der Tür, an dem Kalindas Treffen mit Jack ausfallen musste, denn Pa wollte mit ihr nach Falmouth fahren. Die alte Nonne, die sie unterrichtet hatte, war gestorben und sollte kommenden Sonntag beerdigt werden. Kalinda hatte nicht sonderlich viel von der Alten gehalten, denn das ewige Lesen aus der Bibel und irgendwelchen verschrobenen Gedichtbänden zwecks Erlernens perfekter englischer Aussprache hatte sie bis zum Überdruss gelangweilt.

Deshalb hatte sie Jack einen Zettel zugesteckt, dass sie sich heute treffen mussten, sonst hätten sie wieder eine Woche warten müssen.

»Ich will mit Mom reden«, sagte sie unvermittelt.

»Worüber?«

»Über uns.«

»Warum willst du das machen?« Seine weiche, dunkle Stimme klang besorgt.

»Weil es nicht ewig so weitergehen kann. Sie denkt, ich gehe zu den Sklavenhütten, weil ich Cissy und Lotty sehen will.«

»Na, die siehst du ja auch. Sie sind deine besten Freundinnen seit deiner Kindheit.«

»Sicher. Außer den beiden hatte ich ja nie welche. Aber meist will ich nur dich sehen. Ich laufe durch die Gegend und schaue dir beim Arbeiten zu. Das ist verrückt, und auf Dauer kann ich das nicht machen. Alle wissen, was los ist, und wenn Mom sich öfter mit den anderen unterhalten würde, wüsste sie es auch.«

»Was bringt es, wenn du es ihr sagst?«

»Ich will, dass du mein Mann wirst.«

Er lachte. »Kallie, du bist verrückt.«

»Glaubst du?« Sie wurde wütend. »Wir lieben uns schon, seit wir Kinder sind. Wir sind alt genug zum Heiraten. Ich bin fast sechzehn, und du bist mindestens achtzehn. Ich will mit dir zusammen sein. An allen Tagen, nicht bloß an den Sonntagen. Und vor allem nicht mehr heimlich.«

»Kalinda, ich liebe dich wirklich über alles, das weißt du, denn ich hab's dir schon häufig gesagt. Aber die Idee mit dem Heiraten kannst du dir aus dem Kopf schlagen. Jedenfalls solange wir beide hier auf der Plantage leben und du auf deine Mom und deinen Pa angewiesen bist.«

»Was willst du damit sagen?«

Er wandte ihr den Kopf zu. Sein schönes dunkles Gesicht zeigte einen grüblerischen Ausdruck. »Ich will nicht für den Rest meines Lebens ein Sklave bleiben, Kallie.«

»Das wirst du auch nicht«, sagte sie entschlossen. »In der Zeitung stand, dass es in England starke Bemühungen gibt, nach dem Verbot des Sklavenhandels auch ein Verbot der Sklavenhaltung durchzusetzen. Es kann nicht mehr lange dauern.«

»Ich hab's auch gelesen, du hast mir die Zeitung mitgebracht, schon vergessen?« Er schüttelte düster den Kopf. »Sie werden sich hier auf Jamaika nicht freiwillig darauf einlassen, da bin ich mir ganz sicher.«

Sie erschrak, denn unvermittelt erkannte sie, was ihm durch den Kopf ging. »Du willst weglaufen!«

»Noch hab ich nichts entschieden.«

»Sie werden dich mit Bluthunden jagen und schnappen, und dann wirst du halb tot gepeitscht! Pa ist ein gerechter Herr, aber entflohene Sklaven bestraft er schrecklich hart. Ich hab's zweimal mitgekriegt. Damals war ich noch klein. Zwei Männer sind weggelaufen und wollten zu den Maroons, aber sie wurden schon am nächsten Tag erwischt. Pa hat zu dem damaligen Aufseher gesagt, er solle sie bestrafen, und dann hat er sich umgedreht und ist zum Herrenhaus gegangen, um es nicht selber mit ansehen zu müssen. Der Aufseher war ein Sadist, die beiden Sklaven sind fast gestorben. Mom hat später dafür gesorgt, dass der Kerl gehen musste, aber es war trotzdem furchtbar.«

»Hast du zugesehen?«

»Nein. Das hätte Mom nicht erlaubt und Pa erst recht nicht. Aber ich habe die Schreie gehört.« Sie schauderte in der Erinnerung. »Das will ich nie wieder erleben, schon gar nicht bei dir. Versprich mir, dass du nicht fortläufst!« Eifrig fuhr sie fort: »Mom hält nicht viel von Pas Plan, mir einen weißen Mann zu suchen. Vielleicht hilft sie mir, ihn zu überzeugen, dass du ein viel besserer Mann für mich bist. Wir könnten ein Häuschen zusammen bewohnen, und ich kann Pa bitten, dich freizulassen, dann bekommst du ein bisschen Geld für deine Arbeit.«

Sein Griff um ihre Schulter wurde hart. »Wer hat dir gesagt, dass er einen Mann für dich sucht?«

»Pa selber.« Mit schlechtem Gewissen senkte sie den Kopf, um Jacks bestürztes Gesicht nicht sehen zu müssen. »Ich hab's dir nicht erzählt, weil ich weiß, dass du es genauso schrecklich findest wie ich. Es reicht ja, wenn einer von uns beiden deswegen schlaflose Nächte hat.«

»Wenn er dich verheiraten will, müssen wir von hier weg«, sagte er. »Das ist sowieso das Beste.« Es klang, als werde er sich durch nichts und niemanden von dieser Überzeugung abbringen lassen. »In den Bergen leben Tausende von Maroons in sicheren Verstecken. Dorthin ist noch nie ein Suchtrupp vorgedrungen.«

Kalinda schüttelte fassungslos den Kopf. »Hast du nicht gehört, was ich eben gesagt habe? Was mit dir passiert, wenn wir fliehen? Wenn du mich mitnimmst, wird es dir höchstens noch schlimmer ergehen. Dann lässt Pa dich wahrscheinlich gleich am nächsten Baum aufknüpfen! Wir kämen nicht mal bis in die Nähe der Berge. Und selbst wenn wir es schaffen sollten – Pa würde es nicht zulassen, dass ich dortbleibe. Er würde nicht eher ruhen, bis er mich aufgespürt und heimgeholt hat. Er hat mich lieb und würde mich nie gehen lassen.«

»Wenn er dich wirklich so lieb hat – wieso lässt er dich in einer Hütte hinterm Feld wohnen?«, fragte Jack verbittert.

»Wegen Mom. Sie hätte ja sonst niemanden.« Niedergeschlagen ließ Kalinda ihren Kopf gegen Jacks Schulter sinken, doch er war so angespannt, dass sie sich zögernd wieder aufrecht hinsetzte. Die Mitteilung, dass ihr Vater für sie einen Bräutigam suchte, hatte ihn offenbar stark aufgewühlt.

»Ich spreche mit Mom«, sagte sie beschwörend. »Sie kann bestimmt was ausrichten.«

»Das glaubst du doch selbst nicht.« Er schwieg eine Weile, dann meinte er: »Es gibt Möglichkeiten, es in die Berge zu schaffen, ohne erwischt zu werden.«

»Was? Woher willst du das wissen?«

»Es kommen manchmal Maroons hier vorbei und erzählen davon. Sie organisieren die Flucht, wenn einer wegwill. Anscheinend gibt es auch Weiße, die ihnen dabei helfen, weil sie gegen die Sklaverei sind.«

Sie starrte ihn an und schluckte. Es war klar, worauf er hinauswollte. Sie sollte mit ihm in die Berge fliehen und Mom und Pa zurücklassen. Sie würde die beiden nie wiedersehen.

Ein lautes Knacken über ihnen ließ sie zusammenfahren, doch es war nur ein Vogel, unter dessen Krallen ein Zweig gebrochen war und der nun heftig flatternd davonstob. Inzwischen war es fast dunkel. »Ich muss heim«, sagte Kalinda beunruhigt. »Mom ist sicher gleich vom Herrenhaus zurück. Sie wird sich Sorgen machen, wenn ich bei Einbruch der Dunkelheit nicht da bin.«

»Denk drüber nach.« Mehr sagte Jack nicht. Er stand auf und zog sie hoch. Bevor sie sich auf den Weg machten, küssten sie sich noch einmal, doch diesmal überwog nicht die Leidenschaft, sondern eine schmerzhafte Sehnsucht, in die sich leise Angst mischte.

12

Elaine wachte auf und starrte in das nächtliche Zimmer. Sie fror, doch wie schon vor dem Einschlafen hinderte sie eine seltsame Lethargie daran, das Fenster zu schließen. Von irgendwoher war ein leises Weinen zu hören, begleitet von einem beschwörenden Singsang. Die Starre, die sie gefangen gehalten hatte, ließ nach. Wie in Trance stand sie auf und ging zum Fenster. Dabei fiel ihr Blick über das Geländer der Loggia. In etwa fünfzig Schritt Entfernung sah sie zwei Gestalten in der Dämmerung stehen. Die eine hielt etwas hoch, während die andere sich zuckend und mit hoch erhobenen Armen bewegte.

Der Wind fuhr ins Zimmer und wehte Elaine die Gardine ins Gesicht. Sie wich aus – und kam zu sich. Sie fühlte sich wie eine Schlafwandlerin vor einem gähnenden Abgrund. Hastig streifte sie die Gardine ab und schaute abermals hinaus. Dort unten war niemand. Die Gestalten waren Teil ihres Traums gewesen. So wie andere erschreckende Bilder, die jedoch schneller verblassten, als sie sie festhalten konnte. Mit einem Gefühl vagen Befremdens legte sie sich die Hand auf den Bauch. Hatte sie geträumt, schwanger zu sein? Leise schloss sie das Fenster.

Hinter ihr regte sich Becky, die sich schon wieder freigestrampelt hatte. Sie wimmerte leise und wälzte sich hin und her. »Mom«, flüsterte sie klagend. »Oh bitte, Mom, lass nicht zu, dass …« Ihre Stimme verklang.

Elaine trat zu ihr und deckte sie zu. Anschließend kroch sie zurück ins Bett und versuchte wieder einzuschlafen, aber bald darauf wurde es draußen hell. Sie hätte nicht nur das Fenster zumachen, sondern auch die Läden schließen sollen, doch diese Erkenntnis nützte Elaine nicht mehr viel – mittlerweile war sie wach. Trotzdem blieb sie noch eine Weile dösend liegen. An Schlaf war nicht mehr zu denken. Die Geräusche des anbrechenden Tages ließen nicht lange auf sich warten. Aus dem Erdgeschoss war Rumoren zu hören. Irgendwo wurde ein Staubsauger angeworfen, ein Radio angestellt, und trotz des geschlossenen Fensters drang Vogelgezwitscher ins Zimmer.

Irgendwann stand sie auf und ging duschen. Als sie zurück ins Zimmer kam, schlief Becky noch tief und fest. Elaine ließ sie in Ruhe, denn es war erst sieben, und schließlich hatte Becky Ferien. Sie sollte so lange im Bett bleiben, wie sie wollte.

Als sie nach unten kam, saß Curd im Frühstücksraum und las eine Tageszeitung. Sie setzte sich zu ihm und schenkte sich Kaffee aus der bereitstehenden Thermoskanne ein. Die alte Haushälterin erschien wie aus dem Nichts. Elaine zuckte zusammen, als sie so plötzlich auftauchte, ohne jede Vorankündigung und völlig geräuschlos. Die alte Frau trug keine Schuhe, vielleicht lag es daran. Das knittrige tiefschwarze Gesicht zeigte keine Regung. »Toast? Rührei? Schinken?«, schnarrte sie.

»Toast mit etwas Butter und Marmelade wäre nett«, sagte Elaine höflich.

Curd spähte über den Rand der Zeitung hinweg und deutete auf seinen leeren Teller. »Ich nehme noch eine Portion Rührei mit Schinken.«

Die alte Frau verschwand genauso leise, wie sie gekommen war.

Curd starrte ihr nach. »Die Alte ist *wirklich* unheimlich.

Vorhin, als sie den Kaffee brachte, hatte sie getrocknetes Blut an den Fingern.«

»Woher willst du das wissen?«

»Weil ich trockenes Blut erkenne, wenn ich es sehe. Außerdem hab ich sie gefragt. Sie hat es gar nicht abgestritten, sondern behauptete, sie hätte Fleisch für das Mittagessen geschnitten. Und als sie eben wiederkam, waren ihre Finger blitzblank geschrubbt.«

»Ja, und? Was soll daran jetzt unheimlich sein?« Elaine trank von ihrem Kaffee, konnte aber ein leises Unbehagen nicht unterdrücken.

»Tja, wer weiß, was das für Blut war. Vielleicht hat sie irgendwelche Voodoo-Opfer gebracht. Becky hat doch erzählt, dass die Alte solche Sachen praktiziert.«

»Du hast zu viel Fantasie.« Elaine trank von dem heißen Kaffee, der köstlich schmeckte. »Wo ist Jerry? Schläft er noch? Wir wollten doch um neun los. Er sollte langsam aufstehen.«

»Der ist noch nicht von seinem Trip nach Montego Bay zurück.«

»Das ist nicht dein Ernst.« Elaine sah ihn ungläubig an. »Du meinst, er ist da versackt?«

Curd zuckte die Schultern. »Bevor er gestern losfuhr, sagte er noch, es könnte spät werden.«

Jerry hatte am Vorabend das Dinner ausfallen lassen und sich den kleinen Zweitwagen der Swifts geborgt, einen Clio, mit dem Alicia sonst immer unterwegs war. Er war kurz vor acht aufgebrochen, mit der Ankündigung, sich in MoBay einmal die Jerktonnen näher anzuschauen. Was im Grunde nichts anderes bedeutete, als dass er in der Stadt einen draufmachen wollte. Er ging gerne aus und hasste es, abends in langweiliger Umgebung herumzusitzen. Vor allem in einer Umgebung, in der er sich mit Curds Gesellschaft begnügen musste.

Elaine holte ihr Handy aus der Handtasche.

»Kannst du dir schenken«, sagte Curd. »Ich hab's schon versucht. Teilnehmer vorübergehend nicht erreichbar. Er muss wirklich versackt sein.«

Elaine schrieb trotzdem eine SMS. »Vielleicht können wir ihn in der Stadt treffen, wenn er rechtzeitig aufwacht.«

»Wenn nicht, ist es auch nicht schlimm«, meinte Curd mit einem salbungsvollen Unterton. »Wir können auch ohne ihn drehen. Den Ton krieg ich noch allein hin. Notfalls kann auch Jason das Mikro halten. Er hat ja schon gesagt, dass er uns in jeder Weise behilflich ist.«

Das traf zu, weshalb Elaine sich wegen der anstehenden Dreharbeiten auch keine großen Sorgen machte. Trotzdem war es ärgerlich, dass Jerry sich einfach abgeseilt hatte. Sie waren schließlich nicht zum Spaß auf Jamaika, sondern hatten einen Job zu erledigen. Doch kaum war ihr dieser Gedanke in den Sinn gekommen, als sie auch schon merkte, wie ihr das Blut ins Gesicht schoss. Das, was Russell und sie gestern Nacht in seinem Zimmer getan hatten, stand nicht mal ansatzweise mit ihrem Job hier auf Jamaika in Verbindung.

Antoinette kam mit einem dampfenden Teller voller Rührei mit Schinken für Curd und einem kleineren Teller mit Toast, Marmelade und Butter für Elaine. In ihrem Schlepptau erschien Hazel und brachte frischen Orangensaft. Elaine aß den Toast und merkte dabei, wie ausgehungert sie war. Als Antoinette nach einer Weile wieder auftauchte und fragte, ob sie noch einen Nachschlag wollte, tat sie es Curd gleich und bestellte eine Portion Rührei, die sie mit demselben Heißhunger verzehrte wie zuvor den Toast. Beim Essen ließ sie ihren Blick ziellos hin und her schweifen – und erstarrte plötzlich. In der weit offenen Fenstertür zur Terrasse stand Russell. Unter seinem intensiven Blick wurde ihr heiß. Sie ließ die Gabel sinken und schaute ihn gebannt an.

Curd schien es auf unerfindliche Weise mitzukriegen. »Was ist? Oh, da ist Russell. Hi, Russell! Morgen!«

Russell kam näher. »Guten Morgen.«

Seine Augen streichelten Elaine. Sie fühlte sich wie die schmelzende Butter auf ihrem Toast.

»Hi«, sagte sie rau.

»Alles okay? Hast du gut geschlafen?«

»Sehr gut«, sagte Curd, obwohl Russell nicht ihn gefragt hatte, sondern Elaine.

»Ich auch«, fügte Elaine überflüssigerweise hinzu.

»Das freut mich. Wie ist das Frühstück?«

»Perfekt«, sagte Elaine, bevor Curd irgendeine nörglerische Antwort loswerden konnte.

»Wann wollt ihr fahren?«

»So gegen neun. Und es geht wirklich klar, dass Jason sich freinehmen und mitkommen kann?«

»Klar. Er ist meine rechte Hand und für alles zuständig, was ich nicht selber hinkriege. Wir haben heute eine Besuchergruppe, aber die kommt erst um vier, und notfalls kann ich die Führung auch selbst übernehmen.« Russell sah auf die Uhr, dann tauchte sein Blick tief in Elaines Augen. »Wenn du mit dem Frühstück fertig bist, kannst du dir in der Bibliothek die Unterlagen ansehen.«

»Welche Unterlagen?«, fragte Elaine mit schwacher Stimme.

»Die alten Papiere. Lauter fleckiges, zerknittertes Zeug aus zwei Jahrhunderten Plantagenwirtschaft. Natürlich nur, wenn du willst.«

»Natürlich will ich.« Elaine fing sich rasch. »Meinetwegen sofort.« Sie deutete auf ihren Frühstücksteller, der bis auf einen winzigen Rest Rührei und ein Eckchen Toastbrot leer gegessen war. »Ich bin sowieso fertig.«

»Gut. Dann suche ich alles raus. Die Bibliothek ist gleich

links neben der Eingangstür. Ich warte dann dort auf dich.« Mit einem kurzen, aber bedeutungsvollen Blick wandte er sich ab und verließ den Raum.

»Mann, Mann, Mann«, sagte Curd. »Der Typ ist so scharf auf dich, dass es ihm schon aus den Ohren rausqualmt.«

Elaine verkniff sich eine Erwiderung, obwohl sie vor Ärger fast platzte. Sie tat einfach so, als hätte sie nichts gehört. Geschäftig tippte sie auf dem Handy herum und checkte ihre Mails. Der Empfang war nicht immer gleich gut hier draußen, aber heute Morgen klappte es störungsfrei. Lincoln hatte geschrieben und wollte wissen, ob alles in Ordnung sei. Sie antwortete ihm in aller Kürze. *Alles bestens, Location sehr schön, sind heute in Montego Bay.* Sonst schrieb sie längere Mails, aber das Tippen auf dem Handy war mühselig. Sie würde ihm am Abend einen Bericht vom Laptop aus schicken. Jetzt wollte sie erst mal die alten Papiere sichten, die Russell ihr rausgesucht hatte.

Mit wachsender Nervosität trank sie ihren Kaffee aus und stand auf.

»Um neun vor dem Haus«, sagte sie, ehe sie in Richtung Bibliothek davonmarschierte. Curd gab keine Antwort, sondern steckte weiter seine Nase in die Zeitung.

In der Eingangshalle kam ihr Jason Halliwell entgegen. Er war verschwitzt, seine Sachen schmutzig. Er hielt ein überdimensionales Sandwich in der Hand, von dem er gerade abbeißen wollte.

»Hi«, sagte er lächelnd. »Gut geschlafen?«

»Sehr gut, danke.«

»Bleibt es dabei, dass wir um neun losfahren?«

»Ja, ich hab's schon mit Curd besprochen. Jerry ist noch nicht wieder da, aber es geht auch ohne ihn.«

»Falls Bedarf besteht, kann ich aushelfen.«

»Curd meinte schon so was. Es wird sicherlich irgendwie klappen. Curd und ich haben auch schon ohne Tontechniker gedreht.«

»*I-rie.* Ich meine: okay. Übrigens – sorry für meinen Aufzug.« Jason blickte an sich herunter und wischte über sein fleckiges Hemd. »Ich war schon im Feld und hab da ein paar Dinge für die Führung heute Nachmittag vorbereitet.«

»Mich stört es nicht.« Sie erwiderte sein Lächeln. »Sieht doch nur nach ehrlicher Arbeit aus.«

»Eher nach einer dringend nötigen Dusche«, versetzte er grinsend, schon auf dem Weg zum Hinterausgang. Er wohnte in einem kleinen Bungalow auf halbem Weg zu den Feldern, dort, wo sich früher die Hütte des Sklavenaufsehers befunden hatte. Zu den Mahlzeiten kam er jedoch immer ins Haupthaus, wie er Elaine während der gestrigen Besichtigung erzählt hatte.

Die Bibliothek war ein mit weiß gestrichenem Holz getäfelter Raum voller Bücherregale. Russell erhob sich hinter einem großen Schreibtisch, als Elaine nach kurzem Klopfen die angelehnte Tür aufstieß und den Raum betrat. Vor ihm lag ein aufgeklappter Aktenordner mit abgehefteten Unterlagen, die in Klarsichthüllen steckten. Elaine konnte nur einen flüchtigen Blick darauf werfen, denn Russel kam auf sie zugeeilt, kaum dass sie die Tür hinter sich ins Schloss gezogen hatte. Er nahm sie in die Arme und küsste sie, als hätte er die ganze Zeit darauf gewartet. Und sie erwiderte den Kuss mit einem Hunger, der sie selbst erschreckte.

Schwer atmend lösten sie sich voneinander. Am liebsten hätten sie an Ort und Stelle da weitergemacht, wo sie in der vergangenen Nacht aufgehört hatten.

»Du machst mich verrückt«, sagte Russell leise in ihr Haar. Er hielt sie immer noch locker umfasst, bewahrte aber ein Minimum an Distanz, sodass sie wieder durchatmen konnte.

»Ich kann nicht aufhören, an dich zu denken. Und ich kann die Finger nicht von dir lassen.«

Sie gab keine Antwort. Was hätte sie auch sagen sollen? Dass es ihr ebenso ging wie ihm, war sowieso von erschreckender Offensichtlichkeit. Seufzend lehnte sie die Stirn gegen seine.

»Ist vielleicht ganz gut, wenn ich nachher erst mal weg bin«, meinte sie mit belegter Stimme. »Dann kommen wir beide auf andere Gedanken.«

»Da ist was dran«, stimmte er zu, aber es klang nicht so, als würde er daran glauben. Plötzlich lachte er kurz auf. »Zum Teufel, warum machen wir uns eigentlich so viele Gedanken deswegen? Wir sind alt genug und beide Singles. Wieso sollen wir nicht einfach eine schöne Zeit zusammen haben?«

Weil solche unverbindlichen Bettgeschichten nicht meine Sache sind, dachte Elaine. Aber ihre Antwort lautete genau wie seine vorhin, weil ihr keine passendere einfiel. »Da ist was dran.«

»Dann bist du einverstanden?«

»Mit dir ins Bett zu gehen?«, fragte sie direkt.

»Ja«, gab er ebenso direkt zurück. »So oft wie möglich und solange du hier bist.«

Sie merkte, wie sie errötete, obwohl nach der wilden letzten Nacht kaum noch Grund bestand, in Russells Gegenwart verlegen zu werden.

»Ich würde sagen, wir reden darüber, wenn es so weit ist«, meinte sie betont munter. »Irgendwann muss ich ja auch arbeiten.«

»Eigentlich bin ich dein Arbeitgeber.« Er küsste sie auf den Haaransatz. »Ich könnte dir freigeben.«

Sie lachte. »Noch habe ich einen festen Job bei *Subview*. Du hast nur die Dreharbeiten bei der Produktionsfirma geordert, und ich werde dafür bezahlt, sie abzuliefern. Und zwar innerhalb der geplanten Zeit.« Sie befreite sich aus seinen Armen und ging zu dem Schreibtisch hinüber, weil sie in seiner unmittelbaren Nähe nicht richtig denken konnte. »Sind das die alten Unterlagen von Swift Great House?«

Russell nickte. »Du kannst dich gern einlesen, wenn du willst. Ich lasse dich für eine Weile allein.«

»Gute Idee.«

Er grinste. »Nicht, weil ich nicht stören will. Sondern weil ich eine Lieferung Kies für den Weg hinterm Haus erwarte. Wir reden dann später weiter, wenn du aus Montego Bay zurück bist.« Er machte eine bezeichnende Pause. »Über alles.«

Erneut stieg ihr die Hitze in die Wangen. Sie nickte bloß und fing an, in dem Ordner zu blättern. Erst als er das Zimmer verlassen hatte, konnte sie wieder richtig durchatmen.

Sie setzte sich auf den Drehstuhl, der noch warm von Russell war. Es dauerte eine Weile, bis sie sich auf den Ordner konzentrieren konnte. Die Unterlagen waren in umgekehrter chronologischer Reihenfolge sortiert, zuerst die neueren – es fing mit Kaufverträgen über einen Lastwagen und eine Regenrinne in den 1940er-Jahren an –, dann die älteren. Elaine blätterte sukzessive zurück. Die Auszeichnung eines Frederic Swift für seine zwanzigjährige Mitgliedschaft im Parlament. Weitere Kaufverträge, einer über ein Grammophon, ein zweiter über einen persischen Teppich – das war sicher das antike Stück, das im Dinnerraum lag –, ein dritter über drei Kronleuchter, allesamt um die vorletzte Jahrhundertwende. Aus dem Jahr 1890 fand sich eine Urkunde über einen Landkauf in Falmouth, und acht Jahre davor hatte eine Emily Swift ein Brillantcollier bei einem New Yorker Juwelier gekauft. Je weiter Elaine im neunzehnten Jahrhundert zurückblätterte, desto spärlicher wurden die Fundstücke.

Um das Ganze abzukürzen, klappte sie alle noch folgenden Dokumente um bis zum letzten, einer altertümlichen, mit verschnörkelter Schrift abgefassten Heiratsurkunde aus dem Jahr 1812, ausgestellt auf Gerald und Judith Swift. Gerald musste der Ahnherr sein, unter dem Swift Great House erbaut worden war, und diese Judith war demnach seine Frau. Interessiert blätterte Elaine nun wieder vor. Es folgte ein nichtssagendes Schriftstück, in dem es um die Einräumung eines Wegerechts ging.

Beim nächsten Dokument hielt Elaine wie elektrisiert inne. Es war ein Brief aus dem Jahr 1865, und er richtete sich an eine gewisse Carol Wilmington in Miami, USA. Als Absenderin in der oberen rechten Ecke war eine Louisa Wilmington eingetragen!

Elaine strich mit angehaltenem Atem die Klarsichthülle glatt und las den Brief.

Meine liebste Carol!
Ich habe lange nichts von mir hören lassen und hoffe, es geht dir gut. Von mir kann man das leider nicht sagen. Zum Glück muss ich den Brief nicht selbst schreiben und kann das wie immer durch meinen guten Rudd erledigen lassen, denn selbst wenn ich mich besser aufs Schreiben verstünde, so würde die Gicht in meinen Fingern mich wohl daran hindern, die Feder zu halten. So trifft es sich gut, dass der liebe Rudd es für mich übernimmt, wie so vieles in den letzten Jahren.
Es freut mich immer sehr, von dir zu erfahren, dass du es in Amerika so gut getroffen hast und mit deiner Hausherrin so hervorragend zurechtkommst. Die Amerikaner sind ja in manchen Dingen seltsam, jedenfalls die wenigen, die sich hier auf Jamaika herumtreiben, aber zumindest den Yankees sagt man nach, dass ihr Freiheitssinn vorbildlich ist. Dennoch solltest du immer darauf achten, dass man dir Respekt entgegenbringt. Liebste Carol, ich war einst

eine Sklavin, aber du, meine Tochter, bist frei geboren. Du bist niemandem unterworfen.
Der gute Rudd setzt ein kämpferisches Gesicht auf, während ich ihm diktiere, und wenn er mir später alles vorliest, hat er sicher wieder die Hälfte der Wörter hinzugedichtet. Aber es stimmt alles, denn er sagt immer das, was ich in Wahrheit meine. Das war von Beginn an seine Stärke, schon damals, als ich kurz vor dem großen Aufstand mit ihm in die Blauen Berge floh.
Ich fürchte, heute kann ich nicht so viel diktieren wie sonst. Ich fühle mich müde und ein wenig schwach. Draußen tobt ein wilder Sturm, es ist der schlimmste seit vielen Jahren. Rudd und ich sind froh, dass wir nach Falmouth gezogen sind, denn hier gibt es Häuser aus Stein, die den Stürmen besser standhalten. Die Berge fehlen mir, und auch die alte Hütte und unseren kleinen Acker vermisse ich manchmal, aber im Alter wird das Leben beschwerlich. Deshalb bin ich froh, dass wir die harte Arbeit hinter uns lassen durften. Rudd hilft manchmal dem Krämer im Laden aus, denn der ist noch älter als wir, aber die meiste Zeit ist er zu Hause. Genau wie ich. In diesen Tagen muss ich sehr oft an dich denken, mein liebes Mädchen, denn viel mehr bleibt mir nicht in diesem Leben. Bald gehe ich heim und schließe deine Schwester Kalinda in die Arme – deine wunderschöne, rebellische Schwester, die du nie gekannt hast und der du doch so ähnlich bist.
Mein liebes Kind, es ist mein sehnlichster Wunsch, dich noch einmal wiederzusehen, bevor ich diese letzte Reise antrete, doch ob es sich so fügt, muss das Schicksal allein entscheiden.
Der Sturm draußen wird immer schlimmer. Rudd wird langsam unruhig, er will noch Bretter vor die Fenster

nageln. Für heute will ich daher schließen. Es umarmt dich in inniger und niemals endender Liebe
Deine Mutter

Aufgewühlt starrte Elaine auf das fleckige, vergilbte Papier und die kantigen, schmucklosen Schriftzüge jenes Rudd, der für Louisa die Feder geführt hatte. Warum war der Brief nie abgesandt worden? Sie prüfte das Datum und schloss die Augen, um sich den anderen Brief in Erinnerung zu rufen. Den, der bei ihren Familienpapieren in Miami lag und in dem Carol mitgeteilt worden war, dass ihre Mutter Louisa Wilmington gestorben war. Elaine versuchte, sich an den Sterbetag zu erinnern. Sie hatte ein gutes Zahlengedächtnis. Ein Zweifel war so gut wie ausgeschlossen. Es war dasselbe Datum. Louisa hatte diesen Brief an ihrem Todestag verfasst. Irgendwie musste er anschließend nach Swift Great House gelangt und dort aufbewahrt worden sein. Jemand hatte Carol all ihre Briefe zurückgesandt, aber diese letzte, nie abgeschickte Botschaft von Louisa wie ein Erinnerungsstück aufgehoben.

Ratlos blätterte Elaine weiter – und hielt erneut inne. Vor ihr lagen die Rechnungen für eine Bestattung in einem Doppelgrab sowie für eine Todesanzeige im *Jamaica Chronicle*, jeweils gerichtet an eine Missus Judith Swift. Also hatte Geralds Frau die Beisetzung bezahlt. Hinter der Rechnung steckte ein Zeitungsausschnitt, bei dem die Schrift stark verblichen war und der sich an den Rändern bereits auflöste. Bis auf eine in altertümlichen Lettern gesetzte Zeile war nichts mehr davon zu entziffern. Es war die Todesanzeige.

Louisa und Rudd Wilmington † zu Falmouth A. D. 1865

Die beiden waren am selben Tag gestorben. Höchstwahrscheinlich waren sie bei besagtem Sturm ums Leben gekommen. In der Vergangenheit hatten die gefürchteten karibischen Tropenstürme oft viele Todesopfer gefordert. Jedenfalls waren Louisa und Rudd Wilmington gemeinsam beigesetzt worden, und aus irgendwelchen Gründen hatte Judith Swift die Rechnung dafür bezahlt. Ob sie mit Louisa Wilmington befreundet gewesen war? Doch das verwarf Elaine gleich wieder. Eine aristokratische Pflanzersgattin, die nach den Angaben in der Heiratsurkunde zum Zeitpunkt von Louisas Tod schon ziemlich betagt gewesen sein musste, hätte sich bestimmt nie mit einer Sklavin angefreundet. Möglicherweise hatte sie sich Louisa jedoch verpflichtet gefühlt, etwa aufgrund langjähriger Dienste. Oder aus anderen Gründen. Nach all den Jahren war es müßig, sich darüber den Kopf zu zerbrechen.

Eine Sache war jedenfalls nach Sichtung dieser Dokumente klar: Elaines Vorfahrin und Russells Vorfahrin hatten sich gekannt. Zwischen den beiden hatte eine Verbindung bestanden …

Elaines Handy piepte – die Erinnerungsfunktion. Kurz vor neun. Zeit für den Außendreh in Montego Bay. Immer noch ein wenig durcheinander von der seltsamen Entdeckung, die sie gerade gemacht hatte, ging sie vors Haus, wo Curd und Jason schon auf sie warteten. Curd hatte sein Equipment bereits in den Chrysler gepackt und unterhielt sich mit Jason über Tontechnik.

»Ich hab Jerrys Kram vorsorglich mit eingeladen«, empfing Curd sie. »Für den Fall, dass wir ihn in der Stadt treffen.«

»Und wenn nicht, bleibt es bei meinem Angebot«, erklärte Jason. Er hielt Elaine die Tür auf der Beifahrerseite auf. »Ich springe gern für ihn ein.«

»Hat er sich denn immer noch nicht gemeldet?«, fragte Elaine, während sie einstieg.

»Bei mir nicht«, antwortete Curd. »Liegt wahrscheinlich

noch in irgendeinem Bett und hat den höllischsten Hangover aller Zeiten.«

Sie fuhren über die gewundene, von bunten Häusern und üppig wuchernden Farnen gesäumte Verbindungsstraße auf den Freeway in Richtung Montego Bay. Der Himmel war sattblau, bis auf ein paar weiße Wolkenfetzen, die träge über dem Meer trieben.

Die Stadt war laut und erfüllt von Menschengewimmel. Jason bahnte sich hupend einen Weg durch das quirlige, von Autos verstopfte Straßengewirr nach Downtown, wo er in der Nähe des Sam Sharpe Place einen Parkplatz ergatterte. Die Bürgersteige und der Platz quollen über von Straßenhändlern, die von Sonnenbrillen über Armbanduhren bis hin zu Handtaschen und T-Shirts allen möglichen Kram an die Touristen verkauften. Jason lotste Elaine und Curd durch das Gedränge zu einer Ecke des Platzes, wo sich eine der wichtigen Sehenswürdigkeiten der Insel befand. Elaine hatte darüber einiges gelesen und war daher bestens vorbereitet. Vor dem niedrigen, hässlichen Backsteingebäude stellte sie sich in Positur und ließ sich von Curd das Handmikrofon geben. Jason verscheuchte ein paar Touristen, die fröhlich winkend ins Bild marschieren wollten, während Curd die Einstellungen seiner Kamera checkte.

»Kamera läuft«, sagte er schließlich. »Ton auch.«

»Mach mal eine Einzelaufnahme von dem Bronzedenkmal, dann eine Totale vom Platz und von da einen Schwenk auf mich.« Sie wartete, bis Curd die Kamera vom Platz auf sie gerichtet hatte, und legte mit strahlendem Lächeln los.

»Wir befinden uns hier am Rande des berühmtesten Platzes von Jamaika – des Sam Sharpe Place. Sam Sharpe war ein Freiheitskämpfer, der zu Beginn des neunzehnten Jahrhunderts lebte und im Jahr achtzehnhunderteinunddreißig den sogenannten Weihnachtsaufstand anführte. Dieser Kampf gegen die Sklaverei nahm für Sam Sharpe, der heute auf Jamaika als Nationalheld verehrt wird, leider ein böses Ende. Er wurde ergriffen und mit einigen seiner Anhänger auf diesem Platz hier gehenkt.«

Beim Schnitt würde sie an dieser Stelle das Bronzedenkmal einfügen, das die Jamaikaner zu Ehren Sam Sharpes errichtet hatten.

»Das Gebäude hinter mir heißt *The Cage.* Es ist das berühmt-berüchtigte Gefängnis, in dem man einst die geflohenen Sklaven einsperrte. Viele von ihnen verloren in der glühenden Hitze ihr Leben.«

Sie dozierte noch ein bisschen über den Aufstand und das Ende der Sklaverei, ehe sie den Standort wechselten und in der Union Street eine Aufnahme vom Slave Ring machten, einem verfallenen alten Amphitheater, das früher als Sklavenmarkt gedient hatte. Curd machte auch noch einige Aufnahmen von den malerischen, zweihundert Jahre alten Kolonialhäusern in der St. James Street, die in ihrem karibischen Charme an Miami erinnerten, aber zum Teil traurige Anzeichen des Verfalls aufwiesen. Anschließend fuhren sie den Hügel hinauf, wo sich von der Terrasse eines Restaurants eine schöne Aussicht auf Downtown und auf Freeport bot. Curd filmte den Jachthafen mit den großen Kreuzfahrtschiffen, während Elaine einige Kommentare ins Mikro sprach. Zusätzlich machte er ein paar längere Schwenks und zoomte einzelne Ausschnitte als Nahaufnahme heran, ohne dass sie im Bild war. Auf diese Weise konnte sie später einzelne Takes nachmoderieren.

Jason hielt sich im Hintergrund und sah ihnen bei der Arbeit zu. Ab und zu holte er sein Handy raus und tippte darauf herum. Elaine hatte den Eindruck, dass er unter Anspannung stand, und glaubte den Grund zu kennen, denn Russell hatte ihr erzählt, dass Alicia was mit Jason hatte.

»Meine Schwester und er haben schon seit Ewigkeiten so eine On-Off-Sache laufen. Man weiß nie, wer von beiden gerade das Feuerzeug und wer das Benzin ist. Es war lange ruhig, aber ich glaube, im Moment brennt es wieder.«

Dass Alicia zu viel trank, war Elaine schon aufgefallen, aber von Russell wusste sie inzwischen, dass sie auch schmerzmittelabhängig war.

»Zwei Entzüge in den letzten fünf Jahren«, hatte er bedrückt gemeint. »Und wie es aussieht, braucht sie bald wieder einen.«

Bevor sie den Richmond Hill wieder verließen, machte Curd vom Parkplatz aus noch einige Aufnahmen von der armen Seite der Stadt. Dort, auf dem gegenüberliegenden Hügel, befanden sich die Slums von Montego Bay, lauter Bretterbuden, die sich verschachtelt den Hang hinaufzogen.

Anschließend fuhr Jason mit ihnen zum Miranda Hill. Vom Queens Drive aus waren die Ruinen eines alten Forts zu sehen, das noch mit einigen historischen Kanonen bestückt war. Curd filmte sie pflichtschuldigst, während Elaine ein paar kenntnisreiche Anmerkungen auf Band sprach.

Danach war es Zeit fürs Mittagessen. Jason schlug vor, zur Plantage zurückzufahren.

»Toinette hat schon in aller Frühe mit dem Kochen angefangen. Es gibt ihr legendäres Jambalaya. Das Rezept hat sie von ihrer Cajun-Großmutter in New Orleans. Tausendmal besser als alles, was es in MoBay gibt.«

Elaine und Curd hatten keine Einwände, im Gegenteil. Auf der Rückfahrt checkte Elaine ihr Handy. Eine Mail von Bernice, dass zu Hause alles in Ordnung war. Eine weitere Mail von Lincoln, der auf der anstehenden Aktionärsversammlung zum Rapport antreten sollte und das Schlimmste für seine arme kleine Redaktion befürchtete. Und eine SMS von Russell. *Ich denk an dich.*

Ihr Gesicht wurde heiß. Sie wollte zurückschreiben, verkniff es sich dann aber, weil sie sich nicht wie ein alberner Teenager aufführen wollte. Außerdem waren sie schon fast angekommen. Zudem konnte ein bisschen Zurückhaltung nicht schaden, sonst hielt er sie am Ende doch noch für eine Schlampe. Letzte Nacht hatte sie sich viel zu sehr gehen lassen. Sie wurde rot, wenn sie nur daran dachte. So hemmungslos hatte sie sich in ihrem ganzen Leben noch nicht benommen. Sie konnte kaum glauben, dass sie all diese Dinge gesagt oder getan hatte, an die sie sich nur zu gut erinnerte.

Sie blätterte ihre Handy-Nachrichten durch, um nachzuschauen, ob sie womöglich eine SMS von Jerry übersehen hatte, doch da war nichts. Sie rief ihn an, aber wieder hörte sie nur die Automatenstimme, die ihr mitteilte, dass der Teilnehmer vorübergehend nicht erreichbar sei. Allmählich wurde sie wirklich sauer auf ihn. Sie schrieb ihm eine ärgerliche SMS und hoffte, dass er sich endlich mal rührte. Schließlich waren sie nicht hier, um Urlaub zu machen.

Bald darauf bog der Chrysler in die Zufahrt zu Swift Great House ein, und wieder weckte der Anblick des alten Herrenhauses mit den Säulen vor der schattigen Loggia und dem moosüberwucherten Dach eine eigenartige Beklommenheit in Elaine. Sie musste an den Brief denken, den sie in Russells Bibliothek gelesen hatte. An den Sturm, den Louisa beschrieben hatte. Er hatte sich an anderer Stelle und zu einer lange zurückliegenden Zeit ereignet, doch für einen Moment kam es Elaine so vor, als würde ein Echo davon aus der Vergangenheit in die Gegenwart hineinklingen. Nicht als profanes Geräusch wie das Heulen des Windes oder das Knarren von protestierendem Gebälk, sondern eher wie ein scharfer Stich von Besorgnis beim Anblick eines bleiernen Himmels, hinter dessen Wolken sich ein schweres Unwetter zusammenballte.

Kein Sturm in den letzten zweihundert Jahren hatte Swift Great House etwas anhaben können, weshalb es auch *Das Sturmhaus* genannt wurde, und doch war das Haus selbst wie aufgeladen von atmosphärischen Strömungen, die tief ins Innere eines Menschen griffen, bis die Nerven flatterten wie die Wetterfahne an einem hohen Mast.

Äußerlich war es über die Jahrhunderte hinweg unbeschädigt erhalten geblieben, aber es war erfüllt von einem machtvollen Sog aus lastenden Gedanken und Gefühlen, die an ihm zerrten, als wollten sie es zerreißen.

Während sie auf das Haus zufuhren, schien tief in ihr etwas zu wispern und sie zu warnen. Vor einer Gefahr, die jedoch so diffus und namenlos war, dass es keiner besonderen Mühe bedurfte, um die seltsame Anwandlung zu verdrängen. Als sie vor dem Haus aus dem Wagen stieg, dachte sie nur noch daran, dass sie gleich Russell wiedersehen würde.

13

Becky saß hinter David auf dem Jetboot und ließ sich den Wind um die Nase wehen. Ihre Haare flatterten ihr wild ums Gesicht, und alle Versuche, sie mit einer Hand zu bändigen, schlugen fehl. Doch das machte nichts, denn ihre Begeisterung kannte keine Grenzen. Das Boot hüpfte nur so über die Wellen. Der Motor dröhnte, und die aufwirbelnde Gischt hatte sie bereits von oben bis unten durchnässt. Sie trugen beide Bermudas, Sandalen und kurzärmelige T-Shirts, das bisschen Wasser war also nicht schlimm. Die Handys hatten sie wohlweislich oben im Haus gelassen, alles andere durfte ruhig nass werden.

Becky juchzte, als David das Jetboot scharf gegen die nächste Welle lenkte. Sie schossen einen halben Meter hoch und segelten elegant über den Kamm der Woge hinweg. Es war ein bisschen wie Surfen, nur ohne eigene Anstrengung. Becky hatte beide Arme fest um David geschlungen, damit es sie nicht aus dem Sitz hob.

David blickte über die Schulter und strahlte sie an. »Gut?«

»Super!«, schrie sie übermütig zurück. Wenn das kein verdammt guter Urlaub war! Sie war froh, dass sie mitgekommen war. Zuerst hatte sie keine besondere Lust dazu gehabt und eigentlich bloß deswegen zugestimmt, weil sie bei dem Gedanken, dass Mom allein reisen sollte, ein seltsames Gefühl gehabt hatte. Aber jetzt hatte sich alles wirklich gut angelassen. Gleich nach dem Frühstück waren sie und David segeln gewesen, mit der *Esmeralda*, einem altmodischen kleinen Holzboot. Es hatte einen Riesenspaß gemacht. Und jetzt das Jetboot. Es war einfach der Hammer!

Das Beste an alldem war jedoch David. Er war … einfach David. Seine unglaublichen Augen, seine Art zu reden – bedächtig und manchmal sogar zögernd, als sei es ihm wichtig, immer die richtigen Worte zu finden. Und dann dieser aufregende Akzent. Becky wusste noch nicht richtig, worauf es hinauslaufen würde. Aber es ließ sich nicht leugnen, dass sie Herzklopfen bekam, wenn er auftauchte. Und wenn sie so dicht bei ihm war wie gerade eben, tanzten Schmetterlinge in ihrem Bauch. Das hatte sie in dieser Deutlichkeit noch nie gespürt, nicht mal bei Robin, der ein wirklich heißer Typ war und toll küssen konnte. Mom hatte was gegen Robin, schon weil er sich anzog wie jemand aus einer Gang und ein paar Tattoos zu viel hatte. Genau das war vermutlich auch der Grund, warum Becky ihn öfter mit heimgebracht hatte, als sie es sonst getan hätte – einfach bloß, um Mom zu ärgern.

Was Mom wohl zu David sagen würde? Bis jetzt hatte sie wahrscheinlich gar nicht richtig mitgekriegt, dass Becky ständig mit ihm loszog. Dafür war sie selbst viel zu beschäftigt. Momentan war sie zu Dreharbeiten unterwegs. Doch sobald sie zurück war, würde es für sie wieder nur eins geben: Russell. Mom fuhr total auf den Typen ab, das stand fest. Sie war völlig durch den Wind, seit sie ihn kennengelernt hatte. Ein bisschen konnte Becky es ja verstehen. Er kam ihr vor wie eine ältere und etwas dunklere und größere Ausgabe von David. Und er war irgendwie … gefährlich.

Becky fragte sich, wieso ihr das gerade durch den Kopf gegangen war, denn Russell hatte ja niemandem was getan und machte auch sonst einen ziemlich freundlichen Eindruck. Trotzdem schien das Wort *Gefahr* irgendwie auf ihn zu passen.

Die nächste Welle, die auf sie zugeschossen kam, war größer als die vorhergehenden. David zog den Lenker herum, doch es war zu spät. Die Welle hob das Jetboot an und brachte es zum Umkippen. Becky und David segelten in hohem Bogen ins Wasser. Der Motor hatte sich schon abgeschaltet – sobald man den Handgriff losließ, ging er automatisch aus.

Davids Kopf tauchte aus den Wellen auf. Ein erschrockener Ausdruck stand in seinem Gesicht, doch dann sah er Becky neben sich Wasser treten.

»Alles gut?«, japste er.

»Alles gut.« Sie lachte ihn an. »Das war gerade ein cooler Stunt.«

»Nein, ich hab's verbockt. Hoffentlich hat's niemand gesehen. Vor allem nicht Dad. Der ruft dann den Bootsverleih an und sorgt dafür, dass man mir da die nächsten hundert Jahre nur noch Tretboote gibt.« Er machte sich daran, das Boot aufzurichten, und Becky half ihm. Bald darauf saßen sie wieder oben und brausten übers Wasser. Erst als die Tankanzeige im roten Bereich war, steuerte David das Ufer an. Sie gaben das Jetboot beim Bootsverleih ab und gingen anschließend zu Fuß am Strand entlang zurück. Becky knurrte der Magen, obwohl sie reichlich gefrühstückt hatte. David hatte ihr schon von dem Jambalaya vorgeschwärmt, das es heute geben sollte. Anscheinend war das eine Art Leibgericht der Familie Swift, das diese alte Haushälterin Antoinette eingeführt hatte. Becky fand sie ein bisschen unheimlich und hatte in ihrer Gegenwart das Gefühl, beobachtet zu werden, obwohl das ebenso blödsinnig war wie die Annahme, Russell Swift sei gefährlich.

Auf dem Weg zum Haus begegneten sie Davids Tante Alicia, die ihnen mit glasigen Augen entgegenkam. Ihr schönes, ebenmäßiges Gesicht war eigenartig starr.

»Hi, Tante Alicia«, sagte David. Es klang nicht sonderlich

beunruhigt. Anscheinend fand er es normal, dass seine Tante dermaßen neben sich stand. Becky fand die Frau fast so unheimlich wie die Haushälterin. Allein schon die Ähnlichkeit mit Davids Dad war verstörend. Sie sah aus wie eine weibliche Dublette von Russell, aber eine von der seltsamen Sorte. Klar, sie war seine Zwillingsschwester, aber wenn man die beiden nebeneinander sah, war es beinahe, als würde man zwei Seiten einer Münze betrachten. Eine ganz normale und eine, die in Säure gelegen hatte und deshalb stumpf geworden war.

»Es gibt bald Essen«, sagte Alicia. Es hörte sich an wie unter Hypnose. »Jambalaya. Toinette hat gekocht.«

»Ich weiß«, sagte David. »Wir haben schon Hunger.«

Alicia ging weiter, ohne noch ein Wort zu sagen. David blickte ihr nach und seufzte.

»Was ist los mit ihr?«, wollte Becky wissen.

»Sie hat schon wieder was eingeworfen.«

»Was denn?«

»Tabletten. Sie hatte mal einen schlimmen Unfall und ist seitdem abhängig von dem Zeug. Eine Weile ging es gut, aber vor ein paar Tagen fing es wieder an. Dad ist schon wahnsinnig in Sorge.«

»Oh Mann«, sagte Becky betroffen. Von Tablettensucht hatte sie schon viel Übles gehört. Damit war nicht zu spaßen. Die Mutter ihrer Freundin Erin hatte sich damit zweimal fast umgebracht. Sie hatte sich allerdings nicht das Leben nehmen wollen, sondern sich einfach nur in der Dosierung vertan. Noch eine und noch eine und noch eine, bis man sich besser fühlte, so hatte sie es Becky geschildert, als diese mit Erin bei ihr im Krankenhaus vorbeigeschaut hatte. Sie hatte geschworen, künftig die Finger davon zu lassen, doch kaum drei Wochen später hatte sie alle Drugstores im Umkreis abgeklappert, um sich Nachschub zu besorgen. Erst letztens hatte Erin gemeint, ihr Dad überlege, ihre Mom zwangseinweisen zu lassen, damit sie endlich von dem Gift wegkam.

Becky ging sich umziehen. Sie hätte auch gern geduscht, aber das Bad war belegt, weil Mom sich frisch machte. Also streifte sie nur rasch trockene Sachen über, fuhr sich mit der Bürste durchs nasse Haar und ging dann wieder nach unten, wo David schon auf sie wartete. Er hatte sich noch schneller umgezogen als sie.

Hazel deckte auf der Veranda den Tisch. Sie wuselte dort herum und sang dabei ein Lied, das sich wie ein Abzählreim für Kinder anhörte. Becky schätzte sie auf mindestens zwanzig, hatte aber den Eindruck, dass sie vielleicht ein bisschen zurückgeblieben war.

»Halbe Stunde, dann gibt's Essen!«, rief Hazel, als sie Becky und David sah.

»Kann ich helfen?«, rief Becky zurück.

Hazel musterte sie entsetzt. »Nein, nein! Nicht helfen!«

Becky hob beide Hände. »War nur ein Angebot.« An David gewandt, fügte sie hinzu: »Ich hoffe, ich hab sie jetzt nicht beleidigt oder so.«

»Bestimmt nicht. Sie ist es bloß einfach nicht gewöhnt, dass … ähm … weiße Leute ihr helfen.«

»Weiß?« Becky kicherte. »Moms Grandpa war pechschwarz. Und meine Mom sieht aus wie Halle Berry in jung.«

»Aber du hast grüne Augen, und dein Haar ist fast blond. Also muss dein Dad weiß und ziemlich hellhaarig sein.«

»Kann schon sein«, sagte Becky brüsk. »Bisher ist er mir noch nicht über den Weg gelaufen.«

»Verstehe«, sagte David betreten, obwohl ihm anzusehen war, dass er nichts verstand. »Das tut mir leid. Ich wollte nicht …«

»Ist schon okay.« Becky wollte sich nicht die gute Laune verderben lassen, deshalb fand sie schnell ein neues Thema, über das sie sich unterhalten konnten. Zum Beispiel über die Geschichte von Swift Great House. David hatte gemeint, auf dem Anwesen würden eine Menge Familiengeheimnisse schlummern. Er hatte tatsächlich *schlummern* gesagt, so ein süßes altertümliches Wort, von denen er einige draufhatte.

Sie schlenderte mit ihm ums Haus herum, weil er ihr vor dem Essen noch rasch die Zuckerrohrfelder, die Sklavenhütten und die Mühle zeigen wollte. Mom hatte diesen ganzen alten Kram schon gesehen und erzählt, wie authentisch alles wirkte. Im Laufe des Nachmittags sollte es noch eine Führung geben – eine Touristengruppe hatte sich angesagt. Becky überlegte, ob sie sich da vielleicht einfach anschließen sollte, denn David hatte gemeint, dass diese Führungen immer echte Events seien. Die Arbeiter würden sich dann wie richtige Sklaven verkleiden, und Jason würde den Aufseher geben und sein Dad den Massa. Die Touristen hätten immer einen Riesenspaß dabei. Hinterher würden sie alle reichlich Zucker und Rum kaufen und als Souvenirs mit heimnehmen. Von beidem gab es in der ehemaligen Hütte des Aufsehers immer einen großen Vorrat, alles aus eigener Produktion. Daneben wurde auch portionsweise abgepackter Kaffee aus den Blue Mountains verkauft, sündhaft teuer und daher umso begehrter.

Becky hatte den Eindruck, dass David all das ein bisschen peinlich war, was er aber nach Kräften verbarg, indem er sich über den historisch aufgemachten Plantagenbetrieb lustig machte, als wäre es eine nicht besonders einfallsreiche Kostümparty, zu der alle kommen konnten, die Lust dazu hatten.

Die nachgebauten Sklavenhütten lagen um einen Platz aus festgestampftem Lehm, auf dem schon ein halbes Dutzend Schwarze herumliefen, die bis auf altmodische Kniehosen und derbe Holzschuhe nackt waren. Einer trug sogar nur einen Lendenschurz.

»Krass«, sagte Becky halblaut. »Das ist ja original Onkel Toms Hütte.«

»Warte, bis du erst die Mühle siehst.«

David führte sie quer über den Platz, vorbei an den Arbeitern, die in breitem Patois ein paar Bemerkungen hinter ihnen herriefen, die Becky nicht gerade jugendfrei vorkamen.

»Hör nicht hin«, sagte David verlegen.

»Ich versteh sowieso nichts«, sagte sie nicht ganz wahrheitsgemäß.

Die Mühle und das angrenzende Sudhaus sowie die nur ein paar Dutzend Schritte entfernt gelegene Hütte des Aufsehers boten wirklich einen ausgefallenen Anblick. Becky wusste, dass alles – bis auf die Mühle – nur nachgebaut war, doch es sah so naturgetreu aus, als hätte jemand die Uhr zweihundert Jahre zurückgedreht.

»Das ist unglaublich«, sagte Becky leise. Sie fühlte sich auf ungewohnte Weise überwältigt. An dieser Stelle zu stehen kam ihr seltsam vertraut vor, fast so, als wäre sie schon einmal hier gewesen. Vielleicht, weil Mom ihr gestern vorm Zubettgehen noch so ausführlich davon erzählt hatte. Mom hatte die Gabe, die Dinge so genau zu beschreiben, dass man sich alles bildlich vorstellen konnte. Sie erweckte die unwichtigsten Details zum Leben und malte sie mit Worten bunt aus, bis man glaubte, das Ganze selber vor sich zu sehen. Gut, das war schließlich ihr Job. Aber trotzdem war es eine Gabe. Becky wünschte sich, sie könnte wenigstens bloß ein kleines bisschen stolz darauf sein, dass ihre Mutter diese Fähigkeit besaß. Stattdessen fühlte sie sich einfach nur jämmerlich, weil sie selbst so unvollkommen und unzulänglich war.

David beschrieb ihr die Mühle und ihre Funktionen, aber Becky hörte nicht richtig hin. Mit einem Mal war sie von einer merkwürdigen Unruhe erfüllt. Es kam ihr vor, als würde sie beobachtet. Am Rande des Zuckerrohrfeldes glaubte sie eine Bewegung wahrzunehmen, aber als sie genauer hinschaute, war dort nichts zu sehen. Trotzdem reichte es ihr fürs Erste.

»Ich glaube, wir sollten jetzt lieber zurückgehen, sonst kommen wir noch zu spät zum Essen. Wir können ja später noch mal herkommen, wenn die Touristenführung stattfindet.«

»Klar, gerne.«

Sie gingen zum Haus zurück, wobei David diesmal einen anderen Weg einschlug, der in einem Bogen um die Hütten herum- und ein Stück weit durch den angrenzenden dschungelartigen Wald führte. Becky kam sich vor wie in einem tropischen Gewächshaus – wobei es im Grunde ja nichts anderes war, nur eben nicht künstlich angelegt, sondern wild und urwüchsig. Vögel zwitscherten in dem grünen Geäst über ihr, und in dem Dickicht rechts und links von dem Trampelpfad raschelte es verdächtig. Die Luft war von einer schweren Schwüle gesättigt, und es roch nach Erde und Borke.

Als sie wieder auf den Weg gelangten, der um das Haus herumführte, knirschte es unter Beckys Fuß. Es klang wie ein zerbrechender Ast, aber aus unerfindlichen Gründen wusste sie sofort, dass es keiner war. Reflexartig zog sie den Fuß zurück und blieb wie angewurzelt stehen.

»Gott im Himmel«, stieß sie hervor.

»Was ist?« David drehte sich zu ihr um.

Sie deutete auf das Ding zu ihren Füßen. »Das ist abartig!«

»Oh.« Er schluckte. »Das ist wirklich ziemlich widerlich.«

Vor ihnen lag ein zermatschtes Etwas aus Blut, Federn und Knochen. Becky ging zurück ins Unterholz und rieb sich dort die Schuhsohle an einem Moosbuckel ab.

»Sieht aus, als hätte ein wildes Tier ein Huhn gefressen und hier ein paar Reste zurückgelassen«, meinte sie anschließend. »Sag bloß, es gibt Raubtiere hier im Dschungel.«

»Nicht dass ich wüsste. He, da oben ist deine Mutter.«

Becky blickte hoch zur Loggia des Obergeschosses, wo ihre Mutter hinterm Geländer stand und zu ihr herabwinkte. »Essen ist fertig!«, rief sie.

»Wir sind schon unterwegs!«, rief Becky zurück, aber nur, weil David es von ihr zu erwarten schien. Wenn es nach ihr gegangen wäre, hätte sie wochenlang kein Wort mit Mom gewechselt. Schon wegen der vergangenen Nacht. Hatte Mom ernsthaft gedacht, es würde nicht auffallen, wenn sie für zwei Stunden verschwand, um mit Russell in die Kiste zu springen?

Becky blickte noch einmal auf die blutigen, mit Federn gesäumten Knochen zu ihren Füßen. Sie fröstelte unwillkürlich. Es sah auf unbestimmte Weise bedrohlich aus.

Das Essen war köstlich. Toinette hatte sich selbst übertroffen. Russell freute sich, dass alle herzhaft zugriffen und um Nachschlag baten. Besonderes Augenmerk legte er natürlich auf Elaine. Er konnte kaum den Blick von ihr wenden. Schon als er in Miami mit ihr aus gewesen war, hatte es ihm Freude gemacht, ihr beim Essen zuzusehen. Anders als Alicia schob sie nichts mäkelig auf ihrem Teller herum oder ließ Reste liegen, sondern aß mit einem geradezu sinnlichen Genuss alles bis zum letzten Bissen auf. Es schien sie nicht zu kümmern, wie viele Kalorien eine Mahlzeit hatte – vermutlich gehörte sie zu den wenigen glücklichen Frauen, die sich nie Gedanken darüber machen mussten, ob sie zunahmen. Wobei sie auch mit ein paar Kilo mehr noch atemberaubend ausgesehen hätte.

Russell merkte, wie er sie mit Blicken verschlang, und schaute rasch woandershin. Er musste sich zwingen, nicht ständig an die vergangene Nacht zu denken, denn schon bei der kleinsten Erinnerung an ihren Duft und ihr tiefes, lustvolles Seufzen bekam er eine Erektion.

Jesus, er war so verrückt nach ihr, dass es ihm Angst machte. Wie schon zu Beginn ihrer Bekanntschaft spürte er einen Hauch von Furcht – vor dem Bösen, das vor vielen Jahren mit scharfen Klauen sein Leben zerfetzt hatte. Zweimal. Nein, dachte er mit plötzlicher wütender Entschlossenheit. Er würde es nicht so weit kommen lassen. Diesmal nicht.

Nach dem Jambalaya gab es Eiscreme und Früchte und zum Abschluss Kaffee aus den Blue Mountains. Ein besseres Essen hätte auch ein Luxusrestaurant nicht auftischen können. Russell war zufrieden. Seine Pläne, einen Teil von Swift Great House für Touristen zu nutzen, würden sich bestimmt gut umsetzen lassen. Familiäre Umgebung, tropisches Ambiente, historisches Plantagenfeeling – genau das Richtige für Menschen auf der Suche nach individuellem Urlaub.

Alles hätte perfekt sein können, wenn Alicia nicht wieder im Begriff gewesen wäre abzurutschen. Sie hatte schon wieder Tabletten genommen. Dazu der Wein, der zum Essen ausgeschenkt worden war – sie war sichtlich benommen. Russell beschloss, sie heute noch ins Gebet zu nehmen. Das konnte nicht so weitergehen. Wenn er zuließ, dass diese Tour wieder einriss, würde in ein paar Wochen unweigerlich der Zusammenbruch folgen. Es war schon ein paarmal passiert, und meist hatte es schlimme Folgen gehabt. Einmal war sie die Treppe hinabgefallen und hatte sich den Arm gebrochen, ein anderes Mal war sie schwimmen gewesen und dabei fast ertrunken. Einmal hatte sie versucht, sich die Pulsadern aufzuschneiden. Es war ihr nicht gelungen, weil sie mittendrin das Bewusstsein verloren hatte, aber der Schock hatte ihnen lange nachgehangen. Obwohl sie so stümperhaft zu Werke gegangen war, hatte sie viel Blut verloren.

Toinette schenkte ihm frischen Kaffee ein, und er bedankte sich freundlich, so wie er es immer tat. Das hatte ihm seine Mutter beigebracht. Nimm niemals die Dienste deiner Angestellten als selbstverständlich an, hatte sie stets gepredigt, und daran hatte er sich immer gehalten. Es war nicht weiter schwierig, denn ein Dankeschön kostete nichts und brachte einem alles, was man als Herr über eine Plantage und einen großen Haushalt brauchte: Loyalität, Treue und Einsatzbereitschaft.

Doch heute war Toinette irgendwie … anders. Ihre von tausend Runzeln umrahmten schwarzen Augen huschten immer wieder zwischen ihm und Elaine hin und her. Zwischendurch auch zwischen David und Becky. Als würde sie etwas sehen, was ihr nicht gefiel. Bei der Gelegenheit fiel Russell auch auf, dass David einen besorgten und bedrückten Eindruck machte. Eine seltsame Unruhe breitete sich in ihm aus. Er sollte Toinette zur Rede stellen. Sie fragen, was zum Teufel mit ihr los war. Warum sie ihn so anstarrte. Aber sie würde nur wieder wirres Zeug murmeln. Doch David schien ganz eigene Probleme zu haben. Das konnte er nicht einfach übergehen.

Nach dem Essen sprach er ihn an. »Was ist los?«

David sah sich unwillkürlich nach Becky um, aber die war zum Strand runtergegangen. Wahrscheinlich, um eine zu rauchen. Elaine hatte Russell schon ihr Leid geklagt. Es belastete sie, dass Becky nicht die Finger von den Zigaretten lassen konnte.

David druckste herum. Er schob beide Hände in die Taschen seiner Shorts und scharrte mit der Fußspitze über die Holzplanken der Veranda.

»Ich glaube, Toinette hat irgendeinen Voodoo-Quatsch gemacht. Sah nach den Überresten von einem frischen Tieropfer aus.«

»Wo?«

»Unterhalb der Gästezimmer. Becky hat's auch gesehen. Sie hatte richtig Gänsehaut.«

»Ich werde mit Toinette reden.«

»Sie benimmt sich komisch, Dad. Heute Morgen hat sie zu mir gesagt, ich soll das Übel nicht in mein Herz lassen, denn es würde mich töten. Ich hab sie gefragt, was zum Teufel sie damit meint, und da sagte sie bloß, ich wüsste es genau.«

Russell konnte nicht verhindern, dass ihm ein kurzer Schauder über den Rücken lief. Er hatte es geahnt. Aber dass sie auch David in diese Sache hineinzog, machte es doppelt schlimm.

»Sie ist eine verrückte alte Frau«, meinte er.

»Ja, ich weiß. Ich hab mich ja schon dran gewöhnt. Aber es nervt ziemlich.«

»Du magst sie wohl gern, oder?«, fragte Russell impulsiv. Hastig fügte er hinzu: »Ich meine Becky.«

Davids Gesicht verschloss sich, und Russell verfluchte sich für die dämliche und unangebrachte Frage. War er etwa die Inquisition? Mit siebzehn hatte ein junger Mann ja wohl eindeutig ein Recht auf seine Privatsphäre.

Russell war erleichtert, als Elaine auf ihn zukam und ihn damit aus der unangenehmen Situation erlöste. Sie war kurz auf ihrem Zimmer gewesen, um ihr Handy zu holen.

»Hat Jerry sich gemeldet?«, fragte er.

Elaine schüttelte den Kopf. »Ich mache mir Vorwürfe«, sagte sie niedergeschlagen.

»Warum denn?«

»Ich hab ihm heute Morgen ein paar ziemlich biestige Nachrichten geschickt. Wenn ihm nun was passiert ist?«

»Davon sollten wir vorläufig nicht ausgehen. Bestimmt gibt es eine ganz einleuchtende Erklärung.« Doch besonders überzeugt klang das nicht, das merkte er sofort. »Ich rufe die Polizei an«, sagte er kurz entschlossen. »Vielleicht wissen die ja was.«

»Danke«, sagte Elaine. »Das ist wirklich sehr lieb von dir.« Die Sorge um ihren Tontechniker stand ihr unverkennbar ins Gesicht geschrieben.

Russell rief in ihrem Beisein vom Handy aus bei der Polizeistation in der Innenstadt von MoBay an. Ein paar der diensthabenden Männer dort kannte er von früher. Mit einem war er zur Schule gegangen, mit einem anderen zum Fußball, und einer, ein Typ namens Brix, war früher mal mit Alicia ausgegangen. Den bekam er zufällig an die Strippe.

»Sag mal, war irgendwas Besonderes los bei euch?«, fragte er, nachdem sie ein paar nette Begrüßungsfloskeln ausgetauscht hatten. »So in Richtung Raubüberfall auf Touristen?«

»Nur das Übliche. Ein paar Handtaschendiebstähle. Und ein Betrunkener, dem sie die Brieftasche und das Handy geklaut haben.«

»Gewalttaten mit Verletzten?«

»Nicht dass ich wüsste. Jedenfalls nicht hier in unserem Bezirk. Wieso fragst du? Vermisst du jemanden?«

Russell erzählte von Jerrys Verschwinden. »Er ist seit gestern Abend weg, und seine Chefin macht sich schon Sorgen.«

»Vielleicht ist sie ein Biest, und er hat einfach keine Lust zum Arbeiten.«

»Nein, daran kann's nicht liegen.«

»Oh, klingt, als wäre sie nett. Und du sagst, sie kommt aus Miami?«

»Ja, genau. Wie auch immer – falls du irgendwas hörst, rufst du mich an, in Ordnung?«

»Sicher«, sagte Brix. »Übrigens – ist Alicia gerade hier in der Stadt?«

»Nein, sie ist hier. Wieso?«

»Weil ihr Clio seit gestern Abend am Crafts Market steht.

Ich war auf Streife und bin dran vorbeigefahren. Heute Mittag stand er immer noch da.«

»Jerry ist mit dem Wagen in die Stadt gefahren.«

»Der vermisste Tontechniker? Na, dann werde ich nachher noch mal dort vorbeifahren und mich ein bisschen umhören, ob er in der Gegend gesehen wurde.«

»Danke. Wir hören voneinander.« Russell trennte die Verbindung. Er bemerkte Elaines besorgte Blicke und versuchte, Zuversicht auszustrahlen, als er ihr erzählte, was er von Brix erfahren hatte. »Sie werden ihn sicher aufstöbern. Wenn der Clio da steht, ist Jerry bestimmt nicht weit. Ich kümmere mich darum, dass er schnell gefunden wird. Es gibt ein paar Leute bei der Polizei, mit denen ich ganz gut befreundet bin.«

Alicia kam aus dem Haus und gesellte sich zu ihnen. Sie hatte sich eine Zigarette angesteckt und rauchte in tiefen Zügen. »Was höre ich gerade über den Clio? Wieso ist er noch nicht wieder da?«

»Er steht noch in MoBay am Crafts Market.«

»Wirklich? Na, dann fahre ich nachher noch mit Jason rüber und hole ihn mir. Ich hasse es, kein Auto zu haben, wenn ich eins brauche.«

»Du kannst nicht fahren«, sagte Russell ruhig.

Sie warf ihm einen unsteten Blick zu. »Ich bin nüchtern, wenn du das meinst.«

»Was hast du genommen? Vicodin?« Russell schüttelte den Kopf. »Du fährst nicht. Ich werde Jason verbieten, dich in die Stadt zu bringen.«

Ein Flackern trat in ihre Augen, und für einen Moment verzerrte sich ihr Gesicht in einem Anflug von Hass. »Dann kommt eben Wayne auch noch mit. Er kann den Clio zurückfahren.«

Russell zuckte die Achseln. »Das soll mir recht sein.« Er

schaute auf seine Armbanduhr. Es wurde Zeit; in zwanzig Minuten sollte die Führung anfangen. »Ich gehe mich umziehen«, informierte er Elaine. Er lächelte ihr noch einmal beruhigend zu, ehe er nach oben auf sein Zimmer ging, um die Kleidung zu wechseln. Als er den Kleiderschrank öffnete, sah er das Blut.

14

Toinette«, sagte Russell. »Was soll dieser Mist in meinem Zimmer? Das bist du doch gewesen, oder? Die Sauerei in meinem Schrank.«

Ihre flinken schwarzen Augen streiften ihn nur kurz, dann huschte sie von der Spüle zur Anrichte und ergriff ein langes, scharfes Messer. Sie fing an, ein Hähnchen zu zerteilen. Bei der Vorstellung, dass sie vielleicht mit demselben Messer das Tier geschlachtet hatte, dessen blutbeschmierte Federn nebst einem Teil der Innereien oben in seinem Schrank lagen, überkam ihn Ekel.

»Ist das etwa …«

»Non«, sagte sie, als hätte sie seine Gedanken gelesen. »Dieser Hahn hier ist zum Essen.«

»Toinette, warum machst du das?«, sagte er. Seine Stimme klang eher hilflos als wütend. Sie war so alt und klein und verhutzelt, und mit einem Mal erfüllte ihn Angst, dass sie vielleicht dement wurde und nicht mehr wusste, was sie tat. Es hatte immer wieder mal Fälle gegeben wie diesen, aber da waren keine Gäste über die Reste ihrer Schlachtopfer gestolpert, und in seinen Kleiderschrank hatte sie bisher auch noch keine gelegt.

»Das Unheil kommt«, schnarrte sie. »Es ist sogar schon da. Ich hab's dir doch gesagt, oder nicht?«

Hazel, die gerade damit beschäftigt war, den Kühlschrank auszuwischen, ließ den Lappen fallen und bekreuzigte sich, um gleich im nächsten Moment mit halblauter Stimme zum Löwen von Juda zu beten, dem letzten Kaiser von Abessinien, der auf verschlungenen Pfaden zum Messias der Rastafari geworden war und von ihnen verehrt wurde wie der Heiland auf Erden.

»Wen, um Himmels willen, meinst du, Toinette?«

Die Alte neigte den Kopf. Eine krause Strähne ihres weißen Haars fiel ihr vors Gesicht. »Zu böse, um es zu sehen«, flüsterte sie. »Sehr böse. Bringt den Tod. Hat ihn schon gebracht.« Dann hob sie ruckartig den Kopf und starrte Russell an. »Der Zauber, den ich auslege, soll Menschen beschützen. Ohne den Zauber sind sie in Gefahr. Das Herz des Hahns stärkt dein Herz. Gutes Blut gegen böses Blut.«

Wieder spürte Russell den Anflug eines Schauders, doch sofort schüttelte er ärgerlich den Kopf.

»Ich will diesen Blödsinn nicht mehr hören, klar? Und ich verbiete dir, weiter irgendwelche Hähne oder Kaninchen zu schlachten und die Überreste in der Gegend herumliegen zu lassen.«

Sie gab keine Antwort, sondern wandte sich einfach nur stumm von ihm ab und widmete sich wieder dem Hähnchen. Hazel klaubte den Lappen vom Boden auf und verschwand mit dem ganzen Oberkörper im Kühlschrank, aus dem ein hohles Summen ertönte, das ganz danach klang, als müsste sie sich selbst damit Mut machen.

Russell hatte den Eindruck, dass er keinen Schritt weitergekommen war. Trotzdem fand er, dass er nicht einfach so gehen konnte. »Ich mein's ernst, Toinette!«

Beim scharfen Klang seiner Stimme zuckte sie kurz zusammen, aber eine andere Reaktion kam nicht. Mit einem entnervten Seufzen räumte Russell das Feld. Es ging nicht an, dass er nur wegen dieses Unfugs auch noch zu spät zu der Führung kam.

»Hazel, denk an die Drinks«, sagte er.

»Mach mich sofort dran, Mr. Swift!«

Vor dem großen Spiegel in der Halle prüfte er noch einmal rasch seine Erscheinung und verglich sich mit dem alten Porträt von Gerald Swift, das am Treppenaufgang hing. Besonders ähnlich sah er seinem Ahnherrn nicht, aber das war wohl auch nach so vielen Generationen kaum zu erwarten. Swift hatte helles Haar und helle Augen gehabt und außerdem einen altmodischen Backenbart, mit dem heute kein Mensch mehr herumlaufen würde, nicht einmal aus Sentimentalität. Doch von der Aufmachung her hatte Russell sich an dem alten Swift orientiert. Hemd mit steifem, hohem Stehkragen und voluminösem Halstuch, langes, körpernah geschnittenes Jackett mit polierten Messingknöpfen, Kniehosen aus weicher Baumwolle, Schnallenschuhe mit derben Sohlen. Er hatte sogar den Kummerbund angelegt, den Swift auf dem Porträt über dem Hemd trug, wobei nicht ganz klar war, ob Swift das Ding damals zur Zierde oder wegen Rückenschmerzen getragen hatte. Es ähnelte eher einem Korsett als einer Schärpe.

Er ging vors Haus und bemühte sich um ein freundliches Willkommenslächeln. Der Bus mit den Touristen war bereits eingetroffen. Die Leute waren schon ausgestiegen und fotografierten, was das Zeug hielt. Russell begrüßte Burke, den Busfahrer, mit Handschlag – auch er ein alter Freund aus Kindertagen.

In gewohnter Routine fing Russell mit seinem Begrüßungsvortrag an, einer launigen kleinen Rede über das Haus. Das war immer das Erste, was die Leute wissen wollten. Die heutige Gruppe bestand aus rund zwanzig Leuten, hauptsächlich Paare in mittlerem Alter, bewaffnet mit teuren Digitalkameras und von Kopf bis Fuß mit Markenklamotten ausstaffiert. Sie würden eine Menge Zucker, Rum und Kaffee kaufen. Burke wies schon im Vorfeld der Tour mehrfach auf diese einmalige und günstige Gelegenheit hin. Nach der Einführungsansprache wurden die Leute durch die Halle des Hauses geführt, wo sie weitere Fotos machen konnten. Die gediegene, historisch angehauchte Atmosphäre kam wie immer bei allen gut an. Anschließend ging es durch den Dinnerraum hinaus auf die Veranda, wo Hazel mit den frischen Cocktails wartete.

»Wie befohlen, hier die Drinks, Massa«, sagte sie demütig. Angetan mit einem frischen weißen Schürzchen und sittsam gesenktem Kopf entsprach sie so vollständig dem Klischee einer jungen Haussklavin, dass eine der Touristinnen betreten wissen wollte, ob es etwa auf Jamaika immer noch Leibeigene gebe. Burke lachte schallend und küsste Hazel schmatzend auf die Wange.

»Großartige Schauspielerin, was?«, rief er in die Runde.

Hazel verneigte sich mit breitem Grinsen, und ein paar Leute klatschten.

»Amerikaner«, sagte Burke belustigt zu Russell, während die Touristen sich ihre Brown Sugar Swifts zu Gemüte führten und dabei angeregt plauderten.

Als Russell die Leute anschließend zur Zuckermühle führte, stießen auf halbem Wege David und Becky zu ihnen. Die beiden schienen in der kurzen Zeit unzertrennlich geworden zu sein. Russell musterte David unauffällig, aber gründlich. Der Junge machte einen glücklichen, gelösten Eindruck. So entspannt hatte er seinen Sohn lange nicht gesehen. Die meiste Zeit war David gelangweilt und frustriert und hatte schon oft davon gesprochen, nach der Schule sofort von Jamaika verschwinden zu wollen. Er mochte das Leben auf Swift Great House nicht sonderlich, das war nicht zu übersehen.

Russell hatte mehrfach darüber nachgedacht, ob es an fehlender mütterlicher Fürsorge lag, dass David oft so in sich gekehrt war und so wenig Lebensfreude zeigte. Eine Zeit lang hatte er gehofft, Alicia könnte für David werden, was Janice und nach ihr Dorothy nicht hatten sein können, doch daraus war nichts geworden. Alicia liebte David, das stand außer Frage, aber sie hatte sich früh für ein anderes Leben entschieden. Mütterlichkeit gehörte nicht dazu.

Einer der Touristen stellte eine Frage und riss Russell damit aus seinen düsteren Gedanken.

»Nein, diese großen Mahagonibäume stammen nicht aus der Gründungszeit der Plantage. Damals, als das Haus erbaut wurde, wuchsen hier Zedern. Die hat man später gefällt und dann diese Bäume hier gepflanzt. Inzwischen sind sie aber sicher auch schon über achtzig Jahre alt.«

Der Tourist machte ein paar Fotos und schloss dann zu seiner Frau auf, die das gleiche Ralph-Lauren-Shirt und die gleichen Sneakers von Tod's trug wie ihr Mann.

Russell blickte sich um, doch Elaine war nirgends zu sehen, obwohl sie angekündigt hatte, mitgehen zu wollen. Na toll, dachte er lakonisch. Kaum ist sie mal eine Stunde nicht in Sicht, werde ich nervös. Wo soll das eigentlich enden?

»Wollte deine Mom nicht auch mit auf die Besichtigungstour gehen?«, fragte er Becky.

Die musterte ihn unter halb geschlossenen Lidern, was ihm das Gefühl vermittelte, auf einem Seziertisch zu sitzen. »Ja«, meinte sie langsam und nicht besonders herzlich.

Verdammt. Sie wusste Bescheid. Irgendwie musste sie mitgekriegt haben, was in der vergangenen Nacht geschehen war. Russell bemühte sich heldenhaft um einen coolen Gesichtsausdruck.

»Beckys Mom kommt gleich nach«, ergänzte David in der ganzen Arglosigkeit seiner siebzehn Jahre. »Sie wollte noch mit ihrem Boss in Miami telefonieren.«

Russell gab sich redliche Mühe, die Führung für die Touristen zu einem amüsanten und lehrreichen Event zu machen, doch es fiel ihm schwer, sich zu konzentrieren. Ihm ging zu viel durch den Kopf. Außerdem war Jason nicht da, der sonst immer einen Teil der Erklärungen übernahm, etwa zur Zuckermühle oder zur Bedienung der Kessel. Auch Wayne fehlte, denn er war mit in die Stadt gefahren, um den Clio zu holen. David sprang für ihn ein und führte den Esel, den sie vorher eingeschirrt hatten, um das Mahlwerk herum, aber es war nicht zu übersehen, dass er nicht die geringste Lust dazu hatte – wahrscheinlich schämte er sich, weil Becky dabei war. Oder er malte sich voller Sorge aus, auf welchen Internetplattformen er wohl demnächst zu sehen sein würde. Die Touristen knipsten und filmten ihn und den Esel aus allen Perspektiven. Russell ließ den letzten Teil seines Vortrags weg und führte die Touristen weiter in Richtung der Felder. David nutzte sofort die Gelegenheit, sich zusammen mit Becky zu verdrücken. Russell konnte es ihm nicht verübeln.

Er sah sich erneut nach Elaine um, und als er sie an der nächsten Wegbiegung auftauchen sah, klopfte sein Herz sofort unvernünftig schnell. Als sie näher kam, flackerte vor seinem inneren Auge noch einmal kurz das Bild des blutigen Hühnerherzens und der zerrupften Federn in seinem Kleiderschrank auf. Und unvermittelt erwachte auch wieder die quälende Erinnerung an Janice und Dorothy. Doch diesen Gedanken verdrängte er genauso schnell, wie er gekommen war.

15

Becky musterte David von der Seite. Sein Ärger war nicht zu übersehen. Er kickte einen Stein weg, der ihm im Weg lag, und seine Lippen waren fest zusammengepresst, als fürchtete er, ihm könnte eine wütende Bemerkung entweichen, die alles noch schlimmer machen würde.

»Der Vortrag deines Dads hat mir gefallen«, sagte sie so sachlich wie möglich. »Und du warst ziemlich cool. Ich hätte das nicht so hingekriegt.«

»Machst du Witze?« Er lachte ungläubig. »Jeder Idiot kann einen Esel im Kreis rumführen.«

»Ich nicht. Alle Tiere, die größer als eine Schildkröte sind, machen mir Angst. Als ich klein war, hat mich mal ein Hund angesprungen und umgeworfen. Er wollte bloß spielen, aber ich hab mir in die Hose gemacht vor Schreck. Seitdem mache ich um alle möglichen Tiere einen großen Bogen. Auch wenn sie ganz harmlos sind. Wenn ich einen Hund sehe, der nicht angeleint ist, wechsle ich die Straßenseite.«

»Wirklich?« David betrachtete sie ein wenig ungläubig. »Du hast Angst vor Tieren?«

»Vor fast allen. Abgesehen von denen im Wasser, sonst würde ich ja nicht schnorcheln gehen. Delfine mag ich sehr und Wale auch. Früher war ich öfter mit Mom in *Seaworld.*«

Er lächelte zögernd. »Wir haben keine Tiere hier auf der Plantage, bloß den Esel. Früher hatten wir ein Reitpferd. Es gehörte meiner Mutter. Aber nachdem sie gestorben war, hat Dad es weggegeben.«

»Tut mir leid, dass deine Mutter tot ist.«

»Ist schon sehr lange her. Ich kann mich kaum an sie erinnern.«

»War sie krank?«

»Sie starb bei einem Überfall.«

»Oh Gott.« Becky war ehrlich erschüttert. »Das muss schrecklich gewesen sein.«

»Wie gesagt, ich erinnere mich kaum an sie. Ich war damals noch klein. An Dorothy erinnere ich mich besser, ich hatte sie sehr gern.«

»Dorothy?«

»Sie war Dads zweite Frau. Aber bloß drei Jahre lang.«

»Haben sie sich scheiden lassen?«

Über Davids Gesicht glitt ein Schatten. »Nein, sie hat Selbstmord begangen.«

»Lieber Himmel.« Becky konnte kaum ihr Entsetzen verbergen. »Das tut mir wahnsinnig leid, David.«

»Ja, es war ziemlich schlimm. Ich hab sie gefunden. Sie hatte sich erhängt.«

Becky schluckte heftig. In einer Aufwallung von Mitgefühl griff sie nach Davids Hand. Mit einem Mal hatte sie das tiefe Bedürfnis, ihn zu trösten. Sie sah den verängstigten kleinen Jungen vor sich, der er damals gewesen sein musste, und ohne ihr Zutun lag sie plötzlich in seinen Armen. Sie küssten sich, zuerst vorsichtig, dann mit rasch wachsender Leidenschaft. Er war unerfahren, das merkte sie sofort. Bis auf ein paar schüchterne Tanzstundenküsse konnte bei ihm noch nicht viel gelaufen sein. Seine Erregung war so heftig, dass er zitterte und nicht wusste, was er mit seinen Händen machen sollte. Also tat er das, was alle Jungs in dem Alter machten – er versuchte, ihre Brüste anzufassen, wahrscheinlich in der

Annahme, das gehöre dazu. Becky ließ ihn kurz gewähren, hielt dann aber sanft sein Handgelenk fest.

»Es könnte jemand vorbeikommen«, sagte sie.

Er lief feuerrot an. Sein Atem ging schwer. »Tut mir leid«, stammelte er.

Sie nahm erneut seine Hand und drückte sie gegen ihre Wange. »Das muss es nicht.«

Seine Hilflosigkeit und seine Sorge, sich lächerlich zu machen, standen ihm auf die Stirn geschrieben. Becky lächelte beruhigend und schlenderte dann einfach weiter in Richtung der Hütten. Sie tat so, als sei alles ganz normal, obwohl ihr Herz wie verrückt hämmerte. Der Kuss hatte ihr förmlich den Boden unter den Füßen weggezogen.

Auf der Suche nach einem unverfänglichen Gesprächsthema knüpfte sie einfach dort wieder an, wo sie vorhin aufgehört hatten.

»Wollte dein Dad denn danach nicht noch einmal heiraten?«, fragte sie behutsam.

David schüttelte den Kopf. Er hatte die Augen auf seine Füße gerichtet, offenbar brauchte er noch eine Weile, um das Gefühl von Peinlichkeit zu überwinden. Doch dann blickte er unvermittelt auf. »Deine Mom wollte auch nicht wieder heiraten, oder?«

»Was heißt wieder?« Becky lachte, doch es klang eher gehässig als fröhlich. »Sie war nie verheiratet. Mein Dad war so ein Kerl, den sie während ihrer Highschoolzeit kennengelernt hatte. Ich war ein Unfall.«

»Hat deine Mom dir das erzählt?«, fragte er zweifelnd. Anscheinend war er nicht bereit, es ohne Weiteres zu glauben.

»Ich hab's mehr oder weniger selbst rausgefunden.«

»Wie denn?«

»So, wie man heute alles rausfindet. Mit Google.« Sie sah die brennende Neugier in seinen Augen und seufzte. Nachdem sie nun schon damit angefangen hatte, würde sie ihm wohl alles erzählen müssen. Hätte sie nur besser ihre Klappe gehalten!

»Mir hat sie immer nur das Nötigste gesagt. Er war ihr Highschoolfreund, und sie hatte ihn sehr lieb.« Becky äffte Moms Tonfall nach und spürte dabei einen Nachhall von der Wut, die sie empfunden hatte, als sie die Wahrheit entdeckt hatte. »Sie meinte, sie wären für eine Beziehung noch zu jung gewesen damals, und dann sei er zum Studieren ins Ausland gegangen und sie hätten sich aus den Augen verloren. Sie hätten beide eingesehen, dass es besser wäre, keinen Kontakt zu haben, weil es einfach nicht gut für ein Kind ist, einen Dad zu haben, der sowieso nie für es da sein kann. Klingt alles ganz plausibel, oder?«

David nickte, offensichtlich überrumpelt von der plötzlichen Frage.

»Na, das fand ich auch. Obwohl ich immer schon dachte, was für ein Arschloch von Dad das sein muss, wenn er nie auch nur den Versuch unternimmt, sein Kind kennenzulernen. Irgendwann wollte ich von Mom wissen, wer mein Dad ist und wo er lebt, und da sagte sie, er wäre wohl nach Europa gezogen, aber sie hätte keine Ahnung, wohin. Also hab ich angefangen zu googeln. Sein Name stand ja auf meiner Geburtsurkunde. Es war lachhaft leicht, ihn zu finden. Er ist sogar auf Facebook.« Sie fuhr sich mit beiden Händen durchs Haar. »Du hattest übrigens völlig recht. Er ist blond und blauäugig, ein gut aussehender Mistkerl. Mom ist auf ihn reingefallen. Sie war siebzehn und eine dumme Gans. Es war eine Wette, die er mit seinen Homies laufen hatte. Wer sie zuerst knackte, hatte gewonnen. Er war der Sieger, sie die Beute. Und ich war die unerwünschte Dreingabe. Zu ein paar Kisten Bier und ein paar Tribünenkarten für die Yankees.«

David hatte ihr fassungslos zugehört. Becky wich seinen Blicken aus. Sie bereute ihre Offenheit, denn sie sah, wie sehr es ihn verstörte. Auf der anderen Seite empfand sie eine unerwartete Erleichterung dabei, ihm das alles zu erzählen. Es war fast, als könnte sie damit eine Last von sich abwälzen.

»Hat er das alles zugegeben?«

»Nein, er nicht, aber einer von den Säcken, die bei Facebook mit ihm befreundet sind. Einer von seinen Highschool-Kumpanen. Dem hab ich einfach eine Freundschaftsanfrage geschickt und angefangen, mit ihm zu mailen.« Sie verschwieg, auf welche Weise sie dem Arschloch nach und nach alle Informationen aus der Nase gezogen hatte. Männer in dem Alter standen auf junge Mädchen, man musste einfach nur so tun, als wäre man selbst hin und weg, und schon breiteten sie ihr ganzes Leben vor einem aus.

»Wie ging es dann weiter?«, fragte David vorsichtig.

»Er hatte steinreiche Eltern. Die leben sogar noch beide. Stell dir vor, ich habe Großeltern, die Multimillionäre sind. Kann sein, dass ich eines Tages reich erbe.« Sie zwang sich, die Bitterkeit aus ihrer Stimme zu verbannen. »Sie haben Mom einen dicken Scheck gegeben. Und der Typ, auf den sie reingefallen ist, haute ab nach Europa. Da ist er immer noch.«

»Und er hat nie versucht, mit dir in Kontakt zu kommen?«

»Er hat an Mom geschrieben. Aber sie hat nicht geantwortet.«

»Hätte ich auch nicht gemacht«, sagte David voller Inbrunst.

»Vielleicht hat er bereut, wie er sich damals benommen hat«, brach es aus ihr heraus. »Vielleicht wollte er sich entschuldigen und es irgendwie wiedergutmachen. Kann doch sein, dass er mich kennenlernen wollte. Schließlich bin ich seine Tochter.«

David sah sie zweifelnd an.

Sie sprach rasch weiter, bevor er Bedenken äußern konnte. »Mag ja sein, dass ich ihm total egal bin. So wie Mom ihm auch egal war. Aber man hätte ihm eine Chance geben müssen, sein Kind zu treffen, oder nicht?«

»Kann sein«, sagte David zurückhaltend. Dann meinte er entschieden: »Wenn er Wert drauf gelegt hätte, hätte er nicht aufgegeben, sondern es noch einmal versucht.«

Becky wollte aufbegehren, sah aber ein, dass es nichts brachte, darüber zu diskutieren. Kein Mensch konnte wissen, was der Mann, der ihr Vater war, fühlte oder dachte.

»Hast du mit deiner Mom darüber gesprochen? Weiß sie, dass du das alles herausgefunden hast?«

Becky schüttelte den Kopf. Allein die Vorstellung, mit Mom darüber zu sprechen, erfüllte sie mit Zorn und Ablehnung. Sie fühlte sich verletzt und im Stich gelassen und wusste nicht mal genau, wieso.

»Wann war das denn?«, fragte David. »Seit wann weißt du das alles?«

»Seit drei Jahren.«

»Mein Gott, Becky!« Bestürzt blieb er stehen und wandte sich ihr zu. »So lange schleppst du das schon mit dir rum?«

Sie zuckte die Achseln. Es war völlig egal, wie lange sie es schon wusste. Ein Jahr, drei Jahre, fünf Jahre – wen interessierte das? In zehn Jahren würde es noch genauso sein wie heute und danach bis zum Ende ihres Lebens. Die Dinge ließen sich nicht rückgängig machen. Kinder konnten sich ihre Eltern nicht aussuchen.

Sie griff in ihre Handtasche, die sie über der Schulter hängen hatte, denn das Bedürfnis nach einer Zigarette war auf einmal übermächtig. Doch dann ließ sie die Hand wieder sinken. Bis jetzt hatte sie noch nicht in Davids Gegenwart geraucht. Sie hatte gesehen, wie er seine süchtige Tante angeschaut hatte. Diesen mitleidigen Blick konnte sie nicht brauchen, also ließ sie es einfach sein.

Sie standen auf dem Platz inmitten der Sklavenhütten. Die historisch verkleideten Arbeiter waren nicht mehr da, sie hatten sich alle zu den Feldern begeben, um dort wie im vorletzten Jahrhundert Zuckerrohr zu ernten und sich dabei von den Touristen filmen zu lassen. Ein paar von ihnen sangen sogar irgendwelche einstudierten alten Sklavenlieder, man hörte es bis hierher.

Zwischen den dicht beieinanderstehenden Holzschuppen wuchsen Büsche. Unter einem davon sah Becky etwas liegen, das nicht dorthin gehörte. Ehe sie sichs versah, ging sie darauf zu. Sie war dabei von einem eigentümlichen Gefühl erfüllt, einer Mischung aus Widerwillen und dem Drang, unbedingt nachzusehen, was dort lag.

Sie bückte sich und holte es mit spitzen Fingern unter den stachligen Zweigen hervor. Es war ein blutbefleckter Turnschuh.

16

Könnte es Jerrys Schuh sein?«, fragte Russell.

»Ich weiß nicht«, sagte Curd, während er sich stirnrunzelnd den Schuh ansah.

»Ich kann dazu auch nichts sagen«, meinte Elaine. Ihr war übel. Der Anblick der Blutflecken setzte ihr zu. »Ich habe ihm nie auf die Füße geschaut.«

»Ich schon«, sagte Becky. »Er hatte solche Reeboks an, das weiß ich genau.« Sie hatte sofort die sichere Vermutung geäußert, dass der Schuh von Jerry stammte. Es war ihre felsenfeste Überzeugung.

»Woher willst du wissen, dass es einer von seinen ist?«, fragte Curd. »Tausende Leute haben solche Sportschuhe.«

»Nicht auf unserer Plantage«, sagte Russell. »Hier gibt es ein halbes Dutzend Arbeiter, aber während der Führungen tragen sie ganz sicher keine Reeboks.«

»Ein Hund könnte den Schuh aufs Gelände geschleppt haben. Hunde tragen gern Schuhe durch die Gegend.«

Dieser Einwand Curds stimmte Russell nachdenklich. »Das wäre theoretisch möglich. Es gibt wilde Hunde in der Gegend, die sich manchmal hier rumtreiben.«

Das wiederum brachte Becky dazu, David einen anklagenden Blick zuzuwerfen, worauf er sich bemüßigt fühlte, die Bemerkung seines Vaters abzumildern. »Den letzten Hund haben wir hier vor zwei Jahren oder so gesehen. Und er war absolut zahm.«

»Vielleicht ist es gar nicht Jerrys Größe«, meinte Elaine.

Daraufhin musste sich Curd nach oben bequemen und die Schuhgröße vergleichen.

»Ist dieselbe«, sagte er mit verkniffener Miene, als er wieder nach unten kam.

»Es ist Jerrys Schuh«, erklärte Becky, diesmal mit noch größerer Entschiedenheit. »Ich sehe mir bei Leuten oft die Schuhe an. Und die Reeboks hatte er gestern den ganzen Tag an.« Sie zeigte auf eine abgeschabte, leicht grünlich verfärbte Stelle an der Ferse. »Das hier ist mir schon am Flughafen aufgefallen. Er muss damit an irgendwas entlanggeschrammt und hinterher durch Gras gelaufen sein.«

Elaine sah ihre Tochter erstaunt an. Zu solchen Schlussfolgerungen wäre sie selbst wohl nie imstande gewesen. Trotz der Sorge um Jerry durchströmte sie ein warmes Gefühl von Stolz. Auch David schien absolut hingerissen von Becky, wie Elaine bei der Gelegenheit feststellen konnte. Sein Gesicht war wie ein offenes Buch.

»Wenn er mit dem Clio in der Stadt war, sein Schuh aber hier in den Büschen herumgelegen hat – wie soll das zusammenpassen?«, fragte Curd.

»Er könnte den Wagen dortgelassen haben und mit einem Taxi zurückgekommen sein«, meinte David. »Das heißt, er selber könnte theoretisch auch irgendwo hier auf der Plantage sein.«

»Scheiße«, sagte Curd, wie üblich ohne besonderen Sinn für Finessen. »Was machen wir denn jetzt?«

»Ich rufe noch einmal bei der Polizei an«, erklärte Russell. »Sie müssen jemanden schicken. Den Schuh sollten wir jetzt besser in Ruhe lassen. Vielleicht sind noch Spuren dran.«

Elaines Magen krampfte sich zusammen. Wenn sie nicht aufpasste, würde sie noch das Jambalaya ausspucken.

Russell stellte den Schuh vorsichtig auf eine ausgebreitete

Zeitung. Elaine vermied es hinzusehen, doch etwas an dem einsamen blutigen Schuh zwang sie, ihn zu betrachten. Wenn das nun das Letzte war, was sie von Jerry sah? Sie hätte am liebsten geweint, denn sie erinnerte sich wieder an die ärgerlichen SMS, die sie ihm am Morgen geschickt hatte.

Russell legte ihr die Hand auf die Schulter und blickte ihr in die Augen. Sie merkte, dass er sie optimistisch stimmen wollte, doch es half nicht viel.

Sie ging auf die Terrasse und telefonierte mit Lincoln, der über ihren Bericht entsetzt war. Er ließ sich alles haarklein erzählen und befahl ihr, ihn auf dem Laufenden zu halten und bei jeder Neuigkeit sofort anzurufen, und wenn es mitten in der Nacht wäre.

»Leider kann ich euch nicht anbieten, die Arbeit so lange ruhen zu lassen«, meinte er mit bedrückter Stimme. »Es wird eng hier, aber das weißt du ja schon. Meine letzte Hoffnung ist die Aktionärsversammlung. Vor den anderen wird Harper sich scheuen, uns den Saft abzudrehen. Ich werde versuchen, ihm Zugeständnisse abzuringen. Wir haben noch zwei, drei Sachen in der Pipeline, mit denen *Subview* gut verdienen kann. Ich muss ihn so weit bringen, uns noch eine Weile Luft zu geben. Wenn ich das vor den übrigen Aktionären mache, rechne ich mir bessere Chancen aus. Er wird nicht als das Arschloch vom Dienst dastehen wollen. Das funktioniert aber nur, wenn ihr weitermacht. Diesen Job müsst ihr zu Ende bringen, Ellie. Ich brauche noch ein bisschen mehr, um die Leute zu überzeugen. Das Material, was du mir bis jetzt geschickt hast, war toll, aber das reicht nicht.«

»Wir kriegen das schon hin«, sagte Elaine, und es war ihr sehr ernst damit. »Morgen fahren wir raus nach Ocho Rios, und die anderen Touren arbeiten wir auch noch ab. Keine Sorge, ich lasse dich nicht hängen. Das könnte ich mir auch gar nicht leisten.« Sie liebte ihren Job nicht nur, sondern war auch darauf angewiesen, denn Becky würde bald aufs College gehen, und das Haus benötigte dringend ein neues Dach, von den Reparaturen an dem ständig streikenden Wagen ganz zu schweigen. Und sie wusste, dass es bei Lincoln nicht viel anders war. Er musste eine Wohnung abbezahlen und seinen alten Vater versorgen. Wenn *Subview* ihn feuerte, würde er so schnell nichts Neues finden.

»Ich schicke dir nachher noch die Aufnahmen von heute in die Dropbox«, versprach sie. »Dann hast du zumindest schon mal ein paar Eindrücke.« Sie rang mit sich, dann fügte sie schweren Herzens hinzu: »Meinethalben kannst du es auch schon schneiden.«

»Du bist ein Engel. Ich liebe dich. Bis später, Ellie!«

»Ich liebe dich auch, Linc. Bye!«

Sie drehte sich um, denn sie spürte Russells Anwesenheit.

»Ich habe mit Lincoln gesprochen«, sagte sie lahm, während sie ihr Handy in ihre Umhängetasche schob. »Und es ist nicht … Also nicht, dass du denkst …«

»Ich weiß, dass ihr euch nahesteht. Und natürlich weiß ich auch, dass er schwul ist.« Er lächelte flüchtig. »Manche Dinge merken Männer sofort, auch ohne weibliche Intuition.« Er kam auf sie zu und nahm ihre Hände. »Ich habe die Polizei angerufen. Morgen früh kommt jemand. Ein alter Freund von mir, er heißt Brix. Er kümmert sich persönlich um den Fall.« Eindringlich sah er sie an. »Elaine, wenn ich sonst noch irgendetwas tun kann – sag es einfach!«

»Du machst doch schon so viel.« Sie wandte sich um. »Wo sind die anderen?«

»Sie suchen nach Jerry.«

Sie nickte verkrampft. »Dann sollte ich das auch tun.«

»Wir können gemeinsam suchen. Am besten gehen wir runter zum Strand. Die anderen suchen bei den Feldern und im Wald.«

Sie gingen gemeinsam zum Strand hinunter. Die Sonne stand schon tief, viel Tageslicht würde ihnen nicht mehr für die Suche zur Verfügung stehen. Die Wellen klatschten in monotonem Rhythmus gegen den vom Wasser festgebackenen Sand und färbten ihn dunkel. Der Horizont hatte im Schein der untergehenden Sonne die Farbe von leuchtendem Orange angenommen, in das sich violette Streifen mischten. Die Palmwedel bewegten sich raschelnd im Wind und warfen tanzende Schatten auf den Sand.

Sie gingen ein Stück den Strand entlang und schauten hinter die zerklüfteten Felsen, die in lockeren Abständen am Ufer zu finden waren. Elaine wünschte sich verzweifelt, Jerry irgendwo zu entdecken, doch mindestens ebenso sehr fürchtete sie sich davor.

»Elaine. Du musst das nicht machen. Lass mich einfach allein suchen, ja? Geh zurück zum Haus und lass dir von Hazel einen Drink machen.« Russell war stehen geblieben und sah sie an. Ein Ausdruck von tiefem Ernst stand auf seinem dunklen Gesicht. Wie immer hatte sein Blick etwas Bezwingendes. Als wollte er von ihr Besitz ergreifen, auf eine Weise, die ihre Lust anstachelte, aber auch eine schwache Furcht weckte, wie ein Kribbeln im Nacken nach einem Lufthauch.

»Nein«, sagte sie mit flacher Stimme. »Ich will suchen helfen.«

Sie gingen weiter, stumm und in sich gekehrt. Das Feuer des Sonnenuntergangs verwandelte sich nach und nach in matt glühendes Kupfer. Die Schatten hinter den Felsen wurden immer dunkler, aber sie blieben leer. Elaine glaubte nicht mehr daran, dass sie Jerry hier finden würden.

Nach einer Weile brach Russell das Schweigen.

»Ich glaube, Becky weiß über uns beide Bescheid.«

Elaine erschrak. »Hat sie was gesagt?«

»Nein, aber sie hat mich ziemlich komisch angesehen.«

»Ach, das macht sie dauernd.« Elaine war erleichtert. »Sie ist einfach eine kleine Kratzbürste. Das darf man nicht zu ernst nehmen. Und sie hat tief und fest geschlafen, als ich letzte Nacht in unser Zimmer zurückkam.«

»Bist du sicher?«

»Ganz sicher. Ich kenne doch meine Tochter. Und jede Nuance ihres Schlafs.«

»Na schön, du kannst das sicher besser beurteilen.« Er hielt inne, bevor er zögernd fortfuhr: »Sie hat praktisch jede Minute mit meinem Sohn verbracht, seit ihr hier seid. Ich glaube, zwischen ihr und David bahnt sich was an.«

»Das glaube ich auch.«

»Oh. Na, dann lag ich ja ausnahmsweise mal richtig mit meinen Vermutungen. Und was denkst du darüber?« Eine Spur von Sorge lag in seiner Stimme.

»Nur Gutes«, sagte sie entschieden. »Du kannst dir nicht vorstellen, auf was für Jungs sie sonst so steht.« Bevor er auf falsche Gedanken kommen konnte, fügte sie hastig hinzu: »Nicht dass du denkst, sie wäre leicht zu haben. Es gab da zwei oder drei Typen aus ihrer Schule, mit denen sie aus war, aber das war alles im Rahmen. Sie weiß, wie weit sie gehen kann, und hat sich im Griff. Na ja, bis auf das Rauchen. Das kann sie einfach nicht lassen. Aber auch das hält sich in Grenzen. Und davon abgesehen, ist sie unglaublich intelligent. Vorhin zum Beispiel, als wir über den Schuh sprachen …« Elaine verstummte. »Oh Gott«, sagte sie hilflos. »Ich rede hier lauter Blödsinn, und Jerry ist vielleicht …« Sie brach ab, weil sie nicht über die Lippen brachte, was sie befürchtete.

In diesem Augenblick piepte ihr Handy. Es war das Signal für eine ankommende SMS. Sie zog das Smartphone aus der Tasche und ließ es beinahe fallen, als sie las, was auf dem Display stand.

»Es ist von Jerry!«, rief sie aufgeregt. »Er hat zurückgeschrieben! Es ist alles in Ordnung! Sieh nur!« Sie zeigte Russell die Nachricht.

»Alles o.k. Bin in MoBay, komme morgen«, las Russell vor.

»Es geht ihm gut!« Elaine weinte beinahe vor Erleichterung. Mit zitternden Fingern drückte sie den Anrufknopf. Es tutete zweimal, aber dann schaltete sich Jerrys Mailbox ein. »Jerry!«, rief Elaine aufgeregt. »Ich bin's, Elaine. Melde dich!« Sie wartete atemlos und voller Hoffnung, dass er ihren Anruf sofort bemerken und zurückrufen würde, aber es geschah nichts. Sie wählte erneut seine Nummer, doch diesmal folgte nur die Mitteilung der Automatenstimme, dass der Teilnehmer vorübergehend nicht zu erreichen sei.

Sie versuchte es noch ein drittes Mal – vergeblich. Hastig schickte sie ihm eine SMS.

Ruf an, wenn du das liest. Bitte.

Immer noch ganz zittrig vor Aufregung steckte sie das Handy weg und griff nach Russells Hand.

»Dieser dumme, dumme Junge! Ich bin fast verrückt geworden vor Angst um ihn! Lieber Himmel, Russell, hast du eine Vorstellung, was für ein Stein mir gerade vom Herzen fällt?«

»Allerdings. Hoffen wir, dass er bald zurückruft.«

Sie war so glücklich, dass sie ihm um den Hals fiel und ihn stürmisch küsste. Sofort flammte die Leidenschaft zwischen ihnen auf. Seine Hände glitten über ihren Körper und entfachten ihre Begierde. Es fehlte nicht viel, und sie hätte sich hier unten am Strand von ihm nehmen lassen. Erst eine Welle, die weiter vordrang als die anderen, brachte sie wieder zur Besinnung. Sie platschte gegen ihre Knöchel und machte ihnen beiden schlagartig bewusst, dass sie sich beinahe vergessen hätten.

Lachend zogen sie ihre triefend nassen Schuhe aus. Anschließend machten sie sich eilig auf den Rückweg, um den anderen Bescheid zu sagen.

17

Am nächsten Morgen machten sie sich zeitig auf den Weg. Jerry hatte sich noch nicht gemeldet, aber Elaine konnte nicht auf seine Rückkehr warten, denn der Tag war bereits komplett durchgeplant. Nach einem kurzen Frühstück brach sie gemeinsam mit Curd und Jason auf. Russells Verwalter erwies sich erneut als echter Gewinn für die Dreharbeiten. Er sorgte dafür, dass sie ihre jeweiligen Ziele nicht erst lange suchen mussten, sondern sofort dorthin gelangten, wo sie die besten Aufnahmen bekamen.

Die Dunn's River Falls waren nicht umsonst die Hauptattraktion von Jamaika. Elaine schob sich die Sonnenbrille ins Haar und betrachtete entzückt die kristallklaren Wasserkaskaden, die aus zweihundert Metern Höhe über terrassenartige Felsformationen zum Meer hinabrauschten. Touristen mit Gummischuhen an den Füßen bildeten Schlangen, um den Wasserfall hinaufzuklettern. Einheimische Führer halfen ihnen beim Erklimmen der Felsen. Elaine, Curd und Jason stiegen den schmalen Pfad neben den Wasserfällen hinauf und betrachteten das Geschehen von der Seite. Curd filmte die im Sonnenlicht funkelnden Fluten von einer Stelle aus, an der man es regenbogenartig schimmern sah.

Anschließend fuhren sie weiter nach Ocho Rios, von den Jamaikanern kurz *Ochee* genannt, ein typischer Touristenort mit weißen Sandstränden. Hier beschränkte Elaine sich auf ein paar kurze Aufnahmen eines hübschen Strandstücks sowie der Hauptstraße. Als sie dort drehten, hatte Jason alle Mühe, ihnen mehrere zweifelhafte Burschen vom Hals zu halten, die ihnen *Ganja* zum Sonderpreis verkaufen wollten. Die Unbefangenheit, mit der sie ihr Marihuana anboten, trieb Curd zur Weißglut. Er schrie einen der Rastafari an, worauf dieser nur stoisch beide Hände hob und verschwand.

»Ein bisschen höflicher wäre es auch gegangen«, befand Elaine. »Die Typen wollen doch auch nur leben.«

»Ja, und es ist ihnen völlig egal, wenn irgendwelche blöden Touristen im Knast landen, nur weil sie denken, dieser Mist wäre hier legal.«

»Es steht in jedem Reiseführer, dass es illegal ist.«

Curd schnaubte nur verärgert. Jason musterte ihn irritiert, dann meinte er höflich: »Die Menschen hier sind wirklich sehr arm. Die meisten jungen Männer sind arbeitslos.«

»Ich bin sicher, dass sie einen ehrlichen Job finden würden, wenn sie es nur wollten.«

»Jetzt lass es gut sein, Curd«, sage Elaine verärgert.

Er wandte sich achselzuckend ab und ging zurück zum Wagen. Sie fuhren in die Hügel, hinauf zu den Shaw Botanical Gardens, und filmten die traumhafte Aussicht über die Bucht. Anschließend drehten sie an einigen besonders reizvollen Fleckchen des botanischen Gartens, die Jason zielsicher ansteuerte und Elaine damit eine Menge Arbeit abnahm. Er kannte sich erstaunlich gut aus, was sie dankbar zur Kenntnis nahm.

Im unteren Teil des Geländes ragten uralte Baumriesen empor, darunter ein gewaltiger Banyanbaum mit bizarr verzweigten Luftwurzeln. Verwitterte Teepavillons verliehen dem urtümlichen Zauber des Gartens einen romantischen Anstrich, ebenso wie murmelnde kleine Wasserfälle und malerische, mit Seerosen bedeckte Teiche. Das Gezwitscher der tropischen Vögel, das nahezu explodierende Gewirr wuchernder Grünpflanzen, der verschwenderische Blütenregen – Curd brauchte nichts weiter zu tun, als die Kamera langsam von einer Seite zur anderen zu schwenken.

Elaine war entzückt von der Location und lobte Jason für den ausgezeichneten Tipp. »Das ist genau das, was wir für die Doku brauchen, Jason.«

Er hob nur mit einem kurzen Lächeln die Schultern. »Freut mich, wenn ich helfen kann.«

Er kümmerte sich wie versprochen um die Tontechnik, sodass Curd sich vollständig auf die Kameraarbeit konzentrieren konnte. Elaine hielt sich bis auf zwei, drei kurze Texte zurück. Sie würde die fertig geschnittenen Bildfolgen später mit passenden Sprechsequenzen unterlegen. Es war nicht nötig, dass sie jedes Mal mit im Bild stand, zumal sie den Eindruck hatte, nicht sonderlich enthusiastisch zu wirken. Sie hatte wie vor jedem Dreh ausreichend Concealer, Puder und Lippenstift aufgelegt, denn die Kamera verzieh selten ein ungeschminktes Gesicht. Doch das frische Strahlen, das für perfekte Aufnahmen erforderlich war, konnte sie damit höchstens ansatzweise herbeizaubern.

Für das Mittagessen hatte Jason einen Ort ausgesucht, der ihnen ein paar unverhoffte Extraaufnahmen bescherte – Irie Beach, ein Strand am White River, wo es ein Lokal mit Blick auf einen plätschernden kleinen Wasserfall gab. Sie saßen inmitten der dschungelartigen Umgebung, verzehrten Hühnchen mit Reis und hörten dazu Reggae.

Nach dem Essen machten sie einen Abstecher ins Landesinnere. Eine schmale, von Schlaglöchern übersäte Straße wand sich die Hügel hinauf, wo in einem Kaff namens Brown Town ein großer landestypischer Markt abgehalten wurde. Hier mischten sich Touristen und Einheimische in einem zwanglosen Durcheinander. An zahlreichen Ständen wurde gefeilscht und gelacht. An einer Ecke saß ein alter Rastafari in einem bunten Hemd. Er hielt eine kleine Steeldrum zwischen den Knien, die er mit geschlossenen Augen bearbeitete. Elaine stieß Curd mit dem Ellbogen an, und er wandte sich zu dem Alten um und richtete die Kamera auf ihn. Das rief eine geschäftstüchtige Frau auf den Plan, die gerade einen Korb mit Kalebassen von ihrem Esel ablud. Sie behauptete, sie sei die Tochter des Alten, und verlangte Geld für die Filmaufnahmen. Ihr Geschrei lockte rasch von allen Seiten schaulustige Einheimische herbei, die ebenfalls einen guten Handel witterten, weshalb Jason es für besser hielt, wieder aufzubrechen.

Sie fuhren weiter in die Berge, zu einem winzigen Nest namens Nine Mile, wo hässliche Wellblechhütten die holprige Straße säumten. Dort oben in den Hügeln gab es nur eine einzige Sehenswürdigkeit – ein großes Marmorgrab, in dem die sterblichen Überreste von Bob Marley ruhten, dem wohl berühmtesten Sohn Jamaikas. Ein Film über die Insel wäre nicht komplett gewesen, wenn nicht wenigstens einmal kurz der Ort seiner Herkunft gezeigt worden wäre. Curd machte pflichtschuldig einige Aufnahmen vom Mausoleum, und sie bezahlten einen der örtlichen Führer für einen kurzen Rundgang, der ihnen ein paar zusätzliche Drehmotive eintrug und bei dem sie von Lautsprechern beschallt wurden, aus denen der unvergessliche Sound des legendären Musikers ertönte.

Als sie schließlich zur Küstenstraße zurückfuhren und dann nach Westen in Richtung Falmouth abbogen, gab Elaine sich dem befriedigenden Gefühl hin, das sie immer nach einem langen, erfolgreichen Drehtag erfüllte. Sie wusste, dass sie gute Arbeit geleistet hatten und wunderbare Aufnahmen mit nach Hause nahmen. In manchen Situationen hatte Jerry definitiv gefehlt, denn auch wenn Jason sich alle Mühe gab und jede Anweisung sofort befolgte, konnte er einen gut ausgebildeten Tontechniker wie Jerry nicht wirklich ersetzen. Elaine hatte während der Fahrten zu den einzelnen Zielen ihrer Tagesetappen ein paarmal ihr Handy gecheckt, aber der Empfang in den Bergen war schlecht. Zwischendurch hatte sie versucht, Becky und Russell anzurufen, aber jedes Mal wurde die Verbindung unterbrochen, bevor sie sich richtig aufbauen konnte. Erst auf der Küstenstraße hatte sie endlich ein Netz und erreichte Russell.

»Ist Jerry wieder da?«, fragte sie, nachdem sie ihn ein wenig verlegen begrüßt hatte.

»Nein«, sagte er. Seine Stimme klang angespannt und müde zugleich. »Keine Spur von ihm.«

»Hat er angerufen?«

»Bisher nicht. Becky hatte gemeint, dass er vielleicht nach dem Wagen sucht, denn der steht ja nun nicht mehr in Mo-Bay. Ich habe ihr vorgeschlagen, ihm eine SMS zu schicken, dass wir ihn abholen. Das hat sie gemacht. Darauf hat er geantwortet, dass er sich meldet.«

»Er hat *Becky* eine SMS geschickt?«, vergewisserte sich Elaine.

»Nur zwei Worte: *Melde mich.* Seitdem warten wir darauf, dass er es tut. Wenn er bis heute Abend nicht anruft, werde ich noch mal mit Brix reden. Und wie war euer Tag? Wo seid ihr jetzt?«

»Wir haben großartige Aufnahmen gemacht. Momentan sind wir auf dem Rückweg.« Elaine wandte sich an Jason, der am Steuer des Chrysler saß. »Ist es noch weit?«

»Höchstens zwanzig Minuten«, sagte Jason.

»Ich hab's gehört«, sagte Russell. »Ich freu mich, dich zu sehen.« Seine Stimme vibrierte an Elaines Ohr und schien sie zu streicheln. Ihr wurde heiß. Sie hatte die vergangene Nacht in ihrem eigenen Bett verbracht, obwohl er gesagt hatte, dass er auf sie wartete. Und sie hatte auch wirklich fest vorgehabt, sich wieder zu ihm zu schleichen, weil es sie mit solcher Macht zu ihm hingezogen hatte, dass sie sich schon beinahe wie eine Süchtige vorkam. Aber aus der Sache war diesmal nichts geworden. Becky hatte noch ewig gelesen, während Elaine unter ihrer Decke geschwitzt und gehofft hatte, ihre Tochter möge endlich den E-Book-Reader weglegen und das Licht ausmachen. Doch irgendwann war sie selbst eingeschlafen, und als sie wieder aufgewacht war, hatten draußen bereits die Vögel gezwitschert. Danach hatte sie Russell nur noch kurz zwischen Tür und Angel gesehen. Sie hatten verstohlene Blicke getauscht, halb belustigt, halb verzweifelt, wie ein heimliches Liebespaar, das sich nicht verdächtig machen wollte. Bei Licht betrachtet waren sie genau das – ein Mann und eine Frau, die sich leidenschaftlich zueinander hingezogen fühlten, bis jetzt aber noch nicht den Mut aufgebracht hatten, das offen zu zeigen. Elaine fragte sich unwillkürlich, worauf das Ganze hinauslaufen sollte.

»Ist Jerry immer noch nicht zurück?«, wollte Curd wissen.

»Nein, aber er hat eine Nachricht an Becky geschrieben, dass er sich melden will.«

»Der Bursche hat wahrscheinlich zu viel Ganja geraucht und will das erst komplett ausschwitzen, bevor er sich wieder blicken lässt«, meinte Curd verdrießlich.

Das wollte Elaine gern glauben, aber sie hatte ein ungutes Gefühl. Jerry stellte manchmal Blödsinn an und benahm sich leichtsinnig, aber solche Ausweichmanöver waren nicht seine Art. Auch war bisher ungeklärt, warum sein Schuh auf der Plantage gefunden worden war, er selbst sich aber in der Stadt aufhielt. Immerhin schien es ihm nicht allzu schlecht zu gehen, denn sonst hätte er Becky keine SMS schreiben können.

Elaine wünschte sich inbrünstig, dass er sich endlich bei ihr meldete. Schon deshalb, weil Curd sich viel besser ertragen ließ, wenn Jerry ihm mit seinen frechen Sprüchen Paroli bot. Curd saß auf der Rückbank des Chrysler und hantierte an den Schrauben des Stativs herum, das sich auf wundersame Weise doch noch wiedergefunden hatte – in der Kammer mit den Putzsachen. Curd war davon überzeugt, dass die alte Haushälterin es da versteckt hatte, um ihn zu schikanieren. Er hatte sich sogar zu der blödsinnigen Idee verstiegen, dass sie es mit einem bösen Zauber belegt haben könnte.

»Ich sage dir, das Ding fühlt sich komisch an«, sagte er zu Elaine, während er mit den Fingerspitzen das glatte Metall des Stativs betastete und dazu ein bedenkenvolles Gesicht zog. »Ich merke, dass sie es in den Fingern hatte. Es hat irgendwie eine komische Aura.«

»Du spinnst«, erklärte Elaine kategorisch. »So was gibt es einfach nicht.«

Aber als sie wenig später Swift Great House erreichten und sie beim Anblick des säulengestützten alten Herrenhauses den schon bekannten unangenehmen Schauder verspürte, geriet ihre Überzeugung ins Wanken. Natürlich erwähnte sie das mit keinem Wort, denn im Grunde war sie nicht einmal bereit, es sich selbst gegenüber zuzugeben.

»Was zum …«, stieß Jason hervor.

Verschreckt folgte Elaine seinem Blick. Vor dem Haus parkte der Clio, den Jason zusammen mit Wayne am Vorabend aus der Stadt zurückgeholt hatte. Dicht neben dem Wagen stand Alicia. Sie stützte sich mit einer Hand an der Motorhaube ab und hatte die andere gegen die Stirn gedrückt. Zwischen ihren Fingern tropfte Blut hervor. Jason bremste den Chrysler so heftig ab, dass der Kies nach allen Seiten spritzte. Er sprang aus dem Wagen und lief zu Alicia hinüber, die ihm wankend entgegenkam.

Elaine war ebenfalls ausgestiegen und folgte ihm.

»Jason«, weinte Alicia. »Gott sei Dank bist du da!« Ihre Stimme klang verwaschen, und Elaine roch, dass sie getrunken hatte.

Jason fasste sie bei den Schultern und betrachtete die Wunde an ihrer Stirn.

»Warte. Beweg dich nicht.« Er rannte zum Chrysler zurück, holte den Erste-Hilfe-Kasten und klappte ihn auf. In der Eile fielen ihm ein paar Päckchen Mull zu Boden, doch er achtete nicht darauf, sondern griff sich eines von den übrigen und riss es auf.

Elaine half ihm, Alicia zu beruhigen und einen Mullverband anzubringen. Es blutete sofort durch, sodass sie eine weitere Lage Gaze zum Einsatz bringen mussten.

»Das muss genäht werden«, meinte Elaine besorgt.

Ihr Blick fiel auf den Clio. Die Stoßstange war eingedellt, und am vorderen rechten Kotflügel prangte unübersehbar eine tiefe Beule. Alicia hatte einen ziemlich heftigen Auffahrunfall hingelegt.

Elaine erschauderte. Gegen ihren Willen musste sie an ihre Mutter denken, die bei einem Autounfall ums Leben gekommen war, nachdem sie zu tief ins Glas geschaut hatte. Alicia hatte definitiv ebenfalls einiges intus, aber wenigstens hatte sie Glück gehabt. Eine Platzwunde am Kopf, eine Beule am Wagen – nichts, was sich nicht wieder in Ordnung bringen ließ.

»Sieht nach einem hässlichen Crash aus«, sagte Jason. »War sonst noch jemand beteiligt?«

Alicia antwortete nicht. Elaine wechselte einen raschen Blick mit Jason.

»Antworte mir!«, befahl er Alicia mit scharfer Stimme. »Was ist passiert? Und wie lange ist das her?«

»Jemand scheuchte ein paar Ziegen auf die Straße, da musste ich ausweichen und bin gegen einen Baum gefahren. Es ist gerade eben erst passiert, ich bin eine halbe Minute vor euch angekommen.«

»Wurde sonst noch jemand verletzt?«, bohrte Jason.

»Nur der beschissene Baum.«

In diesem Moment kam Russell aus dem Haus und eilte auf sie zu. Irgendwer musste ihm Bescheid gesagt haben. Seine gesunde tiefbraune Gesichtsfarbe hatte einen fahlen Unterton angenommen.

»Was zum Teufel hast du wieder angestellt?«, fragte er grimmig.

Alicia schluchzte auf, doch aus ihrem Blick sprach verzweifelte Wut, als wäre nicht sie selbst, sondern Russell schuld an dem ganzen Drama. »Du wolltest ja nicht mit mir in die Stadt fahren«, stieß sie hervor.

»Ich habe gesagt, wir fahren in einer Stunde«, erwiderte er zornig. »Konntest du nicht so lange auf mich warten? Musstest du unbedingt wieder deinen Hals riskieren?«

»Ich hatte höchstens *einen* Drink!«

»Ja, klar. Und ungefähr ein halbes Dutzend Tabletten.« Russells Stimme war rau vor unterdrückter Wut, doch Elaine erkannte auch die Sorge in seiner Miene.

»Ich hatte Kopfweh!«, schrie Alicia ihn an. »Was soll ich denn machen, wenn ich solche Schmerzen habe? Ich brauche die verdammten Tabletten! Und sie waren alle, deshalb musste ich mir neue holen!«

»Reg dich nicht auf«, beschwor Jason sie. »Davon wird es nur schlimmer.«

»Was weißt du denn schon?« Diesmal schrie sie Jason an. »Du hast doch von nichts eine Ahnung. Wer bist du schon? Bloß ein kleiner Verwalter. Dein Vater war ein kleiner Verwalter, dein Großvater war ein kleiner Verwalter. Und der Großvater deines Großvaters war ein armseliger Sklave.«

Jason zuckte vor ihrem wütenden Geschrei zurück wie unter einem unsichtbaren Schlag. Sein Kiefer mahlte, er rang sichtlich um Beherrschung.

»Genug«, sagte Russell ungeduldig. »Wir fahren.« Er riss die Schiebetür des Chrysler auf. »Los, steigt ein.«

»Ich kann mitfahren«, erbot sich Elaine.

»Nein, das übernehme ich schon«, meinte Jason. Hastig griff er nach Alicias Arm und stützte sie, als sie stolperte. »Komm, Liebes. Es wird alles gut.«

Alicia versteifte sich, ließ sich aber beim Einsteigen helfen. »Gar nichts wird gut. Frag Toinette, wenn du mir nicht glaubst. Es wird sich alles wiederholen. All das Böse. Der Tod ist zurückgekommen. Er streicht schon durch die Felder. Toinette hat es gesagt.«

»Hör endlich mit dem Blödsinn auf«, fiel Russell ihr barsch ins Wort. Er warf die Tür hinter Jason und Alicia zu, dann schwang er sich mit grimmiger Miene hinters Steuer.

»Wende dich an David oder Toinette, wenn du irgendwas brauchst«, sagte er durch das offene Fenster zu Elaine. »Und wartet nicht mit dem Abendessen auf uns.«

Er startete den Wagen und brauste in einem Höllentempo davon.

18

Zum Abendessen gab es Lobster mit scharfer Soße und gebratene Kochbananen. Toinette und Hazel servierten das Essen auf der Terrasse. Becky und David schaufelten ihre Portion hastig in sich hinein und verschwanden anschließend in Richtung der Felder, um dort weiter nach Jerry zu suchen. Becky war davon überzeugt, dass er nicht weit sein konnte. Kurz vor dem Essen hatte sie eine ziemlich verstörende Entdeckung gemacht.

Als Jerry ihr vor gut zwei Stunden geschrieben hatte, war es ihr zuerst komisch vorgekommen. Sie hatte sich gefragt, wieso er sich nicht direkt an Mom gewandt hatte, aber letztlich hatte sie eine passende Erklärung dafür gefunden – er wollte vermutlich bloß zusätzlichen Ärger vermeiden. Mom konnte ziemlich ungemütlich werden, wenn ihr etwas gegen den Strich ging, auch wenn sie meist nur schwer aus der Ruhe zu bringen war. In diesem Fall hatte Jerry es aber wohl geschafft. Er hatte eindeutig den Bogen überspannt, indem er seit gestern weggeblieben war und Mom und Curd die ganze Arbeit allein machen ließ.

Becky hatte ihm, wie Russell es ihr vorgeschlagen hatte, zurückgeschrieben und dann darauf gewartet, dass er sich bei ihr meldete, doch nach dieser einen Nachricht war nichts mehr von ihm gekommen. Sie war mit David tauchen gewesen und hatte ihr Handy extra bei Russell gelassen, damit er Jerry abholen konnte, sobald der sich wieder rührte. Natürlich hatte sie die Nummernsperre angelassen, schließlich gingen ihre persönlichen Daten Russell nichts an, aber auf den Eingang einer Nachricht von Jerry hätte er sofort entsprechend reagieren können, denn die hätte er ja im Display sehen können. Doch Russell hatte ihr das Smartphone unverrichteter Dinge wieder zurückgegeben und sich höflich für ihr Vertrauen bedankt. Wahrscheinlich hatte er überhaupt nicht bemerkt, dass es gesperrt war. Oder er tat nur so. Entweder war er gegen jede Art von Neugier immun oder einfach bloß ein guter Schauspieler. Doch das war im Grunde egal, denn mittlerweile gab es andere Fragen, die viel drängender waren.

Nachdem sie geduscht und sich fürs Abendessen umgezogen hatte, war sie zurück nach unten auf die Veranda gegangen, hatte es sich dort in einem Liegestuhl bequem gemacht und auf David gewartet. Dabei hatte sie auf dem Smartphone eine Runde *Angry Birds* gespielt und zwischendurch, eigentlich mehr aus Langeweile, eine SMS an Jerry geschickt. *Wann kommst du endlich? Was ist los mit dir?*

Kaum hatte sie auf Senden gedrückt, hatte sie das verräterische *Pling* gehört, das eine ankommende Textnachricht anzeigte. Es war aus den Büschen rechts vom Haus gekommen. Sofort hatte sie eine weitere Botschaft geschickt.

Jerry, bist du da?

Pling.

Er war da! Sie war aufgesprungen. »Jerry? Jerry?«

Zwischen den Büschen raschelte es, dann war das Getrappel von Schritten zu hören, das sich schnell entfernte. Wo immer Jerry sich versteckt gehalten hatte – er hatte den Standort gewechselt und wollte anscheinend nicht gefunden werden. Als kurz darauf Mom eintraf und gleich im Anschluss daran das Abendessen aufgetragen wurde, war Becky drauf und dran gewesen, sofort mit der Sache herauszuplatzen, aber irgendetwas hielt sie davon ab. Vielleicht war es Moms bedrücktes, müdes Gesicht. Oder der Stress, den diese dämliche Alicia schon wieder verursacht hatte. Sie war mit dem Clio gegen einen Baum gedonnert und hatte sich am Kopf verletzt, weshalb Russell und Jason jetzt eine Extratour in die Stadt unternehmen durften, um sie dort in der Ambulanz verarzten zu lassen. Kurzum, es gab schon genug Ärger. Außerdem wollte Becky zuerst in Ruhe mit David über die Sache sprechen. Unter dem Siegel der Verschwiegenheit hatte sie ihm davon erzählt, bevor sie sich mit den anderen zu Tisch setzten, und entsprechend eilig hatten sie es beide anschließend mit dem Essen. Mom guckte ein bisschen irritiert, als Becky und David so unvermittelt loszogen, aber sie sagte nichts.

»Hätten wir deiner Mutter nicht besser davon erzählen sollen?«, fragte David, während sie gemeinsam das Gebüsch rund ums Haus durchstreiften. »Ich meine, Jerry muss doch irgendeinen Grund haben, warum er sich versteckt.«

Becky schickte Nachrichten an Jerry und hob lauschend den Kopf, doch es war nichts zu hören. Sie dachte nach. Curd hatte beim Abendessen wieder einmal rumgenörgelt, wie es so seine Art war. Unter anderem hatte er den Verdacht geäußert, Jerry sei womöglich derartig versackt, dass er aussah und roch wie ein Tier aus dem Gully und es deshalb nicht wagte, sich von anständigen Menschen von der Lasterhöhle abholen zu lassen, in der er schon seit zwei Tagen herumhing.

Sie blieb stehen. »Vielleicht hat er sich schon ins Haus geschlichen und steht unter der Dusche!«

David runzelte die Stirn, dann nickte er. »Da könnte was dran sein.«

»Gehst du rasch hoch zu seinem Zimmer und siehst nach? Wenn wir jetzt zusammen ins Haus gehen, will meine Mom garantiert wissen, was los ist.«

»Sollten wir es ihr nicht sowieso erzählen?«, fragte David noch einmal.

»Nein«, sagte sie ungeduldig. »Ich will nicht, dass sie sich unnütz Sorgen macht. Was ist, wenn es bloß ein Irrtum war?«

»Sie sollte es wissen«, beharrte er.

»Es kann auch einfach nur ein Zufall gewesen sein. Irgendwer, der sich gerade mit irgendwem geschrieben hat. Alle iPhones hören sich gleich an, wenn eine Textnachricht reinkommt. Du hast doch auch eins und dein Dad und deine Tante auch. Und Jason auch, oder nicht? Und wahrscheinlich die Hälfte von den Arbeitern genauso.«

»Ich wüsste nicht, dass einer von den Arbeitern ein iPhone hat, das wäre mir bestimmt nicht entgangen. Außerdem haben die längst Feierabend. Mein Dad und Tante Alicia und Jason waren schon weg, als du wieder nach unten gekommen bist. Und auf meinem iPhone ist auch keine Nachricht eingetroffen.«

»Bist du sicher?«

Er holte sein Handy aus der Hosentasche und sah nach. »Keine Nachricht.«

Becky sah eine Bewegung drüben bei den Hütten und erstarrte. »Da ist jemand«, sagte sie.

»Du hast recht.« David verengte die Augen. »Komm, wir sehen nach.«

Sie liefen hinüber, aber als sie die Hütten erreichten, war dort niemand mehr. Dafür hörten sie wieder Geräusche von Schritten, diesmal aus Richtung der Zuckermühle. Sie pirschten sich zögernd heran. David ging voraus, geduckt und die Hände fast bis zu den Knien herabhängend. Becky folgte ihm auf dem Fuße. Ihr Herz hämmerte bis zum Hals, und ein paarmal musste sie die Luft anhalten, weil sie Angst hatte, ihr Keuchen würde sie verraten.

Als sie die Zuckermühle erreichten, richtete David sich auf. Er wirkte verblüfft.

»Wayne«, sagte er. Es klang ein wenig linkisch. »Was machst du denn hier?«

Wayne stellte ein Fass ab. »Ich lade die Fässer ab«, sagte er, einen erstaunten Ausdruck im Gesicht. »Jason hat gesagt, dass ich das noch machen soll, bevor ich heimgehe.« Er deutete mit dem Kinn auf ein mit Fässern bepacktes Fuhrwerk.

»Wann hat er das gesagt?«

Wayne zuckte die Achseln. »Vorhin.«

»Jason war den ganzen Tag nicht da.«

»Kann sein, dass er es gestern gesagt hat.«

Becky blickte alarmiert von Wayne zu David. Der Jamaikaner sprach ein ziemlich verschliffenes Patois und war nicht besonders gut zu verstehen, doch sie zweifelte nicht daran, dass er log wie gedruckt. Ihr Blick fiel auf die unverkennbare viereckige Ausbuchtung in Waynes Hosentasche.

»Er hat ein Smartphone«, sagte sie, während sie ihr eigenes iPhone aus der Seitentasche ihrer Bermudas holte und eine Nachricht an Jerry eintippte. Es war nichts zu hören, doch Wayne wich zwei Schritte zurück.

»Er hat den Ton abgeschaltet!«, rief sie. »Er hat Jerrys Handy!«

»Das ist Blödsinn«, sagte Wayne.

»Wirklich?« David straffte die Schultern und ging auf Wayne zu. »Dann zeig es uns doch.«

Waynes Gesicht wurde hart. Er kam näher. David machte keine Anstalten, vor ihm zurückzuweichen. Becky sah jedoch, wie viel Mühe es ihn kostete, dort stehen zu bleiben. Wenn irgend möglich, hämmerte ihr Herz noch heftiger – diesmal vor Angst. Ihre Hände zitterten wie verrückt. Trotzdem kriegte sie es hin, eine Nachricht an Mom zu schicken. *Wayne hat Jerrys Handy.*

»Ich hab's meiner Mutter geschrieben«, sagte sie laut. »Gerade eben. Sie weiß, dass du Jerrys Handy hat. Und in einer Minute weiß es Mr. Swift und dann die Polizei.«

Wayne blieb abrupt stehen. Sein eben noch verschlossenes Gesicht nahm einen verzweifelten Ausdruck an. »Ich hab's gefunden«, beteuerte er. Er holte das Handy aus der Hosentasche und reichte es David, als könnte er sich damit entlasten. »Es lag im Feld. Ich schwöre, dass ich es gefunden habe!«

»Ach ja?« David starrte ihn an. »Und warum hast du's nicht zurückgegeben?«

»Ich dachte, einer der amerikanischen Touristen hat es verloren. Die sind doch alle längst wieder in Port Antonio oder Negril oder sonst wo. Die können das ihrer Versicherung melden und kriegen ein neues. Denen ist doch egal, wenn sie ein Handy verlieren, sie können sich sofort ein anderes besorgen!« Wie zum Beweis seiner Unschuld breitete er beide Hände aus. »Ich wusste wirklich nicht, dass das Handy Jerry gehört! Sein Name steht doch nicht drauf!«

»Warum haben Sie dann Nachrichten an meine Mutter und mich geschrieben?«

Wayne wand sich. »Ich hab's nur aus Blödsinn gemacht, mit der Antwortfunktion. Weil ich es ausprobieren wollte. Ehrlich, ich wollte niemanden ärgern oder so. Ich dachte einfach bloß, wie toll es ist, dass ich auch endlich mal so ein Ding habe!«

»Wo genau hast du es gefunden?«

»Ich zeig euch die Stelle.« Er deutete auf das benachbarte Zuckerrohrfeld.

»Wir sollten lieber wieder zurück zum Haus gehen und warten, bis dein Dad zurück ist«, sagte Becky zu David. Sie brannte darauf, die Fundstelle zu sehen, doch sie hatte ein mulmiges Gefühl bei der ganzen Sache. Dieser Typ sah alles andere als vertrauenerweckend aus.

»Meinetwegen«, sagte David.

»Ich geh dann mal heim«, meinte Wayne im Plauderton. »Hab ja sowieso längst Feierabend.«

Becky wollte protestieren, denn es konnte nicht angehen, dass der Kerl einfach so abzog. Sie hätte einen Besen fressen wollen, wenn er nicht irgendwas mit Jerrys Verschwinden zu tun hatte!

Doch er drehte sich in aller Seelenruhe um und marschierte davon. Am liebsten hätte sie eine Waffe gezogen und ihn verhaftet oder irgendwas in der Art. Sie wünschte sich, so tough zu sein wie Ziva von *Navy CIS*. Die hätte garantiert nicht lange gefackelt und dem Typen sofort einen Satz Handschellen verpasst.

»Keine Sorge«, sagte David, während er Jerrys Handy in die Hosentasche steckte und stattdessen sein eigenes hervorzog. »Der kommt nicht weit.«

Er rief seinen Vater an, und während er mit Russell sprach und ihm alles erzählte, sah Becky, wie Mom im Laufschritt näher kam, die Augen vor Schreck aufgerissen und einen entsetzten Ausdruck im Gesicht. Hinter ihr trabte Curd über den Lehmpfad, das korrekt gebügelte Hemd bis zum Gürtel durchgeschwitzt vom schnellen Laufen.

»Wo ist er?«, stieß Elaine hervor. »Wo ist Jerry?«

»Wir haben nur sein Handy«, sagte Becky. »Wo Jerry ist, weiß allein der Himmel.« Sie lauschte dem Nachhall des letzten Satzes und fand, dass er einen beängstigend prophetischen Beiklang hatte. Hoffentlich bildete sie sich das nur ein.

19

In dieser Nacht blieb Elaine wach, was ihr nicht weiter schwerfiel. Obwohl sie einen anstrengenden Tag hinter sich hatte, wirkte die ganze Aufregung immer noch so stark nach, dass sie nicht zur Ruhe fand. Auch Becky wälzte sich noch im Bett herum, doch wenigstens hatte sie diesmal noch vor Mitternacht die Nachttischleuchte ausgeknipst und das Handy weggelegt, auf dem sie unablässig herumgetippt hatte.

Elaine lauschte wie in der vorletzten Nacht auf Beckys Atemzüge, bis sie sicher sein konnte, dass ihre Tochter richtig schlief. Lautlos glitt sie schließlich aus dem Bett, schlich aus dem Zimmer und zog sacht die Tür hinter sich zu. Beim Klicken des Schlosses erstarrte sie und wartete mit angehaltenem Atem, doch es blieb alles ruhig. Keine Geräusche, aus denen zu schließen war, dass Becky wieder aufgewacht war.

Sie hatten ganz gegen ihre Gewohnheit vorm Zubettgehen länger miteinander gesprochen. Genau genommen, konnte Elaine sich nicht daran erinnern, wann sie das letzte Mal überhaupt länger als drei Minuten am Stück mit Becky geredet hatte, ohne dass es in Streit ausartete. Die Sorge um Jerry schien sie auf ungewohnte Weise miteinander zu verbinden. Becky, die sich schon seit Jahren so erwachsen gebärdete, hatte mit einem Mal wieder verletzlich und kindlich gewirkt, als wäre sie erst zwölf und nicht siebzehn.

Elaine huschte quer über den Flur und klopfte leise an Russells Zimmertür. Er war erst spät mit Jason und Alicia aus Falmouth zurückgekehrt. Ihre Kopfwunde war genäht worden, und sie hatte sich sofort auf ihr Zimmer zurückgezogen. Was mit Jerry passiert war, schien sie nicht zu interessieren. Russell hingegen hatte noch bis zum Schlafengehen mit ihnen zusammengesessen. Sie hatten geredet und darauf gewartet, dass es irgendwelche Neuigkeiten gab. Irgendwann war der erlösende Anruf der Polizei gekommen – man hatte Wayne aufgegriffen und verhaftet. Laut Auskunft des Vernehmungsbeamten blieb er jedoch dabei, dass er das Handy nur gefunden hatte. Von dem Schuh wusste er angeblich nichts, und Jerry wollte er bislang nur während der Filmaufnahmen auf der Plantage gesehen haben.

Curd hatte vorgeschlagen, sofort zur Wache zu fahren und die Wahrheit aus dem Kerl herauszuprügeln, doch Russell hatte dazu nur knapp bemerkt, dass von solchen dämlichen Ideen die ganze Sache auch nicht besser würde. Er hatte nochmals mit Brix telefoniert und Elaine anschließend versprochen, für die nächsten Tage eine Hundestaffel zu organisieren. Auch sonst hatte er sich als Fels in der Brandung erwiesen und Zuversicht verbreitet. Damit hatte er offenbar sogar Becky beeindruckt. Was immer sie an Vorbehalten gegen ihn gehabt haben mochte, schien angesichts der Umstände keine Rolle mehr zu spielen. Ihr Bedürfnis nach irgendeiner Art von väterlicher Souveränität war unverkennbar gewesen. In dankbarer Erleichterung hatte sie an seinen Lippen gehangen, als er ankündigte, eine Suchstaffel einsetzen zu wollen, und als er schließlich vorschlagen hatte, dass sie nun besser alle schlafen gehen sollten, um am nächsten Tag ausgeruht zu sein, war sie widerspruchslos nach oben marschiert.

Die Tür von Russells Zimmer ging auf, und abermals hielt Elaine die Luft an, diesmal jedoch aus anderen Gründen. Die Hitze ihres eigenen Begehrens traf sie wie ein Schlag. Vergessen waren ihre Sorgen und Befürchtungen wegen Jerry. Russells hochgewachsene Gestalt hob sich kaum vor der nächtlichen Dunkelheit in seinem Zimmer ab, doch sie spürte seine Präsenz mit fast magischer Intensität.

Die Läden vor dem Fenster waren nur angelehnt. Durch die Spalten im Holz floss ein Schimmer von Mondlicht, das gerade ausreichte, um einzelne Umrisse im Raum zu erahnen. Eine warme Hand umfasste Elaines Unterarm. Wortlos zog Russell sie an sich, bevor er um sie herumgriff und die Tür hinter ihr schloss. Gleichzeitig drängte er sie gegen das Türblatt und presste seinen Unterleib gegen ihren. Die Lust durchzuckte sie wie eine Stichflamme. Sie musste verrückt sein. Es *war* verrückt, einfach mitten in der Nacht in das Zimmer eines Mannes zu spazieren und sich gegen die Tür drücken zu lassen wie eine … Nein, das war es nicht. Dafür war es viel zu stark und machtvoll. Sie hatte keine Kontrolle über das, was sie tat.

Er umfasste ihre Hinterbacken und hob sie leicht an, und wie von selbst glitt die Spitze seines heißen Glieds zwischen ihre Schamlippen und rieb über ihre Klitoris. Sie war so erregt, dass sie um ein Haar gekommen wäre. Noch zwei, drei Sekunden unter dieser köstlichen Folter, und sie wäre explodiert wie Benzin vor einem Bunsenbrenner. Bevor es dazu kam, ließ er von ihr ab und zog sie zum Bett. Immer noch hatte er kein einziges Wort gesagt, doch das war auch nicht nötig. Dies war nicht die Zeit für Worte. Dieselbe fremdartige Leidenschaft wie in der vorletzten Nacht hatte von Elaine Besitz ergriffen, sie konnte weder sprechen noch denken. Russell drückte sie auf das Bett und spreizte ihr die Beine, während er gleichzeitig ihr dünnes Hemdchen hochschob und es dann irgendwie fertigbrachte, ein Kondom über sein erigiertes Glied zu streifen. Als sein Mund sich saugend über ihrer rechten Brustwarze schloss, biss sie die Zähne zusammen, und als er in der nächsten Sekunde mit einem einzigen hitzigen Stoß in sie eindrang, konnte sie den Aufschrei, der mit aller Gewalt aus ihr herauswollte, nicht mehr unterdrücken. Peitschende Schauer der Wonne durchfuhren sie, sie bog den Rücken durch, während Russell ihr die Knie auseinander und nach oben drückte und immer wieder in sie hineinstieß, bis sie gleichzeitig den erlösenden Gipfel erreichten.

Ihr Orgasmus ließ sie matt und ausgelaugt zurück. Schwitzend und keuchend lag sie in Russells Armen und starrte in die Dunkelheit. Silbrige Streifen des Mondlichts malten unheimliche Spuren an die Decke über ihr, bewegt von den Schatten der Bäume, die sich draußen im Nachtwind wiegten. Fast war es, als würde sie in einen Teich blicken, auf dessen Grund sich seltsame Wesen versammelt hatten und miteinander tanzten. Wie Tote, die schwebend aus ihrem Grab aufgestiegen waren und nicht wahrhaben wollten, dass ihre Zeit längst vorbei war.

Sie wusste nicht, warum ihr diese eigenartigen, verstörenden Gedanken durch den Kopf gingen, und es spielte auch keine Rolle, denn es war nichts weiter wichtig als der Wind und die Nacht und der Schlag von Russells Herz an ihrem.

Dritter Teil

20

1831

»Lass mich.« Judith stieß Rhygin weg und erhob sich von dem Bett, auf dem sie sich eben noch mit ihm zusammen herumgewälzt hatte. »Ich muss was trinken.« Sie stand auf und wollte zum Tisch neben der Tür gehen, wo die Karaffe mit dem Wein stand. Auf halbem Weg musste sie innehalten und sich an der wurmstichigen Kommode abstützen, weil ihr von der raschen Bewegung schwindlig war. In der letzten Zeit hatte sie häufig diese Schwindelanfälle, die sie zwangen, plötzlich stehen zu bleiben und sich irgendwo festzuhalten, weil sie sonst Gefahr lief, ohnmächtig umzusinken. Zum Glück hielt sich wenigstens die Übelkeit in Grenzen, die plagte sie nur morgens gleich nach dem Aufwachen. Doch ihre Wut über diese Schwächeanfälle steigerte sich von Mal zu Mal. Es musste bald etwas geschehen. Bislang hatte sie es vor allen verbergen können, sogar vor Gerald, doch lange würde sie es nicht mehr geheim halten können, egal wie fest sie sich schnürte. Ihr Bauch würde anschwellen wie ein Kürbis, ihre Brüste runder und größer werden. Sie war obenherum bereits deutlich draller geworden. Rhygin hatte vorhin erst gemeint, dass sie da ordentlich zugelegt habe.

Er setzte sich im Bett auf. »Was ist los?«

»Nichts. Es ist alles in Ordnung.« Ruckartig ließ sie die Kommode los und richtete sich auf. Sie sah sein besorgtes

Gesicht in dem angelaufenen Spiegel über der Kommode. »Ich bin einfach nur zu schnell aufgestanden.«

»Du solltest aufhören, diese engen Mieder zu tragen. Die schnüren dir die Luft ab.«

»Ich sagte doch, es ist alles in Ordnung«, versetzte sie gereizt.

»Dann komm wieder ins Bett. Wir waren noch nicht fertig. Noch lange nicht.« Rhygins Stimme klang sanft, doch sie hörte die Ungeduld heraus. Er war unersättlich, seine Gier nach ihrem Körper war manchmal beängstigend, aber auch erregend. So wie jetzt auch wieder. Sie spürte, wie sie erneut die Lust überkam, obwohl er es fast eine Stunde mit ihr getrieben und sie zweimal dabei zum Höhepunkt gebracht hatte. Der Zorn, der in ihr glomm, schien ihre Wollust nur zu steigern. Zwischen ihren Schenkeln stach und brannte es, weil Rhygin sie so hart herangenommen hatte, doch genau so wollte sie es, denn es konnte ihr nicht heftig genug sein. Allein bei dem Gedanken, dass er gleich wieder in sie stoßen würde wie ein brünstiger Stier, wurde sie so nass, dass es aus ihr herauslief.

Sie stellte sich in solchen Augenblicken gern vor, dass Gerald hereinkam und sie erwischte. Wie er in der Tür stand und entgeistert erstarrte, während Rhygin sie vor seinen Augen nahm und sich nicht stören ließ, sondern es höhnisch lachend zu Ende brachte, während sie in lustvollem Triumph den Kopf herumwarf und Gerald ansah, ehe sie kam. Wenn er nur hätte sehen können, welchen Spaß sie im Bett hatte! Dieser Mistkerl, der zweimal die Woche zu seiner Negerhure ging! Wie gern hätte sie ihm ins Gesicht geschleudert, dass sie es schon seit Monaten mit seinem Aufseher trieb.

Aber natürlich würde sie wie immer rechtzeitig zum Herrenhaus zurückkehren, damit er keinen Verdacht schöpfen konnte. Gerald war in Falmouth, wo er sich mit einem englischen Händler treffen wollte. Er würde vermutlich über Nacht wegbleiben, doch ganz sicher konnte sie nicht sein. Er hatte schon einmal angedroht, sie zu ihrer Familie zurückzuschicken, und sie wusste genau, dass er nur auf eine passende Gelegenheit wartete. Seine schwarze Schlampe Louisa lauerte schon seit Jahren darauf, dass er es endlich tat, und Judith war sich darüber im Klaren, dass er bereits mehrmals kurz davorgestanden hatte. *Sehr* kurz.

Frustriert blickte Judith auf ihre Hände herab. Sie waren weiß und glatt, genau wie ihr Körper, der immer noch schön und jugendlich war. Man sah ihr nicht an, dass sie schon vierzig war. Ihr Leib hatte nie die Strapazen einer Schwangerschaft erdulden müssen, und ihr ganzes Leben lang hatte sie nichts tun müssen, was anstrengender gewesen wäre, als sich an- oder auszukleiden. Und sogar dabei hatte sie noch Hilfe. Von Kindesbeinen an hatte sie Sklavinnen um sich herum gehabt. Eine schwarze Amme, später eine Kinderfrau, dann diverse Leibsklavinnen, die ihr die Kleider überstreiften, ihr die Haare zu Locken drehten, ihr beim Baden halfen und das Essen servierten.

Eine Zeit lang hatte sie Gerald in den Ohren gelegen, dass Louisa ihr aufwarten solle, und später hatte sie darauf bestanden, dass sein Bastard Kalinda für diese Aufgaben angelernt wurde. Judith hatte sie mit Vorliebe die Nachttöpfe ausleeren lassen. Doch damit war es schon seit einer Weile wieder vorbei. Louisa und ihre Tochter wurden nur noch für allgemeine Hausarbeiten eingesetzt, und Judith versagte es sich zähneknirschend, die zwei so zu behandeln, wie sie es verdienten. Sie durfte sie nicht einmal berühren. Geralds Blicke schienen sie zu verfolgen, als erhoffte er sich, dass sie seinen Verboten zuwiderhandelte und ihm damit einen Grund gab, sie fortzuschicken. Sie würde keine Handhabe besitzen, das zu verhindern. Wenn er es befahl, würde sie bis ans Ende ihrer Tage bei ihrer verklemmten puritanischen Tante in Atlanta hocken und ihr Schicksal verfluchen. So weit durfte sie es nicht kommen lassen.

Als Erstes würde sie etwas gegen ihren Zustand unternehmen müssen, denn wenn erst herauskäme, dass sie schwanger war, wären ihre Tage auf Swift Great House ohnehin gezählt. Gerald hatte sie seit vielen Jahren nicht mehr angerührt, folglich konnte sie schlecht behaupten, das Kind sei von ihm. Er würde nicht dulden, dass sie ihm Rhygins Bastard unterschob.

»Komm schon«, sagte Rhygin ungeduldig.

Sie goss sich etwas Wein aus der Karaffe ins Glas und stürzte ihn herunter. Der Alkohol stieg ihr sofort zu Kopf und vertrieb die Schwindelgefühle. Lüsternheit machte sich in ihr breit. Die Luft, die zwischen den Ritzen der Läden in die Schlafkammer von Rhygins Hütte drang, war feucht und schwer vom vorangegangenen Regenguss. Es roch nach nasser Erde und nach der süßen, dicken Melasse, die im Sudhaus vor sich hin köchelte. Von den Sklavenhütten her war der Gesang von Frauen zu hören, fremdartige afrikanische Klänge, die Generationen überdauert hatten. Schon lange wurden keine Sklaven mehr von Afrika nach Jamaika gebracht. Das englische Parlament hatte den Menschenhandel verboten und übte zunehmend Druck auf die karibischen Kolonien aus, indem es mit Boykott und militärischer Disziplinierung drohte. Es herrschte eine Zeit des Umbruchs, überall auf der Insel schwelten Konflikte, immer mehr Schwarze flohen in die Berge. Sie wollten alle frei sein, und doch waren sie zu dumm, um auch nur auf den Gedanken zu kommen, dass sie damit die Hand abschlugen, die sie fütterte. Dachten sie etwa, sie könnten sich ihre Arbeit teuer bezahlen lassen und künftig in Samt und Seide gehen? Woher sollte das Geld denn kommen, wenn nicht von ihren früheren Herren, denen sie nicht nur ihr Brot und ein Dach über dem Kopf verdankten, sondern ihre gesamte Existenz? War ihnen nicht klar, dass sie ohne einen Besitzer, der sich ihrer annahm und sie ernährte, elend verkümmern würden?

Gerald ging diesen Problemen geflissentlich aus dem Weg, jedenfalls war das Judiths Eindruck. Er besuchte die Versammlungen des Inselparlaments und stimmte wie alle anderen Pflanzer über Resolutionen und Gesetzesvorhaben ab, aber gegen die drohenden Veränderungen, die langfristig allesamt auf eine Freilassung der Schwarzen hinausliefen, unternahm er nichts. Immer wieder trieben sich Aufwiegler in den Städten und in der Nähe von Swift Great House herum. Sie stachelten die Sklaven auf und ermunterten sie, sich den Widerstandskämpfern anzuschließen, die in den Blue Mountains hausten. Gerald hatte bisher keinen einzigen Versuch unternommen, einen der Kerle zu schnappen und zur Abschreckung auszupeitschen oder wenigstens einzusperren, wie es anderenorts regelmäßig geschah. Er hatte Swift Great House zu einer der schönsten und ertragreichsten Plantagen Jamaikas gemacht, aber vor der Zukunft schien er die Augen zu verschließen.

All das ging ihr durch den Kopf, während sie sich von dem Wein nachschenkte und langsam davon trank. Sie durfte nicht über zu vieles gleichzeitig nachdenken, sondern musste einen Schritt nach dem anderen tun. Eine Engelmacherin hatte sie bereits ausgekundschaftet, aber sie fürchtete sich vor dem, was auf sie zukam. Man hörte die schrecklichsten Dinge darüber. Wenn etwas schiefging, würde das die Gefahr der Entdeckung erhöhen. Was für die Schäferstündchen mit Rhygin nicht minder galt. Er behauptete zwar ständig im Brustton der Überzeugung, dass bislang noch keiner dahintergekommen war, doch Judith wusste es besser. Allein die Blicke, mit denen Kalinda sie in der letzten Zeit bedachte, sprachen Bände. Die kleine Schlampe wusste auf jeden Fall Bescheid. Kalinda war folglich das größte Risiko. Und obendrein war sie seit jeher sowieso der schlimmste Dorn in Judiths Fleisch. Nur wegen dieses kleinen Miststücks musste sie jeden Tag aufs Neue um ihre angestammte Stellung als Herrin von Swift Great House bangen. Kalinda war das Druckmittel, das Louisa bei Gerald immer wieder zum Einsatz bringen konnte. Er hing mit einer wahren Affenliebe an dem Mädchen. Wenn er allerdings gewusst hätte, was Judith wusste, wäre er wahrscheinlich weniger stolz auf die Kleine gewesen …

Mit einem tiefen Zug trank Judith das Weinglas leer. Auf einmal wusste sie, was sie zu tun hatte.

»Woran denkst du die ganze Zeit?«, wollte Rhygin wissen. Er stand vom Bett auf und kam zu ihr. Sein nackter Oberkörper glänzte vor Schweiß. Sein Haar war zerwühlt, sein Blick lockend. Der Moschusgeruch, der von ihm ausging, erregte schlagartig Judiths Sinne. Mit geblähten Nasenflügeln stellte sie das Glas ab.

»Ich habe Pläne geschmiedet«, sagte sie.

»Komme ich auch darin vor?« Er streckte die Hand aus und umfasste eine ihrer Brüste.

»Kannst du immer nur an dich selbst denken?« Sie stieß ihn weg. »Hatte ich dir nicht gesagt, du sollst mich in Ruhe lassen?«

Er holte aus und gab ihr eine Ohrfeige, dann fasste er grob in ihr Haar und riss sie zu sich heran. Sie schrie auf, weil es wehtat, aber zugleich auch auf eine dunkle, böse Art ihre Erregung steigerte. Der Mistkerl wusste genau, was sie brauchte und wie sie es brauchte. Sein Mund presste sich so hart auf ihren, dass ihre Lippe aufplatzte und sie Blut schmeckte. Seine Zunge stieß in ihren Mund und erstickte ihren Protest, der sowieso nur gespielt war. Genau wie ihre Gegenwehr, als er sie brutal zum Bett zerrte und sie bäuchlings auf die Matratze drängte. Von hinten schlug er ihr dünnes Seidenhemd hoch, zwängte mit den Knien ihre Schenkel auseinander und drückte gleichzeitig grob ihren Kopf nach unten, ehe er ihr mit der flachen Hand ein paar klatschende Schläge auf das Gesäß versetzte.

»Du Luder«, sagte er. »Du süßes, süßes Luder.« Und dann drang er gewaltsam in sie ein. Sie schrie vor Lust und Schmerz unter seinen harten Stößen und wand sich vor Wonne.

»Jesus, Judith«, stöhnte Rhygin, nachdem er sich in sie ergossen hatte und neben ihr aufs Bett gesunken war. »Ich würde alles für dich tun, weißt du das? Ich liebe dich so unendlich!«

Sie murmelte irgendeine Zustimmung. Während er schwer atmend und schwitzend neben ihr lag und sie träge streichelte, nahm in ihrem Kopf der zweite Teil ihres Plans Gestalt an. Sie fragte sich, wieso sie nicht schon früher darauf gekommen war.

21

Die Gelegenheit, auf die sie gewartet hatte, kam am nächsten Abend während des Essens. Gerald war am Nachmittag aus Falmouth zurückgekehrt, mit einer Miene, die keinen Zweifel daran ließ, dass er den Kopf voller Sorgen hatte. Judith fragte ihn mit ungewohnter Freundlichkeit, ob seine Geschäftsabschlüsse zufriedenstellend verlaufen seien, worauf er eine einsilbige Antwort murmelte und das Bratenstück, das vor ihm auf dem Teller lag, mit harten, schnellen Schnitten des silbernen Messers zerteilte, als könnte er so die Schwierigkeiten aus seinem Leben schneiden.

Judith legte das Besteck zur Seite, trank einen Schluck von dem Rotwein, den der Hausklave ihr eben eingeschenkt hatte, und formulierte im Geiste die Worte, die sie an Gerald richten wollte. Sie hatte sich schon vorher alles genau zurechtgelegt, denn es war wichtig, dass sie den richtigen Ton traf. Aufrichtige Sorge würde er ihr von vornherein nicht abnehmen, also konnte sie sich das genauso gut sparen. Zu höhnisch und gehässig durfte es aber auch nicht klingen, denn dann würde er vermutlich sofort vom Tisch aufstehen und entweder in die Bibliothek oder gleich in Richtung von Louisas Hütte verschwinden. In der letzten Zeit hatte er sie immer häufiger besucht. Rhygin vermutete, dass sie vielleicht gemütskrank war, denn er meinte, er hätte sie schon zweimal weinend zum Wald laufen sehen. Judith wusste, dass Louisa das auch früher oft getan hatte, wenn es ihr schlecht ging.

Dass es womöglich derzeit nicht gut um das Seelenleben dieses Flittchens stand, erfüllte sie mit heimlicher Genugtuung. Warum sollte es Louisa besser gehen als ihr?

»Noch Wein?«, fragte sie.

»Gern.« Gerald hielt ihr sein leeres Glas hin und ließ sich nachschenken. Immer noch stand in seinem Gesicht ein grüblerischer und bedrückter Ausdruck. Judith konnte sich vorstellen, worum es sich handelte. Die letzte Ernte war nicht so gut ausgefallen wie die davor, vielleicht würde die Plantage sogar Verluste hinnehmen müssen. Das kam daher, dass sie weniger Sklaven hielten als noch vor einigen Jahren. Ein paar waren gestorben, einige waren zu alt zum Arbeiten und mussten dennoch durchgefüttert werden, und allein sieben der kräftigsten Schwarzen waren in den letzten anderthalb Jahren weggelaufen. Das zumindest hatte Rhygin ihr erzählt, der über diese ganzen Vorgänge bestens Bescheid wusste.

Judith hatte sich vor ein paar Wochen, als Gerald sich in der Hütte seiner Schlampe aufgehalten hatte, einmal die Zeit genommen, die Verkaufs- und Bestandslisten anzusehen. Vor ihrer Heirat hatte sie gelegentlich im Kontor ihres Vaters ausgeholfen, der eine Baumwollplantage unweit von Atlanta betrieben hatte. Er hatte die Plantage heruntergewirtschaftet, sodass sie am Ende parzelliert und Stück für Stück verkauft werden musste, bis sich das Familienerbe nach drei stolzen Pflanzergenerationen am Ende vollständig in nichts aufgelöst hatte. Damals hatte sie es kommen sehen, aber wenig dagegen unternehmen können. Ihr Vater war ein leichtfertiger, spielsüchtiger Tunichtgut gewesen, der es schon als Glanzleistung betrachtet hatte, seine Tochter anständig unter die Haube zu bringen. Er und Geralds Vater hatten sich aus ihrer Jugend gekannt; sie hatten einander auf der für reiche und verwöhnte Pflanzerssöhne üblichen Grand Tour in Europa kennengelernt. Folglich war es Judiths Vater als perfekte Lösung erschienen, sie mit dem verwitweten Sohn seines guten alten Freundes zu verheiraten.

Rückblickend dachte Judith oft, dass sie die Plantage ihres Vaters vielleicht vor dem Ruin hätte retten können, wenn sie die Gelegenheit gehabt hätte, sich verantwortlich darum zu kümmern. Dasselbe war ihr durch den Kopf gegangen, als sie neulich die Bücher von Swift Great House durchgegangen war. Die Plantage brauchte dringend neue Arbeiter. Der Erwerb von Sklaven war verboten, aber deren Besitz war nach wie vor erlaubt. Folglich mussten sich Mittel und Wege finden lassen, das Verbot zu umgehen und den Besitz auszuweiten. Die entlaufenen Schwarzen mussten eingefangen und hart bestraft werden. Gerald war einfach zu weichherzig. Aber sie würde ihm schon aufhelfen. Unter Druck war sogar er in der Lage, unliebsame Entscheidungen zu fällen.

Sachlichkeit, dachte sie. Sie würde es mit Sachlichkeit versuchen! Gerald war ein vernunftbetonter Mensch. Darauf würde er am ehesten reagieren.

»Sicher hast du dir schon eine Lösung überlegt«, meinte sie beiläufig.

»Eine Lösung?« Befremdet blickte er auf. »Was meinst du?«

»Nun, wegen der Sache mit Kalinda.«

»Ich weiß nicht, wovon du redest.« Seine Stimme klang abweisend. Über sein Herzblatt Kalinda durfte niemand ein böses Wort verlieren. Doch Judith wusste, wie sie es anstellen musste.

»Ach, ich dachte, du wüsstest davon.« Sie gab sich überrascht. »Dann hat Louisa dir wohl noch nichts davon erzählt. Obwohl …« Gespielt bedenkenvoll wiegte sie den Kopf. »Möglicherweise weiß sie es ja gar nicht. Es würde naheliegen, wenn ihre Tochter es ihr überhaupt nicht gesagt hätte.«

»Wovon sprichst du?« Gerald wirkte zunehmend gereizt, doch sie ließ sich nicht aus der Ruhe bringen.

»Du kennst doch den jungen Burschen, der zu deinen besten Sklaven gehört. Wenn ich mich recht entsinne, hast du neulich selbst gesagt, was für ein tüchtiger Arbeiter er ist.«

»Jack?«

»Ja, ich glaube, so heißt er. Wenn man bedenkt, wie wertvoll er für die Plantage ist, ist es wirklich ein Jammer, dass du ihn um deiner Tochter willen loswerden musst.«

»Was?« Geralds Miene verfinsterte sich zusehends. »Willst du etwa zum Ausdruck bringen, dass er und Kalinda …« Er hielt inne und starrte sie misstrauisch an. »Rede!«, herrschte er sie dann an. »Was läuft zwischen Kalinda und Jack? Ich will sofort alles hören, was du weißt.«

»Sie treffen sich regelmäßig. Meist an den Sonntagen, zuweilen aber auch abends vor Einbruch der Dunkelheit. Ich weiß, sie haben schon als Kinder zusammen gespielt. Aber jetzt sind sie erwachsen.« Sie erlaubte sich einen bösen kleinen Seitenhieb. »Vielleicht schlägt das Negerblut deiner Tochter stärker durch als deines, sodass sie nach einer Verbindung mit ihresgleichen strebt.«

Klirrend fiel sein Besteck neben den Teller. Judith fuhr zusammen, doch sie ließ sich nicht den Schneid abkaufen. »Diese Treffen sollten ein Ende haben, findest du nicht?«, meinte sie freundlich. »Zumal du ja vorhast, sie mit dem Sohn der Castlemaines zu vermählen. Der wird wohl kaum befleckte Ware heimführen wollen.«

Zorn loderte in seinen Augen auf, und sie widerstand dem Impuls, sich unter seinem Blick zu ducken.

»Wahrscheinlich ist ja noch gar nichts passiert«, fuhr Judith in einem angemessen beschwichtigenden Tonfall fort. »Schließlich ist sie sehr jung, noch keine sechzehn.« Das war eine wohlbedachte kleine Grausamkeit. Louisa war kaum fünfzehn gewesen, als Gerald sie geschwängert hatte.

»Woher weißt du, dass Kalinda sich mit ihm trifft?« Es

schien Gerald einige Mühe zu kosten, sich zu beherrschen. »Hast du die zwei zusammen gesehen?«

»Ich nicht, aber Rhygin. Und wahrscheinlich die Hälfte aller Sklaven auch. Gerald, ehe du denkst, ich wolle mich in deine Angelegenheiten mischen – es geht mir nur darum, dass es kein Gerede gibt. Wenn die Leute erst anfangen, sich die Mäuler zu zerreißen, dann sind Kalindas Chancen auf dem Heiratsmarkt für immer dahin.«

Er sagte lange nichts, aber schließlich meinte er mit schleppender Stimme: »Eher schicke ich dich fort als sie. Wenn niemand sie heiraten will, werde ich Louisa und Kalinda in mein Haus holen, und du wirst von hier verschwinden, so wahr mir Gott helfe.«

Sie schwieg und tat so, als betrachtete sie ihre Fingernägel. So offen hatte er es noch nie ausgesprochen. In ihr brodelte es, und um ein Haar hätte sie ihm ihren ganzen Hass ins Gesicht geschleudert. Schließlich hatte er zuerst die Ehe gebrochen! Und es immer und immer wieder getan, seit vielen Jahren. Ihre Ehe hatte von Beginn an nicht die kleinste Chance gehabt. Er hatte immer nur diese Schlampe Louisa gewollt. Und wenn es um seine Tochter ging, so würde er alles nur Erdenkliche unternehmen, um ihr die Welt zu Füßen zu legen. Dafür würde er, wenn es sein musste, jederzeit seine rechtmäßig angetraute Ehefrau fallen lassen.

Schließlich gelang es ihr, sich zusammenzureißen und ihn beherrscht anzublicken.

»Nun, wenn du es so siehst, liegt es folglich in unser aller Interesse, dass Kalinda bald heiratet, besonders aber in ihrem eigenen. Du weißt ganz genau, dass ich recht habe. Welches Leben hätte sie denn hier? Soll sie auf ewig hier draußen versauern? Eine schöne junge Frau wie sie? Sie gehört auf Gesellschaften. Sie sollte Tanzabende besuchen und Einladungen zum Tee verschicken. All das könnte sie haben, wenn sie einen respektablen Ehemann bekommt. Dann spielt es keine Rolle mehr, dass sie eine Terzeronin ist, denn sie ist bildschön und beinahe weiß, und ihr Vater ist einer der reichsten und ehrbarsten Männer auf Jamaika. Sie hat genau das richtige Alter zum Heiraten.« Judith holte Luft und kam zum entscheidenden Punkt. »Daher solltest du, bevor sie auf dumme Gedanken kommt, diesen Schwarzen aus ihrer Nähe entfernen. Ich weiß, dass du ihn nicht verkaufen wirst, weil du dich an die Gesetze der Krone hältst. Außerdem ist er einer unserer fähigsten Arbeiter, so einen bekommt man so schnell nicht wieder. Aber vielleicht kannst du ihn auf eine andere Plantage vermieten. Zumindest so lange, bis Kalinda verheiratet und von hier fortgezogen ist.«

Gerald blickte sie mit zusammengekniffenen Augen an, als wollte er ergründen, was sie im Schilde führte. Dann schob er mit einer ruckartigen Bewegung seinen Stuhl zurück und stand auf. Während er mit Riesenschritten aus dem Zimmer stürmte, würdigte er sie keines Blickes. Judith griff gelassen nach ihrem Weinglas und trank es aus. Mit einem Mal war sie sehr zuversichtlich, dass ihr Plan aufgehen würde.

22

Kalinda warf den Kopf zurück und starrte Gerald mit blitzenden Augen an. Ihre Unterlippe zitterte, doch ihre Wut war eindeutig stärker als ihre Betroffenheit, das sah Louisa auf den ersten Blick. Ihre Tochter hatte die Hände zu Fäusten geballt und stand Gerald in unversöhnlicher Haltung gegenüber.

»Das kannst du nicht tun!«, stieß sie hervor. »Jack hat sich nichts zuschulden kommen lassen. Wir sind nur Freunde. Du musst ihn zurückholen!«

»Das werde ich nicht«, sagte Gerald.

»Wo hast du ihn hingeschickt?«

»Auf eine andere Plantage. Mehr musst du nicht wissen.«

»Aber hier ist doch sein Zuhause!«

»Sobald du verheiratet bist, kommt er zurück.«

»Ich will nicht heiraten.«

»Das wirst du aber. Ich habe bereits einen ordentlichen Mann für dich gefunden, der dich noch dieses Jahr zur Frau nehmen wird. Es ist schon alles ausgehandelt.«

»Du meinst diesen eingebildeten Ernest Castlemaine, der ständig allen Weibern hinterhersteigt?«

»Ich dulde nicht, dass du so daherredest«, fuhr Gerald Kalinda an. »Ein ordentliches Mädchen sagt so etwas nicht. Außerdem ist der junge Castlemaine ein tüchtiger und vernünftiger Bursche, der weiß, was sich gehört. Sobald ihr verheiratet seid, wird er sich zu benehmen wissen. Denk nur, du wirst eines Tages Herrin auf einer der größten und schönsten Plantagen Jamaikas sein!«

»Ich will nur, dass Jack zurückkommt!«, rief Kalinda verzweifelt aus.

»Das wird er nicht. Finde dich damit ab.« Geralds Stimme klang hart und abweisend. Louisa, die im Hintergrund auf das Ende dieser unseligen Unterredung wartete, dachte bei sich, wie ähnlich Kalinda ihrem Vater doch war. Beide hatten diese starre Kinnlinie, wenn sie zornig waren, und sogar die kämpferische Körperhaltung war dieselbe. Keiner würde auch nur eine Handbreit nachgeben, schon gar nicht in dieser so wichtigen Frage. Erschüttert überlegte Louisa, warum ihr sämtliche Anzeichen, die auf diese Geschichte hingedeutet haben mussten, entgangen waren. Allein Kalindas schuldbewusste Miene, als Gerald sie mit ihrem Verhalten konfrontiert hatte, sprach Bände. Kalinda liebte Jack, so viel war sicher. Aus der Kinderfreundschaft war viel mehr geworden. Doch wieso war es ihr als Mutter nicht aufgefallen? Doch kaum hatte Louisa sich diese Frage gestellt, als sie auch schon die Antwort kannte, die ebenso naheliegend wie bedrückend war: Kalinda hatte es vor ihr geheim gehalten.

War sie mit Jack im Wald verschwunden, wenn sie behauptet hatte, zum Unterricht ins Herrenhaus zu müssen? Oder hatte sie jene Stunden genutzt, in denen Gerald hier gewesen war und ungestört die Zeit mit Louisa im Bett verbringen wollte? Meist hatte Louisa ihre Tochter zum Spielen hinausgeschickt, denn die Hütte hatte nur zwei Räume, und die Wände waren dünn wie Papier. Später, als Kalinda älter wurde, war sie von allein verschwunden, wenn Gerald sich mit Louisa in deren Schlafzimmer zurückzog. Es war eine stillschweigende Übereinkunft zwischen ihnen dreien gewesen, nie hatte es peinliche oder unangenehme Momente gegeben.

Bis jetzt. Auf einmal war alles anders. Kalinda war kein Kind mehr. Ihre Blicke, ihr leidenschaftlicher Wutausbruch, ihre verzweifelte Gegenwehr – sie musste Jack über alles lieben. Gerald hatte völlig recht. Es war ein Glück, dass alles noch rechtzeitig herausgekommen war.

»Es ist das Beste für dich«, mischte Louisa sich in die Unterhaltung ein. »Es wirft kein gutes Licht auf dich, wenn du weiterhin Zeit mit Jack verbringst. Das führt bloß zu Gerede. Die Leute werden über dich herziehen.«

Kalinda fuhr zu ihr herum. »Du meinst, dann bin ich eine Hure, die sich mit Negersklaven einlässt?«

»*Ich* sage das nicht. Aber die Leute werden es sagen.«

»Das ist mir völlig gleichgültig. Sollen sie doch reden! Ich will Jacks Frau werden!« Ihre nächsten Worte rief sie laut aus. »Und wenn ihr mich daran hindert, werde ich weglaufen! Ich werde ihn finden!«

»Und selbst wenn – du wirst ihn niemals heiraten!«, schrie Gerald.

»Dann werde ich mit ihm gemeinsam in den Tod gehen!«, schrie Kalinda zurück. »Wir werden uns zusammen von der höchsten Klippe Jamaikas stürzen! Denn lieber will ich sterben, als einen anderen Mann zu heiraten!« Sie stampfte mit dem Fuß auf, so wie sie es schon früher als kleines Mädchen immer getan hatte, wenn sie zornig war. Mit geballten Fäusten stand sie vor ihrem Vater, der blass, aber unbeugsam ihren Blicken standhielt. Er atmete durch, sichtlich um Fassung bemüht.

»Du redest Unsinn, und ich sehe es dir nach, weil du noch jung und unvernünftig bist.« In seinen Augen war ein Anflug von Mitleid zu erkennen, doch das würde nichts an seiner Entscheidung ändern. Louisa war in gewisser Weise froh darüber, denn sie wünschte sich nichts sehnlicher, als dass ihrer Tochter ein besseres Leben als ihr selbst vergönnt war –

an der Seite eines ehrenwerten und angesehenen Mannes, ohne das ständige Getuschel und die scheelen Blicke von allen Seiten, vor allem aber ohne das niederschmetternde Gefühl, nur ein Mensch zweiter Klasse zu sein. Louisa war dem Himmel dankbar dafür, dass Kalindas Beziehung mit Jack noch nicht so weit fortgeschritten war. Noch war nichts verloren. Es war gerade noch rechtzeitig herausgekommen. Sie wünschte nur, die Unterhaltung wäre bereits vorbei, damit sie alle damit beginnen konnten, die Scherben zusammenzufegen, die dieser Zwist hinterlassen hatte. Danach würde das Leben weitergehen. Das war bisher noch immer so gewesen. Es würde sich für alles eine Lösung finden lassen. Unbewusst legte Louisa die Hand auf die leichte Wölbung ihres Leibs unterhalb des Nabels. Auch dafür, schwor sie sich. Sie würde nicht noch ein Kind in dieser Hütte aufziehen. Gerald musste einsehen, dass sie das nicht noch einmal ertragen konnte.

»Ich werde in den kommenden Tagen noch einmal nach Falmouth fahren und alles in die Wege leiten«, fuhr Gerald fort, nun deutlich sanfter. »Mit deiner Mutter bespreche ich alles Nötige wegen der Feier. Du sollst eine schöne Hochzeit bekommen, mit allem, was dazugehört.«

»Wir lassen dir ein hübsches weißes Kleid schneidern«, warf Louisa ein.

»Ich will kein Kleid. Ich will Ernest Castlemaine nicht heiraten. Pa!« Kalindas Stimme wurde flehend. »Kannst du Jack nicht einfach freilassen? Bitte! Tu es um meinetwillen! Wenn er frei ist, kann ich seine Frau werden. Ich liebe ihn!«

Gerald zuckte unter diesen Worten zusammen, und einen Augenblick lang fürchtete Louisa, er werde Kalinda ohrfeigen. Obwohl er noch nie die Hand gegen das Mädchen erhoben hatte, spürte sie, wie dicht er davorstand und wie schwer es ihm fiel, die Fassung zu bewahren.

»Schlag dir diesen Unsinn aus dem Kopf«, herrschte er Kalinda an. Glaub mir, eines Tages wirst du mir dankbar sein.« Gerald wandte sich zur Tür. Er hatte alles gesagt, was es in dieser Sache zu sagen gab.

Kalinda brach in Tränen aus, als er die Hütte verlassen hatte. Als Louisa sie tröstend umarmen wollte, stieß Kalinda sie zurück. Schluchzend schlug das Mädchen die Hände vors Gesicht.

»Du wirst ihn vergessen«, sagte Louisa, doch es klang hilflos.

»Ihn vergessen? Er ist der einzige Mann, den ich je lieben werde! Was hättest du gesagt, wenn man dich damals fortgeschickt hätte? Aber du durftest hierbleiben, bei Pa! Du liebst ihn doch auch, oder nicht? Er ist weiß, und du bist schwarz. Du bist eine Sklavin.« Kalinda spie das Wort förmlich hervor. »Trotzdem hat er dich nicht weggeschickt.«

»Das kann man nicht vergleichen.«

»Ach? Und warum nicht? Weil du nicht ganz so schwarz bist wie Jack? Bist du deswegen etwa ein besserer Mensch, der es eher wert ist, geliebt und geachtet zu werden?« Kalinda sah sie unverwandt an, das Gesicht tränenverschmiert. Louisa schrak zurück vor dem unverhüllten Hohn in den Augen ihrer Tochter.

»Wenn du erst verheiratet bist und ein Leben führen kannst wie die reichen Leute, wirst du bald begreifen, wie recht wir hatten. Dein Vater und ich wollen wirklich nur das Beste für dich!«

»Und ihr wisst natürlich beide, was das Beste für mich ist, wie? Was aber, wenn euer beider Bestes mir das Herz aus dem Leib reißt? Wenn es mich vernichtet?«

»Kind, so darfst du nicht reden! Du bist doch mein Ein und Alles!« Louisa streckte beide Hände nach ihr aus, doch Kalinda wich vor ihr zurück.

»Lass mich. Ich werde Ernest Castlemaine nicht heiraten. Eher laufe ich weg und stürze mich von der Klippe.«

Louisa merkte, wie ihr Zorn erwachte. »Hör auf, solchen Unsinn zu reden! Und nun geh und wasch dir das Gesicht. Wir müssen gleich rübergehen und der Köchin helfen. Du willst ja wohl der Missus nicht die Genugtuung geben, dich so verheult zu sehen.«

Kalinda, die schon die Hand am Türknauf hatte, blieb wie unter einem Schlag stehen. Langsam wandte sie sich zu Louisa um. »*Sie* war es«, sagte sie tonlos.

»Was?«

»Die Herrin! Sie hat Pa diesen Floh ins Ohr gesetzt! Und ich weiß auch, warum. Sie will Jack und mich loswerden, damit nichts herauskommt.«

»Was soll nicht herauskommen?«

»Dass sie es mit Rhygin treibt.«

»Was sagst du da?« Entgeistert starrte Louisa ihre Tochter an.

»Rhygin ist ihr Liebhaber. Jack hat es gesehen. Neulich nachts ist sie in Rhygins Hütte gegangen, als Pa in Falmouth war.«

»Das will überhaupt nichts heißen«, meinte Louisa verunsichert.

»Tut es wohl«, trumpfte Kalinda auf. »Ich hab sie letztens beobachtet, als Rhygin gerade am Herrenhaus vorbeiging. Du hättest mal sehen sollen, wie rot sie da wurde! Als hätte man sie mit kochendem Wasser übergossen. Rhygin hat sie im Vorbeigehen angestarrt. Du weißt schon, auf diese ganz bestimmte Weise. Als wollte er sofort seine Hose aufmachen und sie besteigen.«

»Ich will nicht, dass du so redest!« Louisa war zutiefst aufgewühlt, aber das hing weniger mit der Wortwahl ihrer Tochter zusammen als vielmehr mit der schockierenden Neuigkeit, dass Geralds Frau und Rhygin womöglich eine Affäre hatten. Sie brannte darauf, mehr darüber zu erfahren, doch mit Kalinda konnte sie wohl kaum darüber sprechen. Das ziemte sich nicht. Und Jack konnte sie erst recht nicht darüber ausfragen, denn der war nicht mehr da. Zudem kannte sie ihn kaum. Obwohl die Sklavenhütten nur rund hundert Schritte entfernt lagen, war sie seit ihrer Kindheit kaum noch da gewesen. Sie hatte auch Kalinda von dort fernhalten wollen, doch es war ihr nicht gelungen. Kalinda war immer schon ein Wildfang gewesen, sie war kreuz und quer über die Plantage gestromert, hatte mit den Kindern der Schwarzen gespielt und sich die Kleider in den Zuckerrohrfeldern und im Wald zerrissen. Oft war sie mit melasseverschmiertem Gesicht und von Mücken zerstochen heimgekommen, weshalb Louisa sich manchmal nicht anders zu helfen gewusst hatte, als ihre verwilderte Tochter mit Zimmerarrest zu bestrafen. Doch schon bei der nächsten Gelegenheit war Kalinda erneut entwischt, um draußen herumzutollen. Sie war von einem unstillbaren Drang nach Freiheit beseelt, es schien unmöglich, sie zu bändigen. Umso schwerer musste es für sie sein, den Sinn von Geralds Entscheidung zu begreifen. Louisa hoffte inständig, dass das Mädchen sich bald besann.

Louisa fuhr zusammen, als Kalinda die Tür der Hütte hinter sich zuknallte. Durchs Fenster sah sie ihre Tochter davonstürmen, die Haube nur nachlässig übers Haar gestülpt und die Röcke wie eine wehende Fahne. Zweifellos wollte sie hinüber zu den Sklavenhütten, um dort in Erfahrung zu bringen, wohin man Jack gebracht hatte. Louisa wusste es selbst nicht; Gerald hatte es ihr nicht gesagt, wahrscheinlich aus Sorge, sie könnte es sogleich Kalinda verraten. Doch wie sie ihre Tochter kannte, würde sie nicht eher ruhen, bis sie es herausgefunden hatte. Louisa machte einen Schritt auf die Tür zu, schon halb entschlossen, Kalinda zu folgen und sie zurückzuholen. Aber dann blieb sie stehen, weil sie erkannte, dass es sinnlos war. Niemand würde Kalinda davon abhalten können, sich dieses Wissen zu verschaffen. Über kurz oder lang würde sie es ohnehin erfahren. Irgendwer würde sich schon finden, der es ihr sagen konnte.

Bei diesem Gedanken wollte sich ein ungutes Gefühl in Louisa breitmachen, doch sie verdrängte es entschlossen und band sich eine frische Schürze um, bevor sie sich auf den Weg zum Herrenhaus machte. Sie tröstete sich damit, dass ihre Tochter einen klaren Kopf besaß und bald erkennen würde, was für sie am besten war. In den letzten Jahren hatte Kalinda sich zu einem vernünftigen jungen Mädchen entwickelt. Sie würde ihr neues Leben als Ehefrau eines angesehenen Mannes schätzen lernen. Die nötigen Voraussetzungen brachte sie allemal mit, dafür hatte Gerald gesorgt. Kalinda konnte vorzüglich lesen und schreiben, und sie verstand sich aufs Musizieren ebenso wie aufs Sticken und Zeichnen. Der wütende Ausbruch von gerade eben würde sich gewiss nicht wiederholen.

Während Louisa zum Herrenhaus hinübereilte, überschlugen sich ihre Gedanken. Ob es tatsächlich stimmte, dass Judith sich Geralds Aufseher als Liebhaber genommen hatte? Und wenn ja – welche neuen Möglichkeiten ergaben sich daraus?

In die Sorge um Kalinda mischte sich ein Anflug von Hoffnung. Vielleicht fand Gerald gegen alle bisherigen Erwartungen schon bald einen Grund, seine Frau fortzuschicken. Dann würde endlich alles gut werden.

Auf dem Weg zum Herrenhaus kam sie an einer rauchenden Feuerstelle vorüber. Eine alte Frau hockte vor einem schwelenden Haufen aus Scheithölzern, auf dem sie irgendetwas Stinkendes verbrannte. Ihr krauses weißes Haar stand ihr in wirren Strähnen vom Kopf ab. Sie blies in den aufsteigenden Qualm und murmelte dabei unverständliche Worte. Unter dem schmutzigen Kattunkleid schauten magere schwarze Beine hervor, die aussahen wie knorriges Holz.

Louisa hatte die Frau noch nie auf der Plantage gesehen, doch sie kannte nicht alle Schwarzen, die in den Hütten hinter den Feldern lebten. Normalerweise blieben sie für sich. In der Nähe des Herrenhauses tauchte kaum je einer von ihnen auf. Dort waren nur die Haussklaven erwünscht – die Köchin, die Küchenmagd, der Butler, Judiths Zofe, zwei Waschfrauen, der Stallknecht, der Gärtner sowie Louisa und Kalinda, die dort als Zimmermädchen und Servierhilfe arbeiteten.

Im Vorübergehen sah Louisa, wie die alte Frau einen schleimigen, blutigen Klumpen ins Feuer warf. Es zischte und rauchte und stank abscheulich. Louisa verspürte das plötzliche Bedürfnis, sich zu bekreuzigen, aber stattdessen formten die Finger ihrer rechten Hand das Zeichen gegen den bösen Blick, wie es ihr einst von ihrer Mutter beigebracht worden war.

Die alte Frau sah es und entblößte ihren zahnlosen Kiefer zu einem bösartigen Grinsen, ehe sie ihr beschwörendes Gemurmel fortsetzte. Louisa eilte weiter, ohne zurückzusehen. Eigentlich hätte sie bei der Frau stehen bleiben und sie fragen sollen, was sie hier verloren hatte. Wenn Gerald oder Judith den Gestank und den Rauch rochen, würde es zweifellos Ärger geben. Dafür würde schon Judith sorgen. Doch Louisa war nur von dem Wunsch erfüllt, so schnell wie möglich weiterzugehen. Ein unmittelbares Gefühl von Bedrohung schien von der Frau auszugehen und sich nach allen Seiten hin auszubreiten, egal wie schnell man davonlief. *Dein Blut*, zischelte es hinter Louisas Rücken. *Du musst dein Blut opfern.* Dunkle Erinnerungen regten sich in ihrem Inneren, und plötzlich kam es ihr so vor, als hätte sie die Frau schon einmal gesehen und ihr zugehört, wie sie ihre Beschwörungen vor sich hin murmelte.

Louisa beschleunigte ihre Schritte, bis sie schließlich rannte. Am Ende kam sie völlig außer Atem beim Herrenhaus an. Die Köchin fragte sie erstaunt, ob etwa der Leibhaftige hinter ihr her sei, worauf Louisa immer noch japsend von der alten Frau berichtete, die ihr mit ihren seltsamen Beschwörungen einen Schreck eingejagt habe. Das wiederum bekam Gerald mit, der gerade aus dem Haus kam und am Küchengebäude vorbei zum Pferdestall gehen wollte. Er schickte sofort den Stallknecht los, der erkunden sollte, was die Alte dort verloren hatte.

»Ich wüsste nicht, wer das sein sollte«, sagte er zu Louisa. »Die mit Abstand älteste Frau auf der Plantage ist Elsa.«

Damit war die Köchin gemeint, die daraufhin beide Hände in die breiten Hüften stemmte und entrüstet ihr tiefschwarzes Gesicht verzog. »Ich bin nicht so alt, wie ich aussehe, Massa! Ich arbeite noch für drei!«

»Das weiß ich doch, Elsa«, sagte Gerald.

»Die Frau war viel älter als du, Elsa«, stimmte Louisa zu.

Elsa schien nicht überzeugt, watschelte aber auf einen Wink von Gerald hin beleidigt zurück ins Küchenhaus. Louisa, die ein wenig befangen dastand, wagte erst jetzt, ihn offen anzusehen.

Gerald betrachtete sie besorgt, doch er schien sich weniger für ihre seltsame Begegnung zu interessieren als für die Folgen seines Gesprächs mit Kalinda.

»Hat sie es eingesehen?«, wollte er wissen.

»Nein, natürlich nicht. Aber das wird sie schon noch.«

»Du bist doch auf meiner Seite, oder?«

»Bin ich das nicht immer?« Sie merkte, dass ihre Gedanken abirrten. Diese alte Frau … Louisa war nicht sicher, ob sie die Worte wirklich oder nur in ihren Gedanken gehört hatte. Gerald würde es so oder so nur als Hirngespinst abtun, ebenso wie die Albträume und bösen Vorahnungen, die sie in der letzten Zeit so oft plagten. Seiner Ansicht nach war dergleichen nur ein Zeichen für schlechte Nerven. Louisa wusste nicht recht, ob das stimmte, obwohl das, was er äußerte, meist zutraf.

Der Stallknecht kam zurück. »Da war niemand«, sagte er.

»Sie saß direkt am Weg«, wandte Louisa ein. »Bei einem Feuer.«

»Keine Frau, kein Feuer«, erklärte der Stallknecht stoisch. Sein knapper Seitenblick offenbarte, dass er an ihrem Verstand zweifelte. Als er Geralds befremdeten Gesichtsausdruck gewahrte, fügte er mit Nachdruck hinzu: »Geht nur selber schau'n, Massa! Nich' mal Asche.«

»Schon gut«, sagte Louisa mit flacher Stimme. »Es sind sicher die Nerven. In der letzten Zeit hab ich ja öfters mal schlecht geträumt.«

»Aber …«, begann Gerald, doch sie hatte sich schon abgewandt, um zum Küchenhaus hinüberzugehen. Sie hatte sich die alte Frau nur eingebildet, aber das änderte nichts an dem Frösteln, das ihren ganzen Körper erfasst hatte. Ihre Mutter hatte fest an das Zweite Gesicht geglaubt. Die Mächte des Voodoo waren für sie real und greifbar gewesen, folglich hatte sie Louisa beigebracht, zu den Geistergöttern ihrer afrikanischen Ahnen zu beten. Damit war es vorbei gewesen, als der alte Swift dafür gesorgt hatte, dass sie zur Bibelstunde ging. Es hatte Schläge gesetzt, wenn man sie bei anderen Gebeten erwischte als denen, die nach Gottes Gebot erlaubt waren. Ihre Mutter war noch im selben Jahr gestorben, und im Laufe der Jahre hatte Louisa die Geister vergessen.

Wieder spürte Louisa, wie sich der Hauch einer alten Erinnerung in ihr regte. Schattenhafte, verschwommene Bilder aus einer Zeit, die so weit weg war, dass nur noch Gefühle davon übrig waren. Der warme Geruch ihrer Mutter, die sie auf dem Arm trug. Das Rascheln aus dem Zuckerrohrfeld. Der tröpfelnde Regen und das Zwielicht der Morgendämmerung. Hinter ihr schwelte das Feuer der alten Frau, die Flammen verloschen zischend im herabfallenden Regen. Ihre Stimme verfolgte sie, während ihre Mutter sie wegtrug. *Dein Blut* … Es war dieselbe Stimme wie vorhin, zischelnd und tonlos wie der Wind.

23

Elaine wurde abrupt wach und starrte ohne jede Orientierung in die Dunkelheit. Schreckensbilder aus einem Albtraum erfüllten sie, doch sie waren allesamt gestaltlos, sodass sie keines davon fassen konnte. Nur die Beklemmung blieb zurück, verbunden mit dem Gefühl, dass etwas Schlimmes passieren würde. Etwas, das immer näher kam und das sie nicht verhindern konnte.

Die bedrückende Empfindung schlug in eiskalten Schrecken um, als sie die leisen Atemgeräusche unmittelbar neben sich hörte. Sie war nicht allein. Jemand war hier. Keine Armlänge von ihr entfernt. Und sie wusste immer noch nicht, wo sie war. Ein keuchender Laut des Entsetzens entfuhr ihr, bevor sie ihn zurückhalten konnte. Die Atemzüge verstummten abrupt, dann sagte eine leise Stimme:

»Elaine?«

Jesus! Sie presste die Hand auf ihr Herz, das wie verrückt hämmerte und ihre Brust zu sprengen drohte. Fast hätte sie angefangen zu heulen, weil sie so lächerlich erleichtert war. Sie lag mit Russell im Bett. Nach Lage der Dinge konnte sie wohl froh sein, dass sie in ihrer ersten Angst nicht losgekreischt hatte wie ein kleines Mädchen.

»Alles in Ordnung, Elaine?«

»Ich wusste für einen Moment nicht, wo ich bin«, gestand sie.

»Du bist genau da, wo du hingehörst.« Seine Hand kam

aus der Dunkelheit und berührte ihre Schulter. Dann spürte sie seine Lippen an ihrer Schläfe.

»Ich hatte einen ziemlich schlimmen Traum«, murmelte sie.

»Hoffentlich nicht von mir.«

Sein Versuch zu scherzen half ihr, sich zu fangen.

»Ich kann mich gar nicht erinnern, wovon ich geträumt habe.« Sie setzte sich auf und tastete nach der Nachttischlampe. »Meine Schuld, dass ich eingeschlafen bin. Ich gehe wieder zurück in mein Zimmer.«

»Bleib doch einfach. Oder willst du das mit uns beiden weiterhin geheim halten?«

»Ich weiß nicht. Becky könnte …« Sie stockte, denn sie wusste nicht, wie sie es erklären sollte. »Es ist kompliziert.«

»Nur so kompliziert, wie du es machst. Denkst du wirklich, sie weiß nicht, was läuft? Elaine, deine Tochter ist siebzehn. In dem Alter wissen die Kids genau, was los ist.«

Sie spürte, wie er sich ebenfalls aufsetzte. Er griff an ihr vorbei und knipste die Nachttischleuchte an. Geblendet schloss sie für einen Moment die Augen, und als sie sie wieder aufmachte, sah sie sein dunkles Gesicht. In seinen vom Schlaf verhangenen Augen stand ein grüblerischer Ausdruck. Er wirkte übermüdet und ein bisschen zerknautscht. Trotzdem – oder vielleicht sogar gerade deshalb? – sah er unwiderstehlich aus. Der Bartschatten auf seinen Wangen und seinem Kinn verlieh ihm einen verwegenen Anstrich, und die muskulöse Linie seiner Oberarme und Schultern erinnerte sie daran, mit welcher Leichtigkeit er sie gepackt und hochgestemmt hatte, als sie sich in einer ungewöhnlichen, aber nichtsdestotrotz höchst aufregenden Stellung geliebt hatten.

»Wie spät ist es?«, wollte sie wissen.

»Halb drei. Noch mindestens vier Stunden, bis wir aufstehen müssen.«

Vielleicht sollte sie wirklich einfach bei ihm bleiben. Warum sollte sie nicht einfach die ganze Nacht mit ihm verbringen? Sie war erwachsen, und Becky war alt genug, um die Dinge im richtigen Licht zu sehen. Russell war nicht nur irgendein billiger Flirt oder One-Night-Stand. Er ging ihr unter die Haut, und Elaine wusste mit traumwandlerischer Gewissheit, dass sie nie wieder einem Mann begegnen würde, der solche Gefühle in ihr auslösen konnte. Das, was sie miteinander hatten, war vielleicht noch keine Beziehung. Jedenfalls keine feste. Aber es konnte eine werden. Warum sollte sie dem, was sich zwischen ihnen beiden gerade entwickelte, nicht eine Chance geben?

Sie wünschte sich nichts sehnlicher, als ihre Bindung zu Russell zu vertiefen. Falls Becky sich deswegen pubertär anstellte, müsste sie eben Klartext mit ihr reden. Möglicherweise zerbrach sie sich aber auch ganz umsonst den Kopf. Genauso gut konnte es sein, dass Becky überhaupt keine Einwände hatte. Schließlich hing sie selbst den ganzen Tag von früh bis spät mit David herum. Elaine kam es sogar so vor, als hätte ihre Tochter sich verknallt. Von daher passte eigentlich alles. Warum also musste sie selbst es immer viel schwieriger machen, als es in Wirklichkeit war?

Russell fuhr ihr sacht mit dem Zeigerfinger über die Stirn. »Zwei Pennies für deine Gedanken.«

»Gerade habe ich überlegt, ob ich heute Nacht nicht doch hierbleibe.«

»Wirklich? Das nenne ich doch mal einen vernünftigen Ansatz.« Er grinste und sah dabei so unverschämt attraktiv aus, dass Elaines Atem ins Stocken geriet. Als er sich vorbeugte, um sie zu küssen, kam sie ihm sofort bereitwillig entgegen.

Ihr Herz schlug so heftig, dass sie das Hämmern an der Tür zuerst gar nicht hörte.

»Russell!« Das war Alicias Stimme. »Russell, mach sofort auf!«

Er war schon vom Bett gesprungen. Hastig streifte er einen Bademantel über und öffnete die Tür. Alicia kam ins Zimmer gestolpert, sie fiel Russell förmlich in die Arme.

»Ich habe Schmerzen«, sagte sie. »Ich will eine Tablette!«

»Setz dich erst mal.« Er führte Alicia zu dem Sessel, der in der Zimmerecke stand. Mit raschem Griff wischte er seine Boxershorts zur Seite, die Elaine ihm ausgezogen und quer durchs Zimmer in die Ecke geworfen hatte. Behutsam drückte er Alicia in den Sessel und strich ihr übers Haar. Sie starrte anklagend zu ihm hoch.

»Ich finde meine Tabletten nicht!«

»Du hast vor drei Stunden eine bekommen. Der Arzt hat gesagt, dass du einen Abstand von vier Stunden einhalten musst.«

»Aber die letzte wirkt nicht mehr! Es tut weh, Russell!« Sie schlang sich beide Arme um den Oberkörper und wiegte sich vor und zurück. »Es tut so schrecklich, schrecklich *weh*! Warum gibst du mir nicht einfach was?«

»Weil du noch eine Stunde warten musst«, sagte er geduldig.

»Was ist schon eine Stunde?« Alicia fing an zu weinen, ihr abgehacktes Patois war kaum zu verstehen. »Du bist mein Bruder. Der einzige Mensch, der wirklich zu mir gehört. Ich habe doch sonst niemanden mehr auf der Welt. Es ist keiner mehr da außer dir. Du musst für mich sorgen, Russ!«

»Ich sorge für dich, Alicia.«

»Dann gib mir eine Tablette.« Alicia umfasste beschwörend seine Hände und hielt sie fest umklammert. *»Bitte!«*

Der weiße Verband um ihre Stirn hob sich leuchtend gegen ihr schwarzes Haar ab, es sah aus wie eine monströse helle Ausbuchtung über ihrem rechten Auge. Die Platzwunde hatte mit zehn Stichen genäht werden müssen. Alicia war deswegen untröstlich gewesen. Russell hatte Elaine erzählt, dass seine Schwester die gesamte Rückfahrt über geheult und ihn sowie den armen Jason mit Vorwürfen überhäuft hatte, weil sie beide zugelassen hatten, dass sie allein losgefahren war.

»Sie wird bald zum Entzug in die Klinik müssen«, hatte er hinzugefügt, doch zu diesem Schluss war Elaine auch schon von allein gekommen. Russell tat ihr leid. Alicia und er standen sich sehr nahe, schließlich waren sie Zwillinge. Bruderliebe und Beschützerinstinkt verbanden sich bei ihm zu einem machtvollen Gefühl der Zuneigung, was ihn aber nicht daran hinderte, Alicias Zustand mit der gebotenen Sachlichkeit zu beurteilen. Er wusste genau, wie krank seine Schwester war, dazu hätte es dieser nächtlichen Szene in seinem Schlafzimmer gewiss nicht bedurft.

Elaine streifte sich verstohlen ihre Unterwäsche über und versuchte dabei, hinter Russells Rücken in Deckung zu bleiben, bevor sie aus dem Bett schlüpfte und zur Tür ging. Alicia erhob sich ruckartig aus dem Sessel. Schwankend kam sie auf Elaine zu und blieb vor ihr stehen.

»Du schläfst mit ihr«, stieß sie mit undeutlicher Stimme hervor.

»Alicia, bitte«, sagte Russell gequält. »Mach jetzt keine Szene. Komm, ich bring dich zurück auf dein Zimmer.« Er griff nach ihrem Arm, doch sie stieß ihn weg.

»Russell«, sagte sie verzweifelt. »Das darfst du nicht tun! Du weißt, was sonst passiert. Das Böse kommt zurück! Es wird sich alles nehmen, was an Glück in diesem Haus übrig ist. Toinette hat es gesagt, sie hat die Zeichen gesehen und weiß es.« Sie wandte den Kopf. »Horch. Sie ist da draußen. Sie spricht mit mir und sagt es mir.«

Russell musterte seine Schwester mit zusammengezogenen Brauen, dann ging er mit raschen Schritten zur Fenstertür und riss sie auf. Er sah hinaus und erstarrte.

»Was zum Teufel ... Verflucht noch mal! Nicht schon wieder!«

Elaine ging ein wenig näher zum Fenster, bis sie die vom Mondlicht umrissene geduckte Gestalt unten auf dem Rasen sah. Keine Frage, das war Antoinette. Die alte Frau richtete sich auf, als hätte sie bemerkt, dass sie von oben beobachtet wurde. Sie reckte den Arm in Richtung des Hauses. Elaine sah, dass sie etwas festhielt, aber das baumelnde Etwas in ihrer Hand schien noch nicht ganz tot zu sein, denn es zuckte und bebte, als wollte es fliehen. Der gruselige Anblick jagte Elaine einen Schauer über den Rücken, und es wurde nicht besser, als die Alte eine Art Singsang anstimmte, der sogar auf die Entfernung zu hören war. Man verstand kein Wort davon, doch Elaine zweifelte nicht daran, dass es sich um archaische Voodoo-Beschwörungen handelte. Kein Wunder, dass Alicia durchdrehte. Dieser ständige Hokuspokus konnte auch geistig gesunde Menschen um den Schlaf bringen, so viel war sicher.

»Das Böse ist hier, und Toinette kann es nicht verjagen, obwohl sie's jede Nacht versucht«, erklärte Alicia. Sie schlug sich mit der Faust auf die Brust. »Ich spüre es mit meinem Herzen, Russell. Die schlimmen Dinge wiederholen sich! Was sagt dir *dein* Herz, Bruder? Hast du etwa vergessen, was mit Janice geschehen ist? Und mit Dorothy? Es wird wieder geschehen.«

»Alicia, hör auf, solchen Unfug zu reden.« Russells Stimme klang schärfer, und Elaine sah, dass sein Gesicht förmlich versteinert war. »Komm jetzt. Du musst dich hinlegen. Ich werde mit dir gemeinsam warten, bis die letzte Stunde vorbei ist, und dann kriegst du deine verdammte Tablette, okay?«

Diese Ankündigung ließ Alicia herumfahren. »Wirklich? Oh, Russell, du gibst mir was? Vielleicht reicht ja auch schon eine halbe Stunde. Oder zwanzig Minuten. Was meinst du?« Diesmal wehrte sie sich nicht, als Russell ihren Arm nahm und sie sanft, aber bestimmt aus dem Zimmer führte. Mit einem bedauernden Blick über die Schulter signalisierte er Elaine, wie unangenehm ihm der ganze Vorfall war, worauf sie sich um ein verständnisvolles Lächeln bemühte und ihm zunickte, als sei das alles überhaupt kein Problem. Sie wartete ein paar Sekunden, bis Russell mit Alicia im Gang verschwunden war, dann ging sie rasch über den Flur zurück in ihr eigenes Schlafzimmer.

Dort erwartete sie die nächste Überraschung, die ihr einen ähnlichen Schrecken einjagte wie Alicias plötzliches Auftauchen vorhin. Becky war verschwunden.

Sie war weder im Badezimmer noch draußen auf der Loggia. *Sie ist weg, sie ist weg, sie ist weg,* hämmerte es in Elaines Kopf. Es fühlte sich an wie ein Echo des Albtraums, aus dem sie vorhin hochgeschreckt war. Sie konnte sich nicht erinnern, *was* sie geträumt hatte, aber mit einem Mal wusste sie, was für eine Art von Gefühl den Traum begleitet hatte. Es war die grauenhafte Furcht, ihr Kind zu verlieren. Sie musste sofort hinaus, Kalinda suchen!

Elaine strich sich fahrig mit den Fingerspitzen über die Schläfen. Wieso hatte sie gerade an diesen fremden Namen gedacht? Sie konnte sich nicht erinnern, ihn je gehört zu haben. Dann entsann sie sich jedoch, dass sie in den alten Unterlagen in Russells Bibliothek darauf gestoßen war. Louisa Wilmington hatte den Namen in ihrem Brief erwähnt – sie hatte vor Carol, die von Jamaika nach Amerika ausgewandert war, noch eine andere Tochter gehabt, die Kalinda geheißen hatte. Rebellisch und wunderschön, so hatte Louisa sie beschrieben. Bei dem Gedanken daran verspürte Elaine eine unerklärliche Benommenheit, doch dann schüttelte sie diese seltsame Empfindung entschlossen ab und stürzte auf den Gang hinaus, um nach Becky zu suchen.

Sie lief in Curd hinein, der im offenen Bademantel und Gummischlappen über den Flur tappte.

»Was ist hier los?«, beschwerte er sich. »Es ist mitten in der Nacht. Ständig laufen Leute an meinem Zimmer vorbei, und alle machen höllischen Krach.«

Tatsächlich hörte man ein paar Türen weiter Alicia lamentieren. Offenbar ließ sich Russell nicht so leicht dazu bewegen, die Tablette vor der festgesetzten Zeit herauszurücken.

»Hast du Becky gesehen?«, wollte Elaine von Curd wissen.

»Wieso? Was ist mit ihr?« Er starrte sie an. Sein sonst so tadellos gekämmtes Haar stand in alle Richtungen ab.

»Sie ist nicht in unserem Zimmer.«

»Vielleicht ist sie spazieren.«

»Es ist drei Uhr nachts!«

»Du bist ja auch öfters um diese Zeit unterwegs.«

Sie war versucht, ihn anzublaffen, dass ihn das überhaupt nichts anging, verkniff es sich aber und suchte stattdessen nach Becky. Sie ging nach unten und schaute in alle Räume – Fehlanzeige. Auch auf der Veranda war niemand. Sie ging ums Haus herum und rief mit gedämpfter Stimme nach Becky, aber es kam keine Antwort. Außer sich vor Sorge ging sie wieder nach oben und klopfte an Russells Zimmertür. Als keine Reaktion kam, ging sie zu Alicias Zimmer, das einige Türen weiter lag, und klopfte dort. Russell öffnete ihr und musterte sie besorgt.

»Was ist los?«, fragte er im Flüsterton.

»Becky ist nicht da. Ich habe überall nachgesehen.« Sie zögerte. »Nur nicht bei David. Ich weiß nicht, wo sein Zimmer ist.«

»Er hat ein Mansardenzimmer unterm Dach. Becky ist garantiert bei ihm.« Er blickte über die Schulter hinter sich. »Alicia schläft. Ich gehe mit dir rauf.«

Im Gang des Dachgeschosses begegneten sie Antoinette, die gerade in einem der Zimmer verschwinden wollte. Bevor sie die Tür hinter sich zumachen konnte, stellte Russell einen Fuß in den Spalt. »Toinette, wir müssen ein ernsthaftes Gespräch führen. Morgen früh als Erstes. Du weißt, dass das nicht so weitergehen kann, oder?«

Die Alte murmelte eine unverständliche, aber zornig klingende Erwiderung, worauf Russell entnervt seinen Fuß zurückzog und ihr so ermöglichte, die Tür zu schließen.

»Ich habe keine Ahnung, was ich mit ihr machen soll«, meinte er düster.

»Alte Leute werden manchmal komisch«, sagte Elaine.

Russell schüttelte den Kopf. »Sie war schon immer so.« Er ging zwei Türen weiter und klopfte. »David? Bist du wach? Ist Becky bei dir?«

Die Tür ging auf, und David erschien, vollständig angezogen und einen schuldbewussten Ausdruck im Gesicht.

»Becky«, sagte er über die Schulter. »Deine Mom ist hier.«

Becky tauchte hinter ihm auf, eine qualmende Zigarette in der Hand.

»Was ist?« Sie klang gereizt.

»Ich habe dich gesucht«, sagte Elaine lahm. Sie kam sich unendlich dumm vor. »Du warst auf einmal weg.«

»Ach ja«, gab Becky gelassen zurück. »Da war ich wohl nicht die Einzige.« Sie zog an der Zigarette und stieß den Rauch von sich. »Bloß mit dem Unterschied, dass ich deswegen nicht durchs Haus renne und einen Wirbel veranstalte.«

»Ich habe mir Sorgen gemacht«, verteidigte Elaine sich. Sie war so erleichtert, dass sie gar nicht auf die Idee kam, Becky irgendwelche Vorwürfe zu machen.

Becky zuckte nur die Achseln. Sie verschwand in Davids Zimmer, entsorgte drinnen die Zigarette und kam dann zurück.

»Gute Nacht«, sagte sie zu David, ehe sie ohne ein weiteres Wort an Elaine und Russell vorbei zur Treppe schlenderte.

Elaine wechselte einen betretenen Blick mit Russell, der allem Anschein nach überlegte, ob er seinen Sohn zurechtweisen sollte, aber dann offensichtlich zu dem Schluss kam, dass es dafür keinen Grund gab. Abgesehen von einer Sache.

»Im Haus sollte besser nicht geraucht werden«, sagte er. »Das solltest du auch Becky sagen, wenn sie dich das nächste Mal auf deinem Zimmer besucht, okay?«

David nickte nur stumm, womit die Unterhaltung beendet war, ehe sie überhaupt begonnen hatte. Elaine und Russell gingen zurück nach unten.

Becky hatte sich bereits in ihr Bett verkrochen und die Decke über den Kopf gezogen. Elaine unternahm keinen Versuch, mit ihr zu reden, erst recht nicht darüber, warum sie selbst die Nacht nicht in ihrem Bett verbracht hatte. In diesem Fall war es wohl das Beste, einfach den Mund zu halten.

24

Ihr blieben nur ein paar Stunden Schlaf, denn es war geplant, dass sie und Curd in aller Frühe gemeinsam mit Jason nach Kingston fliegen und von dort aus den südöstlichen Teil Jamaikas mit der Kamera erkundeten. Elaine hatte ein fertig vorbereitetes Skript, das sie nur noch abarbeiten und mit passenden Aufnahmen versehen mussten. Sie wollte es so rasch wie möglich hinter sich bringen. Die zwei Wochen, die sie veranschlagt hatte, würden sie nicht brauchen. Bisher hatten sie in Rekordzeit bereits einen Großteil der wichtigsten Sehenswürdigkeiten abgeklappert. Jason hatte gemeint, noch drei oder vier Tage, dann müsste es geschafft sein. Es kostete sie Überwindung, trotz Jerrys Verschwinden wie gewohnt weiterzuarbeiten.

Lincoln hatte noch einmal angerufen und sie beschworen, den Auftrag durchzuziehen.

»Das Material, das du mir bis jetzt geschickt hast, ist großartig. Wenn du mir noch ein bisschen was beschaffst, fällt zusätzlich zu dem, was wir für Russells Projekt brauchen, eine erstklassige Reisereportage ab. Ich bin gerade dabei, mit einem größeren Sender zu verhandeln. Die planen dort eine neue Reihe: Trauminseln für Traumurlaube. Wenn wir bei denen landen können, sind wir aus dem Schneider, Elaine! Dann kann Harper uns mal kreuzweise. Lass mich jetzt nicht hängen. Lass *uns* nicht hängen, okay? Das würde auch Jerry nicht wollen, so viel ist sicher!«

Welche Wahl hatte sie schon? Davon abgesehen, war sie es natürlich auch Russell schuldig, dass sie die Dreharbeiten planmäßig durchführten – er war schließlich derjenige, der die Produktion bezahlte und einen entsprechenden Gegenwert für sein Geld erwartete. Er selbst hatte zwar nichts geäußert, das in diese Richtung deutete, doch es verstand sich im Grunde von selbst.

Russell hatte versprochen, die Suche nach Jerry zu koordinieren und weiterhin alles zu tun, was in seiner Macht stand. Er hatte versucht, Elaine zu beruhigen, aber sie wusste, dass er genau wie sie und wie alle Übrigen das Schlimmste befürchtete. Plötzlich war der blutige Schuh wieder in den Mittelpunkt gerückt – alle Zeichen deuteten nun darauf hin, dass Jerry etwas Schreckliches zugestoßen war.

Die Fahrt zum Flughafen führte durch dichten Berufsverkehr und hupendes Gedrängel vor den Stadtgrenzen. Die Formalitäten vor dem Abflug waren dafür erstaunlich rasch erledigt – Jason brachte sie zu einer kleinen Cessna, die am Rande des Rollfelds auf sie wartete.

Während des Flugs nach Kingston ging Elaine ihre Unterlagen durch, aber sie hatte sich kaum richtig eingelesen, als sie auch schon wieder landeten. Auf dem Inlandsflughafen Tinson Pen, der in Hafennähe lag, herrschte eine gemächliche Atmosphäre, die Uhren schienen deutlich langsamer zu gehen als auf dem internationalen Airport von Montego Bay. Doch auch hier warteten gut gelaunte Rastafaris auf Touristen und versuchten in fröhlichem Patois, ihre Dienste anzubieten. Jason verscheuchte sie und sorgte anschließend für einen Mietwagen. Durch stinkende Blechkolonnen bewegten sie sich im Schneckentempo in Richtung Downtown, wo sie sich auf wenige Aufnahmen beschränkten, etwa von Devon House, einem alten Herrenhaus inmitten eines Parks, und Kingston Paris Church, dem Nachbau einer uralten Kirche.

Danach setzten sie die Dreharbeiten auf dem Jubilee Market fort, einem belebten Straßenmarkt in der Innenstadt. Curd spazierte durch die von Menschen überquellenden Gänge zwischen den Marktständen und filmte das Angebot und die Verkäufer, während Elaine hier und da stehen blieb und für die Kamera so tat, als würde sie die Waren begutachten. Von Gemüse in allen Variationen über Billigklamotten und nachgemachten Markenparfüms bis hin zu allerlei Haushaltswaren auf niedrigen Wühltischen konnte man alles erstehen. Marktfrauen priesen lauthals ihre Waren an, und Männer mit voll beladenen Handkarren versuchten, sich unter wüstem Geschimpfe einen Weg durch das Gewimmel zu bahnen. Als die Leute merkten, dass ein Kamerateam auf dem Markt unterwegs war, bildete sich in Windeseile ein regelrechter Auflauf. Curd strich nach kurzer Zeit entnervt die Segel – er konnte einfach nicht in Ruhe filmen, ohne dass sich dutzendweise die Leute um ihn scharten und in die Kamera winken wollten.

Auch Elaine sah sich von allen Seiten neugierigen Blicken ausgesetzt. Und mehreren tastenden Händen, die sich an ihrer Handtasche zu schaffen machten. Schließlich räumten sie notgedrungen das Feld.

Nach dem Abstecher auf den Straßenmarkt fuhren sie mit dem Wagen ein Stück die Jack Hills Road entlang, die sich in Windungen die Hügel hinaufzog. Hier oben gab es schöne villenartige Häuser und einen traumhaften Ausblick auf die strahlend blaue karibische See.

Bei der Besichtigung von Port Royal, dem legendären früheren Seeräubernest, nahmen sie sich dann etwas mehr Zeit. Elaine bezog für die Aufnahme Stellung am Pier, und Curd setzte sie mit der Kamera so in Szene, dass hinter ihr die malerische Bucht das Bild füllte. Jason hielt das Mikro an der Stange im genau platzierten Winkel über ihren Kopf, so wie Curd es ihm gezeigt hatte. Er kam zusehends besser damit zurecht, und Curd beging den Fehler, einen seiner überflüssigen Scherze darüber zu machen.

»Du machst das wirklich gut, Jason. Wenn du dich weiter so clever anstellst, kann Jerry ruhig bleiben, wo der Pfeffer wächst.« Er lachte keckernd. »Oder sollen wir lieber sagen, wo der Zucker wächst?«

Jason runzelte die Stirn und machte einen ziemlich pikierten Eindruck. Elaine nahm dagegen kein Blatt vor den Mund.

»Vielleicht denkst du das nächste Mal lieber nach, bevor du solchen Mist quatschst«, fuhr sie Curd an. »Es kann sein, dass er tot ist, und du hast nichts Besseres zu tun, als über ihn herzuziehen!«

Curd wurde rot und setzte die Kamera ab. »Wir wissen doch noch gar nicht, was mit ihm ist«, verteidigte er sich. »Vielleicht hat ihm jemand eins übergebraten, und er liegt irgendwo in einer Notaufnahme und lässt sich von einer netten Krankenschwester verwöhnen. So was kommt vor. Hat die Polizei eigentlich schon die Krankenhäuser abgeklappert? Vielleicht hat er eine Kopfverletzung. Möglicherweise haben sie ihn operiert, und er ist noch nicht aus der Narkose aufgewacht oder so. Ist doch alles möglich, oder nicht?«

Nach dieser mit ungewohnter Eindringlichkeit vorgebrachten Äußerung starrte er Elaine herausfordernd an. Sie erwiderte seinen Blick, zuerst wütend, dann hilflos. Was hätte sie darum gegeben, wenn er recht hatte!

»Falls ihm etwas zugestoßen sein sollte, ist es bestimmt auf der Plantage passiert«, widersprach sie leise. »Der Schuh wurde schließlich dort gefunden, nicht in der Stadt. Und das Handy ebenfalls, wenigstens hat dieser Arbeiter es behauptet.«

»Oh, dann wisst ihr es noch gar nicht, oder?« Jason ließ die Mikrofonstange sinken, die er die ganze Zeit in die Luft gereckt hatte.

»Was denn?«

»Was Wayne mittlerweile bei der Polizei ausgesagt hat. Ich habe heute früh vor dem Abflug dort angerufen, weil ich wissen wollte, ob es etwas Neues gibt, und bei der Gelegenheit erfuhr ich es. Seiner Behauptung zufolge lagen sowohl das Handy als auch der Schuh im Clio. Angeblich hatte er beides darin gefunden, nachdem wir den Wagen aus MoBay zurückgeholt hatten. Das Handy hat er eingesteckt, den Schuh auf der Plantage ins Gebüsch geworfen. Sagt er jedenfalls.« Jason zuckte die Achseln. »Theoretisch könnte es stimmen. Er war mit mir in MoBay, den Wagen abholen. Ich bin im Chrysler zurückgefahren, er im Clio. Der Wagen war ziemlich verdreckt, also hab ich ihm aufgetragen, ihn zu waschen, was er dann auch tat. Dabei könnte er Jerrys Sachen gefunden haben.«

»Zu Becky und David hatte er gesagt, er hätte das Handy im Feld gefunden«, sagte Elaine.

»Das hat er wohl inzwischen revidiert.«

»Ich denke, der Kerl lügt«, warf Curd ein. Er hatte stirnrunzelnd zugehört. »Warum sollte er den Schuh wegwerfen? Jeder andere hätte doch sofort gemerkt, dass irgendwas faul ist, und gleich Bescheid gesagt!«

»Es war ein erstklassiges Handy. Für junge Leute hier auf Jamaika kann das schon ziemlich verlockend sein. Er sagt, er hätte den Schuh nur weggeworfen, damit er wegen des Handys keinen Ärger kriegt.«

»Aber wenn er die Wahrheit sagt, würde es bedeuten, dass Jerry gar nicht auf die Plantage zurückgekehrt ist!«, sagte Elaine angespannt. »Dann wäre es ja völlig sinnlos, dort Suchhunde einzusetzen. Man müsste vielmehr in der Stadt nachforschen, wer ihn da zuletzt gesehen hat.«

»Ich denke, die Polizei wird sicherlich die passenden Maßnahmen ergreifen«, erklärte Jason.

»Weiß Russell schon Bescheid?«

»Sicher. Er steht ständig mit der Behörde in Verbindung. Einer der Ermittler dort ist ein Schulfreund von ihm.«

»Ja, das hatte er erwähnt.« Elaine ließ geistesabwesend ihren Blick über die Bucht schweifen. Die beschauliche Tropenidylle hatte plötzlich jeden Zauber verloren. Sie konnte nur noch an Jerry denken und daran, was wohl mit ihm geschehen war. Erst Curd holte sie wieder auf den Boden der Tatsachen zurück.

»Lass uns jetzt endlich weitermachen«, forderte er sie auf. »Vom Rumstehen werden wir hier nicht fertig.«

Elaine riss sich zusammen.

»Wir fangen an«, sagte sie grimmig.

»Kamera läuft«, meinte Curd, und Jason brachte wieder das Mikro in Position.

Elaine deutete auf die alten Festungsmauern von Fort Charles. »Früher war an dieser Stelle der Heimathafen der karibischen Piraten, von denen der berüchtigte Henry Morgan wohl der bekannteste ist. Erst als im Jahr sechzehnhundertzweiundneunzig ein Erdbeben und eine Flutwelle dieses Freibeuternest zerstörten, begann der unaufhaltsame Niedergang der Seeräuber-Ära in der Karibik.«

Sie fand, dass ihr Vortrag hölzern und langweilig klang, und versuchte es erneut. Doch es wurde nicht besser. Curd machte einen gereizten Eindruck, und auch Jason schien allmählich die Geduld zu verlieren. Nach dem dritten Anlauf gab sie auf und entschied, die Aufnahmen später im Studio zu kommentieren.

Sie beließen es bei einem von der Kamera begleiteten Spaziergang durch den Hafen. Anschließend gingen sie zurück zum Mietwagen und fuhren in die Berge hinauf. Die Blue Mountains im Osten der Insel schienen Teil einer früheren Epoche zu sein. Nebelverhangene, von dichtem grünem

Dschungel bewachsene Hügel bestimmten das Bild dieses Höhenzugs. Die Straße wand sich in teils schwindelerregenden Serpentinen bergauf. Vom höchsten Berg der Umgebung, dem Blue Mountain Peak, bot sich ein atemberaubender Ausblick hinab ins Tal. Curd war begeistert von dem Panorama, und auch Elaine gewann ein wenig von ihrem Enthusiasmus zurück. Sie stellten den Wagen auf einem Parkplatz ab und folgten Jason ein Stück weit über einen Fußweg den Hang hinauf. Es war ein anstrengender Marsch, und sie schwitzten aus allen Poren, obwohl es hier oben längst nicht so heiß und drückend war wie in den tieferen Regionen der Insel. Doch die Aufnahmen, die sie unterwegs machen konnten, lohnten alle Mühen.

Elaine blieb hin und wieder stehen und moderierte aus dem Stegreif, wenn sich wieder ein besonders schöner Anblick vor ihnen auftat, etwa ein herrlich klarer Gebirgsbach, der in kleinen Wasserfällen zu Tal plätscherte, oder ein wahrer Feuerregen roter Blüten auf einem vermoderten Baum oder eine Schar taumelnder handtellergroßer Schmetterlinge. Diesmal hatte sie keine Probleme. Sie sprach flüssig und ohne Hänger.

Sie gingen zurück zum Parkplatz und fuhren weiter, zu einer alten Kaffeeplantage, deren Besitzer ein Bekannter von Jason war und ihnen eine persönliche Führung zuteilwerden ließ, die ihnen weitere prächtige Aufnahmen bescherte. Als sie anschließend wieder talwärts fuhren, sank die Sonne wie ein roter Feuerball dem Meer hinter den Hügelkämmen entgegen. Curd filmte das leuchtende Farbenspiel und meinte anschließend, das seien die besten Bilder des Tages gewesen. Doch Elaine hatte bereits während der Fahrt das bisherige Material auf ihren Laptop überspielt und stichprobenartig betrachtet – es war alles sehr gut, was sie heute aufgenommen hatten. Sie konnte zufrieden sein. Und Lincoln erst recht. In der kurzen Zeit hatten sie ziemlich viel geleistet, weit mehr als erwartet. Wenn sie so weitermachten, würden sie nur halb so lange brauchen wie vorher veranschlagt.

Ein paar Highlights der Insel standen noch auf ihrer Agenda, aber das meiste war geschafft. Russell hatte bereits angekündigt, dass er sich in den nächsten Tagen mehr Zeit für sie nehmen wollte – er hatte vor, sie bei den übrigen Dreharbeiten persönlich zu begleiten, was Elaine mit einem Hauch von Vorfreude erfüllte und ihre Sorge um Jerry ein wenig in den Hintergrund treten ließ.

Sie flogen mit derselben kleinen Maschine zurück, die sie am Morgen befördert hatte. Curd schlief während des Flugs ein. Er hing schnarchend in seinem Sitz, was Elaine Gelegenheit gab, sich eine Weile ungestört mit Jason zu unterhalten.

»Jason, kann ich Sie mal etwas fragen?«

»Sicher.« Er wandte sich ihr zu. »Worum geht es denn?«

Sie zögerte, denn es war alles andere als leicht. Obwohl sie schon eine ganze Weile überlegte, wie sie es am besten formulieren konnte, fiel ihr nichts ein, das auch nur annähernd so diskret klang, wie sie es sich wünschte. Trotzdem fasste sie sich ein Herz und platzte einfach mit ihrer Frage heraus.

»Wer sind Janice und Dorothy?«

Jason seufzte. Über sein Gesicht glitt ein Schatten wie von altem Kummer.

»Russells Ehefrauen. Sie starben beide unter schrecklichen Umständen.«

Elaine war schockiert.

»Er war *zweimal* verheiratet? Und beide Frauen sind *tot?*«

»Sie haben das gar nicht gewusst, oder?«

»Nein«, sagte sie mit flacher Stimme. »Er hat nur von seiner ersten Frau gesprochen. Und dass sie ihn verlassen hätte, als David zwei war.« Sie schluckte hart. »Was ist geschehen?«

»Janice war Russells erste Frau. Ihr Tod war eine Tragödie, Russell hat Jahre gebraucht, um darüber hinwegzukommen. Sie war damals in MoBay beim Arzt, zu einer Untersuchung.«

»War sie krank?«

»Nein, im sechsten Monat schwanger, mit einem Mädchen. Russell und sie freuten sich wie verrückt auf das Kind. Nach David wünschten sie sich so sehr eine kleine Tochter.« Jason seufzte erneut und knetete seine Hände. Die Erinnerungen schienen ihn zu belasten. »Wir waren alle zusammen in der Stadt. Janice war beim Arzt, Alicia wollte zum Friseur, Russell hatte einen Termin bei der Bank, und ich selber war mit dem Wagen an der Tankstelle. Wir wollten uns alle wieder vor der Arztpraxis treffen. Ich war als Erster zurück und wartete im Wagen. Russell und Alicia kamen wenig später hinzu, nur Janice ließ auf sich warten. Schließlich ging Russell in die Praxis, aber dort sagten sie ihm, dass Janice schneller als gedacht mit der Untersuchung fertig gewesen und noch mal fortgegangen sei. Sie hatte denen gesagt, dass ihr das gut in den Kram passe, weil sie noch nach neuen Schuhen schauen wollte. Wir dachten uns nicht viel dabei, sondern warteten einfach noch ein bisschen. Als sie nicht kam, wurden wir nervös und fingen an zu suchen. Wir fanden sie ein paar Häuser weiter in einer schmalen, dreckigen Gasse. Sie war da verblutet, während wir im Wagen gesessen und auf sie gewartet hatten. Irgend so ein krankes Arschloch hatte sie erstochen und ihr die Handtasche geklaut.«

»Oh Gott. Sie wurde ermordet!«

»Ja, es war grauenhaft. Russell war völlig am Ende. Er hat lange gebraucht, um damit fertigzuwerden. Es war für uns alle schlimm, denn sie war eine sehr liebenswerte Person.«

»Und … Dorothy?« Elaine sprach leise, es kam ihr vor, als würde sie eine unsichtbare Grenze überschreiten. Ihr Unterbewusstsein schien eine schwache Warnung auszusenden, nicht an diesen vergangenen Ereignissen zu rühren, doch ihr Wunsch, mehr zu erfahren, erwies sich als stärker.

»Ach, das war fast genauso furchtbar. Sie hat sich umgebracht.«

Elaine bereute es beinahe, überhaupt gefragt zu haben. Erschüttert blickte sie Jason an und wartete darauf, dass er weitersprach. Seine melodische, von karibischem Akzent gefärbte Stimme war vor dem Hintergrund des stetigen Propellerbrummens kaum lauter als ein Flüstern, doch Elaine verstand jedes Wort.

»Russell heiratete Dorothy, als David vier oder fünf war. Für Russell war es nicht unbedingt die große Liebe, aber Dorothy tat ihm gut, denn nach Janices' Tod hatte er sich eine Zeit lang ziemlich vergraben und abgekapselt. Sie war Lehrerin in der Vorschule, in die David damals ging. Dadurch haben Russell und sie sich kennengelernt. Der Kleine hing ziemlich an ihr. Sie war hübsch und kam mit allen gut aus, besonders mit dem Jungen, und Russell war für sie der Mann ihrer Träume. Jeder konnte sehen, wie sehr sie ihn anhimmelte. Eine Weile ging alles gut, vielleicht knapp zwei Jahre. Dann wurde sie depressiv. Zuerst merkte es keiner so richtig – sie hat es gut versteckt, vor allem vor Russell, aber ich habe sie einmal am Strand weinen sehen. Als ich sie fragte, was los sei, hat sie mir ihr Herz ausgeschüttet. Sie glaubte, Russell würde sie nicht richtig lieben.« Jasons Miene nahm einen betretenen Ausdruck an. »Womit sie wohl leider recht hatte. Aber natürlich habe ich nichts dergleichen zu ihr gesagt, sondern sie getröstet und behauptet, es liege Russell nicht so, seine Gefühle zu zeigen, dass er sie aber ganz sicher aufrichtig liebe. Keine Ahnung, ob sie mir das glaubte. Wahrscheinlich nicht, denn in der darauf folgenden Zeit wurde es eher schlimmer. Allen anderen hat sie immer ein fröhliches Gesicht gezeigt, aber mir hat sie reinen Wein eingeschenkt, nachdem sie mich ja bereits ins Vertrauen gezogen hatte. Sie hat mir gestanden, dass sie Tabletten nahm. Alicia hatte damals Unmengen von dem Zeug herumliegen. Gegen Depressionen, gegen Schlafstörungen, zur Beruhigung, gegen eingebildete Schmerzen, zum Aufputschen – es war für alle Befindlichkeiten was dabei. Dorothy hat sich einfach an Alicias Vorräten bedient und das eingeworfen, was sie ihrer Ansicht nach gerade am meisten brauchte. Ich habe sie beschworen, damit aufzuhören, zumal sie vorhatte, schwanger zu werden, aber sie meinte jedes Mal, wenn es so weit wäre, würde sie schon die Reißleine ziehen und es rechtzeitig sein lassen.« Jason zuckte mit den Schultern. »Nun ja, das hat sie dann doch nicht mehr geschafft. Eines Abends nahm sie ein paar Pillen zu viel und ging rüber zur Zuckermühle. Dort hat sie sich an einem Deckenbalken aufgehängt. In ihrem Blut fand sich bei der Obduktion ein Medikamentencocktail, der wahrscheinlich schon allein gereicht hätte, aber sie wollte wohl auf Nummer sicher gehen.«

»Jesus«, flüsterte Elaine. Sie wusste nicht, was sie sonst sagen sollte. In ihrem Leben hatte sie wahrhaftig schon viele schreckliche Dinge gehört, aber selten hatte sie eine Schilderung so sehr mitgenommen.

Jason blickte stumm und in Gedanken versunken auf seine Hände. Bis auf das leise Dröhnen der Motoren und das rasselnd klingende Schnarchen von Curd herrschte Stille in der Flugzeugkabine. Schließlich sprach er mit schleppender Stimme weiter.

»Damals hat Russell Alicia zum ersten Mal gezwungen, einen Entzug zu machen. In gewisser Weise hat er sie wohl für das Unglück mitverantwortlich gemacht, obwohl sie natürlich nichts dafür konnte. Abgesehen davon, hat er sich selbst die schlimmsten Vorwürfe gemacht, weil er die Zeichen nicht gesehen hat. Und teilweise hat er auch die Schuld bei mir gesucht, denn als ich durchblicken ließ, wie depressiv Dorothy in Wirklichkeit gewesen war, fand er, dass ich es ihm hätte sagen müssen.«

»Da ist vielleicht was dran.«

»Glauben Sie mir, keiner hat das eher eingesehen als ich selbst, obwohl ich nie im Leben geglaubt hatte, dass sie so weit gehen würde. Ich war wirklich zerrissen von Schuldgefühlen. Aber damit konnte ich ja Dorothys Selbstmord nicht ungeschehen machen.«

Wieder senkte sich Schweigen zwischen ihnen beiden herab. Elaine spürte die dunkle Qual hinter diesen Erinnerungen und die Auswirkung auf ihre eigenen Gefühle. Es löste Beklemmungen in ihr aus, die sich nicht verdrängen ließen.

Unter ihnen breiteten sich die Lichter von Montego Bay aus, und als die Maschine schließlich mit einem Holpern aufsetzte, war Elaine froh, dass sie das kalte Entsetzen, das sie bei Jasons Erzählung beschlichen hatte, mit Geschäftigkeit überdecken konnte. Sie hängte sich die Laptoptasche um und half Curd beim Ausladen der Ausrüstung, während Jason sich um die Bezahlung des Piloten kümmerte.

Auf der anschließenden Fahrt redeten sie nicht viel. Jason lenkte den Wagen routiniert über die Küstenstraße, doch nach einigen Kilometern bremste er ab.

»Mist«, sagte er.

»Was ist?«, fragte Elaine, doch dann sah sie es selbst. Unter der Motorhaube quoll Dampf hervor. »Der Kühler?«, fragte sie.

»Scheint so.« Jason lenkte den Wagen in eine Straßenbucht und rief einen Pannendienst an, während Elaine Russells Handynummer wählte. Die Verbindung brach ein paarmal ab, die üblichen Netzprobleme. Dann kam sie endlich durch, und er ging sofort dran. Beim Klang seiner dunklen, samtigen Stimme geriet ihr Herzschlag aus dem Takt, und sie musste kurz durchatmen, ehe sie ihm mitteilen konnte, dass sie auf halber Strecke liegen geblieben waren.

»Ich komme euch sofort holen«, sagte er.

Während sie auf sein Eintreffen warteten, fuhrwerkte Jason am Motor herum, unterstützt von Curd, der ihm alle möglichen besserwisserischen, aber völlig nutzlosen Ratschläge gab. Elaine saß geistesabwesend im Wagen. Dass Russell zweimal verheiratet gewesen war und beide Ehefrauen gewaltsam ums Leben gekommen waren, drehte ihr vor Mitleid den Magen um. Doch zugleich schienen sich wie aus einem klebrigen Nebel auch eigenartige bohrende Gedanken herauszuschälen, die sich fremd anfühlten, aber gegen ihren Willen von ihr Besitz ergriffen.

Er hätte Janice zum Arzt begleiten können, andere werdende Väter taten das auch, flüsterte es in ihr. Und seine zweite Frau hätte er mehr lieben können, dann hätte sie sich nichts angetan. Aber vielleicht war er ja ganz froh gewesen, sie los zu sein? Elaine erschrak, kaum dass sie das zu Ende gedacht hatte. Wie kam sie auf diesen ungeheuerlichen Blödsinn? Genauso gut hätte sie sich selbst die Schuld am Tod ihrer Mutter geben können. Manche Dinge passierten eben. Niemand konnte für solche Unglücksfälle verantwortlich gemacht werden.

Und doch blieb ein tief sitzendes Unbehagen zurück, das auch dann nicht verschwand, als bald darauf Russell eintraf, um sie und Curd abzuholen. Jason wollte beim Chrysler warten, bis jemand von der Werkstatt kam, die er angerufen hatte. Mit einem Unterton von Galgenhumor meinte er, dass das möglicherweise bis zum nächsten Morgen dauern würde, worauf Curd, während er in den Clio stieg, ebenfalls irgendwas Abfälliges über den Service auf Jamaika äußerte. Elaine bekam nicht richtig mit, was er sagte, denn ihre gesamte Konzentration war auf Russell gerichtet. Sie saß neben ihm auf dem Beifahrersitz des Clio und betrachtete ihn von der Seite. Sein klar gemeißeltes Profil, die sinnliche Form seiner Lippen, die kräftigen Hände am Lenkrad – seine körperliche Präsenz übte eine unwiderstehliche Anziehungskraft auf sie aus. Lust flackerte in ihr auf, und ihr war klar, dass es ihm genauso erging – dazu hätte es nicht seiner verstohlenen Seitenblicke bedurft. Wenn Curd nicht auf der Rückbank gesessen hätte, wäre Russell wahrscheinlich irgendwo rechts rangefahren, um sie zu küssen. Sie wusste, dass sie in der kommenden Nacht wieder mit ihm schlafen würde, und allein bei dem Gedanken daran wuchs ihre Erregung. Doch das seltsame, irreale Gefühl einer Bedrohung wollte nicht verschwinden.

25

Ich finde, es sollte trotzdem eine Hundestaffel kommen«, sagte Becky. »Es stinkt doch zum Himmel, was Wayne da erzählt hat!«

»Das denke ich auch«, stimmte David ihr zu. »Und Dad ebenfalls. Er hat gerade schon gesagt, dass er morgen noch einmal wegen der Hunde nachfragen will.«

»Oh, wirklich?« Becky war erleichtert. »Das ist gut. Mit ein paar richtig ausgebildeten Hunden finden wir ihn sicher.«

Die Nachricht, dass die Suche einstweilen nur in MoBay fortgesetzt werden sollte, weil man davon ausging, dass Jerry dort verschwunden war, hatte Becky nicht davon abbringen können, auch auf der Plantage weiterzusuchen. Sie hatte fast den ganzen Tag zusammen mit David die Gegend abgegrast, aber nicht die kleinste Spur entdeckt. Manchmal war sie stehen geblieben und hatte in sich hineingehorcht, weil sie glaubte, irgendwas zu spüren, das ihr die Richtung wies, doch am Ende hatte sich alles nur als Einbildung herausgestellt. Wahrscheinlich färbte dieser ganze übersinnliche Hokuspokus, den die alte Frau dauernd veranstaltete, irgendwie auf sie ab. Kein Wunder, wenn man an allen Ecken auf diesen Voodoo-Kram stieß.

Einmal war Antoinette direkt hinter ihr aufgetaucht, wie aus dem Nichts. Becky hatte kaum den Schreck überwunden, als die Alte auch schon angefangen hatte, einen ganzen Sermon auf Französisch vom Stapel zu lassen und dabei beschwörende Zeichen zu machen. Es war allerdings kein richtiges Französisch gewesen, jedenfalls nicht das, was Becky aus den Kursen an der Highschool kannte, sondern eher eine Mischung aus Cajun-Kauderwelsch und karibischem Kreolisch. Bis auf ein paar Brocken hatte man nichts verstehen können, aber unheimlich hatte es sich allemal angehört.

»Du glaubst nicht wirklich, dass er noch lebt, oder?«, fragte David.

Becky schüttelte stumm den Kopf, worauf David niedergeschlagen in das Dunkel hinter der Veranda starrte. Sie hatten es sich auf den Korbstühlen bequem gemacht und warteten darauf, dass Russell und Mom und die anderen wieder zurückkehrten. David hatte drinnen die Musikanlage angestellt. Sanfte Reggae-Klänge schwebten über die Terrasse, untermalt vom entfernten Rauschen der Wellen und dem unaufhörlichen Gezirpe der Grillen, die rund um das Haus lärmten, als gäbe es dafür was zu gewinnen.

Hazel hatte ihnen Drinks gebracht, alkoholfreie Versionen von *Brown Sugar Swift*, die hauptsächlich aus Cola und Zuckersirup bestanden, kein Vergleich zu der echten Variante, die Becky auch schon probiert hatte. Aber heute ließ sie lieber die Finger davon, denn sonst würde Mom sich höchstens wieder aufregen und Russell wahrscheinlich auch. Der dachte vermutlich sowieso, dass sie einen schlechten Einfluss auf David ausübte, weil sie mit ihm auf seinem Zimmer abhing und die Luft mit Qualm verpestete.

In einer Aufwallung von Trotz zog Becky die Schachtel aus der Tasche ihrer Shorts und steckte sich eine Zigarette an. Ihre guten Vorsätze, in Davids Gegenwart nicht zu rauchen, hatten nicht lange gehalten. Sie nahm es sich jedes Mal aufs Neue vor, kriegte es aber nicht immer hin. Im Grunde ärgerte sie sich selber darüber, doch ihr Verlangen nach Nikotin war stärker. David warf ihr einen kurzen Seitenblick zu, sagte jedoch nichts. Ihm war anzumerken, dass er es nicht in Ordnung fand, dass sie rauchte, aber er würde nie auf die Idee kommen, deswegen rumzumeckern. Becky beobachtete ihn unter gesenkten Lidern. Sein widerspenstiges Haar, der Schwung seiner Brauen, die Art, wie er den Kopf hielt – alles an ihm zog sie zu ihm hin. Sie hatte fast den ganzen Tag mit ihm verbracht. Gleich am Morgen waren sie zusammen losgezogen, um Jerry zu suchen. Dann hatten sie gemeinsam zu Mittag gegessen und hinterher einen Segeltörn mit der *Esmeralda* gemacht. Sie hatten über alles Mögliche geredet oder einfach nur in schweigender Eintracht dagesessen, und trotzdem war es ihr so vorgekommen, als würde es bei Weitem nicht reichen. Als würde da noch sehr viel mehr auf sie warten. Und dieses *mehr* war ziemlich heiß, wie ein pulsierendes Beben dicht unter einer dünnen, zum Platzen gespannten Hülle. Es hätte schon beinahe unheimlich sein können, oder vermutlich wäre es das gewesen, wenn sie es durch die Vernunftbrille betrachtet hätte. Doch die hatte sie inzwischen abgesetzt, denn was diese Verbindung zwischen ihr und David betraf, verspürte sie dieselbe unverrückbare Gewissheit, die ihr sagte, dass Jerry nicht mehr am Leben war. Zwischen David und ihr war etwas im Gange, etwas Unausweichliches, und sie hatte sich damit abgefunden, dass sie es nicht beherrschen konnte. Ein Trost war, dass es ihn genauso getroffen hatte, vermutlich sogar noch intensiver als sie, weil er ein Junge war und daher nicht besonders gut darin, bestimmte Triebe zu kontrollieren. Kurz, er hatte ziemlich oft eine Erektion in ihrer Gegenwart, auch wenn er heldenhaft versuchte, es vor ihr zu verbergen. Sie hatten sich seit jenem einen Mal nicht mehr geküsst, denn Becky wusste genau, worauf es hinauslaufen würde, wenn sie es erneut taten. David hatte nicht gewagt, den ersten Schritt zu tun, er schien darauf zu warten, dass sie sich darüber klar wurde, was sie wollte. Und das wusste sie im Augenblick selber nicht. Oh, sie wollte ihn, das war nicht die Frage. Sie wollte ihn so sehr, dass ihre Gedanken viel häufiger darum kreisten als um alles andere. Doch sie hatte auch Angst davor. Es war nicht die dämliche Angst vorm ersten Mal, das konnte sie nicht schrecken, denn mit Robin hatte sie schon so ziemlich alles gemacht außer dieser einen Sache, und sie war davon überzeugt, dass sie und David dabei nicht viel falsch machen konnten. Sie waren ja beide schon fast beim Küssen explodiert. Nein, ihre Angst bezog sich auf etwas anderes. Sie spürte, dass sie etwas Unausweichliches in Gang setzen würden, wenn sie ihrem Verlangen nachgaben. Etwas … Bedrohliches.

Eine seltsame Unruhe erfasste Becky. Sie stand auf und stieg die Stufen von der Terrasse hinab. Zwischen den Büschen, die den Weg säumten, blinkten Glühwürmchen. Der Wind rauschte in den Ästen der Farnbäume. Über der nächtlichen Szenerie wölbte sich ein unglaublicher Sternenhimmel, eine funkelnde Kulisse für den riesigen bleichen Mond, der vor einer Weile aufgegangen war.

Sie drehte sich zu David um, der ihr gefolgt und oben am Rand der Terrasse stehen geblieben war, beide Hände in den Hosentaschen vergraben.

»Ich würde gern noch mal zum Strand runtergehen«, meinte sie. »Kommst du mit?«

»Da unten ist es stockfinster. Warte, ich hole eine Taschenlampe.«

Er ging ins Haus und kam nach kurzer Zeit zurück, eine große Stablampe in der Hand. Becky trat ihre Zigarette aus, und gemeinsam stiegen sie die steile Treppe zum Strand hinunter. Die Wellen rauschten schäumend heran. Im Licht der Taschenlampe waren große Taschenkrebse zu sehen, die sich eilig in die Schwärze zwischen den Felsen verdrückten.

Die Luft war warm und roch nach Meer und den blühenden Büschen, die den Hang überwucherten. Becky zog die Sandalen aus und watete durch das flache Wasser am Ufer. David tat es ihr gleich und ging neben ihr her, die Schuhe in der einen und die Lampe in der anderen Hand.

»Deine Mom und mein Dad ...«, begann er nach einer Weile angestrengten Schweigens. »Glaubst du, da läuft was?«

»Das fragst du jetzt nicht wirklich, oder?«

Seine Verlegenheit war fast mit Händen zu greifen. Vermutlich bereute er es, das Thema überhaupt angesprochen zu haben.

Schließlich hatte sie ein Einsehen und beantwortete seine Frage. »Natürlich läuft da was. Wenn er auftaucht, gehen bei meiner Mom alle Antennen in seine Richtung. Das ist wie Elektrizität, der ganze Raum ist davon aufgeladen. Hast du es nicht gemerkt?«

»Doch, schon. Aber ich wusste nicht, ob ...« Er brach ab, es war ihm offenbar zu peinlich.

»Sie tun es«, meinte Becky schlicht. »Bei jeder sich bietenden Gelegenheit.«

»Oh. Hm.« Mehr brachte er dazu nicht heraus. Nach einer Weile rang er sich zu einer weiteren Frage durch. »Meinst du, es ist was Ernstes?«

Sie lachte kurz, doch dann merkte sie, dass er die Angelegenheit ganz und gar nicht erheiternd fand. Im Grunde war sie das auch nicht. Vermutlich hatte sie nur gelacht, um ihre eigene Unsicherheit zu überdecken. Sie hatte nicht die geringste Ahnung, ob das zwischen Mom und Russell was Ernstes war, aber eins wusste sie auf jeden Fall: Die ganze Sache war ihr nicht geheuer. Manchmal, wenn sie mitkriegte, wie Mom Russell ansah, kam es ihr vor, als würde sich da etwas anbahnen, das sie alle in einen Abgrund zog – Mom und Russell und David und sie selbst.

Eine Gestalt löste sich vor ihnen aus dem Dunkel und huschte quer über den Strand davon. Becky fuhr zurück und schrie auf, als im Lichtkegel der Taschenlampe ein gezähnter Kiefer und ein stechendes Augenpaar für einen Moment direkt in ihre Richtung wiesen.

»Nur ein Leguan«, sagte David. »Die schlafen hier manchmal zwischen den Felsen.«

»Jesus.« Becky presste eine Hand auf ihr wild klopfendes Herz. »Ich hab mich wahnsinnig erschrocken.« Unwillkürlich griff sie nach seinem Arm, weil sie plötzlich das Bedürfnis nach einer menschlichen Berührung verspürte. Nach Davids Nähe und Wärme, die ihr unvermittelt so anziehend und tröstlich zugleich erschienen wie nie zuvor. Sie hängte sich bei ihm ein und passte ihre Schritte den seinen an. Nachdem sie ein Stück weit nebeneinander durch den feuchten Sand gestapft waren, blieb sie stehen, weshalb er ebenfalls innehalten und sich zu ihr umwenden musste.

Der Schein der Taschenlampe traf ihr Gesicht, sodass sie geblendet die Augen schließen musste.

»Tut mir leid«, sagte er unbeholfen und machte die Lampe einfach aus. Sie standen schlagartig im Dunkeln, doch er machte keine Anstalten, die Lampe wieder anzuknipsen. Schweigend warteten sie ab, und nach einigen Sekunden war die Nacht nicht mehr ganz so schwarz, wie es eben noch den Anschein gehabt hatte. Der Mond überzog die Meeresoberfläche mit einem mattsilbernen Licht, und in Ufernähe drang ein sanftes, grünlich fluoreszierendes Schimmern hervor, als hätte das Wasser einen Rest vom Tageslicht eingesaugt und in die Nacht gerettet.

»Becky«, sagte David atemlos. »Ich …«

»Pst. Sag nichts.« Sie streckte die Hand aus und berührte seine Brust. »Küss mich einfach nur.«

Er beugte sich zu ihr, und seine Nase stieß gegen ihre.

»Oh«, stieß er erschrocken hervor. »Das wollte ich nicht.«

Von einem tiefen Gefühl der Zärtlichkeit erfasst, legte sie beide Arme um ihn. Ihre Angst war noch da, doch das, was sie zu ihm trieb, war stärker. Als ihre Lippen seinen Mund berührten, fing ihr Herz an zu jagen, und die Hitze, die zwischen ihnen beiden aufflammte, versengte ihr Inneres und brachte ihr Blut zum Kochen. Es war ihre Bestimmung, sich in diesem Kuss und dieser Umarmung zu verlieren, und diese Gewissheit war älter als sie selbst, wie etwas, das aus einer lange zurückliegenden Vergangenheit emporstieg und alle Fragen und Bedenken verstummen ließ.

26

Jason kam erst mitten in der Nacht nach Hause. Der Pannendienst hatte ewig auf sich warten lassen, und der Mechaniker hatte sich erst nach langem Palaver bereitgefunden, einen Blick unter die Motorhaube zu werfen, statt den Chrysler einfach auf den Abschleppwagen zu hieven und mitzunehmen. Jason wusste, dass die Werkstatt ohne klare Absprache wahrscheinlich alles Mögliche aus- und wieder einbauen würde, damit sich die Reparatur lohnte, und dann war er derjenige, der dumm dastand und Russell die saftige Rechnung erklären musste. Der Mechaniker ließ sich schließlich gegen ein großzügiges Trinkgeld zu einer vorläufigen Schadensdiagnose überreden. Es stellte sich heraus, dass der Wärmeaustauscher defekt war, wie Jason es schon vermutet hatte. Er nagelte den Mann darauf fest, dass außer dem Ding nichts an dem Wagen ausgewechselt werden durfte, und gab ihm schließlich ein zusätzliches Trinkgeld dafür, dass er ihn, nachdem der Chrysler auf den Abschleppwagen verladen worden war, noch nach Hause brachte. Er ließ sich vor der Zufahrt zu Swift Great House absetzen und ging das letzte Stück zu Fuß.

Er fand den Weg auch ohne Taschenlampe mit traumwandlerischer Sicherheit, denn er war ihn schon viele Tausend Mal gegangen. Außerdem war es nicht völlig finster. Der Mond zeichnete mit silbrigem Licht die groben Umrisse des Trampelpfads nach, der hinterm Herrenhaus zum Verwalter-Bungalow führte.

Unterwegs sah er Toinette zwischen den Bäumen herumlaufen – eine kleine, gebückte Gestalt, wegen der dunklen Kleidung fast mit der Nacht verschmolzen, aber durch den geisterhaft bleichen Schein des Mondes immer noch als Silhouette erkennbar. Sie irrte durch die Nacht wie ein Schatten, scheinbar ziel- und sinnlos, doch er spürte ihre Hexenmagie wie die Berührung eines schwachen Windhauchs im Nacken, eine Empfindung, die ihn frösteln ließ. Er überlegte, ob er sie verjagen sollte, doch bevor er einen Entschluss fassen konnte, war sie auch schon wieder verschwunden.

Schon früher hatte sie diese nächtlichen Ausflüge unternommen, war ums Herrenhaus herumgestrichen und hatte ihre Beschwörungen in die Dunkelheit gesummt. Manchmal hatte sie kleine Tiere geschlachtet und ihr Blut an bestimmten Stellen verteilt. Einmal hatte sie auch ihm die Überreste eines toten Hahns auf die Schwelle gelegt, worüber er fast zu Tode erschrocken war. Dennoch hatte ihn eine beinahe abergläubische Scheu davon abgehalten, sie zur Rede zu stellen. Alte Kindheitsängste krochen in ihm hoch, wenn er sie durch die Nacht schleichen sah, und manchmal fühlte er sich wie die Beute eines bösen, mit spitzen Zähnen ausgestatteten Gestaltwandlers, der sein Opfer aus schierem Vergnügen eine Ewigkeit umkreiste und es erst fraß, wenn es vor Furcht bis ins tiefste Innere erstarrt war.

Als er klein gewesen war, hatte seine Mutter ihm erzählt, Toinette könne Schutz- und Schadenszauber wirken und die Zukunft voraussagen. Er war damals sieben oder acht gewesen, also in einem Alter, in dem Kinder solchen Blödsinn unbesehen glaubten. Wie hätte er auch daran zweifeln sollen, wenn doch sogar der alte Swift sich von der Alten das Schicksal aus der Hand lesen ließ? Manchmal war Toinette auch zu ihnen ins Haus gekommen und hatte seiner Mutter die Karten gelegt. Eine Karte hatte ihr den Tod gezeigt, den sie selbst sich in ihr Leben holen würde. Jasons Mutter hatte wochenlang vor Angst kaum geschlafen, und auch er selbst war häufig ohne ersichtlichen Grund aus dem Schlaf hochgeschreckt, voller Furcht, dass der Tod käme, um seine Mutter zu holen. Doch es war jahrelang nichts passiert.

Sein Vater, der früher – genau wie er selbst heute – die rechte Hand des Plantagenbesitzers gewesen war, hatte fünf Jahre später einen schweren Autounfall gehabt. Er hatte ein halbes Jahr im Koma gelegen und war dann gestorben. Der alte Swift hatte einen neuen Verwalter eingestellt, denn er allein hätte die viele Arbeit unmöglich auf Dauer bewältigen können, weil damals noch viel mehr Zuckerrohr angebaut worden war als heute und mindestens vierzig Leute jeden Tag zum Arbeiten in die Felder gingen. Doch er hatte auch Jason schon bei jeder Gelegenheit herangezogen und in die Abläufe integriert, bis er so weit war, dass er den Verwalterposten selbst hätte ausfüllen können.

Doch da war er erst sechzehn gewesen, und der neue Verwalter, den der alte Swift eingestellt hatte, dachte gar nicht daran, einem jungen Burschen das Feld zu überlassen. Er tat vielmehr alles, um dafür zu sorgen, dass keiner ihm den Job streitig machen konnte – er machte sich an Jasons Mutter heran. Sie hatte damals die fünfzig schon überschritten und ging sofort dankbar auf seine Avancen ein, weil sie sich davon eine bessere Versorgung versprach. Jason und sie hatten sich nie sonderlich gut verstanden; sie war zänkisch und launisch gewesen, das Gegenteil von dem, was man sich landläufig unter einer liebevollen Mutter vorstellte. Seine beiden älteren Schwestern hatten denn auch schon früh ihr Glück woanders gesucht. Eine lebte in Kingston, die andere in London, zu ihr war der Kontakt schon seit Langem abgebrochen.

Es war immer ausgemachte Sache gewesen, dass Jason sich um seine Mutter kümmern sollte, eine Regelung, die über seinen Kopf hinweg getroffen und immer wieder mal im Gespräch fallen gelassen worden war. *Jason, du bist der einzige Sohn, also musst du für Mama sorgen.* Es hatte ganz einfach nie jemand infrage gestellt, dass er für seine Mutter verantwortlich sein würde, wenn sie alt war. Er selbst hatte indessen nie einen Hehl daraus gemacht, dass ihm das nicht sonderlich behagte, und das war vermutlich ein Fehler gewesen, denn ehe er sichs versah, waren seine Mutter und der neue Verwalter verheiratet. Der Kerl zog zu ihnen in den Bungalow und in das Schlafzimmer seiner Mutter. Die hatte dann allerdings schnell begriffen, dass sie vom Regen in die Traufe gekommen war. Ihr neuer Mann war ihr, was Gezänk und Gehässigkeit anging, mehr als ebenbürtig. Er hatte sie geschlagen und beschimpft und bespuckt, und als Jason dazwischengegangen war, hatte der Kerl ihn mit einer Machete angegriffen. Jason hatte damals gerade noch vor dem Hieb zurückspringen und aus dem Haus laufen können.

Danach hatte sich alles wieder beruhigt. Es gab zwar weitere Auseinandersetzungen, aber die waren weniger dramatisch gewesen – der alte Swift hatte sich seinen neuen Verwalter wegen des Vorfalls vorgeknöpft, denn Jason hatte Alicia davon berichtet, und die wiederum hatte alles brühwarm ihrem Vater erzählt.

Aber schon ein halbes Jahr später war der Tag gekommen, an dem Jason sich wieder daran erinnerte, was Toinette damals zu seiner Mutter gesagt hatte – dass sie sich den Tod ins Haus holen werde. Am Ende hatte die Voraussage der Haushälterin sich doch noch bewahrheitet, denn es stellte sich heraus, dass seine Mutter Aids hatte. Sie hatte ihre Beschwerden lange auf die Wechseljahre und auf den Ärger und auch auf sonst alles Mögliche geschoben, bis sie mit einer schweren Lungenentzündung in die Klinik musste. Da wurde es dann festgestellt. Drei Wochen später war sie tot gewesen.

Und der Mistkerl, der sie angesteckt hatte, biss keine zwei Monate danach ins Gras. Allerdings nicht wegen HIV, sondern aufgrund eines Herzinfarkts.

Damals hatte Jasons neues Leben angefangen. Er hatte den alten Swift beschworen, es ihn versuchen zu lassen, und diese Chance hatte er bekommen und sie genutzt. Und bei Gott, er hatte seine Sache gut gemacht. Russell, der genauso alt war wie er, war damals der künftige Erbe und Eigentümer von Swift Great House gewesen, aber er hätte es mit gerade mal achtzehn Jahren sicher nicht so gut hingekriegt wie Jason. Das gab er sogar selber heute noch zu. Davon abgesehen, war er seinerzeit sowieso nicht auf der Plantage gewesen, sondern nach der Highschool für ein Jahr nach Europa gegangen und anschließend zum Studieren nach Boston. Erst danach war er zurückgekommen und hatte die Leitung übernommen. Und den Familienbetrieb in das verwandelt, was er heute war – eine florierende Firma mit allen möglichen Geschäftszweigen, nicht nur auf Jamaika, sondern auch in den Staaten und Europa. Russell besaß Firmenanteile und Aktienpakete unterschiedlichster Kategorien und arbeitete jeden Tag konzentriert daran, sein Portfolio und seine Beteiligungen zu managen. Die Plantage war mittlerweile nur noch eine Art besseres Hobby, ebenso die Sache mit der geplanten Touristenlodge und der Einrichtung für benachteiligte Kinder. Er dachte sich solche Dinge aus, weil er sie sich leisten konnte. Und weil er Lust dazu hatte. Trotzdem legte er dabei denselben Ehrgeiz an den Tag wie bei all seinen anderen Unternehmungen. Es gefiel ihm einfach, breit gestreut zu investieren und überall seine Finger drinzuhaben. Und nebenher mit einer schicken Musterplantage Eindruck zu schinden.

Jason hatte schon oft darüber nachgedacht, ob Russell überhaupt in der Lage war, Swift Great House mit denselben

Augen zu sehen, wie er es tat. Als einen Ort, der nicht nur tief verwoben war mit jahrhundertealten Traditionen und wechselvoller Inselgeschichte, sondern auch Symbol für das, was die Menschen sich einst mit Blut und Tränen erkämpft hatten – eine Heimat und ein Zuhause. All die Sklaven, die ihr Leben gegeben hatten für Swift Great House, die sich geschunden und geopfert hatten für das weiße Gold der Karibik, aus dem die Herren des Landes ihr echtes Gold schöpften. Die Sklaven hatten die Insel geprägt und sie schließlich in Besitz genommen, doch die Ländereien und Plantagen gehörten immer noch den Reichen. Denen, deren Haut heller war als die des durchschnittlichen Jamaikaners. Und die genau wie ihre Vorfahren den eigentlichen Wert ihres Besitzes kaum zu würdigen wussten.

Natürlich hing Russell auf seine Weise an Swift Great House, aber Jason zweifelte daran, dass er das Land ebenso liebte wie er. Wahrscheinlich hätte er ohne große Probleme alles verkaufen und in fremde Hände geben können. David könnte es jedenfalls ganz sicher, denn der Junge wäre lieber heute als morgen weggezogen. In ein oder zwei Jahren würde er das sowieso tun, denn ganz sicher würde er nicht auf der Insel studieren wollen. Doch am Ende würde vielleicht auch er zurückkehren und seine Hände auf das Erbe seiner Ahnen legen. Wie ein Kind, das ein angestammtes Spielzeug in Besitz nimmt und damit experimentieren möchte.

In Gedanken versunken betrat Jason den kleinen Flachbau, in dem er schon sein ganzes Leben lang gewohnt hatte. Als er aus den Augenwinkeln seitlich vom Haus die weiße schwankende Gestalt bemerkte, fuhr er zusammen, aber dann sah er, dass es Alicia war.

Sie kam näher, während er das Licht im Hausflur anknipste.

»Zum Teufel, was machst du mitten in der Nacht hier

draußen?«, wollte er wissen. Doch gleich darauf beantwortete er die Frage selbst. »Du bist wieder mit der Alten ums Haus gelaufen und hast ihr bei diesen schwachsinnigen Beschwörungen zugesehen.«

Alicia stritt es nicht ab, doch sie rechtfertigte sich auch nicht. Sie sagte kein einziges Wort, während sie mit unsicheren Schritten näher kam.

»Was ist los?«, fragte er besorgt. »Soll ich dich zum Haus zurückbringen?«

Sie schüttelte stumm den Kopf, und da wusste er, was sie wollte.

»Ich habe keine Tabletten«, erklärte er. »Nicht mal Aspirin.« Er wusste genau, was passieren würde, wenn er ihr was gab und es rauskam. Russell würde ihn auf der Stelle feuern. Möglicherweise würde es ihm hinterher leidtun, weil er dann noch mehr arbeiten müsste als jetzt schon, denn es würde eine Weile dauern, einen Nachfolger einzuweisen. Dennoch würde Russell keine Minute zögern, ihn vor die Tür zu setzen. Er hatte es selbst gesagt, sogar im Beisein von Alicia, damit sie beide wussten, was für ihn auf dem Spiel stand. Als sie damals versucht hatte, sich die Pulsadern aufzuschneiden, hatte sie vorher Tabletten geschluckt – Jasons Tabletten. Er war so dumm gewesen, ihr welche zu überlassen, aber da hatte er ja auch nicht geahnt, dass sie alle auf einmal nehmen würde.

Sie blieb dicht vor ihm stehen. Ihr Atem roch nach Alkohol, aber nicht allzu schlimm. Besonders viel konnte sie nicht getrunken haben. Ihre Augen waren weit aufgerissen, doch ihr Blick war klar, nicht so wie sonst, wenn sie was eingeworfen hatte.

»Jason, ich habe Angst«, flüsterte sie. »Es werden schreckliche Dinge geschehen. Ich träume jede Nacht davon, dass wir sterben. Du und ich und Russell.«

»Verflucht noch mal, das ist doch alles nur Unsinn! Es liegt bloß an Toinette! Sie macht dich noch ganz verrückt. Ich werde morgen mit Russell darüber reden. Er muss dafür sorgen, dass sie damit aufhört. Oder sie in ein Heim bringen, wo man sich um sie kümmert. Sie ist eine verwirrte alte Frau.«

Er sprach mit großer Eindringlichkeit, aber Alicia schien nicht hören zu wollen, was er sagte.

»Jason, halt mich fest.«

Er hätte es sowieso getan, denn dazu brauchte er keine besondere Aufforderung.

»Komm her, Liebes.« Er zog sie fest in seine Arme und wiegte sie. »Fürchte dich nicht. Ich werde immer auf dich aufpassen. Solange du bei mir bist, kann dir nichts geschehen.«

Wie von allein erwachte zwischen ihnen die altvertraute Begierde. Er spürte die weiche Wärme ihrer Haut und roch den Duft ihres Haars. Ihr Ohrring kratzte leicht über seine Wange, als sie den Kopf drehte, damit er sie küssen konnte. Hitze flammte in ihm auf, als sich ihr Unterleib gegen seinen drängte. Es war im Grunde so leicht, wie ein Funken, der trockenes Zuckerrohr in Brand setzte. Er musste sie nur berühren, um lichterloh in Flammen zu stehen, genau wie damals vor all den Jahren, als sie beide an der Schwelle zum Erwachsenwerden gestanden hatten. Sie konnte sich ihm ebenso wenig entziehen wie er sich ihr, und doch war es aus unerfindlichen Gründen nie dazu gekommen, dass sie ihm richtig angehörte. Er hatte zweimal um ihre Hand angehalten, ganz förmlich. Beim ersten Mal war er achtzehn gewesen, er hatte sogar einen Ring besorgt, ganz im Siegesgefühl des frisch errungenen Verwalterpostens. Sie hätte vielleicht sogar zugestimmt, seine Frau zu werden, doch der alte Swift hatte dieses Vorhaben umgehend als kindliche Spinnerei abgetan und dafür gesorgt, dass Alicia zum Studieren in die USA ging. Danach war sie lange weggeblieben, zuerst ein paar Jahre in New York, später in Europa. Sie hatte einen Kerl aus der Schweiz kennengelernt, einen Banker, der dem alten Swift offenbar besser zusagte als Jason, doch die Ehe hatte keine drei Jahre gehalten. Danach war sie weiter herumgezogen, immer wieder unterbrochen von kurzen Besuchen zu Hause. Ihre Affäre mit Jason, die ihren stürmischen Anfang genommen hatte, als sie beide noch halbe Kinder gewesen waren, flammte immer wieder auf, doch jedes Mal kam unweigerlich wieder der Tag, an dem sie in den nächsten Flieger stieg und erneut für ein paar Jahre wegblieb. Erst als der alte Swift gestorben war und Russell die Plantage übernahm, war sie endgültig heimgekehrt. Die vielen Jahre der Rastlosigkeit hatten ihr schwere Suchtprobleme beschert, die sie nicht in den Griff kriegte. Aber die Leidenschaft, die sie in Jasons Armen kennengelernt hatte, trieb sie immer wieder zu ihm hin. Und er konnte genauso wenig von ihr lassen, obwohl er sich oft für seine beschämende Schwäche verflucht hatte. Vor vier Jahren hatte er sie wieder gefragt, ob sie ihn heiraten wolle, doch da hatte sie ohne lange zu überlegen Nein gesagt. Mit der Begründung, dass sie zu verschieden seien.

Er küsste sie heftig und hielt sie dann an den Schultern ein Stück von sich weg.

»Ich könnte dir helfen«, sagte er. »Wenn du mich nur ließest.«

»Was?« Sie wirkte desorientiert, halb betört von der wilden Hitze des Kusses, halb verwirrt von seiner unvermittelten Äußerung.

»Alicia, du brauchst jemanden, der immer zu dir steht. Der sich um dich kümmert, auch wenn es dir schlecht geht und wenn du krank bist.«

»Russell hat …«

»Russell kann dir nicht das geben, was du brauchst«, sagte er ungeduldig. »Er kann dich zum Arzt fahren und in eine Entzugsklinik stecken, das hat er schon häufiger gemacht. Aber es ist auf Dauer keine Lösung! In den Augenblicken, in denen du dringend jemanden brauchst, ist er oft nicht da. Oder steckt in dringenden Telefonaten oder anderen Besprechungen. *Niemand* ist wirklich für dich da, Alicia! Aber ich könnte es sein. Wenn du nur willst.«

»Oh, Jason.« Sie fing an zu weinen. »Es ist so schlimm. Ich fühle mich so … allein.«

»Ich weiß, Liebes, ich weiß. Das ist es ja gerade. Genau das meine ich doch!«

Er zog sie vollends ins Haus und machte die Tür zu.

»Komm mit und setz dich erst mal.« Er drängte sie auf die Couch und strich ihr das wirre Haar aus der Stirn. »Ich mach dir einen Tee.«

»Bitte, könnte ich nicht …«

Er seufzte. »Na schön. Aber nur einen kleinen Schluck, und nicht pur, sondern nur zum Tee.«

»Jason, du bist … Du bist der Einzige, der mich versteht.« Sie schluchzte kurz auf, dann zog sie die Nase hoch. »Ich liebe dich, Jason. Ich hab dich immer geliebt.«

»Ich weiß.«

Er ging in die kleine Küche des Bungalows, goss einen Fingerbreit Rum in eine Tasse und brühte frischen Tee auf. Als er mit der dampfenden Tasse ins Wohnzimmer zurückkehrte, hatte Alicia sich auf der Couch ausgestreckt und war eingeschlafen. Einen Arm hatte sie angewinkelt und unter den Kopf geschoben. Über ihre Wangen zogen sich Tränenspuren.

Jason holte ein Laken aus dem Schlafzimmer und deckte sie zu. Sie murmelte etwas Unverständliches, aber dann entspannte sie sich und schlief ruhig weiter.

»Alles wird gut«, sagte er leise.

Sie hörte es nicht mehr, doch ihr Schlaf war ruhig und fest. Jason wusste, dass er die bösen Geister fürs Erste vertrieben hatte.

27

Russell strich mit den Fingerspitzen über Elaines Arm und spürte, wie sich die feinen Härchen dort aufrichteten und Gänsehaut entstand. Die Empfindungen seiner Nervenenden schienen an ihre gekoppelt zu sein, denn er merkte, wie auch seine Haut kribbelte.

Sie hatte ihr Bein träge um seines geschlungen und ihren Kopf auf seine Brust gelegt. Sein Atem bewegte ihr seidiges Haar, und er roch den Duft, der von ihrem Nacken aufstieg, jene urtümliche, erdige Note, die ihrem Körper anhaftete, wenn sie sich geliebt hatten. Er hätte mit verbundenen Augen unter hundert Frauen diesen Duft wiedererkannt. Seine Begierde entzündete sich an diesem Geruch ebenso wie an der sanften, feuchten Wärme ihres Leibs, an jeder Berührung und jeder Bewegung, und obwohl er geglaubt hatte, dass sein Verlangen für diese Nacht schon gründlich gestillt worden war, erwachte es erneut. Doch er wollte es einfach nur genießen, sie in den Armen zu halten und ihr nah zu sein. Diese Art der Verbundenheit erschien ihm kostbarer als alles andere, denn das Vertrauen und das Gefühl von Zugehörigkeit, die sie zueinander hinzogen, waren fragil und neu. Sie waren mindestens so wichtig wie die Leidenschaft und das Begehren, und deshalb wollte er diesen ungewohnten Empfindungen Raum geben. Was immer sich zwischen ihnen entwickelte – er wollte, dass es mehr wurde. Und er spürte, dass es ihr genauso ging.

Doch ihre nächsten Worte ließen ihn erstarren.

»Warum hast du es mir nicht erzählt?«

»Was denn?«, fragte er vorsichtig zurück.

»Dass deine beiden Frauen gestorben sind. *Wie* sie gestorben sind.«

Er zögerte und dachte über die Antwort nach, bis er schließlich eine fand, die ehrlich und plausibel zugleich war.

»Ich befürchtete, dich damit zu vergraulen. Zweifacher Witwer zu sein fördert nicht unbedingt die Anziehungskraft eines Mannes.«

Sein Versuch, der ganzen Sache eine ironische Note zu verleihen, kam nicht gut bei ihr an, das merkte er sofort. Er verfluchte sich, weil er es falsch angefangen hatte. Warum konnte die verdammte Vergangenheit nicht einfach für immer ruhen? Nach einer weiteren Pause des Nachdenkens fügte er hinzu: »Es ist ein Thema, über das ich ungern spreche. Es ist belastend. Nicht nur für mich, sondern auch für die anderen, sobald ich mit ihnen darüber rede. Ich kann verstehen, dass es dir vorkommen muss, als wollte ich meine Vergangenheit vor dir geheim halten, aber dem ist nicht so. Es waren schlimme Schicksalsschläge, doch andere Leute machen ähnliche Dinge durch, da bin ich nicht der Einzige.«

»Nein«, murmelte sie. »Natürlich nicht.«

»Wer hat es dir erzählt? Alicia?« Er merkte, dass seine Stimme aggressiv klang, und bemühte sich um einen ruhigeren Tonfall. »Sie wärmt diese alten Geschichten immer besonders gerne auf, weil sie weiß, dass sie mich damit verletzen kann.«

»Nein, es war Jason.« Ihre Hand glitt über seine Brust, als wollte sie sich vergewissern, dass er bei ihr war. »Es muss grauenhaft für dich gewesen sein. Und für David auch.«

»Er ist gut darüber hinweggekommen. Und wenn ich ehrlich bin – ich auch. Ich habe getrauert, aber irgendwann habe ich angefangen, wieder zu leben.«

»Gab es danach noch jemand … Wichtigen für dich?«

»Du meinst eine Frau?«

Ihr Kopf bewegte sich, sie nickte.

»Nichts Festes«, sagte er.

»Zum Beispiel Moira Whistler von der Bibliothek?«

»Woher weißt du das denn schon wieder?«

»Auch von Jason.«

»Er hatte wohl nichts Besseres zu tun, als mein komplettes Privatleben vor dir auszubreiten, wie?«, meinte er. Es klang entnervt, aber er konnte es nicht ändern. Jason wurde in letzter Zeit zunehmend lästig. Er fing an, sich immer mehr Freiheiten herauszunehmen. Manchmal kam es Russell so vor, als würde Jason ihn regelrecht belauern. Damals, nach Janices' Tod hatte er etwas Ähnliches gespürt, es aber einfach ignoriert, weil er genug anderes um die Ohren gehabt hatte, vor allem in der ersten Zeit, als alle Leute ihn ständig angestarrt und über ihn getuschelt hatten. Nur ein paar Wochen später hatte dann Alicia versucht, sich die Pulsadern aufzuschneiden, und zu allem Überfluss hatte in jenem Jahr die Plantagenwirtschaft tiefrote Zahlen geschrieben. Es war schwer genug gewesen, einfach nur normal weiterzuleben.

»Du darfst Jason keinen Vorwurf machen«, meinte Elaine leichthin. »Ich habe Journalismus studiert. Meine investigative Ader hat schon andere in die Knie gezwungen.«

Russell atmete tief durch. »Du bist also nicht sauer auf mich?«

»Weswegen? Weil du mir Dinge verschwiegen hast, für die kein Mensch dich verantwortlich machen kann? Nein, ich bin nicht sauer. Sonst hätte ich vorhin wohl kaum mit dir geschlafen.«

Russell war erleichtert, fühlte sich aber trotzdem veranlasst, ein paar Dinge richtigzustellen.

»Wegen Moira …«

»Vergiss es«, fiel sie ihm ins Wort. »Du bist ja schließlich nicht mein Mann.«

Das nahm er stumm zur Kenntnis, ehe er ein wenig hölzern meinte: »Wir haben uns ein paarmal getroffen, aber das letzte Mal ist schon Monate her, und es war wirklich nichts Ernstes. Es gibt niemanden, Elaine. Nur dich.« Er hielt inne, um über seine letzten Worte nachzudenken. Ja, es gab nur sie – als hätte niemals eine andere Frau für ihn existiert. Diese unvermittelte Erkenntnis sorgte dafür, dass schlagartig seine Angst erwachte. Die alte, böse Angst von damals, die ihn seit Dorothys Tod nie ganz verlassen hatte.

»Lass uns schlafen«, meinte Elaine gähnend. »Ich bin todmüde.«

»Du bleibst hier?«

»Heute Nacht?« Sie schmiegte sich fester an ihn. »Klar. Sonst wäre ich schon wieder drüben. Das kann ich mir diesmal sparen, denn Becky hat mitgekriegt, dass ich aus dem Zimmer gegangen bin.«

»Woher weißt du das?«

»Weil sie wach war.«

»Sicher?«

»Ganz sicher. Ich merke blind und im Dunkeln, ob sie schläft oder wach ist.«

»Dann musst du eine gute innere Verbindung zu ihr haben.«

»Mutterinstinkt«, stimmte sie zu. Ihr fiel noch etwas ein. »Oh, ich wollte dir unbedingt noch erzählen, dass meine Vorfahrin Louisa von hier stammt. Von dieser Plantage.«

»Wirklich? Woher weißt du das?«

»Ich fand ihren Namen in den alten Unterlagen in deiner

Bibliothek. Sogar ihre Todesanzeige. Alle Daten stimmen mit den Papieren überein, die ich zu Hause in Florida habe.«

»Wirklich? Was für ein Zufall.« Aus unerklärlichen Gründen überlief ihn bei diesen Worten ein schwaches Frösteln, obwohl es so warm im Zimmer war. Beharrlich versuchte er, diese seltsame Empfindung auszublenden, und seine Müdigkeit half ihm dabei. »Lass uns schlafen«, murmelte er. Sie war nicht böse auf ihn, das war das Wichtigste. Alles andere war völlig egal. Diesmal würde er alles richtig machen. Das Leben hatte ihm eine neue Chance zugeteilt. Er küsste ihre Schläfe und zog sie dichter an sich. Als sie bald darauf in seinen Armen einschlief, war er beinahe glücklich.

28

Am nächsten Morgen wurden sie durch lautes Geschrei geweckt. Gleich darauf hämmerte es gegen die Zimmertür. Elaine fuhr erschrocken hoch. Russell war bereits aus dem Bett gesprungen. Eilig streifte er seinen Bademantel über und riss die Tür auf. Davor stand Hazel, blankes Entsetzen im Gesicht, die dunklen Augen weit aufgerissen vor Schreck.

»Sie haben ihn gefunden«, schrie sie. »Er ist tot. Der Amerikaner ist tot!«

Eine eisige Hand griff nach Elaines Herz und presste es zusammen. Ihr Hals war wie zugeschnürt, sie konnte kein Wort sagen. Oh Gott, Jerry!

»Wer sagt das?«, wollte Russell wissen, doch Hazel hörte es gar nicht, sie jammerte und klagte in einem fort. Russell fuhr sie scharf an. »Nun red schon! Erzähl mir, woher du es weißt!«

»Die Polizei hat eben angerufen«, stieß Hazel schluchzend hervor. »Mr. Brix war dran. Er wollte Sie sprechen. Er meinte, er habe es schon auf dem Handy versucht, aber Sie sind nicht drangegangen.«

Russell hielt sich nicht mit dem heulenden Hausmädchen auf, sondern griff nach seinem Handy. Er hatte es über Nacht ausgestellt.

»Ein Anruf in Abwesenheit.« Ohne zu zögern, drückte er auf Rückruf.

Elaine schlüpfte hastig in ihre Sachen und blieb dann vor ihm stehen, den Blick auf sein ernstes Gesicht geheftet. Ihr Herz schlug rasend schnell, und sie presste die Hand auf ihre zitternden Lippen, während sie darauf wartete, was das Telefonat ergab.

»Russell hier«, sagte er, das Handy am Ohr. »Was war los?«

Danach hörte er nur noch zu, was Brix ihm zu sagen hatte. Ab und zu stellte er eine Frage, doch er sprach in so schnellem Patois, dass Elaine nur wenig verstand.

»Verstehe«, sagte er schließlich. »Alles klar.« Damit trennte er die Verbindung.

Elaine merkte, dass ihr die Tränen übers Gesicht liefen. Achtlos wischte sie sich über die Wangen.

»War es Jerry?«, fragte sie mit erstickter Stimme.

Er nickte. Sein Gesicht war starr. »Sie haben ihn in MoBay auf einer Müllkippe gefunden. Erstochen und ausgeraubt.«

»Aber der Schuh«, stammelte sie. »Und das Handy … Wie …?«

Russell antwortete auf ihre Frage, bevor sie sie richtig formulieren konnte.

»Brix meint, es müsse folgendermaßen gewesen sein: Jerry wurde in MoBay überfallen, als er gerade in den Clio steigen und hierher zurückfahren wollte. Vielleicht hat man ihm auch unterwegs an der Straße aufgelauert, indem man eine Panne vorgetäuscht hat. Der Mörder hat ihn dann wohl in den Kofferraum geworfen und außerhalb der Stadt abgeladen, wo sie ihn heute früh gefunden haben. Dann haben der oder die Täter mit dem Clio offenbar noch eine ausgedehnte Spritztour unternommen und ihn dann einfach wieder in der Stadt abgestellt.«

»Aber woher will man wissen, dass Jerry der Tote ist?«

»Er hatte rote Haare und trug nur einen Schuh. Der andere war offenbar im Kofferraum liegen geblieben, genau wie das Handy, wo Wayne später beides fand. Den Schuh hat er dann hier in die Büsche geworfen, das Handy behalten. Den Rest kennen wir.«

»Also hat er die Wahrheit gesagt?«

»Scheint so. Aber sie wollen ihn wohl noch weiter verhören. Brix möchte außerdem, dass wir den Clio in die Stadt bringen, damit die Spurensicherung sich den Kofferraum ansehen kann. Ich werde den Wagen heute noch hinfahren.« Er zögerte. »Jemand muss Jerry in der Gerichtsmedizin identifizieren, damit jeder Zweifel ausgeschlossen ist. Wenn du willst, übernehme ich das.«

Sie konnte nur stumm nicken. Er trat zu ihr und nahm ihre Hände.

»Er hat nicht gelitten, Elaine. Brix sagt, er muss sofort tot gewesen sein.«

Abermals nickte sie. Was hätte sie auch sagen sollen? Soweit es sie beruhigen sollte, dass Jerry vor seinem Tod nicht hatte leiden müssen, änderte es nichts daran, dass er nicht mehr lebte. Er war nur siebenundzwanzig Jahre alt geworden und hatte noch so viele Pläne gehabt. Heiraten, Vater werden, nach Europa reisen … Das alles war ihm genommen worden. Er würde nie wieder lachend ins Zimmer kommen, nie wieder mit beiden Händen durch seine strubbeligen roten Haare fahren, nie wieder Curd mit seinen kleinen Sticheleien aufziehen.

Ohne es zu merken, war sie auf die Bettkante gesunken. Schluchzend umschlang sie mit den Armen ihren Oberkörper.

»Ich muss Lincoln anrufen. Jemand muss es Jerrys Mutter sagen. Oh Gott!«

»Darum kümmere ich mich schon.« Russell wählte bereits Lincolns Nummer. Elaine hörte die Bandansage, anscheinend war Lincoln noch nicht im Büro. Russell sprach ihm eine kurze Nachricht auf die Mailbox.

Elaine riss sich zusammen und stand von der Bettkante

auf. Es ging nicht an, dass alle Formalitäten von ihm erledigt werden mussten. Sie würde verdammt noch mal tun, was in dieser Situation von ihr erwartet werden konnte.

»Ich komme mit in die Stadt«, sagte sie.

»Das musst du dir nicht antun«, meinte Russell. »Es wird kein schöner Anblick sein. Der Tote hat tagelang in der Hitze gelegen.«

»Ich bin dir dankbar, dass du die Identifizierung übernimmst«, sagte sie mit belegter Stimme. »Aber es müssen ja auch noch andere Dinge geregelt werden. Bei den Behörden und bei der amerikanischen Botschaft. Wegen der Überführung und dem ganzen Papierkram. Er muss ja … nach Hause gebracht werden.« Sie schluchzte erneut auf. Für Jerry würde es nie wieder ein Zuhause geben. Doch er hatte eine Mutter, und die hatte das Recht, ihr Kind zu begraben.

»Komm her«, sagte Russell sanft. Er zog sie in seine Arme und drückte sie tröstend an sich. Sie ließ ihren Tränen freien Lauf und dachte daran, wie nah Hoffnung und Trauer manchmal beieinanderlagen.

29

Beim Frühstück waren alle bedrückt und in sich gekehrt. Becky saß mit Tränen in den Augen da. Sie aß nichts und ging bald darauf nach einer hastig hinuntergestürzten Tasse Tee nach draußen, begleitet von David, der genauso traurig und betroffen aussah wie alle Übrigen.

Elaine, Russell und Jason fuhren mit dem Clio in die Stadt, wo sie den Wagen bei der Polizei ablieferten, damit er genauer untersucht werden konnte. Vorher hatte Jason bereits mit einer Taschenlampe den Kofferraum ausgeleuchtet und dort Schmutz- und Blutspuren entdeckt. Folglich konnten sie wohl mit an Sicherheit grenzender Wahrscheinlichkeit davon ausgehen, dass sich alles so zugetragen hatte wie von Brix vermutet.

Während Russell es auf sich nahm, in der Gerichtsmedizin den Leichnam zu identifizieren, füllte Elaine auf dem Kommissariat alle möglichen Papiere aus. Das amerikanische Konsulat befand sich am anderen Ende der Insel in Kingston, weshalb sie hoffte, dass sie alles, was für die Überführung nötig war, telefonisch regeln konnte. Russell hatte bereits versprochen, sich darum zu kümmern, falls es Probleme geben sollte.

Jason holte den Chrysler aus der Werkstatt und fuhr dann zur Plantage zurück, um Alicia zum Arzt zu bringen – zu einem anderen als bisher. Sie hatte erklärt, dass derjenige, der ihre Wunde genäht hatte, ein Stümper sei und dass die Stelle sich entzündet habe. Russell befürchtete jedoch, dass sie nur nach einer Gelegenheit suchte, sich neue Schmerzmittel zu beschaffen. Er hatte Jason eingeschärft, sie nicht aus den Augen zu lassen, was dieser versprach.

Außer Alicia war auch Curd mit in die Stadt gekommen. Er war von einer geradezu fanatischen Entschlossenheit durchdrungen, die Dreharbeiten fortzusetzen. Abgesehen von ein paar rüden Seitenhieben auf die Gewaltbereitschaft und die Verbrechensquote *dieser rückständigen, armseligen Insel* war von ihm im Laufe des Tages nicht viel zu hören. Umso zielstrebiger machte er sich an die Arbeit und zog sogar ohne Elaine los, um zu drehen. Er schien es sich auf die Fahne geschrieben zu haben, so viele Aufnahmen wie möglich in den Kasten zu bringen. Während alle anderen ihren jeweiligen Erledigungen nachgingen, stromerte er kreuz und quer durch die Stadt und filmte alles, was ihm sehenswert erschien.

Nachmittags um fünf wollten sie sich alle am Sam Sharpe Place treffen und gemeinsam zur Plantage zurückfahren.

Elaine kam als Erste zum Wagen zurück. Sie war erschöpft und verschwitzt und hatte Kopfweh. Das Gedränge und der Lärm auf dem großen Platz verschlimmerten es noch. Sie hätte was darum gegeben, sich für eine Weile hinzulegen.

Sie hatten als Treffpunkt eine kleine Bar ausgemacht. Unter einem Vordach aus Stroh drängten sich Touristen und schlürften eisgekühlte Drinks. Einige aßen im Stehen oder auf klobigen hölzernen Bänken sitzend aus der Hand ihr Jerkfood, das in einer Tonne am Straßenrand gegrillt wurde. Es roch intensiv nach gebratenem Fleisch und exotischer Soße. Elaine kämpfte gegen eine Aufwallung von Übelkeit. Sie hatte seit dem Frühstück nichts gegessen, eigentlich hätte sie ausgehungert sein müssen. Aber ihr Magen war wie zugeschnürt. Sie hätte keinen Bissen hinunterbringen können.

Sie bestellte eine Cola und setzte sich auf eine der langen Bänke, die sich bereits unter dem Gewicht einiger schwergewichtiger amerikanischer Touristen bog. Ein paar neugierige Blicke trafen sie von der Seite.

»Viel rumgelaufen, was?«, meinte ein Fettwanst im Hawaiihemd.

Sie nickte nur höflich und war erleichtert, als gleich darauf Jason auftauchte. Er nickte ihr zu, bevor er sich ebenfalls was zu trinken holte und den freien Platz ihr gegenüber belegte.

»Hast du alles Nötige erledigen können?«, fragte er. Inzwischen waren sie beim Du. Elaine hatte es vorgeschlagen, nachdem ihr aufgefallen war, dass Curd und Jason sich ebenfalls bereits duzten.

Sie nickte stumm und trank von ihrer Cola.

»Wo ist Alicia?«, wollte sie dann wissen. »Solltest du nicht mit ihr zum Arzt gehen?«

»Hab ich gemacht. Ich war sogar bei der Behandlung dabei und habe aufgepasst, dass sie sich keine Schmerzmittel geben lässt. Sie war ziemlich sauer.« Er lachte kurz. »Als wir dann rauskamen, hat sie mich stehen lassen. Sie meinte, sie wolle noch nach Schuhen schauen.«

Unwillkürlich erinnerte Elaine sich, wie Russells erste Frau Janice ums Leben gekommen war. Auch sie war erst beim Arzt gewesen und hatte anschließend noch Schuhe kaufen wollen.

Jason erkannte, was sie dachte. »Oh mein Gott«, sagte er mit beklommener Miene. »Das war mir gar nicht in den Sinn gekommen.« Er lachte unsicher. »Es ist natürlich reiner Zufall. Obwohl ich zugeben muss, dass mir gerade ein eisiger Schauer den Rücken runtergelaufen ist.«

»Das ging mir auch so«, stimmte Elaine zu. Voller Unbehagen fragte sie sich, ob Alicia wohl absichtlich die Erinnerung an Janices' Tod hatte heraufbeschwören wollen. Und wenn ja, warum. Vielleicht weil sie darauf aus war, dass Jason sich um sie sorgte?

»Sie bedeutet dir viel, oder?«, fragte sie impulsiv.

»Das tut sie«, bekannte Jason freimütig. »Wir haben uns schon geliebt, als wir noch Kinder waren. Na ja, fast. Sie war noch keine sechzehn und ich nicht viel älter. Aber das hat Russell dir sicher schon erzählt.«

»Was ging schief?«

»Du meinst, warum wir kein Paar sind?« Jason zuckte die Achseln. »Der alte Swift hat es verhindert, solange er noch lebte. Er meinte, sie hätte bessere Chancen auf dem Heiratsmarkt. Er wollte immer nur das Beste für sie und Russell. Sie hat einen stinkreichen Banker geheiratet, aber nach einer Weile stellte sich raus, dass er Gelder veruntreute und außer einem Haufen Schulden nichts besaß. Dann kamen die Scheidung und ein paar weitere Kerle, die nicht gut für sie waren, und am Ende kehrte sie nach Hause zurück, kaputt und krank und restlos durch den Wind.«

»Und heute? Ich meine, ihr beide …« Sie brach ab, weil sie nicht recht wusste, wie sie die Frage formulieren sollte.

»Ob wir nicht doch noch füreinander bestimmt sind?«, führte er es für sie aus. Bedrückt schüttelte er den Kopf. »Alicia steckt zu tief in ihren Problemen. Die Tabletten, der Alkohol – sie kann nicht klar denken und keine vernünftigen Entscheidungen mehr treffen.« Offen blickte er Elaine an. »Wenn sie nur lernen würde, anderen wieder zu vertrauen, könnte sie gesund werden.«

»Zuallererst müsste sie lernen, sich selbst zu vertrauen«, meinte Elaine. Die Unterhaltung deprimierte sie und zog sie noch mehr runter, obwohl sie sich wegen Jerrys Tod sowieso schon so elend fühlte wie seit Jahren nicht. Sie hatte lange mit Lincoln telefoniert, der alles Nötige veranlassen und auch Jerrys Mutter besuchen wollte. Er hatte sogar spontan angeboten, nach Jamaika zu kommen und sich selbst um die Überführung zu kümmern, falls es damit Probleme geben sollte. Aber er hatte trotz allen Kummers auch eine gute Nachricht gehabt – die Aktionärsversammlung war genau nach seinen Vorstellungen verlaufen. Er hatte alle mit dem neuen Konzept überzeugt. Harper hatte auf Druck des Vorstands zusichern müssen, *Subview* mit voller Besetzung und ausreichender finanzieller Ausstattung zu erhalten. Für eine Evaluierungsphase, wie es offiziell hieß. Mit anderen Worten, sie hatten eine Galgenfrist. Dadurch hatte Lincoln genügend zeitlichen Spielraum gewonnen, um die neuen Senderkontakte zu vertiefen und ein paar gute Trailer zu produzieren. Und dann, wenn es so weit war, notfalls mit dem ganzen Team eine eigene kleine Produktionsfirma zu gründen, sofern Harper den Laden immer noch dichtmachen wollte.

Alicia trat an den Tisch und riss Elaine aus ihren Gedanken. Der unförmige Stirnverband war verschwunden und hatte ein paar schmalen Pflastern Platz gemacht, die halb unter den schwarzen Ponyfransen verborgen waren. Die Verfärbungen rund um das rechte Auge waren unter perfekt aufgelegtem Make-up versteckt. Alicia wirkte frisch und beherrscht, doch als Elaine näher hinschaute, meinte sie in ihren Augen einen unnatürlichen Glanz zu sehen, und unwillkürlich fragte sie sich, ob Jason wirklich so gut aufgepasst hatte, wie er meinte.

Mit einer graziösen, fließenden Bewegung ließ Alicia sich neben Elaine am Tisch nieder.

»Holst du mir was Kaltes zu trinken?«, fragte sie Jason. Es klang herablassend, nicht viel anders, als hätte sie Hazel in die Küche geschickt. Jason erhob sich sofort und ging zur Bar.

Alicia faltete ihre perfekt manikürten Hände.

»Wie soll das laufen mit Ihnen und meinem Bruder?«, fragte sie geradeheraus.

»Ich weiß nicht, was Sie meinen.« Elaine blickte voller Unbehagen auf Alicias schmale, langgliedrige Hände, die denen von Russell unglaublich ähnlich waren. Natürlich waren sie zierlicher, aber davon abgesehen, hätten sie eine Kopie von Russells Händen sein können. Es verstörte Elaine immer wieder, wie sehr die beiden einander glichen.

»Na, Sie schlafen mit ihm, das weiß inzwischen jeder. Er macht ja auch gar kein Geheimnis mehr daraus. Allerdings sollte Ihnen klar sein, dass Sie sich damit einen Haufen Schwierigkeiten aufladen.«

»Ich sehe nicht, warum das ein Problem sein sollte«, meinte Elaine ablehnend.

»Dann haben Sie wohl noch nicht gehört, was mit seinen beiden Ehefrauen passiert ist, oder?«

»Mir ist bekannt, dass sie gestorben sind. Aber was hat das mit Russell und mir zu tun?«

»Oh, dann wissen Sie wohl noch nicht, dass Russell damals deswegen im Gefängnis war, oder?«

Elaine erstarrte. »Was sagen Sie da?«

»Natürlich mussten sie ihn wieder laufen lassen, denn sie hatten letztlich keine Beweise. Brix hat die Ermittlungen beschleunigt und dafür gesorgt, dass Russell schnell wieder draußen war.«

»Seine erste Frau wurde ermordet«, entfuhr es Elaine. »Sie wollen doch nicht ernsthaft behaupten, dass …« Sie schüttelte den Kopf, weil es einfach zu ungeheuerlich war.

»Ich sage ja, die Beweise waren dünn. Mein Bruder hätte das nie und nimmer tun können. Aber es war leider auch eine Tatsache, dass es vor Janices' Tod ein paar Gerüchte gab.«

»Gerüchte?«, echote Elaine. Ihre Lippen fühlten sich seltsam kalt und steif an, als könnten sie nur unter Schwierigkeiten die nötigen Worte formen.

»Ja, ziemlich hässliches Gerede. Angeblich hatte Janice einen Liebhaber, und später hieß es sogar, das Kind, das sie erwartete, sei gar nicht von Russell gewesen.«

»Wer hat das behauptet?«

Alicia zuckte nur die Achseln. »Irgendwer hat es in die Welt gesetzt, und dann haben die Leute in der Stadt eben darüber getuschelt. Russell war damals oft geschäftlich in den USA, und Janice hockte allein und einsam mit einem kleinen Kind in Swift Great House herum. Da kommen leicht solche Gerüchte auf. Sie war häufig in der Stadt und ging gern mit ihren Freundinnen aus. Ich war damals ein- oder zweimal zu Besuch auf der Plantage, da hab ich sie selten gesehen, weil sie ständig irgendwas unternehmen wollte. Es war ihr zu langweilig da draußen.«

»Wenn Sie mir weismachen wollen, Russell hätte irgendwas mit dem Tod seiner ersten Frau zu tun, sollten Sie jetzt lieber sofort aufhören zu reden.« Elaine war starr vor Abneigung. »Ich will diesen Unsinn nicht länger hören.«

»Ich berichte nur die Tatsachen«, sagte Alicia. Es klang verärgert, als fühlte sie sich ungerecht behandelt. »Sie sollten froh darüber sein, denn auf diese Weise wissen Sie wenigstens, woran Sie sind.« Sie blickte sich um und senkte die Stimme, ehe sie weitersprach. »Russell ist schließlich nicht bloß wegen irgendwelcher dummen Gerüchte im Gefängnis gewesen.«

»Vielleicht machen Sie es einfach kurz und erzählen mir alles, von dem Sie glauben, dass ich es unbedingt wissen müsste«, meinte Elaine barsch.

Alicia warf ihr unter gesenkten Wimpern einen Blick zu, der deutlich ihre feindseligen Gefühle zeigte.

»Auf Janice lief eine hohe Lebensversicherung. Eine *sehr* hohe«, betonte Alicia.

»Viele Leute haben eine hohe Lebensversicherung.«

»Sie haben recht. Aber nicht viele werden mit dem Messer erstochen, das demjenigen gehört, der die Versicherungssumme kassiert.«

Schockiert stellte Elaine ihr Glas ab und verursachte dabei einen hörbaren Knall. Hilflos starrte sie Alicia an, doch die wandte sich Jason zu, der gerade mit frischen Getränken an den Tisch zurückkam.

»Danke, Darling«, meinte sie. »Du weißt doch immer, was ich brauche.« Sie gab ein kleines, albern klingendes Gurren von sich und strich mit ihren rot lackierten Fingernägeln über Jasons nackten Unterarm. Elaine konnte sehen, wie sich dort die feinen dunklen Haare aufrichteten, als hätte Jason eingebaute Sensoren, die auf Alicias Berührung reagierten. Auch Alicia registrierte es. Ein schwaches maliziöses Lächeln umspielte ihre Lippen.

»Warum erzählst du Elaine nicht die Sache mit Russells Messer?«, fragte sie Jason.

»Was soll das, Alicia?« Jason war das Thema sichtlich unangenehm. »Das ist doch alles Vergangenheit. Es interessiert heute niemanden mehr.«

»Das stimmt nicht. Elaine interessiert sich dafür. Ist doch so, oder, Elaine?«

Elaine umklammerte ihr Glas. Vorhin war die Cola noch eiskalt gewesen, jetzt fühlte sich das Glas unter ihren schwitzenden Händen abstoßend warm und feucht an.

»Du hast mir nichts davon erzählt«, sagte sie förmlich zu Jason. Es hörte sich wie ein Vorwurf an, doch sie konnte nichts dagegen machen.

»Weil es unwichtig war.« Jason seufzte entnervt. »Letztlich war es einfach ein unseliger Zufall. Der Mörder hat ihr die Handtasche weggerissen und alles auf den Boden gekippt. Als er sich die Geldbörse schnappte, muss sie versucht haben, sich zu wehren. Vielleicht hat sie ihn geschlagen. Oder sie hat versucht wegzulaufen. Da hat der

Kerl sich das Taschenmesser gegriffen und sie damit umgebracht.«

»Es war Russells Taschenmesser«, warf Alicia ein. Das seltsame spöttische Lächeln stand immer noch in ihrem Gesicht. »Ich hab's ihm irgendwann mal als Geschenk mitgebracht. Ein gutes, teures, scharf geschliffenes Schweizer Messer. Mit dem ihr die Kehle aufgeschlitzt wurde, sodass sie nicht schreien konnte und innerhalb von einer Minute verblutete.«

Elaine merkte, wie es ihr hochkam. Sie musste tief durchatmen, sonst hätte sie sich auf den Tisch übergeben.

»Jesus, sie hatte es auf Swift Great House eingesteckt und mitgenommen!«, sagte Jason ungeduldig. Er sprach leise, damit die Touristen am Tisch ihn nicht hören konnten. Es klang fast wie ein zorniges Zischen. »Russell hat immer und immer wieder geschworen, dass er das Messer seit Monaten nicht gesehen hatte! Und die Polizei hat ihm geglaubt, sonst hätten sie ihn wohl kaum so schnell wieder gehen lassen.«

»Ein paar von den Klatschmäulern waren der Meinung, das hätte er seinem guten Freund Brix zu verdanken gehabt«, stichelte Alicia.

Elaine hatte nach dem ersten Schock erkannt, wozu dieses Manöver taugen sollte. Alicia wollte ihr Russell madig machen. Und anscheinend war sie damit noch nicht fertig.

»Es wäre ja auch sicher viel schneller Gras über die ganze Sache gewachsen, wenn nicht die Rätsel um Dorothys Tod hinzugekommen wären. Es hat nicht viel gefehlt, und sie hätten ihn deswegen noch mal verhaftet.«

»Gab es da etwa auch eine hohe Lebensversicherung?«, erkundigte Elaine sich mit kaltem Sarkasmus. Sie ärgerte sich, kaum dass sie die Frage ausgesprochen hatte, denn darauf hatte Alicia es offensichtlich angelegt, um weiter ihr Gift absondern zu können.

»Zu der Zeit hatte Russell schon selbst genug Geld«, antwortete Alicia gelassen. »Ich meinte eher die näheren Begleitumstände von Dorothys *Selbstmord.*« Sie betonte das letzte Wort auf eine Weise, die eindeutig darauf abzielte, dass Dorothy womöglich von fremder Hand gestorben war.

Elaine wäre um ein Haar aufgesprungen und weggelaufen. Sie konnte sich dieses abstoßende Gemisch aus dunklen Andeutungen und bösartiger Verleumdung nicht länger anhören. Doch etwas zwang sie dazu, am Tisch sitzen zu bleiben und den Mund zu halten, während Alicia weitersprach.

»In ihrem Blut war ein Tablettencocktail, der einen Elefanten hätte töten können«, erzählte Alicia, als würde sie darüber sprechen, wie letzte Woche das Wetter gewesen war.

»Das weiß ich bereits«, teilte Elaine ihr mit schneidender Stimme mit. »Jason war so freundlich, mich darüber zu informieren.«

Jason zog ein wenig schuldbewusst den Kopf ein, als Alicia ihn scharf taxierte.

»Wirklich? Wie aufmerksam. Aber hat er Ihnen auch erzählt, was der Coroner damals nach der Obduktion sagte? Dass seiner Meinung nach kein Mensch mit so viel Gift im Blutkreislauf in der Lage sei, sich zu erhängen?« Alicia musterte Elaine eindringlich. »Ich sehe, dass Jason Ihnen diese Kleinigkeit verschwiegen hat.«

»Alicia«, sagte Jason in erbittertem Tonfall. »Jetzt lass es doch endlich sein. Du weißt so gut wie ich, dass Russell damals ein Alibi hatte.«

»Ja«, versetzte Alicia gedehnt. »Ich selbst habe ihm eins gegeben, indem ich der Polizei sagte, Russell wäre die ganze Zeit bei mir gewesen. Aber wenn ich mich recht entsinne, ging es mir damals ziemlich dreckig. Es war die Zeit kurz vor meinem zweiten Entzug. Da war ich eigentlich dauernd zugedröhnt.«

Elaine stand ruckartig auf, so abrupt, dass ihr schwindlig wurde. »Was soll das eigentlich alles?«, herrschte sie Alicia an. »Wollen Sie mir etwa allen Ernstes einreden, Ihr Bruder könnte was mit dem Tod von Janice oder Dorothy zu tun gehabt haben? Ihr *eigener* Bruder? In dessen Haus Sie leben und zu dem Sie nachts ins Zimmer kommen wie ein kleines Kind, das schlecht geträumt hat?«

Alicia sah sie von unten herauf an, die Brauen hochgezogen und die Lippen geschürzt, ein Gesichtsausdruck, der einen Hauch von Berechnung ahnen ließ.

Sie will mich aus der Fassung bringen, dachte Elaine. Sie wird nicht eher Ruhe geben, bis ich völlig die Beherrschung verloren habe.

Möglichst ruhig griff sie nach ihrer Handtasche, die sie neben sich auf die Bank gestellt hatte. »Ich muss mich ein bisschen frisch machen. Jason.« Sie nickte Jason zu, der einen bedrückten Eindruck machte. »Danke für die Coke.«

Siedend vor Zorn ging sie in die Bar, den Rücken durchgedrückt und die Handtasche fest unter den Arm geklemmt.

Auf der Toilette ließ sie sich Zeit, obwohl die hygienischen Zustände alles andere als einladend waren. Nicht überall auf Jamaika hatte die Gastronomie sich den von Touristen gewünschten Standards angepasst. Meist herrschte im Sanitärbereich dieselbe unbekümmerte Laissez-faire-Stimmung wie rund um die verräucherten, schwarz verbrannten Fässer, die zum Grillen benutzt wurden.

Sie wusch sich die Hände, kämmte sich das Haar und prüfte anschließend im Spiegel ihren Gesichtsausdruck, bis sie das Gefühl hatte, ausreichend gleichmütig zu wirken.

Als sie wieder nach draußen kam, war Alicia weg. Jason, der allein auf der Bank saß, drehte sich zu Elaine um. Seine Miene drückte Bedauern aus.

»Es tut mir leid, was da vorhin alles geredet wurde. Ich hätte sie daran hindern müssen.«

»Die Frage ist, ob sie sich hätte hindern lassen.« Elaine setzte sich wieder und sah ungeduldig auf die Uhr. Ihre Bereitschaft, auf die anderen zu warten, hatte drastisch nachgelassen. »Wo ist sie hin?«

»Sie wollte etwas Obst besorgen und kommt gleich zurück.« Jason verzog das Gesicht. »Ich glaube, sie hat gemerkt, dass sie den Bogen überspannt hat und dass es besser ist, ein bisschen Distanz zu dir zu halten.«

Falls Alicia wirklich aus dem Grund verschwunden war, wäre das immerhin ein Zeichen für einen winzigen Rest von Höflichkeit gewesen. Elaines Laune wurde davon allerdings auch nicht besser.

Sie fragte sich gerade, ob sie noch eine Cola trinken sollte, als sie Curd um die Straßenecke biegen und im Eiltempo auf die Bar zuhalten sah. Sein Hemd war durchgeschwitzt vom Laufen, die Kamera, die am Riemen von seiner Schulter hing, schwang bei jedem Schritt wild hin und her, und das Haar fiel ihm in wirren Strähnen ins Gesicht. Er wirkte völlig aufgelöst. Nach Luft japsend, kam er schließlich beim Tisch zum Stillstand.

»Der Dreckskerl ist draußen«, stieß er hervor. »Ich habe ihn eben über den Platz spazieren sehen, als wäre es das Normalste von der Welt.«

»Wayne?«, fragte Elaine voller Unbehagen zurück.

Curd nickte schnaufend. »Wieso haben sie ihn einfach freigelassen?«

»Ich frage bei der Polizei nach«, sagte Jason. Er wählte eine Nummer auf seinem Handy und führte eine Unterhaltung in schnellem Patois. Dann nickte er, bedankte sich und trennte die Verbindung. »Wayne hat für die mutmaßliche Tatzeit ein Alibi«, erklärte er.

»Was für eine mutmaßliche Tatzeit?«, wollte Curd wissen.

»Die Obduktion hat einen ungefähren Todeszeitpunkt ergeben, und um diese Zeit war Wayne nachweislich nicht in der Stadt, sondern auf der Plantage.« Dieser Einwurf kam von Russell. Er war ebenfalls bei der Bar eingetroffen und stand hinter Elaine. Sie hatte ihn nicht kommen hören. Sein plötzliches Auftauchen versetzte sie in beträchtliche Unruhe. Ihr Herz schlug schneller, so wie sie es bereits gewohnt war, wenn er in ihre Nähe kam. Doch ein Teil ihrer Nervosität war, wie sie bestürzt erkannte, auf Alicias hässliche, intrigante Bemerkungen zurückzuführen. Es war fast, als hätte Alicia ihr mit diesen schrecklichen Andeutungen ein Gift injiziert, das nun schleichend zu wirken begann.

»Nachweislich?«, griff Curd Russells Erklärung auf. »Wieso nachweislich?«

»Weil er ein Alibi hat«, wiederholte Russell. »Es gibt einen Zeugen.«

Jason seufzte. »Genau genommen, bin das wohl ich. Er hat mir um die fragliche Zeit beim Verladen von Zuckersäcken geholfen, das hatte ich gestern schon bei der Polizei zu Protokoll gegeben. Darauf hat er sich dann laut Brix heute berufen.«

»So ist es«, bestätigte Russell. »Und weil seine Angaben auch in allen anderen Punkten mit den bisher ermittelten Begleitumständen übereinstimmten, mussten sie ihn gehen lassen.«

»Das heißt, der Mörder von Jerry läuft weiterhin frei herum«, sagte Elaine tonlos.

Russell musterte sie forschend. »Fühlst du dich nicht gut? Du bist ganz blass.«

»Nein«, entfuhr es ihr. »Ich fühle mich ganz und gar nicht gut. Mein Kameramann wurde ermordet. Die Polizei hat bis jetzt nicht viel unternommen, um seinen Mörder zu fassen. Außerdem habe ich Kopfweh und brauche eine Dusche.«

Und zu allem Überfluss will deine gestörte Schwester mir unbedingt einreden, du seist eine Art Blaubart mit zwei toten Ehefrauen im Keller. Weil sie mich lieber heute als morgen los wäre, damit du wieder ganz allein für sie da sein kannst.

Doch das sagte sie natürlich nicht. Sie wagte es ja kaum zu denken, weil es so bösartig war wie kaum etwas anderes, das sie in ihrem bisherigen Leben gehört hatte. Russell konnte einem im Grunde nur leidtun. Das Schicksal hatte ihn nicht nur mit unberechenbarer Grausamkeit zweimal zum Witwer gemacht, sondern ihn auch mit einer Zwillingsschwester geschlagen, die ihm dauernd im Nacken saß, obwohl sie längst in die Psychiatrie gehörte. Schwer vorzustellen, dass Alicia sich ganz normal benehmen konnte. Jason hatte zwar behauptet, ihre Gemütsverfassung sei nach ihren jeweiligen Therapien völlig stabil gewesen, doch Elaine argwöhnte, dass bei dieser Einschätzung vielleicht eher der Wunsch der Vater des Gedankens war.

Sie mussten eine weitere halbe Stunde vor der Bar warten, bis Alicia endlich aufkreuzte, ein winziges Beutelchen mit Weintrauben in der Rechten. Elaine sah wieder den unnatürlichen Glanz in ihren Augen, diesmal noch stärker als vorher, und sie zweifelte nicht daran, dass Alicia sich irgendwo Tabletten besorgt hatte.

Sie gingen alle gemeinsam zum Chrysler und fuhren stumm und in miserabler Stimmung zur Plantage zurück.

In der darauf folgenden Nacht schlief Elaine in ihrem eigenen Bett. Sie sehnte sich schmerzlich nach Russell, wollte in seiner Umarmung alles vergessen und sich in seiner Leidenschaft verlieren, doch etwas hielt sie davon ab, zu ihm zu gehen. Sie war davon überzeugt, dass es nur an ihrer allgemeinen Niedergeschlagenheit lag und nichts mit dem zu tun hatte, was Alicia am Nachmittag über den Tod von Janice und Dorothy erzählt hatte. Der Gedanke, Russell könne tatsächlich etwas damit zu tun gehabt haben, lag ihr so fern wie nur irgendetwas. Sie kannte Russell zwar erst seit Kurzem, doch ihr Gefühl sagte ihr, dass seine Integrität über jeden Zweifel erhaben war.

Man kann sich auch in einem Menschen täuschen, wisperte es tief in ihrem Inneren, während sie bereits in den Schlaf hinüberglitt, hinaus aus der realen Welt und schon vom Hauch eines Traums umfangen. Es war die böse kleine Stimme, die sie schon einmal gehört hatte und die ihr fremd vorkam, als sei sie nicht Teil von ihr selbst. Doch die Traumwelt war schon ganz nah und die Stimme nicht wichtiger als ein ersterbender Windstoß, der vorbei war, bevor man ihn richtig spüren konnte. Dafür erhoben sich wieder die anderen Stimmen, die klagenden, traurigen, verzweifelten, die wie ein Echo von altem Unrecht klangen. Und sie kamen näher. Hierher, nach Swift Great House, wo Vergangenheit und Gegenwart in einem Sog des Verderbens zusammenströmten.

30

1831

Sie ist weg«, sagte Louisa verstört. Sie stand vor Gerald und rang die Hände.

»Was soll das heißen, sie ist weg?«

»Dass sie nicht auf der Plantage ist. Ich habe überall nach ihr gesucht!«

»Warst du auch bei den Negerhütten und im Wald?«

»Ja doch, ich habe alles abgesucht!«, antwortete Louisa verzweifelt. »Ich kann sie nirgends finden.«

»Dann hat sie es wahr gemacht und ist weggelaufen«, erklärte Gerald grimmig.

»Aber sie hat nichts von ihren Sachen mitgenommen!«

»Zweifellos voller Absicht, denn sonst wäre es ja aufgefallen, dass sie weglaufen will«, warf Judith ein. Sie saß im Salon vor dem Cembalo und sortierte einen Stapel Noten, aus denen sie an den Abenden gelegentlich spielte.

Gerald achtete nicht auf sie. Er hatte nur Augen für Louisa, die vor ihm auf der Veranda stand, in Tränen aufgelöst und außer sich vor Sorge. »Ich werde ihr beibringen, was es heißt, sich meinen Anordnungen zu widersetzen.« Sein Gesicht war starr vor Wut, aber in seinen Augen las sie seine Furcht.

»Dann musst du sie zuerst finden!«, rief Louisa. »Wir wissen doch gar nicht, wohin sie gegangen ist!«

»Ich fürchte, dass sie sich auf den Weg zu den Weatherleys

gemacht hat, um dort ihren schwarzen … Gefährten zu finden«, meinte Judith. Sie stand von dem Klavierschemel auf und kam auf die Veranda heraus. In ihrer Miene stand ein Ausdruck von Schuldbewusstsein, doch Louisa meinte auch einen Hauch von Selbstzufriedenheit zu erkennen.

»Was soll das heißen?«, herrschte Gerald seine Frau an. »Woher soll sie wissen, dass er dort ist? Woher weißt *du* es überhaupt? Ich habe es dir nicht gesagt!«

»Oh, ich hörte es von Mister Rhygin. Er hat es mir gesagt, und ich fürchte, die gute Kalinda hat Mister Rhygin und mich bei diesem Gespräch belauscht.«

»Wann?«, fragte Gerald mit schmalen Lippen.

»Gestern Abend, als du in Falmouth warst. Da kam er kurz herüber, weil er Verbandszeug holen wollte. Einer der Neger hat sich an der Presse einen Finger abgequetscht. Bevor er wieder ging, sprachen wir über dies und das. Unter anderem fragte ich – ganz beiläufig, wohlgemerkt –, ob er wisse, auf welche Plantage du Jack verliehen hast, und da meinte er, ja, zu den Weatherleys nach Southfield. Und als er das gesagt hatte, hörte ich im Nebenzimmer was zu Boden fallen. Mister Rhygin ist sofort rüber. Es war niemand dort, aber auf dem Boden lag das hier.« Judith wandte sich zum Cembalo um und nahm ein Buch vom Deckel, das Louisa sofort erkannte. Es war ein Roman von Jane Austen. Kalinda hatte ihn erst eine Woche zuvor von Gerald bekommen.

»Das ist Kalindas Buch«, sagte sie mit schwankender Stimme. »Oh Gott …«

Er war schon auf dem Weg zur Tür. »Ich lasse sofort anspannen und fahre ihr hinterher. Sie soll ihr blaues Wunder erleben, wenn ich sie schnappe.«

»Bestraf sie nicht zu hart«, warf Judith ein. In Louisas Ohren klang es abstoßend scheinheilig. »Wenn sie nächsten Monat den jungen Castlemaine heiraten soll, muss sie hübsch aussehen. Auf keinen Fall solltest du sie zu heftig schlagen. Jedenfalls nicht ins Gesicht.«

Gerald achtete nicht auf Judiths Worte, sondern stürmte mit großen Schritten aus dem Haus. Louisa folgte ihm eilig. Als sie an Judith vorbeikam, musterte diese sie mit kalter Genugtuung.

Draußen trommelte Gerald ein paar Leute zusammen, unter ihnen Rhygin. Louisa hörte, wie Gerald ihn anschrie, konnte aber nicht verstehen, was er sagte. Der Aufseher sah schuldbewusst zu Boden, doch sobald Gerald sich abwandte, um zu den Ställen zu gehen, hob er den Kopf. Um seinen Mund spielte ein siegessicheres Lächeln.

Eisiges Entsetzen erfüllte Louisa. Irgendwas stimmte hier nicht. Rhygin schien sich regelrecht zu freuen, dass Kalinda weggelaufen war. Es kam ihr sogar beinahe so vor, als entspräche es seinem eigenen Plan. Wie ein Blitz durchfuhr sie die Erkenntnis, dass es vielleicht genauso gewesen war! Rhygin und Judith hatten womöglich absichtlich darüber gesprochen, an wen Gerald Jack verliehen hatte – sie hatten gewusst, dass Kalinda sich im Nebenraum aufhielt und sie hören konnte!

Sie hatten gewollt, dass Kalinda weglief! Auf die Art wollten sie dafür sorgen, dass keiner ihre Affäre aufdecken konnte!

Kalinda hatte keine Beweise dafür gehabt, aber sie war davon überzeugt gewesen, dass Judith mit Rhygin schlief. Und seit sie davon gesprochen hatte, war es für Louisa zur fixen Idee geworden, die fehlenden Beweise zu finden. Denn wenn es wirklich stimmte und Gerald es erfuhr, würde er Judith endlich wegschicken. Dann könnten sie und er und Kalinda – und das Kind, das sie unter dem Herzen trug – endlich eine richtige Familie sein. Sie konnten im Herrenhaus wohnen und jeden Tag zusammen sein. Für immer. Kalinda würde dann auch einsehen, dass es besser für sie war, Jack aufzugeben. Louisa wollte, dass ihre Tochter ein gutes Leben hatte. Kalinda sollte nie wie die Schwarzen schuften müssen, bis ihre Hände bluteten. Sie sollte frei sein!

Louisa faltete unter Tränen die Hände und flehte zu Gott, dass Gerald ihre Tochter wohlbehalten nach Hause zurückbrachte. Doch noch während sie betete, entstand in ihr mit einem Mal eine grauenvolle Vorahnung. Dort, wo vorher immer die Liebe zu ihrer Tochter wie ein sicheres, tröstliches Band ihr ganzes Dasein zusammengehalten hatte, war mit einem Mal nur noch die Furcht, Kalinda könne etwas Schreckliches zustoßen. Louisa unterdrückte ein Aufschluchzen. Sie wollte zu Gerald laufen, damit er sie mitnahm. Sie konnte unmöglich hierbleiben, ohne ihn und in quälender Ungewissheit. Doch er ritt bereits gemeinsam mit ein paar Männern davon. Rhygin war nicht unter ihnen, aber auch er war im Aufbruch begriffen. Er hatte ein paar Säcke Zucker auf das Fuhrwerk gewuchtet und die Kutschbank erklommen. Mit der einen Hand hielt er die Zügel, mit der anderen gab er dem Zugpferd die Peitsche. Der Wagen rollte gefährlich dicht an Louisa vorbei, sie musste zur Seite springen, sonst wäre sie angefahren worden. Vor der Wegbiegung am Ende der Zufahrt drehte Rhygin sich um und blickte zurück. In seiner Miene spiegelte sich Triumph. Sein Blick streifte Louisa, die wie erstarrt am Wegesrand stehen geblieben war, doch seine eigentliche Aufmerksamkeit galt nicht ihr, sondern jemandem hinter ihr. Sie drehte sich langsam und sah Judith auf der Veranda des Herrenhauses stehen, grimmige Zufriedenheit im Blick.

Louisas Befürchtung, dass Kalindas Verschwinden auf ein abgekartetes Spiel zwischen den beiden zurückzuführen war, verdichtete sich zu absoluter Gewissheit. Das Schlimme daran war, dass sie nichts dagegen ausrichten konnte.

Am liebsten wäre sie selbst auf ein Pferd gestiegen, um mit Gerald nach Southfield zu reiten, einem Ort, von dem sie nur wusste, dass er im Süden Jamaikas lag. Selbst war sie noch nicht dort gewesen, so wie sie überhaupt noch kaum je weiter von der Plantage weggekommen war als bis nach Falmouth. Jenes eine Mal, als sie in Montego Bay gewesen war, zählte nicht, denn damals war sie noch ein kleines Kind gewesen. Sie konnte sich nicht daran erinnern. Ihre Mutter hatte ihr davon erzählt. Im Hafen dort hatten große Schiffe angelegt, mit denen neue Sklaven aus Afrika auf die Insel gebracht worden waren, aber das war lange her. Heute durften keine Schwarzen mehr in die Kolonien gebracht werden. Doch auf Jamaika wurde immer noch mit ihnen Handel getrieben. Sie wurden verkauft und vermietet und verliehen wie Nutzvieh. Niemand zog die Pflanzer dafür zur Verantwortung, denn diejenigen, die in Kingston im Parlament saßen, waren alle selbst Sklavenbesitzer. Sie behielten sich das Recht vor, mit ihrem Eigentum zu verfahren, wie sie wollten. Keinen scherte es, wenn einer dieser Herren seine Schwarzen totpeitschte oder wegen geringfügigster Vergehen aufknüpfte.

Louisa merkte, wie ihre Gedanken abdrifteten, in eine Richtung, die ihr Elend nur noch vertiefte. Sie wurde gewahr, dass Judith sie mit starren Blicken musterte, voller Abneigung und Schadenfreude.

Du wirst schon sehen, wo dein Platz ist, schienen ihre Augen zu sagen.

Louisa erwiderte diesen harten, unnachgiebigen Blick für einige Sekunden, dann wandte sie sich abrupt ab und ging zurück zu ihrer Hütte. Auf dem Weg dorthin liefen ihr die Tränen über das Gesicht.

Aus den Zuckerrohrfeldern schien sich ein Wind zu erheben, ein Hauch von etwas unaussprechlich Süßem und Verlorenem, das nicht mehr von dieser Welt war, aber immer noch so nah, dass Louisa es spüren konnte.

Sie legte beide Hände auf ihren Leib, während sie weitereilte, zu ihrer einsamen und trostlosen Hütte, wo niemand auf sie wartete. Tief in ihr zuckte das werdende Leben, sie spürte es wie ein Flattern hinter ihrer Bauchdecke, sanft und zaghaft. Der Beginn von etwas Neuem, wie eine Blüte, die sich öffnet, während eine andere sich schloss.

Kalinda, dachte Louisa abermals. Oh, Kalinda!

Judith schaute der davoneilenden Mulattin hinterher, bis sie zwischen den ausladenden Zedern verschwunden war. Sie verspürte einen Anflug von schlechtem Gewissen, aber das ließ sich leicht verdrängen. Alles war so abgelaufen, wie sie es mit Rhygin besprochen hatte. Es war geradezu lächerlich einfach gewesen.

Alles Weitere würde ebenfalls klappen wie am Schnürchen, davon war sie überzeugt. Rhygin würde seine Aufgabe erledigen, und Gerald würde lange genug wegbleiben. Drei Tage, vielleicht vier – länger würde sie nicht brauchen, um wieder auf die Beine zu kommen, nachdem sie getan hatte, was getan werden musste.

Sie wartete bis zum Einbruch der Dunkelheit, dann schlich sie aus dem Haus zur verabredeten Stelle. Das Licht der kleinen Öllampe, die sie mit sich führte, reichte gerade, um die Dunkelheit wenige Schritte weit zu erhellen. Die Nacht war mondlos, nur das Licht der Sterne funkelte auf dem tiefschwarzen Samt des Himmels. Die Luft fühlte sich seidig und warm an, aufgeladen von der Feuchtigkeit, die aus den Wäldern stieg und sich wie eine erstickende Decke über alles legte, bis sie sich in den frühen Morgenstunden, noch bevor die Sonne sich über dem Meer erhob, in heftige Regenschauer auflösen würde.

Die weißhaarige Alte hockte hinter den Ställen, stumm wie ein Baum und ebenso knorrig. Ihr krauses, nach allen Seiten abstehendes Haar leuchtete geisterhaft weiß im Licht der Laterne, und als sie ihr Gesicht hob und ihren dunklen Blick auf Judith heftete, war es, als würde man in die Tiefe einer bodenlosen Grube blicken.

Und sie stank. Judith stieg eine widerwärtige Mischung aus Aas, Rauch und etwas anderem, unaussprechlich Scheußlichem in die Nase, ein Geruch nach verbrannten Kräutern und … frischem Blut. Widerwillig trat sie näher. Neben der Alten lagen die Überreste eines Huhns auf der Erde. Federn, blutige Knochen, ein Fuß mit seltsam verkrümmt nach oben weisenden Krallen.

»Komm«, befahl Judith. Sie hatte die Stimme zu einem Flüstern gesenkt, obwohl niemand in der Nähe war, der sie belauschen konnte. Dafür hatte sie gesorgt. Die Köchin und die kleine Küchenmagd hatte sie ins Küchenhaus verbannt, keine der beiden würde es wagen, das Herrenhaus zu betreten, ehe Judith sie rufen ließ. Die Zofe hatte sie schon am Vortag fortgeschickt, zusammen mit Geralds Butler. Dafür hatte sie sich eine dreiste Lüge ausgedacht – sie hatte einfach behauptet, Geralds Cousine Ada hätte aus Mandeville geschrieben und um die Entsendung einiger guter Haussklaven zum Aufwarten bei ihrem fünfzigsten Geburtstag gebeten. Gerald hatte es nur am Rande mitgekriegt, er interessierte sich nicht für gesellschaftliche und familiäre Verpflichtungen dieser Art und überließ dergleichen immer gern Judith. Er hatte seine Cousine seit Jahren nicht gesehen und wusste weder, wann sie Geburtstag hatte, noch würde er sich zu solch einem Anlass dorthin begeben.

Folglich hatte sich dieser Teil des Plans sehr leicht verwirklichen lassen. Der Butler und die Zofe hatten sich mit einem Proviantkorb und ein paar Reiseutensilien auf den Eselskarren gesetzt und waren davongezockelt, und bis sie merken würden, dass es überhaupt keine Familienfeier gab, würden zwei Tage vergehen. Bis sie nach Swift Great House zurückkehrten, zwei weitere.

Die weißhaarige Alte erhob sich vom Boden und warf sich ein Bündel über den Rücken. Judith hörte das metallische Scheppern und erschauderte. Sie hob die Lampe und ging voraus, und die alte Frau folgte ihr wie ein Schatten zum Haus.

Judith ging durch die offenen Verandatüren in den Salon. Der Raum wies zum Meer. Man hörte das Rauschen der Wellen, und der Wind, der über den Steilhang strich, fand seinen Weg ins Haus. Er blähte die Gardinen, bis sie wie die bleichen Flügel von Geisterwesen flatterten. Judith entzündete alle bereitgestellten Lampen an dem Windlicht, das sie mit nach draußen genommen hatte, und stellte sie im Kreis um den großen, schweren Holztisch in der Mitte des Zimmers. Sie hatte das Hausmädchen angewiesen, ihn gründlich mit Seife zu schrubben, um eine reinliche Umgebung zu schaffen. Doch wenn sie nun die Alte betrachtete, kamen ihr beträchtliche Zweifel am Sinn dieser Vorbereitung. Die alte Frau starrte nur so vor Dreck. Aber sie war ihr trotzdem empfohlen worden, also musste sie sich wohl auf ihr Handwerk verstehen.

Judith hatte sich umgehört. Heimlich und leise hatte sie herumgefragt, was die schwarzen Weiber taten, wenn sie kein Kind mehr austragen wollten, oder was die weiße Gattin des allzu lüsternen Pflanzers unternahm, um zu verhindern, dass eine Sklavin seine Brut austrug. Die alte Frau war ihr von mehreren Seiten als die erste Wahl unter allen Engelmacherinnen der Insel genannt worden. Angeblich arbeitete sie schnell, wirksam und praktisch schmerzlos. Doch mit der Sauberkeit hatte sie es eindeutig nicht. Schaudernd sah Judith zu, wie die Alte in ihrem Beutel wühlte und ein Tuch hervorholte, das jedoch überraschenderweise kaum Flecken aufwies. Die Alte rollte es auf dem Tisch auseinander, und zum Vorschein kamen mehrere blitzende Instrumente, wie Judith sie noch nie gesehen hatte. Der Anblick rief ein Schaudern in ihr wach.

»Ich brauche eine Waschschüssel mit Wasser«, sagte die Alte mit ihrer schnarrenden Stimme.

»Willst du mich waschen?«, fragte Judith peinlich berührt.

»Nein. Mich selber. Ihr seid hoffentlich sauber genug.«

Judith wollte die alte Frau mit scharfen Worten für diese unverschämte Bemerkung zurechtweisen, doch sie schluckte ihren Ärger hinunter und eilte nach oben in ihr Zimmer, um Waschkrug und -schüssel nach unten zu holen. Sie sah zu, wie die Alte die Schüssel füllte und dann begann, sich sorgfältig Arme und Hände abzuschrubben. Sie verwendete dazu ein kampferartig stinkendes Zeug, das sie zwischen den Fingern verrieb. Als Judith oben gewesen war, hatte die Alte sich zudem ein Tuch um den Kopf gewunden, das ebenfalls deutlich sauberer aussah als der Rest ihrer Erscheinung.

»Holt mir noch zwei reine Laken«, schnarrte sie.

Judith fragte nicht lange, wofür die benötigt wurden, sondern holte die Laken einfach aus der Wäschekammer. Eins davon band die Alte sich wie eine große Schürze um den mageren Körper, das andere breitete sie auf dem Tisch aus.

»Jetzt kleidet Euch aus und legt Euch drauf.«

»Alles?«, fragte Judith peinlich berührt.

»Alles«, kam es heiser zurück.

»Wird es wehtun?«, wollte Judith wissen. Das war eine Sache, über die sie sich schon viele Gedanken gemacht hatte, und nun, da sie all die scharfen und blinkenden Instrumente auf dem Tisch liegen sah, machte sie sich bewusst, dass damit der Eingriff vollzogen werden sollte, der sie von Rhygins Bastard befreien sollte.

»Ich werde Euch betäuben«, sagte die Alte gleichmütig. »Ihr werdet nichts spüren.«

»Oh, gut.« Judith war halbwegs erleichtert. Sie wollte es hinter sich bringen. »Du willst sicher dein Geld im Voraus, oder?«

Zu ihrer Verwunderung schüttelte die alte Frau den Kopf. »Es haben immer alle gezahlt, sobald es getan war.«

Natürlich. Es war ja schließlich Blutgeld, das mussten alle herausrücken. Viel zu groß war die Gefahr, dass sonst herauskam, was sie getan hatten. Welche Frau wollte schon wegen einer Abtreibung im Gefängnis landen oder für immer ihren guten Ruf verlieren?

Judith zog sich aus und legte sich auf den Tisch. Ihr war kalt, obwohl es im Zimmer drückend schwül war. Die Kerzenflammen rund um den Tisch flackerten in einem plötzlichen Luftzug.

Die alte Frau träufelte eine durchdringend riechende Flüssigkeit aus einer Flasche auf ein Tuch und kam damit auf Judith zu.

»Wenn ich es sage, müsst Ihr tief einatmen«, sagte sie. Judith nickte nervös.

Die Alte fing an, vor sich hin zu murmeln. Es klang seltsam, wie ein fremdartiges Gebet, aber nicht eins von der frommen Sorte, sondern wie eine Litanei an unirdische Mächte, die eher mit dem Teufel als mit Gott im Bunde standen. Es hörte sich an wie … eine Beschwörung.

»Was sagst du da?«, fragte Judith mit schwankender Stimme. »Warum redest du so komisch?«

Die Alte trat auf sie zu, das Tuch in der erhobenen Hand.

»Warte«, sagte Judith mit aufkeimender Angst. »Ist dieses Mittel gefährlich? Kann ich davon …« Sie unterbrach sich und streckte zur Abwehr beide Hände aus, denn die alte Frau machte Anstalten, ihr das Tuch aufs Gesicht zu drücken. Das Zeug stank widerlich. Judith wollte die Arme der Alten umklammern, doch die Frau war überraschend stark. Das süßlich und gleichzeitig stechend riechende Tuch wurde Judith gegen Mund und Nase gepresst. Sie wollte nach Luft schnappen, doch sie konnte nicht atmen. Sie würde ersticken! Die Alte wollte sie töten! Ehe sie diesen Gedanken noch richtig fassen konnte, merkte sie, wie alles um sie herum schwarz wurde. Und dann glitt ihr Geist durch die Dunkelheit davon, bis alle Empfindungen ausgelöscht waren.

31

Louisa wanderte voller Unruhe in der Hütte herum. Sie hatte eine Weile im Schaukelstuhl gesessen und versucht, einen von Kalindas Röcken zu flicken, den diese sich bei einem ihrer Streifzüge aufgerissen hatte, ein hässliches Loch, an dem sie lange zu stopfen haben würde, bis der Rock wieder manierlich aussah. Doch sie hatte es keine halbe Stunde ausgehalten. Schon der nächste Stundenschlag der kleinen Standuhr in der Ecke des Wohnraums – ein Geschenk von Gerald zum letzten Weihnachtsfest – hatte sie nervös hochfahren lassen. Sie hatte den Rock über die Lehne des Schaukelstuhls geworfen und begonnen, hin und her zu laufen. Getrieben von der Furcht in ihrem Inneren, hatte sie ihre Schritte gezählt, als könnte sie so das Grauen, das sich in ihrem Inneren Bahn brechen wollte, eindämmen und verleugnen. Die Gewissheit, dass Kalindas Leben bedroht war, fraß an ihr wie ein Schwelbrand.

Sie ging in Kalindas Zimmer und berührte dort die vertrauten Gegenstände. Die neue Bluse, die sie erst in der vergangenen Woche bekommen hatte. Die hübschen Schnallenschuhe, ebenfalls neu, aber bereits mit etlichen Schrammen übersät, weil es Kalinda nicht lag, vorsichtig mit ihren Sachen umzugehen. Das Musikheft, in das sie immer ihre Noten schrieb. Die Schreib- und Rechenhefte, vollgekritzelt mit dieser schwungvollen, fröhlich wirkenden Schrift, von der Louisa nur mühselig einzelne Worte entziffern konnte.

Die Betschwestern aus der Sonntagsschule hatten eine Zeit lang versucht, ihr das Lesen und Schreiben beizubringen, und sie hatte auch tatsächlich die Buchstaben erlernt, doch da sie in den folgenden Jahren keine Möglichkeit gehabt hatte, dieses Wissen im täglichen Leben umzusetzen, war es bald wieder verblasst. Nur noch einzelne Fetzen hatten sich davon erhalten. Manchmal machte sie sich Vorwürfe, weil sie nicht sorgsamer mit dem Erlernten umgegangen war. Sie hätte vielleicht häufiger die Bibel zur Hand nehmen sollen – den einzigen Lesestoff, der ihr je zur Verfügung gestanden hatte –, doch die lähmende Langeweile und der unverständliche Sinn dieser Texte hatten sie bald jede Lust daran verlieren lassen. Irgendwann war dann einfach alles weg gewesen, was sie vorher noch gekonnt hatte, verschwunden wie ein Blütenblatt im Wind.

Vage dachte sie, dass sie es vielleicht eines Tages wieder neu erlernen könnte, wenn sie sich anstrengte. Kalinda könnte ihr dabei helfen. So wie sie auch Jack geholfen hatte. Gerald hatte ihr erzählt, dass man Bücher bei dem Jungen gefunden hatte. Bücher mit schwierigen Stoffen, hauptsächlich Mathematik, die Kalinda von Gerald bekommen hatte, damit sie selbst daraus lernte. Doch offenbar hatte sie all diese Bücher Jack gegeben, der sie durchgearbeitet und sich sogar Notizen dazu gemacht hatte.

Louisa hatte Gerald gefragt, ob er Jack erlaubt habe, diese Unterlagen mitzunehmen, doch er hatte nur ärgerlich den Kopf geschüttelt und erwidert, dass dem Neger diese Flausen bei seinem neuen Eigentümer schon ausgetrieben werden würden, denn der hätte bestimmt Besseres für Jack zu tun, als ihn über Büchern brüten zu lassen.

Ein kurzer, aber scharfer Schmerz hatte Louisa bei dieser Antwort durchzuckt. Etwas in ihr hatte gegen diese übertriebene Härte aufbegehren wollen, doch im Grunde stimmte sie Gerald ja zu – es war einfach besser für sie alle, dass Jack nicht mehr hier war. Sogar für Jack selbst, denn wenn er geblieben wäre, hätte alles nur in einer Katastrophe enden können.

Sie hielt es nicht mehr aus. Die Wände der Hütte waren plötzlich wie undurchdringliche Gefängnismauern, die immer näher heranrückten und sie zu zerquetschen drohten. Sie nahm das Windlicht und ging hinaus in Richtung Wald. Der Dschungel atmete den schweren, feuchten Dunst der alles umschlingenden Pflanzen aus und umfing sie mit seiner tröstlichen dunklen Wärme. Von den hängenden Ästen tropfte es herab, und das knackende Unterholz zu ihren Füßen schien von eigenem Leben erfüllt zu sein. Hoch oben in den Baumkronen flatterten und raschelten kleine Tiere, und rechts von dem schmalen Trampelpfad bewegte sich etwas Größeres durch die Nacht. Louisa konnte nicht erkennen, was es war, der Lichtkreis der Lampe reichte nur wenige Schritte weit. Vorsorglich blieb sie stehen und wandte lauschend den Kopf in die Richtung der Geräusche. Manchmal tauchten Wildschweine hier in der Umgebung auf, und wenn man ihnen unvermittelt begegnete, konnten sie sich angegriffen fühlen und gefährlich werden.

Sie zuckte erschrocken zusammen, als aus der Dunkelheit eine bedrohliche Gestalt auftauchte – zu groß für ein Wildschwein, aber nicht minder Furcht einflößend, mit weiß leuchtenden Augäpfeln in einem pechschwarzen Gesicht und einer wild nach allen Seiten wuchernden Mähne. Für einen Moment kam es Louisa vor, als sei der Leibhaftige der Hölle entstiegen, um sich hier in der Nacht mit den Sagengestalten aus den Voodoo-Beschwörungen der alten Sklavenzauberer zu vereinen.

»Louisa«, kam eine Stimme aus der Dunkelheit.

Sie konnte kaum einen Aufschrei unterdrücken, als die

unheimliche Erscheinung plötzlich zu ihr sprach. Erst einen Atemzug später erkannte sie die Gestalt. Es war Rudd, der Maroon, dem sie neulich schon einmal im Wald begegnet war. Als er näher kam und vom Lichtkegel der Lampe erfasst wurde, war zu sehen, dass er genauso abgerissen gekleidet war wie beim letzten Mal. Auch die Waffen führte er wieder mit sich – den großen Dolch und die Pistole sowie außerdem noch ein Gewehr, das in einer Halterung von seiner Schulter hing. Vor der Brust trug er wieder die gekreuzten Patronengurte. Er sah aus wie ein Krieger auf einem Feldzug. Louisa fragte sich ein wenig beklommen, ob er das nicht vielleicht sogar wirklich war. Gerald hatte neulich einmal mit sorgenvoll gefurchter Miene davon gesprochen, dass man in Kingston mit Aufständen der Schwarzen aus den Bergen rechne.

Doch was tat Rudd dann hier auf der Plantage, so weit weg vom Südosten der Insel?

Sie platzte einfach mit der Frage heraus, ohne darüber nachzudenken.

»Was tust du hier?«

»Ich will Leute rekrutieren«, sagte er. »Im Süden wird es demnächst hoch hergehen. Da können wir jeden Kämpfer brauchen.«

Louisa dachte kurz darüber nach, was das Wort *rekrutieren* besagte. Sie wollte sich nicht die Blöße geben, danach zu fragen, doch sie ahnte, dass es nichts Gutes bedeutete.

»Hier auf eurer Plantage habt ihr einige große, starke Männer. Heute werden sie nicht richtig bewacht. Die Gelegenheit zu verschwinden ist gut. Ich habe gesehen, dass Gerald Swift und der Aufseher nicht da sind.«

Demnach musste er schon eine Weile hier herumgelungert und die Umgebung beobachtet haben. Er war wirklich mit allen Wassern gewaschen und kannte offenbar kein anderes

Ziel als die Sklavenbefreiung. Doch zu ihrer Überraschung trat ein leicht verlegener Ausdruck auf sein Gesicht.

»Ich bin noch aus einem anderen Grund hier«, sagte er. »Ich wollte auch dich noch einmal fragen, ob du mit mir kommen möchtest.«

»Nein, natürlich nicht«, entfuhr es ihr. Sie merkte, wie Ärger in ihr aufstieg. Wie konnte er erwarten, dass sie Swift Great House verließ? Sobald Gerald Kalinda zurückgebracht hatte, würde alles gut werden. Sie würde ihm erzählen, dass seine Frau mit dem Aufseher schlief, und er würde nicht zögern, Judith endlich zu verbannen. Bei dem Gedanken, die Herrin zu denunzieren, verspürte sie einen leisen Hauch von schlechtem Gewissen. Schließlich war Gerald ebenfalls ein Ehebrecher, seine Frau hatte ihm folglich nur Gleiches mit Gleichem vergolten. Doch so nah an ihrem Ziel war Louisa noch nie gewesen. Sie wollte endlich die einzige Frau an Geralds Seite sein. Und das Kind, das sie unter dem Herzen trug, sollte dort aufwachsen, wo es hingehörte – im Haus seines Vaters. Sie würden eine richtige Familie sein, sie, Gerald, Kalinda und das Baby. Es würde alles gut werden!

Beinahe verzweifelt klammerte Louisa sich an diesen einen, leuchtenden Gedanken. Wenn sie die schlimmen Gefühle zuließ, würden die sich nur verselbstständigen und zu einer Wahrheit verfestigen, die niemals eintreten durfte.

»Du hast schlimmen Kummer«, stellte Rudd fest. »Aber sonst wärst du ja auch nicht hier im Wald, oder?«

»Das geht dich nichts an. Du kannst mir sowieso nicht helfen.«

»Eines Tages kann ich es vielleicht doch. Wenn du mich brauchst, bin ich da.«

Doch Louisa hatte sich bereits abgewandt und lief davon.

32

Kalinda konnte kaum atmen unter der groben Sackleinwand. Der Wagen, auf dessen Ladefläche sie schon seit Stunden lag, holperte durch ein Schlagloch nach dem anderen, sie wurde durchgerüttelt, bis ihr ganzer Körper schmerzte. Sie war froh, als sich endlich jemand am oberen Ende des Sacks, in dem sie steckte, zu schaffen machte und ihn öffnete.

»Du kannst rauskommen. Die Luft ist rein.«

Rhygins schmales, gut aussehendes Gesicht wirkte im Licht der Wagenlaterne angespannt und besorgt. Kein Wunder. Pa würde ihn wahrscheinlich auf der Stelle erschießen, wenn er herausfand, was er getan hatte.

Kalinda kämpfte sich aus dem klammen, nach süßem Zucker riechenden Sack und kletterte neben Rhygin auf den Kutschbock. Ihr war heiß, sie schwitzte aus allen Poren, und von der groben Sackleinwand juckte ihre Haut überall. Er hatte darauf bestanden, dass sie erst aufbrachen, als sie bereits vermisst und gesucht wurde, damit man ihn nicht mit ihrem Verschwinden in Verbindung bringen konnte. Es sollte alles so aussehen, als wollte er eine Ladung Zucker zum Händler bringen. Folglich hatte sie mehr als zwei Stunden in einem leeren Sack zubringen müssen, ehe das Fuhrwerk endlich losgerumpelt war. Die Hitze hatte sie fast umgebracht. Aber am schlimmsten war der Durst. Gierig trank sie aus der Flasche, die Rhygin ihr hinhielt, doch sofort spuckte sie angewidert alles aus. »Das ist Rum!«

»Ich hab vergessen, Wasser mitzunehmen. Aber wir halten an der nächsten Quelle, bis dahin ist es nicht mehr weit.«

Sie starrte ins nächtliche Dunkel. Die Wagenlaterne erhellte kaum den vor ihnen liegenden Weg.

»Wo sind wir? Ist es noch weit bis Southfield?«

Rhygin lachte. »Ja, noch schätzungsweise zwei Tagesfahrten.«

Kalinda schluckte und versuchte, sich die Landkarte von Jamaika ins Gedächtnis zu rufen. Ihr war klar gewesen, dass ihr Ziel nicht gerade in der Nähe lag, aber dass sie so lange würde fahren müssen, hatte sie nicht gedacht. Für Geografie hatte sie sich nie sonderlich interessiert. Jack hätte ihr allerdings sofort sagen können, wie viele Meilen es bis Southfield waren und wie lange ein Kutschwagen für die Fahrt dorthin brauchte. Jack … Herr im Himmel, wie er ihr fehlte! Sie konnte es kaum erwarten, ihn endlich wiederzusehen. So sehr sie Rhygin auch verabscheute – er war ihr wie ein Sendbote des Himmels erschienen, als er ihr angeboten hatte, sie nach Southfield zu bringen.

Auf ihre Frage, warum er ihr helfen wollte, hatte er geantwortet. »Ich glaube, wir wissen beide, warum. Du willst weg von Swift Great House, ich hab's selbst gehört, denn ich ging gerade an der Hütte von dir und deiner Ma vorbei und habe mitgekriegt, wie du deinen Pa angeschrien hast. Na ja, es trifft sich gut, dass du von zu Hause weglaufen willst, denn jemand anderes möchte ebenfalls, dass du das tust.«

Ihr war sofort klar gewesen, dass er die Herrin meinte.

»Aber eines muss dir klar sein, kleine Miss«, hatte er ausgeführt. »Du musst von der Insel verschwinden, denn sonst wird dein Pa dich finden. Egal wie weit du wegläufst und wie tief in den Bergen du dich versteckst – er stöbert dich auf und holt dich zurück. Dann hat keiner von uns was davon.«

Anscheinend wollte die Herrin für klare Verhältnisse sorgen. Sie wusste offenbar genau, dass Kalinda niemals ohne Jack irgendwohin gehen würde, weshalb sie Rhygin genug Geld gegeben hatte, damit er Jack bei den Weatherleys auslösen und ihnen beiden eine Überfahrt nach Amerika bezahlen konnte.

Rhygin hatte Kalinda vor ihrem Aufbruch erzählt, dass die Weatherleys es kaum erwarten konnten, Jack wieder loszuwerden, denn sie hatten bereits eine Nachricht an Gerald Swift gesandt und sich über den Sklaven beschwert, den er ihnen vermietet hatte. Jack sei aufsässig und ein Aufwiegler. Er habe schon zwei Fluchtversuche unternommen und müsse häufiger in Eisen gelegt werden, als dass man ihn zur Arbeit aufs Feld schicken könne.

Als Kalinda das gehört hatte, war sie vor Entsetzen erstarrt. Sofort entstanden vor ihrem geistigen Auge blutige Bilder, auf denen Jack ausgepeitscht und in Ketten gehalten wurde. Sie hatte Rhygin bestürmt, ihr mehr zu berichten, doch er hatte nichts Genaueres darüber gewusst, nur die paar Sätze, die Pa darüber fallen gelassen hatte.

Rhygin und sie hatten einen Pakt geschlossen. Er würde sie und Jack zu dem Schiff bringen, und im Gegenzug würden sie niemals mehr zurückkommen. Die Herrin wollte, dass sie auf Nimmerwiedersehen und für alle Zeiten fortging. Mit genau diesen Worten hatte Rhygin ihre Anordnung zusammengefasst. Pa musste wohl schon sehr kurz davorgestanden haben, seine Frau zu verbannen. Kalinda wusste, dass es nur noch eine Frage der Zeit gewesen wäre – sobald sie Pa über die Sache zwischen seiner Frau und Rhygin reinen Wein eingeschenkt hätte, wären die Tage der Herrin in Swift Great House gezählt gewesen. Wahrscheinlich hatte auch diese Sorge dazu beigetragen, dass die zwei ihr dabei helfen wollten, mit Jack durchzubrennen.

Geld hatte sie genug, ein richtiges Vermögen. Sie hätte davon nicht nur die Überfahrt nach Amerika bezahlen können, sondern auch einen soliden Neubeginn. Es hätte auch noch gereicht, Jack bei den Weatherleys auszulösen, aber dafür und für die Überfahrt wollte ja nun die Herrin aufkommen, und Kalinda würde den Teufel tun, dieses großzügige Angebot abzulehnen. Umso mehr blieb für sie selbst und Jack übrig. Sie hatte zwar Gewissensbisse, weil sie sich das Geld einfach aus Pas Tresor genommen hatte, aber damit konnte sie leben. Schließlich hätte sie es sowieso bekommen. Zwar nicht direkt, aber doch zu ihrem Nutzen: Es handelte sich um ihre Mitgift. Pa hatte es vor einigen Tagen von der Bank geholt und ihr gezeigt, ehe er es in den Tresor tat, weil er dachte, es würde sie glücklich machen, dass er so gut für sie sorgte. Sie hatte sich in der vergangenen Nacht ins Herrenhaus geschlichen und es geholt, weil es ihr zustand. Denn sie würde ja tatsächlich heiraten, nur eben nicht Ernest Castlemaine, sondern Jack.

Der Wagen schaukelte durch die Nacht, gezogen von dem stoisch dahintrottenden Pferd. Das Gelände war hügelig, der von Spurrinnen durchzogene Weg von dicht wucherndem Gebüsch gesäumt. Über den Sträuchern flimmerten an manchen Stellen Glühwürmchen. Kalinda beobachtete sie verträumt und stellte sich vor, wie ihr neues Leben mit Jack aussehen würde. Rhygin hatte gemeint, in den nördlichen amerikanischen Kolonien wären die Schwarzen frei und konnten bezahlte Arbeit verrichten. Kalinda hatte sich bereits alles überlegt. Sie selbst könnte als Gouvernante arbeiten und Kindern beibringen, Geige zu spielen, und Jack könnte sich Arbeit in einer Werft oder als Viehtreiber suchen. Kräftige junge Männer konnten dort überall ihr Auskommen finden, das hatte nicht nur Rhygin ihr erzählt, sondern sie hatte es auch schon von anderen gehört.

Sie hätte sich regelrecht darauf freuen können, wenn der

Gedanke an Mom ihr nicht so sehr ins Herz geschnitten hätte. Ohne Lebewohl davonzulaufen war die einzige Lösung gewesen, denn sonst hätte Mom sofort Lunte gerochen. Aus demselben Grund hatte sie nichts eingepackt außer dem Geld und etwas Wäsche zum Wechseln, alles andere wäre Mom sofort aufgefallen.

Was sie für die Reise brauchten, würden sie sich einfach kaufen. Auch Jack würde sie mit anständiger Kleidung ausstatten, dann würde er wie ein ehrbarer Bürger seine neue Heimat betreten können. Bisher hatte er immer nur abgerissenes, vielfach geflicktes Zeug besessen. Grobe Hosen mit zerfledderten Hosenträgern, fadenscheinige Hemden und nur ein einziges Paar fester Schuhe. Damit wäre es bald vorbei. Sie würde schon dafür sorgen, dass er es gut hatte.

Nach ein paar Meilen erreichten sie die Quelle, die Rhygin erwähnt hatte. Er hielt den Wagen an, und Kalinda stieg vom Kutschbock und trank gierig von dem frischen, kühlen Wasser, das über zerklüftetes Gestein herabströmte und sich im pflanzenüberwucherten Erdreich zu ihren Füßen verlor. Sie schöpfte mit beiden Händen Wasser über ihren Kopf und ihr Gesicht und kümmerte sich nicht darum, dass das Oberteil ihres Kleides dabei durchnässt wurde.

»Wir fahren weiter, bis es hell wird«, teilte Rhygin ihr mit, nachdem er ebenfalls getrunken hatte. »Dann verstecken wir uns und warten bis zum Einbruch der Dunkelheit. Wir müssen achtgeben, dass wir nicht deinem Pa begegnen. Er wird wieder zurückreiten, wenn er dich dort unten im Süden nicht findet.«

Kalinda nickte stumm. Sie war müde und fühlte sich restlos zerschlagen. Mücken umsummten die Laterne, und es dauerte nicht lange, bis die ersten Plagegeister sich auf ihrer nackten Haut niederließen. Kalinda zerschlug halbherzig ein paar von den lästigen Insekten und kletterte dann wieder auf den Wagen. Diesmal setzte sie sich auf die Ladefläche, denn sie fühlte sich unwohl in Rhygins Nähe. Als sie sich vorhin an der Quelle erfrischt und sich anschließend wieder zu ihm umgedreht hatte, war es ihr so vorgekommen, als läge ein lauernder Ausdruck in seinem Blick. Sie war plötzlich froh, dass sie ihm nichts von dem Geld gesagt hatte. Die Goldmünzen trug sie in mehreren fest mit Leder umwickelten Rollen gut versteckt unter dem Rock.

Mit einem Mal fragte sie sich, ob es nicht vielleicht ein Fehler war, ihm zu vertrauen.

33

Elaine erwachte mitten in der Nacht, erfüllt von einem vagen Gefühl der Angst. Ein schweres Gewicht schien auf ihrer Brust zu liegen und sie niederzudrücken, und der Eindruck einer schleichenden Bedrohung lauerte in den dunklen Ecken des Zimmers. Becky lag ruhig neben ihr und schlief. Elaine lauschte eine Weile den regelmäßigen, tiefen Atemzügen und gab sich der eigentümlich tröstlichen Erleichterung hin, die sie dabei empfand. Ihre Tochter war sicher und geborgen bei ihr.

Sie versuchte, wieder einzuschlafen, doch eine innere Unruhe hielt sie wach. Nach einer Weile hielt sie es nicht mehr aus und setzte sich auf. Sie trank Mineralwasser aus der Flasche auf ihrem Nachttisch, dann schlüpfte sie aus dem Bett und ging zur Zimmertür, ehe sie darüber nachdenken konnte. Ihre Hand drehte wie von allein den Türknauf, und ihre Füße schienen sie aus eigenem Antrieb zu Russells Zimmer zu tragen. Erst als sie leise an seine Tür klopfte, konnte sie wieder ein paar zusammenhängende Gedanken fassen.

Ihr schoss durch den Kopf, dass sie das besser nicht tun sollte. Es könnte ein Fehler sein. Tief in ihrem Inneren formte die seltsame fremde Stimme, die sie schon kannte, eine Warnung. Er hat zwei Ehefrauen begraben, wisperte es in ihr. Er stand unter Verdacht …

Doch ehe sie ihre Entscheidung revidieren konnte, ging die Tür auf, und Russell stand vor ihr. Verschlafen und verführerisch zerzaust, nur mit Boxershorts bekleidet. Elaine atmete zitternd ein. Was immer sie gerade von ihm hatte fernhalten wollen – es war weg. Verschwunden wie ein Regentropfen aus Bedenken, der in ein Meer der Sehnsucht gefallen war.

Er streckte die Hand aus und zog sie zu sich ins Zimmer, dann schloss er die Tür wieder.

Einen Augenblick darauf lag sie in seinen Armen, und sie küssten sich mit einer so wilden und unersättlichen Gier, dass sie davon in einen nie gekannten Rausch geriet. Ein Gefühl von Gefahr begleitete dieses wild aufkochende Begehren und steigerte es ins Unermessliche.

Er nahm sie heftig und wild und schnell, und sie kam ihm mit derselben Intensität entgegen. Danach lag sie in seinen Armen und hörte den rasenden Trommelwirbel seines Herzschlags. Und mit diesem Geräusch kroch auch die Furcht wieder in ihr hoch, als hätte sie die ganze Zeit im Hintergrund darauf gelauert, sich wieder zeigen zu können. Seine beiden Frauen waren gestorben, und man hatte ihn verdächtigt. Doch nur vorübergehend, denn sein Freund war in leitender Stellung bei der Kripo, und Russell war ein ehrbarer und angesehener Plantagenbesitzer, der sich für gehandicapte Kinder einsetzte und sein Zuckerrohr biologisch anbaute.

Hör auf!, befahl sie sich wütend, weil die Gedanken sich ausbreiten und in allen Winkeln ihres Verstandes einnisten wollten, als wären sie mit scharfen kleinen Widerhaken versehen.

»Woran denkst du?«, fragte Russell. Er war immer noch außer Atem, doch aus seiner Stimme klang Zärtlichkeit. Er strich ihr sanft übers Haar und küsste sie auf den Scheitel. Elaine verspürte den Impuls, sich dieser Nähe zu entziehen. Gleichzeitig trieb sie alles zu ihm hin, sie hätte am liebsten beide Arme um ihn geschlungen und sich so fest wie nur möglich an ihn gepresst. Sich in ihm verloren und sich von ihm nehmen lassen, wieder und wieder, bis kein Platz mehr geblieben wäre für diese verhassten Gedanken.

»An nichts«, log sie. »Ich bin nur müde.«

Sie überlegte, ob sie liegen bleiben oder aufstehen und zurück in ihr Zimmer gehen sollte.

»Du hast ein Problem damit, dass meine beiden Ehefrauen auf so schreckliche Weise ums Leben gekommen sind, nicht wahr?«

Elaine versteifte sich leicht, als er es ihr so unvermittelt auf den Kopf zusagte. Offenbar war ihre Reaktion deutlich genug, denn er erstarrte ebenfalls.

»Es tut mir leid«, sagte sie unbeholfen, als würde das etwas an der Situation ändern. »Es ist einfach nur dämlich, das weiß ich. Aber ich kann nicht anders, als hin und wieder dran zu denken.«

In Wahrheit dachte sie viel zu oft daran. Nicht in der Art, dass sie Russell ernsthaft solcher schrecklicher Verbrechen hätte verdächtigen wollen. Sondern eher auf die Weise, die schwarze Momente hervorruft, in denen eine abergläubische Furcht vor dem Schicksal einen mit kalten Fingern im Nacken berührt. Sie kam sich vor wie auf einem Hochseil ohne Sicherheitsnetz, verzehrt von Verlangen nach einem Mann, dem das Verderben auf den Fersen war. Ein falscher Schritt, und sie würde stürzen. Sofort wuchs das unwillkommene Angstgefühl wieder an und breitete sich aus.

Ihr kam ein Buch in den Sinn, das sie vor Jahren gelesen hatte und in dem die Handlung sich um ein Paar drehte, das einander in rettungslosem Begehren verfiel, bis die Frau herausfand, dass der Mann ein Mörder war.

Fast hätte Elaine aufgelacht, weil es einfach nur absurd war, solche Bezüge herzustellen. Die Anwandlung von grimmiger Heiterkeit schien zu helfen – die dunklen Schatten verflogen. Es war alles gut. Sie lag in den Armen des Mannes, der ihr nicht nur den Kopf verdreht hatte, sondern der auch im Begriff war, ihr das Herz zu stehlen – mit diesen Worten hatte ihre Grandma es immer umschrieben.

»Dein Grandpa hat mir damals das Herz gestohlen, und er hält es immer noch sicher in seinen Händen. Und eines Tages wird ein Mann dasselbe mit dir machen, Kleines. Dann wirst du wissen, worauf du dein Leben lang gewartet hast.«

Killing me softly. Das war der Titel des Romans gewesen.

Das Gedankenkarussell fing wieder an, sich zu drehen. Es hatte keinen Sinn, sich was vorzumachen. Sie konnte sich in Russells Gegenwart nicht mehr entspannen.

Elaine entzog sich vorsichtig seiner Umarmung und stieg aus dem Bett.

»Was ist?«, fragte er. Es klang erschrocken.

Sie schwankte zwischen schlechtem Gewissen und Erleichterung.

»Ich gehe besser wieder rüber«, meinte sie. »Dann störe ich dich nicht, wenn ich nachher aufstehen und mich fertig machen muss.« Sie und Curd wollten mit Jason am nächsten Morgen in den Westen der Insel fahren. Wenn sie sich ranhielten, würden sie für die restlichen Dreharbeiten nicht mehr lange brauchen, höchstens drei Tage. Elaine hatte mit einem Mal das drängende Bedürfnis zu verschwinden. Nicht nur aus Russells Zimmer. Sie wollte weg aus dem Haus, von der Plantage. Am besten gleich von der Insel. Das Gefühl einer namenlosen Bedrohung, von dem sie einen ersten Hauch bereits bei ihrer Ankunft in Swift Great House gespürt hatte, verdichtete sich zu einer derartig beklemmenden Empfindung, dass sie förmlich aus dem Zimmer floh.

»Wir sehen uns später«, brachte sie noch knapp hervor, ehe sie die Tür hinter sich zuzog.

In ihrem eigenen Zimmer streckte sie sich auf dem Bett

aus und starrte in die Dunkelheit, todmüde und erschöpft von dem hitzigen Liebesakt mit Russell. Doch sie konnte nicht einschlafen, denn ihre Gedanken kreisten um die Frage, woher dieses eigenartige Gefühl einer lauernden Gefahr kam, das sie die ganze Zeit begleitet hatte. Das war schon seit dem Augenblick ihrer Ankunft so gewesen. Allein der Anblick des Hauses reichte aus, um dieses merkwürdige Unbehagen wachzurufen.

War sie etwa im Begriff, paranoide Züge zu entwickeln? Oder waren es einfach nur gesunde Instinkte? Schließlich waren schon zwei Frauen tot. Gab es vielleicht sogar irgendwelche Zusammenhänge mit dem Mord an Jerry?

Hatte Russell mit alldem irgendwas zu tun?

Sie begriff, dass alles auf diese eine Frage hinauslief, doch sie weigerte sich, darüber nachzudenken.

Elaine wandte sich zu Becky, deren Gestalt in Umrissen zu erkennen war. Ihre Tochter hatte sich auf die Seite gedreht, die Beine an den Körper gezogen wie ein kleines Kind. Den Kopf hatte sie ins Kissen gekuschelt. So hatte sie schon geschlafen, als sie drei oder vier gewesen war. Manche Dinge behielt man ein Leben lang bei.

Elaine hielt den Blick fest auf ihre Tochter gerichtet. Es verschaffte ihr ein tröstliches Gefühl von Frieden, wie immer, wenn sie ihr schlafendes Kind ansah. Nach einer Weile senkte sich eine tiefe innere Ruhe über sie. Nichts war mehr von Bedeutung. Irgendwann schlief sie ein.

Als sie aufwachte, war das Zimmer voller Rauch. Sie konnte kaum atmen. In ihrer Lunge stach und brannte es. Hustend und keuchend sprang sie aus dem Bett. Die Gardinen vor dem Fenster standen in hellen Flammen, die hochschlugen und zugleich in ihre Richtung züngelten. Entsetzt wandte sie sich ab und rannte zur Tür, um sie aufzureißen, doch das erwies sich als Fehler. Durch den plötzlichen Luftzug explodierten die Flammen am Fenster förmlich. Sie breiteten sich fauchend aus und sprangen auf die holzvertäfelte Wand über, wo die leinenumspannten Lampen in einem Funkenschauer explodierten. Brennende Partikel fielen auf das Bett.

Elaine konnte in all dem Rauch kaum etwas erkennen.

»Becky!« Es kam als halb vom Husten erstickter Schrei heraus. Krampfhaft die Luft anhaltend und mit beiden Händen über das Bett tastend, suchte sie nach ihrer Tochter. Oh Gott, wenn Becky das Bewusstsein verloren hatte! Doch sie lag nicht im Bett. Elaine verlor keine Zeit, sie rannte hinaus auf den Gang.

Gegenüber flog Russells Zimmertür auf, und einen Augenblick später hielt er sie in den Armen.

»Was ist mit dir? Geht es dir gut? Bist du verletzt?«

Seine Hände tasteten über ihren Körper, doch sie stieß ihn ungeduldig beiseite.

»Becky ist nicht da!«, schrie sie. Ihre Stimme klang krächzend von dem Rauch, den sie eingeatmet hatte. Sie zitterte am ganzen Körper.

Russell rannte zum Ende des Gangs, und einen Moment lang starrte sie ihm desorientiert hinterher, doch gleich darauf ging die Deckenbeleuchtung an, und er kehrte zurück, einen Feuerlöscher in den Händen. Elaine stand ihm im Weg, er drängte sie zur Seite und stürzte an ihr vorbei in ihr Schlafzimmer. Sie hörte sein Husten und unterdrückte Flüche und eine Sekunde später das laute Zischen des Feuerlöschers. Es dauerte nur ein paar Augenblicke, dann war es vorbei, und Russell kam auf den Gang herausgewankt, das Gesicht bestäubt von dem Löschpulver und die Füße voller Ruß.

Über seine Schulter hinweg spähte Elaine ins Zimmer. Decke und Boden vor der offenstehenden Fenstertür waren versengt, ebenso ein Stück von der Seitenwand und ein Teil der Loggia, wo der Holzboden schwarz verkohlt war. Es stank beißend nach Qualm, der Rauch stand immer noch im Zimmer wie eine stinkende Wand. Russell legte den Feuerlöscher auf den Boden und ging die Fenstertür öffnen. Dann kam er erneut zurück auf den Gang und fasste Elaine bei den Schultern.

»Ist dir auch wirklich nichts passiert?« Er musterte sie eindringlich, und sie schüttelte verstört den Kopf.

»Ich wurde wach, und es hat gebrannt. Oh Gott, ich dachte, Becky wäre … Aber sie ist gar nicht im Zimmer gewesen.«

»Sie hat sich bestimmt wieder zu David geschlichen.« Er zog Elaine in sein Zimmer. Dort öffnete er weit das Fenster. »Stell dich davor und atme mal richtig durch. Du hast ziemlich viel Rauch abgekriegt.«

»Mir geht's gut«, wehrte sie ab, doch sie fühlte sich hundeelend. Ihr war so übel, dass sie kurz davorstand, sich zu übergeben. Am liebsten hätte sie sich hingelegt, um das Schwindelgefühl loszuwerden. Doch dafür war keine Zeit.

»Ich muss Becky suchen.«

»Die ist nach oben gegangen.« Diese Auskunft kam von Curd, der in der offenen Tür stand. »Ich hab ein Geräusch auf dem Gang gehört, und als ich nachgesehen hab, war sie gerade auf dem Weg zur Treppe.« Er schnüffelte und sah Elaine bohrend an. »Da hat wohl jemand im Schlafzimmer geraucht, was? Und hat die Kippe nicht richtig ausgetreten, bevor sie zu ihrem Mitternachtsdate verschwunden ist.«

Elaine zuckte unter seinem anklagenden Blick zusammen. Entsetzt überlegte sie, dass er durchaus recht haben könnte. Vielleicht war Becky wirklich auf die Loggia hinausgegangen, um vor der Fenstertür zu rauchen, ohne hinterher die Zigarette richtig auszumachen. Elaine hatte auch zu Hause in Miami immer mal wieder glimmende Kippen im Garten gefunden und deswegen mit Becky schimpfen müssen. Ihr Haus war aus Holz und das Gras und die Hecke oft trocken, alles hätte bei einem Windstoß in Flammen aufgehen können.

»Hier lebt man echt gefährlich«, sagte Curd, und abermals fuhr Elaine bei seinen Worten zusammen, obwohl sie nicht wusste, wieso. Auf ihren Armen bildete sich Gänsehaut. Sie fühlte sich wie im falschen Film, während um sie herum verbissene Betriebsamkeit einsetzte. Russell scheuchte Hazel und Antoinette aus dem Bett, die ein anderes Zimmer für Elaine und Becky herrichten mussten. Anschließend wollte Hazel anfangen, das verrußte Zimmer zu putzen, doch Russell verbot es ihr.

»Das muss sich alles zuerst jemand von der Versicherung ansehen«, meinte er.

Zwischendurch ließ auch Alicia sich blicken, doch nachdem sie im Gang kurz die Lage sondiert hatte, verschwand sie wieder auf ihrem Zimmer. Becky und David kamen von oben, beide blass und sichtlich erschrocken. Becky schwor Stein und Bein, nicht geraucht zu haben.

»Ich war gar nicht draußen auf der Loggia«, sagte sie. Wütend setzte sie hinzu: »Es gibt noch andere Leute im Haus, die rauchen.«

Das war eindeutig ein Seitenhieb auf Alicia, die allerdings nicht anwesend war, um sich dazu zu äußern. Elaine ging in das Schlafzimmer am Ende des Ganges, das für sie und Becky hergerichtet worden war und in dem Antoinette gerade letzte Hand anlegte. Die alte Frau machte sich im Schrank zu schaffen und fuhr hoch, als Elaine sie von hinten ansprach.

»Was machen Sie da, Ma'am?«

»Sauber«, schnarrte die Alte. »Damit Sie Ihre Sachen hier reintun können.«

»Das ist jetzt nicht nötig. Ich kümmere mich schon selbst darum.«

Antoinette richtete sich auf und ging ohne ein Wort aus dem Zimmer. Elaine schaute in den Schrank, halb in der Erwartung, dort irgendwelche blutige Klumpen oder Federn zu finden, Bestandteile der Voodoo-Rituale, die Antoinette in den letzten Tagen überall rund ums Haus zelebriert hatte. Auch Russell hatte sie die Reste einer dieser Zeremonien in den Kleiderschrank gelegt. Er hatte Elaine davon erzählt. Aber dieser Schrank hier war leer.

Becky kam ins Zimmer und stellte ihren Koffer in der Ecke ab.

»Hier schlafe ich nicht«, sagte sie. Es klang kühl.

»Was meinst du?« Irritiert blickte Elaine sie an.

»Ich gehe wieder rauf zu David. Hier unten ist man ja seines Lebens nicht mehr sicher.«

Diese Worte lösten seltsame Empfindungen in Elaine aus. Es war fast, als würde sie ein lange verklungenes Echo hören. Im ersten Impuls hatte sie es Becky untersagen wollen, dass sie die restliche Nacht in Davids Zimmer verbrachte, schließlich waren die beiden minderjährig. Doch das Verbot erstarb ihr auf den Lippen.

»Glaubst du, jemand hat das Feuer mit Absicht gelegt?«, fragte sie zögernd.

Becky zuckte die Achseln. »Würde mich nicht wundern. Aber abgesehen davon, läuft auch sonst hier alles Mögliche schief. Ich glaube nicht, dass Jerry in MoBay umgebracht wurde. Ich bin davon überzeugt, dass er hier auf der Plantage gestorben ist. Und diese Alte, die ständig Hühner und Hasen schlachtet – die weiß irgendwas, darauf wette ich.« Becky hielt inne und sah Elaine eindringlich an. »Wusstest du, dass Davids Mutter ebenfalls umgebracht wurde? Und dass seine Stiefmutter sich aufgehängt hat?«

»Was willst du denn damit sagen?«, wollte Elaine wissen. Ihre Stimme klang unerwartet scharf. Wollte Becky jetzt etwa auch damit anfangen, Russell irgendwelcher mörderischer Machenschaften zu bezichtigen?

»Hier sterben *Menschen,* Mom. Wenn du mich fragst, ist dieses ganze Haus verflucht. Ich für meinen Teil wäre überall woanders lieber als hier.«

Elaine schluckte hart und sah wie betäubt zu, als Becky ein paar Sachen zum Übernachten zusammenraffte und den Raum verließ.

Nach einer Weile erschien Russell im offenen Türrahmen. Er wirkte erschöpft.

»Alles in Ordnung?«, fragte er besorgt.

»Ja«, sagte Elaine mechanisch, doch dann schüttelte sie den Kopf, denn es war nichts in Ordnung. Sie holte tief Luft und sagte ihm, dass sie für die Zeit der restlichen Dreharbeiten mit Becky in ein Hotel ziehen würde.

Vierter Teil

34

Russell war nicht da, als sie am nächsten Morgen nach dem Frühstück die Plantage verließen. Er hatte einen Geschäftstermin mit einem Rumexporteur. Jason fuhr sie mit dem Chrysler in die Stadt, und David begleitete sie. Der Junge wirkte bedrückt, fast verzweifelt, und Elaine erkannte, dass er Becky mit der ganzen Inbrunst seiner siebzehn Jahre liebte. Zu ihrem Erstaunen schien Becky seine Gefühle mit der größten Selbstverständlichkeit zu erwidern. Während der gesamten Fahrt hielt sie seine Hand, und als er einmal den Arm um sie legte, schmiegte sie sich selbstvergessen an ihn. Die beiden wollten mit zum nächsten Drehort fahren, der nicht allzu weit entfernt von Montego Bay lag – Negril im Westen der Insel mitsamt Umgebung. Für den nächsten Tag war ein Abstecher in den Süden vorgesehen, auch dorthin wollte David sie begleiten. Es schien fast, als wollten Becky und David einander nicht mehr aus den Augen lassen. Elaine hatte gewusst, dass zwischen den beiden was im Gange war, aber sie hatte nicht geahnt, dass es schon so weit fortgeschritten war. Mit mulmigen Gefühlen fragte sie sich, wie Becky sich verhalten würde, wenn in wenigen Tagen die Abreise anstand.

Doch sie wusste ja nicht einmal, was sie über ihre eigene Abreise denken sollte. Sie blendete einfach alles aus, was damit im Zusammenhang stand. Es verstörte sie zu sehr, sich damit auseinanderzusetzen, was gerade zwischen ihr und

Russell ablief. Er hatte es bleich und gefasst aufgenommen, als sie ihm ihre Entscheidung mitgeteilt hatte, Swift Great House zu verlassen. Sie hatte krampfhaft nach Begründungen gesucht, warum sie nicht länger bleiben wollte, doch er hatte sie sofort unterbrochen, als sie zu irgendwelchen fadenscheinigen Erklärungen ansetzen wollte.

»Ich weiß, warum du wegwillst. Du hast Angst.«

»Wovor sollte ich Angst haben?«, hatte sie ein wenig brüsk zurückgefragt. »Etwa vor dir?«

Es kam ihr vor, als würde sich ein Schatten über sein Gesicht legen.

»Du hast es gespürt, oder?«, meinte er anstelle einer Antwort.

»Was denn?« Sie hatte ihn verständnislos angesehen und war bei der Verzweiflung in seinen Augen erschrocken.

»Das Böse hier. Das, von dem Alicia immer redet und das Toinette auch mit ihrem ganzen Hexenzauber nicht wegkriegt.«

»Das ist doch Unsinn«, hatte sie steif erwidert. Zu ihrer Erleichterung hatte er das Thema nicht weiter vertiefen können, denn in dem Moment hatte Lincoln angerufen und nach dem Stand der Dinge gefragt, womit sie für die darauf folgende Viertelstunde abgelenkt war.

Russell hatte ihnen eine Unterkunft in einem guten Guesthouse am Stadtrand von MoBay besorgt und angekündigt, am Abend, wenn sie von den Dreharbeiten zurück waren, vorbeischauen zu wollen.

Während der Fahrt dorthin dachte Elaine voller schmerzlicher Unruhe über den letzten Teil ihres Gesprächs in der vergangenen Nacht nach. Draußen war schon die Morgendämmerung aufgezogen, und Elaine war froh darüber, dass bald der Tag anbrechen würde, denn sie wusste genau, dass sie nach dem Vorgefallenen ohnehin kein Auge mehr zukriegen würde. Vom Gang her stank es nach Qualm, und auch ihren Sachen, die sie mittlerweile herübergeholt hatte, haftete der Geruch an. Sie würde alles waschen lassen müssen.

Die Stunden, in denen sie mit Russell das Bett geteilt hatte, schienen Jahre zurückzulegen. Plötzlich kam er ihr, als er so dort bei der Tür stand, wie ein Fremder vor, nicht wie der Mann, der ihr in derselben Nacht Höhenflüge der Lust beschert hatte.

»Elaine«, sagte er leise. »Habe ich dich verloren?«

In diesem Moment war die Angst in ihr in Panik umgeschlagen. Sie wusste nicht, was sie ihm antworten sollte. Ein Teil von ihr wollte ausrufen, dass sie ihn liebte und verrückt nach ihm war, aber jener andere Teil, der tief in ihr Alarmsirenen schrillen ließ, hätte ihn am liebsten aus dem Zimmer gedrängt und die Tür zugeschlagen.

Es war offensichtlich, dass er ihr diese innere Zerrissenheit ansah, denn der Schatten in seinem Gesicht verwandelte sich in tiefe Düsternis. »Ich komme heute Abend zu euch ins Guesthouse. Vielleicht können wir dann noch einmal über alles reden.«

»Ja«, hatte sie erleichtert gesagt. »Ja, mach das. Wir sollten uns einfach jetzt erst mal alle ein bisschen von dem Schrecken erholen.«

Das war der Stand der Dinge gewesen, als sie vorhin ihre Koffer und die Filmausrüstung in den Chrysler geladen und Swift Great House hinter sich gelassen hatten. Mit jedem Kilometer, den sie seither zurückgelegt hatten, wurde es Elaine leichter ums Herz. Es war fast, als hätte sie einen Schleier aus Bedrängnis und Sorge abgestreift.

Auch Becky schien mit einem Mal deutlich bessere Laune zu haben. Sie und David lachten über irgendwas, das er ihr ins Ohr geflüstert hatte. Jason warf den beiden über die Schulter einen wohlwollenden Blick zu, ehe er sich an Elaine wandte.

»Muss ein ziemlicher Stress gewesen sein letzte Nacht«, meinte er. »Das hätte schlimm ins Auge gehen können.«

»Zum Glück bin ich rechtzeitig wach geworden.«

»Seltsam nur, dass der Rauchmelder nicht angegangen ist.«

»Rauchmelder?«

»Ja, in jedem Schlafzimmer ist einer an der Decke angebracht. Ich hab sie selber besorgt, als das Herrenhaus voriges Jahr saniert wurde.«

»Vielleicht war die Batterie leer«, meinte Elaine, doch sie glaubte nicht wirklich daran. Sie wusste *überhaupt* nicht mehr, was sie glauben sollte. Es war besser, sie dachte erst gar nicht darüber nach. Doch ihr Verstand ließ sich nicht auf Dauer abschalten, er fing an zu kombinieren und Überlegungen anzustellen, und schließlich fokussierte sich alles auf die Person, die es schon die ganze Zeit darauf angelegt hatte, die unerwünschten Gäste von Swift Great House zu vertreiben: Alicia.

Alicia, die unter dem Einfluss von Drogen, Aberglauben und krankhafter Fixierung auf ihren Bruder nichts unversucht ließ, die fremden Störenfriede loszuwerden. Die Elaine dafür verantwortlich machte, dass *das Böse* zurückgekommen war, worin auch immer es aus ihrer Sicht bestehen mochte.

Wie weit würde so jemand gehen, um seine kranken Vorstellungen in die Tat umzusetzen?

Elaine massierte sich die Schläfen und rief sich dabei in Erinnerung, dass Alicia nicht die Einzige war, die unter grundlosen Ängsten und Beklemmungen litt.

Als Russell stumm und ohne zurückzublicken ihr Zimmer verlassen hatte, war es ihr vorgekommen, als würde jenseits der Morgendämmerung ein gewaltiger Sturm aufziehen, der über das Land kommen und alles auslöschen würde. Sie war sogar aufgestanden und ans Fenster getreten, weil die Empfindung so übermächtig gewesen war. Doch draußen in den Bäumen hatte nur ein frischer Morgenwind die Zweige bewegt. Weit und breit gab es nicht den Hauch eines Sturms.

Elaine kam zu dem Schluss, dass es das Haus war, das diese Empfindung in ihr weckte. Manchen Häusern, egal wie luxuriös sie waren, haftete etwas Bedrückendes an, so wie es andere, wesentlich schlichtere Häuser gab, die pure Harmonie verströmten. Der Bungalow ihrer Großeltern beispielsweise, bei dem sie schon damals, als sie ihn das erste Mal betreten hatte, ein Gefühl von behaglichem Frieden empfunden hatte – so, als würde sie endlich für immer nach Hause kommen. Swift Great House hatte dagegen gleich beim ersten Anblick Beklemmungen bei ihr ausgelöst.

Einen objektiv erklärbaren Grund gab es dafür nicht, schließlich war ein Haus nur ein Haus und kein bissiges Tier. Auf der anderen Seite hatte sie sich die letzten Tage in einem absoluten emotionalen Ausnahmezustand befunden, nicht nur, weil sie wie eine Süchtige nach Russells leidenschaftlichen Umarmungen gelechzt hatte, sondern auch wegen Jerrys Tod. Sie war schlicht und ergreifend durch den Wind gewesen und hatte sich in ihre Ängste hineingesteigert.

Ja, das war eine plausible und rationale Erklärung. Als sie vor dem Guesthouse anhielten, war Elaine davon überzeugt, dass die Distanz ihr helfen würde, ihre Gefühle in den Griff zu kriegen. Sie wusste noch nicht, wie ihr Gespräch mit Russell am kommenden Abend ablaufen würde, doch vielleicht wäre es in einer anderen Umgebung wieder wie bei ihrem ersten Date in Miami. Aufregend und schön …

Aber noch während ihr dieser Gedanke durch den Kopf ging, spürte sie wie einen leisen Hauch ihren inneren Widerwillen erwachen, gespeist aus jener dunklen und seltsamen Angst, die sie eben noch unter Kontrolle geglaubt hatte.

Das Guesthouse war eine gepflegte kleine Pension, ein

zweigeschossiger Bau mit Flachdach und bonbonrosa gestrichener Fassade. Hübsch gedrechselte Säulen vor dem Eingang stützten eine Pergola, von der ein wahrer Blütenregen von Bougainvilleen herabhing. Die Inhaberin des Guesthouse stellte sich als Martha vor, eine stämmige kleine Person um die vierzig. Sie erzählte sofort ohne Punkt und Komma alles über ihre Abstammung, die auf einen Einwanderer namens Jim O'Donnell zurückging, ihren Großvater, der sich während eines Urlaubs in die Insel verliebt hatte und kurzerhand geblieben war.

Sie wies ihnen die Zimmer zu – drei Einzelzimmer, je eines für Elaine, Becky und Curd. Die Zimmer waren nicht mal halb so groß wie ihre Schlafräume auf Swift Great House, doch die Wände waren anheimelnd sonnengelb gestrichen und die Betten mit frischen weißen Laken bezogen. Alles wirkte gemütlich und sauber. Elaine stellte ihr Gepäck ab und streckte sich. Am liebsten hätte sie sich für ein paar Stunden hingelegt, denn alles in allem hatte sie in der vergangenen Nacht sicher keine drei Stunden geschlafen, und das nicht einmal am Stück. Doch wenn sie ihren Drehplan einhalten wollten, mussten sie gleich wieder los. Jason wartete im Wagen, und Curd war sicher auch nicht scharf auf Verzögerungen. Er war seit dem Morgen ungewöhnlich schweigsam und in sich gekehrt. Mehr als ein paar Worte hatte er nicht von sich gegeben. Auch während der nachfolgenden Fahrt nach Negril redete er nicht viel. Die autobahnähnliche Straße führte an kleinen Buchten und Fischernestern vorbei nach Westen.

Negril war ein beliebter Touristenort, deshalb durfte er in der Dokumentation nicht fehlen. Abgesehen davon war die Landschaft wirklich sehenswert – eine typisch karibische Kulisse mit einem traumhaft weißen Sandstrand, der sich endlos die Küste entlang erstreckte. Das Meer leuchtete türkisgrün unter einem azurblauen Himmel, das reinste Postkartenidyll. Surfer glitten mit ihren Boards über die Wellen, schlanke Strandschönheiten und Beachboys mit Waschbrettbauch flanierten über den Sand, und hier und da flitzte ein Motorboot in der Nähe vorbei. An geeigneten Motiven mangelte es nicht. Curd arbeitete mit gewohnter Professionalität. Er wurde förmlich eins mit seiner Kamera und richtete das Objektiv immer exakt in der Perspektive aus, die lohnende Aufnahmen versprach. Sie machten ein paar Takes von dem Meer, mit Elaine im Vordergrund, die fröhlich klingende Zusammenfassungen über die Geschichte der Gegend und ihre heutige Bedeutung zum Besten gab. Sie versuchte, ihre Mimik und Gestik dem bunten Strandleben anzugleichen, vollführte lebhafte Bewegungen mit den Händen und lächelte so oft wie möglich, während Curd sie filmte und Jason wie üblich die Stange mit dem Mikro hielt. Mittlerweile beherrschte er es fast so gut wie Jerry.

Elaine merkte, wohin ihre Gedanken drifteten und versaute die Aufnahme, weil sie mitten im Satz stockte. Wie konnte sie hier stehen und in die Kamera lächeln, während Jerry tot in einem Leichensack steckte und seine Mutter zu Hause in Miami um ihn weinte?

»Noch mal«, trieb Curd sie ungeduldig an. »Wir wollen hier fertig werden, oder nicht?«

Sie riss sich zusammen und lächelte erneut in die Kamera, während sie weitersprach. Irgendwann hatte sie all ihr vorbereitetes Wissen abgespult, und sie wechselten den Standort. Sie fuhren zu einem Palmenreservat, mitten in einer Sumpflandschaft gelegen, die von hölzernen Stegen durchzogen wurde. Sie sahen Schildkröten, Frösche und Moorhühner, und Curd gelangen ein paar bemerkenswerte Nahaufnahmen.

Während der Dreharbeiten hielten Becky und David sich

ein wenig abseits. Sie schlenderten Hand in Hand hinter ihnen her, und wenn Elaine, Curd und Jason stehen blieben, um zu drehen, warteten die beiden im Hintergrund und steckten die Köpfe zusammen. Einmal erhaschte Elaine einen Blick auf das gelöste, glückliche Gesicht ihrer Tochter, und es versetzte ihr einen kleinen Stich. Wenn sie mit Becky allein war, sah ihre Tochter nie so aus. Jedenfalls nicht die letzten paar Jahre. Wann hatte das eigentlich aufgehört? Warum hatte dieser fröhliche Sonnenschein von einem Kind sich in einen aufsässigen, unzufriedenen Teenager verwandelt?

»Das war Mist«, sagte Curd verärgert.

Elaine zuckte zusammen. Sie hatte denselben Satz zweimal gesagt, und hätte Curd sie nicht unterbrochen, wäre es ihr vielleicht nicht mal aufgefallen.

»Wir sind heute alle ein bisschen neben der Spur«, nahm Jason sie in Schutz.

»Aber wir lassen es uns nicht dauernd anmerken«, versetzte Curd bissig.

»Tut mir leid«, entschuldigte Elaine sich. Sie fing von vorn an. Diesmal klappte es besser.

Am späten Mittag aßen sie Lobster in einem Restaurant in Savanna-la-Mar, einem Küstenstädtchen südöstlich von Negril, wo sie nach dem Essen die Ruinen eines britischen Forts filmten, ehe sie ihren Weg über schmale, gewundene Sträßchen ins Landesinnere fortsetzten. Ihre letzte Station für diesen Tag war Accompong, eine Gemeinde von Nachfahren der Maroons, im unwegsamen Hügelland gelegen. Dort lebten in einer autonom verwalteten Region etwa dreitausend Abkömmlinge von Sklaven, die schon 1739 einen Friedensvertrag mit den Briten unterzeichneten und durch die Jahrhunderte ihre Unabhängigkeit von den Beherrschern der Insel bewahrt hatten. Umgeben vom Dschungel und nur über kaum befahrbare Straßen erreichbar, führten sie in den Bergen ein zurückgezogenes Dasein in schlichten Holzhäusern ohne jeden Komfort.

Touristen kamen selten hierher, erzählte Jason während der Fahrt, doch hin und wieder brachte er eine Gruppe dorthin, nachdem er vorher eine Führung angemeldet hatte.

Im Dorf der Maroons wurden sie freundlich empfangen. Ein pechschwarzer junger Mann mit strahlend weißen Zähnen führte sie herum und zeigte ihnen die wenigen Stellen, die als Sehenswürdigkeiten galten, unter anderem einen riesigen Baum, der ein wenig außerhalb des primitiven, aber malerischen Dörfchens stand und unter dem sich zum Unabhängigkeitstag am 6. Januar Tausende von Maroons aus der ganzen Welt versammelten.

Curd stolperte mehrfach in dem unwegsamen Gelände, und der Schweiß lief ihm in Strömen herunter und verwandelte sein sorgfältig gebügeltes Poloshirt in einen nassen Lappen, doch er behielt mit verbissener Miene die Kamera auf der Schulter und drehte alles, was ihm sehenswert erschien oder worauf Elaine ihn hinwies. Elaine selbst hatte sich schon vorher über die Geschichte und die Umgebung informiert, und auch Jason hatte ihr einiges Wissenswertes über diese alte Maroon-Enklave in den Bergen erzählt. Deshalb gelang es ihr recht gut, während der Aufnahmen einige interessante Sprechtexte einzuflechten. Ihr Führer wartete wohlwollend lächelnd im Hintergrund und hatte auch nichts dagegen, ab und zu einmal selbst im Bild zu erscheinen.

Becky und David fielen zwischendurch immer wieder zurück – vermutlich, um unbeobachtet knutschen zu können. Elaine fühlte sich nicht wohl bei dem Gedanken, doch was hätte sie tun sollen? Als Mutter würde sie es wohl zeitlebens seltsam finden, dass ihre Tochter Sex hatte, ebenso wie es umgekehrt auch der Fall war.

Nach gut zwei Stunden verließen sie den Ort wieder und fuhren über die holprigen schmalen Straßen zurück nach Montego Bay.

Vor dem Guesthouse stieg David mit aus, statt gemeinsam mit Jason nach Hause zu fahren.

»Dad wollte ja später noch vorbeikommen«, begründete er seinen Entschluss, noch hierzubleiben. »Ich kann dann genauso gut mit ihm zurückfahren.«

»Dann sehen wir uns ja morgen früh zur letzten Tour«, sagte Elaine zu Jason, der im Wagen sitzen geblieben war, während Becky und David Hand in Hand zum Eingang des Guesthouse gingen, gefolgt von Curd, der schwer beladen mit der Filmausrüstung hinter ihnen herstapfte.

Jason sah Becky und David nach und seufzte. »Junge Liebe. Wenn man das doch auch noch einmal erleben könnte!« Dann schüttelte er bedauernd den Kopf. »Morgen kann ich leider nicht. Die letzte Tour wird wohl Russell mit euch machen. Er meinte, er hätte es schon mit dir besprochen.«

Jetzt, da Jason es erwähnte, erinnerte Elaine sich daran. Es war erst ein paar Tage her, dass Russell mit ihr ausgemacht hatte, sie auf die Black-River-Tour zu begleiten, die ihnen noch zur Vervollständigung ihrer Dokumentation fehlte. Sie hatte es völlig verdrängt, als gehörte es bereits zu einem früheren Teil ihres Lebens. Grübelnd nickte sie und verabschiedete sich von Jason. Erst als sie anschließend ins Haus ging, fiel ihr ein, dass sie ihn eben vielleicht zum letzten Mal gesehen hatte, denn sie wusste nicht, ob sie je wieder nach Swift Great House zurückkehren würde. Bevor sie abreisten, sollte sie vielleicht doch noch einmal hinfahren und ihm persönlich für alles danken. Doch allein der Gedanke, Swift Great House noch einmal zu betreten, löste das schon bekannte Unbehagen bei ihr aus, und sie entschied spontan, ihn einfach anzurufen, bevor sie zurück in die Staaten flog. Von Miami aus konnte sie ihm irgendwas schicken. Ein paar gute Bücher vielleicht. Er hatte mal erwähnt, dass er gern amerikanische Krimis las.

Martha, ihre Gastgeberin, hatte eine Kleinigkeit zum Abendessen vorbereitet, Salzfisch mit Ackee, einer jamaikanischen Frucht, die Ähnlichkeit mit Rührei hatte. Sie servierte das Essen in einem kleinen Hinterzimmer, in dem drei Esstische mit rot-weiß karierten Tischdecken standen. Elaine langte herzhaft zu, sie hatte nach dem langen Ausflug Hunger. Das Gericht war mit krossem Speck und Tomaten garniert und schmeckte fast so gut wie bei Antoinette. Während sie aß, gesellten sich Becky und David zu ihr. Beide hatten gerötete Gesichter, und in Davids Augen stand ein unverkennbar glückliches Leuchten. Keine Frage, bei den beiden waren die Hormone im Höhenflug, sie konnten die Hände nicht voneinander lassen.

In Elaine wallte ein sehnsüchtiges Gefühl auf. Plötzlich hatte sie ein so starkes Bedürfnis nach Russells Nähe, dass es fast körperlich wehtat. Rasch sah sie auf die Uhr. Er wollte in etwa zwei Stunden kommen. Sie sollte sich noch etwas hinlegen, damit sie nicht zu müde war. Zum Glück hatte sie ein Einzelzimmer.

»Übrigens wollte Becky Ihnen was sagen, Miss Harrison.«

Von Davids Bemerkung aus ihren konfusen Gedanken gerissen, blickte Elaine auf.

»Was denn?«, fragte sie Becky.

Die warf David einen ärgerlichen Blick zu, zuckte dann aber die Achseln.

»Ich weiß, wer mein Dad ist.«

Elaine schrak zusammen. Sie hatte mit allem Möglichen gerechnet, aber nicht damit.

»Seit wann?«, fragte sie mit unsicherer Stimme.

Becky zuckte nur bockig mit den Schultern, doch David antwortete an ihrer Stelle.

»Sie weiß es schon seit drei Jahren.«

Elaine war erschüttert. Mit zitternden Händen legte sie ihr Essbesteck weg und überlegte, was sie sagen sollte, doch ihr fiel nur eine einzige Frage ein.

»Warum hast du es mir nicht gesagt?«

»Warum hast *du* es mir nicht gesagt?«, schnappte Becky. Ihre Augen funkelten in unversöhnlicher Wut.

»Becky«, sagte David. Er sah unglücklich aus. »Wir hatten doch besprochen, dass …«

»Scheiß drauf, was wir besprochen haben«, sagte Becky mit schwankender Stimme. Sie sprang auf und lief aus dem Zimmer. Ihr dunkelblonder Pferdeschwanz wippte, so schnell war sie. Fast hätte sie Martha umgerannt, die gerade mit zwei dampfenden Tellern aus der Küche kam und gerade noch ausweichen konnte.

»Da war aber jemand in Eile«, sagte sie mit ihrem von Patois gefärbten Englisch, während sie die Teller auf den Nachbartisch stellte, wo zwei italienische Rucksacktouristen auf ihr Essen warteten.

David erhob sich ebenfalls und sah entschuldigend auf Elaine herunter.

»Ich glaube, ich geh ihr mal besser hinterher. Tut mir sehr leid, Miss Harrison. Eigentlich sollte es nicht so laufen. Vorhin war sie noch bereit, mit Ihnen vernünftig über alles zu reden. Ich fand, Sie sollten erfahren, dass sie es schon vor Jahren rausgefunden hat.«

»Was *genau* hat sie rausgefunden?«, wollte Elaine mit wachsendem Entsetzen wissen.

»Alles«, sagte er schlicht. »Die Wette. Die Footballkarten. Die ganze miese Nummer, die ihr Dad sich da geleistet hat. Die Welt ist echt klein in Zeiten von Google und Facebook, wissen Sie.«

»Oh Gott«, flüsterte sie hilflos.

David seufzte. »Ich rede noch mal mit ihr. Sie leidet unter der Sache, und das schon lange. Ich denke, dass es besser werden könnte, wenn Sie es wissen und mit Becky die Sache irgendwie klar kriegen. Wenn man sich ständig heile Welt vorspielt, belügt man sich ja doch nur selber.« Ein Schatten schien über sein Gesicht zu gleiten, als würde er aus eigener Erfahrung sprechen.

Sie konnte ihn nur anstarren, diesen siebzehnjährigen Jungen mit den schönen, dichtbewimperten Augen und dem sensiblen Mund, der seinem Vater wie aus dem Gesicht geschnitten war.

»*Dir* hat sie es erzählt«, platzte sie ohne nachzudenken heraus. Sie merkte, dass es wie ein Vorwurf klang, aber das ließ sich nicht ändern. Ihm hatte Becky sich anvertraut, ihrer eigenen Mutter nicht. Sie hatte mit jemandem, den sie kaum zwei Wochen kannte, über ihren schlimmsten Kummer geredet, aber vor Elaine hatte sie diese innere Belastung jahrelang verborgen.

Er nickte verlegen, wusste aber augenscheinlich nicht, was er erwidern sollte.

»Ich geh dann mal rauf«, meinte er zögernd.

Sie nickte nur stumm.

Martha trat zu ihr an den Tisch. »Schmeckt das Essen nicht?«, fragte sie besorgt.

»Doch, ausgezeichnet«, behauptete Elaine. Sie griff zur Gabel und aß noch ein paar Bissen, doch es blieb ihr im Hals stecken. Als kurz darauf Curd herunterkam und sich zu ihr an den Tisch setzte, hatte sie das dringende Bedürfnis, allein zu sein. Sie entschuldigte sich damit, dass sie müde sei, und ging auf ihr Zimmer.

35

Was?«, empfing Becky David mit gereizter Stimme, als er zu ihr ins Zimmer kam. Er blieb an der Tür stehen und sah sie halb bedrückt, halb besorgt an, dann räusperte er sich.

»Willst du allein sein?«

»Ja«, sagte sie patzig.

Er nickte und wandte sich zum Gehen.

»Nein«, fügte sie eilig hinzu. Dann meinte sie in grollendem Tonfall: »Ich hätte es ihr schon noch selber gesagt.«

»Bist du sicher?«

Sie sah seine kummervolle Miene, und ihr Herz schmolz.

»Nein«, meinte sie ehrlich. »Wahrscheinlich nicht.« Sie klopfte neben sich auf das Bett. »Jetzt komm schon her.«

Er ließ es sich nicht zweimal sagen. Sorgfältig verschloss er die Tür und setzte sich neben sie. Inzwischen war er mutig genug, den ersten Schritt zu tun. Er legte den Arm um sie und küsste sie vorsichtig auf die Wange, und als sie ihm ihr Gesicht zuwandte, zögerte er nicht, mit sanfter Zärtlichkeit ihre Lippen zu suchen. Daraus entwickelte sich rasch mehr, bis sie, unter hitzigen Küssen und gegenseitig an ihrer Kleidung zerrend, nebeneinander auf das Bett sanken.

Becky pries im Geiste Davids Vater für seine generöse Buchung von drei Einzelzimmern, denn andernfalls hätte sie nicht einfach hier mit David herumknutschen können. Natürlich hatte Russell das nur gemacht, damit er später mit

Mom aufs Zimmer gehen konnte, ohne dass sie gestört wurden, doch es kam ihr und David ebenso zugute.

David war so erregt, dass er sich kaum beherrschen konnte. Es kostete ihn Mühe, sich zurückzuhalten, doch nach einer Weile fand er genau den Rhythmus, der für sie beide am schönsten war. Er streichelte und küsste ihre Brüste, bevor er sie zwischen den Beinen berührte und mit vorsichtigen Bewegungen ihre Lust langsam anfachte, bis sie selbst nicht mehr länger warten wollte und ihm dabei half, ein Kondom überzustreifen. Als er in sie eindrang, war ihre innere Verbindung zu ihm über das Körperliche hinausgewachsen. Ihre Gefühle waren von einer reinen, strahlenden Süße, die durch die Hitze ihrer Leidenschaft noch gesteigert wurde, wie glühendes Eisen, das im Feuer zu unvergänglichem Stahl wird.

Anschließend lagen sie einander schwer atmend in den Armen.

»Ich liebe dich«, sagte er rau, und sie nickte, weil sie noch nicht sprechen konnte. Es war nicht nötig, dass sie es ebenfalls aussprach; er wusste es auch so, denn er fühlte sich von ihrer Liebe ebenso umfangen wie sie sich von der seinen.

Es dauerte eine Weile, bis sie beide wieder zu Atem gekommen waren. Die letzten Strahlen der Abendsonne drangen durch die Lamellen der Fensterläden ins Zimmer und wurden in bunten Reflexen von dem mit farbigem Email eingefassten Wandspiegel über der Kommode zurückgeworfen.

»Wirst du noch mal mit deiner Mom über … über ihn sprechen?« David benutzte das Wort *Dad* im Zusammenhang mit ihrem Erzeuger nicht mehr, weil er ihren Widerwillen dagegen spürte. Auch das wusste sie, denn es war leicht aus den Nuancen seiner Stimme herauszuhören.

»Ja, ich rede mit ihr. Jetzt weiß sie es ja, und sie wird sowieso nicht eher Ruhe geben, bis wir alles von vorne bis hinten dreimal ausdiskutiert haben.« Sie merkte, dass es sich grollend anhörte, und rang sich zu einem etwas sanfteren Tonfall durch. »Ich rede mit ihr«, wiederholte sie einfach nur.

»Sagst du ihr auch, was du vorhast?«

Diesmal antwortete sie ausweichender.

»Sie wird's garantiert von allein merken. Außerdem habe ich noch nicht entschieden, wann ich's tue.« Es war Davids Vorschlag gewesen, dass sie Kontakt mit diesem Dale Cranston aufnehmen sollte. Anfangs hatte er nicht viel davon gehalten, aber er hatte lange darüber nachgedacht und dann gemeint, es würde ihr helfen, Klarheit zu gewinnen, auch wenn es vielleicht schmerzhaft wäre. So hatte er es ausgedrückt. Ein bisschen schwülstig vielleicht oder einfach nur etwas zu altertümlich in der Wortwahl, wie es manchmal seine Art war. Sie hatten den ganzen Tag darüber geredet, während Mom mit Curd und Jason gedreht hatte.

»Vielleicht hat er sich ja wirklich geändert«, hatte er gemeint. »Möglicherweise tut es ihm leid, was damals passiert ist. Er war ja noch sehr jung.«

»So alt wie du«, hatte sie erwidert, bevor sie in einer Aufwallung von Zorn hinzugefügt hatte: »Würdest du je so etwas tun? Mich sitzen lassen, wenn ich ein Baby von dir bekäme?«

»Niemals!« Mit dieser in entrüsteter Überzeugung vorgebrachten Antwort war im Grunde alles gesagt. Nie im Leben würde er so ein Schwein sein wie Dale Cranston. Nicht in hundert Jahren. Und wahrscheinlich war es einfach nur naiv, anzunehmen, dass Dale Cranston heute einen besseren Charakter hätte als damals. Doch auf irgendeine schreckliche logische Weise hatte David recht: Wenn sie es nicht herausfand, würde sie sich den Rest ihres Lebens fragen, ob es ihn nicht doch gab – einen Menschen, der bereit war, ihr Vater zu sein. Der sich bemühen würde, alles wiedergutzumachen.

Sie würde ihn finden und ihm gegenübertreten. Persönlich, nicht bloß auf Facebook oder per Mail. Sie wollte ihm direkt ins Gesicht sehen, wenn sie ihm sagte, wer sie war. Nur auf die Art konnte sie in Erfahrung bringen, wie er darauf reagierte. Noch schwankte sie, ob Mom unbedingt von ihrem Plan wissen musste, doch das konnte sie ja immer noch spontan entscheiden.

»Was meinst du?«, fragte sie, um auf ein anderes Thema überzulenken. »Sollen wir morgen mit auf die letzte Tour gehen? Eigentlich würde ich den Tag lieber mit dir allein verbringen.«

Er stimmte sofort zu. Ihnen würde sowieso nicht mehr viel gemeinsame Zeit bleiben. Mom machte kein Geheimnis daraus, dass sie so bald wie möglich abreisen wollte. Irgendwas schien sich zwischen ihr und Russell verändert zu haben. Vorher hatte sie es die ganze Zeit kaum erwarten können, mit ihm allein zu sein, aber auf einmal schien sie genau das lieber vermeiden zu wollen. Ob es damit zusammenhing, was sie letzte Nacht zu Mom gesagt hatte? Wahrscheinlich. Denn danach hatte Mom ziemlich rasch entschieden, für die restliche Zeit irgendwo in der Stadt einzuchecken. Becky war froh darüber, auch wenn es bedeutete, dass sie David bis zu ihrer Abreise weniger sah. Zwischen Mom und Russell war irgendwas Unheimliches im Gange, und das bereitete ihr Unbehagen.

Was wohl heute Abend zwischen den beiden laufen würde, wenn Russell vorbeikam? War er etwa schon da? Becky wandte lauschend den Kopf zur Seite. Moms Zimmer war direkt neben ihrem. Doch es war nichts zu hören.

Dann wandten sich ihre Gedanken wieder der Frage zu, wie sie die Zeit bis zum College überbrücken sollte. Bis sie und David irgendwo gemeinsam studieren und zusammenziehen konnten, würde es noch ein ganzes Jahr dauern. Eine Ewigkeit. Sie hatten schon ausgemacht, dass er über Weihnachten nach Miami käme, aber bis dahin waren es noch lange Monate.

»Wenn deine Mom und mein Dad morgen zum Drehen fahren, können wir uns einen schönen Tag am Strand machen«, meinte David. »Hier in der Nähe gibt es ein paar gute Stellen zum Schwimmen und Schnorcheln.«

»Ich würde gern noch mal mit dir zusammen auf der *Esmeralda* rausfahren, bevor wir abreisen.«

Er fuhr leicht zusammen, als sie *abreisen* sagte, doch ansonsten ließ er sich nicht anmerken, dass er den unweigerlich bevorstehenden Abschied genauso fürchtete wie sie.

»Klar«, meinte er. »Gerne.« Er malte mit dem Zeigefinger warme Kringel auf ihren Bauch, bevor er mit dem Mund der Spur seiner Hand folgte. Seine Liebkosungen wurden rasch kühner.

Erneut wurde Becky von einer Welle des Begehrens durchflutet, und kurz bevor sie sich von diesen köstlichen Empfindungen davontragen ließ, fragte sie sich, ob es ihrer Mutter wohl bei Russell genauso ergangen war, ob sie sich ebenso willenlos und schwach gefühlt hatte. So, als wäre es völlig unmöglich, sich dieser kompromisslosen Hingabe zu entziehen.

Und wie sie sich wohl damals gefühlt hatte, mit siebzehn, als Dale Cranston sein böses Spiel mit ihr getrieben hatte. Ob sie ihm ebenso verfallen war, außerstande, ihn abzuweisen?

David schob sich über sie, die hellen Augen blind vor Leidenschaft. Becky spreizte die Beine und nahm ihn in sich auf, denn es gab in diesem Augenblick nichts auf der Welt, was wichtiger und kostbarer war als er. In einem Rhythmus, der so alt war wie die Zeit, fanden ihre Körper zueinander. Sie bewegten sich wild und ungestüm, und ihre Herzen hämmerten in rasendem Takt zu einer Melodie, die nur sie beide hören konnten.

36

Jason trat auf die Veranda des Herrenhauses, wo außer dem schattenhaften Umriss der Korbmöbel nicht viel zu sehen war. Die einzige Lichtquelle war der rot glühende Punkt von Alicias Zigarette. Er fand die Stufen unter seinen Füßen trotzdem mit beinahe traumwandlerischer Sicherheit. Schon als Kind war er diese drei hölzernen Treppenstufen zur Veranda der Swifts so oft hinaufgestiegen, dass er es nicht mehr zählen konnte. Der Weg vom Bungalow des Aufsehers zum Herrenhaus war über Generationen hinweg ausgetrampelt worden, ein schmaler Pfad aus hartem Lehm und Kiesanteilen, rechts und links gesäumt von Mahagonibäumen. Das knochenbleiche Holz der Fassade an der Rückseite des Herrenhauses befand sich noch in ursprünglichem Zustand, rissig und von Spalten durchsetzt, die Wind und Regen hineingefressen hatten. Dorthin waren Russells Sanierungsmaßnahmen noch nicht vorgedrungen, doch lange würde es nicht mehr dauern, bis auch dieser Teil von Swift Great House neu und modern aussah – spätestens, wenn der geplante Flügel für die Touristen angebaut war.

»Du solltest nicht so viel rauchen«, sagte Jason zu Alicia.

Erneut glühte ihre Zigarette in der Dunkelheit auf. Der rote Widerschein erhellte ihre erschöpften Gesichtszüge. Dann flackerte ihr Feuerzeug auf. Sie zündete das Windlicht an, das vor ihr auf dem Tisch stand. Umflossen von Kerzenlicht saß sie dort in dem Korbstuhl, die hohe runde Lehne hinter ihr wie ein malerischer alter Thron. Rein äußerlich hatte sie immer schon etwas Königliches gehabt. Schon als Kind war sie Jason manchmal wie eine Prinzessin vorgekommen, in ihren adretten, spitzenbesetzten hellen Kleidern, die Toinette für sie mit der Hand waschen und bügeln musste. Manchmal war Alicia mit Jason durch die Felder und den Wald gestreift, oder sie hatten am Strand gespielt. Wenn die feinen Kleider hinterher Flecke oder gar Risse aufwiesen, gab es jedes Mal Ärger, vor allem für Jason, dem sie die Schuld dafür gaben. Toinette hatte sich bei seiner Mutter beschwert, und die hatte ihn verprügelt. Sie fürchtete sich vor Toinette und schwor, diese könne mit dem bösen Blick Menschen töten.

Jason hatte trotzdem nicht aufgehört, Alicia bei jeder Gelegenheit zum Spielen mitzunehmen, bis sie eines Tages alt genug für andere Arten von Spiel gewesen waren.

»Was macht dein Kopf?«, fragte er.

»Geht so.« Sie warf die Zigarette auf den Bretterboden und trat sie aus. Die Kippe glühte noch, und Jason trat ebenfalls darauf, bis es aufhörte.

»Du fackelst hier eines Tages noch alles ab. Du warst das oben auf der Loggia, oder? War es Absicht? Willst du sie so dringend loswerden?«

»Hat doch geklappt, oder?«, erwiderte sie trotzig.

Er merkte, wie die Wut in ihm hochkochte. »Und das Haus? Es hätte alles verbrennen können!«

»Und wenn schon«, meinte sie. Ihre Stimme klang leicht verwaschen, und Jason roch den Rum. »Wen interessiert das Haus schon? Keiner von uns war hier jemals glücklich. Das Haus hat keine gute Seele.«

»Diesen Unsinn hat dir bloß Toinette eingeredet. Das Haus ist in Ordnung.«

»Du hättest immer gern hier drin gewohnt, oder?« Ihr

Blick heftete sich auf sein Gesicht. »Du hast selber mal gesagt, dass du mich beneidest.«

Jason erinnerte sich dunkel. Das musste gewesen sein, als seine Mutter wieder geheiratet hatte und dieses Arschloch von ihrem Ehemann zu ihnen in den Bungalow gezogen war. Damals hatte er sich inbrünstig gewünscht, woanders leben zu können. Doch er war zu jung gewesen, um einfach wegzuziehen. Außerdem hätte er dann Alicia verlassen müssen. Und Swift Great House, das einzige Zuhause, das er je gehabt hatte.

»Alicia.« Er stellte sich hinter sie und umfasste ihre Schultern, um sie sanft zu massieren. »Du musst mit dem Trinken und den Tabletten aufhören, das weißt du, oder?«

Darauf erwiderte sie nichts. *Jeder* wusste, dass sie damit aufhören musste, auch Alicia selbst. Der nächste Klinikaufenthalt stand so sicher bevor wie das Amen in der Kirche, und es war klar, dass Alicia sich davor fürchtete.

»Warum lässt du dir nicht helfen?«, fragte er. »Ich meine nicht nur von Ärzten, sondern von mir? Wir zwei waren immer wie Pech und Schwefel. Keiner weiß über dich so gut Bescheid wie ich. Nicht mal dein Bruder. Vor allem *liebt* dich keiner wie ich. Für mich warst du immer das Beste, das mir im Leben je passiert ist. Die Kerle, mit denen du zwischendurch zusammen warst, haben dich doch nur noch mehr kaputt gemacht. Alicia, wenn du wirklich noch mal auf die Beine kommen willst, musst du es diesmal anders anfangen. Du brauchst jemanden, der immer bei dir ist. Der dich in den Arm nimmt, wenn es dir dreckig geht. Der einen richtigen Neuanfang mit dir auf die Beine stellt. Du könntest diesmal alles besser machen, Alicia. Wenn du mich dir nur helfen ließest! Weißt du, du bist noch jung genug, um eine eigene Familie zu haben. Einen Ehemann, Kinder … Ich hab dich schon mehrmals gefragt, ob du meine Frau werden willst. Und ich mache es hiermit noch mal. Heirate mich.« Seine Hände lagen ruhig und fest auf ihren Schultern. Er hatte aufgehört, sie zu massieren, denn dieser Moment war zu wichtig, um ihn mit einer so banalen Beschäftigung zu entwerten. In ihm drängte alles danach, sie zu umarmen, sein Gesicht gegen ihre Wange zu legen, sie mit Zärtlichkeiten zu bestürmen und sie von seiner Liebe zu überzeugen. Sein Herz hämmerte schmerzhaft gegen seine Rippen, er hatte das Gefühl, sterben zu müssen, wenn sie ihn wieder zurückwies oder hinhielt, so wie die anderen Male zuvor. Er wusste einfach zu gut, dass es in seinem Leben nie wieder jemanden geben würde wie sie. Ein Mensch, der ihn bis auf den Grund seiner Seele kannte, der wusste, dass die Liebe in seinem Herzen wie eine Blume war, die nur darauf wartete, sich zu voller Blüte zu entfalten. Alicia war dieser Mensch. Wenn sie doch nur bereit wäre, diesen einen und wichtigen Schritt mit ihm gemeinsam zu gehen!

»Ich weiß nicht«, sagte sie. Ihre Stimme klang belegt und zitterte leicht. »Oh, verdammt, Jason, ich weiß es einfach nicht.«

»Doch«, stieß er hervor. »Du weißt es genau! Wen hast du denn noch außer mir? Alicia, ich schwöre dir, wenn du dich nicht endlich für mich entscheiden kannst, bin ich weg. All die Jahre bin ich nur deinetwegen hiergeblieben. Glaubst du vielleicht, ich könnte nicht woanders einen Job finden, der mindestens genauso gut ist wie der hier? Erst letztens war unter den Touristen hier ein Pflanzer aus Georgia. Er baut da Baumwolle an und hat mich ausgefragt, was ich hier so mache. Und weißt du was? Er hat mir nach bloß fünf Minuten einen Job als Verwalter angeboten!« Seine Stimme vibrierte vor unterdrückten Gefühlen, es klang fast, als wollte er gleich in Tränen ausbrechen. Und in diesem Moment fühlte er sich auch tatsächlich so. Alles, was er ihr sagte, war wahr, sogar das Jobangebot dieses Baumwollfarmers aus den USA. Er riss sich hier vor ihr das Herz heraus, und ihr fiel wieder nichts Besseres ein als *Ich weiß nicht*.

»Vielleicht hast du ja recht«, meinte sie leise. Ihre Stimme zitterte noch stärker. »Oh Gott, es geht mir so mies, Jason. Ich glaube, ich brauche wirklich jemanden, der sich um mich kümmert. Und dass du mich liebst, weiß ich doch. Ich liebe dich ja auch.«

»Wirklich?« Er konnte kaum atmen, weil sie das mit solcher Selbstverständlichkeit ausgesprochen hatte. Sein Leben lang hatte er auf diese Worte gewartet, und nun hörte er sie zum ersten Mal von ihr, als wäre es das Normalste der Welt.

»Natürlich«, sagte sie beinahe erstaunt. »Wen sollte ich denn sonst lieben? Ich könnte mir nichts vorstellen, was uns auf Dauer trennen kann. Wir sind doch immer wieder zusammengekommen, oder?«

»Ja«, sagte er mit flacher Stimme. »Ja, das sind wir. Wir sind füreinander bestimmt. Ich bin froh, dass du es einsiehst.«

Sie seufzte, und als sie wieder sprach, hatte ihre Stimme einen klagenden Unterton. »Russell … Er ist … Ich weiß nicht …«

»Er hat allmählich die Nase voll von dir und dem Mist, den du ihm dauernd servierst«, brach es aus Jason heraus. »Und wenn du das nicht schon längst selbst gemerkt hast, bist du noch ärmer dran, als ich dachte.«

»Du hast ja recht.« Unter seinen Händen wurde ihr Zittern stärker, sie fing an zu weinen. »Ich kann nichts dran ändern, aber ich hasse den Gedanken, dass er vielleicht noch mal heiratet. Dass hier wieder eine andere Frau das Sagen hat. Eine, die mich loswerden will. So wie damals Janice und Dorothy.«

»Das wollten sie ganz sicher nicht.«

»Doch. Sie haben mich gehasst. Und ich habe sie gehasst.

Es wurde erst besser, als sie weg waren. Ich hasse auch diese Hure aus Miami. Gott, wenn auch sie nur erst richtig weg wäre!«

»Morgen, Liebes. Morgen fliegt sie, dann hast du wieder deine Ruhe.«

»Aber Russell wird irgendwann wieder eine Frau anschleppen, dann geht alles von vorn los!«

»Dann musst du eben dafür sorgen, dass dir niemand mehr deinen Platz hier streitig machen kann.«

»Aber wie denn?« Sie schluchzte leise auf. »Ich habe alles, alles ruiniert.«

»Es ist noch nicht zu spät, Liebes. Werde meine Frau, und alle deine Probleme sind gelöst.«

»Glaubst du wirklich?«

Er hörte die zaghafte Hoffnung aus ihrer Stimme und drückte ihre Schultern.

»Ich glaube es nicht nur, ich *weiß* es. Wenn du erst wirklich und richtig zu jemandem gehörst, wird es dir von ganz allein besser gehen. Heirate mich, und du wirst sehen, dass ich recht habe.« Er zog sie vom Stuhl hoch und schloss sie in seine Arme. »Ich liebe dich mehr als alles andere auf der Welt, Alicia. Warum lässt du es uns beide nicht einfach mal versuchen?«

Sein Herz klopfte hart, während sie mehrmals tief Atem schöpfte und dann murmelte: »Gut. Dann soll es eben so sein. Wir heiraten. Vielleicht gibt mir das Sicherheit.« Ihre tränennasse Wange schmiegte sich an sein Ohr, und ihr Körper drängte sich an seinen Hals. »Ich habe wieder Schmerzen«, flüsterte sie.

»Du brauchst keine Tabletten«, sagte er. »Sondern das hier.« Er bog ihren Kopf zurück und küsste sie. Ein paar Augenblicke erwiderte sie seine Zärtlichkeit mit fast wütender Inbrunst, doch dann wich sie zurück.

»Hast du nicht noch was? Bitte! Nur damit das Kopfweh weggeht.« Sie legte die flache Hand auf seine Erektion und rieb ihn dort sacht. »Dann kann ich es einfach besser genießen. Wir können raufgehen, in mein Zimmer. Russell und David sind nicht da.«

Er schwankte, hin- und hergerissen zwischen seiner Begierde und dem Zorn darüber, dass sie Sex als Lockmittel einsetzte, um an ihren Stoff zu kommen. Dann gab er nach und zog die Packung mit den Tabletten aus der Hosentasche. Sie hatte vermutlich sowieso gemerkt, dass er welche dabeihatte. Süchtige entwickelten mit der Zeit für so was einen siebten Sinn.

Alicia seufzte erleichtert, als er eine der Schmerztabletten aus der Folie drückte und ihr gab. Es war kein besonders starkes Zeug, man konnte es ohne Rezept im Drugstore kaufen, doch für Alicia war es im Augenblick besser als nichts. Sie hob die Rumflasche auf, die neben dem Tischbein auf dem Boden stand und die Jason bisher nicht gesehen hatte. Mit einem kräftigen Schluck spülte sie die Tablette hinunter und seufzte erneut. Einen Moment fürchtete Jason, dass sie nun, da sie hatte, was sie brauchte, wieder in ihre üblichen Ausweichmanöver verfiel, doch sie nahm seine Hand und zog ihn ins Haus.

Er ging mit ihr durch den dunklen Frühstücksraum in die Halle, wo eine der Wandlampen brannte und den weitläufigen Raum sowie die Treppe in ein mildes Licht tauchte. Das geschwungene Geländer mit den schönen alten Schnitzereien fühlte sich kühl an seinen Fingerspitzen an, und die Porträts an den Wänden schienen hochmütig auf ihn herabzublicken. Rund ein Dutzend Plantagenherren hatten sich auf diesen Gemälden verewigen lassen. Das war seit vielen Generationen so Sitte in der Familie der Swifts, sogar Russell hatte von sich noch ein herkömmliches Ölporträt malen lassen. Er hatte es noch nicht aufgehängt, das wollte er David überlassen, doch tief in seinem Inneren hatte er sicher nichts dagegen, dass sein Bild am Ende dieser langen Ahnenreihe die Galerie zierte.

Die Tür zu Alicias Zimmer stand offen, vermutlich, um für Durchzug zu sorgen. Auch die Fenstertür zur Loggia war weit aufgezogen. Durch das Insektengitter wehte der Nachtwind herein und blähte die dünnen Seidenstores nach innen. Es roch immer noch nach Rauch, doch der unangenehme Geruch wurde von Blumenduft und dem zarten Hauch von Alicias Parfüm überlagert. Diese Marke hatte sie schon als Mädchen benutzt, Jason erinnerte sich mit schmerzlicher Intensität daran.

Ohne Umschweife schob er sie zum Bett, und sie sank bereitwillig mit ihm in die zerwühlten Laken. Sie bog den Rücken durch und stöhnte, als er ihr das Top über den Kopf streifte und mit dem Mund ihre Brüste in Besitz nahm. Er fuhr mit der Zunge über ihre feuchten, harten Brustwarzen und glaubte den Verstand zu verlieren, als sie an ihm herabgriff, seine Jeans aufknöpfte und mit fester Hand seinen harten Schaft umschloss.

»Ja«, keuchte er. »Ja!«

Mit hastigen Bewegungen streifte er ihr und dann sich selbst alle Kleidungsstücke ab, ehe er sich zwischen ihre offenen Schenkel drängte und sich an ihrer nassen Grotte rieb. Als er bedachtsam und mit köstlicher Langsamkeit in sie hineinglitt, schrie sie auf und zerkratzte ihm den Rücken, bis er vor Schmerz und Lust den Kopf zurückwarf und ihren Namen stöhnte. Er hielt ihre Hüften umklammert und stieß in sie. Sie schnappte keuchend nach Luft und biss dann in seine Schulter, als wollte sie ihn herausfordern. Seine Hände fuhren hoch, in ihr Haar, und mit grobem Griff bog er ihr den Kopf nach hinten, während er seinen Mund in einem saugenden Kuss gegen ihren Hals drückte. Morgen würde sie der Welt dieses schamlose Zeichen seiner wilden Liebkosung präsentieren. Er wusste, dass es ihr einerlei war, und das erfüllte ihn mit roher Befriedigung. Sie hatte sich ihm immer unbekümmert hingegeben und begierig alles genommen, was er ihr geben konnte, ganz egal, ob er zärtlich oder wild zu ihr war.

Ineinander verschlungen drehten sie sich um, sodass er auf dem Rücken lag. Sie setzte sich auf und griff mit beiden Händen über seinen Kopf hinweg, um sich an den Gitterstäben des Bettes festzuklammern, während er heftig von unten in ihren Leib stieß, in einem immer härteren und schnelleren Rhythmus.

»Alicia!« Sein Schrei war eine Mischung aus rasender Lust und einer seltsamen, archaischen Genugtuung. Es war das erste Mal, dass er sie in ihrem eigenen Bett liebte. Das erste Mal in diesem Haus. Sie hatten sich sonst immer verstohlen an den Strand zurückgezogen und in den letzten Jahren auch hin und wieder in den Bungalow, sofern sie gerade in Stimmung war. Meist war sie jedoch nur aufgetaucht, weil sie was zu trinken wollte oder eine Tablette, wenn ihr der Stoff ausgegangen war, oder weil Russell sie nach ihrem Empfinden zu sehr gängelte.

Alicia keuchte mit offenem Mund, sie lehnte sich zurück und fasste hinter sich, zwischen seine Beine, und knetete ihm die Hoden. Es tat weh, doch es stachelte auch seine Begierde so extrem an, dass er fast die Besinnung verlor.

Er stand kurz davor zu kommen, und auch sie war so weit, sonst hätte sie ihn dort nicht angefasst – sie wusste, dass er davon binnen Sekunden explodierte.

Als er die Gestalt im Türrahmen sah, hielt er es zuerst für eine Täuschung seiner überhitzten Sinne, doch dann wurde ihm klar, dass dort wirklich jemand stand. Seine Lust, gerade noch im Begriff, in einen betäubenden Orgasmus zu münden, erlosch wie flackerndes Feuer unter einem eiskalten Wasserschwall.

Alicia achtete nicht darauf, sie gab sich völlig ihrer Ekstase hin und bewegte sich auf und ab. Jason hielt sie instinktiv fest, doch sie ließ sich nicht bändigen. Er packte ihre Hüften und stieß sie von sich, sodass sie von ihm herabrutschte und seitlich auf dem Bett landete. Jason setzte sich auf und starrte die Gestalt in der offenen Tür an. Sein Herz raste, sowohl von dem Schock als auch von der eben noch bis in die tiefste Faser empfundenen Gier.

»Was zum Teufel …?«, stieß Alicia hervor, halb wütend, halb verständnislos. Dann zuckte sie zusammen, als auch sie bemerkte, dass dort jemand stand und ihnen zusah.

»Toinette«, sagte sie. »Du lieber Himmel, was machst du denn hier?«

Jason sprang aus dem Bett und ging drohend auf die alte Haushälterin zu. Er kochte vor Zorn. Bis Alicia sie beim Namen genannt hatte, war ihm nicht klar gewesen, wer dort stand. Im ersten, schreckerfüllten Moment hatte er die Gestalt für irgendein grässliches Fabelwesen gehalten, für eine Erscheinung aus einer anderen Welt. Einen bösen Geist, der gekommen war, um ihn zu vernichten.

Doch sie war nur eine alte Frau, zu deren Lieblingsbeschäftigungen es gehörte, anderen Menschen Angst einzujagen und sie mit ihren Beschwörungen einzuschüchtern. Sie hatte keine Macht über ihn.

Eine leise Stimme in seinem Kopf wollte ihm zuraunen, dass das gar nicht stimmte. Toinette war eine Hexe, schon seine Mutter hatte es gewusst. Und etwas tief in ihm sagte ihm, dass es so war, denn Toinette hatte Augen, die viel mehr sahen als der Blick gewöhnlicher Sterblicher. Sie sah in die Vergangenheit ebenso wie in die Zukunft, und in ihrer uralten Seele schlummerten Kräfte, die aus der Geisterwelt stammten.

Doch diesmal war seine Wut stärker als seine Angst, und daran änderte sich auch nichts, als sie unvermittelt ihr unverständliches französisches Gemurmel anstimmte, die übliche Litanei böser Flüche und Abwehrzauber. Zwischendurch stammelte Alicia irgendwas, auch auf Französisch, das kein richtiges Französisch war, sondern jenes krude Kreolengemisch alteingesessener Leute in New Orleans, die kein normaler Mensch verstand. Außer Alicia. Und Russell. Denn beide waren in Toinettes Schatten aufgewachsen, hatten ihre Sprache in sich aufgesaugt und ihre Zaubersprüche, während Jason abseits gestanden und sich gefürchtet hatte. Genau wie jetzt. Nur, dass er heute stärker war.

»Du blöde alte Ziege!«, schrie er Toinette an.

Sie fuhr zusammen, hörte aber nicht auf zu murmeln, und als er sah, dass sie ein großes Schlachtmesser in der Hand hielt, platzte ihm der Kragen. Er schlug es ihr mit einem heftigen Hieb aus der Hand. Alicia schrie auf, doch das ignorierte er. Mit wütend überkippender Stimme brüllte er die Alte an, dass sie sich verdammt noch mal fortscheren und ihn in Ruhe lassen solle. Währenddessen schnappte er sich seine Sachen und zog sich an. Alles trieb ihn fort. Von der Alten, von Alicia, aus diesem verfluchten Haus, das ihn ebenso sehr fesselte, wie es ihn abstieß. Das er so sehr liebte und zugleich hasste, weshalb er nicht wusste, wovon sein Herz mehr wehtat.

Er stürmte an der alten Frau vorbei aus dem Zimmer und die Treppe hinab. Über die Terrasse rannte er aus dem Haus und zurück zum Bungalow. Seine Füße trommelten auf dem festen Lehmpfad, und erst als seine nackten Fußsohlen unliebsame Bekanntschaft mit diversen spitzen kleinen Steinen machten, merkte er, dass er vergessen hatte, seine Schuhe anzuziehen. Doch er dachte gar nicht daran, sie sich zu holen, denn er war dankbar für jeden Schritt, der ihn vom Haus wegbrachte. Morgen, das wusste er, würde ihn alles wieder dort hinziehen. Zu Alicia. Zu seiner Zukunft, in der, das schwor er sich, alles so werden würde, wie er es sich schon immer gewünscht hatte.

Als unversehens ein Schatten vor ihm in der Dunkelheit auftauchte, schrie er erschrocken auf.

»He, Mann, alles gut«, sagte Wayne. »Ich bin's nur.«

Der Arbeiter hatte eine Taschenlampe dabei, die er anknipste und Jason ins Gesicht leuchtete. Der wandte mit einem Fluch den Kopf zur Seite.

»Was soll das? Und was zum Teufel willst du?«

Wayne machte die Lampe wieder aus. Er war auch so gut genug zu sehen. Drüben im Herrenhaus hatte jemand Licht angemacht, das matt herüberleuchtete.

»Ich war beim Bungalow, aber Sie waren nicht da.« Wayne trat von einem Fuß auf den anderen, sichtlich verlegen, aber auch entschlossen. »Deshalb hab ich gewartet, weil ich dachte, Sie kommen bestimmt noch wieder.« Wayne verstummte und druckste dann ein wenig herum, und Jason kam sofort dahinter, was er wollte.

»Ich habe dir gesagt, dass ich dir kein Geld mehr geben kann. Jedenfalls im Moment nicht.«

»Ich brauch aber was. Ich konnte wegen dem ganzen Mist fast eine Woche nicht arbeiten. Meine Ma macht mir die Hölle heiß.«

Wie alle Arbeiter erhielt Wayne einen Tageslohn, anders war nicht zu erreichen, dass er überhaupt erschien. Für Fehlstunden gab es Abzüge, sonst hätte der Plantagenbetrieb die Swifts schon längst in die Pleite geführt.

Jason zügelte mühsam seinen Zorn, doch er hatte Probleme, sich unter Kontrolle zu bringen. Toinette hatte mit ihrem unvermuteten Auftauchen einen Kern alter Gefühle in ihm angebohrt, aus dem es unaufhörlich hervorbrodelte.

Er zog seine Brieftasche heraus und zückte ein paar Scheine.

»Hier«, sagte er. »Das muss reichen.«

Wayne nahm kommentarlos das Geld, blieb aber abwartend stehen.

»Was ist?«, wollte Jason ungeduldig wissen.

Wayne zuckte die Achseln und steckte das Geld ein.

»Ich dachte, Sie wollen vielleicht noch was von mir.« Ein beleidigter Ausdruck stand auf seinem Gesicht.

»Nur, dass du verschwindest.«

»Kein Problem. Wir sehen uns ja morgen bei der Arbeit.« Mit diesen Worten wandte Wayne sich ab und trottete davon.

37

Elaine wurde ohne erkennbaren Grund wach. Für einige Augenblicke war sie völlig desorientiert. Sie war zu Hause und musste aufstehen, Frühstück machen, damit Becky nicht ohne etwas zu essen zur Schule ging – das tat sie nämlich unweigerlich, wenn nichts auf dem Tisch stand. Sich selber was herzurichten kostete Zeit, und die hatte Becky meist nicht, weil sie immer zu spät aufstand und oft nicht mal ihr Dusch- und Schminkprogramm schaffte. Da mussten solche banalen Dinge wie Frühstück erst recht wegfallen.

Elaine starrte wie durch einen Schleier in das von rötlichem Dämmerlicht erfüllte Zimmer, immer noch zwischen Traum und Erwachen gefangen. Sie war in Swift Great House. Das alte Herrenhaus brannte, von irgendwoher roch sie den Rauch. Das Feuer kroch mit tückischer Zielsicherheit näher, und wenn sie nicht aufstand und rannte, war sie verloren. Niemand würde kommen und sie retten, denn alle waren weg, auch Kalinda, die sie verlassen hatte und nur noch ein Schatten zwischen dem Diesseits und dem ewigen dunklen Nichts war.

Elaine atmete ruckartig ein und kam zu sich, während die Traumbilder sie aus der schmerzhaften Umklammerung entließen und binnen Sekundenbruchteilen zu diffusen Eindrücken ohne erkennbaren Inhalt zerfaserten. Nur der Name des Mädchens hallte noch in ihr nach, so wie schon einmal, doch dann verschwand auch er wie ein Sandkorn in einem

Stundenglas, und sie konnte wieder bewusst ihre Umgebung wahrnehmen. Sie befand sich im Guesthouse von Martha Irgendwas (der Nachname fiel ihr nicht ein, irgendwas irisch Klingendes). Sie waren von der Plantage hierher umgezogen, weil sie sich in Swift Great House zuletzt vorgekommen war wie die Hauptfigur in einem ziemlich gruseligen Hitchcock-Film. Na gut, vielleicht nicht gerade wie Marion Crane in *Psycho*-Bates Motel. Aber mindestens wie Rebecca in *Manderley*.

Und Becky hatte dort in dem Herrenhaus dasselbe gespürt. Sie hatte mit keinem Wort widersprochen, als Elaine sich zu einem Ortswechsel entschlossen hatte, auch wenn das bedeutete, nicht mehr Tag und Nacht mit David zusammen sein zu können. Obwohl … Was Letzteres betraf, schienen die beiden längst ihre eigenen Regeln aufgestellt zu haben. Becky war mit David in ihrem Zimmer verschwunden und nicht wieder rausgekommen. Jedenfalls nicht, solange Elaine noch wach gewesen war.

Sie schaute auf ihre Uhr. Fast zehn Uhr abends. Sie hatte beinahe zwei Stunden geschlafen. Draußen war es schon lange dunkel. Der rötliche Widerschein stammte von den Leuchtbuchstaben an der Bar gegenüber.

Eine vage Unruhe bemächtigte sich ihrer, ein seltsames Gefühl von Erwartung, als ob … In der nächsten Sekunde klopfte es leise an der Tür, und bei dem Geräusch zogen sich winzige Muskeln in Elaines Unterleib zusammen. Sie stolperte auf dem Weg zur Tür, und bevor sie öffnete, wusste sie schon, dass Russell davor wartete.

Trotzdem ging es ihr durch und durch, ihn vor sich stehen zu sehen.

»Ich wollte schon eher kommen«, sagte er rau. »Doch ich hatte noch Arbeit. Du hast schon geschlafen, oder? Tut mir leid, dass ich dich geweckt habe. Ist alles in Ordnung?«

Elaine nickte nur stumm. Sie machte sich bewusst, wie sie aussah – verschlafen, nackt bis auf ein seidenes Nichts von einem Body, das Haar zerwühlt … eine einzige Einladung. Und genauso fühlte sie sich auch. Sie war absolut wehrlos gegen die dunkle Anziehungskraft und die bezwingende Macht seines Blicks. Als er die Hand nach ihr ausstreckte und ihr sanft durchs Haar fuhr, griff sie instinktiv nach seinem Handgelenk, aber nicht, um ihn von sich zu stoßen, sondern um ihn näher zu sich heranzuziehen. Nur einen Herzschlag später lag sie in seinen Armen, und er drängte sie ins Zimmer zurück in Richtung Bett, nachdem er mit der Ferse die Tür zugetreten hatte.

Sie wusste genau, dass sie einen Fehler machte. Dass ihr Verlangen ihr zum Verhängnis werden konnte, wenn sie nicht aufpasste. Dass sie sterben konnte, wenn sie ihm zu nahe kam, genau wie seine Ehefrauen. Alle Instinkte warnten sie davor, dieses Risiko einzugehen.

Doch sie konnte nur noch daran denken, wie sehr sie mit ihm schlafen wollte. Es kam ihr fast so vor, als hätte sie ihn Monate nicht gesehen, obwohl sie erst letzte Nacht mit ihm im Bett gewesen war.

Er umschlang sie mit beiden Armen und presste sie an sich. Sein Mund glitt über ihren Wangenknochen zu ihren Lippen und streifte sie spielerisch. Sie spürte die Härte seines Glieds an ihrem Leib, und feuchte, fließende Hitze sammelte sich zwischen ihren Schenkeln. Sie wurde nass, wenn sie nur daran dachte, dass er in sie eindrang. Seine Hände kneteten ihre Hinterbacken und hoben sie leicht an, um das weiche, heiße Zentrum ihrer Lust an seinem Schaft zu reiben. Sie keuchte tief und verlangend, während er sie aufs Bett niederdrückte und ihren Mund zu einem fieberhaften Kuss öffnete. Ihre Lippen teilten sich unter seinen, und sie empfing den Vorstoß seiner Zunge mit einem Stöhnen, das ihnen beiden bewies, wie wenig sie ihm entgegenzusetzen hatte. Ihr Body glitt wie von allein unter seinem zielstrebigen Griff über ihre Schenkel nach unten, und seine eigenen Sachen folgten gleich darauf. Nackt umschlangen sie einander und küssten sich mit weit offenen Mündern. Der Geruch ihrer Begierde erfüllte schwer und moschusartig den Raum, und das Bettzeug wurde feucht von ihrem Schweiß. Ihre feuchten Leiber schimmerten in dem matten Licht der Leuchtschrift von gegenüber wie polierte Bronze. Elaine kam es so vor, als würde sie sich einem Fabelwesen hingeben, einem feurigen Drachen mit dampfender Haut, unter dessen Berührung alles an ihr bis auf den unzerstörbaren Kern ihrer Lust zerschmolz. Als er sie nahm, kam sie sofort. In einer hitzigen Eruption aufgestachelter Lust entlud sich alle Anspannung ihres Körpers innerhalb weniger Sekunden. Doch es hörte nicht auf. Ein gewaltiger Orgasmus schüttelte sie und schien nicht enden zu wollen. Sie zuckte und wand sich und stieß kleine, spitze Schreie aus, bis Russell ein letztes Mal hart in ihren Leib stieß und ebenfalls zum Höhepunkt kam.

Elaine fühlte sich, als sei sie gestorben und im selben Moment wiedergeboren worden. Eine Zeit lang lag sie wie betäubt in seiner Armbeuge, überwältigt von dem Erlebten und völlig vereinnahmt von seiner Nähe. Doch als sie in die Realität zurückfand, überkam sie unvermittelt ein Bedürfnis nach körperlicher Distanz. Vorsichtig löste sie sich aus Russells Umarmung. Sie setzte sich auf und schwang die Beine aus dem Bett.

»Seltsam.« Sie lachte bemüht. »Auf einmal bin ich hellwach.«

»Wollen wir noch ein bisschen raus?«, fragte er. Sein Tonfall war verhalten, eine behutsame, beinahe unverbindliche Frage.

»Gute Idee«, gab sie zurück.

Sie zogen sich an und fuhren mit dem Chrysler die paar Kilometer in die Stadt, mitten hinein in das pulsierende, bunte Leben des Ortskerns, wo sich Rastafaris und scharenweise Urlauber tummelten und Reggae aus allen offenen Lokalen auf die Straßen hinausschallte. Von den Jerktonnen stieg verführerisch duftender Rauch auf, und überall standen Leute an Stehtischen, Longdrinks oder Biergläser in der Hand, während sich ein Strom schwitzender, gut gelaunter Touristen vorbeischob.

Elaine hatte Hunger, und Russell holte für sie beide eine Portion scharf gewürztes Hähnchenfleisch und eiskaltes Bier. An einem der Stehtische nahmen sie das Essen zu sich, und fast fühlte Elaine sich zurückversetzt nach Miami, am Abend ihres ersten Dates, als alles so aufregend und neu gewesen war. Doch die Ähnlichkeit beschränkte sich auf Äußerlichkeiten. Den Stehtisch, den kalten Drink, die vielen flanierenden, lachenden Menschen in Feierstimmung.

Von der unbeschwerten, beinahe heiteren Beschwingtheit ihres ersten gemeinsamen Abends war jedoch nichts zu spüren. Stattdessen schien eine sanfte Melancholie über diesem Beisammensein zu liegen, gepaart mit jener eigentümlichen, kaum spürbaren Beklemmung, die zwischen ihr und Russell stand wie eine Wand, hinter der er sich immer weiter von ihr zu entfernen schien. Die Leidenschaft, mit der sie sich ihm vorhin zum wiederholten Mal hingegeben hatte, änderte daran nichts. Im Gegenteil, sie schien die Distanz zwischen ihnen letztlich noch zu verstärken, als hätte der körperliche Akt ihr Inneres so stark beansprucht und ausgefüllt, dass für den emotionalen Zusammenhalt kein Platz mehr blieb.

Fast war sie froh, als sie ihr Jerkfood verzehrt und das Bier ausgetrunken hatten.

»Es ist spät«, meinte sie lahm und mit Blick auf ihre Armbanduhr. »Wir müssen morgen früh los.«

Sie lud ihn nicht ein, über Nacht bei ihr zu bleiben, und er bat sie nicht darum. Wie höfliche Fremde verabredeten sie sich für den nächsten Morgen und legten fest, wann er sie und Curd am Guesthouse abholen sollte, um mit ihnen gemeinsam die letzten Stationen der Dreharbeiten abzuklappern.

David stand bereits vor dem Guesthouse. Russell hatte ihn von unterwegs angerufen, damit er nicht erst lange auf ihn warten musste. Der Junge erwiderte Elaines Begrüßung mit einem leicht verkrampften Lächeln und stieg rasch ein.

»Bis morgen dann«, sagte Russell zu Elaine, nachdem er sie zum Eingang des Guesthouse begleitet hatte.

Sie nickte zögernd. Er schien sich abwenden zu wollen, um zum Wagen zurückzukehren, doch dann fuhr er mit einem unterdrückten Fluch herum und riss Elaine ungestüm in seine Arme. Er drückte sie an sich und hielt sie fest, als gelte es sein Leben. Zuerst barg er sein Gesicht in ihrem Haar, dann presste er seinen Mund auf ihre Lippen. Sein Kuss war kurz und grob, beinahe strafend, ehe er sie ebenso unvermittelt losließ, wie er sie umarmt hatte, und mit großen Schritten zum Wagen ging und einstieg. Halb erwartete sie, dass er das Fenster herunterdrehen würde, um ihr noch einen Abschiedsgruß zuzurufen, doch er tat nichts dergleichen, sondern fuhr ruckartig und mit quietschenden Reifen los. Sie war einen Schritt zurückgetreten und blickte ihm voller Verzweiflung hinterher.

Was war nur los mit ihr? Warum konnte sie nicht einfach glücklich sein? Es hätte so leicht sein können, ihn ohne Vorbehalte zu lieben und mit ihm zusammen zu sein, so wie es ungezählte frisch verliebte Frauen machten, wenn es einen neuen Mann in ihrem Leben gab. Sie hätte einfach nur diese hässliche kleine Stimme in ihrem Inneren zum Schweigen bringen müssen, denn es war doch wirklich schlichtweg absurd zu glauben, er hätte irgendetwas mit dem Tod von Janice und Dorothy zu tun. Nein, nicht Russell!

Aber die Stimme hörte nicht auf zu flüstern, auch nicht, als Elaine schon längst wieder im Bett lag und sogar das rötliche Licht von der Bar gegenüber der Schwärze der Nacht gewichen war. Als sie endlich in den Schlaf fand, brachte er ihr blutige Träume.

38

1831

Kurz bevor Louisa das Herrenhaus erreichte, setzte der Platzregen ein. Binnen weniger Augenblicke war sie von Kopf bis Fuß durchnässt, und ihr Windlicht erlosch. Ihr Rock triefte und erschwerte ihr das Gehen, während sie die letzten Schritte zur Veranda zurücklegte und die Stufen hinaufstolperte. Eigentlich hatte sie unter der schützenden Überdachung nur die Laterne wieder anzünden wollen, doch wie unter einem seltsamen Zwang ging sie auf die große zweiflügelige Fenstertür zu, hinter der Kerzenlicht schimmerte. Sie war nur angelehnt. Moskitos taumelten durch die Luft und versuchten, ins Innere des Hauses zu gelangen, doch der dünne Insektenschleier vor der Tür hielt sie davon ab. Louisa schlug die seidene Stoffbahn zurück und erstarrte bei dem Anblick, der sich ihr bot.

Die alte weißhaarige Frau stand dort! Keine Frage, es war genau dieselbe, die sie tagsüber vor einem schwelenden Feuer hatte hocken sehen und die kurz darauf verschwunden war, als sei sie nur eine Ausgeburt ihrer Fantasie gewesen. Nun war sie zurück, und Louisa spürte abermals das unheilige, uralte Geistwesen, das diese Frau umströmte wie Rauch eine Flamme.

Sie hielt einen langen, spitzen Gegenstand in der Hand, und vor ihr lag, lang ausgestreckt und mit bleichen, weit geöffneten Schenkeln, eine nackte Frau, deren Venushügel mit dünnem blondem Haar bedeckt war. Die alte Frau spreizte ihr mit der freien Hand die Schamlippen auseinander – ganz offensichtlich wollte sie gerade ansetzen, die lange Nadel in den reglos daliegenden Körper zu bohren.

Die Frau auf dem Tisch war Judith. Sie bewegte sich nicht, ihre Augen waren geschlossen.

»Was machst du da?«, fuhr Louisa die Alte an, obwohl es offensichtlich war. Sie selbst hatte eine Zeit lang erwogen, genau dasselbe über sich ergehen zu lassen, was der Herrin gerade widerfahren sollte. Tatsächlich überlegte sie es immer noch. Doch als sie nun diese unheimliche alte Engelmacherin dort stehen sah, wallte Übelkeit in ihr auf, denn sie begriff, wie eng dieses blutige Geschäft mit dem Tod verwoben war. Sie spürte ihn mit allen Sinnen, als stünde er selbst in der offenen Tür, nur durch den Mückenschleier verborgen, die Sense in den Händen und bereit, jeden Augenblick näherzutreten und sein grausiges Werk zu beginnen.

»Tu das ja nicht!«, herrschte sie die Alte an, doch die hatte bereits die Nadel weggelegt und ihr Bündel mit den klappernden Instrumenten zusammengewickelt, als sei es für sie nicht weiter verwunderlich, dass sie mit dem, was sie eben noch vorgehabt hatte, nun aufhören musste.

»Ich konnte dich sehen«, sagte die Alte. Es war mehr ein Zischeln als ein Reden, wie Fett in einer heißen Pfanne. »Die Zeichen haben es mir gezeigt.«

»Wie meinst du das?«

Doch die alte Frau gab auf ihre Frage keine Antwort, sondern blieb einfach nur stumm und reglos stehen.

Louisa eilte zum Tisch und blickte der Herrin ins Gesicht. Ihre Haut war kreidebleich, und ihre Augen waren tief eingesunken, aber sie lebte und schien unverletzt zu sein. Der Brustkorb wölbte sich in leichten Atemzügen, und ihre Hände bewegten sich unruhig.

Unwillkürlich hielt Louisa die Luft an. Vielleicht war es schon zu spät, und Judith würde an der Betäubung sterben, die sie von der alten Frau ganz offensichtlich erhalten hatte. Es roch stechend nach einem widerwärtigen medizinischen Mittel. Und der ganze Raum war erfüllt von jenem diffusen Hauch des Todes, den sie schon die ganze Zeit spürte. Das bildete sie sich gewiss nicht bloß ein.

Sie war sicher, nichts davon ausgesprochen zu haben, doch die Alte schien ihre Gedanken lesen zu können.

»Du willst schon lange, dass sie stirbt, wie? Doch ich sage dir, sie wird leben. So wie du auch, und sogar noch darüber hinaus.«

»Du redest Unsinn!«

Die Alte achtete nicht auf sie, sondern machte eine wischende Bewegung mit beiden Händen, als wollte sie ein Bild in die Luft malen. »Du selbst hast bestimmt, wie es kommt. Das Kind in ihrem Leib wird geboren werden. Das, welches du trägst, ebenso, aber anderes Blut wird vergossen und alles trennen, und das Böse wird in dieses Haus zurückkehren, bis alles gesühnt ist.«

»Verschwinde von hier!« Louisa trat entschlossen auf die schreckliche alte Frau zu, obwohl sie vor Angst kaum atmen konnte. Instinktiv hob sie die Hand und machte das Zeichen gegen den bösen Blick. »Scher dich fort!«

Doch die Alte war bereits in Richtung Terrassentür zurückgewichen, ihr Bündel unter dem Arm und mit einer Hand den Vorhang beiseitestreifend. Im nächsten Augenblick war sie draußen im prasselnden Regen verschwunden.

Louisa starrte ihr nach und wandte sich dann wieder zum Tisch um. Sie schrie entsetzt auf, als sie die Herrin plötzlich vor sich stehen sah, splitternackt und wankend, aber einen Ausdruck mörderischer Wut im Gesicht.

»Es tut mir leid«, stammelte Louisa, obwohl sie überhaupt nicht wusste, wofür sie sich entschuldigte, denn schließlich hatte sie nichts getan. Außer dass sie herausgefunden hatte, welches schreckliche Geheimnis Geralds Frau mit sich herumtrug. Sie war von dem Aufseher schwanger und hatte das Kind loswerden wollen, während Gerald fort war und nach Kalinda suchte.

»Du«, stieß Judith hervor. Ihre Stimme klang verschwommen, sie sprach wie durch Wasser, doch in ihren Augen funkelte der Zorn. Sie ergriff den sechsarmigen Leuchter, der auf dem Tisch stand. Die tropfenden Wachskerzen verbreiteten ein flackerndes Licht, das sich in Judiths Augen spiegelte.

»Du bist an allem schuld.« Judith holte mit dem Leuchter aus und schlug nach Louisa. Ihr Arm war kraftlos, sie konnte sich kaum aufrecht halten, doch ihr Schlag kam schnell, und Louisa war zu überrascht von der Attacke, um rechtzeitig auszuweichen. Der Leuchter traf sie an der Schulter. Eine der Kerzen brach ab und fiel zu Boden, wo sie zischend in einer kleinen Lache Regenwasser vor Louisas Füßen verlosch. Die anderen blieben im Leuchter stecken, gingen aber bis auf eine einzige aus. Im Licht dieser einen noch brennenden Kerze starrte Judith Louisa mit geschlitzten Augen an.

»Du gehörst nicht hierher!«, stieß sie hervor. »Du bist nur eine Sklavin. Verfluchtes Niggerpack, du und deine Brut! Warum verschwindest du nicht? Lauf weg, wie es die anderen machen! Keiner wird dich aufhalten!« Sie stieß mit dem Leuchter nach Louisa, als wollte sie eine unsichtbare Grenze zwischen ihnen beiden markieren, die Louisa zeigen sollte, dass sie sich auf fremdem Boden befand.

»Ich war schon dabei wegzulaufen!«, schrie Louisa, die plötzlich jede Beherrschung verlor. Tatsächlich war sie aufgebrochen, um Gerald in den Süden zu folgen und nach Kalinda zu suchen. Sie wäre längst meilenweit fort, wenn nicht ihr Windlicht ausgegangen wäre. Hätte sie doch nur die alte Frau ihr Werk vollenden lassen! Dann wäre die Herrin vielleicht daran gestorben!

Mit einer blitzschnellen Bewegung griff sie zu und entwand Judith den Leuchter. Blind vor Zorn hielt sie ihn hoch. In diesem Augenblick war sie bereit zu töten. Judith schien es auf der Stelle zu begreifen. Ein Ausdruck von Furcht flackerte über ihr Gesicht. Doch dann atmete sie tief durch und stützte sich rücklings mit beiden Händen am Tisch ab.

»Willst du mich umbringen, du Niggerweib? Nur zu, ich fürchte mich nicht vor dem Tod!« Doch sie zitterte am ganzen Körper und war, wenn irgend möglich, noch bleicher als vorher. Ihr weißer Leib wölbte sich deutlich vor. Sie musste sich die letzten Wochen geschnürt haben, sonst hätte sie ihren Zustand nicht verbergen können. Unwillkürlich legte Louisa die freie Hand auf ihren eigenen Leib. Ihr schoss durch den Kopf, dass sie beide in derselben Situation waren. Sie gingen schwanger mit Bastarden, die keiner wollte oder brauchte. Kindern der Schande, über die das Leben nur Unglück häufen konnte.

Ein hohles Lachen entrang sich ihr, als sie die groteske Absurdität dieser Situation erkannte.

»Keine Sorge, ich töte dich nicht«, stieß sie hervor. »Nur solltest du eines noch wissen, bevor ich gehe: Dein Plan, Kalinda zum Weglaufen zu bringen, hatte Erfolg. Aber dass sie nun weg ist, hilft dir auch nicht weiter.«

»Du meinst, du willst Gerald *das* hier verraten?« Judith wies mit dem Kinn auf ihren bleichen, geschwollenen Leib, dann lächelte sie höhnisch. »Tu's ruhig. Ich werde bei Gott schwören, dass Rhygin mir Gewalt angetan hat und dass ich mich geschämt habe, drüber zu reden. Alle werden mir glauben. Sogar Gerald. Denn Rhygin hat so was schon mal getan.

Auf der Plantage, wo er vorher gearbeitet hat. Da hat er eine Sklavin umgebracht. Er hat sie vergewaltigt und geschlagen, und dabei ist sie draufgegangen. Man hat's vertuscht, weil er ein tüchtiger Aufseher war, aber es wissen genug Leute, um es zu bezeugen. Sogar Gerald hat schon davon Wind gekriegt. Also wenn du meinst, ihm unbedingt stecken zu müssen, dass ich ein Kind kriege – nur zu. Es wird nichts dran ändern, dass deine guten Zeiten vorbei sind. Wenn sein Augapfel Kalinda weg ist, hast auch du bald ausgedient, so viel ist sicher.«

»Da wäre ich nicht so sicher.« Louisa richtete sich kerzengerade auf und hielt den Leuchter so, dass das Licht der Kerze ihren eigenen Leib erfasste.

Judiths Miene drückte Verständnislosigkeit aus, doch dann fiel ihr Blick auf Louisas Bauch, und ihr Gesicht verzerrte sich in ohnmächtigem Hass.

»Du …«, presste sie heraus, während sie sich vom Tisch abstieß und auf Louisa zuwankte. Mit gekrümmten Fingern griff sie nach ihr, wie ein Raubtier mit gebogenen Krallen. »Du dreckige Hure!«

Louisa wich einen Schritt zurück und dann noch einen, und gleich darauf war sie auf die Terrasse hinausgeeilt. Es gab nichts mehr für sie zu sagen. Judith war ihr mit einem Mal völlig gleichgültig. Sie zündete mithilfe der Kerze das Windlicht an, das sie unter dem Vordach abgestellt hatte. Der Regen hatte nachgelassen, sie konnte ihren Weg nach Süden fortsetzen. Sie würde nicht eher ruhen, bis sie Kalinda gefunden hatte. Was sie danach tun würde, wusste sie nicht, aber bis dahin kannte sie nur ein Ziel: ihre Tochter in die Arme zu schließen und sie um Verzeihung zu bitten. Für die Zerstörung ihrer Liebe. Dafür, dass sie das Kind einer rechtlosen Sklavin war. Für alles.

Aus dem Salon tönten Judiths wüste Beschimpfungen,

doch Louisa achtete nicht darauf. Ohne zurückzublicken ergriff sie die Laterne und lief los, durch die schwüle, dampfende Nachtluft und hinein in die Dunkelheit, einem ungewissen Morgen entgegen.

39

Durchgerüttelt bis auf die Knochen und todmüde hockte Kalinda auf der Ladefläche des Fuhrwerks. Sie wollte nicht vorn auf dem Bock neben Rhygin sitzen, weil seine Nähe ihr unangenehm war. Seine Seitenblicke waren ihr nicht entgangen. Seit sie beim ersten Halt an der Quelle getrunken und dabei ihre Bluse durchnässt hatte, ließ das gierige Funkeln in seinen Augen sich nicht mehr übersehen. Sie wagte es nicht einzuschlafen, obwohl sie kaum noch den Kopf oben halten konnte. Hinten zwischen den Säcken wehte kein Lüftchen, es war so heiß, dass es kaum noch auszuhalten war. Moskitos schwirrten von allen Seiten herbei und stachen sie, was das Zeug hielt. Doch sie war bereit, alles zu ertragen, denn nun konnte es nicht mehr weit sein. Manchmal glaubte sie, bereits das Meer riechen zu können, und einmal hatte sie schon den Schrei eines Seevogels gehört. Rhygin redete nicht viel, meist warnte er sie nur vor entgegenkommenden Reitern oder Fuhrwerken, sodass sie sich rasch ducken konnte, bis die Luft wieder rein war. Doch vor etwa einer Stunde hatte er gemeint, nun wären sie bald da. Und tatsächlich zügelte er wenig später das Pferd und deutete auf eine von sorgsam gestutzten Büschen gesäumte Zufahrt, an deren Ende ein Herrenhaus sichtbar wurde.

»Da hinten ist das Anwesen der Weatherleys«, sagte Rhygin. »Am besten versteckst du dich jetzt hier für eine Weile im Gebüsch, während ich rübergehe und Jack hole.«

Sie blickte ihn an, von plötzlicher Sorge erfüllt.

»Meinen Sie wirklich, dass die Leute ihn einfach so herausrücken?«

»Glaub mir, das tun sie. Und jetzt runter vom Wagen mit dir, damit ich weiterfahren kann.«

Zögernd kletterte sie von der Ladefläche und streckte unwillkürlich die schmerzenden Glieder. Sie war ganz steif von der Fahrt, und ihre Sachen waren durchgeschwitzt und schmutzig. Den Plan, irgendwo von ihrem Geld Kleidung zum Wechseln zu besorgen, hatte sie längst fallen gelassen. Rhygin hatte gemeint, sie würden an keinem Ort mehr vorbeikommen außer an Southfield und dort würden sie nicht anhalten, um keinen Verdacht zu wecken, denn es könne gut sein, dass ihr Pa sich dort aufhalte, da er ja hier im Süden die Gegend nach ihr absuche. Deshalb müsse sie in Deckung bleiben, bis sie das Schiff erreichten.

Immerhin hatte er bis jetzt Wort gehalten. Sie waren auf direktem Wege zu den Weatherleys gefahren, und nun würde er Jack dort abholen. Bis zur Küste war es nicht mehr weit, und wenn alles gut ging, könnten sie heute Abend schon mitten in der karibischen See sein, auf dem Weg nach Amerika.

Wie von ihm befohlen, kroch sie ins Gebüsch und hockte sich hin. Sie nutzte die Gelegenheit, einem menschlichen Bedürfnis abzuhelfen, und anschließend lehnte sie sich an den moosüberwucherten Stamm eines Baums. Sie legte den Kopf auf die angezogenen Knie und schloss die Augen. Ihre Gedanken gingen zu Jack. Was er wohl sagen würde, wenn er sie sah? Nach und nach verwandelten sich ihre Sorgen in reine Vorfreude. Wenn sie nur nicht so müde gewesen wäre! Immer wieder drohte sie einzunicken, obwohl sie mit allen Mitteln darum kämpfte, wach zu bleiben. Sie kniff sich in die Unterarme und in die Nasenspitze, doch sie wusste, dass sie es nicht mehr lange durchhalten würde. Einen Tag und eine Nacht lang nicht zu schlafen – das war mehr, als ein normaler Mensch aushalten konnte. Sogar Rhygin hatte während der Fahrt geschlafen. Er hatte sich einfach mit dem Rücken gegen die Lehne des Kutschbocks sinken lassen und ein paar Stunden vor sich hin geschnarcht, während das Pferd stoisch weitergetrottet war. Kalinda hatte sich dagegen mit aller Macht wachgehalten, denn sie fürchtete sich davor, dass Rhygin sie vielleicht im Schlaf umbrachte und vom Wagen warf. Oder über sie herfiel und sie vergewaltigte. Was sollte ihn davon abhalten? Skrupellos genug war er dafür. Dass er sie und Jack zu dem Schiff brachte, tat er zweifellos nur, weil die Herrin es ihm befohlen hatte. Hätte sie Kalinda tot sehen wollen, hätte Rhygin das längst erledigt. Dennoch hatte Kalinda sich während der gesamten Fahrt mit allen Sinnen darauf konzentriert, Rhygin im Auge zu behalten. Jedes Mal, wenn er während einer Rast in ihre Nähe gekommen war, war sie zurückgewichen, bereit zur Flucht.

Dass sie eingeschlafen sein musste, merkte sie erst, als sie das Stöhnen hörte und davon aufwachte. Dann hörte sie Rhygin schimpfen. »Sie muss hier irgendwo sein. Verflucht noch mal! Ich habe ihr gesagt, sie soll hier warten. Und du solltest lieber mit dem Gestöhne aufhören, Nigger, sonst wäre ich gezwungen, dir das Maul zu stopfen. Wir müssen noch ein Stück fahren. Und bis wir am Ziel sind, kann uns immer noch einer auf die Spur kommen.«

Kalinda kroch in Windeseile aus dem Gebüsch. Sie achtete nicht darauf, dass die Zweige ihr die Haut zerkratzen und dass ihr Rock an einem der Äste hängen blieb. Ungeduldig riss sie sich los und landete auf Händen und Knien auf dem Weg. Im nächsten Augenblick hatte sie sich hochgerappelt und lief zum Wagen. Rhygin saß auf dem Kutschbock und starrte sie wütend an, doch sie ignorierte ihn und stürzte zur Ladefläche. Jack saß zusammengesunken zwischen den Säcken, die Schultern gegen die Bretter der Umrandung gelehnt. Er war übel zugerichtet, aber bei Sinnen.

»Kalinda«, murmelte er.

Sie brach in Tränen aus, als sie sein zerschlagenes Gesicht sah.

»Jack! Oh, Jack!« Sie kletterte zu ihm hoch und warf beide Arme um ihn. Ihr war völlig gleichgültig, dass Rhygin es sah. Sie lachte und weinte gleichzeitig. »Endlich!«

Jack stöhnte, und ihr wurde klar, dass er Schmerzen hatte. Erschrocken ließ sie ihn los, um sich seine Blessuren genauer anzusehen. Sein linkes Auge war fast vollständig zugeschwollen, und seine Lippen waren blutverkrustet. Unter seinem Hemd mussten sich weitere Verletzungen verbergen, denn es war von Blutflecken übersät. Sein rechter Arm war behelfsmäßig bandagiert. Auch seine Beine wiesen Wunden auf, wahrscheinlich von Hundebissen. Manche waren bereits verkrustet, andere noch blutig.

»Oh, Jack!« Kalinda schluchzte. »Was haben sie mit dir gemacht?«

»Er hat ein paar gebrochene Rippen, und sein Arm ist auch gebrochen«, teilte Rhygin ihr mit. »Aber das hat er sich selbst zuzuschreiben. Er hätte sich einfach ordentlich benehmen müssen, dann wäre das nicht passiert.«

»Wollte weglaufen«, murmelte Jack mit geschwollenen Lippen. »Zu dir.«

Sie litt mit ihm und wünschte sich, ihm die Schmerzen abnehmen zu können. Mit Freuden hätte sie sein Leid ertragen, um es ihm zu ersparen. Hätte sie doch nur auf ihn gehört und wäre schon vorher mit ihm weggelaufen! Dann hätte man ihm nicht dieses grausame Unrecht zufügen können!

Aber nun würde alles gut werden.

»Jack, wir fahren nach Amerika«, flüsterte sie ihm ins Ohr.

»Heute Abend schon sind wir auf dem Schiff. Wir fangen ein ganz neues Leben an!«

Rhygin trieb schnalzend den Gaul an, und das Fuhrwerk setzte sich rumpelnd in Bewegung. Jack erduldete die Fahrt klaglos, obwohl das Holpern ihm höllische Schmerzen bereiten musste. Kalinda hielt es kaum aus, ihn so leiden zu sehen. Sie wünschte sich, sie hätte etwas von dem Schmerzmittel aus Pas Hausapotheke mitgenommen. Er bewahrte dort Laudanum auf, von dem er manchmal etwas einnahm, wenn er schlimme Kopfschmerzen hatte.

Sie hielt Jack bei den Händen und sprach leise mit ihm, malte ihm aus, was für ein wundervolles Leben sie bald haben würden, und als er ab und zu ein zustimmendes Brummen hören ließ, war sie selig. Er würde sich wieder erholen, alles würde gut werden!

Als Rhygin nach einer etwa einstündigen Fahrt erklärte, sie seien nun angekommen, konnte sie es kaum glauben. Doch dann hörte und roch sie das Meer, vernahm das Rauschen von Brandung und schmeckte die salzige Luft. Rhygin hatte Wort gehalten. Sie richtete sich auf und blickte über die Zuckersäcke hinweg. Der Ozean erstreckte sich in strahlender Weite bis zum Horizont. Das schimmernde Türkis der Wasseroberfläche war so hell und verheißungsvoll, dass es ihr Tränen in die Augen trieb.

Doch der Strand lag weit unter ihnen, sie befanden sich oberhalb einer Steilklippe. Kalinda war enttäuscht. Sie würden wohl noch ein ganzes Stück fahren müssen, um zum Schiff zu kommen.

Aber Rhygin hatte anscheinend andere Pläne.

»Es gibt einen Kletterpfad da runter«, informierte er Kalinda. »Den Abstieg müsst ihr allerdings allein hinkriegen. Ich habe meine Aufgabe erfüllt und euch beide hergebracht.«

»Aber das wird Jack nicht schaffen!«

»Er kann gehen, also kann er auch da runtersteigen.«

Immerhin half er Kalinda, Jack von der Ladefläche zu hieven, trat dann aber mit angewidertem Blick zur Seite.

»Macht, dass ihr fortkommt«, sagte er kalt.

Kalinda würdigte ihn keines Blickes. Sie stützte Jack und führte ihn vom Wagen weg. Humpelnd quälte er sich Schritt für Schritt vorwärts und ächzte hin und wieder vor Schmerzen. Als sie den Rand der Klippe erreicht hatten, schaute Kalinda schaudernd hinab in die schwindelnde Tiefe. Den erwähnten Pfad für den Abstieg sah sie nicht. Das konnte unmöglich die richtige Stelle sein.

Sie wollte sich gerade zu Rhygin umwenden und ihn darauf ansprechen, als Jack mit einem heftigen Ruck aus ihrer stützenden Umarmung gerissen und nach vorn über den Rand der Klippe gestoßen wurde. Rhygin stand neben ihr und schaute zufrieden dem hinabstürzenden Körper hinterher.

Kalinda konnte die ungeheuerliche Wirklichkeit dieses Geschehens zuerst nicht erfassen. Erst als die trudelnde Gestalt unten am Fuß der Steilklippe auf den Felsen aufschlug, die ans Meer grenzten, begriff sie die ganze Tragweite dessen, was soeben passiert war. Rhygin hatte Jack umgebracht.

Ihr gellender Entsetzensschrei riss abrupt ab, als Rhygins Faust sie an der Schläfe traf. Sie sackte zu Boden, verlor jedoch das Bewusstsein nicht vollständig, denn sie spürte trotz ihrer Benommenheit, dass er sie abtastete und nach etwas zu suchen schien. Natürlich, er wollte das Geld! Er hatte mitgekriegt, dass sie es bei sich hatte. Entweder hatte er sie belauscht, als sie Jack im Flüsterton davon erzählt hatte, oder er hatte den Umriss der Rollen an ihrem Körper gesehen, als sie an der Quelle getrunken und ihre Sachen dabei durchnässt hatte.

Sobald er es ihr weggenommen hatte, würde er sie ebenfalls von der Klippe werfen. Jäh erinnerte sie sich, wie sie Pa angedroht hatte, sich mit Jack von einer Klippe zu stürzen, wenn sie ihn nicht heiraten dürfe. Rhygin musste das mitgekriegt haben, sie hatte es ja förmlich herausgeschrien. Und dann hatte er mit der Herrin den teuflischen Plan geschmiedet, es wahr zu machen. Man würde ihre zerschmetterten Körper am Fuß der Klippe finden, und Pa würde glauben, dass sie beide sich umgebracht hätten, so wie sie es angekündigt hatte. Auf Rhygin und die Herrin würde nicht der geringste Verdacht fallen.

Seine Hand fuhr unter ihren Rock, und die Berührung seiner Finger auf ihrer nackten Haut brachte sie zu sich. Wie eine Wildkatze ging sie auf ihn los und krallte ihm die Finger ins Gesicht. Ihre Nägel schlugen tiefe Furchen in seine Wange, sie spürte, wie seine Haut aufriss und Fetzen davon unter ihren Fingernägeln hängen blieben.

Ein weiterer harter Schlag traf sie am Kopf, und abermals schwanden ihr die Sinne. Als sie wieder zu sich kam, drang sein erregtes Schnaufen an ihr Ohr, während er sich zwischen ihre Beine schob. Sie begriff, dass er sie vergewaltigen wollte.

Entsetzen und Angst schnürten ihr die Kehle zu, als er seine Hose aufknöpfte. Sie wollte schreien, aber sie konnte es nicht. Wie erstarrt lag sie da, betäubt und kaum so weit bei Sinnen, um sein verschwitztes rotes Gesicht dicht über dem ihren zu erkennen.

»Du Luder«, keuchte er, während er seinen Unterleib entblößte. »Dir werde ich's zeigen! Das willst du doch, oder? Du bist genau wie deine Mutter. Ihr braucht das einfach.«

Er hätte nicht über Mom sprechen dürfen. Von irgendwoher flogen ihr ungeahnte Kräfte zu. Sie bekam einen Stein zu fassen und schlug Rhygin damit gegen den Kopf. Er fuhr brüllend zurück und verschaffte ihr damit genug Bewegungsfreiheit, um ihn von sich zu stoßen. Halb liegend, halb sitzend trat sie nach ihm und schlug abermals mit dem Stein zu, einmal, zweimal, dreimal, bis er stöhnend zusammensackte. Mühsam stemmte sie sich hoch und wankte ein Stück zur Seite. Vor ihren Augen drehte sich alles, doch für sie gab es nur eine Richtung, und die war leicht zu finden. Denn dort war das Meer, blau und weit, und der Himmel darüber endlos. Dort war Jack, der auf sie wartete.

»Jack«, murmelte. »Jack, ich liebe dich so.« Mit einem letzten Gedanken verabschiedete sie sich von Mom und Pa. Eines Tages sehe ich euch wieder, dachte sie. Vielleicht in einer anderen Zeit, in der alles seinen richtigen Platz hat. So wie ich zu Jack gehöre, meiner einzigen großen Liebe.

Und dann sprang sie, den Wind in ihren Haaren und das Rauschen der Brandung in den Ohren. Sie schloss die Augen, bis sie nichts mehr sah und nichts mehr hörte außer dem Hämmern ihres Herzens. Dann verstummte auch das.

40

Elaine kam mit einem gepressten Aufschrei zu sich. Ihr Herz raste zum Zerspringen, es hüpfte und zuckte in ihrer Brust wie ein wilder Vogel, der aus dem Käfig ausbrechen wollte. Ihre Wangen waren tränennass, und ihr Inneres schmerzte vor entsetzlichen Verlustgefühlen.

Erst nach ein paar angestrengten Atemzügen war der Albtraum vollends verblasst, bis auf ein schwaches Gefühl von Furcht, das nicht vergehen wollte. Etwas zwang sie, aufzustehen und nebenan nach Becky zu sehen. Leise und nur mit dem kurzen Sleepshirt bekleidet ging sie hinüber zum Nachbarzimmer. Vorsichtig drückte sie die Tür auf.

Becky lag tief schlafend auf der Seite, die Beine angezogen und die Decke herabgestrampelt, so wie sie es häufig tat. Elaine lauschte den regelmäßigen Atemzügen ihrer Tochter, während ihr eigenes Herz immer noch viel zu schnell schlug, aus dem Takt gebracht vom Nachhall des schrecklichen Traums.

Ich muss mit ihr über Dale reden, durchfuhr es sie. Gleich morgen. Ich muss das mit ihr klarkriegen, sonst steht es immer zwischen uns, für den Rest unseres Lebens.

Geräuschlos schloss sie die Tür und ging in ihr eigenes Zimmer zurück. Sie versuchte, wieder einzuschlafen, doch sie fürchtete sich vor den Träumen. Auch vorhin hatte sie wieder von diesem Mädchen geträumt, dessen Name sie in dem alten Brief in Russells Bibliothek gelesen hatte. Kalinda …

Vielleicht hatte das alte Haus zu viele verhängnisvolle Schicksale gesehen, die es in seine Mauern aufgesogen hatte und noch Jahrhunderte später langsam heraussickern ließ, wie giftige Rinnsale vergangener Schrecknisse, die in unberechenbaren Abständen zu einem bedrohlichen Strom anschwollen. War es das, was sie selbst die ganze Zeit gespürt hatte? Waren sie und Becky deshalb besonders empfänglich dafür, weil vor Urzeiten Menschen von ihrem Blut hier gelebt hatten?

Irgendwann schlief sie dann doch wieder ein, und für den Rest der Nacht blieb sie von schlimmen Träumen verschont.

Am nächsten Morgen saß Becky schon am Frühstückstisch, als Elaine das kleine Speisezimmer betrat. Martha wuselte geschäftig herum und servierte Ackee mit Würstchen, von denen Curd, der allein an einem der anderen Tische saß, Unmengen in sich hineinschaufelte. Elaine setzte sich zu Becky und goss sich aus der bereitstehenden Kanne Kaffee ein. Ihre Tochter wich ihren Blicken aus, doch Elaine hatte beschlossen, Nägel mit Köpfen zu machen.

»Es hat keinen Sinn, wenn wir weiter darüber schweigen«, sagte sie. »Ich weiß jetzt, dass du es weißt, also sollten wir uns auch darüber aussprechen.«

Becky stand kommentarlos auf und verließ den Raum. Elaine blieb stumm sitzen und fragte sich, ob sie besser den Mund gehalten hätte. Vielleicht hätte sie einfach warten sollen, bis Becky von sich aus damit kam. David hatte ja angedeutet, dass sie sich bestimmt noch dazu durchringen würde. Doch genauso gut konnte es sein, dass sie es dann doch nicht tat. Becky hatte nun mal ihren eigenen Kopf.

Der Gedanke, dass ihre heranwachsende Tochter sich jahrelang stumm und hilflos mit Fragen über ihren rücksichtslosen Erzeuger herumgequält hatte, war für Elaine kaum zu ertragen. Sie wusste, dass Becky insgeheim ihr die Schuld dafür in die Schuhe schob, und ein Stück weit sogar zu Recht, jedenfalls aus Sicht eines Kindes, für dessen Schicksal ausschließlich Erwachsene die Verantwortung trugen.

Curd machte sich bemerkbar. Mit vollen Backen kauend, tippte er auf seine Uhr.

»Du solltest dich mit dem Frühstück beeilen«, meinte er. »Es ist schon fast neun.«

Um neun wollte Russell sie für die heutige Tour abholen, und weil er sich bisher stets als die Verlässlichkeit in Person gezeigt hatte, würde er mit Sicherheit pünktlich sein. Ihr Vorhaben, mit Becky über Dale zu reden, musste sie notgedrungen auf später verschieben.

Russell kam tatsächlich auf die Minute genau um neun. Er hupte draußen, und Curd ging nach oben auf sein Zimmer, um sein Equipment zu holen. Elaine schaute noch kurz nach Becky, die bäuchlings auf dem Bett lag und telefonierte. Als Elaine die Tür öffnete, hörte sie auf zu sprechen und wandte den Kopf zu ihr um. Ablehnung stand auf ihrem hübschen jungen Gesicht.

»Was?«, fragte sie. Es klang aggressiv.

»Ich fahre jetzt los«, sagte Elaine lahm. »Sieh zu, dass du heute Abend nicht zu spät zurückkommst.«

Sie wollten am nächsten Tag nach Miami zurückfliegen. Elaine hatte gleich nach dem Aufstehen mit Lincoln telefoniert, der Flüge für sie buchen lassen wollte. Auch der Transport von Jerrys Leichnam war mittlerweile organisiert, er sollte in den nächsten Tagen in die Staaten ausgeflogen werden. Jerrys Mutter hatte einen Termin für die Beisetzung bestimmt, und Elaine wollte gemeinsam mit Lincoln hingehen.

Becky gab keine Antwort. Sie nickte nicht mal, sondern wandte sich nur ab und telefonierte weiter, dem Ton nach zu urteilen mit David. Elaine wusste nur, dass Becky vorhatte, diesen letzten Tag mit ihm zu verbringen. Sie wollten noch mal mit dem Boot raus, vielleicht tauchen. Elaine hatte ihr genug Geld zum Taxifahren gegeben, damit sie raus nach Swift Great House und am Abend wieder zurück nach Mo-Bay fahren konnte.

»Bis später«, sagte sie lahm, doch wieder kam von Becky keine Reaktion. Elaine war kurz davor, in Tränen auszubrechen, doch sie überwand diese Anwandlung, indem sie die Zähne zusammenbiss und sich schwor, bei der nächsten Gelegenheit eine Aussprache herbeizuführen. Becky musste begreifen, dass Elaine genauso wenig Schuld an allem hatte wie sie selber. Dass die Fehler, soweit es überhaupt welche gegeben hatte, von anderen begangen worden waren. Von Dale, von seinen Eltern.

Doch noch während Elaine diese Gedanken durch den Kopf gingen, begriff sie, dass sie es mit solchen Schuldzuweisungen nicht besser machen würde. Vielleicht sollte sie stattdessen hervorheben, dass alles so, wie es gekommen war, gut und richtig war. Sicher, Dales Eltern hätten ihm eine Heirat erlauben und Becky als ihre Enkelin anerkennen können. Aber wer konnte schon sagen, ob daraus Gutes erwachsen wäre? Elaine war im Rückblick nahezu sicher, dass jede Beziehung mit Dale über kurz oder lang gescheitert wäre. Mit seinen Eltern wäre sie sowieso nicht klargekommen, das waren elitäre Snobs, wie sie im Buche standen, mit mittelalterlichen Ansichten und bigotten Moralvorstellungen. So gesehen hatte das Schicksal es wahrscheinlich gut mit ihr und Becky gemeint, als es ihnen die Familie Cranston erspart hatte. Und dass Becky auf der Welt war, musste ebenfalls als glückliche Fügung betrachtet werden, sogar vor dem Hintergrund dessen, dass sie das Ergebnis einer miesen, hinterhältigen Männerwette war, denn wäre das nicht passiert, hätte Elaine heute nicht so eine wundervolle, zauberhafte, bildschöne und talentierte Tochter. Becky war eine Kratzbürste, klar. Aber sie war zugleich auch der liebenswerteste, loyalste, tapferste und aufrechteste Mensch, den man sich vorstellen konnte. Ihr ganzes Wesen war von so leuchtender, reiner Schönheit, dass Elaine davon vollständig durchdrungen war, so wie es eine Mutter nur sein konnte, wenn sie sich eins mit ihrem Kind fühlte. Diese Einheit, das wusste sie, würde sie bis ans Ende ihres Lebens spüren und bewahren. Und irgendwie würde sie es hinkriegen, diese Gefühle auch Becky zu vermitteln.

Auf dem Weg nach unten begegnete sie David. Er war mit seinem Vater hergekommen, was auch der Grund dafür war, dass Becky schon fertig gestylt wartete. Normalerweise wäre sie nicht so früh aufgestanden.

»Hi«, sagte Elaine mit leicht gezwungener Fröhlichkeit.

»Hi«, erwiderte der Junge. Seine verwirrend hellen Augen musterten sie, und Elaine meinte darin eine Spur von Mitgefühl wahrzunehmen. Vermutlich wusste er bereits, dass Becky wieder einmal eine emotionale Mauer hochgezogen hatte. Wie es schien, hatte sie vor ihm keine Geheimnisse, und offensichtlich hatte sie bis vorhin mit ihm telefoniert, denn er hatte sein Handy noch in der Hand.

»Dad wartet unten im Wagen«, meinte er. »Es gab keinen Parkplatz.«

»Bin schon unterwegs.« Elaine rang sich ein Lächeln ab, ehe sie fortfuhr: »Ich wünsche euch beiden einen schönen Tag. Becky sollte aber nicht zu spät wieder hier sein. Wir müssen morgen rechtzeitig für den Rückflug einchecken.«

Seine Schultern sackten ein wenig nach unten, und er nickte leicht bemüht. »Natürlich, Miss Harrison. Ich sorge dafür, dass es nicht zu spät wird.«

Sie streckte ihm impulsiv die Hand hin. »Ich muss mich

jetzt schon von dir verabschieden, denn wir sehen uns ja vor dem Abflug nicht mehr.«

Er erwiderte ihren Händedruck, schüttelte aber gleichzeitig den Kopf.

»Ich komme zum Flughafen und verabschiede mich da von Ihnen. Und von Becky«, fügte er überflüssigerweise hinzu.

»Oh. Na, dann.« Sie nickte ihm zu und ging nach unten.

Curd war bereits zu Russell in den Chrysler gestiegen. Er hatte mit aller Selbstverständlichkeit den Beifahrersitz beansprucht, sodass Elaine nichts anderes übrig blieb, als hinten einzusteigen.

Russell hielt ihr wohlerzogen die Tür auf. Ihr Körper spannte sich in seiner Nähe an wie die Saiten eines besonders empfindsamen Instruments. Als sie einstieg, umfasste er leicht ihren Ellbogen. Der kurze Körperkontakt reichte schon, um eine verwirrende Wärme in ihr aufsteigen zu lassen. Sie biss sich auf die Lippe und zwang sich zu einem beiläufigen Lächeln.

»Danke«, sagte sie leise. Das schwache Zittern in ihrer Stimme konnte sie nicht unterdrücken, und an seinem Gesichtsausdruck sah sie, dass ihm ihre Verfassung nicht entging. Und wieder spürte sie seine Ausstrahlung, die jede ihrer Nervenfasern in Schwingung versetzte, auf eine verhängnisvolle Art, die nicht nur ihre Lust anfachte, sondern auch Gefahr signalisierte. Nein, es fühlte sich nicht natürlich und selbstverständlich an, sondern eher … wie eine Sucht. Als würde eine geheime Macht sie zueinander treiben, um damit ein Spiel in Gang zu setzen, bei dem man nur verlieren konnte und an dessen Ende vielleicht sogar der Tod wartete. Elaine erschauderte kurz, doch das merkte Russell nicht mehr, weil er in diesem Moment die hintere Tür des Chrysler zuwarf und anschließend selbst einstieg.

Nur noch ein Tag mit ihm, dann war sie wieder zu Hause und konnte über all das nachdenken. Über diese hitzige, wilde Amour fou in den Armen von Russell Swift, der sie betört und verführt hatte wie noch nie ein Mann vor ihm. Ein Tag noch, dann konnte sie wieder anfangen, sie selbst zu sein.

41

Das angestrengte Schweigen, das den ganzen Tag über zwischen ihnen herrschte, setzte Russell schwer zu. Er wusste, dass sie sich nach seinen Umarmungen und seinen Zärtlichkeiten sehnte. Doch sie hatte einen Wall errichtet, hinter dem sie sich verschanzte und ihn nicht mehr an sie heranließ. Er verfluchte seine Vergangenheit, die wie ein zäher Schatten an ihm klebte. Immer wieder musste er an die Worte ihres Chefs denken. Lincoln hatte irgendwie gespürt, dass Russell diese dunkle Last mit sich trug, und er hatte ihn gewarnt. Ob er auch Elaine eine solche Warnung hatte zuteilwerden lassen? Falls ja, hatte er damit Erfolg gehabt, denn Elaine hatte sich in ein Schneckenhaus der Zurückhaltung verkrochen. Der endgültige Auslöser dafür war der Brand gewesen, aber der Hauptgrund war natürlich das, was mit Janice und Dorothy passiert war. Irgendwann hätte sie es natürlich sowieso erfahren, aber Russell hatte gehofft, dass es nichts zwischen ihnen beiden änderte. Da hatte er sich wohl gründlich geirrt.

Der Tag verstrich in quälender Langsamkeit. Es tat ihm weh, in Elaines Nähe zu sein, sie aber nicht berühren zu dürfen. Immerhin schienen die Dreharbeiten zufriedenstellend zu verlaufen, denn Curd meinte einmal, dass die heutigen Aufnahmen einen wirklich krönenden Abschluss bildeten, und Elaine nickte dazu zustimmend. Die beiden bildeten ein hoch konzentriertes Team. Elaine arbeitete mit einem Handmikro, nachdem ein Versuch, bei dem Russell das Mikro an einer Stange von oben ins Bild gehalten hatte, gründlich fehlgeschlagen war. Sie hatte ständig zu ihm hingesehen und sich dabei verhaspelt, bis sie schließlich mit sichtlicher Ungeduld das Mikro an sich genommen und ihm für seine Bemühung gedankt hatte. Er hatte sofort verstanden und sich höflich ein Stück zurückgezogen, sodass sie ihn bei ihren Kommentaren nicht mehr sah. Einerseits verschaffte es ihm eine Art grimmige Genugtuung, dass er sie nervös machte, andererseits hielt er es kaum aus, wie sehr sie ihn auf Distanz hielt.

Unterwegs hatte er Mühe, sich auf den Verkehr zu konzentrieren, obwohl sie während der Fahrt hinter ihm saß. Immer wieder suchte er ihren Blick im Innenspiegel, und genauso oft sah er sie rasch zur Seite schauen. Ihr ausweichendes Verhalten rief ein Gefühl verzweifelter Sehnsucht in ihm wach, und immer wieder fragte er sich, ob es wirklich so mit ihnen beiden enden musste.

Zwischendurch überkam ihn sogar der Impuls, sie anzuschreien, sie zu schütteln und, ja, sie zu bestrafen. Dafür, dass sie sich einfach so von ihm abwandte, obwohl er sie mehr wollte als alles andere auf der Welt.

Bei einem Zwischenstopp im Landesinneren filmten sie ein primitives Dorf inmitten einer hügeligen Weidelandschaft voller Rinder und Ziegen. Anschließend fuhren sie auf direktem Weg weiter zur Black River Bay. Dort mietete Russell ein kleines Motorboot mitsamt Fahrer. Damit tuckerten sie flussaufwärts durch die Mangrovenwälder, die den gesamten Mündungsbereich des Black River in eine urtümliche, bizarr anmutende Landschaft verwandelten. Ab und zu hielten sie an, damit Elaine Kommentare auf Band sprechen konnte. Curd hatte die Kamera auf der Schulter und filmte, und Elaine saß mit dem Mikro in der Hand auf der hinteren Bank des Bootes und erzählte Wissenswertes über Mangrovensümpfe, so kenntnisreich und eloquent, als hätte sie sich seit Jahren mit dem Thema befasst. Russell erfuhr während der Fahrt mehr über diesen Teil Jamaikas, als er selbst zuvor gewusst hatte.

Nach diesem Bootsausflug ging es mit dem Wagen weiter nach Treasure Beach, einem kleinen Fischerdorf mit den inseltypischen, bunt gestrichenen Häuschen. Dort aßen sie in einem kleinen Lokal am Strand frisch gegrillten Fisch, vor sich das strahlend blaue Meer und landeinwärts die gebirgige Silhouette der Santa Cruz Mountains. Ihre Unterhaltung während des Essens blieb oberflächlich und gezwungen, wie die krampfhafte Bemühung von Leuten um ein Minimum an Konversation, obwohl sie einander eigentlich nichts zu sagen hatten und daher lieber geschwiegen hätten. Curd trug kaum eine Bemerkung zu dem Gespräch bei, und wenn er etwas sagte, dann meist in der Art, dass er froh sei, den Job bald hinter sich zu haben.

Die letzte Etappe dieses Drehtages führte sie zu den Steilklippen von Lovers' Leap. Curd filmte den Leuchtturm und schließlich die Klippen selbst, die an dieser Stelle in schwindelerregender Höhe über dem Meer aufragten.

Elaine ging mit dem Mikro so nah wie möglich an die jäh abfallende Felskante heran, während Curd die Kamera direkt auf sie richtete.

»Eine Legende über diesen Ort besagt, dass sich hier einst ein Liebespaar in den Tod stürzte. Die beiden sollen Sklaven gewesen sein, die es nicht ertragen konnten, dass man sie an verschiedene Herren verkauft hatte. Ihre Trennung konnten sie nur durch den gemeinsamen Tod überwinden.« Ein wenig bemüht lächelte Elaine in die Kamera, dann sagte sie unvermittelt: »Cut!«

Russell, der ein wenig abseits stand, sah erschrocken, dass sie auf einmal schwankte und das Gleichgewicht verlor.

Curd ließ die Kamera sinken und machte einen Schritt auf sie zu, doch er hätte sie nicht mehr erreicht. Russell war augenblicklich losgespurtet und hatte die Entfernung zu ihr binnen Sekundenbruchteilen überwunden. Er packte sie und riss sie in seine Arme, bevor sie zusammenbrechen oder gar in Richtung Klippenrand stolpern konnte. Er merkte, dass sie am ganzen Körper zitterte, und drückte sie fest an sich, bevor er sie zögernd wieder losließ.

Sie strich sich über die Stirn und lachte unsicher.

»Du liebe Zeit, das war wohl gerade eine Art Kreislaufkollaps. Das hatte ich das letzte Mal mit zwölf oder so.« Sie winkte ab, als Russell sie stützen wollte. »Es geht schon wieder. War vielleicht auch ein bisschen Höhenangst dabei.« Sie blickte erneut in die Tiefe – und wieder fing sie an zu schwanken.

»Komm besser da weg«, sagte Curd.

»Curd hat recht.« Russell ignorierte Elaines Widerstreben und zog sie von der Felskante weg.

»Wir sind jetzt sowieso mit allem durch«, meinte Curd. »Das war gerade der letzte Take.« In seinen Augen stand Ärger. Es schien ihm nicht zu passen, dass Russell Elaine umarmt hatte. Vermutlich hielt er es für einen überflüssigen und schädlichen Rückfall.

Elaine schien ebenso darüber zu denken, denn sie nickte stumm und sah Russell dabei nicht an. Ihr Gesicht war ungewohnt bleich, sie fühlte sich sichtlich unwohl. Schweigend gingen sie zurück zum Wagen und machten sich auf den Rückweg.

42

Becky streckte die langen braunen Beine aus und biss ein großes Stück von der geeisten Melone ab. Satt und zufrieden schaute sie einem der bunten Schmetterlinge hinterher, die sich zwischen blühenden Büschen hinter der Veranda tummelten. Antoinette hatte wieder göttlich gekocht, und Hazel hatte gerade die leeren Teller abgetragen und zum Nachtisch gekühlte Melonenschnitze serviert. Beckys Angebot, ihr beim Abräumen zu helfen, hatte sie wie üblich entrüstet zurückgewiesen.

Die Abendsonne warf rötliche Schatten auf den Weg, der von der Veranda zum Meer führte. Der Wind hatte aufgefrischt und bewegte die Äste der Mahagonibäume, die den Pfad zu den Zuckerrohrfeldern säumten. Becky schauderte unwillkürlich bei dem Anblick. Nicht zum ersten Mal an diesem Tag kam es ihr so vor, als würde dort hinten etwas lauern. Fast war sie froh, dass sie bald aufbrechen musste. Nach Einbruch der Dunkelheit würde Jason sie mit dem Clio nach MoBay fahren. Es konnte höchstens noch eine halbe Stunde dauern, bis er vorfuhr.

Den ganzen Tag über hatte sie alle Gedanken an den nahen Abschied verdrängt. Sie und David hatten sich mehrmals geliebt. Am Strand zwischen den Felsen, in seinem Zimmer und einmal sogar auf dem Boot. Seine Leidenschaft war wie trockener Zunder, der schon entflammte, wenn das brennende Streichholz nur in der Nähe war. Eine

Berührung von ihr reichte und oft auch nur ein Blick. Sie wollte es ebenso sehr wie er, denn diese köstliche Nähe war etwas, das sie in dieser Form vorher nicht gekannt hatte, und sie befürchtete, es nie wieder zu erleben, wenn sie nicht bei ihm war. In seinen Armen flog sie zu den Sternen und noch weiter hinaus, und sie würde dafür sorgen, dass niemand ihnen beiden das je wieder wegnahm. Schlimm genug, dass sie erst in einem Jahr zusammenziehen konnten. Sie würden einander jedoch so oft wie möglich sehen – in den Ferien, zu Weihnachten, an langen Wochenenden. Es würde viele Gelegenheiten geben. David hatte eigenes Geld, sein Großvater hatte ihm einen Treuhandfonds hinterlassen, der ihm an seinem achtzehnten Geburtstag zufallen würde. Außerdem hatte sein Dad ihm bereits versprochen, für den einen oder anderen Flug nach Miami aufzukommen. Und Mom würde sicher keine Einwände erheben, wenn David während dieser Zeit bei ihr übernachtete, denn sie wusste ja aus eigener Erfahrung, dass man gegen die Liebe nichts ausrichten konnte.

Becky verdrängte die leisen Gewissensbisse, die sie beim Gedanken an Mom überkamen. Sie hatte David versprochen, sich mit Mom wegen dieses Typen, der ihr Vater war, zu unterhalten, doch in dem Moment, als Mom davon angefangen hatte, war wieder diese Blockade da gewesen. Irgendwann würde es bestimmt klappen, aber es musste halt auch passen.

Sie schrak zusammen, als die dunkle Gestalt aus dem Haus gehuscht kam. Einen Moment lang sah es aus wie ein schwarzer Schatten, und erst beim zweiten Hinschauen entpuppte die Gestalt sich als Antoinette. Sie blieb vor ihnen am Tisch stehen, so verhutzelt und klein, dass David sogar im Sitzen größer war als sie. In ihrem melodisch klingenden, aber unverständlichen Sprachgemisch redete sie auf ihn ein und zeigte in Richtung der Felder. David stand mit beunruhigter Miene auf und sagte etwas zu der Alten, das Becky ebenfalls nicht verstehen konnte.

»Was ist los?«, wollte sie wissen.

»Tante Alicia ist zu den Feldern rübergegangen«, sagte er.

»Ja und? Sie läuft doch ständig kreuz und quer über die Plantage.«

»Toinette sagt, sie hätte Tabletten genommen.«

»Ach du Schande. Wo hat sie die denn her?«

»Ich schätze, sie hat sich welche in der Stadt besorgt. Sie war heute wieder beim Arzt. Vielleicht hat sie einen gefunden, der sie noch nicht kannte.«

»Meinst du, sie hat eine Überdosis geschluckt?«

»Keine Ahnung. Toinette sagt, Tante Alicia ist vielleicht im Wald. Ich muss los und sie suchen, bevor es dunkel wird.« Becky war plötzlich von Panik erfüllt. Etwas stimmte hier ganz und gar nicht, und der Teufel sollte sie holen, wenn es irgendwas mit Alicias Tablettenkonsum zu tun hatte. Sie wusste auf einmal, dass David in Gefahr war. Woher sie diese Überzeugung nahm, konnte sie nicht sagen.

»Geh nicht«, sagte sie impulsiv.

Befremdet erwiderte er ihren Blick. »Sie ist meine Tante. Sie ist schon einmal beinahe an einer Überdosis gestorben.«

Antoinette stieß einen erregten Redeschwall aus, und David hob beschwichtigend die Hand. Doch in seinem Gesicht flackerte Entsetzen auf.

»Was hat sie jetzt schon wieder gesagt?«, fragte Becky alarmiert.

»Dass Tante Alicia das Gewehr mitgenommen hat.« Erklärend fügte er hinzu: »Das alte Schrotgewehr meines Großvaters.«

Becky fühlte, wie Kälte in ihr hochkroch.

»Du glaubst doch nicht, sie würde …« Sie stockte, dann

setzte sie hastig hinzu: »Wenn es so alt ist, schießt es vielleicht gar nicht mehr.«

»Es funktioniert sehr gut. Dad und ich waren letzten Sommer noch damit auf Vogeljagd. Tut mir leid, dass ich dich einfach so hier allein lasse. Aber ich muss nach Tante Alicia suchen.« Er ging zur Verandatreppe.

Sie sprang sofort auf und folgte ihm.

»Ich komme mit.«

43

Als Russell vor dem Guesthouse anhielt und Curd sich mit einem knappen *Bye und danke für alles* verabschiedete und mit seiner Ausrüstung ins Haus stiefelte, widerstand Elaine nur mit Mühe dem Drang, ihm einfach zu folgen.

Angespannt blieb sie beim Wagen stehen, die Handtasche über die Schulter gehängt. Sie wollte den Abschied mit Anstand und Würde hinter sich bringen. Aber auch so schnell wie möglich.

Russell schien ihre Abwehrhaltung zu spüren. Er fragte sie erst gar nicht, ob sie noch zusammen was trinken gehen sollten, obwohl das im Grunde nach allem, was sie geteilt hatten, das Mindeste gewesen wäre.

Während der Rückfahrt hatten sie womöglich noch weniger gesprochen als am Morgen. Das eisige Entsetzen, das sie oben auf der Klippe so unvermittelt durchgeschüttelt hatte, steckte ihr immer noch in den Knochen. Eine grauenvolle Angst um Becky hatte sich ihrer bemächtigt, so stark, dass ihr davon für einen Moment schwindlig geworden war. Seither wollte sie nur noch eins – sich davon überzeugen, dass es Becky gut ging. Sie hatte ihr während der Fahrt mehrere Textbotschaften geschickt und sich erst wieder beruhigt, als Becky knapp und erkennbar entnervt mit zwei schroffen Buchstaben – *o.k.* – geantwortet hatte.

Zum Glück würde es nicht mehr lange dauern, bis sie wieder da war. Jason und David wollten sie noch vor acht zum Guesthouse zurückbringen.

Elaine spürte Russells Blicke wie eine Berührung auf ihrer bloßen Haut. Die Antennen zwischen ihnen hatten nichts von ihrer magischen Empfangskraft eingebüßt.

»Ich danke dir, dass du heute mitgekommen bist«, sagte sie leise. In ihr kämpfte der Wunsch, ihm um den Hals zu fallen, mit dem Drang, so schnell wie möglich vor ihm zu fliehen. Doch er stand zu dicht vor ihr. Sie roch seinen vertrauten männlichen Duft, spürte mit allen Sinnen seine Nähe. Das führte dazu, dass ihre Sehnsucht nach ihm die Oberhand gewann. Sie gestattete sich dennoch nicht, ihn zu umarmen, obwohl ihr Körper danach schrie. Spontan fasste sie nach seinen Händen und merkte, wie ihr die Tränen kamen.

»Es tut mir so leid«, sagte sie flehend. »Ich wünschte … Ach, es ist alles so verdammt kompliziert.«

»Ich kann meine Vergangenheit nicht abschaffen, Elaine.«

Seine ebenso schlichte wie wahre Antwort versetzte ihr einen Stich. Bittersüße Gefühle durchströmten sie, ihr Verlangen nach ihm mischte sich mit der Furcht vor dem Kontrollverlust. Die Verlockung, alle Vorsicht in den Wind zu schlagen und einfach da weiterzumachen, wo sie vor dem Brand aufgehört hatten, war für einen Augenblick übermächtig. Doch dann kehrte ihr Misstrauen zurück, in Gestalt jener lautlosen und dennoch alles durchdringenden Stimme in ihrem Inneren, die ihre Nerven in spröde Stacheln verwandelte und ihr befahl, endlich einen Schlussstrich unter alles zu ziehen.

Dorothy, flüsterte die Stimme. Janice. Dorothy. Janice. Dorothy. Alicia, Alicia, Alicia. Alles hing irgendwie zusammen. Für einen erschreckenden Moment hatte sie das Gefühl, in einem See aus Blut und Verderben zu versinken.

»Sehe ich dich wieder?«, fragte er, einen Ausdruck von Schmerz in den Augen.

»Vielleicht«, gab sie zurück und meinte dabei: *Nein, geh weg!*

Sein Blick zeigte ihr, dass er es begriffen hatte, noch bevor sie ihre Antwort ausgesprochen hatte. Er beugte sich vor und küsste sie sacht auf die Stirn, dann ließ er ihre Hände los und stieg in den Wagen. Sie blieb vor dem Haus stehen und sah ihm nach, bis die roten Rücklichter in der Ferne verschwunden waren.

Sie setzte sich in ihrem Zimmer aufs Bett und weinte eine Weile vor sich hin, doch irgendwann stand sie auf und putzte sich die Nase. Becky musste jeden Moment zurückkehren und sollte sie nicht verheult vorfinden. Statt weiter Trübsal zu blasen, sollte sie was Nützliches tun. Kurz entschlossen fing sie an zu packen. Zwischendurch rief sie Bernice an und kündigte ihre Heimkehr für den nächsten Tag an. Zu Hause war alles in Ordnung, abgesehen von ein paar verdorrten Stellen im Garten – Bernice hatte nicht drangedacht, den Rasensprenger anzuschalten. Sie war ziemlich zerknirscht, doch Elaine verspürte nicht mal einen Hauch von Ärger. Sie hatte genug andere Probleme.

Nachdem sie einen Teil ihrer Sachen gepackt hatte, setzte sie sich mit aufgeklapptem Laptop an den wackligen kleinen Tisch und sichtete ein paar der zuletzt gedrehten Sequenzen, die sie schon auf der Rückfahrt per Stick auf ihr Notebook überspielt hatte. Es waren wundervolle Aufnahmen dabei – die romantischen, bizarren Mangrovenwälder, die versteckten weißsandigen Buchten in der Gegend um Treasure Beach. Ja, Russell würde eine perfekte Inselreportage für sein Projektmarketing bekommen. Und Lincoln das ideale Einstiegsmaterial für einen neuen Start mit einer eigenen

Produktionsfirma. Der Sender, bei dem er angeklopft hatte, wollte mehr. Es war schon entschieden, sie hatten beim letzten Telefonat lange darüber gesprochen. Sie würden einfach im Team von *Subview* weggehen und die zermürbenden Grabenkriege mit Harper und den Aktionären hinter sich lassen. Keine Galgenfristen mehr, keine Kämpfe um Mittel und Drehaufträge.

Elaine klickte sich zufrieden durch Hunderte von Standbildern, bis sie zu den Aufnahmen kam, die oben bei Lovers' Leap entstanden waren.

Der Blick von den Klippen tief hinab ins Meer, von Curd in einem schwindelerregenden, abwärts gerichteten Zoom eingefangen, drehte ihr den Magen um. Schon von der Erinnerung wurde ihr schlecht. Noch nie in ihrem Leben hatte sie solche Angst um Becky ausgestanden wie dort oben. Sie wusste nicht, warum sie ausgerechnet da beinahe umgekippt wäre vor lauter Furcht, doch mittlerweile hatte sie es aufgegeben, ihre Empfindungen infrage zu stellen. Am besten war es wohl wirklich, wenn sie Jamaika so bald wie möglich den Rücken kehrte.

In diesem Moment wurde ihr schlagartig bewusst, dass Becky noch nicht zurück war. Erschrocken starrte sie auf die Uhr. Schon fast halb neun! Sofort rief sie Becky auf dem Handy an, aber die Netzkapazität war wieder einmal zu schwach, um eine Verbindung aufzubauen.

Sie fackelte gar nicht erst lange, sondern ging rüber zu Curds Zimmer. Er war schon in Pyjamahose und Unterhemd und hatte den Mund voller Zahnpastaschaum, als er ihr auf ihr Klopfen hin öffnete.

»Was ist los?«

»Kann ich mal dein Handy haben? Auf meinem habe ich keinen Empfang.«

»Dann geht es bei meinem sicher auch nicht.«

»Bitte!«

Er machte ein entnervtes Gesicht, holte es ihr aber. Doch auch auf seinem Gerät hatte sie kein Netz.

Sie gab es ihm zurück und wandte sich ab.

»Was zum Teufel ist mit dir?«, erkundigte Curd sich irritiert.

»Ich fahre raus nach Swift Great House«, erklärte sie kurz entschlossen.

»Wieso das denn? Hast du immer noch nicht genug von dem Kerl?«

Elaine überging diese unverschämte Bemerkung. Sie hatte keine Lust, sich mit ihm zu streiten.

»Becky ist noch nicht zurück. Wir hatten ausgemacht, dass sie um acht wieder hier ist. Ich hole sie ab.«

»Lieber Himmel, es ist erst halb neun, und sie ist *siebzehn*! Man kann auch alles übertreiben, findest du nicht?«

Als sie keine Antwort gab, fügte er missmutig hinzu:

»Tu, was du nicht lassen kannst, aber lass mich damit in Ruhe.« Kopfschüttelnd verschwand er in seinem Zimmer.

Elaine ließ sich von Martha ein Taxi rufen. Bei der Gelegenheit versuchte sie auch, vom Festnetzanschluss aus nacheinander Becky, Russell, Jason und David zu erreichen, doch auch das klappte nicht. Als sie die Festnetznummer von Swift Great House wählte, ging zwar der Ruf durch, aber es meldete sich nur der Anrufbeantworter.

Nervös wartete sie vor dem Haus auf das Eintreffen des Taxis, das zu ihrer Erleichterung nur Minuten später vorfuhr. Während der Fahrt wuchs ihre Unruhe. Sie konnte nichts dagegen ausrichten, sosehr sie es auch versuchte.

Sie ließ sich von dem Taxifahrer, einem behäbigen Typen im Hawaiihemd, bis vor den Haupteingang des Herrenhauses fahren. Als er sie fragte, ob er warten solle, zögerte sie zuerst, denn sie ahnte, dass sie das ein Vermögen kosten würde.

Außerdem standen sowohl der Chrysler als auch der Clio in der Zufahrt, sodass Jason oder Russell sie und Becky sicher problemlos zurück zum Guesthouse bringen konnten. Doch es war ihr lieber, wenn sie völlig unabhängig war.

Also bat sie den Fahrer, auf sie zu warten, ehe sie zum Portal ging und läutete. Als dort niemand öffnete, eilte sie ums Haus herum zur Terrasse. Die Außenbeleuchtung brannte, aber es war niemand da. Zögernd ging sie durch die offene Terrassentür ins Haus. Sie rief nach Becky, doch es kam keine Antwort. Im Erdgeschoss war niemand, jedenfalls sah sie keine Menschenseele, als sie nacheinander flüchtig in alle Räume schaute, bevor sie die Treppe ins Obergeschoss hinaufstieg. Die Tür zu Russells Zimmer stand offen, aber von ihm selbst fehlte jede Spur. Sie klopfte auch bei Alicia und öffnete schließlich widerstrebend die Tür, doch der Raum war ebenfalls leer.

Elaine ging hinauf in den zweiten Stock zu Davids Zimmer – auch hier Fehlanzeige. Auf dem Weg nach unten trat ihr eine Gestalt in den Weg. Es geschah so unerwartet, dass Elaine laut aufschrie vor Schreck.

»Mein Gott.« Sie presste sich die Hand auf ihr jagendes Herz. »Hazel. Hast du mir einen Schreck eingejagt!«

Sie musste es zweimal wiederholen, denn Hazel war mindestens so erschrocken wie sie selbst und fiel mit einem Schwall Patois über sie her, dem Elaine nur mit Mühe einen Sinn entnahm. Anscheinend hatten alle das Haus verlassen, nur sie selbst war noch hier. Sie bekreuzigte sich unentwegt und fing an zu weinen, als Elaine wissen wollte, was los war. Es war nichts Vernünftiges aus ihr herauszubringen. Elaine ließ das verängstigte Mädchen stehen und rannte nach unten. Mittlerweile war sie von echter Panik erfüllt. Von der Terrasse aus lief sie über den Trampelpfad in Richtung Verwalter-Bungalow. Vielleicht war wenigstens Jason da.

Sie war noch keine fünfzig Schritte weit gekommen, als Alicia mit einem erhobenen Gewehr zwischen den Büschen hervortrat und sich ihr in den Weg stellte. Sie sah schrecklich aus. Ihr Gesicht war völlig verschwollen vom Weinen, wahrscheinlich auch von zu viel Alkohol und Tabletten. Schminke und Tränen hatten sich unter ihren blutunterlaufenen Augen und auf ihren Wangen zu einem hässlichen Geschmier vermischt. Sie konnte nur wankend stehen, und als sie sprach, kamen ihre Worte als unartikuliertes Lallen heraus.

»Du bist hier unerwünscht«, stieß sie hervor. »Mach, dass du fortkommst!«

Das Herz klopfte Elaine bis zum Hals. Sie zitterte am ganzen Körper. Langsam hob sie beide Hände, um Alicia zu demonstrieren, dass sie in friedlicher Absicht hier war.

»Ich wollte bloß Becky abholen«, sagte sie vorsichtig.

»Verschwinde.« Alicia machte eine unmissverständliche Bewegung mit dem Lauf des Gewehrs.

»Okay«, sagte Elaine. »Ich bin schon weg.«

Während sie sich Schritt für Schritt rückwärtsgehend von Alicia entfernte und dabei hoffte, nicht über irgendwas zu stolpern, senkte Alicia unvermittelt das Gewehr und torkelte in entgegengesetzter Richtung davon. Als sie aus dem Lichtkegel der Außenbeleuchtung verschwand, ließ Elaine erleichtert den Atem entweichen. Sie wartete noch einige Augenblicke, ehe sie langsam weiterging, bei jedem Schritt lauschend, ob Alicia vielleicht noch in der Nähe war. Doch es war nichts zu hören außer dem Geräusch des Windes in den Bäumen.

Der Bungalow von Jason lag im Dunkeln, trotzdem ging Elaine hin und klopfte. Als auch nach ausdauerndem Hämmern niemand öffnete, blieb ihr nichts anderes übrig, als ihren Weg fortzusetzen. Sie hätte gern nach Becky gerufen, fürchtete aber, dass Alicia dann wieder mit ihrem Schießprügel auftauchte. Sie war so restlos zugedröhnt, dass sie sicher keine großen Hemmungen hatte, tatsächlich zu schießen. Als Elaine dieser Gedanke kam, begriff sie unvermittelt, dass Alicia vielleicht schon von der Waffe Gebrauch gemacht hatte und dass dies der Grund dafür war, weshalb hier niemand mehr war.

Oh Gott, Becky! Elaine konnte kaum atmen bei dem Gedanken, dass sie … Nein, das würde sie spüren. Aber dann merkte sie zu ihrem Entsetzen, *dass* sie etwas spürte. Becky war in Gefahr. Genauso wie sie selbst. Das Verhängnis, auf das sie sich zubewegte, fühlte sich wie eine Wand an, die vor ihr lag, aber Elaine war außerstande zurückzuweichen. Sie musste weitergehen, wenn sie Becky retten wollte! Sie musste ihr Kind holen, nichts anderes zählte.

In ihrer Not rief sie nun doch nach ihrer Tochter. »Becky?« Elaine dämpfte ihre Stimme, so gut es ging. »Becky? David? Seid ihr hier? Russell? Jason?«

Niemand antwortete ihr. Als sie sich den Feldern näherte, stieg ihr der Geruch von Rauch in die Nase. Es war dunkel hier draußen, die Außenbeleuchtung des Hauses reichte nicht bis hierher, doch als Elaine weiterging, tauchte ein Stück weit vor ihr das helle Flackern eines kleinen Feuers auf. Abrupt blieb sie stehen. Eine geduckte Gestalt bewegte sich vor den Flammen, die Arme hochgereckt und den Kopf nach hinten geworfen. Ein leiser Singsang untermalte die Bewegungen, ähnlich atonal wie der Wind, der die Laute fast völlig verschluckte. Es war Antoinette, die ganz offensichtlich wieder eines ihrer Beschwörungsrituale zelebrierte. Elaine fasste sich ein Herz und ging zu ihr.

»Antoinette«, sagte sie mit fester Stimme. »Was ist hier los? Wo ist Becky?«

Die alte Frau hielt mitten in ihrem fisteligen Gesang inne und starrte sie aus kohleschwarzen Augen an. Es war ein

Blick aus einer fremden, uralten Welt voller Schrecken und Zauberei. Elaine wollte sich unwillkürlich abwenden, doch sie hielt diesem beängstigenden Blick stand und wiederholte ihre Frage. »Wo ist Becky?«

Die alte Frau sagte etwas in ihrem kreolischen Dialekt. Diesmal hatte Elaine die Ohren gespitzt und hörte genau hin, um alles zu verstehen. Als sie Antoinettes Worte hörte, wurde sie von einer Welle des Entsetzens durchflutet. Blutige, abscheuliche Bilder aus einer lange zurückliegenden Zeit schienen sich vor ihrem geistigen Auge zusammenzuballen und die gesamte Realität, wie sie sie kannte, auszulöschen.

»Deine Tochter ist das Opfer, und du bringst den Fluch des Blutes.«

»Nein«, flüsterte Elaine. »Nein. Sei still.«

Doch die alte Frau hob wieder ihre Arme und stimmte erneut ihren Voodoo-Gesang an, von dem niemand genau sagen konnte, ob er gut oder böse oder beides war. Er war wie eine Brücke aus der Vergangenheit, über die sich die Geister von damals den Weg ins Heute verschafften.

»Becky?« Diesmal schrie Elaine den Namen ihrer Tochter laut heraus. Sie musste sie finden, so schnell wie möglich! »Becky, wo bist du?«

44

Schwitzend schleifte Jason den schweren Körper ins Sudhaus. Er hatte Russell unter beiden Armen gefasst und quälte sich rückwärtsgehend durch die Tür. Irgendwo in der Ferne hörte er Elaine nach ihrer Tochter rufen. Jason hoffte, dass sie bald wieder verschwand, doch er hatte den dumpfen Verdacht, dass sie nicht aufgeben würde, bevor sie Becky gefunden hatte. Sein Plan sah nicht vor, dass sie sich hier herumtrieb. Dadurch wurde alles unnötig verkompliziert. Doch er würde einfach auf sein Improvisationstalent vertrauen. Bislang hatte es gut funktioniert. Meist klappte es sowieso immer dann am besten, wenn er die Dinge spontan entschied, so wie bei Jerry. Er hatte zu keinem Zeitpunkt geplant, den Jungen umzubringen. Es hatte sich eben so ergeben.

Tagelang hatte er gezittert, dass sie ihn drankriegten, weil er Angst hatte, dass Wayne, dieser Blödmann, sich verquatschte. Doch irgendwie hatte sich alles wie von allein wieder eingerenkt.

Er hatte einen Run. Eine echte Glückssträhne. Und diesmal würde er dafür sorgen, dass sie nicht wieder abriss. Sobald er alles hier erledigt hatte, würde er Alicia suchen. Vorhin hatte er sie mit der alten Schrotflinte ihres Vaters den Weg entlangstolpern sehen – sie musste sich schon wieder restlos abgefüllt haben. Höchste Zeit, dass er anfing, ihr diesen Unsinn abzugewöhnen.

Jason war immer mehr davon überzeugt, dass alles in Ordnung kommen würde. Er würde Alicia ins Herrenhaus bringen und ins Bett stecken. Anschließend würde er dafür sorgen, dass Toinette mit ihren schaurigen Gesängen und Zaubersprüchen aufhörte. Diesmal für immer. Sie würde ihm keine Angst mehr einjagen. Nie wieder.

Aber zuerst musste er diese Aufgabe hier erledigen. Russell stöhnte, als Jason ihn auf den Holzboden sinken ließ. Jason hätte ihm gern ein paar Tritte verpasst, um ihn endgültig ruhigzustellen, aber das wäre bei einer späteren Obduktion aufgefallen. Als Krimi-Fan wusste er genau, dass Verletzungen, die einem Menschen vor dem Tod beigebracht wurden, anders aussahen als solche, die *post mortem* entstanden. Folglich beschränkte er sich darauf, Russell den Strick um den Hals zu legen. Er hatte schon vor Russells Rückkehr alles vorbereitet. Strick mit Henkersknoten. Die Kiste unter dem Deckenbalken. Den Drink mit den Tropfen. Und seinen Text für den Anruf, der Russell zum Bungalow locken sollte.

»Am besten kommst du sofort rüber zu mir, Russ. Es geht um Alicia. Frag nicht, komm schnell.«

Danach hatte er vorsorglich aufgelegt, ehe Russell Fragen stellen konnte. Und Russell hatte genau das getan, was im Drehbuch stand. Er hatte sich ohne zu zögern auf den Weg zum Bungalow gemacht, und als Jason ihm den Drink in die Hand gedrückt hatte – das war der kritischste Augenblick gewesen –, hatte er die Freundlichkeit besessen, wie gewünscht zu reagieren, auch wenn Jason ein bisschen Überzeugungskraft hatte aufwenden müssen.

»Keine Angst, deiner Schwester ist nichts passiert. Ich muss dir einfach nur was erzählen. Über sie und über mich. Hier, trink erst mal was. Das wirst du brauchen.«

Russell hatte ungeduldig reagiert, er hatte wissen wollen, was zum Teufel noch mal los war, aber Jason hatte auch das vorausgesehen. Er hatte sein eigenes Glas vom Küchentresen genommen und Russell gekränkt angesehen.

»Bin ich nicht gut genug für dich, um einen Schluck mit mir zu trinken?«

Eher mechanisch als bewusst hatte Russell getrunken und ihn dabei halb ärgerlich, halb angespannt angesehen.

»Nun sag schon, was los ist!«

Dann hatte Russell mit drei Schlucken das Glas leer getrunken, vermutlich, weil er den Drink gebraucht hatte. Jason hatte ihm angesehen, wie fertig er war, höchstwahrscheinlich wegen der Schlampe aus Miami, die ihm ziemlich den Kopf verdreht hatte. Möglicherweise hatte sie mit Russell Schluss gemacht, aber darauf konnte Jason sich nicht verlassen. Er konnte sich auf niemanden verlassen. Nur auf sich selbst und sein Glück.

Er legte Russell die Schlinge um den Hals und warf das freie Ende des Stricks über den Balken.

Im nächsten Augenblick hielt er inne. Jemand stand in der offenen Tür und sah zu ihm herein.

»Verdammt, musst du dich so anschleichen?«, fragte Jason, teils gereizt, weil ihm der Schreck in die Glieder gefahren war, teils erleichtert, weil es nur Wayne war.

»Du kommst genau richtig, um mir zu helfen«, fuhr er fort.

»Ich weiß nicht«, sagte Wayne. »Am Ende kriege ich wieder den Ärger deswegen. Das kenn ich ja schon.«

»Halt die Klappe und hilf mir.«

»Und was springt für mich dabei raus? Nur Stress!«

»Darüber können wir später reden. Hier, nimm das und zieh.«

Ungeduldig warf Jason dem Jungen den Strick zu und bückte sich, um Russells schlaffen Körper in die Senkrechte zu stemmen, damit es schneller ging.

45

1831

Louisa blieb in der offenen Tür stehen und blickte auf das furchtbare Bild, das sich ihr bot. Gerald stand mit tief gesenktem Kopf vor der Bahre und hatte die Hand auf Kalindas Arm gelegt, den einzigen Körperteil von ihr, der halbwegs unversehrt geblieben war. Er streichelte sanft den Unterarm, dann nahm er ihre Hand und hielt sie, als könnte sie ihm aus dem Reich der weinenden Seelen noch einen Hauch von Trost vermitteln, obwohl der Tod sie für immer von ihm trennte.

»War es das, was du wolltest?«, fragte sie mit kalter Stimme. »Dass sie tot ist statt in Liebe mit dem Mann ihres Herzens vereint? Durfte sie nicht dasselbe haben, was du hattest?«

Er schwieg. Was hätte er auch sagen sollen? Sie hätte jedes Wort als blanken Hohn empfunden. Sie empfand nichts mehr für ihn, nicht einmal Mitleid. Ihre Liebe war mit Kalinda gestorben, ebenso wie ihre lebenslang gehegte Zuversicht, dass seine Entscheidungen die richtigen waren und sie sich ihnen bedenkenlos unterwerfen konnte, weil er doch immer nur das Beste für sie und Kalinda gewollt hatte.

Aber das hatte sich nun als falsch herausgestellt, als hässliches Zerrbild einer Wahrheit, die nur für Weiße gut und richtig war. Für Schwarze so wie sie und ihre Tochter war es bloß ein Abklatsch dessen, was der Rest der Welt unter Ehre, Anstand und Aufrichtigkeit verstand. Die Lüge war das, was am Ende für die Schwarzen übrig blieb – und der scharfe, bittere Geschmack von Verrat. Verrat an einer Liebe, die immer den Kern ihres Daseins gebildet hatte, so leuchtend und hell wie die Sonne am Mittag. Jetzt herrschte nur noch rabenschwarze Nacht, alles Licht war erloschen.

Gerald hob müde sein Haupt und wandte ihr das gramzerfurchte Gesicht zu. Zum Sprechen fehlte ihm die Kraft. Kurz kam ihr in den Sinn, dass er denselben Verlust erlitten hatte wie sie. Seine Tochter war tot am Fuß der Steilklippen im Süden der Insel aufgefunden worden, dicht neben dem Leichnam von Jack, dem Sklaven, mit dem sie sich gemeinsam in den Tod gestürzt hatte. So, wie sie es ihrem Vater vorher angedroht hatte, wenn er sie nicht mit ihrer Liebe ziehen ließe. Sie hatte es wahr gemacht, denn sie war seine Tochter und mindestens so dickköpfig und starrsinnig wie er selbst. Eine junge Frau, die sich nicht um Konventionen und die Trennung von Schwarz und Weiß scherte, weil sie an eine Kraft glaubte, die diese Schranken überwinden konnte: die Liebe, die ihr selbst jedoch kein neues Leben, sondern einen grausamen Tod gebracht hatte.

»Ich gehe weg«, informierte Louisa den Mann, dem sie seit ihrer Kindheit gehört hatte. »Ich packe mein Bündel und verschwinde. Nur, dass du Bescheid weißt.«

Er musterte sie mit trüben Augen, und sie fragte sich, ob er sie überhaupt verstanden hatte. In ihrem ersten wilden Schmerz vor zwei Tagen, als man den zerschmetterten Leib ihres Kindes geborgen und nach Hause gebracht hatte, war es ihr als passende Genugtuung erschienen, ihn zu verlassen, doch nun war ihr auch das einerlei. Nichts war mehr wichtig. Vielleicht noch das Kind, das sie erwartete, denn das hatte ihr Gott gegeben, womöglich in dem Glauben, ihr damit

Kalinda zu ersetzen. Falls Gott das gedacht hatte, irrte er gewaltig. Aber wer war sie, eine einfache, ungebildete Mulattin, seinen unergründlichen Ratschluss infrage zu stellen?

Sie wollte einfach nur noch weg von hier und woanders weitermachen, mit Rudd, der bereits draußen im Wald auf sie wartete.

Doch sie hatte noch etwas, das sie hierlassen musste. Zum Abschied. Ruhig sagte sie zu Gerald:

»Dieses Haus – es soll verflucht sein bis ans Ende aller Tage. Alle Freude soll sich darin in Unglück wandeln, alles Licht in Finsternis. Für immer soll hier das Leid über die Liebe siegen. Das ist mein Vermächtnis für Swift Great House, dein kostbares Herrenhaus, in dem du mich und dein Kind niemals haben wolltest.«

Seine Lippen bewegten sich, als wollte er widersprechen, doch die qualvolle Trauer machte ihn stumm. Sie sah, wie er zitterte, doch sie hatte mit ihm abgeschlossen. Ihr Leben war vorbei, ebenso gut hätte sie selbst tot sein können. Doch bevor sie selbst Kalinda folgen konnte, hatte sie eine Aufgabe zu erfüllen, denn in ihr wuchs neues Leben heran. Rudd würde ihr helfen, was immer auch geschah. Wenigstens diese Sicherheit würde sie mitnehmen, wenn es auch sonst nichts mehr gab, an dem sie sich festhalten konnte.

Von Kalinda hatte sie bereits Abschied genommen. Eigenhändig hatte sie den vom Sturz schrecklich entstellten Körper gewaschen und in weißes Leinen gehüllt, während Gerald draußen vor der Tür geheult und gewinselt hatte wie ein gepeinigtes Tier. Nun hatten sie beide keine Tränen mehr. Und keine Worte für das, was geschehen war und für sie das Ende ihrer Liebe bedeutete.

Louisa verließ Swift Great House für immer. Nur den Fluch, den sie soeben über sein Haus und alle Swifts ausgesprochen hatte, ließ sie zurück, beseelt von dem brennenden

Wunsch, dass er seine böse Kraft bis in alle Ewigkeit entfalten möge.

Gerald hörte, wie Louisas Schritte sich entfernten, doch ihm fehlte die Kraft, sich zu ihr umzuwenden und sie zurückzurufen. Er fühlte sich wie ausgehöhlt und wehrlos all dem Schmerz preisgegeben, der in ihm tobte und sein Inneres zerriss. Kalindas Hand, ein weiterer Teil ihres Körpers, der nicht zerbrochen und unter der Wucht des Aufpralls zerschmettert worden war, lag schlaff in seiner. Sie fühlte sich nicht kalt an, zumindest nicht kälter als seine eigene. Das kam, wie er wusste, von der tropischen Hitze – Grund genug, nicht länger mit der Bestattung zu warten. Der Schwarze war schon verscharrt worden, irgendwo unten bei Southfield, doch Kalinda sollte auf dem Friedhof von Falmouth beigesetzt werden. Nicht in der Familiengruft, dergleichen war für die Kinder schwarzer Mätressen nicht gestattet. Aber in einem ordentlichem Grab mit einer Marmorplatte und Blumen und einer Andacht in der Kirche. Dafür würde er sorgen. Ein trockenes Schluchzen stieg in ihm auf und schüttelte ihn. Der Schmerz war wie ein wildes Tier, er hörte nicht auf zu wüten. Noch nie im Leben hatte er solches Leid erfahren. Hätte der Tod ihm Thomas genommen, seinen einzigen Sohn, wäre es nicht annähernd so schlimm für ihn gewesen. Doch das Schicksal hatte ihm diesen grausamsten aller Verluste als Strafe für seine Sünden zugedacht, davon war Gerald mittlerweile zutiefst überzeugt. Er hatte Louisas sehnlichste Wünsche missachtet und stattdessen seine eigenen immer an die oberste Stelle gesetzt. Wie häufig hatte er nur an seine Fleischeslust gedacht, während es Louisa um den Wunsch nach Sicherheit, nach einem Heim und einem Leben frei von Unterdrückung und Verachtung gegangen war! Er hatte nicht auf sie gehört, denn er war ja stets der Meinung gewesen, dass es ausreichte, so wie es war. Mit dieser Schlange Judith als rechtmäßige Frau an seiner Seite im Herrenhaus und mit Louisa und Kalinda drüben in der Hütte.

Ein Schaudern überlief ihn bei dem Gedanken an den Fluch. Etwas Dunkles und zugleich Wahrhaftiges hatte in ihren Worten gelegen, so wie bei einem Gebet, in das ungezählte gepeinigte Seelen aus dem Jenseits einstimmten. Doch egal was sie auf Swift Great House herabbeschworen hatte – nichts konnte je schlimmer sein als das Unglück, das ihn bereits getroffen hatte.

Hinter ihm waren abermals Schritte zu hören, und er wandte sich kurz um, in der schwachen Hoffnung, Louisa habe es sich überlegt und sei zurückgekehrt. Doch nicht sie war es, sondern Rhygin, der in respektvoller Haltung in der offenen Tür stehen blieb, den Kopf angemessen gesenkt und die Hände vor der sauberen schwarzen Jacke gefaltet. Einer der Sklaven war bei ihm. Die beiden sollten die Bahre zum Fuhrwerk tragen, das bereits vor dem Haus wartete.

Rhygin selbst hatte Kalinda nach zweitägiger Suche gefunden, nachdem er sich daran erinnert hatte, was Kalinda im Streit gerufen hatte. Zufällig hatte er ihre Androhung im Vorbeigehen aufgeschnappt.

Auch wenn Gerald den Kerl nicht sonderlich mochte – dafür, dass er Kalindas Leichnam entdeckt hatte, war er ihm dankbar. Ansonsten war Rhygin ihm herzlich gleichgültig, und daran änderten auch die derzeit grassierenden Gerüchte nichts. Die Sklaven zerrissen sich mittlerweile die Mäuler, es hieß, Rhygin treibe es heimlich mit Judith, doch das störte Gerald so wenig wie der Haufen von leer gepresstem Zuckerrohr neben der Mühle. Sein Entschluss stand ohnehin fest – er würde Judith diesen Monat noch nach Atlanta schicken. Er konnte ihre Gegenwart nicht mehr ertragen.

Immer würde er daran denken müssen, dass sie Louisa und Kalinda das Leben schwergemacht und dass er selbst es all die Jahre zugelassen hatte. Hätte er schon viel früher dafür gesorgt, dass Judith zu ihrer Tante zog, könnte Kalinda noch leben. Wenn sie und Louisa frühzeitig zu ihm ins Herrenhaus übergesiedelt wären, hätte es gar keinen Grund für sie gegeben, zum Spielen zu den Sklavenhütten zu laufen. Sie wäre diesem verdammten Schwarzen nie begegnet, er hätte ihr niemals den Kopf verdrehen können.

Immer noch weinend beugte Gerald sich über Kalindas Hand und drückte sie gegen seine Lippen. Er spürte Rhygins peinlich berührten Blick auf sich, doch auch das störte ihn nicht im Mindesten, denn auch ihn würde er in Schimpf und Schande fortschicken. Sobald alles erledigt und sein Kind unter der Erde war, würde nichts mehr so bleiben, wie es war. Als Erstes würde er Louisa zurückholen, und dann … Wenigstens ihr wollte er alle Wünsche erfüllen. Dann konnte sie ihm vielleicht verzeihen und diesen dummen Fluch vergessen.

»Es wird Zeit, Mr. Swift«, sagte Rhygin leise. »Der Wagen steht bereit. Mit lauter weißen Blumen. Dafür habe ich selbst gesorgt. Es sieht sehr schön aus.« Er räusperte sich. »Wir sollten sie nun hinausbringen.« Er gab dem Sklaven einen Wink und trat ans Kopfende der Bahre, wo er die Tragegriffe umfasste. Geralds Blick fiel auf sein Gesicht. Rhygins linke Wange war von vier tiefen, dunkel verschorften Furchen gezeichnet, als hätte eine wilde Katze ihre Krallen durch sein Fleisch gezogen. Ob Judith die Hand ausgerutscht war? Unter den Sklaven wurde gemunkelt, dass die beiden es grob mochten. Nun, auch das sollten sie künftig unter sich ausmachen. Wenn Judith erst in Atlanta war, würde er alles für eine Scheidung in die Wege leiten. Es würde nicht ganz einfach werden, doch wenn das dritte Gerücht stimmte, das ihm zu Ohren gekommen war, sollte es kein Problem sein, sie loszuwerden – allem Anschein nach war sie mit Rhygins Bastard schwanger.

Sanft legte Gerald Kalindas Hand zurück neben ihren vom Laken abgedeckten Körper. Dabei bemerkte er etwas an ihren Fingern, das ihm vorher nicht aufgefallen war. Die Hand war makellos und unversehrt, kein Bruch und kein Kratzer verunstaltete die glatte junge Haut. Doch die vier Fingerspitzen wiesen Spuren von rötlichem Schmutz auf, und unter den Nägeln schienen noch Fetzen von dieser Substanz zu hängen. Gerald beugte sich herab, um diese Spuren näher zu betrachten – und erstarrte, als er die Wahrheit erkannte. Sein Blick fuhr hoch, zu Rhygin und dessen zerkratzter Wange.

»Du«, flüsterte er. »Du warst es. Du hast sie umgebracht.«

»Was sollte ich machen, Mr. Swift? Ich liebe nun mal Ihre Frau. Und sie bestimmt, wo es langgeht.« Mit diesen Worten zückte Rhygin ein Messer und stach es Gerald heftig in die Brust, bevor er es mit einem Ruck herausriss und es dann dem vor Entsetzen erstarrten Schwarzen quer über die Kehle zog, bis das Blut herausspritzte.

»Mörder!«, schrie Rhygin. Er nahm den Brieföffner vom Schreibtisch, beschmierte ihn mit dem Blut des zusammengebrochenen Schwarzen und drückte diesem anschließend das Heft in die Hand. »Zu Hilfe! Mr. Swift wurde von einem Sklaven umgebracht!«

Wie betäubt starrte Gerald den im Todeskampf zuckenden Sklaven an und dann den großen blutigen Fleck, der sich auf seiner eigenen Brust ausbreitete und binnen Augenblicken den Stoff seines Anzugs völlig durchtränkte. Er spürte, wie sein Herz stolperte und aussetzte und dann ganz aufhörte zu schlagen. Er stützte sich auf der Bahre ab, hatte aber Angst, dass er im Sterben Kalindas aufgebahrten Körper mit sich zu Boden reißen würde, also ließ er wieder los und taumelte einen Schritt zur Seite, ehe er in die Knie brach, blicklos vor sich hin starrend. Er litt nicht länger, denn dies war ein Schmerz, den er willkommen heißen konnte. Fast glaubte er, hinter der unsichtbaren Grenze, die er gleich überschreiten würde, sein Kind warten zu sehen. Und dann war sie tatsächlich dort und streckte die Arme nach ihm aus.

»Pa«, sagte sie, das wunderschöne Antlitz ganz unversehrt und voller Liebe. »Da bist du ja, Pa! Komm! Lass uns gehen!« Sie streckte die Arme nach ihm aus, und als er zu ihr ging, erstrahlte die Welt in einem gleißenden, verheißungsvollen Licht, das alles Leid mit sich fortnahm.

46

Elaine stolperte durch die Dunkelheit in Richtung Zuckermühle, weil sie glaubte, dort drüben ein schwaches Licht zu erkennen. Ihre Augen hatten sie nicht getrogen. Als sie näher kam, sah sie eine eingeschaltete Taschenlampe im Gras liegen.

Erst dann bemerkte sie die beiden Gestalten. Einige Schritte von der Taschenlampe entfernt stand ein Mann halb gebückt über einem zweiten, der auf dem Rücken unter ihm lag. Der stehende Mann hielt eine Machete in der Hand, und offenbar war er gerade im Begriff, den anderen zu töten. Er holte mit der gewaltigen Hiebwaffe aus – und fuhr mitten in der Bewegung zu Elaine herum, als sie einen entsetzten Schrei ausstieß. Es war Wayne. Wilde Mordlust stand in seinem Gesicht.

Der Moment der Ablenkung hatte dem Mann am Boden genügt. Er trat Wayne hart die Beine weg und brachte ihn so zu Fall. Mit raschem Griff entwand er ihm die Machete und hackte damit wieder und wieder auf ihn ein. Elaine hörte das furchtbare Geräusch zerteilten Fleisches. Sie schrie erneut auf, weil sie sich in ihrem Schreck nicht beherrschen konnte. Der Mann, der mit der Machete auf Wayne eingeschlagen hatte, hielt inne und wandte sich zu ihr um. Es war Jason. Er blutete im Gesicht, und seine Wangen waren tränennass.

»Gott sei Dank«, stammelte er. »Gott sei Dank!« Er wiederholte es noch ein paarmal und bekreuzigte sich dabei, ehe er sich mit dem Handrücken die Nase abwischte. »Das ging gerade noch mal gut. Danke, Elaine. Du hast mir das Leben gerettet. Und zwar im letzten Augenblick. Knapper ging's gar nicht.«

Sie starrte voller Grauen auf Waynes reglosen Körper. Sein Kopf war im diffusen Licht der herabgefallenen Taschenlampe eine einzige zerschlagene rote Masse.

»Ist er … tot?«

Jason beugte sich über Wayne und fasste nach seinem schlaffen Handgelenk, um den Puls zu fühlen.

»Ja«, sagte er.

»Oh Gott.« Elaine kämpfte vergeblich gegen eine heftige Aufwallung von Übelkeit. Sie drehte sich weg und erbrach sich am Rand des Wegs. Aus den Augenwinkeln sah sie, wie Jason die Taschenlampe aufhob.

»Geht es wieder?«, fragte er besorgt.

Sie schüttelte den Kopf, immer noch würgend. Es ging überhaupt nichts mehr. Gerade war vor ihren Augen ein Mensch gestorben, und Jason hatte ihn umgebracht. Er hatte eindeutig in Notwehr gehandelt, aber höchstens beim ersten Schlag. Danach hätte er sofort aufhören müssen, denn Wayne hatte bereits wehrlos und schwer verletzt am Boden gelegen.

»Der Mistkerl hat Jerry ermordet«, sagte Jason grimmig. Er zog eine Brieftasche aus seiner Hosentasche und zeigte sie Elaine. »Siehst du? Die gehört Jerry. Ich habe sie vorhin bei Wayne gefunden. Da ist er mit der Machete auf mich losgegangen.«

»Aber …« Elaine war verwirrt. Trotz der Übelkeit und des Schocks hatte sie das Gefühl, dass etwas nicht stimmte. »Er hatte doch ein Alibi.« Erst als sie das sagte, fiel ihr ein, dass Jason Waynes Alibi gewesen war, und schlagartig hielt sie den Mund. Er stand da, mit der Taschenlampe in der einen und der Machete in der anderen Hand. Waynes Blut tropfte von der Schneide auf seine Schuhe.

»Mom!«, kam Beckys Stimme von vorn aus dem Zuckerrohrfeld. »Lauf weg, Mom! Schnell!«

Elaine brach in Tränen aus, sie konnte nicht anders. Die furchtbare Anspannung der vergangenen Stunde löste sich in einem erleichterten Aufschluchzen. Becky war am Leben! Es ging ihr gut! Dass sie selbst sich in tödlicher Gefahr befand, merkte sie erst, als Jason die Taschenlampe fallen ließ, mit wenigen großen Schritten auf sie zugeeilt kam und sie grob bei den Haaren packte. Er drückte ihr die Schneide der Machete gegen den Hals und sagte über die Schulter in Richtung Feld: »Kommt raus, ihr zwei. Ich weiß, dass ihr euch da versteckt habt. Nun macht schon. Oder wollt ihr, dass ich Beckys Mom den Hals aufschlitze und ihr Blut durch die Gegend spritzt?«

Er drehte sich mit Elaine so, dass er den Feldrand im Auge behalten konnte. Auf diese Weise sah auch sie, wie ihre Tochter gemeinsam mit David zwischen den hohen, windzerzausten Halmen hervortrat.

»Lass meine Mutter los«, sagte Becky mit dünner Stimme. Sie sah ganz klein und sehr jung aus in ihren kurzen Hosen, dem dünnen Top und dem zu zwei Zöpfen geflochtenen Haar. Sie musste heute auf dem Wasser gewesen sein, denn meist flocht sie ihre Haare zu einem oder zwei Zöpfen, wenn sie schwimmen ging oder mit dem Boot hinausfuhr. David stand dicht neben ihr, er hielt ihre Hand. Sie waren wie zwei verlorene Kinder, die sich im Sturm verirrt hatten.

»Er hat sich mit Wayne um Geld gestritten, Mom. *Er* war es, der Wayne zuerst mit der Machete angegriffen hat. Doch der hat sich gewehrt und ihm das Ding weggenommen. In dem Moment bist du dazugekommen.«

»Halt die Klappe«, sagte Jason wütend.

»Lauft«, beschwor Elaine die beiden, so wie es vorhin Becky bei ihr getan hatte. »Lauft einfach weg. Vorn vor dem Haus steht ein Taxi. Der Fahrer hat Funk im Wagen, er kann die Polizei rufen. Jason wird mir schon nichts tun. Denn ihr seid ja Zeugen.«

»Nein, so funktioniert das nicht«, meinte Jason. Sein Atem streifte Elaines Nacken. Er hatte seine Faust brutal in ihr Haar gekrallt und hielt ihren Kopf nach hinten gebogen. Sie konnte nur gekrümmt stehen und hatte Angst, das Gleichgewicht zu verlieren. Dann würde die Klinge von ganz allein in ihre Kehle gleiten und die Schlagader durchtrennen. In ihrer Haut klaffte bereits ein Schnitt, Elaine spürte das Blut herunterlaufen. Die Schneide war scharf wie ein japanisches Filetiermesser, nun hatte sie eine ungefähre Vorstellung, was damit gemeint war. Jason selbst hatte diesen unpassenden Vergleich bemüht, bei dieser Führung in der vergangenen Woche, als all die amerikanischen Touristen hier gewesen waren.

»Ihr könnt ja ruhig weglaufen«, sagte Jason gelassen zu Becky und David. »Aber dann muss euch klar sein, dass sie dann ganz allein hier mit mir zurückbleibt. Ihr hättet ihren Tod auf dem Gewissen und müsstet für den Rest eures Lebens mit dieser Schuld leben.«

»Hört nicht auf ihn. Rennt einfach los. Holt Hilfe! Er wird nicht wagen, mir was zu tun!«

»Glaubst du das echt, du Schlampe? Nachdem ich bereits Wayne kaltgemacht habe und ihr alle dabei zugesehen habt?«

Sie musste ihn ablenken, ihn aufhalten, irgendwas sagen oder tun, um Becky und David Zeit zu verschaffen. Die beiden mussten sich endlich auf das einzig Vernünftige besinnen und Hilfe holen. Nur so hatten sie alle eine Chance.

»Worüber habt ihr gestritten, du und Wayne?«, fragte sie

Jason. »Wenn es um Geld ging – hat er dich erpresst? Was hast du getan? Unterschlagung? Oder was Schlimmeres?«

»Nur das, was nötig war. Ich möchte nicht wissen, wie Swift Great House sonst in fünf oder zehn Jahren aussehen würde. Mit einer Touristenlodge.« Jason spie das Wort förmlich hervor. »Und einem Erlebnispark.« Seine Stimme klang anklagend, offensichtlich war dies genau sein Thema. »Russell stand meiner Zukunft schon immer im Wege.«

Der Schock über diese Worte traf sie wie ein Hammerschlag. »Du hast ihn getötet«, flüsterte sie.

»Das kommt als Nächstes. Es wäre schon erledigt, aber dann musste Wayne, der Trottel, ja erst noch eine Grundsatzdiskussion anfangen.«

»Und Jerry? *Du* hast ihn getötet, oder?« Elaine brachte die Frage kaum heraus. Ihre Gedanken jagten wie ein Schwarm Hornissen durcheinander, bis auf einen, der im Zentrum stand: die Notwendigkeit, Jason zum Reden zu bringen. Solange er bei ihr stand und mit ihr redete, konnte er Becky nichts tun.

»Es war Jerrys Pech, dass er zufällig nachts hier herumspazierte, als ich alles mit Wayne besprach. Dabei hat er zu viel gehört.«

»Also ist er doch auf der Plantage gestorben.«

»Das habe ich doch gerade gesagt, oder nicht?«, versetzte Jason. Es klang wütend. »Wayne hat ihn dann noch eigenhändig auf der Müllkippe abgeladen, aber der Idiot hatte den Schuh vergessen. Und das Handy musste er natürlich auch unbedingt behalten.«

Elaine warf Becky einen beschwörenden Blick zu, doch ihre Tochter schien sich nicht dazu durchringen zu können, das einzig Logische zu tun. Sie blieb schreckensstarr mit David dort am Rand des Feldes stehen und hielt angstvoll ihre Blicke auf Jasons Hand mit der Machete geheftet.

Elaine spürte, wie ihr am ganzen Körper der Schweiß ausbrach. Sie musste Becky dazu bewegen wegzulaufen. Jason konnte keine Zeugen am Leben lassen. Er würde sie alle der Reihe nach töten.

»Zieh ihm den Gürtel aus der Hose und binde ihm damit die Hände zusammen«, befahl er Becky. »Aber richtig fest.« Er zog Elaine die Handtasche von der Schulter und schleuderte sie in Beckys Richtung. »Und dann mach den Trageriemen von der Tasche ab und fessle seine Füße. Los, schnell.«

»Tu das nicht«, presste Elaine hervor. »Er wird David und dich töten.« Sie stöhnte auf, als Jason die Klinge der Machete fester gegen ihre Kehle drückte. Der Schmerz war wie sengendes Feuer.

»Halt den Mund, du Schlampe.«

»Mom«, weinte Becky. »Oh Gott, Mom.«

David starrte sie eindringlich an, machte aber keine Anstalten, sich zu wehren, als Becky anfing, ihn zu fesseln. Sie zitterte am ganzen Leib.

»Komm her, wenn du fertig bist«, kommandierte Jason.

»Nicht, Becky!«, flehte Elaine. Hastig fügte sie an Jason gerichtet hinzu: »Wie hattest du es dir gedacht, Swift Great House in deinen Besitz zu bringen, Jason? Willst du Alicia heiraten? Glaubst du wirklich, sie nimmt dich? Einen Psychopathen, der jeden Sinn für die Realität verloren hat?«

Jason lachte mit überkippender Stimme.

»Kennst du nicht das Sprichwort, Gleich und Gleich gesellt sich gern? Sie hatte damals schon nichts dagegen, dass ich Janice und Dorothy aus dem Weg geräumt habe, weil sie nicht damit klarkam, dass eine andere Frau in Russells Leben und auf Swift Great House das Sagen hatte.« Sein Tonfall wurde hitzig. »Ich habe lange genug auf das gewartet, was mir zusteht. Die Swifts können ihren Besitz nicht richtig würdigen.«

»Und wie willst du dem Rest der Welt erklären, dass plötzlich alle tot sind?«

»Wayne hat euch umgebracht. Ich konnte ihm die Machete entreißen und ihn töten. Leider zu spät, um euch zu retten. Dann kam Russell und hat das ganze Drama gesehen, und es hat ihn so fertiggemacht, dass er rüber in die Zuckermühle gegangen ist, um sich aufzuhängen, wie damals Dorothy.«

David stand mit gefesselten Händen und Füßen da, und Becky kam zögernd näher, wie Jason es ihr befohlen hatte. Ihre Haltung war angespannt, die Finger zu Klauen gebogen. Elaine erkannte, was ihre Tochter vorhatte – sie wollte Jason angreifen. Elaine begriff, dass ihr nur ein Ausweg blieb, um Becky zu beschützen – sie musste selbst die Initiative ergreifen, auch wenn es ihren Tod bedeutete. Nur so konnte sie Becky die Chance verschaffen zu leben.

Sie schlug Jason ihren Ellbogen in die Rippen, so fest sie konnte. Gleichzeitig drückte sie mit der anderen Hand die Klinge von ihrem Hals weg. Die scharfe Schneide schnitt tief in ihre Finger, es tat höllisch weh. Jason trat ihr von hinten in die Kniekehlen und zog gleichzeitig hart an ihren Haaren, die er immer noch festhielt. Sie stürzte rücklings zu Boden, und dann war er über ihr und holte mit der Machete aus.

Becky sprang wie eine Wildkatze auf seinen Rücken und umklammerte von hinten seinen Hals, doch Jason schüttelte sie mühelos ab und schleuderte auch sie zu Boden. Abermals hob er die Waffe zum tödlichen Hieb, diesmal gegen Becky. Elaines gellender Aufschrei fiel mit dem Brüllen Davids zusammen, der sich von den Fesseln befreit hatte und auf Jason losstürmte. Becky hatte ihn nicht allzu gründlich gefesselt, vermutlich in dem stillschweigenden Einvernehmen, dass sie Jason ablenken würde, damit David sich unbemerkt losmachen und angreifen konnte. David setzte zu einem Hechtsprung an, und vielleicht hätte er es sogar rechtzeitig geschafft, Jason außer Gefecht zu setzen.

Doch jemand anders kam ihm zuvor. Ein ohrenbetäubender Knall zerriss die Nacht, und von Jasons heller Hemdbrust spritzte roter Regen auf. Mitten in der Bewegung wurde er nach hinten geschleudert, auf David, der im selben Moment gegen ihn prallte. Beide landeten in einem Gewirr aus Armen und Beinen auf dem Boden.

»David!«, schrie Becky. Sie schluchzte erleichtert, als er sich stöhnend aufsetzte, dann fuhr sie zu Elaine herum.

»Mom?«, fragte sie ängstlich.

»Alles in Ordnung«, behauptete Elaine. Ihr Hals brannte wie Feuer, sie merkte, dass ihr das Blut in den Kragen lief. Und die Finger ihrer rechten Hand fühlten sich taub an. Aber sie lebte und Becky auch. Mühsam drehte sie sich um und stemmte sich hoch. Unmittelbar hinter ihr stand Alicia mit dem rauchenden Gewehr in der Armbeuge. Sie weinte und zitterte haltlos.

»Ich wusste es nicht. Ich wusste es nicht«, stammelte sie immer wieder, während sie Jason anstarrte, der mit gebrochenen Augen auf dem Rücken lag, den Schein der herabgefallenen Taschenlampe direkt im Gesicht. »Ich wollte nicht, dass Janice und Dorothy starben. Ich wusste nicht, dass er das getan hat. Ich wusste es nicht.« Sie verstummte abrupt und starrte das Gewehr an. »Aber ich *wusste,* dass ich mit dem Gewehr raus musste. Das habe ich gewusst.«

»Viens«, unterbrach sie der Ruf einer schrillen Frauenstimme. *»Viens ici!«*

Alicia ließ das Gewehr fallen und stürzte davon, in Richtung Zuckermühle.

»Russ!«, hörte Elaine sie schreien. »Russ, oh mein Gott!«

David und Becky waren bereits losgerannt. Elaine stolperte ihnen hinterher.

In der Mühle erwartete sie ein grauenvolles Bild. Russell lag auf dem Boden, einen Henkersstrick um den Hals. Das andere Ende lag neben ihm. Einen Moment lang dachte Elaine, er sei tot und die anderen hätten ihn gerade heruntergeholt, doch dann sah sie, wie Antoinette, die neben ihm kniete, ihm rechts und links ins Gesicht schlug und wie er unter ihren Ohrfeigen anfing zu stöhnen und sich zu bewegen.

Sie weinten alle, Becky, Alicia, Antoinette, und sogar David stimmte mit rauen Schluchzern ein, als Russell die Augen aufschlug und mühsam in die Runde blickte.

»Was zum Teufel ist hier los?«, murmelte er.

Elaine merkte, dass sie selbst ebenfalls weinte. Mit dem Rücken an einem der Stützbalken rutschte sie zu Boden, weil ihr die Knie so sehr zitterten und weil ihr schon wieder schwarz vor Augen wurde, so ähnlich wie oben auf den Klippen. Nur, dass sie diesmal keine Angst mehr hatte. Becky war gerettet. Und Russell auch. Sie waren alle am Leben. Das war das Wichtigste. Sie musste sich wohl nur ein bisschen ausruhen.

Die Geräusche und Stimmen um sie herum schienen immer schwächer zu werden.

»Mom?«, hörte sie Becky entsetzt ausrufen. »O mein Gott! Mom! David, sie verliert so viel Blut! Sie ist schwer verletzt!«

»Ich rufe die Ambulanz an. Mist, immer noch kein Netz. Ich lauf zum Haus.« Seine Schritte entfernten sich.

»Elaine?« Das war Russell. Seine Stimme klang schwach, aber das Entsetzen darin war unverkennbar. »Was ist mit ihr? Ist sie hier? Was ist passiert?«

Gut, dass ich es ihm nicht erzählen muss, dachte sie noch, während von allen Seiten die Schwärze heranflutete und ihre bewusste Wahrnehmung nach und nach auslöschte.

47

1831

Judith schickte die Köchin aus dem Zimmer, denn ihr war übel von dem Geruch nach gebratenem Fisch, den die Frau ausdünstete. Wegen der Hitze und ihrer Magenprobleme hatte sie kaum was essen können. Außerdem hatten sich auf den Speisen unzählige Fliegen versammelt, die ihr zusätzlich den Appetit verdorben hatten. Aus unerfindlichen Gründen schienen es deutlich mehr zu sein als sonst. Seit Gerald nicht mehr im Haus war, hatte sich überhaupt einiges verändert, manches eindeutig zum Schlechteren. Die Sklaven benahmen sich aufsässiger, das Essen kam nicht immer pünktlich auf den Tisch, und die meisten Leute, denen sie in der Stadt oder beim Kirchgang begegnete, waren ziemlich unfreundlich zu ihr. Es schien keinem sonderlich zu behagen, dass sie jetzt die rechtmäßige Herrin von Swift Great House war und obendrein auch noch die Plantage führte.

Was das Finanzielle betraf, machte sie sich keine Sorgen. Sie hatte sich die Bücher vorgenommen und bei den Arbeitsabläufen auf der Plantage einige dringend nötige Änderungen eingeführt. Längere Arbeitszeiten, kombiniert mit einem ausgeklügelten System von Belohnungen und der Aussicht auf Freiheit, sowie ein vertraglich verbrieftes Handgeld in fünf Jahren – diese Neuerung bewirkte wahre Wunder bei den Sklaven. Judith wusste, dass in ein paar Jahren sowieso alle Sklaven frei sein würden – warum also sollte sie zwecks Förderung der Arbeitsbereitschaft darüber nicht einen schönen Vertrag ausstellen, den ohnehin keiner von ihnen lesen konnte?

In den letzten Wochen hatte sie sich zudem mit den Möglichkeiten der Rumerzeugung befasst und sich Berichte darüber kommen lassen. Ein zusätzlicher Geschäftszweig wäre nicht schlecht, vielleicht ließen sich damit die Verluste aus der zurückgehenden Zuckerproduktion auffangen.

Wenn sie sich bloß nicht so mit dieser vermaledeiten Schwangerschaft hätte herumquälen müssen! Ihr Körper machte ihr in diesen Tagen schwer zu schaffen. Und Rhygin umschlich sie wie die Katze den heißen Brei. Seine Geilheit stand ihm ins Gesicht geschrieben, aber ihr war die Lust vergangen. Seit sie sich nicht mehr schnürte, fühlte sie sich aufgetrieben wie eine trächtige Kuh. Ihre Brüste waren schmerzhaft angeschwollen, ihre Beine unförmig von Wassereinlagerungen. Das einzig Gute daran war, dass sie den künftigen Erben von Swift Great House gebären würde. Ihr Stiefsohn Thomas war auf seiner Grand Tour unter die Räder gekommen, buchstäblich. Kurz nach Geralds Beisetzung war die Nachricht aus London gekommen, dass ihn eine Postkutsche überfahren hatte.

Damit waren alle Hindernisse, die zwischen ihr und ihrem Leben als Besitzerin von Swift Great House gestanden hatten, aus dem Weg geräumt, ohne dass sie allzu viel dafür hätte tun müssen. Das Schicksal hatte ihr in die Hände gespielt und in wundersamer Abfolge all die Ereignisse aneinandergereiht, die sie dafür gebraucht hatte.

Eigentlich hätte sie glücklich sein müssen, denn jetzt hatte sie alles, was sie sich jemals erträumt hatte. Doch sie fühlte sich so griesgrämig und unzufrieden wie noch nie zuvor in ihrem Leben.

Als kurz darauf Rhygin ins Zimmer trat, fuhr sie ärgerlich zu ihm herum.

»Kannst du nicht anklopfen?«

»Oh, warum so förmlich, mein Schatz?«

»Nenn mich nicht so.«

Er war mit zwei großen Schritten bei ihr und versetzte ihr eine schallende Ohrfeige. Sie fuhr zurück und hielt sich die Wange. Noch vor ein paar Wochen hätte er mit diesem Schlag ein Feuerwerk der Lust in ihrem Körper entzündet, doch im Augenblick fühlte sie nichts als lodernden Zorn. Sie stand so ruckartig auf, dass ihr Stuhl nach hinten kippte und durch die hektische Bewegung ihr nur halb leer gegessener Teller vom Tisch gestoßen wurde. Essensreste fielen auf ihre Füße und befleckten den teuren Teppich, doch sie achtete nicht darauf.

»Was nimmst du dir heraus?«, schrie sie.

»Willst du noch eine Ohrfeige?«, fragte er anzüglich und trat dicht an sie heran. »Oder darf es ein bisschen mehr sein? Findest du nicht, dass es höchste Zeit ist, mich für meine ganzen Mühen zu belohnen?« Seine Hände umfassten ihre schweren Brüste und kneteten sie hart. Es tat weh, aber sie empfand keine Lust. Rhygin roch nach Schweiß und Rum, das hatte sonst immer ihre Leidenschaft angestachelt, doch jetzt verspürte sie nur Widerwillen.

»Sollte es nicht wenigstens ein Schäferstündchen wert sein, dass ich dir die ganze blutige Arbeit abgenommen und dich ans Ziel deiner Wünsche gebracht habe?«

»Was meinst du damit?«, fragte sie stirnrunzelnd, während sie ihn von sich stieß.

»Was denkst du denn?«, fragte er süffisant zurück.

Sie starrte ihn an und suchte in seiner Miene nach der Antwort, die er ihr schuldig geblieben war, und als ihr die Wahrheit dämmerte, wurde ihr kalt vor Entsetzen.

Die Spuren auf seiner Wange waren verheilt, aber man konnte sie noch sehen. Er hatte behauptet, er hätte sich mit einem Betrunkenen geprügelt, aber plötzlich wusste Judith, wer ihm die Wunden zugefügt hatte.

»*Du* hast das Mädchen umgebracht«, sagte sie.

»Was hast du denn geglaubt?« Er musterte sie mit hochgezogenen Brauen.

Ihr Herz fing an zu rasen. Sie kriegte kaum noch Luft, aber sie ließ sich nichts anmerken.

»Und … Gerald? Warst du das auch?«

Sie las ihm die Wahrheit am Gesicht ab, noch bevor er sein selbstzufriedenes Grinsen aufsetzte. Nicht der Schwarze hatte Gerald getötet, sondern Rhygin, der es hinterher so arrangiert hatte, als hätte er den Mörder auf frischer Tat erwischt und gerichtet. Keiner hatte ihn verdächtigt, nicht einmal sie selbst, denn der Sklave war Jacks bester Freund gewesen und hatte Gerald dafür gehasst, dass er Jack zu den Weatherleys geschafft hatte. Rhygin hatte von Anfang an alles so geplant!

Jetzt wurde ihr richtig übel, hauptsächlich von seiner Gegenwart, aber es schien ihn wenig zu kümmern, dass seine Nähe ihr zuwider war. Er fasste sie um die Mitte und zog ihr Kleid hoch, um seine Hand darunterzuschieben. Seine Finger fanden ihre feuchte Spalte und stießen grob in sie hinein. Er presste seinen Mund auf ihren Hals und biss sie.

»Das brauchst du doch«, stöhnte er. »Ich merke doch, wie scharf du darauf bist.«

Sie empfand nichts als Abscheu. Wie von allein tastete ihre Hand hinter ihr auf dem Tisch herum und bekam die Weinkaraffe zu fassen. Sie holte damit aus und legte sämtliche Kraft in den Schlag, mit dem sie die schwere Kristallkaraffe auf Rhygins Kopf zertrümmerte. Der Burgunder spritzte in alle Richtungen, und Judith stand da, mit dem abgebrochenen Griff der Karaffe in der Hand, eine von Scherben durchsetzte Pfütze zu ihren Füßen, während Rhygin vor ihr zusammenbrach. Als er in die Knie sackte, konnte sie die hässliche Vertiefung zu beiden Seiten seines Scheitels sehen. Sein Schädel war so stark eingedrückt, dass ihre halbe Faust in der Senke Platz gefunden hatte. Dennoch zuckte und stöhnte Rhygin noch, als wollte er gegen diese Behandlung aufbegehren. Voller Grauen beobachtete sie, wie er sich in Krämpfen auf dem Teppich wand, bis seine unkoordinierten Bewegungen schließlich aufhörten und das Lebenslicht in seinen Augen erlosch.

Ihre Hand krampfte sich immer noch um den Griff der Karaffe. Mit einem angewiderten Laut ließ sie ihn auf den Toten fallen. Dann eilte sie zur Tür, um die Dienerschaft zu rufen.

Einige Tage darauf unternahm sie mehrere Versuche, einen Brief an Louisa zu schreiben, doch sie knüllte jeden Entwurf zusammen und warf ihn zu Boden, weil ihr die gewählten Formulierungen nicht gefielen. Mit jedem neuen Ansetzen ließ ihr Drang, Louisa die ganze Wahrheit mitzuteilen, ein wenig nach, bis sie am Ende zu der Überzeugung gelangte, dass es vielleicht doch kein so guter Plan war, einen solchen Brief zu schreiben. Zumal es höchst schwierig werden würde, Louisa den Brief zukommen zu lassen, denn die Maroons hatten in den Bergen keine Anschrift. Im Grunde war die ganze Idee absurd.

Judith begriff, dass ihr Wunsch, sich selbst von der Schuld an Kalindas Tod reinzuwaschen, nichts an den tragischen Geschehnissen ändern konnte. Am Ende würde Louisa sie vielleicht sogar nur noch mehr hassen, denn hätte Judith nicht Rhygin damit beauftragt, Kalinda und Jack zu dem Schiff zu bringen, wäre er gar nicht erst auf den Gedanken gekommen, die beiden umzubringen, weil er auf das Reisegeld scharf gewesen war. So gesehen trug sie letztlich sowieso die Schuld an allem, egal wie man es betrachtete. Da konnte sie Louisa lieber in dem Glauben lassen, dass Kalinda und Jack aus freien Stücken in den Tod gegangen waren.

Und dass Gerald gestorben war, würde Louisa ohnehin erfahren, wenn sie es nicht schon längst wusste. So abgelegen das Versteck der Maroons in den Bergen auch sein mochte – Nachrichten verbreiteten sich rasch auf der Insel. Es gärte an allen Ecken und Enden Jamaikas, immer wieder kam es zu Scharmützeln mit Aufständischen. Die schwarzen Rebellen wurden von Woche zu Woche stärker. Sie bildeten Allianzen mit Sklavenbefreiern und politischen Unterstützern aus Europa oder Amerika. Die Zeiten der Sklaverei in der Karibik neigten sich dem Ende zu, so viel stand fest.

Ja, sie hatte Schuld auf sich geladen. Menschen waren ihretwegen gestorben. Wahrscheinlich war sie deshalb so unglücklich. Spontan nahm sie sich vor, bei Gelegenheit das Unrecht wiedergutzumachen. Irgendeine Möglichkeit würde sich dafür schon ergeben.

Sie legte den Federhalter weg und stand auf. Schwerfällig, die Hand ins Kreuz gedrückt, ging sie auf die Veranda hinaus. Bromelien und Farnbäume überragten den Pfad, der zum Meer führte. Die Zweige malten ein ständig wechselndes Muster aus Licht und Schatten auf den festgetretenen Lehm.

Es sah sehr hübsch aus. Ein Spaziergang am Strand wäre vielleicht nicht schlecht, überlegte Judith. Ein bisschen Bewegung würde ihr jetzt guttun.

Eilig holte sie ihren gerüschten Sonnenschirm, den sie sich erst letzte Woche aus Paris hatte liefern lassen, und ging hinaus. Sie fühlte sich elend, wobei ihre körperlichen Beschwerden weit weniger ins Gewicht fielen als ihre ständige Niedergeschlagenheit. Es bedrückte sie, allein im Haus herumzusitzen. So prächtig und weiträumig es auch geschnitten war – irgendwie fühlte sie sich eingeengt. Und in der letzten Zeit hatte sie häufig Albträume, aus denen sie weinend erwachte.

Wenn sie draußen war, ging es ihr besser. Sie sollte einfach häufiger spazieren gehen. Auf dem Weg zum Strand schaute sie auf das glitzernde türkisblaue Meer hinaus. Eines Tages, dachte sie. Eines Tages wird alles gut.

48

Wie geht es dir heute?« Russell zog sich einen Stuhl heran und setzte sich neben das Krankenbett.

»Super«, sagte Elaine.

»Das ist wahrscheinlich die Übertreibung des Tages, aber es klingt gut.« Er beugte sich vor und küsste sie sanft auf den Mund, wobei er darauf achtete, ihr nicht zu nahe zu kommen. Nicht, weil sie es nicht gewollt hätte, sondern weil er auf ihre Verletzung achten musste.

Den Schnitt am Hals hatte man mit sechs Stichen nähen müssen, und der Arzt hatte gemeint, sie hätte ein Wahnsinnsglück gehabt – ein halber Zentimeter weiter rechts, und ihre Carotis wäre hin gewesen. Ihre Finger waren noch stärker in Mitleidenschaft gezogen worden, weil die Machete in ihre Sehnen geschnitten hatte. Lincoln hatte einen Handchirurgen aus seinem Freundeskreis einfliegen lassen, der die Finger in einer mehrstündigen komplizierten Operation zusammengeflickt hatte. Seinen Verlautbarungen zufolge würde alles bald wieder perfekt funktionieren, wenn sie sich schonte.

Russell nahm ihre unverletzte Hand und drückte sie, und sie genoss das Gefühl, in seiner Nähe zu sein. Alles hatte sich verändert. Egal wie sehr sie auch in sich hineinhorchte: Die Stimme war verstummt. Es gab keine schleichende Angst mehr, keine diffusen Warnungen aus den Untiefen ihres Geistes. Die Welt war hell und wunderbar.

Na ja, abgesehen von den Schmerzen, die wurden erst allmählich besser.

Russell hatte ihr mit einem Hauch von Spott in der Stimme berichtet, dass Antoinette behauptet habe, der Fluch sei von Swift Great House genommen worden und das Böse für alle Zeiten gebannt. Elaine hatte pflichtschuldig einen Scherz darüber gemacht, doch tief in ihrem Inneren ruhte das Wissen, dass es die Wahrheit war. Swift Great House hatte jeden Schrecken für sie verloren, ob es nun an dem Verschwinden eines alten Fluchs lag oder an sonst was.

Und wenn Russell bei ihr war, spürte sie nichts mehr außer überschäumendem Glück. Sie war bis über beide Ohren verliebt, und ihm erging es genauso. Sie wusste, dass sie sich schon in Miami in ihn verknallt hatte, doch eine andere, dunkle Empfindung hatte diese anfangs so glückliche und freudige Seite ihrer Zuneigung überlagert und vergiftet. Die unersättliche Gier ihrer Körper nacheinander, die hitzige Lüsternheit, die dumpfe Furcht, die bedrückende Resignation und das Gefühl von Ausweglosigkeit – das alles hatten sie auf einen Schlag hinter sich gelassen, als hätte die Sonne einen Nebelschleier aufgerissen und für immer vertrieben.

Sie begehrte ihn nach wie vor körperlich sehr stark, und das beruhte auf Gegenseitigkeit. Um das zu wissen, musste sie ihn nur ansehen. Aber alles fühlte sich jetzt … *normal* an. Zwar immer noch aufregend, dafür war ihre Liebe neu genug, doch all das Verhängnisvolle, Beängstigende war verschwunden. Sie waren zusammen und würden es bleiben. Es war nicht nötig gewesen, darüber zu sprechen, weil es von allein klar war. Sie hatten schon begonnen, Pläne zu schmieden, so wie alle Paare es taten, bei denen die Partner in verschiedenen Städten lebten. Pläne für gemeinsame Urlaube und Wochenenden – und langfristig für ein gemeinsames Leben, egal wo.

Für Becky und David galt dasselbe. Becky behauptete, David sei der Mann fürs Leben und es würde nicht die geringste Rolle spielen, dass sie beide erst siebzehn seien. Es sei nun mal Schicksal. Elaine zweifelte keine Sekunde daran, dass es stimmte. Sie und Becky hatten lange geredet. Über Dale. Über Beckys Pläne, ihn kennenzulernen. Über alles. Am Ende hatten sie einander in den Armen gelegen und geweint, und seither wusste Elaine, dass nie wieder etwas zwischen ihnen stehen würde.

Russell berichtete, dass Alicia einen Therapieplatz in einer Suchtklinik bekommen hatte und schon in Behandlung war. Sie selbst hatte darauf gedrängt. Bereits in den ersten Tagen nach Jasons Tod hatte sie sich überraschend stark gezeigt und die Finger vom Alkohol und den Tabletten gelassen. Diesmal war Russell zuversichtlicher als je zuvor, dass seine Schwester es schaffen würde.

Dass Alicia aus einem seltsamen Impuls heraus in jener verhängnisvollen Nacht mit dem Gewehr über die Plantage geirrt und im richtigen Augenblick zur Stelle gewesen war, um Beckys Leben zu retten, blieb ein Mysterium, an das momentan noch niemand von ihnen rührte. Es gehörte zu dem dunklen Teil der Vergangenheit, der zu sehr schmerzte, um darüber zu sprechen. Eines Tages würden sie es vielleicht tun, aber nicht jetzt.

Auch über Jason und die Tragik seines Lebens und Sterbens hatten sie bisher wenig gesprochen, denn es wühlte die Angst und all das Leid wieder auf, das er verursacht hatte. Sie hatten es einstweilen auf später verschoben, sich mit seinen Taten und seinen Motiven auseinanderzusetzen. Die Menschen, die er auf dem Gewissen hatte, wurden davon nicht wieder lebendig.

»Gehen wir ein bisschen raus?«, fragte Elaine. Hinter der Klinik befand sich ein kleiner Park mit ein paar Bänken.

»Darfst du denn aufstehen?«

»Ich war heute Morgen schon mal kurz mit einer der Schwestern draußen und hab mir die Füße vertreten. Meinen Beinen fehlt ja nichts.«

Russell half ihr vorsichtig beim Aufstehen, dann hakte er sie unter und führte sie durch den Hinterausgang des Krankenhauses ins Freie.

Zwischen blühenden Trompetenbäumen stand eine Bank, auf der sie sich niederließen. Russell legte den Arm um Elaine.

Ihr Herz wurde weit vor Liebe, als sie sich an ihn schmiegte. Aus unerfindlichen Gründen musste sie auf einmal an den Brief denken, den sie in Russells Bibliothek gelesen hatte und der von jener Sklavin stammte, die ihre Vorfahrin gewesen war. Louisa.

In ihrem Brief hatte Louisa einen schlimmen Sturm erwähnt, der das Haus umtost hatte, gerade als ihr Gefährte Rudd ihre Zeilen für sie aufgeschrieben hatte. Bei diesem Sturm musste sie ihr Leben verloren haben. Doch die Wahrheit ihrer Worte hatte die Zeiten überdauert, so wie der Brief selbst, den Judith Swift später an sich genommen und bis zu ihrem eigenen Tod aufbewahrt hatte. Vielleicht nur, damit ihn eines Tages einer von Louisas Abkömmlingen lesen konnte.

Ein Hauch jenes wilden Sturms schien Elaines Inneres von weit her zu streifen, und für den Bruchteil eines Augenblicks erschauerte sie. Das Blut dieser Sklavin floss in ihren Adern, und Russell war der Nachfahre von Judith Swift, jener Plantagenherrin, die Louisas Bestattung bezahlt hatte – als hätte sie damit eine Schuld tilgen wollen, die sich jedoch durch diese Geste nicht auslöschen ließ.

Doch dann kamen Elaine andere Worte aus dem Brief in den Sinn, die den eigentlichen Kern der damaligen Nachricht offenbarten, wie einen in der Sonne funkelnden Edelstein.

Aber du, meine Tochter, bist frei geboren.

Ja, sie war frei. Frei von den dunklen Ängsten und der Bedrängnis der Vergangenheit. Frei, den Mann zu lieben, nach dem sie sich sehnte und der ihr Schicksal war. Frei, alle Wege zu wählen, die vor ihr lagen.

Es gab nur noch sie und Russell. Sie waren zwei Hälften eines Kreises, der sich nun geschlossen hatte. Der Duft der Trompetenbäume umwehte sie wie ein sanfter Schleier, und die Nachmittagssonne streute rosige Schattenflecken durch das Gewirr der Blüten. Sie legte den Kopf auf Russells Schulter und schloss die Augen, um dem Gefühl in ihrem Inneren mehr Raum zu geben – der grenzenlosen Freiheit, geboren aus einer Liebe am Ende aller Stürme.

Elena Santiago

Inseln im Wind

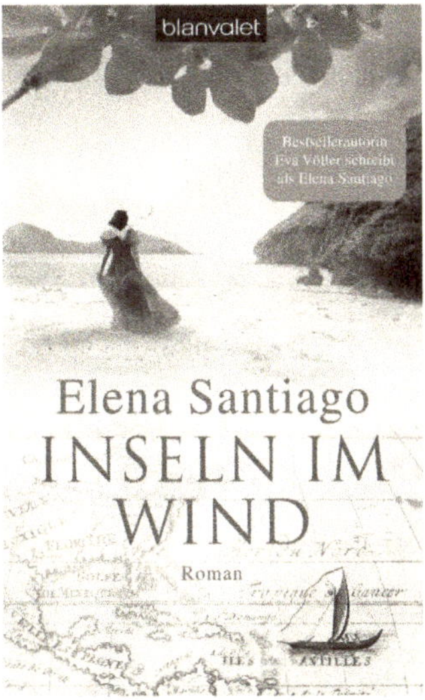

978-3-442-37888-3

Heimliche Liebe, Piraterie und Verrat vor der traumhaften Kulisse der Karibik

Als Elizabeth Raleigh nach langer, gefahrvoller Reise endlich ihre neue Heimat Barbados erblickt, erliegt sie unwiderruflich dem betörenden Zauber der grünen Insel im Wind und vergisst fast, warum sie ihre englische Heimat verlassen musste. Fern sind die Vernunftehe, die Kriegswirren und politischen Unruhen, die ihre Familie bedrohen. Doch bald überschatten dunkle Geheimnisse ihr Leben, und als auf Barbados ein tödlicher Freiheitskampf entbrennt, gerät Elizabeth in einen Strudel aus Intrigen, Zwietracht und verbotener Leidenschaft …

»Schöner kann man gar nicht träumen.«
Das Beste für die Frau

Erster Teil

London und Raleigh Manor

Januar und Februar 1649

1

Elizabeth erschauerte. Unwillkürlich glitt ihr Blick zu dem Richtblock, und wieder wünschte sie sich davonzulaufen, um es nicht länger mit ansehen zu müssen. Schon bei ihrer Ankunft vor dem Palast hatte sie der Anblick des Schafotts mit Abscheu erfüllt. Hoch gebaut und mit schwarzem Tuch beschlagen, ähnelte das große Podest einem gewaltigen Sarg.

»Es ist eine Schande«, sagte Elizabeths Vater. Lord Raleigh war blass, und seine Stimme zitterte, als stünde er kurz davor, die Fassung zu verlieren. Sein Gesicht war versteinert, es kostete ihn Mühe, angesichts des Unfassbaren Haltung zu bewahren.

»Den Ruhm Englands wird dieses Schauspiel sicher nicht mehren«, stimmte Harold Dunmore zu. Der Plantagenbesitzer hatte die Arme vor der Brust verschränkt und verfolgte das Geschehen auf dem Schafott mit gerunzelter Stirn, aber auch mit einem gewissen Interesse.

Fröstelnd zog Elizabeth den pelzverbrämten Umhang fester um ihre Schultern. Es war kalt an diesem Januartag, der Wind fuhr ihr immer wieder schneidend ins Gesicht. Sie hielt sich dicht bei ihrem Vater, obwohl sie kaum das Bedürfnis unterdrücken konnte, so weit wie möglich fortzulaufen. Wäre es doch nur endlich vorbei!

Es war schon fast eine Stunde her, dass der König durch eine Fenstertür von einem Raum des Banqueting House direkt hinaus auf das Schafott geführt worden war. Offenbar war es König Charles' Wunsch gewesen, letzte Worte an sein Volk zu richten, doch sein Erzfeind Cromwell hatte das zu verhindern gewusst. Das Gelände um das Schafott war von Truppen abgeriegelt. Kavallerie und Infanterie umgaben die Richtstätte und sperrten sie zur Straße hin ab, sodass die versammelte Menge unmöglich verstehen konnte, was der König zu sagen hatte. Und das war nicht wenig. Charles I. sprach bereits seit geraumer Zeit zu dem Bischof und den Obristen, die ihn auf seinem letzten Gang begleitet hatten. Ein Schreiber notierte eifrig jedes Wort. Die wenigen auf dem Schafott versammelten Würdenträger standen mit ehrfürchtig gesenkten Häuptern und unglücklichen Mienen da. Der Henker und sein Knecht, die Köpfe unter den dunklen Masken verborgen, hielten sich im Hintergrund und warteten darauf, ihres Amtes walten zu können.

Aus den Fenstern des Banqueting House lehnten sich die Gaffer, ranghohe Beamte, Geistliche und Peers, die sich auf die Seite von Cromwell geschlagen hatten und dafür mit dem besten Blick auf das Ende der englischen Monarchie belohnt wurden.

Die Haltung des Königs war würdevoll, er stand aufrecht und straff und sprach mit hocherhobenem Haupt.

Einer der Obristen bewegte sich während der Rede des Monarchen und stieß versehentlich an den Tisch, auf dem das Richtbeil lag. Ein Raunen ging durch die Menge, als der ungeschickte Offizier hastig zugriff, um es vor dem Herabfallen zu bewahren.

Charles I. unterbrach sich und schien eine launige Bemerkung zu machen, die dem Obristen ein gequältes Lächeln abrang.

Eine Weile noch sprach der König weiter, bevor er schließlich innehielt und sich vom Bischof eine Mütze reichen ließ, die er sich selbst aufs Haupt setzte. Dann wandte er sich an den Scharfrichter und redete mit ihm. Offensichtlich auf Ersuchen des Henkers schob sich der König sodann die langen Locken unter die Mütze, damit sie bei der Enthauptung nicht im Weg waren.

Elizabeths Vater stöhnte gequält auf.

»Bei allen Teufeln«, sagte Harold Dunmore bewundernd. »Dieser König sieht dem Tod wahrhaftig furchtlos ins Auge!«

Sein Sohn Robert trat zu Elizabeth und griff nach ihrer Hand, als wollte er sie trösten.

Solche spontanen Gesten entsprachen seiner Art. Dankbar erwiderte sie seinen Händedruck und kostete seine Fürsorglichkeit für einen Moment aus. Es fiel ihr immer noch schwer zu glauben, dass sie schon seit zwei Wochen mit ihm verlobt war. Von anziehendem Äußeren und tief gebräunt von der karibischen Sonne, bot er einen auffallenden Anblick unter all den bleichen Gesichtern im winterlichen England.

»Vielleicht solltest du besser wegschauen«, empfahl er Elizabeth. »Das, was jetzt kommt, ist nichts für ein Mädchen.«

»Nichts da«, widersprach sein Vater Harold. »Elizabeth ist keine von diesen verweichlichten Heulsusen! Ein Mädchen, das im Herrensattel über die Felder galoppiert, hat auch genug Mumm, um ihren König sterben zu sehen. Sollte sie etwa den ganzen Weg von Raleigh Manor mit uns hergefahren sein, um dann dem armen Charles im Augenblick seines Todes ihre mitfühlende Anteilnahme zu versagen?«

Elizabeth hob das Kinn und erwiderte kühn den Blick ihres künftigen Schwiegervaters.

»Ich werde gewiss nicht wegschauen!«

Sie hielt es nicht für nötig, darauf hinzuweisen, dass sie bestimmt nicht mitgekommen war, um dem König das Gefühl zu geben, nicht allein unter Feinden zu sterben, sondern nur deshalb, weil ihr Vater sie brauchte. Er hatte in diesen schlimmen Stunden niemanden sonst, der ihm beistand. Elizabeth wusste, dass er förmlich verging vor Kummer und Angst. Seine Ehre zwang ihn, zu seinem König zu stehen, doch die Gebote der Vernunft erforderten es, dass er in dieser aussichtslosen Lage nicht das Leben der Seinen aufs Spiel setzte. Die Rundköpfe unter Oliver Cromwell machten kurzen Prozess mit allen Royalisten, die weiterhin offen gegen die neuen Machthaber rebellierten. Ihr Vater musste vernünftig sein, und, bei Gott, er gab sich Mühe, auch wenn es ihn innerlich zerriss. Wäre es ihm möglich gewesen, hätte er sich an Charles Stuarts Stelle köpfen lassen. Doch so blieb ihm nur, in der schwersten Stunde seines Herrschers bis zum bitteren Ende auszuharren. Mochte Charles auch nicht mehr zu seinen Freunden und Weggefährten sprechen können – er konnte sie hier stehen sehen und wusste, dass er nicht allein war.

Elizabeth entzog Robert ihre Hand, trat an die Seite ihres Vaters und legte den Arm um seine Mitte. Er nahm es kaum wahr. Starr vor Leid und Entsetzen blickte er zum Podium.

Der König nahm seinen Umhang und den Hosenbandorden ab, den er dem Bischof reichte. Sodann zog er sein Wams aus und hüllte sich wieder in den Umhang. Ohne länger zu zögern, kniete er sich vor den Richtblock und sprach mit erhobenen Händen ein letztes Gebet. Schließlich legte er den Kopf auf den Block. Der Scharfrichter hatte das Beil ergriffen und stand bereit. Der König streckte seitlich die Hand aus – fraglos ein vorher vereinbartes Signal für den Henker, der mit sausendem Schwung das Beil auf den ungeschützten Nacken des Königs niederfahren ließ. Er verstand sein Handwerk. Das Haupt flog gleich beim ersten Hieb vom Rumpf.

Ein dumpfes Seufzen stieg ringsherum auf, als sei die Menge ein einziges gequältes Wesen. Auch Lord Raleigh keuchte auf, Elizabeth fühlte, wie ihr Vater zusammenzuckte. Grellrot spritzte das Blut, als der Körper des Königs herabsackte und der Henkersknecht den vor seine Füße rollenden Kopf bei den Haaren packte und die triefende Trophäe hochhielt, sie der Menge präsentierte und dabei mit lauter Stimme rief: »Dies ist der Kopf eines Verräters!«

Lord Raleigh löste sich aus den Armen seiner Tochter und tat einen Satz nach vorn, in jähem Schmerz die Fäuste zum Himmel gereckt. »Cromwell, du elender Lump, in der Hölle sollst du schmoren!«, brüllte er, doch sein Ausruf war nur einer von unzähligen anderen. Ein vielstimmiger Schrei hatte sich beim Anblick des blutigen Haupts aus der Menge erhoben. Die Menschen gerieten in Bewegung, unter Gebrüll strebten sie zum Schafott, drängten die Soldaten zur Seite und erkämpften sich ihren Weg zum Podest. Wutgeschrei, Schluchzen und lautes Stöhnen übertönten alle Befehle, die Menge ließ sich nicht aufhalten. Während der Leichnam des Königs nebst dem blutigen Haupt eilends in einen mit schwarzem Samt ausgeschlagenen Sarg gebettet und ins Schloss gebracht wurde, drängten sich die Zuschauer näher und tauchten Tücher in die Blutlachen, manche weinend, andere hohnlachend, je nach politischer Gesinnung.

Befremdet verfolgte Robert Dunmore das Treiben.

»Mein Gott, warum tun sie das?«

»Einige von ihnen hoffen zweifellos, damit gute Geschäfte zu machen«, sagte sein Vater.

»Was für Geschäfte?«, wollte Robert wissen. Doch Harold Dunmore hatte sich bereits von dem Geschehen abgewandt, um den Hinrichtungsort zu verlassen. Für ihn war die Sache erledigt. Robert folgte ihm achselzuckend. Im Weggehen meinte er murmelnd zu sich selbst: »Etwa Reliquienhändler? Hm, das könnte passen. Verrückte gibt es überall, in England mehr als woanders.«

Elizabeth reckte den Kopf und hielt nach ihrem Vater Ausschau. Sie war in der wogenden Menge abgedrängt worden. Auch Robert und ihr zukünftiger Schwiegervater waren außer Sicht geraten. Sie stand eingekeilt zwischen aufgebrachten Zuschauern, die einander mit wüsten Schmähungen überschütteten. Rundköpfe beschimpften Anhänger der Stuarts und umgekehrt, hier und da gab es bereits die ersten Handgreiflichkeiten. Elizabeth wurde von mehreren Seiten angerempelt, sie bekam kaum noch Luft und lief Gefahr, niedergetrampelt oder zu Boden gedrückt zu werden. Nur Augenblicke später entbrannte unmittelbar neben ihr ein Streit auf Leben und Tod. Ein aufs Höchste erzürnter Mann, mit seinem schlichten schwarzen Gewand und dem strengen Haarschnitt unschwer als Puritaner zu erkennen, schwang einen dicken Stock gegen einen in Samt und Spitze gekleideten Gentleman, der sich mit dem Ausruf »Tod den Königsmördern!« zur Wehr setzte. Der Stutzer hatte blankgezogen und wollte zum Stich ausholen, doch im Getümmel wurde er gestoßen und verlor den Degen, worauf er mit den Fäusten weiterkämpfte.

Elizabeth konnte dem Geschehen nicht ausweichen. Sie schrie auf, als sie unter dem Druck nachdrängender Leiber direkt zwischen die Kämpfenden geriet. Fast hätte sie der niedersausende Knüppel des Rundkopfs getroffen. Gerade noch rechtzeitig ließ ein grober Schubs in den Rücken sie vorwärtstaumeln, sie entging dem Hieb nur um Haaresbreite. Jemand packte sie beim Kragen und riss sie fort, weg von den zornigen Kontrahenten. Sie wurde mehr getragen als gezogen und spürte, wie ihre Füße nachschleiften. Sehen konnte sie indes für eine Weile nichts – die Kapuze ihres Umhangs war ihr über die Augen gerutscht.

Abseits des Tumults wurde sie wieder auf die Beine gestellt. Hastig befreite sie sich von der hinderlichen Kapuze. Und blickte in die blauesten Augen, die sie je gesehen hatte.

»Das ist gerade noch einmal gut gegangen«, sagte Duncan Haynes. Er hielt das Mädchen immer noch an den Schultern fest, um sicherzugehen, dass es aufrecht stehen blieb. Ihr Gesicht war kreidebleich, der Schreck über das Erlebte war ihr deutlich anzusehen. Sie schwankte ein wenig und holte tief Luft. »Das war wirklich knapp«, brachte sie mit zitternder Stimme hervor. »Ich bin Euch zu großem Dank verpflichtet, Sir!«

»Haynes. Duncan Haynes, zu Euren Diensten.« Er zog seinen Hut und verbeugte sich höflich, während er sie mit der anderen Hand stützte. Man konnte nie wissen. Diese zarten adligen Pflänzchen pflegten bei den unmöglichsten Gelegenheiten in Ohnmacht zu fallen, sei es aufgrund schrecklicher Ereignisse oder wegen eines zu eng geschnürten Mieders. Da in diesem Fall beides zusammenkam, grenzte es an ein Wunder, dass sie überhaupt noch stand.

Neugierig musterte er sie. Ein schönes Mädchen, wenn auch auf eigenwillige Art. Kräftig geschwungene Brauen bogen sich über dicht bewimperten, leicht schräg stehenden Türkisaugen. Das honigfarbene Lockenhaar bildete wiederum einen bemerkenswerten Gegensatz zu den dunklen Brauen und zu ihrer Haut, deren schwache Olivtönung weit entfernt war vom blütenweißen Schönheitsideal englischer Ladys. Der sinnliche Schwung ihrer Oberlippe wurde von dem ausgeprägten Kinn Lügen gestraft, und die kühne, fast römisch geschnittene Nase schien die sanften, noch kindlichen Rundungen ihrer Wangen in die Schranken weisen zu wollen.

Zweifellos ein Geschöpf voller Gegensätze und dabei trotz ihres anmutig hohen Wuchses kaum erwachsen. Duncan schätzte sie auf sechzehn, höchstens siebzehn Jahre. Ihren Namen kannte er nicht, wusste aber, dass sie James Raleighs einzige Tochter war, denn er hatte die beiden vorhin noch zusammen gesehen, und sie sah ihrem Vater überaus ähnlich.

Der Viscount Raleigh war in den letzten Monaten durch seine unversöhnliche Haltung gegenüber dem neuen Regime mehr und mehr ins Visier von Cromwells Spitzeln geraten. Dass er nicht schon längst wie viele der anderen königstreuen Peers eingekerkert worden war, verdankte er vermutlich unter anderem dem Umstand, dass er sich während seiner Jugend gut mit Cromwell verstanden hatte. Zudem hatte James Raleigh, wenn auch eher unwillentlich, das Kunststück fertiggebracht, den König in den Zeiten des Umsturzes nicht in offenem Kampf zu unterstützen – weder war er mit ihm persönlich zu Felde gezogen, noch hatte er Truppen für Charles rekrutiert. Ersteres war ihm wegen seiner Gesundheit nicht möglich gewesen (es hieß, er habe ein schwaches Herz), und Letzteres hing mit finanziellen Beschränkungen zusammen. Der Viscount war zwar, wie Duncan wusste, durchaus wohlhabend – allein Raleigh Manor mitsamt seinen Gütern war ein beträchtliches Vermögen wert –, doch hatte dieses Vermögen zu der Zeit, als der König dringend auf Unterstützung durch die finanzkräftigen Peers angewiesen war, nicht James, sondern noch dessen greisem Vater gehört. Dieser hatte sich in den vergangenen Jahren beharrlich geweigert, die ohnehin verlorene Sache Charles Stuarts zu unterstützen. Unmittelbar nach der endgültigen Entmachtung des Königs hatte der alte Mann das Zeitliche gesegnet – zu spät für James, die Treue zu seinem König doch noch unter Beweis zu stellen.

Das junge Mädchen streifte Duncans Hand von ihrer Schulter und lächelte bemüht. »Es geht schon wieder«, sagte sie höflich, während sie sich auf die Zehenspitzen stellte und sich suchend umblickte.

Duncan räusperte sich. »Gewiss seid Ihr nicht allein an diesen scheußlichen Ort gekommen«, sagte er sachlich. »Kann ich Euch bei der Suche nach den Euren behilflich sein, Mistress ...?«

»Elizabeth Raleigh. Ich bin mit meinem Vater hier.« Nach kaum merklichem Zögern setzte sie hinzu: »Und mit meinem Verlobten Robert sowie meinem zukünftigen Schwiegervater, Harold Dunmore.«

Duncan verbarg seine Überraschung. Er hatte zwar gehört, dass die beiden Dunmores von Barbados nach London gereist waren – die Welt war klein, vor allem, wenn man sich derselben Reiserouten bediente –, doch vom wahren Zweck dieser Reise war bisher nichts zu ihm vorgedrungen. Duncan hatte angenommen, dass sie aus demselben Grund hier weilten wie der junge William Noringham, seines Zeichens ebenfalls Plantagenbesitzer auf Barbados – nämlich, um die Geschäftsgrundlagen des Zuckerhandels zu verbessern, von dem ihrer aller Existenz abhing. Duncan war davon ausgegangen, dass Harold Dunmore seinen Sohn bei den neuen Machthabern einführen wollte, um in diesen Zeiten politischer Wirren eine gedeihliche wirtschaftliche Entwicklung und den Fortbestand lebenswichtiger Lieferbeziehungen zu gewährleisten. Dass es Harold überdies – vielleicht sogar ausschließlich – darum ging, seinen einzigen Sohn und Erben gewinnträchtig zu verheiraten, war ein gänzlich neuer Aspekt.

»Kaum zu glauben, dass Euer Verlobter Euch in diesem Aufruhr allein gelassen hat«, sagte Duncan gedehnt. »Wäre ich nicht so schnell zur Stelle gewesen, hättet Ihr unter dem Knüppelschlag leicht Euer Leben verlieren können!«

»Robert hat nur einen Moment nicht zu mir hergesehen«, verteidigte das Mädchen ihren zukünftigen Gatten.

Duncan hob belustigt die Brauen. »Das ist erst recht nicht vorstellbar! Welcher Mann schaut woandershin, wenn ein Mädchen wie Ihr neben ihm steht?«

Sie errötete auf kleidsame Weise über das Kompliment, dann betrachtete sie ihn aufmerksamer. Offenbar gefiel ihr, was sie sah, denn ihre Wimpern flatterten ein wenig, als sie die Augen niederschlug und sich räusperte. »Nun ja, immerhin wurde gerade der König enthauptet und zog damit viele Blicke auf sich.«

Verdutzt sah er das winzige Zucken in ihrem Mundwinkel und erkannte, dass sie sich einen Scherz erlaubt hatte. Und zwar einen überaus handfesten, für den sie so mancher Königstreue sicher gern an den Haaren in den Tower geschleift hätte. Im nächsten Augenblick erkannte sie selbst das Ausmaß ihrer Kühnheit und errötete noch tiefer. Duncan dagegen, immer für einen guten Witz zu haben, warf den Kopf in den Nacken und lachte dröhnend. Aus den Augenwinkeln bemerkte er, dass Elizabeth erleichtert ausatmete. Ihre Miene offenbarte ihr schlechtes Gewissen. Vermutlich dachte sie an ihren Vater und war froh, dass der diese Entgleisung auf Kosten von Charles Stuart nicht mitbekommen hatte.

»Auch der König hätte das komisch gefunden, seid dessen versichert«, erklärte Duncan mit breitem Grinsen.

Sie lächelte, zuerst ein wenig zögernd, dann offen und auf so ansteckende Weise, dass Duncan die Augen nicht von ihr wenden konnte. War sie ihm vorher schon anziehend erschienen, so verwandelte das Lächeln sie in eine berückende junge Sirene, mit einem Leuchten in den Augen, das ihn an die klaren blaugrünen Tiefen der karibischen See erinnerte.

Gleich darauf verblasste ihr Lächeln.

»Ich muss zu meinem Vater«, sagte sie ein wenig kläglich. »Bestimmt macht er sich schon Sorgen!«

Duncan schien es, als sei eher sie diejenige, die sich Sorgen um ihren Vater machte. Sicherlich hatte sie aus eben diesem Grund auch den Viscount zu der Hinrichtung begleitet. Die beiden hatten nur noch einander, nachdem die Familie binnen weniger Jahre auf erschreckende Weise durch Krankheiten dezimiert worden war. Zuerst waren die Gattin des Viscounts und seine drei Söhne an den Pocken gestorben. Dann hatte eine bereits verheiratete Tochter im Kindbett ihr Leben gelassen, eine weitere infolge einer Blutvergiftung. Dass vor Kurzem auch noch der alte Viscount gestorben war, zählte vor diesem Hintergrund kaum – schließlich hatte er ein gesegnetes Alter erreicht.

Kurzum, das Schicksal hatte den Raleighs übel mitgespielt, und Duncan war über jede einzelne Heimsuchung genau im Bilde.

Er nahm das Mädchen beim Arm. »Kommt, lasst uns den Viscount suchen. Ich bleibe bei Euch, bis wir ihn gefunden haben.«

»Woher wisst Ihr, dass mein Vater ein Viscount ist? Kennt Ihr ihn?«

»Nur ganz flüchtig«, sagte Duncan. Er hielt es nicht für nötig auszuführen, woher diese Bekanntschaft rührte.

»Ihr seht aus, als kämt Ihr aus den Tropen«, platzte Elizabeth heraus. Sofort biss sie sich auf die Lippe. »Verzeiht, Sir, das war ungehörig.«

»Ist es denn so offensichtlich, woher ich komme?«, fragte er amüsiert. »Was bringt Euch auf den Gedanken, ich käme aus den Tropen?«

Sie kicherte, und er spürte durch den dicken Stoff ihres Umhangs ihre schlanke Taille unter dem engen Mieder. Er hielt immer noch ihren Arm, während sie die mittlerweile wieder friedfertige und sich langsam auflösende Menge umrundeten und dabei nach dem Viscount und den Dunmores Ausschau hielten. Duncan fasste Elizabeths Arm fester und lenkte sie um einen in der Kälte dampfenden Haufen von Pferdeäpfeln herum.

»Ihr seid so stark gebräunt«, antwortete Elizabeth freimütig. »Ganz genau wie mein Verlobter und sein Vater. Sie kommen von Barbados. Das liegt in der karibischen See, bei den

Westindischen Inseln.« Ihre Stimme bekam einen sehnsüchtigen Klang. »Dort herrscht das ganze Jahr über Sommer, es wird niemals kalt!«

»Ich weiß«, sagte Duncan. »Ich selbst war schon oft dort. Man könnte sogar sagen, dass es meine Heimat ist.«

»Lebt Ihr dort auf einer der Inseln?«

»Nein. Mein Zuhause ist das Meer.«

Er spürte ihre neugierigen Blicke.

»Ihr seid Seefahrer, Sir? Ein Kapitän?«

Duncan nickte. »Ich besitze ein Schiff, die *Elise.*«

»Wenn Ihr schon auf Barbados wart, müsst Ihr die Dunmores kennen!«

»Nicht besser als Euren Vater«, behauptete Duncan. »Eigentlich nur dem Namen nach.«

Die Menge hatte sich inzwischen fast vollständig zerstreut, doch es roch immer noch nach unzähligen verschwitzten Leibern. Und nach Blut und Tod. Nebel war aufgekommen und legte sich wie eine feuchte Decke über das schwarze Schafott und die angrenzenden Flächen. Die Gaffer in den Fenstern des Banqueting House hatten sich zurückgezogen, die meisten, um ihren Triumph zu feiern, doch einige andere sicherlich auch, um den König zu betrauern. Duncan selbst hatte bei dem unwürdigen Spektakel weder Hass noch Freude empfunden, allenfalls Abscheu über diese Demütigung eines entmachteten Mannes und daneben Besorgnis, denn niemand konnte voraussagen, wie sich die kommenden Zeiten aufs Geschäft auswirken würden.

Sinnend betrachtete Duncan das aus dem Nebel ragende Prachtgebäude, den neuesten Teil von Whitehall. Mit dem davor errichteten Schafott schien es gleichzeitig Aufstieg und Fall des Hauses Stuart zu symbolisieren. Charles I. hatte sich selbst zu grenzenloser Macht aufgeschwungen, hatte das Parlament aufgelöst und aus eigener Herrlichkeit

Gesetze erlassen und vollstrecken wollen. Zu spät hatte er erkannt, dass er zu weit gegangen war. Doch umgekehrt war auch er der Machtübertretung anderer zum Opfer gefallen. Er war auf der Grundlage eines inszenierten Schauprozesses sowie eines verfassungswidrig zustande gekommenen Urteils umgebracht worden, ein unerhörter, frevelhafter Akt, der daran zweifeln ließ, dass in England jemals wieder der viel beschworene Frieden würde einkehren können. Jeder, der in den kommenden Wochen und Monaten nicht in diesem Teil der Welt leben musste, konnte sich glücklich schätzen. Obwohl er erst vor wenigen Tagen vor Anker gegangen war, sehnte sich Duncan plötzlich mit aller Macht zurück nach dem Meer.

»Dort drüben!«, rief Elizabeth. »Da ist Vater!«

Duncan folgte ihrer Blickrichtung und erkannte den Viscount, der sich geschwächt gegen eine Kutsche lehnte, halb gestützt von dem jungen Dunmore, der ihm offenbar beruhigend zuredete. Harold Dunmore ging ungeduldig auf und ab und blickte suchend umher. Als sein Blick auf Elizabeth fiel, straffte er sich und blieb stehen. Winkend hob er die Hand. »Hierher, Kind! Deinem Vater geht es schlecht!«

»Oh, mein Gott«, stieß Elizabeth hervor. Hastig stürzte sie davon.

»Lebt wohl, Mylady«, sagte Duncan, doch das Mädchen konnte ihn nicht mehr hören.

Harold Dunmore war sichtlich ungehalten. »Wo warst du die ganze Zeit?«

Elizabeth gab keine Antwort, sondern eilte an ihm vorbei zu ihrem Vater, der sich ein erleichtertes Lächeln abrang, als er seine Tochter sah.

»Lizzie! Dem Himmel sei Dank, dir ist nichts geschehen. Ich fing schon an, mir Sorgen zu machen.« Seine Worte kamen mühsam. Aus seinem Gesicht war alle Farbe gewichen, es war fast so weiß wie die Spitze seines Kragens. Nur die Lippen waren blau, so wie schon einmal, als … Elizabeth zwang sich, nicht daran zu denken.

»Tief Luft holen, Vater!«, beschwor sie ihn.

Robert, der den Viscount immer noch stützte, war ihr im Weg. Sie schob seine Hände zur Seite und öffnete eilig den Hemdkragen des Viscounts, damit er besser atmen konnte.

»Tief Luft holen«, wiederholte sie drängend. Dasselbe hatte der Doktor ihm befohlen, im vorigen Jahr, als ihr Vater den zweiten schlimmen Anfall gehabt hatte.

»Er muss sich hinlegen«, sagte sie, sich hastig umsehend. Fragend blickte sie schließlich Robert an. »Die Kutsche – wem gehört sie?«

Er zuckte ratlos die Achseln. »Keine Ahnung. Sie stand die ganze Zeit hier.«

Sein Vater war zu ihnen getreten. Barsch fuhr er den livrierten Kutscher an.

»Öffne den Schlag.«

»Sir, diese Kutsche gehört meinem Herrn!«, protestierte der Mann.

Harold musterte ihn kalt.

»Dies hier ist Lord Raleigh, und wenn er sich nicht augenblicklich hinlegen kann, wird er sterben, und zwar durch deine Schuld. Du kannst dir also aussuchen, was dir lieber ist – wegen Mordes an diesem Gentleman hier zu hängen oder dir von deinem Herrn einen Tadel einzufangen.«

Der Kutscher beeilte sich, vom Bock zu klettern und den Schlag zu öffnen. Harold und Robert hievten mit seiner Unterstützung den schwer atmenden Viscount ins Innere der Kutsche, wo er sich auf einer der beiden gepolsterten Bänke ausstreckte. Elizabeth kniete sich inmitten ihrer gebauschten Röcke neben ihn und fächelte ihm Luft zu.

»Wir sollten sofort einen Arzt rufen«, sagte sie voller Sorge.

»Robert, worauf wartest du noch?«, fragte Harold Dunmore seinen Sohn.

»Aber ich weiß doch gar nicht, wo …«

»Frag dich durch«, schnitt sein Vater ihm das Wort ab.

Robert sah Elizabeths flehentlichen Blick und straffte sich.

»Natürlich«, sagte er. »Ich werde sehen, was ich ausrichten kann.«

Mit raschen Schritten strebte er davon und verschwand im Nebel.

»Was war das für ein Bursche, mit dem du vorhin geredet hast?«, wollte Harold wissen. Er stand draußen auf dem Pflaster und blickte durch den offenen Schlag der Kutsche zu ihr herein.

Sie spürte seine Missbilligung und reckte das Kinn.

»Ein Kapitän. Er hat mich davor bewahrt, von der wütenden Menge erdrückt zu werden. Ich hatte Vater im Gedränge aus den Augen verloren. Und Ihr und Robert wart so schnell fort, dass ich Euch nicht folgen konnte.«

»Es tut mir leid, dass ich nicht besser auf dich geachtet habe«, sagte der Viscount mit schwacher Stimme. Erleichtert sah Elizabeth, dass er wieder leichter atmen konnte.

»Wo ist der brave Mann, der dir geholfen hat? Ich will ihm meinen Dank aussprechen.«

»Er ist davonspaziert, als er uns sah«, erklärte Harold von draußen. »Gewiss war er darauf aus, mit Eurer Tochter anzubändeln, und suchte das Weite, als er erkannte, dass sie unter männlichem Schutz steht.«

»So war es nicht«, widersprach Elizabeth vehement. »Duncan Haynes ist ein Gentleman, der …«

»Sagtest du Duncan Haynes?« Ihr Vater richtete sich ein wenig auf. Unbehagen deutete sich in seinen Zügen an. »Den Namen kenne ich.«

»Ich auch«, erklärte Harold Dunmore grimmig.

Elizabeth runzelte die Stirn. »Ja, das mag sein. Er sprach davon, dass er oft in der Karibik segelt. Auch dein Name war ihm geläufig, Vater. Vielleicht seid ihr euch früher bereits begegnet.«

Ihr Vater zuckte nur die Achseln und schwieg, als sei es für ihn nicht weiter von Belang. Nicht so Harold Dunmore. Der Pflanzer schaute drein, als habe er in eine Zitrone gebissen. »Ein jeder kennt diesen Kerl, zumindest auf den karibischen Inseln. Er kreuzt zwischen den Antillen umher und läuft jeden Hafen an, in dem es was zu holen gibt. Vornehmlich aber treibt er sich in der Windward Passage herum und überfällt die Schiffe anderer Kapitäne.«

Elizabeths Augen weiteten sich. Mit einem Mal meinte sie, rückblickend den Hauch einer Gefahr zu spüren. »Was für Schiffe? Englische?«

Harold lachte kurz. »Du liebe Zeit, nein. Das würde er denn doch nicht wagen. Obwohl man natürlich nicht weiß, was noch kommt, denn der Kerl ist so gierig und versessen aufs Geldmachen, dass er keine Skrupel kennt. Bislang beschränkte er sich auf die Galeonen der Spanier in der Karibik, und er kaperte sie dort mit dem Segen der Krone.« Harold lachte abermals, diesmal klang es schadenfroh. »Aber nun gibt es die Krone nicht mehr. Bei allen Teufeln, das wird den Kerl in Verlegenheit bringen! Wer ohne die Erlaubnis der Navy auf Kaperfahrt geht und sich die Taschen füllt, ist nichts weiter als ein Verbrecher! Das war er ohnehin schon die ganze Zeit.«

»Mr. Dunmore hat recht«, murmelte ihr Vater kraftlos. »Dieser Mann ist gefährlich.«

Elizabeth fühlte sich von einem leisen Schauer erfasst. »Ist Duncan Haynes ein Freibeuter?«

»Einer der übelsten, die je in der Karibik Segel gesetzt haben. Ein skrupelloser Pirat, der aufgeknüpft gehört! Besser, man vermeidet es, ihm zu begegnen.«

»Aber er hat mir das Leben gerettet«, wandte Elizabeth ein.

»Welches er dir zu jeder beliebigen anderen Zeit nehmen könnte. Es gibt nur einen Ort, wo er hingehört, und zwar in die tiefste Hölle.«

Wenn Sie wissen wollen, wie es mit Elizabeth Raleigh und Duncan Haynes weitergeht, lesen Sie

Elena Santiago

Inseln im Wind

978-3-442-37888-3

Blanvalet